W0038696

DIE PARADIESE VON GESTERN

MARIO SCHNEIDER

DIE PARADIESE VON GESTERN

ROMAN

mitteldeutscher verlag

Vorspiel
Hôtel du Palais, 1960

Die schönsten Erinnerungen an ihre Kindheit verband Charlotte mit Biarritz, der hellen Stadt am gleißenden Strand. Ihre Eltern hatten mit ihr und ihrem Bruder dort die Sommer verbracht. Es waren Promenadensommer an der Hand des Vaters, mit ihren hübschesten Kleidchen, Eis und Limonaden, Strandsommer mit Burgen aus Sand und Sand in den Betten und zwischen den Zähnen, Kindersommer mit fremden, sonnengeölten Jungen und Mädchen und hohen, kalten Wellen, und Geheimnissommer mit nächtlichen Wanderungen am Meer und dem regelmäßigen Schlag des Leuchtfeuers in die Schatten ihrer Suite des Hôtel du Palais. Seit zwanzig Jahren war sie nicht mehr dort gewesen. Dass Henri, ihr Mann, nicht mitfahren würde, machte Charlotte nichts aus, im Gegenteil, es wäre gut, allein zu sein, ohne ihn, der jederzeit seine Geliebte im Herzen mit sich herumtrug, so viel ahnte Charlotte, dass sie wohl mit ihrem Mann noch einsamer wäre als ohne ihn. Was die Anwesenheit ihres Sohnes betraf, wich die anfängliche Freude über ihre gemeinsamen Tage allmählich der Befürchtung, dass sie am Ende nicht wissen könne, was sie mit ihm anfangen sollte. Aber dafür würde ja Thérèse, das Kindermädchen, da sein. Also reisten sie ab, ein kleiner Tross, und statt ihres Fahrers Paul, der mit den Masern im Bett lag, half Vincent, der Portier, aus, der eigentlich seine freien Tage hatte.

Charlotte und Thérèse saßen auf der Rückbank des geräumigen Mercedes und zwischen ihnen thronte der kleine Alain in großer Vorfreude, denn Thérèse hatte ihm ein Foto vom Meer, das ihm noch unbekannt war, gezeigt. Vincent stieg ein und sie fuhren los. Diese Autofahrt von Château Violet zum Palais Biarritz war der Beginn ungewöhnlicher Tage. Schon, dass sie kurze Zeit nach ihrer

Abfahrt, nachdem Thérèse angestimmt hatte, gemeinsam Kinderlieder sangen und Alain zwischen ihnen wie ein lustiger Zwerg dirigierte, war so ungewohnt und unbeschwert, dass Charlotte die ganze Fahrt über lächelte.

Nachdem der Maître d'hôtel, Monsieur Hipette, ein Freund ihres Vaters, sie persönlich in der ehemaligen Sommerresidenz von Eugenie, der Gattin Napoleon des Dritten, begrüßt und besonders den kleinen Alain für seine strammen Schritte gelobt hatte, bezogen Charlotte und ihr Sohn die helle, seeseitige Suite, in der sie schon mit ihren Eltern gewohnt hatte. Vincent und Thérèse bekamen zwei kleine Dienstzimmer für Angestellte im rückwärtigen Untergeschoss zugeteilt. Es dauerte nicht lange, da trafen sich alle wie die Farben auf einer frisch gereinigten Malerpalette am hellen Strand, der geharkt und geglättet war, unter einem blau-weißen Pavillon, Charlotte mit einem luftigen, fliederfarbenen Kleid, Thérèse mit hellgelbem Badeanzug. Einige Meter entfernt von ihnen lag Vincent in dunkelroter Badehose auf einer der mintgrünen Sonnenliegen, und zwischen ihnen lief ein blasser Junge mit blauem Matrosenanzug umher. Die kleine, bunte Sommergesellschaft wirkte auf die Gäste des Hôtel du Palais, als richte sie sich für einen achtwöchigen Urlaub ein, und so hatte auch Charlotte, schon nach einigen Stunden am Strand, das Gefühl, als könnten diese sieben Tage tatsächlich unbeschwert und fernab der Sorgen, die sie sonst nicht losließen, verlaufen. Genau genommen war es das erste Mal, dass sie ihren dreijährigen Sohn mit den Augen einer liebenden Mutter betrachtete. Sie verfolgte jeden seiner Schritte im Sand, sah sein sonst immer etwas trauriges Gesicht aufleuchten, wenn er Thérèse anfeuerte, ihn zu fangen oder wenn er sich ängstlich an Vincent heranschlich, bis der nur seine Augen öffnete, um dann erschrocken und quiekend davonzulaufen.

Besonders rührend empfand sie Alains Annäherungsversuche an sie selbst, denn sie spürte bei jedem Heraufklettern auf ihren Schoß oder wenn er ihre Hand griff, um sie vergeblich dazu zu überreden, mit ihm ins Wasser zu kommen, wie sehr er sie mochte und wie sehr er wollte, dass sie ihm entgegenlächelte und ihn in die Arme nahm, wie eine richtige Mutter. Sie hatte noch nicht die Geduld gehabt und wohl auch noch keine Gelegenheit, diesen neuen Menschen zu lieben, vielleicht, weil es ihr versagt gewesen war, ihr Kind stillen zu können, vielleicht aber auch, weil sich Thérèse die meiste Zeit um ihn kümmerte oder weil Charlotte es überhaupt nicht begreifen konnte, dass sie Mutter war. Sie hatte dieses Kind selten zu Gesicht bekommen und war nicht darum bemüht, es öfter zu sehen, weil sie ihre eigene Befangenheit ihm gegenüber fürchtete. Dieser Junge war da, das wusste sie, aber wer war er wirklich und was hatte er mit ihr zu tun? Da er quer in ihrem Bauch gelegen hatte, war Charlotte bewusstlos, als sie ihn aus ihr und sie von ihm befreit hatten. Als könne sie es anzweifeln, ja, als bestünde beinahe eine Pflicht darin, zu entscheiden, ob dieses Wesen ihr Sohn war, zeigte man ihr, als sie einige Stunden später aufgewacht war, ein Kind. Doch ohne ihre Antwort abzuwarten, legte man es ihr, als wäre es die normalste Sache der Welt, neben das Kopfkissen. Es dauerte lange, bis Charlotte zwischen diesem Kind und sich selbst einen Zusammenhang herstellen konnte.

Erst an diesem Wochenende, erst im heißen Sand vor dem Hôtel du Palais Biarritz bemerkte sie an ihm und vor allem an sich selbst, dass er auf eine anrührende Weise zu ihr gehörte. Den Menschen in ihm, der er einmal sein würde, den Erben, den letzten zarten Trieb des schon totgeglaubten Stammbaumes der Violets, sah sie, als hätte er sich ihr bewiesen, als die Hoffnung, die er von nun an sein würde. Und mit einem Mal floss in seinem Körper nicht mehr sein eigenes

Blut, sondern das seiner Vorfahren, seines Groß- und Urgroßvaters, das von Louis und Artus, den Thibauts, den Jeans, Antoines und zuletzt auch das von Charlotte. Sie war überglücklich über diese Einsicht, und von da an sah sie Alain nicht mehr als verstörende Last, sondern als einzig triftigen Grund ihrer Existenz, und sie war froh darüber, diese Rechtfertigung zum ersten Mal in ihrem Leben zu empfinden.

Ein Kind ist in der Lage, die Schranken zwischen vollkommen fremden Menschen oder – wie in diesem Fall – zwischen den Bediensteten und ihrer Herrschaft aufzulösen. Wie schon der Gesang auf der Fahrt, ließ jetzt Alains ständiges Hin und Her von Vincent zu Thérèse und von Thérèse zu Charlotte aus diesen vier Menschen eine Gruppe werden, in der jeder Einzelne zu vergessen begann, dass der andere einem eigentlich fremd ist. Die ausgelassenen Spiele im Sand, bei denen Thérèse ihn zurückhielt, wenn er zu übermütig wurde und seine Mutter zu sehr bedrängte, das Herumtollen in den sich überschlagenden Wellen unter Vincents verlässlichem Griff, aber vor allem die dankbaren und beinahe liebevollen Blicke Charlottes an ihre beiden Helfer ließen aus der Reisegesellschaft, wie es so oft auch mit Wildfremden an den entlegensten Orten geschieht, eine Familie werden.

Besonders gern sah Charlotte, wie Vincent mit Alain spielte. Es war eine Natürlichkeit, wie es sie nur zwischen Männern geben kann – die Bewunderung Alains für ein ausgewachsenes Exemplar seiner selbst, das Staunen über die fremde Männlichkeit, ist einem Jungen doch die Mutter und damit auch jede andere Frau näher als das noch unbewusste, eigene Geschlecht. Unter hellem Aufschrei geworfen und sicher wieder gefangen, etwas das Henri zum Beispiel nie mit ihm tat, dieses in die Lüfte werfen – fühlte Vincent wohl den immer mit der Gefahr spielenden Übermut eines enthusiastischen

Vaters, dem es Freude bereitet, sein Kind einer kleinen, aufregenden Ferne auszusetzen, nur um ihn kurz darauf durch das geschickte Fangen mit umso größerer Nähe und Geborgenheit zu belohnen.

Seltsam, dachte Charlotte, hatte Henri ihn so wenig als seinen Sohn betrachtet, wie sie selbst? War Alain auch für seinen Vater ein fremdes Wesen, vielleicht weil es einen fremden Namen trug und nicht den seinen oder weil er schon lange ahnte, dass er fortgehen würde und dass er diesen Jungen niemals mitnehmen dürfe? Er spielte Alain den Vater nur vor, und Charlotte ekelte sich beinahe vor den ungelenken und meist erfolglosen Bemühungen ihres Mannes, sein Kind aufzuheitern. Kinder fühlen sich zu sorglosen, glücklichen, sogar traurigen Menschen hingezogen, wenn sie nur wahrhaft glücklich oder wahrhaft traurig sind. Sie spüren, als wäre es ihr alles bestimmender Sinn, jede Verklemmung oder Verstellung und nehmen Reißaus, und wenn man sich ihnen in den Weg stellt, laufen sie um einen herum, als wäre man ein Baum oder sonst irgendein Hindernis. Man kann sie nicht davon überzeugen, dass man sie liebt, egal ob man es tut oder nicht.

Charlotte sollte sich später darüber ärgern, dass es keine Beweise ihres Glücks dieser Tage gab, keine Fotos oder Andenken. Am liebsten hätte sie eine Fotografie besessen, von Alain, Thérèse, Vincent und ihr unter dem blau-weißen Baldachin ihres Pavillons am Meer. Nur Alain besaß ein Souvenir, von dem er allerdings längst vergessen hatte, woran es ihn hätte erinnern können, einen Stein, den er im Wasser gefunden hatte und mit dem er aufgeregt zu ihnen gelaufen kam. Charlotte und Vincent beugten sich über den kleinen Schatz, den Alain ihnen entgegenhielt und der, rund und grau, nicht mehr als ein gewöhnlicher Stein war, doch zum ersten Mal kam es bei dieser Gelegenheit zu einem Kontakt zwischen Charlotte und Vincent, noch zaghaft und unschuldig. Ihre nackten Schultern stießen leicht aneinander, und während Vincent nicht zu bemerken schien, dass sie sich immer wieder streiften, fühlte Charlotte in ihre kleinen Berührungen hinein, als wäre jede von ihnen ein Kuss. Der Moment war so kurz und aufregend gewesen, dass sie sich wünschte, Alain würde einen Stein nach dem anderen aus dem Wasser holen. Aber die Besonderheit des Steines bestand darin, dass er der Einzige war, denn es gab eigentlich keine Steine an diesem Strand.

Wenn Charlotte an diese Tage im Sommer 1960 zurückdachte, was sie in letzter Zeit oft tat, dann sah sie ihrem früheren Ich und diesem fremden Mann lächelnd zu, wie sie sich annäherten. Sie sah, wie jung diese Menschen waren, wie verschieden von denen, die sie später sein würden, und sie erfreute sich, aufrichtig und voller Sehnsucht, an ihrem Glück.

An diesem ersten Abend brachten Charlotte und Thérèse Alain gemeinsam ins Bett. Anfangs war er noch sehr aufgedreht, sprang, wie auf einem Trampolin, auf der Matratze herum, warf sich aber dann, nachdem er immer wieder aufgesprungen war, endgültig in die Kissen und wurde schnell müde. Während Thérèse ihm aus dem *Kleinen Däumling* vorlas, streichelte Charlotte seinen Arm, wobei sie darauf achtete, dass er es nicht bemerkte, damit er ihn nicht womöglich noch wegzog. Sie streichelte ihn in den Schlaf und als Thérèse gegangen war, flüsterte sie dem schon Träumenden ins Ohr: »Das war ein schöner Tag.«

Am liebsten hätte sie sich neben ihn gelegt, da sie keine Lust hatte, nach unten zu gehen und allein in der Hotelbar zu sitzen auf die Gefahr hin, dort von irgendjemandem aus der Gesellschaft entdeckt zu werden oder in einem Sessel vor dem Kamin so zu tun, als könne sie bei dem nächtlichen Trubel ein Buch lesen. Vor allem aber wollte sie keine Gespräche über ihr Hotel oder das Weingut führen, so wie vorhin erst, als sie beim Dîner von Madame Saubrousse mit »Wie geht es Ihnen und Ihrem Château?« angesprochen wurde, womit nur der Wein und weder sie selbst noch das Haus gemeint war. »Hat er sich erholt? Sie haben noch nicht neu gepflanzt? Das wundert mich aber. Ihr Wein ist der Beste, wenn man ihn doch nur bekommen könnte. Na ja, ich muss bei Ihnen vorbeischauen, dann kommt man ja in den Genuss, den Neunzehnhunderter zu trinken. Haben Sie davon überhaupt noch? Es wäre wirklich schade, wenn er aus wäre. Ein Jahrhundertwein, und Ihrer ist der Beste. Ich habe gehört, das Hotel läuft gut? Ich habe gehört, dass Sie wohl bald zu den Besten des Landes zählen? Im Sommer ist ja wohl bei Ihnen kein Zimmer zu bekommen? Wo ist denn eigentlich Henri? Ach, Paris–Marseille, das Rennen, ja, das ist ein Spaß, aber nicht für Frauen, das verstehe ich. Und Sie bleiben wirklich nur eine Woche? Das ist schade. Aber wann treffen wir Sie denn dann wenigstens in Paris? Sie waren schon so lange nicht in unserem kleinen Kreis.« Bei all diesen Interessensbekundungen wusste Charlotte, dass die, die so mit ihr sprachen, besser informiert waren, als sie vorgaben zu sein, und eigentlich dachten sie ja: »Warum verkauft sie nicht? Das mit dem Hotel wird ein schlimmes Ende nehmen, und Wein pflanzen, vierzig Hektar? Dazu braucht man Geld, und das hat sie nicht und offensichtlich gibt ihr keiner Kredit. Dann ist es nur noch eine Frage der Zeit. Und ihr Mann ist in Marseille, die Arme. Ja, man kann seinem Schicksal nicht entgehen. Traurig, was aus dieser Familie geworden ist. Man möchte sie umarmen und ihr Mut zusprechen. Aber ein Glück, ihr Vater muss das nicht mehr mit ansehen.«

Das war es, was ihrer Meinung nach in der Gesellschaft über sie gedacht wurde, und alle schienen in ihren Erkundigungen darum bemüht, nicht einmal in die Nähe der Wahrheit zu geraten, ja die Wahrheit war das Einzige, worüber nicht gesprochen wurde. Von der Saubrousse wollte sie jetzt auf keinen Fall gefunden werden. Überhaupt gab es wohl kaum eine Person, die sie sich weniger in ihr Hotel gewünscht hätte. Eine Begegnung mit den Brichots war ihr zum Glück vorerst erspart geblieben. Als sie heute Nachmittag das Hotel betreten hatte, war Monsieur de Brichot an ihr vorbeigegangen, ohne sie zu bemerken. Diese Leute, mit denen ihr Vater und Großvater noch befreundet gewesen war und die wenigstens noch den Anstand besaßen, jegliches Aufeinandertreffen – ohne dabei unhöflich zu werden – zu umgehen, waren ihr immer noch die Liebsten. Es war zu dem Versteckspiel gekommen, vor dem die Violets über Jahrhunderte hinweg sicher gewesen waren. Dass man an ihnen vorbeiging, als hätte man sie nicht erkannt oder gar nicht erst gesehen, beruhte meist auf einer gesteigerten Form des Respekts, der sie davor bewahrte, eben diese unvermeidlichen Fragen stellen zu müssen und so die Gefallenen aus der Gesellschaft immer aufs Neue damit zu konfrontieren, dass sie gefallen waren.

Also, wenn sie derlei unangenehmen Begegnungen entgehen, aber auch nicht in der Suite bleiben wollte, blieb nur der Strand und auch dort nur die dunklen Abschnitte rechts und links vom Hotel, die nicht illuminiert waren. Sie bat Thérèse, zu kommen und vor Alains Zimmer Wache zu halten, und verließ das Hotel über den linken Seitenausgang.

Sie wusste später nicht, ob sie es einen Zufall nennen konnte, dass sie Vincent am Strand traf oder ob es eine Zwangsläufigkeit gewesen war. Auf die Idee, dass er den Strand aufsuchen könne, um dort ein Bier zu trinken, weil er sich die überteuerten Bars der Stadt nicht leisten konnte und vor allem nicht wollte, war Charlotte nicht gekommen, auch wenn ihr Unterbewusstsein sie dorthin geführt haben musste, denn es gab im Palais und auch am Hotelstrand durchaus Verstecke, die allemal geeignet waren, der Saubrousse und den

Brichots zu entgehen. Erst als sie Vincent sah, wurde ihr klar, dass sie ihn gesucht hatte.

Wie begegnen sich zwei so unterschiedliche Menschen wie die Comtesse Charlotte Louise de Violet-Hascardin und der Portier Vincent Labotte an einem Strand? Es war so unspektakulär wie rührend.

»Ach, guten Abend Monsieur Labotte, ich hätte gedacht, Sie sind in der Stadt und feiern das Nachtleben«, sagte Charlotte so natürlich wie möglich und Vincent antwortete: »Nein, nein, wenn ich schon einmal am Meer bin, dann bekommt man mich nur schwer davon weg.«

»Das verstehe ich«, erwiderte Charlotte, und sie gingen stumm ein paar Schritte nebeneinander her. Dann blieb sie stehen und sagte: »Es tut mir leid, dass Alain Sie so sehr in Beschlag nimmt, es ist ja nicht Ihre Aufgabe, sich um ihn zu kümmern.«

»Das ist aber kein Problem für mich«, antwortete Vincent. »Ich mache das gern und bin es außerdem gewohnt, meine Schwester ist jünger als ich, und da wurde ich schon recht früh in die Verantwortung genommen. Also, es macht mir wirklich nichts aus, und ansonsten hätte ich ja nichts zu tun, und dann wäre es wohl besser, wenn ich zurückfahren und Sie dann wieder abholen würde.«

»Ach, das wäre ja vollkommen sinnlos, die ganze Strecke zurück und dann wieder hierher, nein, das ist schon gut so, dass Sie hier sind, dann könnten wir auch einmal einen kleinen Ausflug machen. Und Alain freut sich sowieso, dass Sie mitgekommen sind. Vorhin beim Zubettgehen hat er gesagt, dass er schnell einschlafen will, damit die Nacht vergeht, und er morgen wieder mit Ihnen baden kann. Er ist sehr glücklich gerade.«

»Das freut mich«, erwiderte Vincent, der am liebsten gefragt hätte, ob sie denn auch glücklich sei. Aber er tat es nicht und deshalb sagte sie: »Ich habe mich schon sehr lange nicht so wohl gefühlt. Ein Tag am Strand hat eine schöne Ruhe. Und ich liebe das Wasser, also zum Baden ist es mir zu kalt, aber ich liebe, wie es klingt.«

Vincent schmunzelte. »Also meiner Meinung nach ist es nicht kalt. Man muss sich nur daran gewöhnen, und ich denke, Alain würde sich freuen, wenn Sie mit ihm baden gehen würden.«

»Der Körper einer Frau, junger Mann, ist für so etwas nicht geeignet, wir frieren nicht nur im Winter, wir frieren auch im Sommer«, und beinahe hätte sie noch »sogar jetzt friere ich« gesagt. Charlotte spürte eine Veränderung in sich, es war ein Gefühl der Leichtigkeit, als könne sie ihr bisheriges Leben ablegen, ausziehen wie ein Kleid, das man am Strand zurücklässt, weil es einem nicht mehr passt. Sie erfreute sich an ihrem eigenen Übermut, ja, und damals war es wirklich so, dass sie, hätte er sie aufgefordert, mit ihm zu tanzen, sie hätte es getan, am Strand und ohne Musik.

»Waren Sie überhaupt schon einmal in Biarritz?«, fragte sie ihn, als sie sich wieder langsam in Bewegung gesetzt hatten.

»Nein, das konnten wir uns – denke ich – nicht leisten.«

»Ach, das finde ich fürchterlich«, sagte Charlotte, »dass manche Menschen bestimmte Dinge einfach nicht tun können, bloß weil sie nicht genug Geld verdienen. Wenn Sie mich fragen, ich finde das ungerecht, aber ich habe gut reden.«

»So schlimm war es nicht. Ich kann mich, was meine Kindheit betrifft, nicht beklagen. Und dann waren wir ja auch lange in England, und da ging es uns allemal besser als den meisten hier.«

»Was haben Sie denn in England gemacht?«

Dieser seltsame Mensch, der ihr seit über einem Jahr die große Eingangstür aufhielt und ihr in den Wagen hinein und aus ihm heraus half, interessierte sie. Er war ihr ein Phänomen. Sie wusste bei seiner ersten Anstellung nicht einmal, wer er war und was er für

Referenzen oder überhaupt welche Ausbildung er hatte, weil er damals von Robert, der zu dieser Zeit noch Weinbergsaufseher war, als Saisonarbeiter in der Rebschule eingestellt wurde. Charlotte hatte Vincent zu dieser Zeit nur selten zu Gesicht bekommen, und wenn sie ihn sah, bewies ihr seine kräftige Statur und Haltung, dass er der richtige Mann für diese Arbeit war. Nach dem großen Frost mussten sie die gesamte Belegschaft des Weingeschäftes entlassen und so verschwand auch Vincent. Wie erstaunt war sie dann, als sich dieser Bauer vor einem Jahr für die Stelle des Portiers bewarb. Charlotte musste, während sie damals sein ordentliches Bewerbungsschreiben in den Händen hielt, unwillkürlich an eine frühere Szene denken, in der dieser Landarbeiter mit sicheren Handgriffen beim Beschlagen eines Pferdes half. Sie konnte sich nicht vorstellen, wie es diesem Menschen, der eben noch die Hufe eines Ackergaules gehalten hatte, jetzt gelingen sollte, einem Gast die Tür zu öffnen und ihn hereinzubitten, geschweige denn, wie er auf eine Frage antworten sollte.

Charlotte und Vincent stiegen die Treppen zur Felsenbrücke hinauf und er erzählte ihr, wie es ihm seit Beginn des Krieges ergangen war.

Die Biografien der Menschen, ob arm oder reich, werden durch einen Krieg durcheinandergebracht, weil er sich in alles einmischt und nichts unberührt lässt, als würde eine übermächtige Hand einen gewaltigen Würfelbecher mit Millionen von Menschen darin schütteln, in die Lüfte heben und irgendwo entfernt der Heimat niedersausen lassen und alle über das Land verstreuen. Der Krieg ist wie eine Krankheit, eine Epidemie, die sich weit vom eigentlichen Epizentrum der Front, hinein in die noch so entlegensten Ecken des Landes ausbreitet. So mussten Vincents Eltern, als die Deutschen das Land überfielen, aufgrund der jüdischen Abstammung seiner Mutter mit ihm und seiner Schwester fliehen, bevor die Krankheit das kleine Dörfchen Verac erreichen würde, in dem sie recht einträglich von den Einkünften einer Parzelle und einer kleinen Weinhandlung gelebt hatten. Sie buchten von Bordeaux aus eine Passage mit einem Frachtschiff, das sie wenigstens über den Kanal bringen sollte und wollten zurückkehren, sobald die *Boches* wieder vertrieben wären. Aber da der Krieg zu lange dauerte und die *Boches* nicht vertrieben wurden, blieben sie, wo sie angelandet waren, in England, bei Verwandten von seinem Vater in Surrey. Vincent begann dort eine Ausbildung als Koch, zusätzlich besuchte er die Butlerschule in Ealing, etwas außerhalb von London, was ihm alle Freizeit raubte. Als es drei Jahre später so aussah, dass die Engländer in den Krieg einsteigen würden, brach er sofort seine Lehre ab und er und seine Schwester, die gerade eine Ausbildung zur Hebamme begonnen hatte, meldeten sich freiwillig. Kurz darauf war er einer von den Tausenden, die als Erste in der Normandie anlandeten und eine Chance von eins zu eins hatten, während seine Schwester in einem Militärkrankenhaus auf der Insel versuchte, aus Sterbenden Lebende zu machen. Er kämpfte, wurde verwundet, kam ins Lazarett, wurde gesund, nur eine Narbe sollte ihm bleiben, von einer Wunde, die ihm allerdings, durch das Gesicht hindurch, noch in einem Teil seiner Seele klaffte. Nach dem Krieg schlug er sich lange Zeit als Kohlenschipper und Landarbeiter durch. Da er seine Lehre und die Butlerschule abgebrochen hatte, fand er weder als Koch noch im Hotelgewerbe eine Anstellung, wohingegen die wenigen gesunden Männer, zu denen er gehörte, für jede körperlich schwere Arbeit gesucht und einigermaßen gut bezahlt wurden. Vincent erklärte Charlotte, dass ihm eigentlich jede Arbeit Spaß mache, und dass er sich mit den verschiedensten Tätigkeiten anfreunden konnte. Das hätte ihn außerdem lange Zeit über Wasser gehalten.

Charlotte fragte ihn, weil sie hinter seiner angeblichen Freude an jeder Art von Arbeit eher einen ausgeprägten Zweckoptimismus sah, was er denn im besten Falle tun würde, was die schönste Aufgabe für ihn wäre, und Vincent antwortete zu ihrem Erstaunen: »Ich habe im Krieg zu viel gehofft und gewünscht, ich glaube, ich habe alle Wünsche verbraucht, ich habe das Grauen gesehen und grauenvolle Dinge getan, glauben Sie mir, ich habe keine Wünsche mehr, wenigstens nicht für mich. Ich bin da lebend herausgekommen und ich schäme mich, weil es keinerlei Rechtfertigung für den Tod der anderen oder das Leben für mich gibt.« Er entschuldigte sich augenblicklich, dass es wohl recht pathetisch sei und dass er nicht den Eindruck machen wolle, als müsse man ihn bemitleiden, im Gegenteil. »Der Krieg ist jetzt fünfzehn Jahre her«, sagte er, »und ich bin dankbar, dass ich noch lebe. Aber das ist auch schon alles. Das reicht mir. Sie können das sicher nicht verstehen.«

Er hatte recht, Charlotte verstand es nicht, sie ahnte es nur. Das eine Mysterium erklärte ihr das andere, seine Metamorphose vom Stallburschen zum Portier. Die Stärke, die sie in ihm entdeckt hatte, war also wesentlich tiefgründiger. Sie bewies sich nicht nur in der Aufrechterhaltung einer höflichen und zuvorkommenden Fassade, nein, sie verlieh offensichtlich seinem ganzen Wesen eine generelle Fähigkeit zur Demut und damit wohl auch zu einer besonderen Form von Glück. Sie hatte nicht den Eindruck, dass er ihr etwas vormachte, auch wenn sie das eine oder andere Mal die Vermutung hatte, er wäre ein zu reiner Mensch, ein Mensch, den es eigentlich nicht geben konnte.

Sie standen auf dem Rocher du Basta an der Brüstung zum Meer. Hinter ihnen leuchtete die Stadt und vor ihnen lag über dem schwarzen Atlantik die Nacht, die durch die weiß schäumenden Wellen, die sich draußen an den kleinen Riffs brachen, streifenweise erhellt wurde. Vincent hatte sich auf die Mauer gestützt. Sie sprachen nicht mehr. Charlotte legte ihre weiße Hand auf die seine. Er zog sie nicht zurück. Sie sah sein Gesicht und hatte den Wunsch, ihm die Narbe zu küssen. Ein Glück ist umso größer, je unwahrscheinlicher es ist.

Die Tage in Biarritz waren für Charlotte wie eine Zeit, die nicht zu ihrem Leben gehörte, sie existierte außerhalb von ihr, wie wenn man mit einer Taucherflasche auf dem Grund des Meeres herumläuft und dort Dinge sieht, die man noch nie gesehen hat; sogar den eigenen Atem, dessen kristallene Bläschen einem fremd sind und der einen deutlich fühlen lässt, dass man lebendig ist. Charlotte hatte sich vom ersten Moment an, seit sie auf der Fahrt gesungen hatten, dazu entschlossen, keines ihrer Gefühle zu überwachen und alles zuzulassen, was ihr möglich und unmöglich schien. Sie hatte diese sieben Tage mehr und mehr dazu auserkoren, ihr gesamtes restliches Dasein zu ersetzen. Kurzum, sie hatte beschlossen, sich fallen zu lassen. Und dieses Fallen war dann doch kein Fall, sondern etwas so Reales, etwas, das weit entfernt von einem Traum, einer Träumerei war, dass es sie umso mehr erschreckte, als hätte sie an sich einen zweiten Typus Mensch entdeckt, der in ihr wohnte, eine Gefangene, der man sieben Tage Ausgang gewährt.

Die Abreise stand bevor. Alain weinte wegen irgendeiner Kleinigkeit und Charlotte wusste, er weint, weil er ahnt, dass auch für ihn etwas zu Ende geht, das er nicht wieder erleben würde. Vincent trug die Koffer aus der Suite und als Charlotte ihn so von hinten sah, mit den Koffern in beiden Händen, erkannte sie den Portier, den sie eine Woche lang nicht gesehen hatte und der ihr jetzt fremd war.

Auf der Rückfahrt wurde weder gesungen noch gelacht. Es sind diese schrecklichen Autofahrten, die man einfach nur hinter sich lassen möchte, weil sie einen zurückbringen an die gewöhnlichen Orte des Lebens. So erging es auch der kleinen Reisegesellschaft. Sie sprachen kaum und jeder war in sich selbst versunken. Die Landschaft erschien Charlotte jetzt flach und öde, ab und zu ein Wald, dann wieder, als hätte man mit einem Lineal zwei aufeinanderstoßende Linien gezogen, der Horizont und die Straße. Sie waren schon zwei Stunden gefahren, da erkannte Charlotte, nur aus dem Augenwinkel heraus, einen Wegweiser, der an ihnen vorbeizog.

»Wollen wir noch auf die Düne fahren?«, fragte sie und blickte ihren Sohn dabei an.

»Oh, ja, Mama. Bitte, Mama«, rief Alain begeistert.

»Ja, die ist schön«, warf Thérèse dazwischen. »Wir haben doch noch etwas Zeit. Dann machen wir einen kleinen Abstecher.«

»Wie weit ist es denn?«, fragte Charlotte und schaute Vincent in dem kleinen Rechteck des Spiegels in die Augen: »Nicht weit, eine Viertelstunde«, antwortete er.

»Gut«, sagte Charlotte, »dann ist es beschlossen!«

Sie kehrten um und bogen, dem Wegweiser folgend, Richtung Arcachon ab.

Thérèse und Alain lebten noch einmal, wie schon auf der Hinfahrt, auf und begannen sofort zu singen: »*Mardi gras, ne t'en va pas, Je ferai des crêpes. Mardi gras, ne t'en va pas, Je ferai des crêpes et puis voilà.*«

Als sie die riesige Düne von Pilat erreicht hatten, parkten sie den Wagen und stiegen die Leitern, die man aufgrund der Steilheit der Hänge auf den Sand gelegt hatte, hinauf auf das Plateau, von dem aus man das Meer mit dem hellen Streifen einer vorgelagerten Düneninsel, die dem Ganzen einen karibischen Anschein verlieh, überblicken konnte. Alain war nicht begeistert. Er wollte an den Strand, der einige hundert Meter entfernt lag.

»Geht ihr nur, ich bleibe hier und warte auf euch«, sagte Charlotte. Alain rannte augenblicklich los und Thérèse hatte Mühe, ihn auf dem zum Meer hin flach abfallenden Hang der Düne einzuholen. Sie rannten davon. Der Sand stieb von ihren Füßen, bis zuerst Alain, dann Thérèse stürzte und sie sich wieder aufrappelten und weiterliefen.

Vincent saß neben Charlotte und beide beobachteten das Geschehen aus der Ferne, wie zwei Großeltern das Spiel ihrer Enkel. Sie sahen, dass Alain Thérèse hinter sich her ins Wasser ziehen wollte und wie sie ihn zurückhielt und mühevoll auszog und wie er sich – ein kleiner, strammer Ringer – befreite, selbst in seine Badehose zwängte und sofort und auf einem Bein in die erste Welle hüpfte. Es war ein trauriger Anblick, so traurig, dass Charlotte die Tränen in den Augen standen und Vincent den Blick vor sich im Sand versenkte. Sie schwiegen eine Weile, dann sagte Charlotte mit fester Stimme: »Es war schön.«

»Ja, das war es«, antwortete Vincent.

»Du weißt, dass es nicht geht?«

»Natürlich.«

»Hast du eine Frage?«

»Nein.«

»Wenn wir traurig sind, dürfen wir es jetzt noch sein, aber nachher ist das nicht mehr von Bedeutung.«

»Ich weiß«, antwortete Vincent, der ihre Hand nahm. Charlotte sah diese beiden Hände, die wie eins waren, wie eine Muschel im Sand.

»Ich verstehe, wenn du uns verlassen willst, das würde ich vollkommen verstehen.«

Vincent schwieg.

»Wenn du bleibst, freue ich mich, was aber nichts zu bedeuten hat. Meine Freude oder meine Trauer sind für dich ab sofort bedeutungslos. Und du musst mir versprechen, dass sie das auch für dich sein werden, nur so wird es gehen. Wenn du mir das versprichst, kannst du bleiben.«

Vincent schwieg noch immer.

»Versprichst du es mir?«

Sie sahen, wie Thérèse Alain in ein Handtuch wickelte und trockenrubbelte. Sie wussten, dass sie gleich zu ihnen kommen und damit entweder das Versprechen oder Vincents Abschied besiegeln würden. Es war nicht mehr viel Zeit. Alain schaute schon zu ihnen nach oben auf die Düne. Es war ein seltsamer Blick, und Charlotte hatte das Gefühl, dass er aus hundert Meter Entfernung wusste, worüber sie sprachen. Noch einmal warf Thérèse das Handtuch über ihn und trocknete seine Haare. Schon hörten sie Alain von Weitem, wie er nach ihnen rief, zuerst nach seiner Mutter und dann nach Vincent, als würde noch irgendein Zusammenhang zwischen ihnen beiden bestehen.

»Ich verspreche es«, sagte er.

Die Düne von Pilat, 1990

Das Gewitter zog heran und verdunkelte die See. Die Sonne war dahinter schon fast untergegangen. Die große Düne von Pilat lag an der Küste wie eine mächtige weiße Frau, und die kleinen Franzosen auf ihr fingen an, hastig ihre Sachen zusammenzusuchen und die langen, schräg auf den Sand gelegten, hölzernen Leitern hinab zu steigen. Sie sprangen in ihre Autos und fuhren davon. Schon zuckten die ersten Blitze ins Meer und der Regen begann.

Ella lag auf der Seite, den Kopf auf ihren Arm gelegt und beobachtete, wie die vereinzelten Tropfen kleine Krater in den Sand schlugen.

»Wir werden vom Blitz getroffen«, sagte sie.

Neben ihr lag René, seine kräftigen Arme hinter dem Kopf verschränkt und schaute hinauf in den Himmel. Ab und zu musste er von den Tropfen, die ihm in die Augen fielen, blinzeln.

Sie wiederholte noch einmal: »Wir werden ganz sicher vom Blitz getroffen.«

Er drehte sich zu ihr, nahm etwas Sand und ließ ihn durch seine Finger auf ihre Schultern rieseln.

»Hörst du, was ich sage. Wir sind die Einzigen hier oben. Das ist doch gefährlich, oder?«

»Ganz unmöglich ist das«, sagte René gelassen.

»Na, ganz unmöglich würde ich nicht sagen«, erwiderte sie und dann er: »Und wenn es passiert, dann will Er uns nicht.«

Zuerst schaute sie ihn fragend an, dann lächelte sie, wandte sich zu ihm um und schmiegte sich an ihn. »Meinst du, Er will uns?«

René drehte sich wieder auf den Rücken und spürte den warmen Regen auf seinem Gesicht. »Wenn Er uns nicht will, wen soll Er dann wollen?«

»Ich glaub auch, dass Er uns will«, sagte sie, schaute ihn von der Seite an und streichelte seine Nase. Dann nahm sie Schwung und rutschte, wie ein Skispringer auf der Schanze, mit zwei Fingern an ihr herunter. »Schhhhhhhht.« Ihre Hand machte einen weiten Bogen und landete auf seinem nackten Bauch. Sie fuhr etwas aus und kam bei seinem Gürtel zum Stehen.

»Und wie Er uns will.«

Sie öffnete den Gürtel, dann den Knopf seiner Hose. Um sie herum wurde es dunkler. Blitze schlugen ins Land und in die See. Ihre nackten Körper wurden mit zuckenden Lichtern erhellt, und Ella fühlte, dass sie einmalig auf dieser Welt war und sie wusste, dass er sie haben will, so wie sie jetzt gerade waren, ja, als hätte er sie nur für diesen Augenblick gemacht. Dann irgendwann richtete sie sich von René auf, riss die Arme in die Luft und rief laut in die finsteren Wolken hinein: »Eins! Un! Uno!« René nahm sie zurück zu sich, drehte sich auf dem feuchten Sand und war schon über ihr. Von Weitem konnte man durch das Krachen des Donners hindurch Ellas heisere Rufe hören: »Zwei! Deux! Dos!«

Weder Ella noch René hatte bisher den Atlantik gesehen, denn der Eiserne Vorhang, die Mauer, die Ost und West voneinander trennte, war gerade erst gefallen. Es war der Sommer 1990. Ihre erste Reise in die neue Welt führte Ella und René, ohne dass sie darüber hätten lange beraten müssen, nach Frankreich, in das Land ihrer Träume.

Sie wollten nicht, wie viele ihrer Landsleute, den Glanz des goldenen Westens mit seinen neuen Gerüchen, Farben und Geschwindigkeiten bestaunen, nein, sie waren auf der Suche nach einem Frankreich, das es seit über hundert Jahren nicht mehr gab und das sie aus Romanen von Balzac, Flaubert und Maupassant kannten. Sie fuhren in eine neue Welt, um eine alte darin zu finden, und dabei folgten sie ausschließlich ihren romantischen Vorstellungen. Sie hatten in der ersten Woche ihrer Reise vieles erlebt. Sie hatten Drehorgelspieler, denen kleine Äffchen auf der Schulter tanzten, gesehen und mächtige Fische im klaren Wasser der Ardèche. Sie hatten in die großen, goldverspiegelten Fenster der Casinos in Monte Carlo geschaut und nur sich selbst darin erblickt. Sie hatten Saint Tropez, Marseille und Avignon gesehen und die Flamingos, die einbeinig in der salzigen Lauge der Camargue standen. Sie waren bei Sonnenuntergang auf den rot leuchtenden Mauern der Festungsstadt Carcassonne entlanggelaufen, bis die Landschaft vor ihnen im Dunkel verschwand und die letzten Kutschen die Touristen klappernd aus den Toren hinausfuhren. Sie waren quer durch die Pyrenäen gefahren und jetzt hier an der großen Düne, dem herbeigewehten Wüstensand aus Afrika, gelandet. Auch wenn es ihnen nur selten gelang, zu finden, wonach sie suchten, so fühlten sie doch in allem, was ihnen begegnete, den Gewinn dieser anderen, dieser neuen Hälfte der Welt, die jetzt ihnen gehörte.

Das Schloss

Das Gewitter war vorüber. Barfuß, immer schneller werdend, liefen sie die Düne hinunter, bis sie schließlich stürzten und sich nebeneinander, kreischend, hinabrollen ließen. Unten schüttelten sie sich auf allen vieren, wie zwei junge Hunde, den feuchten Sand aus dem Fell und bellten noch dazu. Dann kletterten sie in seinen taubenblauen Wartburg und fuhren, aus den geöffneten Fenstern hinaus jaulend, davon.

Es war fast Mitternacht, als sie die Küste in Richtung Bordeaux verließen. Die Reiseroute quer durch Frankreich war ausschließlich entlang ihrer Lust verlaufen. So hatten sie auch für diesen Abend, wie so oft auf ihrer Reise, noch keine Bleibe. Alles würde sich finden, wie sich für zwei Liebende immer alles und meist noch zum Besten findet.

Die Straße war abgelegen und schlängelte sich durch einen hageren Wald. So sehr der Chopin, den sie von Kassette abspielten, tagsüber aus den Sonnenblumenfeldern und den sanften Hügeln einen ganzen Sommer machte, so tauchte er nun die Nacht draußen, das schwach beleuchtete Innere des Wagens und die beiden selbst in eine fremde Traurigkeit, die ihnen gefiel und nach der sie sich manchmal sehnten.

Nach einer Stunde Fahrt durch diesen sich endlos ziehenden

Wald, an vereinzelten Dörfern und Gehöften vorbei, von denen sie nicht wussten, ob sie bewohnt oder verlassen waren, wurde Ella so müde, dass sie immer wieder einnickte und so erschien ihr die Fahrt wie ein Flug durch eine unendliche Nacht, in der sich unter dem ständigen Dröhnen des Motors finstere Täler, dämmrige Hügel und vorbeihuschende Kiefern einander abwechselten. Sie erzählte René wie in Trance von ihrer Kindheit, wie sie mit dem Lada in den Urlaub gefahren waren und dem einzigartigen Geruch im Auto ihrer Eltern. Der Zigarettenrauch des Vaters, das Parfüm der Mutter und der ölgetränkte Lappen zu ihren Füßen hinter dem Fahrersitz, alles vermischte sich zu einem Duft, der für Ella Glück bedeutete. Alles war für sie darin enthalten, ihre Eltern, die Reise und die Entfernung zu der von ihr so verhassten Hauptstadt. Sie erzählte halb schlafend und wie von einem Traum, dass dieser Geruch sie ihr ganzes Leben begleitet hatte, denn die Fahrten waren das Schönste, woran sie sich erinnern konnte. Sehr selten hatte sie ihre Eltern so für sich allein gehabt. Sie konnten ja nicht weg, sie saßen auf ihren Sitzen angeschnallt und Ella konnte sie berühren, wann immer sie wollte, und sie mussten ihr zuhören, ihr antworten, wenn sie mit ihnen sprach, ja manchmal stand sie auf, stellte sich zwischen die Sitze und küsste die Wange der Mutter oder des Vaters. Sie waren eine Familie, nur auf diesen Fahrten waren sie eine Familie, und draußen flogen die Landschaften an ihnen vorbei, so wie jetzt.

»Bitte zünde dir eine Zigarette an«, bat sie René. Und während er aus dem halb geöffneten Fenster hinaus rauchte und die Scheinwerfer den Weg durch die Nacht suchten, lehnte sie sich an ihn und schlief an seiner Schulter ein.

Als Ella aufwachte, stand der Wagen still, der Motor lief noch. Sie beobachtete René dabei, wie er sich nach links und rechts umblickte.

»Was ist? Hast du dich verfahren?«, fragte sie. Die Scheinwerfer erhellten einen schmalen Feldweg vor ihnen, und aus ihrem Beifahrerfenster heraus konnte sie die Reste einer Feldsteinmauer erkennen.

»Verfahren, Liebste, kann man sich nur, wenn man überhaupt weiß, wo man hinwill. Die Straße ist hier zu Ende«, sagte René, legte den Gang ein, schaute sich nach hinten um und fuhr einige Meter zurück. »Hier soll irgendwo ein Hotel sein. Aber das war wohl nichts. Stockfinster ist das hier. Wenn du was siehst, schreist du.«

Er musste mit dem Wagen ein ganzes Stück zurücksetzen, denn der Weg war so schmal, dass man auf ihm nicht wenden konnte. Er befürchtete schon, dass er bis zur Hauptstraße zurückfahren musste, da entdeckte er eine kleine Einfahrt, die er offensichtlich vorher übersehen hatte. Im selben Moment erfüllte das Innere des Wagens, wie das jähe Anfahren einer Stahlsäge, ein gellender Schrei. Er sah noch in Ellas entstelltes Gesicht und trat so sehr auf die Bremse, dass sie beide in die Sitze geworfen wurden. Als der Wagen stillstand, stieg eine feine Staubwolke an den Scheiben auf.

»Mann, hast du mich erschreckt. Was ist denn?«

»Ich sollte doch schreien, wenn ich was sehe. Und hier ist was.«

»Du bringst mich noch um!«

Ella beugte sich zu ihm, sagte leise »Entschuldigung« und küsste ihn auf die Wange. Dann klappte sie das Handschuhfach auf, nahm eine Taschenlampe heraus und leuchtete nach draußen auf ein altes Emailleschild, dessen gusseiserne Einfassung verrottet war. Sie las vor: »Château Violet.« Darunter stand groß und mit blassblauer Farbe »Hôtel«. Die vier verblichenen roten Sterne darüber waren kaum zu erkennen. Erst jetzt bemerkten die beiden die von dem Weg etwas zurückgesetzten Überreste eines Portals und dazwischen einen schmalen Weg, der in das Dunkel eines Waldes oder Parks führte. Das verrostete Gittertor stand offen und war fast vollständig von wildem Wein überwuchert.

»Na dann mal los«, sagte Ella kurz entschlossen. René, dessen Herz sich von Ellas Aufschrei noch nicht erholt hatte und immer noch heftig schlug, hielt diese Unternehmung für vollkommen sinnlos.

»Liebste, seit einer halben Stunde ist uns keiner entgegengekommen, das ist eine Sackgasse«, sagte er.

»Ach, ich bin müde«, widersprach Ella. »Nun mach schon. Wir werden ja sehen. Und wenn das Château da eine Ruine ist, bauen wir daneben unser Zelt auf. Nun biegen Sie schon ab, Sie Kretin!«

René lenkte den Wagen herum in die Einfahrt. Sie fuhren auf einem links und rechts mit Sträuchern zugewachsenen Kiesweg. Über ihnen schlossen sich die Baumkronen, sodass sie jetzt wie durch einen Tunnel fuhren. Dann verschwanden die Sträucher, das Blätterdach wurde lichter, und Ella konnte aus ihrem Fenster heraus die Sterne sehen. René hielt den Wagen an.

»Also, da ist nichts«, sagte er, schon etwas gereizt. »Lass uns umdrehen.«

Doch Ella wollte noch nicht aufgeben und sagte, er solle doch einmal das Licht ausmachen. René schaltete die Scheinwerfer ab und tatsächlich, nachdem sich ihre Augen etwas an die Dunkelheit gewöhnt hatten, sahen sie in der Ferne auf einer Anhöhe ein schwaches, flackerndes Lämpchen.

»Siehst du«, sagte Ella, und dann sang sie: »Ein Licht, ein Licht, ein Licht, das brennt.«

Sie fuhren um einen Hügel herum, und dann erkannten sie eine einzelne Laterne vor dem Eingang eines mächtigen Gebäudes. Je näher sie kamen, umso klarer wurden die Konturen eines Schlosses, das sich mit seinen beiden Türmen schwarz gegen den nächtlichen

Himmel vor ihnen erhob. René fuhr im Schritttempo auf den kleinen runden Platz vor das Haus, und sie hörten das leise Knacken der Kiesel unter den Rädern. Er stoppte den Wagen und schaltete den Motor aus. Die beiden saßen ganz unschlüssig, ob sie nun aussteigen sollten oder nicht, stumm nebeneinander und betrachteten durch die Frontscheibe den imposanten Bau. Erst jetzt bemerkten sie hinter einem der unteren Fenster ein zweites, schwach grünes Licht.

»Ist wohl doch jemand da«, sagte Ella.

»Das kostet ein Vermögen, so viel ist mal klar«, sagte René. »Wahrscheinlich kommt gleich jemand und schießt uns über den Haufen. Die schlafen doch sicher schon.«

»Irgendwie romantisch«, sagte Ella. »Wie viel Geld haben wir noch?«

»Auf jeden Fall nicht genug für so was hier«, entgegnete René.

Sie schlug ihm mit der flachen Hand auf den Oberschenkel, was sie sehr gern tat, um ihn zu necken und sagte: »Ich klingle mal und du wartest hier und lässt den Motor laufen. O. k.?« René lachte, als sie ausstieg, und dann stieg auch er gähnend aus und folgte ihr. Sie liefen Hand in Hand über den Vorplatz, stiegen drei Stufen zum Eingangsportal hinauf und blieben zunächst unschlüssig davor stehen. Sie lauschten an der wuchtigen Tür. Noch bevor René die Chance hatte, mit Ella irgendeine Art Strategie zu besprechen, drückte sie schon einen großen silbernen Knopf in die Schale einer steinernen Muschel. Die Klingel schlug leise, wie eine Spieluhr, irgendwo tief im Inneren des alten Hauses an. Es dauerte sehr lange, bis sich drinnen etwas regte. Schritte näherten sich. Ein Schlüssel drehte sich mit lautem Klacken. Die rechte Hälfte der riesigen Flügeltür öffnete sich einen Spalt und ein großer Mann tauchte im Halbschatten der Laterne vor ihnen auf. Sie konnten sein Gesicht nicht genau erkennen. Die Stimme des Mannes war sanft und tief. Er fragte die beiden etwas auf Französisch, doch sie verstanden ihn nicht, obwohl er sehr deutlich sprach. Ella schickte René mit einem kurzen Stoß gegen seinen Ellenbogen vor, und der erklärte umständlich, dass sie ein Zimmer suchten und fragen wollten, was es kostet, wenn es nicht sowieso schon zu spät dafür wäre.

Der Mann beugte sich nach vorn und sein Gesicht tauchte in das Licht der Laterne. Ein altes Adlergesicht mit dunklen, fast schwarzen Augen, die René ruhig musterten. Er schaute die beiden an und bat sie um einen Moment Geduld, er müsse erst nachsehen gehen. Daraufhin zog er seinen Kopf zurück und schloss die Tür, bevor die beiden noch einmal nach dem Preis fragen konnten.

Sie schauten sich an, zuckten mit den Schultern und lachten. »Das wird nichts«, sagte René. Doch Ella schlang ihre Arme um seinen Hals, sagte »Damit du dich nicht langweilst« und küsste ihn fest auf den Mund. Als hätten sie sich abgesprochen, versuchten sie, den Kuss bis zur Rückkehr des Alten auszukosten, doch es mochten schon an die zehn Minuten vergangen sein, da löste sich Ella von René und sagte: »Das ist nicht fair. Wo bleibt er denn?« René hielt sein rechtes Ohr an die Tür und horchte. »Ich glaub, er kommt.«

Tatsächlich öffnete sich kurz darauf der rechte Flügel der Tür, wobei der Diener sie diesmal ganz aufschlug, als wolle er sie bitten, hereinzukommen. Er erklärte ihnen, und er sprach langsam und deutlich, dass er ihnen ein Zimmer in der *bel étage* mit Balkon und Blick auf den Park anbieten könne. René bedankte und entschuldigte sich für die späte Störung, aber er glaube nicht, dass sie sich ein solches Zimmer in so einem Haus leisten könnten. Sie würden schon etwas anderes finden oder irgendwo ihr Zelt aufschlagen.

Doch der Diener fragte, als hätte er nicht zugehört: »Wo kommen Sie denn her? Deutschland?«

Dabei tauchte sein Gesicht wieder im Schein der Lampe auf. Seine kräftige Nase und die schmale Narbe, die unter seinem Auge verlief, als hätte ihn ein Komet gestreift, verlieh ihm etwas Verwegenes; etwas, das sich kaum mit seiner steifen und höflichen Art vereinen ließ.

»Aus der DDR. Also, ja, aus Deutschland«, antwortete René.

Scheinbar ohne jeden Zusammenhang fragte der Alte, wie viel sie denn für ein Zimmer ausgeben würden. Das Paar wechselte kurz überraschte Blicke, dann sagte René, dass er das nicht wüsste, dass es bisher immer unterschiedlich gewesen sei und sie sowieso meistens gezeltet hätten. Die beiden hatten ihre gesamten Ersparnisse, alles, was sie an Ostmark entbehren konnten, für diesen Urlaub in Francs umgetauscht, und davon war nicht mehr viel übrig. Also jetzt in so einem Hotel zu übernachten, kam René vollkommen unsinnig vor. Es schien ihm unmöglich, irgendeine Zahl zu nennen. Er wusste, dass – egal, was er sagen würde – es auf jeden Fall zu wenig wäre. Also sagte er, weil sie sich das gerade noch leisten konnten: »So zwischen achtzig und einhundertzwanzig Francs«, und fügte noch hinzu: »Aber das wird ja sicher nicht reichen.«

Einen Augenblick schien der Diener darüber nachzudenken, dann sagte er kurz entschlossen: »Gut. Sie könnten sich das Zimmer anschauen und wenn es Ihnen gefällt, können Sie es für hundertzwanzig Francs bekommen.«

Ella schaute abwechselnd den Diener und René an. Der fasste sich, sagte: »Gut, wir nehmen das Zimmer«, und spielte ihr den Millionär vor, den er auf ihrer Reise schon einige Male unter ihrer Anleitung geübt hatte. Er reichte ihr dazu seinen Arm, den er übertrieben im rechten Winkel vom Körper abspreizte und sagte: »Nach Ihnen, Madame.«

Für die beiden war es ein Zeichen von Luxus gewesen, wenn ein Hotel Sterne hatte – und nun sogar ein Schloss mit Dienerschaft und allem Prunk, der sich denken ließ. René bat den Alten, mit leicht gehobener Stimme und Ella zuzwinkernd, ihnen jetzt das Zimmer zu zeigen; schon wollte er über die Schwelle treten, da blieb der Diener unbeweglich hinter dem Spalt stehen. Während René nun unbequem auf der obersten Stufe dicht an der Tür stand, sagte der Alte, dass es eine Bedingung gäbe, eine kleine Einschränkung. Sie müssten das Zimmer, vorausgesetzt es gefiele ihnen, für zwei Nächte mieten. Er sagte noch einmal, und dies kam den beiden seltsam vor: »Wenn es Ihnen keine Umstände macht, für zwei Nächte zu bleiben, kann ich Ihnen die Suite jetzt zeigen.« Dann fügte er noch hinzu, da diese Nacht ja schon beinahe vorbei sei, müssten sie auch nur eine Nacht zahlen.

René schaute Ella an, die ihre Freude nicht mehr zu verbergen suchte, dann sagte er, dass sie sich ja am kommenden Tag die Gegend etwas anschauen könnten, und es kam ihm in diesem Moment wirklich so vor, als würden sie am nächsten Morgen mit ihrem Rolls Royce und offenem Verdeck durch die Sommerhügel fahren und ein Picknick machen an einem kühlen, steinigen Fluss. Als sich der Flügel der Tür jetzt ganz öffnete und die beiden in die Eingangshalle traten, fassten sie sich wie zwei vorfreudige Kinder fest bei den Händen. Eine kleine Tischlampe neben der Tür spendete das karge grüne Licht und überließ die große quadratische Eingangshalle einer schattenhaften Dunkelheit. Sie folgten dem Diener wie in einen Traum, quer durch die Halle, über einen Mosaikfußboden, der in einem seltsam verschachtelten Rhythmus aus kleinen und großen Würfeln in alle Ecken und hinter die weit geschwungene steinerne Treppe, die in die obere Etage führte, verschwand. Sie passierten einen ovalen Tisch, auf dessen dunkler Platte eine Vase mit einem ausladenden Blumenstrauß stand, dessen Farben in dem halben Licht allerdings untergegangen waren und der das ganze Haus durch seine fahle und tote Erscheinung in eine düstere Melancholie

31

tauchte. Ella kniff René mit ihren Fingerspitzen in den Handrücken und er wusste, dass sie begeistert war.

Sie liefen dem Diener stumm und unauffällig hinterher, scheuten jeden ihrer Tritte auf dem schallenden Marmorboden, denn sie fürchteten, der Alte könne es sich anders überlegen und sie doch noch wegschicken. Es schien keine Rezeption zu geben. Lediglich ein altes Klavier an der Wand am Fuß der Treppe diente als Schlüsselaufbewahrung. Der Diener klappte den Deckel nach oben: Dort, wo die Elfenbeintasten hätten sein müssen, lagen Dutzende von silbernen und goldenen Schlüsseln, alle in unterschiedlicher Größe und Form. An ihnen hing je ein kleines Schildchen mit eingeprägter Nummer. Er nahm einen besonders großen und abgenutzten Schlüssel aus der Mitte heraus, klappte den Deckel wieder zu und ging, sie auffordernd ihm zu folgen, die breite Treppe ins Obergeschoss hinauf.

Die Augen einer feinen Dame in blauem Gewand folgten ihnen und dann, aus einem prunkvollen goldenen Rahmen heraus, ein schicker Herr mit einem Strohhut. Noch nicht ganz oben angekommen, blieb der Diener stehen.

»Vorsicht hier«, sagte er und führte die beiden an einer schadhaften Stufe, deren rechte Hälfte am Rand abgebrochen war, vorbei, und dann standen sie am oberen Absatz der Treppe. Ein Gang mit einem schon etwas zerschlissenen Läufer verlief sich auf beiden Seiten im Dunkel.

Der Diener ging geradeaus auf eine hohe Flügeltür zu, steckte den Schlüssel hinein und drehte ihn. Der schwere Schlag des Schlosses hallte im Haus wider. Als er die Tür zur Suite geöffnet hatte und sich nach seinem kurzen Verschwinden das große, ovale Zimmer wie ein Bühnenbild erhellte, verschlug es den beiden Liebenden die Sprache. Ella konnte ihre Begeisterung nicht im Zaum halten. Sie juchzte laut auf und umarmte René heftig, der nur zögernd in ihr Lachen einstimmte. Er versuchte noch, dem Diener gegenüber Haltung zu bewahren, doch das gelang ihm nicht, denn Ella wiegte sich schon in seinen Armen und zwang ihn in eine Art Tanz. Dann fragte sie, während sie sich beide schon auf dem Parkett drehten, laut in den Raum hinein: »Ist das Napoleons Zimmer? Hat hier Napoleon ge-schlafen?«

René konnte über Ellas Schulter hinweg den Diener sehen und beobachten, wie er leise lächelte: »Nein, das nicht. Napoleon nicht«, sagte er. Dann verschwand das Lächeln und mündete in sein grund-ernstes Willkommensgesicht. Er fragte: »Wann möchten Sie mor-gen frühstücken?«

René schaute Ella an, die lachte und rief: »Um zehn.«

»Sehr wohl«, antwortete der Diener. »Soll ich Ihnen noch mit Ihrem Gepäck helfen?«

René schüttelte den Kopf, verneinte kurz und bedankte sich. Auch Ella rief dem Alten ein überschwängliches »Dankeschön!« und »Vielen Dank!« zu.

Der Diener entfernte sich unauffällig, sagte noch, während er langsam die Tür zur Suite zuzog: »Sie können sich morgen in un-ser Buch eintragen und das Finanzielle mit Madame klären. Gute Nacht.« Dann war er verschwunden.

Diem non perdidi

Ella hatte sich von René losgerissen und war jetzt vollends aus dem Häuschen. Sie warf die Arme in die Luft und zog René wieder zu sich. »Komm her, mein Kretin.«

Sie tanzten durch den Raum, zogen sich noch halb im Drehen

gegenseitig aus und warfen sich nackt aufs große Bett und in die weichen Kissen. Ella sprang unvermittelt auf, stürzte sich auf René, und sie rollten sich hin und her, von der einen Ecke des Bettes zur anderen und wurden über diese Rauferei ganz müde. Bald lagen sie still da, bestaunten sich selbst und die prunkvolle Epoche, in die sie geraten waren.

»Diem non perdidi«, las Ella von einer in den Stuck über der Tür eingelassenen Tafel ab. Sie hatten beide Latein in der erweiterten Oberschule gehabt, aber die Bedeutung wollte ihnen nicht einfallen. Lediglich an den »Tag« und das bekannte »Carpe diem« konnten sie sich erinnern und so rätselten sie eine Weile und beschlossen dann, dass es heißen müsse: »Tag ohne Wiederkehr«. Auch wenn sie sich nicht sicher waren, spürten sie, wie sehr die Worte zu den Erlebnissen dieses Nachmittages und dem Schloss, das ihnen wie eine Illusion vorkam, passten. Ihr Zimmer roch nach dem alten Holz der mit Weinranken bemalten Wandvertäfelung, und ab und zu streifte die beiden ein kühler Hauch von Lavendel und Rosen, der durch die geöffneten Fenster hereinwehte. Draußen rieb sich eine Grille die Flügel und ein Hund jaulte unterdrückt, wohl in einem der Pferdeställe. Ein ferner, dumpfer Schlag ging durch das Haus, als fiele irgendwo in einem der Flügel des Schlosses eine Tür zu. René und Ella verkrochen sich unter die dünnen, seidigen Bettlaken und hörten ihr leises Rascheln.

»Ich glaube, wir sind jetzt allein«, flüsterte sie. »Man hat uns hier vergessen. Wäre das nicht schön? Wir reisen von einer alten Zeit in die andere.« Sie streckte ihren nackten, schlanken Arm unter dem Laken hervor und zeigte auf die farbigen Fresken, die das gesamte Oval der Decke einnahmen, und ihre weiße Hand schien den glänzenden Schild des Zeus zu berühren, der dort oben saß, mitten im Himmel, über allem, die kräftigen Arme auf eine hellblaue Wolke gestützt. »Ich hasse die Elektrotechnik«, sagte Ella leise und ihr Finger wanderte, dem Blick des Gottes folgend, hinunter zu den Greifvögeln, die unter ihm kreisten. Dann von ihrem spähenden Flug tiefer zum Rand der gewölbten Decke. Dort saßen kleine, bunte Vögel auf eisernen Stangen, und zwischen ihnen öffnete ein Kranich sein schwarz-weißes Gefieder.

»Ich hasse Plaste«, sagte sie und schmiegte sich eng an René.

»Das heißt Plastik«, sagte er. »Soll ich unsere Sachen noch aus dem Auto holen?«

»Ach, du Klotz …« Sie schlug ihm mit der Faust in die Seite. »Nein, jetzt nicht. Wir liegen grad so schön. Morgen putzen wir dann Zähne, ja?«

»Wie Sie wollen, Mademoiselle, wenn Sie es befehlen, wird im ganzen Reich kein Zahn geputzt.«

Ein untrügliches Zeichen der Liebe ist wohl, dass es den Liebenden möglich ist, einander anzuschauen, ohne auch nur in die geringste Verlegenheit zu geraten. Ihr Blick ist dann gespannt und voller Freude, als zeige das Gesicht des anderen das eigene Glück und steigere es dadurch ins schier Unmögliche. So spiegeln zwei sich ihre Liebe hin und her, so lange, bis sich kaum ein Unterschied zwischen ihnen ausmachen lässt, als wären sie ein neu geschaffenes Wesen, als wären sie die Schönheit selbst.

Als René Ella das erste Mal gesehen hatte, konnte er nicht glauben, dass es ein Mädchen wie sie gab, ein Mädchen, das ihm vom ersten Augenblick an wie von einer anderen Sorte schien, und als er später seinem besten Freund dieses Mädchen beschreiben wollte, musste er nach einigen unzureichenden Versuchen aufgeben. Sie war nicht zu beschreiben, bis auf eine offensichtliche Eigenart, dass sie *lebendiger* war, und damit meinte er nicht *überdrehter* als die anderen, nein, ihr ganzes Wesen war lebendig und schien mit allen Sinnen die Welt abzuschmecken. Was er seinem Freund sagen wollte, war, dass nicht ihre äußerliche, körperliche Schönheit ihm sofort aufgefallen sei, sondern – ach, wenn er es doch nur besser erklären könnte – ihre innere Schönheit, welche die äußere überstrahlte.

Jetzt schauten sich Ella und René in die Augen, die, als hätten sie sich zu einer gemeinsamen Farbe vermischt, blau und einander ähnlich waren. Sie schauten sich jetzt an, um wie so oft herauszufinden, wer dieser Mensch denn eigentlich ist, den sie so sehr liebten.

René konnte Ellas Augen nur selten betrachten, denn in der Zeit, die sie bisher zusammen waren, wenn sie sich unterhielten oder Ella mit jemand anderem sprach oder sie einfach nur irgendwo stand und ihm zuzwinkerte, so war es ihr Mund gewesen, der alle Aufmerksamkeit auf sich zog. Ihr Mund war groß und schön, von frecher Eleganz. Die regelmäßigen Zähne, alle zu sehen, wenn sie lachte, weiß wie Schnee. Ihre vollen Lippen, deren feine Ränder sich ein wenig wölbten und für René das Schönste und auch Begehrenswerteste an ihr waren, und – wenn Ella lächelte – noch unterstützt wurden durch ein längliches Grübchen im linken Mundwinkel, weckten dann in ihm unweigerlich das Verlangen, sie zu küssen oder vorsichtig zu berühren, wie man die zarten Blätter einer Blüte berührt, immer noch und immer wieder voll Erstaunen darüber, dass sie tatsächlich echt und erreichbar für ihn waren. Wenn sie weinte und sich ihre Tränen an dem zarten Rand ihrer Lippen, wie in einer kleinen Senke, sammelten, dann schmiegte er seine Wange an die ihre und kostete ihre salzig-süße Traurigkeit.

René hingegen war auf eine andere, plumpere Weise schön. Er gehörte zu den Menschen, die nicht wissen, dass sie attraktiv und begehrenswert für andere sind. An seiner äußeren Schönheit änderte auch sein Oberlippenbart, ein Überbleibsel seiner Kennung als bereits entlassener Soldat, nichts. Im Gegenteil, Ella mochte dieses eigenartige Zubehör, das genau genommen nicht zu seinem griechischen Kopf mit der starken, etwas breiten Nase und dem schmalen Mund, seiner blass-zarten Haut, den blonden schulterlangen Haaren und schon gar nicht zu den Sommersprossen, die wiederum Ella besonders an ihm mochte und die ihm das Aussehen eines kleinen Jungen gaben, passte. Aber vielleicht mochte sie diesen beinahe blonden Schnauzer gerade deswegen. Am liebsten, so auch jetzt, fuhr sie zärtlich mit ihrem Zeigefinger, einmal rechts, einmal links, über seine »Feder«, wie sie es nannte.

Renés Körper war der eines Schwimmers, auch wenn das Schwimmen nicht seine Sache war. Er war nicht viel größer als Ella, doch seine muskulösen Schultern, Arme, Oberschenkel gaben ihm den Anschein, als könne er seine Freundin und eigentlich jeden anderen auch mühelos in die Höhe heben. Früher, während seiner Schulzeit und auch bei der Armee, musste er sich nie Gedanken darüber machen, wie man einer Prügelei aus dem Wege geht. Die anderen Jungen waren ihm aus dem Weg gegangen, ohne dass er es bemerkt hätte. Und so war es auch mit seinem Körper, nie hatte er auch nur einen Gedanken an ihn verschwendet, er selbst nahm ihn nicht wahr, nicht einmal als ein Geschenk konnte er ihn begreifen. Als Ella ihn zum ersten Mal nackt gesehen hatte, war sie begeistert. Sie hatte gesagt, er sehe zwar nicht aus wie ein Gladiator, dafür wäre er zu klein, aber sein fester Körper fühle sich an, als könne ihm nichts zustoßen, als würde alles von ihm abprallen, eine noch so spitze Lanze oder der Kugelhagel eines Maschinengewehrs. Dann fasste sie seinen Oberarm und er musste ihn anspannen, und sie liebte es, wenn er das tat, und es erregte ihn, wenn sie mit ihrer zarten Hand seinen Muskel fühlte.

René griff neben dem zusammengebundenen Bettvorhang nach dem Schalter aus Porzellan und drehte ihn. Klack. Das goldene

Licht des Kronleuchters erlosch und wich den weichen Schatten des Mondes auf dem Parkett und den Möbeln. Im Schloss war es still, nur ab und zu vernahmen die beiden, die nebeneinander, ihre Hände haltend, unter dem feinen Tuch lagen und hinaus in die Nacht hörten, das dumpfe Schlagen, und sie stellten sich vor, wie in einem der anderen Zimmer der große Kaiser, erschöpft von der Schlacht, mit letzten Kräften über seine Mätresse herfällt. Eine Weile sprachen sie nicht. René spürte eine seltsame Spannung im Raum, aber er war zu müde, um ihr nachzugehen.

Plötzlich fragte Ella: »Wie lange sind wir jetzt zusammen?« Sie klang verändert – war sie traurig? Ja, René war sich sicher, dass sie traurig war. Er kannte diese Stimmungswechsel von ihr, es konnte innerhalb einer Minute geschehen, dass sie eben noch lachte oder einen ihrer Witze losließ und einen Moment später in Tränen aufgelöst vor ihm stand.

Er sagte leise: »Über ein halbes Jahr. Wieso?«

»Ach, nur so«, erwiderte Ella.

»Was ist, bist du traurig?«

»Nein, nein, schon gut.«

Da René dachte, dass er sich geirrt hatte, wobei er es mehr hoffte, als er es wusste, gab er Ella einen Kuss und sagte: »Schlaf gut, mein liebes Lottchen.« Er schmiegte sich eng an sie, doch sie lag immer noch auf dem Rücken und schien an die Decke zu starren. Im Halbdunkel sah er die Silhouette ihres schönen Gesichts, ihre leicht geschwungene Nase, die Konturen ihrer feinen Lippen, die langen Wimpern, die, wie die Flügel eines schwarzen Falters, langsam auf- und zuschlugen.

»Wenn du das so sagst: ›Über ein halbes Jahr‹, dann konnten es auch zehn sein.«

René zuckte zusammen. Er dachte, er hätte schon kurz geschlafen, er musste sich ihre Frage noch einmal wiederholen, und als er verstanden hatte, dass es eigentlich keine Frage war, erwiderte er: »Und, wäre das so schlimm?«

»Ja, natürlich wäre das schlimm. Ich finde, so wie es gerade ist, ist es wunderschön, es gibt nichts Schöneres. Es ist so neu und frisch.«

Ihre Stimme klang müde und hoffnungslos.

»Und das ist in zehn Jahren nicht mehr so?«

»Nein, natürlich nicht. René, nein, das ist in zehn Jahren niemals so wie jetzt.«

»Dann wird es halt anders sein.«

»Ja, aber es soll nie anders sein. Du hast gesagt, dass Er uns haben will, heute auf der Düne, so wie wir jetzt sind. Hast du das ernst gemeint?«

»Natürlich«, sagte René.

Nach einer kurzen Pause erwiderte sie: »Weißt du, und da bin ich mir nicht sicher.«

Obwohl er ihre Zweifel an seiner Liebe bereits kannte, beunruhigten sie ihn doch immer aufs Neue. Er spürte, dass er ihr jetzt widersprechen musste, und das aus vollster Überzeugung, sonst waren solche Situationen in der Lage, aus dem Ruder und direkt in einen Streit hineinzulaufen. Er durfte jetzt nicht darüber nachdenken, was sie gesagt hatte und was es eigentlich bedeutete, er musste sie nur beruhigen, nichts weiter. So drückte er sie fest an sich und küsste ihre Wange. »Da kannst du dir aber sicher sein, ganz sicher.«

Er fühlte, dass sie hellwach war, sah das Schlagen ihrer Wimpern, aber zu müde, sich ihrer Sorge anzunehmen, schlief er ein.

Das Frühstück

Ella wusste nicht genau, ob es geklopft hatte. Sie war aufgewacht und es kam ihr wie ein Traum vor, sich in diesem Zimmer wiederzufinden. Es dauerte einen Moment, bis sie begriff, dass sie wirklich in einem Schloss waren. Draußen zirpten die Grillen und die Sonne schien durch die offenen Fenster genau auf das große Bett, in dem sie lag. Dann bemerkte sie, dass René nicht da war.

Es klopfte wieder. Ella zog die Bettdecke über ihre bloß liegenden Schultern und rief: »Oui!«

Der alte Diener warf einen Blick in den Raum herein und sagte überrascht, als er Ella dort im Bett liegen sah: »Oh, Entschuldigung. Entschuldigen Sie«, und wollte sich schon zurückziehen.

»Nein, nein«, rief Ella. »Kommen Sie ruhig rein. Was gibt es denn?«

Er stellte sich aufrecht neben die Tür.

»Ich hoffe, Sie haben gut geschlafen. Ich wollte nur fragen, da es nun schon halb elf ist, ob die Herrschaften vielleicht ihr Frühstück auf dem Zimmer zu sich nehmen wollen?«

Ella, noch immer verunsichert über Renés Verschwinden, blickte sich kurz im Raum um, hörte dann aber das Wasser der Dusche im Bad rauschen. Mit einem Mal war sie so erleichtert, dass sie laut auflachte und dem Diener entgegenrief: »Oh, ja. Das ist toll. Das machen wir!« Dann fügte sie etwas kleinlaut hinzu: »Wenn das keine Mühe macht.«

»Das wird es nicht«, antwortete der Diener.

»Ja schön, dann machen wir es so. Danke.«

»Möchten Sie Kaffee oder Tee, oder vielleicht einen Kakao?«

»Kaffee bitte«, sagte Ella. »Für uns beide.«

»Sehr wohl. Übrigens – dort neben dem Bett ist eine Klingel, wenn Sie einen Wunsch haben, ziehen Sie daran.«

»Gut, das mache ich.«

Der Diener war schon im Begriff, die Tür hinter sich zu schließen, da rief Ella ihm nach: »Entschuldigen Sie. Ich habe noch eine Frage.«

Er drehte sich zu ihr um und sagte: »Bitte, Madame?«

»Ja, ich weiß jetzt nicht, ob es richtig ist, also ob man so etwas normalerweise fragt, wir kennen uns ja damit nicht aus, also was ich fragen will, wie heißen Sie eigentlich?«

»Vincent, Madame«, erwiderte der Diener. Er sprach seinen eigenen Namen mit Strenge in der Stimme aus, als wolle er Ella damit zurechtweisen.

»Ah, schön«, sagte sie und hatte dabei das sichere Gefühl, ihn verärgert zu haben, als hätte sie diesen Mann etwas Unanständiges gefragt.

In diesem Moment kam René nackt aus dem Bad, trocknete sich den Kopf mit einem Handtuch ab und warf sich aufs Bett neben Ella. Als er den Diener an der Tür entdeckte, zog er sich hastig das Laken über die Hüfte.

»Oh, Verzeihung«, sagte Vincent und zog sich still zurück.

»Was wollte er denn?«, fragte René.

»Ach nichts. Ich dachte schon, du bist weg wie in Bayonne.«

René antwortete nicht, hob die Bettdecke leicht an und warf einen Blick darunter. Er sah Ellas schönen Körper und sagte:

»Ich wäre doch blöd, oder?«

»Ja sicher, ich dachte aber wirklich, du wärst wieder irgendwo hingegangen, ohne mich. Das war seltsam.«

»Tja, nun bin ich ja hier und was machen wir aus dieser kniffligen

Situation?« René kroch unter die Decke, stützte seinen Kopf auf und begann, Ellas Bauch zu streicheln. Doch sie schaute kurz zu ihm unter das Laken, nahm seine Hand und legte sie demonstrativ beiseite.

»Das wird jetzt nichts.«

»Was ist denn los?«

»Du wirst gleich Zeuge einer Filmszene.«

René blickte sie verdutzt an.

»Ich werde was?«

»Du wirst Teil einer romantischen, tausendmal gezeigten Filmszene.«

»Genau das hatte ich vor«, erwiderte er und küsste ihren Bauch. »Ach, du riechst so gut, wie ein Zupfkuchen. Wie machst du das?«

»So, jetzt komm mal raus da, es geht gleich los.«

Sie sprang aus dem Bett, zog sich ihr Kleid über, und während sie sich im Spiegel ihre Haare ordnete, klopfte es auch schon. Ella rief, als würde sie dies jeden Morgen tun, mit lauter und vornehmer Stimme: »Entrez!« René warf sich auf den Rücken und schaute unter der Decke hervor. Eine Seite des Türflügels öffnete sich, ein kleiner Wagen mit weiß gestärktem Tuch und einem prachtvollen Frühstück darauf wurde vom Diener in den Raum geschoben. Ella und René hatten in ihrem ganzen Leben nicht so ein Frühstück gesehen.

»Wo soll ich eindecken?«, fragte Vincent Ella, die neben ihm stand. »Am Tisch, oder wollen die Herrschaften im Bett frühstücken?«

»Oh ja, wir würden sehr gern im Bett essen«, sagte sie begeistert. »Aber lassen Sie es einfach da stehen, wir holen es uns.«

»Sehr wohl, Madame.«

»Entschuldigen Sie, haben wir uns da gestern auch nicht missverstanden, wegen des Zimmers, meine ich?«, fragte René vom Bett aus den Diener.

»Was meinen Sie bitte?«

»Ich meine, wegen des Preises für das Zimmer hier?«

»Ich denke nicht, mein Herr, was hatten wir denn ausgemacht?«

»Hundertzwanzig Francs«, antwortete René.

»Dann ist es auch so«, erklärte der Diener.

»Aber fürs Zimmer, nicht pro Person, meine ich.«

Vincent versicherte, dass alles in bester Ordnung sei. Dabei beugte er sich unter den Wagen, holte zwei tablettartige Platten aus Mahagoni hervor, richtete sich wieder auf und fragte die beiden: »Möchten Sie, dass ich Ihnen behilflich bin, oder kommen Sie selbst zurecht?« Dabei hielt er die Platten vor sich hin.

»Nein, nein«, sagte Ella, »geben Sie ruhig her, ich hab das schon gesehen, im Film. Ich versuche das.« Er gab ihr eines der beiden Tabletts. Sie schaute es sich von allen Seiten an, drehte es einmal herum und klappte es routiniert auseinander. Dann ging sie damit zu René ans Bett und stellte das so entstandene kleine Tischchen vor ihn hin.

»Na, wie bin ich?«, fragte sie René und er antwortete:

»Großartig.«

»Hier ist der Kaffee«, der Diener deutete auf ein kleines silbernes Kännchen, dann auf ein danebenstehendes: »… und hier doch etwas Kakao, ich wusste nicht, ob ihr Mann vielleicht …«

»Mein Mann?«, sagte Ella heiter, dann erklärte sie ihm, dass sie nicht verheiratet wären.

»Oh, entschuldigen Sie bitte.«

»Nein, Sie müssen sich nicht entschuldigen. Er will nicht. Wahrscheinlich mag er mich nicht. Na ja, aber wenigstens haben Sie uns ein schönes Frühstück gemacht.«

»Wenn Sie noch etwas benötigen, läuten Sie einfach nach mir«, sagte Vincent und fügte hinzu: »Ach so, zwei Dinge noch; möchten

Sie heute Abend hier im Haus essen? Ich würde etwas vorbereiten. Das ist sozusagen im Preis inbegriffen.«

Ella und René schauten sich gegenseitig fragend an, denn sie wussten nicht, ob dies eine Einladung war oder eine Verpflichtung.

»Ja, sehr gern«, antwortete René.

Und Ella rief: »Wunderbar!«

»Und dann ist da noch eine Kleinigkeit. Ich würde Sie bitten, nach dem Frühstück in die Rezeption zu kommen, um die Formalitäten mit Madame de Violet zu erledigen. Das ist gleich unten neben der Treppe links. Aber bitte lassen Sie sich Zeit. Das hat keine Eile.«

Das junge Paar versicherte zu kommen, und als der Diener das Zimmer verlassen hatte, rief Ella mit einer weiten Armbewegung in den Raum hinein: »Madame de Violet verlangt, uns zu sehen.« Sie diskutierten noch einen Moment, wer diese Madame eigentlich war und Ella sagte schließlich, dass sie nur eins sein könne, eine Gräfin, denn immerhin waren sie ja auch in einem Schloss und in einem Schloss wohnten immer Grafen und Gräfinnen.

Sie frühstückten wie die Könige mit silbernem Besteck und tranken ihren Kaffee aus kleinen weißen Porzellantassen. Sie aßen frische Pfirsich- und Melonenstückchen, probierten von den Marmeladen, kosteten die Pasteten, die Eier mit dem Kaviar, den Lachs mit frischem Meerrettich; eine violette Frucht, von der sie nicht wussten, wie sie hieß, schmeckte ihnen besonders gut, und Ella stöhnte mit vollem Mund: »Köstlich! Köstlich!« Sie tranken Orangensaft und stießen mit dem Champagner an, den sie aus Spaß so nannten, weil sie dachten, er wäre nur gewöhnlicher Sekt. Sie waren sich sicher, dass dieses Frühstück ein kleines Vermögen kosten würde und dann fiel es René wieder ein: »Ich glaube, du hast recht. Wir werden hier gemästet wie Hänsel«, sagte er und Ella erwiderte: »Was es auch ist, solange es so gut schmeckt, mache ich mit.«

Sie aßen alles mit großer Sorgfalt restlos auf. Der Kaffee schmeckte ihnen so gut und der Duft stieg ihnen in die Nasen, dass sie immer wieder stöhnten vor Wonne, und wie man einen solchen Augenblick festzuhalten und in die Unendlichkeit zu verlängern versucht, ließen sie sich bei all dem so viel Zeit, dass es schon weit über Mittag war, als sie ihr Bett verließen.

Madame de Violet

Die Rezeption verbarg sich hinter einer tapezierten, unscheinbaren Tür neben dem Klavier mit den vielen Schlüsseln, wie eine dieser Geheimtüren in Sanssouci, dachte Ella und klopfte. Einen Moment lang standen die beiden stumm da und horchten nach einer Antwort. Gerade, als Ella ein zweites Mal gegen die Tür pochen wollte, hörten sie aus dem Inneren des Raumes eine knochige Stimme, die kurz und laut »Oui!« rief.

Vorsichtig öffnete Ella und trat, dicht gefolgt von René, in den Raum ein. Es war ein erstaunlich großes, ovales Zimmer, eher ein kleiner Saal und ungewöhnlich für eine Rezeption. An einem zierlichen Schreibtisch vor der Fensterfront saß Madame de Violet über einige Papiere gebeugt und schrieb. Das junge Paar wagte nicht, näherzutreten und blieb an der Tür stehen. Madame de Violet schien sie zu ignorieren. Sie machte den Eindruck, als könne ihre Niederschrift noch Stunden dauern. Erst als Ella und René sich fragende Blicke zuwarfen und damit eine kaum merkliche Unruhe in den Raum brachten, schaute Madame de Violet kurz zu ihnen auf und sagte, als würde sie sich wiederholen: »Nun kommen Sie schon.« Ihre Stimme klang weder freundlich noch unhöflich, sondern hölzern; wie eine vertrocknete Eiche, dachte Ella, eine richtige

Zigarrenstimme, und auf René wirkte die Strenge ihrer Worte einschüchternd und keinen Widerspruch duldend. Sie liefen über das dunkle Parkett, betraten einen großen, tiefroten, etwas ausgetretenen Perserteppich und blieben vor dem Schreibtisch, an den zwei Sessel gerückt waren, stehen. Madame de Violet schrieb noch einen Satz zu Ende, schraubte dann ihren schwarzen Federhalter zu, legte ihn beiseite und sah die beiden prüfend an. René und Ella wussten nicht, was sie tun sollten, da deutete sie auf die beiden Stühle und sagte: »Setzen Sie sich bitte.«

Sie zog wortlos ein Schubfach ihres Tischchens auf, nahm ein quadratisches, in Leder gebundenes Ringbuch heraus, legte es vor sich hin und schlug es auf. Sie blätterte langsam und sorgfältig durch die Seiten und würdigte die beiden dabei keines Blickes.

Ihnen saß eine »Grande Dame« gegenüber. Sie hatten keinen Zweifel daran, dass diese Frau adlig war. Madame de Violet entsprach für Ella und René dem Bild einer vollkommenen Gräfin. Wobei sie auch eine Herzogin sein konnte, aber diese Unterscheidung hätte keiner der beiden treffen können. Auch wenn sie wohl schon an die siebzig sein musste, strahlte sie eine vornehme Schönheit aus. Ihr graues Haar war aufgesteckt und einige Strähnen hingen wie bei einem kecken Mädchen an ihrer linken Wange herunter. Sie war dezent geschminkt. René fiel es nicht auf, aber Ella wusste, wie aufwendig gerade diese schlichte Art von Make-up war, die zarte Tönung der Wangen, die feinen Lidstriche und der nur zu erahnende Lippenstift. Ihr Gesicht – trotz der Strenge, die in ihm lag – wirkte frisch und gesund. Sie hatte nur wenige sehr feine Falten um die Schläfen und den schmalen Mund. Ihre blauen, stechenden Augen, und das war René aufgefallen, waren nicht trüb oder milchig, sie waren absolut rein, wie Edelsteine. Sie blickten milde, beinahe traurig in die

Seiten des Buches. Wie sie da saß, in straffer, aufrechter Haltung, erinnerte sie René an einen General. Nicht, dass irgendetwas Männliches an ihr gewesen wäre, aber ihre Ausstrahlung war die einer Matriarchin, die gerade mit wehmütigem Blick die einst von ihr selbst verfassten Todesurteile überfliegt.

»Ihre Namen bitte!«, sagte die Gräfin, ohne aufzuschauen.

»Ella Kratochwil. Oh, soll ich es lieber selbst hinschreiben, es ist etwas kompliziert …«

Die Gräfin schaute von ihrem Buch auf und durchstach Ella regelrecht mit ihren blauen Augen. »Ich habe bisher alle meine Gäste selbst eingetragen, Mademoiselle, da werde ich heute keine Ausnahme machen. Ich muss es ja am Ende auch lesen können.«

»Ich kann sehr ordentlich schreiben«, sagte Ella ein wenig beleidigt. Der durchdringende Blick von Madame de Violet verunsicherte sie keineswegs. Sie schien ihre Verlässlichkeit zu prüfen. Doch Ella fühlte sich durch die Bedenken der Gräfin erst recht angestachelt, sie wollte ihr beweisen, dass sie ja wohl mit einem Stift fertig werden würde. Und so führten die beiden Frauen ein kurzes Gefecht mit Blicken, bei denen ihrer beider Augen wie zwei Klingen kurz aufblitzten, einander belauerten und sich Respekt verschafften. Ella spürte, dass es hier nicht um die Herrschaft über einen Füllfederhalter ging. Diese kleine Aufstellung hatte ein anderes Ziel. Es waren wohl nur Sekunden vergangen, da drehte die Gräfin entschlossen das Buch herum, schob es Ella zu und sagte: »Ach, warum soll man nicht einmal eine Ausnahme machen.« Sie hielt ihr ihren schwarzen Federhalter hin, als würde sie ihr ganz Frankreich überschreiben, und Ella beugte sich vor und nahm ihn lächelnd und zufrieden an. Sie hatte sich danach selbst ein wenig über dieses Lächeln, welches ihr ganz leichtgefallen und ungezwungen über die Lippen gehuscht war, gewundert. Die Mundwinkel der alten Dame hingegen zuckten nur kurz, als Ella sich nach vorn beugte und Namen und Anschrift in feinen, geschwungenen Linien in das Buch eintrug. Dabei fiel ihr auf, dass sie offensichtlich auf dieser Seite wirklich die Einzige war, die ihre Personalien selbst einschreiben durfte. Alle anderen waren mit ein und derselben fein geschwungenen Schrift verfasst worden. Und noch etwas fiel ihr auf, das Datum der letzten Eintragung: Dezember 1989. Über ein halbes Jahr war seither vergangen, ohne einen einzigen Gast.

René konnte beobachten, wie die Gräfin Ella inspizierte, und er hatte das Gefühl, sie taxiere sie, wie eine Mutter die angehende Schwiegertochter in ersten Augenschein nimmt. Als Madame de Violet bemerkte, dass Ella die anderen Einträge überflog, drehte sie das Buch zu René und forderte ihn auf, sich ebenfalls einzutragen. Er nahm den Stift von Ella entgegen, rutschte etwas auf seinem Sessel nach vorn und schrieb in das Buch. Seine Schrift kratzte unangenehm laut über das Papier und Madame de Violet ermahnte ihn streng: »Halten Sie ihn doch bitte etwas schräger, Sie verderben mir ja die Feder!«

René kam sich vor, als würde er an einer Klassenarbeit sitzen, so sorgfältig und beinahe ängstlich reihte er einen Buchstaben an den nächsten.

»Sagen Sie, das sieht ja aus wie ein Bild von Picasso da.« Ella zeigte auf ein großes Portrait an der Wand mit einem verschobenen Frauenkopf darauf. »Entschuldigen Sie, ist das echt, das ist doch kein Druck, oder?«

Die Gräfin runzelte die Stirn und sagte knapp: »Nein, eine Zeichnung.«

»Meinen Sie, er hat die Frauen wirklich so gesehen, ich meine so vielschichtig? Sie weint und lacht gleichzeitig, das ist doch ungewöhnlich. Und sie schaut sich selbst an. In sich hinein, möchte man denken. So, als hätte sie ein Auge für die Vergangenheit und das andere für die Zukunft. Ich hatte das irgendwann mal verstanden, wie er das meint mit diesen Gesichtern. Man könnte ja auch denken es wäre einfach nur ein schräger Unsinn.«

René unterbrach seine Arbeit, schaute zu dem Bild auf und dann Ella von der Seite an. Es war ihm unangenehm, dass sie die Gräfin so in Beschlag nahm. Er dachte, sie würde noch alles verderben mit ihrer Fragerei. Doch Madame de Violet antwortete Ella gerade heraus und ohne ihren Blick von René abzuwenden: »Er war ein Mann, der die Frauen nicht kannte, auch wenn er dachte, er hätte sie alle gehabt.«

»Ja, er hat sie ja auch *Leidensmaschinen* genannt. Finden Sie das falsch?«

»Nein, sicher nicht«, sagte die Gräfin. »Er konnte sie nur so nennen, weil er sie dazu gemacht hat. Sind Sie fertig?«, fragte sie René, und ohne seine Antwort abzuwarten, nahm sie ihm, der gerade seine Heimatstadt Halle eingetragen hatte, den Federhalter aus der Hand und schraubte ihn zu.

»Das finde ich interessant«, sagte Ella.

Und die Gräfin, als hätte das Gespräch nicht stattgefunden, sagte: »Unser Restaurant hat mittags geschlossen. Wenn Sie die Straße wieder zurück ins Dorf fahren, finden Sie dort ein kleines Bistro. Ich hoffe, Sie werden sich hier wohlfühlen. Ich wünsche Ihnen einen schönen Tag.« Sie drehte das Gästebuch zu sich um und schlug es, ohne die beiden noch eines Blickes zu würdigen, zu.

»Vielen Dank«, sagte René. Er griff Ellas Hand, zog sie vom Stuhl auf und hinüber zur Tür. Sie wandte sich noch einmal um, sah die Gräfin, die nun wieder über ihre Papiere gebeugt war und rief: »Auf Wiedersehen.« Die Gräfin hob nur halb ihren Kopf, und Ella war sich sicher, dass sie ihr zugenickt, dass sie sogar ein kaum merkliches Lächeln, in ihren Augen entdeckt hatte. ›Oh ja‹, dachte Ella, ›diese Alte mag mich‹.

Sie hatten kaum die Mitte der Eingangshalle erreicht, da sagte sie aufgeregt und in unterdrücktem Ton: »Was für eine Frau.«

Und René erwiderte nur: »Was für ein Besen.«

»Ach, komm«, sagte Ella »sie ist wie eine Zarin. Man kriegt ja richtig Herzrasen, wenn sie einen anschaut. Und hast du gesehen, das war ein echter Picasso in ihrem Büro.«

»Büro ist gut. In so einem Raum feiern andere ihre Hochzeit.«

»So ein Bild ist doch sicher 'ne Menge wert, oder?«, fragte Ella.

»So ein Schloss auch.«

»Ja, aber findest du das Ganze nicht unglaublich spannend? Übrigens sind wir seit einem halben Jahr die ersten Gäste.«

»Mästen und braten werden sie uns«, sagte René.

»Und *Leidensmaschinen*, hast du mitbekommen, wie sie darauf reagiert hat? Es klang ja so, als ob sie ihn gekannt hätte. Als hätte er sie persönlich enttäuscht.«

»Tja, wir werden es nie erfahren«, sagte René. »Die Alte mag Picasso nicht und hängt ihn direkt neben ihren Schreibtisch, und die Alte mag uns nicht und lässt uns hier für einen Spottpreis wohnen.«

René zog Ella zu sich heran, sagte mit tiefer Stimme »Mästen und braten« und biss ihr sanft in den Nacken.

Die letzten Gäste

Nachdem die jungen Leute ihren Salon verlassen hatten, schrieb die Gräfin noch zwei Worte, geistesabwesend, an das Ende eines Formulars. Sie legte den Füllfederhalter beiseite und klingelte nach dem

Diener. Eigentlich war Vincent kein Diener, man würde ihn unter normalen Umständen einen Hotelmanager nennen, den Vorsteher des gesamten Hauspersonals, aber da es kein Personal mehr gab, stand er nur sich selbst vor, als Page, Hausmeister, Koch, Kellerer und einem einfachen Butler, der sowohl die im Laufe der Jahre immer seltener werdenden Gäste als auch Madame de Violet bediente. Es gab weder Küchen- noch Reinigungspersonal. Seit einiger Zeit hielten sie nur noch die Suite in der *bel étage* für Gäste frei und sauber. Bis auf diese Suite, die beiden Salons, die Bibliothek und das Jagdzimmer, in dem sie einmal in der Woche, donnerstags, saßen und Schach spielten, hatten sie die restlichen Räume – es waren immerhin einundzwanzig – und damit den Großteil des Schlosses sich selbst überlassen. Sie hatten die Möbel zugedeckt und sie aufgegeben, wie man in einer Schlacht die Verwundeten zurücklässt, weil man weder die Zeit noch die Leute hat, sie herauszuschleppen.

Comtesse Charlotte Louise de Violet-Hascardin, 1920 auf Château Violet, wie viele ihrer Vorfahren in der Suite, die jetzt das junge Paar bewohnte, geboren und auf dem zehn Hektar großen Gut, dessen Park und Wald das Schloss umgaben, aufgewachsen, war weit und breit die letzte ihrer Art. Der Umstand, dass sich Haus und Ländereien mit den angrenzenden vierzig Hektar Weinbergen seit über dreihundert Jahren in Familienbesitz befanden, hätte in den meisten Regionen Frankreichs nicht für Aufsehen gesorgt; hier allerdings, im berühmtesten Weinanbaugebiet der Welt, war es durch die gefürchtete Erbsteuer beinahe unmöglich geworden, Land und Besitz Söhnen, Töchtern oder Enkeln zu hinterlassen, ohne sie damit in den Ruin zu stürzen.

Den Winzern, weit über die Grenzen des Bordelais hinaus, war Madame de Violet wegen ihres Starrsinns und ihrer offensichtlichen Geschäftsuntüchtigkeit seit über dreißig Jahren als die *Madame*

Étrange, die Sonderbare, ein Begriff. Doch bei denjenigen, die sie nicht nur kopfschüttelnd und immerhin noch mit einiger Bewunderung für ihre Standhaftigkeit so nannten, hieß sie, wenn das Gespräch auf ihr Haus oder ihr Weingut kam, nur noch *die Étrange*. Ihre ›Sonderbarkeit‹ bestand darin, dass sie die Weinberge, die, wenn sie bewirtschaftet wären, auf einige Millionen geschätzt wurden, weder als das, was sie waren, nutzte und seit über dreißig Jahren der Herrschaft des Unkrautes überlassen hatte, noch sie zum Verkauf freigab. Seit ihr Sohn ihr einmal im Streit gestanden hatte, welchen Namen sie in der Gesellschaft eigentlich trug, bereitete es ihr eine diebische Freude, wenn wieder ein Amerikaner oder der Vertreter eines Versicherungskonzerns um die Hand ihres Besitzes, oder auch nur um die zehn Weinhektar anhielt, ihnen, ohne dabei unhöflich zu werden, einen kühlen Korb zu geben.

Es gab nicht nur diesen einen Grund, der für viele ausgereicht hätte, sie für wunderlich, wenn nicht sogar für geisteskrank zu halten. Wie Ella und René – allein nach ihrem Erscheinungsbild und dem Umstand, dass sie in einem Schloss wohnte – richtig vermutet hatten, war Madame de Violet, tatsächlich eine Gräfin. Dass sie es allerdings nicht ertrug, wenn sie mit »Comtesse« angesprochen wurde, ja, dass sie gereizt und schroff darauf reagierte, hatte sich nicht nur in adligen Kreisen herumgesprochen. Die Ablehnung der ihr zustehenden Anrede entsprang nicht etwa einer Bescheidenheit, sondern im Gegenteil, einem übersteigerten Snobismus. Das Adelsgeschlecht war in ihren Augen seit Jahrhunderten überschwemmt worden von erkauften, erheirateten oder einfach erfundenen Titeln, und deren unrechtmäßige Besitzer waren daher für Madame de Violet von keinerlei Bedeutung, nichts als Emporkömmlinge, die keine Gelegenheit ausließen, ihr »de« unter die Leute zu bringen. Mit diesen *Puppengrafen*, wie sie sie Vincent gegenüber oft nannte, hatte sie nichts gemein und die, die sich darauf beriefen, dass Kaiser Napoleon, der korsische Inselproletarier, ihre Familien geadelt hätte, taten ihr ob dieses Almosens besonders leid. Sie trug ihren eigenen Titel unsichtbar und mit bescheidener Überheblichkeit, wie eine Königin ihre Krone nicht zur Schau trägt, sondern die meiste Zeit in der Schatzkammer sicher aufbewahrt hält. Madame de Violet setzte voraus, dass jeder wusste, wer sie war und was ihr über neunhundert Jahre herangereifter Name galt. Für sie war es eine Selbstverständlichkeit, sich als Teil einer langen Kette von Violets zu sehen, die das Menschengeschlecht wie eine feste Ader durchzog.

Ging man in der Zeit zurück, so verlor sich die Spur dieser Ader im Jahre 1183 mit der ersten überlieferten Eintragung auf einer Kaufurkunde des Château Tenir, einer wehrhaften Burg in der Bretagne, durch Thibaut de Violet den Ersten. Jegliche Hinweise, wer sein Vater oder die Mutter gewesen sein könnten, waren der Familie abhandengekommen, verschüttet unter den unzähligen grauen Tagen, die sich, wie Millionen von Schieferplatten, zu einem gewaltigen Gebirge über den folgenden Generationen aufgetürmt hatten. So tauchte auch der stolze Name Violet, wie alle Namen, aus der Dunkelheit der Geschichte herauf, als hätte es vor ihm nichts als die Finsternis gegeben. Und weil man eben, die vor ihm kamen, nicht kannte, so gründete man die stolze Eiche, den Stammbaum der Familie, auf dieser ersten verbrieften Existenz, ohne die Herkunft der Vorfahren und schon gar nicht die seiner Frau zu kennen. Über Jahrhunderte teilte sich nun das Geschlecht der Violets in zwei Linien, die eine heroisch dem König, die andere demütig Gott verpflichtet. Wobei die zweite Linie, durch ein permanentes, der Erbfolge geschuldetes Ausscheiden aus dem mächtigen Hauptstamm der bald schon herzoglichen Familie, eine Reihe von Äbten, Pröpsten, Ordensschwestern, Äbtissinnen und einigen geweihten Bischöfen hervorbrachte.

Diese abgesonderten Persönlichkeiten hatten durch die Bindung an ihre Gelübde keine eigene Nachkommenschaft und tauchten daher auf dem senkrecht in die Höhe ragenden Stammbaum der Violets nicht auf. Man hätte sie als tote Früchte zeichnen müssen.

Dieses Ungleichgewicht hielt über fünfhundert Jahre an, bis 1721 die Trutzburg der Violets durch eine Kerze im Schlafzimmer des Herzogs von Tenier, Artus III. de Violet-Montmorency, mit beinahe allen Bewohnern niederbrannte und damit den Zweitgeborenen Bruder Louis de Violet zum Erben des großen Vermögens und der mittlerweile über das ganze Land verstreuten Güter machte.

Louis, der kurz vor seinem obligatorischen Eintritt in die Kirche stand, legte daraufhin kein Ordensgelübde ab und war somit seit Generationen der Erste, der seinem vorbestimmten Dasein entkam – in seinem Fall das des einfachen Mönches, der vermutlich eines Tages das Amt seines Onkels als Bischof von Aix-en-Provence übernehmen würde. Er heiratete stattdessen kurze Zeit später, 1722, Charlotte d'Espinay und widmete sich von nun an ausschließlich dem Weinbau.

Eines der Familiengüter befand sich im Bordelais. Eigentlich war es nur ein leerstehendes Bauernhaus, umgeben von achtzig Hektar Land, aber Louis – der durch die Arbeit in den klösterlichen Weinbergen seines Onkels ein leidenschaftlicher Winzer geworden war – erkannte sofort das Potenzial dieses schlecht bewirtschafteten Ackers. Er ließ, begünstigt durch das schier unerschöpfliche Kapital, das ihm seine Vorfahren in zahllosen Schlachten erbeutet und durch die erheblichen königlichen Abfindungen oder die bischöflichen Einkünfte verschafft hatten, ein helles, freundliches Schloss erbauen, einen weitläufigen Park anlegen und in den Weinbergen Ordnung schaffen, alle überalterten Stöcke ausreißen und neue pflanzen. In Louis de Violet vollzog sich die Wandlung, wie in so

vielen aristokratischen Familien seiner Zeit, weg von den Schlacht-
feldern auf der einen und der klösterlichen Weltabgeschiedenheit
auf der anderen Seite und hin zu einer neuen Lebensphilosophie,
die sich nur noch den Genüssen und den schönen Künsten, zu
denen er sein Winzertum zählte, widmete und damit hin zur letzten, müßiggängerischen Bestimmung des Adels. Louis schien das
Geschlecht der Violets vom Schatten ins Licht zu führen, weg von
den Versuchungen seiner Vorfahren, aufzusteigen bis in die höchsten Regionen der Macht, um letzten Endes doch nur im heißen
Sand der afrikanischen Wüsten oder im Schlamm eines deutschen
oder österreichischen Schlachtfeldes zu verbluten. Endlich ragte
der Stammbaum der Familie aus den düsteren Wolken heraus und
streckte seine jungen Äste in das Licht der Sonne; auf die Eiche war
der Wein gepfropft.

Trotz allem bewahrt jedes Adelsgeschlecht die Heldentaten seiner Vorfahren, wie die Kirche jedes Wort der Heiligen oder den
kleinsten Fetzen Stoff vom Gewande Christi, in Chroniken und an
den Wänden ihrer Schlösser auf. Auch wenn Charlottes Vater, Bernard, selbst Pazifist und Schöngeist, die Rüstung seines Urahnen,
Charles de Violet, Gouverneur von Bayonne und Pair von Frankreich, mit der er in die Schlachten von Jarnac und Moncontour gezogen war, aus der Haupthalle auf den Dachboden verbannen ließ,
änderte das nichts an seinem heimlichen Stolz auf das Blut dieses
Kriegers, von dem auch er noch einen tausendsten Teil in sich selbst
fühlte. Bernard hatte Charlotte, sie muss damals elf oder zwölf Jahre
alt gewesen sein, die Familienchronik überreicht, ein kleines Buch,
das er aus den hunderten, zum Teil losen, handgeschriebenen Seiten hatte transkribieren und mit einigen Stichen und Fotografien
drucken lassen, und sie hatte es gelesen, wie sie die Fabeln von La
Fontaine, die marokkanischen Märchen oder die Geschichten aus

Tausendundeiner Nacht las, als etwas Erfundenes, nicht Geschehenes, dem Reich der Phantasie Entsprungenes. Namen, immer wieder Namen wechselten sich hier mit längeren zum Teil abenteuerlichen Geschichten und Anekdoten ab. Besonders die Zeit der Revolution hatte es ihr angetan. Da waren die Enthauptungen der Großmutter, Mutter und Schwester von Antoinette Louise de Violet, die diese mit eigenen Augen hatte ansehen müssen, oder die Tatsache, dass ein Onkel und ein Cousin Antoinettes unter den *Vierundvierzig* waren, die von einer aufgebrachten Menge erschlagen und deren Köpfe auf die Gittertore von Versailles gesteckt wurden. So grauenhaft die detaillierten Beschreibungen der Familienchronik waren, in Charlotte weckten sie schon als Kind das Gefühl, dass ihre Familie einer bedeutenden Schicht der Gesellschaft angehören musste, einer Schicht, für die man eigens eine Maschine wie die Guillotine erfunden hatte. Ein Irrtum, dem sie bis auf den heutigen Tag unterlag, denn *le rasoir national* machte tatsächlich keine Unterschiede zwischen einem Bäcker und einem Herzog oder Bischof und war ja gerade dadurch ein Instrument der Gleichstellung. Aber für dieses Detail hatte sich Charlotte nie ausreichend interessiert. Diese Episode war damals für sie, vielleicht gerade wegen ihrer Blutrünstigkeit, in der der Name Violet beinahe ausgelöscht wurde, die spannendste und gleichzeitig die, vor der sie sich am meisten gefürchtet hatte. Tatsächlich erholte sich das Geschlecht der Violets wieder, und wie erstaunt war Charlotte, als sie, wiederum einhundert Jahre später, auf der letzten Seite der Chronik den Namen ihres Großvaters, dicht gefolgt von dem ihres Vaters und, eine helle Aufregung packte sie, letztlich am Ende der Kette ihren eigenen Namen las.

So oder so ähnlich wird es ihnen allen ergangen sein, den Nachkommen aus den großen und kleinen Häusern. Aus einem Schaudern wächst die Ehrfurcht, da die Linien der Familien letzten Endes direkt durch sie selbst hindurchlaufen und sie wie getroffen scheinen von diesem Band des Blutes, dem man nicht entkommen kann und von dem man mit dem ersten Schrei beseelt und gezeichnet scheint.

In den dreißiger Jahren des 20. Jahrhunderts endete die glorreiche Zeit der Violets. Charlottes Vater hatte während der Wirtschaftskrise, auch durch die Folgen des Ersten Weltkrieges, die Güter Château Neuchaumé – ein Landsitz in der Normandie – und Domaine de la Grolaire – ein kleines Gut in der Nähe von Bayonne – verkaufen müssen, um den restlichen Besitz der Violets zu retten. Aber er konnte den Niedergang nur für einige Jahre aufhalten, nicht aber beenden.

Dass jetzt das Haus verwahrloste, etwas, das die Weinberge schon längst hinter sich hatten, berührte Charlottes Stolz nicht. Ein Teil des linken Flügels stand nun schon regelmäßig, wenn es regnete, unter Wasser. So hatte die Gräfin auch das Verschwinden des Hotels »Château Violet« aus den Neuauflagen der einschlägigen Reiseführer mit derselben Demut hingenommen, wie das damit zusammenhängende Ausbleiben der Gäste. Zu gleichmäßig und zu lange hatte sich die Abwärtsspirale, wie eine Mühle des Untergangs, in die alles hineingezogen und zermalmt wird, gedreht und so in den letzten Jahren schon die hinteren Zimmer des Hauses erfasst. Den Leuten blieb nur, mit dem Kopf zu schütteln und sich zu fragen, weshalb die »Sonderbare« denn nicht endlich verkaufe, bevor auch noch das Haus eine Ruine und damit alles verloren sei.

Die Unruhe, die die Gräfin noch vor wenigen Minuten verspürt hatte, war wie ein sich allmählich verflüchtigender Schmerz von ihr gewichen. Sie schlug das Gästebuch erneut auf und blätterte bis zur Eintragung des jungen Paares vor. ›Das sind also meine letzten

Gäste‹, dachte sie. Sie sah die beiden Handschriften, die unterschiedlicher nicht hätten sein können. Ellas Name, der schwungvoll zwischen den Zeilen stand, in einem einzigen sicheren Zug verfasst, und Renés zaghafte Buchstaben, die unschlüssig, wie aneinandergeklebt wirkten und von denen kaum einer etwas mit seinem Nachbarn zu tun hatte.

Es klopfte. Charlotte reagierte nicht. Erst als es ein zweites Mal klopfte, rief sie: »Entrez!«

Die Tür öffnete sich und Vincent kam herein.

»Entschuldigen Sie, Michau hat angerufen, das hat etwas länger gedauert.«

Madame de Violet hatte den Moment, an dem sie Vincent das »Du« hätte anbieten können, verstreichen lassen. Es verstand sich von selbst, dass, solange Gäste im Haus waren, sie vom Personal gesiezt und ihr mit dem einer Hausherrin zustehenden höflichen Gehorsam begegnet wurde. Aber der Umstand, dass seit mittlerweile acht Jahren Vincent ihr letzter verbleibender Bediensteter und damit über die meiste Zeit hinweg der einzige Mensch überhaupt war, der ihr im Haus begegnen konnte, änderte nichts an ihrer Haltung zu ihm. Wobei sie die Schieflage – sie duzte ihn, ob mit oder ohne Gäste – nicht störte.

»Also, sie ist ein unerzogenes Mädchen, ohne jeden Takt«, sagte Charlotte, während sie Ellas Zeile, in der die Buchstaben selbstbewusst nur so auf und ab tanzten, noch einmal musterte. »Stell dir vor, sie hat sich selbst eingetragen. Hier.«

Sie schob Vincent, der zu ihr an den Schreibtisch trat, die offenen Seiten hin. »Hier schau, als wäre sie die Pomerceu. Ich könnte wetten, sie ist eine Künstlerin.«

»Das ist gut möglich«, sagte Vincent. »Und ihr Freund?«

»Ein hübscher, junger Mensch, aber blass, ohne eigenen Willen. Er hat Angst um jeden Satz, den sie sagt. Er ist so ein richtiger ›Knick-ein‹, wird sich von ihr ganz schön was gefallen lassen müssen. Eigentlich eine Unverschämtheit, wie sie mit mir spricht«, erregte sich Charlotte weiter, »… als kennten wir uns. Hätte ich sie nicht unterbrochen, ich würde immer noch in ihrem Seminar sitzen. Aber sie hat doch auch etwas Eigenes, ein Gewächs aus einem anderen Garten, das merkt man sofort. Wo liegt das überhaupt, Halle/Saale?«

»In Ostdeutschland, denke ich.«

»Ja, das weiß ich auch. Du warst doch im Krieg dort.«

»Ja, aber doch im Norden: Hamburg, Kiel.«

»Na gut«, sagte sie und schlug das Buch zu. »Bist du, was heute Abend betrifft, vorbereitet?«

»Ich denke schon«, antwortete er. »Da wir die Truhen leer machen müssen, und zum Markt fahre ich sowieso, wegen des Fisches, dann kann ich auch noch beim Bäcker halten. Ich habe Michau jetzt gesagt, er kann die Pumpe einbauen.«

Charlotte lachte in sich hinein.

»Eine Pumpe«, sie musste schmunzeln. »Das Letzte, was wir einbauen, ist eine Pumpe für den Pool. Das nenne ich nobel.«

Sie schwieg einen Moment, dann sagte sie: »Findest du es eigentlich übertrieben?«

»Was denn?«

»Na, das Menü, ist es nicht etwas zu übertrieben?«

»Ach, nein überhaupt nicht. Ich finde, es ist, was es ist, dem Anlass entsprechend.«

Die Gräfin hörte Stimmen draußen auf dem Vorplatz. Sie stand von ihrem Sessel auf und ging ans Fenster, vor dessen Scheiben ein halb geöffneter Vorhang aus Efeu hing. Es war das junge Paar.

»Komm her, sieh sie dir an.« Sie zog Vincent an ihre Seite und beide sahen, wie Ella und René Hand in Hand über den Kies zu ihrem kleinen Auto liefen.

»Da sind sie also, unsere letzten Gäste. Weißt du, was sie machen, sind sie Studenten?«, fragte die Gräfin.

»Ich weiß nur, dass sie verliebt sind, und als ich sie gestern aufs Zimmer gebracht habe, da waren sie, wie soll ich sagen, es hat sich lange kein Gast mehr so über ein Zimmer gefreut. Es war eigentlich so, wie es sein müsste.«

»Wer hätte gedacht, dass es so endet«, sagte die Gräfin unvermittelt.

Er wollte schon etwas erwidern, da unterbrach sie ihn und sagte: »Nein, nein, es ist schon gut so. Es ist schon alles, wie es sein soll. Wie es das Schicksal uns vor die Füße wirft, nehmen wir es hin.« Sie schenkte Vincent einen beinahe freudigen Blick, den er nicht zu deuten wusste. »Dann also heute Abend. Ach übrigens, ich würde gern Alain noch einladen.«

Überrascht von ihrem Entschluss und erleichtert, dass er selbst diesen Vorschlag nicht machen musste, erwiderte er: »Das ist eine sehr gute Idee. Ich denke, er wird sich freuen.«

»Ja, das wird er wohl, aber vielleicht ist es besser, wenn du ihn anrufst, sonst denkt er noch, es ist etwas nicht in Ordnung.«

»Das mache ich sehr gern.«

Als hätte vor dem Haus jemand mit Platzpatronen geschossen, hörten sie das Auto der jungen Leute starten, gefolgt von einem anhaltenden blechernen Knattern. Sie schauten wieder nach draußen und sahen, wie der blaue Wartburg vom Vorplatz fuhr.

»Weißt du, ist es nicht seltsam«, sagte Charlotte leise, »ich wusste, dass er kommen würde, dieser Moment, aber jetzt, wo er da ist, kann ich es nicht glauben.«

»Es ist ja auch nicht das Ende«, sagte Vincent ruhig.

»Entschuldige, aber genau das ist es, das Ende.«

»Ja, hier schon, aber es wird etwas Neues kommen.«

»Ich kann und möchte mir nicht vorstellen, was das sein soll«, sagte sie.

»Deswegen würde ich Ihnen ja gern die Wohnung zeigen, sie ist sehr schön, es ist sonnig, ruhig gelegen …«

Als hätte sie in ein zu grelles Licht geschaut, wandte sie ihren Blick von dem davonfahrenden Paar ab und zurück in den Salon.

»Ach, jetzt hör mir auf mit dieser Wohnung. Was soll ich da?«

»Aber sie wird weg sein, wenn wir noch länger warten. Sie müssen doch nur einen Blick hineinwerfen.«

Die Gräfin schwieg.

»Ich glaube, es ist selten, dass solche Wohnungen überhaupt auf den Markt kommen und nicht unter der Hand weggehen.«

»Also gut, ist ja gut, ich schaue sie mir an.«

»Ich könnte für morgen einen Termin machen?«

Sie überlegte. »Sagen wir übermorgen, dann sind unsere Verliebten nicht mehr da.«

»Gut, ich arrangiere das. Haben Sie sonst noch Wünsche für heute Abend?«

»Nein, das überlasse ich dir. Den Wein haben wir ja noch, oder?«

»Ja, den haben wir.«

»Schön. Hoffen wir, dass er noch gut ist.«

Das Dorf zwischen den Sonnenblumen

Ella und René fuhren in das Dorf, durch das sie die Nacht zuvor gekommen waren. Es lag in einem kleinen Tal zwischen leichten Hügeln. René parkte den Wagen am Ortseingang, Ella stieß die Tür auf und sprang hinaus. Während René sein Portemonnaie aus dem Handschuhfach nahm, um nachzusehen, wie viel Geld sie noch hatten, hörte er Ella seinen Namen rufen. Er blickte kurz auf und sah sie, wie sie die mit Feldsteinen gepflasterte Allee hinunter ins Dorf lief, und er hörte seinen Namen, hell und zärtlich, halb gesungen, halb gerufen: »René! René! Komm schon, René! Worauf wartest du, René! Mein Dickerchen, Peter, jetzt komm schon, Peterchen!«

Er lächelte. Von ihren tausend Francs waren noch vierhundert übrig. Die Übernachtung im Schloss abgezogen, hatten sie also noch zweihundertachtzig Francs. Genug also, um sich die verbliebenen Tage keine Sorgen machen zu müssen. Er steckte die Brieftasche ein, stieg aus und lief Ella nach.

Die Feldsteinallee teilte das Dorf in zwei Hälften. Auf der linken Seite, dicht gedrängt zweistöckige Häuser, deren schwarze Schatten schräg auf die Straße hinabfielen. Auf der rechten, Platanen in der grellen Mittagssonne, unter denen das Licht auf dem staubigen Trottoir tanzte. Daneben ein in eine breite, steinerne Rinne gefasster klarer Bach und dahinter ein vertrocknetes Sonnenblumenfeld. Die Fensterläden und Rollos der meisten Häuser waren zugezogen und so machte der Ort den Eindruck, als schliefen all seine Bewohner.

Der Ort war menschenleer. Dann entdeckte René unter einer der Platanen drei Tische und je vier Stühle, und auf einem dieser Stühle saß Ella, die Beine übereinandergeschlagen, den Arm senkrecht auf ihr Knie gestützt, als würde sie rauchen. Als sie René auf sich zukommen sah, rief sie: »Ah, gut, dass Sie kommen. Mein Mann hat mich sitzen lassen. Könnten Sie reingehen und fragen, ob es hier was zu essen gibt? Ich weiß nicht, Trennungen machen mich immer so hungrig.«

»Sehr gern, Mademoiselle, sonst noch etwas?«

»Ja, wenn Sie noch irgendwo einen frischen Kuss auftreiben könnten ...«

»Bringe ich Ihnen gleich, Madame.«

Sie scheuchte ihn mit den Armen fort und René ging lächelnd, ohne zu murren, über die Straße und verschwand im dunklen Eingang des Restaurants. Kurze Zeit später kam er wieder heraus, an seiner Seite ein älterer Mann mit einem karierten Tischtuch über dem Arm und zwei Gläsern, zwischen die Finger seiner rechten Hand geklemmt. Während der Kellner den Tisch eindeckte, ging René hinüber zum Bach, hob einige kleine Steine auf und warf sie hinein. Ella besah sich die Speisekarte, die nur aus einem eingeschweißten Blatt Papier bestand.

»Ich nehme schon mal den Hauswein«, sagte sie, wandte sich zu René um und rief: »Peter, jetzt komm doch her, was trinkst du?« Sie hatten die Angewohnheit, sich gegenüber Fremden andere Namen zu geben. Peter warf wieder einen Stein und sagte: »Das Gleiche wie du.« Er bemerkte die zwei Forellen, die beim Eintauchen der Kiesel blitzartig davonschnellten.

»Gut dann, zwei Gläser Bordeaux bitte. Das Essen dauert noch.«

Der Kellner lachte, bedankte sich und lief zurück ins Haus. Ella rief laut, den Blick in die Karte gerichtet, zu René hinüber: »Also, die haben hier Pizza. Wir könnten uns eine teilen.«

»Keine Forellen?«, erwiderte René.

»Du, die Karte hat eine Seite. Es gibt genau ein Gericht. Das ist ein italienisches Restaurant, ein italienisches Restaurant in Frankreich, mit einem einzigen italienischen Gericht, Pizza, ich wusste gar nicht, dass das erlaubt ist.«

René kam zurück zum Tisch und setzte sich neben sie. Der leichte

Wind in den Bäumen kräuselte die Schatten darunter. Sie lagen auf René und Ella, auf dem Tisch und den Steinen im Bach und versetzten alles in wirre Schwingung.

»Dieser Ort ist tot«, sagte er und wie zur Bestätigung stach ein einzelner Vogel seinen Schrei in die fiebrige Stille. »Die Forellen könnte man sehr leicht fangen«, fuhr er fort, während er einen Blick auf die Karte warf.

»Kannst du etwa angeln?«, fragte Ella.

»Hab ich früher als Kind gemacht.«

»Was du alles kannst«, sagte sie mit übertrieben freudiger Bewunderung. »Jetzt kann er auch noch angeln.«

»Aber keine Forellen, eher Karpfen und Barsche«, sagte René und drehte die Karte um, auf deren Rückseite nur noch einige Getränke standen.

»Tja, dann also Pizza.«

Der Wirt kam mit dem Wein und einer Flasche Wasser an den Tisch. Ella beobachtete, wie er in weit ausladenden Bewegungen und einem theatralischen, fast ins Komische gehenden Schwung servierte. Er mochte schon über sechzig Jahre alt sein. Ein dicker, großer Mann, dessen Haut straff über Arme, Hals und Gesicht gespannt war. Er schien keine einzige Falte zu haben. Auf seiner linken Wange hatte er einen dunklen, hervorstehenden Leberfleck, und die buschigen schwarzen Augenbrauen wollten nicht richtig zu seinem kurzen, grauen Bart und den grauen Haaren passen.

Er nahm ihre Bestellung auf. Es stellte sich heraus, dass die Pizza des Tages, von ihm selbst *Napoli* genannt, mit Salami, Tomaten und Mozzarella belegt sein würde und nachdem er sie in höchsten Tönen als einen schmackhaften Gruß aus Süditalien, sein Großvater stamme aus Neapel, bezeichnet hatte, bestellten sie sich dieses große, runde Stück seiner Heimat.

Als der Wirt schon gehen wollte, fragte Ella: »Sagen Sie, gibt es hier im Ort irgendwelche Sehenswürdigkeiten?«

Da lachte er laut auf. Er lachte so schallend, dass Ella beinahe auch anfing zu lachen. Er schaute sich suchend um, er hielt dabei sogar kurz seine Hand über die Augen und sagte: »Na, mal sehen.« Dann nahm er die Hand wieder herunter und lachte wieder. »Also, das wurde ich noch nie gefragt. Machen Sie die Augen auf. Hier ist nichts. Schauen Sie doch, also wenn sie nicht einen Verrückten damit meinen, der in der französischen Provinz eine Pizzeria betreibt.« Dann deutete er die Straße hinunter und sagte: »Zehn Kilometer entfernt ist eine Höhle, wenn Sie so was interessiert. Aber hier im Ort …« Er prustete wieder, kam einen Schritt auf den Tisch zu und stellte sich auf ein Bein. »Wenn Sie hier unbedingt etwas sehen wollen, gehen Sie auf den Friedhof.« Er deutete Richtung Kirchturm, dessen breite Spitze über der Häuserzeile hervorschaute. »Da ist alles und nichts zu sehen. All unsere berühmten Bewohner, die Clochards liegen da, die Funes, die Eheleute Prignol, mein Großvater, meine Eltern, mein Bruder Ferdinand und natürlich alle Pfarrer, die kleine Catherine, Tante Sophie, die Zwillinge Pierre und Michel, oh die hätten Sie erleben sollen, das war ein lustiges Pärchen, Streiche haben wir ausgeheckt, Streiche, sage ich Ihnen. Die liegen alle da, wie im Museum, Mademoiselle.«

Die beiden waren überrascht von der Redseligkeit des Alten, und Ella, die Gefallen daran fand, erwiderte: »Sie scheinen diese Leute ja sehr gut gekannt zu haben.«

»Na, hören Sie mal, das hier ist ein Dorf und ich bin ein verdammt alter Wirt. Natürlich kenne ich hier jede Fliege, ob tot oder lebendig. Gut, früher haben hier sehr viel mehr Leute gelebt. Aber ich kenne jeden Einzelnen bis hin nach Bordeaux. Und wenn nicht persönlich, dann kenne ich wenigstens ihre Geschichten.«

Ella schaute begeistert zu René und wieder zum Wirt.

»Oh, das klingt doch interessant, was sind das denn für Geschichten?«, fragte sie.

»Ich sehe schon«, erwiderte der Wirt, dabei erhob er seine kräftige Hand und wackelte mit dem Zeigefinger: »Sie wollen immer noch ihre Sehenswürdigkeiten. Nein, wir haben hier nur normale Geschichten, nichts Weltbewegendes. Der eine hatte einen besonders schönen Tod und der andere ein besonders schönes Leben, mehr nicht. Oh, ich denke, Sie haben Hunger, Ihr Freund guckt schon ganz müde, ihm knurrt der Magen, das kenne ich, sehe ich doch sofort. Also, ich störe Sie nicht länger. Lassen Sie sich den Wein schmecken und genießen Sie die Sonne, morgen regnet es.«

René versuchte zu lächeln, aber die grelle Sonne kniff ihm die Augen zusammen, und er konnte den Wirt nur mit verzerrtem Gesicht anblinzeln. Der Alte war schon im Begriff zu gehen, da sagte Ella: »Nein, nein, das ist doch alles sehr spannend. Ich wünschte, Sie könnten uns nachher eine kleine Führung geben, über Ihren Friedhof. Ich glaube, die Geschichten hier in ihrem Dorf sind genau so interessant wie die, die man in Paris erzählt bekommt.«

Der Wirt lachte wieder, und die beiden konnten seine nur noch vereinzelten Zähne sehen: »Ich mache ihnen jetzt was zu essen, Sie reden ja schon wirr«, sagte er, drehte sich um und auf seinem Weg zurück ins Bistro konnten die beiden noch ein paar Worte, die wohl noch an sie gerichtet waren und sein schallendes Lachen hören, wie es von den Häusern widerhallte und über sie hinweg, hinaus in die erhitzten Hügel und Täler.

Eine Viertelstunde später kam der Wirt wieder heraus aus dem Restaurant. Wie ein Zirkusakrobat hielt er mit seiner Rechten ein Tablett und mit der Linken ein flaches, rundes Holzbrett, auf dem er die Pizza durch die Luft zu dem jungen Paar hinüberbalancierte.

Er stellte beides auf dem Tisch ab, verteilte vom Tablett zwei Teller und Besteck und wünschte den beiden einen guten Appetit. Während Ella sich ein großes Stück von der Pizza abschnitt, in die Hand nahm und davon kostete, sah sie, dass auf dem Tablett noch ein schmales Glas und eine Karaffe Wasser stand.

»Und, wie schmeckt sie?«, fragte der Wirt.

»Mhh, sehr gut«, antwortete Ella mit vollem Mund.

Der Wirt stellte sich wieder auf sein rechtes Bein, so wie man es macht, wenn man vorhat, irgendwo länger zu stehen. Dann fing er an zu erzählen, als hätten ihn die beiden mitten in einer Führung durch eine archäologische Ausgrabungsstätte unterbrochen.

»Der Bauer Chesac hat die Höhle so in den Zwanzigern entdeckt, da drüben in dem Haus haben sie gewohnt, die Chesacs, alle gestorben oder weggezogen. Paul Chesac hieß er. Oh, der liegt übrigens auch auf unserem Friedhof, ganz hinten links in der Ecke. Die müssen damals, als er die Höhle gefunden hat, ganz schön aus dem Häuschen gewesen sein. Aus Bordeaux sind sie gekommen, sogar aus Paris und haben alles untersucht und kartographiert. Tja, und was hat es dem alten Chesac genützt, nichts, alle schauen sich die Höhle an, aber keiner geht zu ihm auf den Gottesacker. Ohne ihn wüssten sie nicht mal, dass da ein riesiges Loch in der Erde ist, doch niemand stellt sich vor sein Grab und sagt: ›Wegen Dir können wir die Höhle sehen.‹ Das Leben ist eben eine faule Sache, sage ich immer. Er hat geschuftet, zuerst als Weinbauer, dann hat er es mit Lavendel probiert, das ist ihm gründlich schiefgegangen, dann wieder als Weinbauer und dann ist er gestorben. Und zwischendurch hat er an einem einzigen Nachmittag die Höhle entdeckt. Er konnte niemandem erzählen, wie er sie gefunden hatte, aber wir im Ort wussten alle Bescheid. Hören Sie, das ist eine lustige Sache, weil sie so simpel ist.« Der Wirt, der nun offensichtlich in Fahrt geraten war, zog sich einen Stuhl vom Nachbartisch heran, setzte sich neben die beiden und erzählte, als wären sie alte Freunde: »Er hatte ein neues Feld gepachtet, zu flach für Wein, viel zu nah am Fluss und morgens feucht, an den Rändern schattig, einen Sauternes hätte man da anbauen können, da hat ihn der dicke Plaiseot ganz schön übers Ohr gehauen. Er hatte eben kein Händchen, na ja. Aber wenn ein Bauer irgendwo einen neuen Acker hat, dann sucht er sich in der Nähe ein schönes, stilles Örtchen. Tja, und dabei hat er die Höhle entdeckt. Schmeckt es Ihnen eigentlich auch?«, fragte er René.

Der nickte nur, da er gerade den Mund voll hatte.

»Na, das ist doch gut. Und jetzt frage ich Sie, was war nun bedeutender, diese komische Höhle oder der Wein, der sicher einigen Parisern den Heimweg und vor allem den nächsten Morgen schwer gemacht hat? Die Höhle oder der Wein? Na, was meinen Sie?« René wusste nicht gleich, was er sagen sollte, doch der Alte fuhr fort, ohne eine Antwort abzuwarten: »Und eines Tages werde auch ich dort liegen«, er zeigte wieder Richtung Kirche, »und Sie können dann herkommen und lesen: ›Hier ruht Emile Garond – seine Pizza hat zwei Deutschen wunderbar geschmeckt.‹« Er schlug sich dabei kräftig aufs Knie und lachte so schallend, dass die beiden nicht anders konnten, als mit ihm zu lachen und er fügte noch hinzu: »Vielleicht haben Sie dann einen Sohn und eine Tochter und erzählen ihnen von mir.«

Als er in ein schmales, kurzes Glas etwas Wasser goss, trauten Ella und René ihren Augen nicht, da sich das Wasser verfärbte und – nachdem der Alte etwas umgerührt hatte – plötzlich weiß wie Milch war.

»Was ist das?«, fragte Ella und deutete auf das Glas wie auf ein chemisches Experiment.

»Haben Sie noch nie einen Pernod gesehen?«

»Nein. Das sieht ja interessant aus.«

»Wo kommen Sie denn her?«

René sagte: »Aus Ostdeutschland.«

»Aha, das erklärt alles. Ach, irgendwie hatte Ihr Kommunismus ja dann auch was Gutes, wenn Sie so staunen können über einen simplen Anisschnaps. Seien Sie froh darüber, wir trinken das Zeug hier jeden Tag und dass es sich ja wirklich verfärbt, ist doch eigentlich ein Wunder, und wir trinken es einfach aus, ohne nachzudenken. Staunen? Das ist vorbei. Aber dann müssen Sie ja unbedingt einen probieren. Warten Sie, ich bin gleich wieder da, und dann stoßen wir an auf das Wunder Pernod.«

»Oh, das ist nett, aber bitte nur einen Kleinen für mich, ich muss noch fahren«, sagte René.

Der Alte war schon wieder auf der Straße und redete, während er zu seinem Laden lief, mit der Hauswand. »Ach, ›Auto fahren‹. Hier können Sie ohne Kopf Auto fahren. Keine Sorge, wenn nicht, trink ich den mit ihrer hübschen Freundin.« Er verschwand im Bistro.

Ella war so glücklich über diesen seltsamen Menschen, dass sie mit ihrem Stuhl dichter zu René rückte, ihn fest umarmte und wild abküsste. Er ließ alles mit einigen Abwehrversuchen über sich ergehen, und als Ella ihn losließ und sagte »Ist er nicht herrlich? Was für ein lustiger Mensch«, fühlte René einen Druck in der Brust. Er musste an den gestrigen Abend, an ihre Worte denken, dass sie ihm genau genommen nicht glaubte, dass er sie liebte. Es war nur ein kurzer Gedanke, der ihm die Stirn verdunkelte. Und Ella, durch ihre eigene Unstetigkeit befähigt, beinahe jede Gefühlsschwankung auch an anderen wahrzunehmen sagte: »Was ist, was hast du? Hey, Peterchen!«

»Ach, nichts.«

Sie schaute ihn prüfend an, doch in diesem Moment kam der

Alte, wie die Sonne zwischen den Wolken, aus seinem Bistro heraus und brachte den Pernod.

»So, da ist er.«

Als sich weder Ella noch René rührten oder etwas sagten, goss er etwa einen Fingerbreit den bernsteinfarbenen Anis in beide Gläser. Dann füllte er sie vorsichtig mit Wasser auf. Ella beugte sich nach vorn. Sie wollte die wunderbare Verwandlung aus nächster Nähe beobachten. Ein Sonnenstrahl erhellte das Glas und so wurde das kleine Schauspiel für sie zu einer magischen Vorführung. Die Flüssigkeiten vermischten sich zu kleinen Wolken, bis alles undurchsichtig wurde und wie ein Opal im Licht schimmerte. »Das ist ja wunderbar«, sagte Ella.

Der Wirt wischte sich, wie ein Feuerschlucker nach der Vorführung, die Stirn mit seinem Hemdsärmel ab und schaute dabei die Straße rauf und runter.

Ella nahm das zum Anlass, ihn zu fragen, was hier wohl für Leute wohnten und was sie so machen würden.

»Was sollen sie schon machen? Die meisten sind zu alt, um noch irgendetwas zu tun. Die anderen arbeiten in den Weinbergen oder in den Kellern. Wenn Sie sich hier nicht für Wein interessieren, sind Sie falsch. Ansonsten sind wir ein ganz normales Dorf mit siebenundfünfzig Einwohnern.«

Emile zeigte auf das erste Haus ganz links in der langen Reihe und sagte: »Das da, das ist das Haus von Madame Manenc, sie ist heute nicht da, besucht ihre Schwester in Bayonne, wenn sie da wäre, würden Sie sie jetzt sehen, unten rechts, das Fenster neben der Tür, da sitzt sie jeden Tag mit einem Kissen und schaut mir beim Arbeiten zu. Nicht, dass es da viel zu sehen gäbe, aber manchmal, das heißt eigentlich jeden Tag, gehe ich rüber und erzähle ihr was. Also, wenn sie heute da wäre, würde ich ihr etwas von Ihnen erzählen, ja vielleicht erzähl ich es ihr morgen, dass Sie nach Sehenswürdigkeiten hier im Dorf gefragt haben.« Er nahm einen Schluck von seinem Anis, dann lächelte er in sich hinein. »Da wird sie aufpassen müssen, dass ihr Gebiss nicht auf die Straße fällt.«

Er lachte.

»Das zweite Haus …«, er deutete auf eine vollkommen verwahrloste Hütte ohne Dach, »… also das kleine da, gehörte den Zwillingen Pierre und Michel Christophe. Die beiden waren riesig, die hätten Sie mal sehen sollen, fast einen Kopf größer als ich, die *Leuchttürme von Brouville*, so wurden sie in der Stadt genannt, die Wahrzeichen unseres Dörfchens, die mussten sich ducken, wenn sie da rein wollten.« Der Wirt zeigte auf die kleine Tür des Hauses, deren rechter Pfosten gebrochen und abgeknickt war. »Die Eltern hatten wohl nicht damit gerechnet, dass ihre Söhne so in die Höhe schießen würden, sonst hätten sie die Hütte etwas größer gebaut. Einer nach dem anderen mussten sie rein und raus; sah aus, als wohnten sie in einem Puppenhaus, die beiden. Das waren zwei, so richtige Zwillinge waren das, unzertrennlich von der Wiege bis zur Bahre, dieselben Klamotten, dieselben Brillen, dieselben Frisuren, dieselben Schulranzen und später dieselben Aktentaschen in denen weder Akten noch Kugelschreiber, sondern zwei Brotbüchsen, zwei Trinkflaschen und zwei Zeitungen waren; der einzige Unterschied war, dass es nicht dieselben Zeitungen waren. Kurioses Gespann die beiden, lebten zusammen wie ein altes Ehepaar. Genauso stritten sie auch. Einer sagte etwas, der andere widersprach. Der eine sagte noch etwas, der andere widersprach erneut. Das lief immer gleich ab, nur dass es eben nicht nur Michel war, der widersprach; nein, sie nahmen sich beide nichts. Ich habe einmal gezählt, wie oft Pierre Michel widersprochen hat. Wissen Sie, man hat viel Zeit hinter einer Bar. Raten Sie mal, wie oft? Na los, raten Sie.«

Ella überlegte und sagte: »Zwölf Mal.«

»Und Sie junger Mann, was raten Sie?«

René sagte: »Fünfzehn Mal.«

»Aha, nicht schlecht, man möchte wirklich meinen, das wäre genug, aber weit gefehlt. Es waren zweiunddreißig Mal. Und wissen Sie, worum es ging?«

Der Alte schaute die beiden mit einer Art Vorfreude an, grinste und wartete.

»Keine Ahnung«, sagte René »vielleicht um das Ei und das Huhn.«

»Oh, nicht schlecht, junger Mann«, erwiderte der Wirt. »Es ging eigentlich, wenn sich die beiden stritten, immer um das gleiche Thema, um nichts Geringeres als das Leben selbst. Wissen Sie, Michel hatte wieder behauptet, dass der Herrgott über sein Leben wachen würde und Pierre hatte ihm widersprochen und es damit begründet, dass sie ja Zwillinge wären und wenn ein Gott über Michel wacht, würde ja wohl der gleiche Gott auch ihn, Pierre, im Auge haben. Das sei allerdings unmöglich, denn er glaube ja nicht an Götter. Und dann brachte Michel wieder ein neues Argument, zum Beispiel, dass es keine Liebe gäbe ohne einen Gott und Pierre widersprach und sagte, dass er gelesen hätte, dass die Liebe etwas rein Chemisches wäre. Und so weiter und so weiter. Es gab immer viel zu lachen, wenn die beiden bei mir im Bistro saßen. Was haben wir früher nicht alles ausgeheckt?«

»Was denn so?«, fragte Ella.

»Na, Sie sind mir die Richtige, Sie wissen, worauf es ankommt. Ach, da weiß ich gar nicht, wo ich anfangen soll. Wissen Sie, das Tolle an den beiden war, dass einer den anderen immer übertrumpfen wollte und das war natürlich sehr praktisch, wenn man eine kleine Schweinerei aousheckt. Man konnte sich immer etwas im Hinter-

grund aufhalten. Also es gab viele Streiche. Einer fällt mir da sofort
ein. Hier in der Nähe gibt es ein Schloss. Da wohnten früher die
Violets, das heißt, die alte Violet wohnt immer noch da, ist jetzt ein
Hotel, oder besser war mal eins; na ja, keiner weiß das so genau,
seltsame Leute, aber das sind sie wohl immer, die Reichen. Na ja,
auf jeden Fall Pierre, Michel, ich und zwei Mädchen, ach, sehen Sie,
die Julie da vom Fensterbrett war auch dabei, wir streunten durch
die Weinberge, früher waren das ja alles Weinberge hier.« Der Wirt
streifte mit seiner Hand über die Hügel der Umgegend, als würde er
sie zärtlich streicheln. »Das waren noch die guten Zeiten, da wusste
jeder, was er zu tun hatte, na ja … Wir kamen also zum Anwesen
der Violets. Das war im Sommer, ja das war im Sommer 29 oder 30.
Michel schlug vor, dass wir über die Mauer steigen sollten, Pierre
war natürlich dagegen und wir anderen, vor allem die Mädchen,
waren unschlüssig. Da stand Michel schon oben auf der Mauer und
rief die Catherine, sie war ein hübsches Mädchen, ist ein paar Jahre
später gestorben, er rief sie zur Mauer und zog sie zu sich nach oben
und ich weiß noch, wie schlaff sie da hing und überhaupt keine Anstalten machte, ihm die Sache zu erleichtern. Kurzum, wir standen
alle auf der Mauer bis auf Pierre, der bockte unten und sagte, dass
die uns einsperren würden, ins Gefängnis würden wir kommen für
so was.

Aber dann sagte Michel nur kurz, dass er ein Feigling wäre und
schon war sein Bruder oben auf der Mauer und der erste auf der anderen Seite. So war das immer. Und nun war es Pierre, der vornweg
ging und als wir aus dem Park kamen und vor dem großen Haus
standen, sagte er, dass er aufs Dach steigen und ein Betttuch hissen
würde. Wir dachten, er macht einen Spaß. Gut, die Dachsteigerei
war eine normale Sache für uns Jungs gewesen, aber doch nicht bei
den Violets und ein weißes Laken, gerade bei diesen Herrschaften,

die in den Tod gegangen wären für ihr Land und einige von ihnen sind es ja auch, na ja, wir wussten jedenfalls, dass die ganze Familie nicht im Haus war, denn man konnte es nicht übersehen, wenn die mit ihrem tollen Wagen in die Stadt fuhren. Wir pirschten uns heran, Pierre holte ein Laken vom Wäscheplatz und wir sahen wirklich aus wie die letzten Landstreicher. Pierre und Michel voraus, ich hinterher, dann die Mädchen. Wir schlichen ins Haus, drin war es ganz kühl. Wir kamen in ein großes Zimmer, gut, die Zimmer da sind ja alle groß, aber das war wirklich riesig, das war schon fast eine Halle, da stand ein Klavier, ich glaube, es war eher ein Flügel als ein Klavier, ich hatte noch nie ein Klavier gesehen, geschweige denn gehört und ich flüsterte Michel zu und zog ihn am Ärmel, dass ich gern wüsste, wie so was klingt, doch er winkte nur ab und lief Pierre hinterher. Neben der Treppe war eine Tür, die war nur angelehnt und wir hörten, wie drin jemand weinte und Pierre ging auf diese Tür zu, zog sie auf und wir sahen ein Mädchen auf einem Stuhl sitzen und weinen, und dieses kleine Mädchen war Madame de Violet.«

»Die Gräfin?«, fragte Ella.

»Ja, und diese kleine Gräfin, die vielleicht ein, zwei Jahre jünger war als ich, weinte so entsetzlich, dass unsere Julie sich nicht mehr halten konnte und auch anfing zu heulen und die Catherine ansteckte und nun weinten da drei Mädchen, und wir Jungen waren vollkommen überfordert von der Situation. Ich weiß noch, wie ich den Atem anhielt und nur noch wegwollte. Die kleine Violet drehte sich zu uns um und wir mussten machen, dass wir wegkamen, wir zogen unsere Mädchen hinter uns her und da sehe ich, wie Michel vor dem Klavier stehen bleibt, den Deckel öffnet, die Hand hebt und mir fällt jetzt noch das Herz in die Hose, wenn ich daran denke, die Hand hebt, einen Finger abspreizt und dann den Arm fallen lässt und ein entsetzlich lauter und ich muss zugeben schöner, tiefer Ton wie von einer riesigen seltsamen Glocke hallte durch das Haus. Alle rannten los, außer mir. Ich hatte noch nie so einen Ton gehört, und da stand plötzlich die kleine Gräfin vor mir, mit diesem hübschen verheulten Gesicht und, Sie werden es glauben oder nicht, dieses Mädchen sagte zu mir: ›Versprich mir, dass du niemandem davon erzählst, dass ich geweint habe, versprich mir das.‹ Sie hat mir, wie einem Soldaten den Eid abgenommen. Und ich muss sagen, das hat mir gefallen, da habe ich es ihr versprochen und dann bin ich weggelaufen, wie so kleine Jungs eben wegrennen.«

Der Wirt sprach nicht weiter.

»Warum hat sie denn geweint?«, fragte Ella.

»Ach, woher soll man das wissen. Man möchte ja meinen, die Reichen haben kein Recht zum Unglücklichsein, aber das stimmt nicht. Und die Violet hatte sicher alles Recht der Welt dazu. Wenigstens später, als dann alles drunter und drüber ging. Ich habe auf jeden Fall kein Sterbenswort darüber fallen lassen, das hätte ich nie und nimmer getan, aber so sehr ich die anderen davon überzeugen wollte, nichts zu erzählen, sie hatten der jungen Gräfin ja nicht in die traurigen Augen schauen müssen, es half nichts, und so wusste noch am selben Abend jeder im Dorf, dass die kleine Gräfin geweint hatte. Mein Vater kam zu mir, griff mich am Ohr und sagte, dass wenn ich mich noch einmal da oben blicken lassen würde, er mir den Arsch versohlen würde.«

»Und, waren sie noch mal oben?«

»Ja, natürlich.«

Als Ella und René nach einigen weiteren Episoden über die Dorfbewohner von Brouville, zurück zum Schloss fuhren, war es bereits vier Uhr nachmittags. Sie hatten noch keinen Plan, was sie mit dem Rest des Tages anfangen würden. Das Thermometer im Inneren des

Autos zeigte, obwohl sie alle Fenster geöffnet hatten, einundvierzig Grad an. Ella hob von Zeit zu Zeit ihr Hemd in die Höhe, sie schien den kühlenden Fahrtwind damit einfangen zu wollen. Dabei konnte René ihre Brüste sehen. »Hey, da kann doch kein Mensch Auto fahren. Ich halte an.«

»Bist du wahnsinnig, nicht anhalten«, sagte sie. »Sollen wir verglühen?«

Ein Gemälde

Als Ella und René auf dem Vorplatz zum Hotel aus ihrem Wagen stiegen, hatten sie das Gefühl, als wäre das Schloss unbewohnt. Der kleine Parkplatz vorm Haus war leer und sie überlegten, wo die Autos der Gräfin und des Dieners stehen würden. Aber auch das Haus selbst fühlte sich, als sie es betraten, verlassen an. Hand in Hand standen sie in der kühlen Eingangshalle. Von draußen war durch das schmale, halb geöffnete Fenster neben der hohen Eingangstür das unausgesetzte Zirpen der Grillen zu hören; ab und zu stach ein Vogel seinen trockenen Schrei in die fiebrige Luft und tauchte das Innere des Hauses in eine umso größere Stille.

Die beiden beschlossen, etwas herumzustöbern. Sie liefen den unteren Flur entlang, öffneten leise Türen und warfen Blicke in alte Zimmer, von denen jedes eine andere verblasste Farbe hatte und in denen uralte Möbel wie Geister unter weißen Laken standen. Es geschah, dass sie vorsichtig in ein Zimmer hineinspähten und sich selbst, zwei neugierige Kinder in einem prunkvollen Spiegel, hinter einem Türflügel entdeckten. Sie sahen Kamine aus schwarzem, grünem und weißem Marmor, Gemälde mit Portraits von Rittern, Edelleuten und jungen, zugeschnürten Damen, vergilbte Fotos in goldenen und silbernen Rahmen auf Kommoden, schwere Vorhänge, Deckenfresken, eine Bibliothek mit Büchern bis hinauf unter den Stuck und ein kleines Jagdzimmer mit ausgestopften Füchsen, Fasanen, Wildschweinen, ja sogar einem Krokodil, das unter der Decke schwebte wie ein U-Boot. René klopfte gegen die silberne Rüstung eines Ritters und war erstaunt, dass sie nicht wie eine Blechbüchse klang.

Auch wenn Ella in ihrer Kindheit nie mit Schleifchen und Puppen, sondern eher mit den Jungs im Vorhof Fußball gespielt hatte, schien ihr dies alles märchenhaft und sie fühlte sich wie eine Prinzessin mit zwei goldenen Schuhen.

Den beiden wurde noch einmal bewusst, dass sie die einzigen Gäste waren. Sie stiegen die große Treppe ins Obergeschoss hinauf, liefen auch dort die Gänge ab, warfen hier und da einen Blick in die Zimmer, von denen keines abgeschlossen war, und stießen dann am Ende des Flures auf eine große Tür mit Bleiglasfenstern, auf denen bunte Papageien und sich windende exotische Pflanzen im Schein der Nachmittagssonne erstrahlten. Sie drückten ihre Gesichter dicht an die Scheibe und erkannten dahinter eine kleine Wendeltreppe aus weißem Marmor, die, von einem zierlichen Geländer begleitet, ins Dachgeschoss führte. Kurzerhand hatte Ella die Tür aufgeschoben und schon zog sie ihren René die schmale Treppe hinauf, wie in das Versteck zweier Geliebter.

Es war kein wirkliches Dachgeschoss, denn das eigentliche Dach lag wohl noch eine Etage über ihnen. Es unterschied sich von den unteren Stockwerken hauptsächlich durch die geringere Höhe der Räume, und so kam ihnen auch der Flur, in dem sie jetzt standen, niedrig und gedrängt vor. Zudem waren die Teppiche nicht wie in den unteren beiden Etagen als Läufer verlegt, sondern kreuz und quer verteilt und füllten die gesamte Fläche des Bodens aus. Es standen vereinzelte Möbel wie vorübergehend abgestellt im Flur herum; davon waren einige, wie ungezogene Kinder, mit dem Gesicht zur Wand gestellt. Ella und René war klar, dass sie sich hier auf privatem Boden befanden und in die Wohnräume der Gräfin oder des Dieners geraten waren. René wollte umkehren, doch Ella zog ihn stumm hinter sich her zu einer Tür, die nur angelehnt war. Sie schob sie mit der flachen Hand vorsichtig und stetig auf.

Die beiden sahen ein offen stehendes Fenster, dessen sonnendurchflutete Gardine sich im lauen Wind ins Zimmer wölbte. Ein kleiner chinesischer Teppich mit Tiermotiven lag vor ihnen auf dem Fußboden. Ein niedriges Nachtschränkchen, auf der schwarzen Marmorplatte eine halbvolle Karaffe mit Wasser, daneben ein Kristallglas und zwei goldene Ringe mit großen farbigen Steinen. Das Sonnenlicht fiel durch sie hindurch und warf zwei Strahlen, einen dunkelroten und einen türkisfarbenen, auf das weiße Kissen des Bettes, direkt neben den schlafenden Kopf der Gräfin. René trat erschrocken einen Schritt von der Tür zurück, doch Ella blieb stehen, wie vor einem Gemälde. Unter dem dünnen, weißen Betttuch zeichnete sich der knochige Körper der Gräfin ab. Die rechte Hand schaute unter der Decke hervor und schien sich zu Ella hinzustrecken, als hätte die Gräfin einen Wunsch. Das selbst im Schlaf noch strenge Gesicht schien wie aus weißem, halb durchsichtigem Alabaster zu sein. Unbeweglich, starr. Nur ihre Augen rollten unter den geschlossenen Lidern wie große, schwere Fische, die unter der Oberfläche eines Weihers tauchen und das Wasser über sich in Unruhe bringen.

›Sie träumt‹, dachte Ella. Nichts konnte ihr dieses fremde Leben geheimnisvoller und unnahbarer erscheinen lassen als dieser Traum dort, der von Madame de Violet Besitz ergriffen hatte. Noch nie war Ella einer derartigen Frau begegnet, einer so zurückgezogenen und scheinbar ewigen Existenz. Der Anblick der schlafenden Gräfin beruhigte sie, sodass sie Renés Hand fester griff, die Tür langsam zuzog und ihn still wieder hinunterführte.

Kopfsprünge

Sie gingen auf ihr Zimmer, zogen sich ihre Badesachen an und machten sich auf den Weg zum Swimmingpool, den es, laut vergilbtem Hotelprospekt, im Park hinter dem Haus geben sollte. Als Ella und René hinaus auf die Südterrasse des Hotels traten, blieben sie einen Moment staunend stehen. Das Haus befand sich auf einer leichten Anhöhe und die hügelige Landschaft lag vor ihnen wie eine unendliche Kulisse. Die Sonne brannte so sehr, dass sie schimmernd über dem Land lag und die weite Ebene, die Hügel, die staubigen Feldwege mit ihren Zypressen und das Blau des Himmels, wie eine Fata Morgana, in kleinen Wellen verbog. Der weitläufige Park, dessen drei Sichtachsen sich nach West, Süd und Ost öffneten, ließ die Meisterschaft, mit der er einst entworfen worden war, noch erkennen, schien aber seit Langem sich selbst überlassen. Der Efeu kletterte ungehindert die Bäume hinauf und der englische Rasen war wohl den Sommer über nicht gemäht worden, denn er glich im Schatten der Bäume einer Streublumenwiese und auf den überhitzten, sonnenbeschienenen Flächen einer verdorrten Steppe. Hinter einem von hohen Hecken begrenzten Karree, direkt neben dem rechten Ausläufer der beiden halbkreisförmig in den Park führenden Treppen, lag der türkisblau schimmernde Pool.

Kurz darauf stand René am Beckenrand, bereit zum Sprung und sah, wie Ella eine weiße Liege aus dem Schatten einer Pinie zog. »Was machst du?«, fragte er.

»Was soll ich schon machen, ich sonne mich«, sagte sie, nahm ihre getönte Brille ab und legte sich auf den Rücken, die Arme an der Seite.

»Ich dachte, wir baden?«

»Mir ist kalt, ich muss mich erst mal aufwärmen«, meinte sie mit geschlossenen Augen.

René lachte. »Du bist herrlich, musst dich bei vierzig Grad aufwärmen. Na, wie du willst, ich kühle mich ab.« Dann sprang er kopfüber in den Pool. Er schwamm zwei Bahnen, stieg wieder aus dem Wasser und trocknete sich ab, wobei Ella ihm zusah. »Du bist ein hübscher Kerl!«, sagte sie, die Hand über den Augen, gegen die Sonne blinzelnd. »Weißt du das eigentlich?«

»Wenn du es sagst, muss es stimmen«, erwiderte er, während er eine zweite Liege zu Ella heranzog und sich darauflegte. Er setzte seine Sonnenbrille auf, griff in seinen Beutel und holte ein Buch heraus.

»Was ist das?«

»*Vater Goriot*«, antwortete René.

»Immer noch? Ich dachte, du bist schon längst durch.«

René musste schmunzeln. Für Ella galt ein Buch als gelesen, wenn sie die ersten dreißig Seiten überstanden hatte. Sie konnte drei Bücher gleichzeitig lesen. Am Anfang ihrer Reise hatte sie zwei Tage in der *Bovary* herumgestöbert und am dritten in irgendeiner Liebesgeschichte, die ihr sehr gefiel und auf deren Ende sie gespannt war, dann kurz in den *Glöckner von Notre Dame* hineingerochen, ihn aber gleich wieder zugeschlagen. Sie konnte einen Satz im Flaubert lesen und direkt darauf den Proust aufschlagen. Er verstand nicht, wie man ein Buch auf der Hälfte zuklappen und ein anderes beginnen konnte. Manchmal las sie die ersten Zeilen und sprang dann zum letzten Kapitel, um voller Überzeugung zu behaupten, der Roman tauge nichts. Für René war es wichtig, nur aus diesem Grund las er, sich voll und ganz in eine Geschichte hineinzubegeben, die Charaktereigenschaften und Handlungen der Helden und ihrer Widersacher in sich aufzunehmen und vor allem, nachvollziehen zu können. Er wollte verstehen, was jeden von ihnen antrieb, er wollte, dass sie im besten Falle zu persönlichen Bekannten, Freunden oder eben auch Leuten wurden, denen man im wirklichen Leben besser aus dem Weg ging.

»Ich lese die Bücher halt zu Ende«, sagte René. »Wenn ich so lesen würde wie du, müsste ich hundertfünfzig werden, um durch die verlorene Zeit zu kommen.«

Ella sagte: »Ein guter Grund, um so alt zu werden. Bäh!«

»Ich sage ja nur, dass ich es nicht verstehe, wie du Bücher liest. Die Stücke, die du spielst, liest du ja auch bis zu Ende durch.«

»Stücke sind was ganz anderes, außerdem: Ich spiele keine Stücke.«

»Gut, du spielst Personen.«

»Ich spiele auch keine Personen, ich versuche, sie zu sein, das ist anstrengender als sie zu spielen.«

»Ja, schon gut, und das machst du phantastisch.«

»Romane sind doch was ganz anderes. Ich mag eben Romane nicht, auch wenn der Proust wieder was Schönes geschrieben hat: ›Ich konnte weinen, ohne schuldig zu sein.‹ Das ist wirklich schön. Aber Romane sind mir zu mühsam, wenn einer eine Seite braucht, um ein Haus oder eine Tischdecke zu beschreiben. Bei einem Stück steht drüber: Die Szene spielt in einem Haus, die Tischdecke ist blutbeschmiert, und los geht's. Dieser ganze Firlefanz drum herum ist doch unnütz. Außerdem bin ich Kosmopolit.«

»Ach?«

»Nicht ›Ach‹! Ja, ich reise um die Welt und wenn ich Lust habe, steige ich eben aus und schaue mir die Gegend an. Du bist ein

Dorfler und wirst es immer bleiben. Wenn du dich nicht zu Hause fühlst, egal ob im Roman oder in der realen Welt, wenn bei dir nicht jeden Morgen derselbe Hahn kräht, dann fängt aber alles zu wackeln an.«

»Hey, hey«, raunte René.

»Dann wird es unbehaglich, das Unbehagliche macht dir Angst. Ich klappe doch die Bücher nicht zu, weil ich mich langweile, manchmal natürlich schon, der *Glöckner* ist wirklich grauenvoll, sondern weil ich die Menschheit als ein großes Ganzes sehe, ha. Und was den Flaubert angeht, da irrst du dich übrigens.«

»Du hast vielleicht fünfzig Seiten gelesen.«

»Genug, um zu wissen, warum du ihn nicht magst. Von wegen ›Er liebt seine Figuren nicht‹; gut, das mag sein, aber warum muss denn ein Schriftsteller seine Figuren auch mögen, der ist vielleicht auch so ein Mensch, zum Scheitern verurteilt, und du willst immer, dass alle die, die geschlagen sind, trotzdem gute Menschen bleiben. Aber das geht eben nicht. Da ist die Wut, der Neid, die Eifersucht, Verzweiflung über das eigene Scheitern, und zu allererst der schwache Mensch selbst, der eben nicht gut ist. Und alles andere ist pure Romantik.«

»Hoho!«, raunte René. »Und das aus deinem Mund. So rational hätte ich dich gern an anderer Stelle.« René biss sich auf die Lippen, und die Hitze durchfuhr ihn heftig.

»Hör auf«, sagte Ella ernst.

Die beiden schwiegen und René gab es auf, sich wieder in sein Buch zu finden. Er legte es beiseite, verschränkte die Arme hinter dem Kopf und hielt sein Gesicht in die Sonne. Beiden fiel jetzt die Stille zwischen ihnen auf. Und da es Ella war, die eine derartige Sprachlosigkeit schwer aushalten konnte, setzte sie sich auf und sagte: »Komm, wir gehen schwimmen, ich glühe.«

Eine Minute später standen sie am Beckenrand und wussten nicht, ob sie einander noch schmollten. René versuchte, es herauszufinden, zog Ella zu sich heran, jedoch drückte er sie nicht an sich, sondern hielt sie etwas von sich entfernt, sodass er nur ihren Busen spürte. Sie berührte leicht seinen Oberschenkel und strich ihn sanft nach innen. René war erregt. Ella schaute ihm direkt in die Augen und küsste ihn. Dann, mit einem Mal, stieß sie ihn heftig von sich weg, aber er, darauf gefasst, packte ihren Arm, zog sie an sich vorbei und so fiel sie mit einem erstickten Schrei in den Pool. Als sie auftauchte, nahm René Anlauf und rief, während er seine Bombe machte: »Du Biest.« Er schlug direkt vor Ella, die gerade Luft holte, ein. Sie verschluckte sich und hustete, während sie sich nach ihm umsah. Er tauchte ans Ende des Beckens und wieder zurück zu ihr. Ella strampelte jetzt heftig mit den Beinen, dass René Mühe hatte, sie zu greifen, doch dann packte er sie und zog sie zu sich nach unten. Unter Wasser blickten sich beide in die Augen. Ella umklammerte und küsste ihn, und er musste eigentlich auftauchen, doch sie hielt ihn fest. Sie blickte ihm in die Augen und küsste seinen Mund. Dann ließ sie ihn los; er ruderte hastig an die Oberfläche und schnappte dort nach Luft. Ella tauchte zum Rand des Beckens, kletterte hinaus und stellte sich auf das einen Meter über dem Wasser schwebende Sprungbrett.

»So, jetzt üb' ich Kopfsprung«, rief sie René zu.

Sie trat an den Rand, beugte sich nach vorn, streckte die Arme aus und hielt dann inne. Sie richtete sich wieder auf. »Wie geht das denn?«

»Hast du noch nie einen Kopfsprung gemacht?«

»Nein, noch nie.«

»Dann würde ich es lieber vom Rand aus versuchen.«

»Ich mache es, wie ich will. Also, hilfst du mir nun oder nicht?«

»Wie Sie wollen, oh weise Königin. Ich sage ja nur, dass es wehtun kann. Das war schon nicht verkehrt. Stell dich noch mal genauso hin und dann nicht springen! Lass dich einfach nach vorn fallen.«

Ella stellte sich wieder in Position, nahm die Arme hoch und blieb so stehen. René lachte.

»Du siehst aus wie …«

»Sag nichts.«

»Was ist denn? Lass dich fallen. Nun los«, rief René.

Ella schüttelte ihre Hände. »Angst. Eine Scheißangst habe ich.« Das Brett unter ihr zitterte.

»Gut. Ich zähle bis drei, dann lässt du dich nach vorn fallen, aber nicht springen. Eins. Zwei. Das ist nur Wasser. Drei.«

Ella blieb stehen.

René schwamm zur Leiter und kletterte ein Stück heraus, da sprang sie und ließ sich nicht fallen. Sie machte einen großen Satz und knallte mit dem flachen Bauch aufs Wasser. Es musste wehgetan haben, das wusste René, aber es hatte so lustig ausgesehen, dass er sich ein Lachen nicht verkneifen konnte. Als sie auftauchte, rief sie schwer atmend: »Hast du das gesehen! Das waren ja glatte zehn Punkte!«

Und René antwortete lachend: »Es gibt selten, eigentlich nie, Gelegenheiten, in denen du schlecht aussiehst. Aber Kopfsprung, das solltest du sein lassen. Wie ein Brett, das man ins Wasser wirft.«

»Danke, das macht Mut. Aber das sollst du sehen, gleich kann ich's.«

Sie schwamm an ihm vorbei und stieg aus dem Becken.

»Hat's eigentlich wehgetan? Sah wirklich schlimm aus.«

»Wenn ich was gelernt habe, dann, wie man Schmerzen für sich behält«, rief sie, während sie sich in Position brachte.

Wieder stand sie mit gekrümmten Zehen am Rand des Sprungbrettes, beugte sich nach vorn, wieder sagte René: »Lass dich einfach fallen und die Arme schön lang. Vor allem nicht …« Doch ehe er ›Nicht springen!‹ sagen konnte, stieß sich Ella ab und sprang. Es klatschte erneut und spritzte über den Rand des Beckens hinaus, und René hätte sich dieses Lustspiel immer und immer wieder anschauen können, so aberwitzig war die Figur, die sie dabei machte, doch etwas veränderte sich an ihr.

»Einmal noch«, sagte sie und sprang. Wieder schlug sie flach aufs Wasser und René hatte das ungute Gefühl, dass sie das mit Absicht machte, dass sie den Kopfsprung gar nicht lernen, sondern sich nur den Schmerz antun wollte. Er spürte, dass etwas in ihr in Gang geraten war und er sagte: »Lass jetzt gut sein, du hast schon einen ganz roten Bauch.«

Doch Ella antwortete nicht mehr. Ihr Lachen war verschwunden. Sie hatte schon Mühe, sich aus dem Wasser zu ziehen aber stürzte sich, kaum dass sie auf dem Brett stand, erneut hinein. Ihr Körper schien unter der Wasseroberfläche wie zersprungen, wie ein zersprungener Spiegel, in einzelne flimmernde Prismen zerfallen, hier ein verbogener Arm, dort ein übergroßer, leuchtender Fuß und dann wieder ein kleiner, in die Ferne versetzter Kopf, als wäre ihr Körper in Scherben gegangen. Als sie auftauchte, rief René laut: »Liebste, das reicht doch jetzt. Wir üben das nachher noch mal.«

Und als sie erneut aus dem Wasser steigen und springen wollte, schwamm er schnell zu ihr, packte sie am Arm und hielt sie fest. »Hör doch auf! Bitte«, und dann weinte sie und rief, während sie nach Luft schnappte: »Sie haben mir nichts beigebracht, wieso haben sie mir überhaupt nichts beigebracht!«

René hielt sich mit der einen Hand am Beckenrand fest, mit der anderen streichelte er zärtlich Ellas Wange.

»Ich bringe es dir bei. Ich verspreche es. Ich werde es dir beibringen.«

Er küsste ihre Stirn, er küsste die Tränen von ihren zitternden Lippen. Dann sah er Ella an und Ella sah ihn an, und sie lächelte schon wieder, denn sie wollte nicht traurig sein, sie wollte sich ja nicht erinnern und sie bezwang sich, trieb sich mit der gleichen Energie, mit gleicher Härte, mit der sie sich selbst in die Tiefe hinabgezogen hatte, wieder hinauf, zurück in den duftenden Sommertag, zurück in Renés Arme, zurück ins Leben.

Sie ist schön, wenn sie weint, dachte René.

»Ich werde Turmspringerin«, rief Ella und lachte.

Die Dinge sind geordnet

Am späten Nachmittag saßen beide auf der kühlen, im Schatten des Turmes liegenden Terrasse. Während Vincent ihnen Kaffee und Schokoladenkuchen serviert hatte, war etwas Seltsames passiert. Er hatte ihnen eine unerwartete Frage gestellt. Und wie er das getan hatte, war mindestens genauso ungewöhnlich, wie die Frage selbst. Kaum dass Vincent hinter der Ecke des Turmes verschwunden war, wiederholte Ella mit tiefer Stimme, während sie kurz aufstand und sich leicht über René beugte, die Frage: »Würden Sie der Gräfin die Ehre erweisen, heute mit ihr zu Abend zu essen?« Genauso hatte der Diener ihnen diese Frage gestellt, und jetzt rätselten die beiden, was man mit ihnen vorhatte. Ella scherzte noch, dass Madame de Violet ihnen wohl Haus und Anwesen vermachen werde, weil sie so verliebt seien und die Gräfin so alt und ohne Nachkommen wäre. Dann rutschte René plötzlich von seinem Stuhl, beugte sich zu Ellas nackten Füßen, küsste ihren rechten großen Zeh und sagte: »Madame de Violet, ich verehre, ja ich vergöttere Sie!«, und Ella zeigte mit krummem Finger auf ihn und erwiderte: »Verehrter Herr, seien Sie auf unbestimmte Zeit mein Sklave.«

Als Vincent ins Haus zurückgekehrt war, blieb er einige Minuten unschlüssig in der Eingangshalle stehen und überlegte, ob er den Wein für das Dîner gleich oder doch erst später, wenn er den Braten im Ofen hätte, holen sollte. Als hätte er eine Entscheidung für sein Leben getroffen, ein gestrafftes Zucken ging durch seinen ganzen Körper, er drehte sich ruckartig um, lief zum rückwärtigen Ausgang des Hauses und öffnete eine schmale Tür unterhalb des linken Treppenflügels. Der alte Geruch des Kellers strömte ihm entgegen. Wie viele Jahre war er diese Treppe hinabgestiegen? ›Es waren ja gar keine Jahre‹, dachte er. Jahrzehnte waren es gewesen. Und den Lichtschalter hinter der Tür zu finden, wäre für jeden außer ihm eine Unmöglichkeit gewesen. Wann war es doch gleich, als er ihn an einen besseren Platz verlegen lassen wollte? Wann war das gewesen, als er noch Pläne für das Haus hatte? Ein Schaudern durchlief ihn bei dem sonderbaren Gedanken, er wäre diese Treppe immer nur hinunter- und niemals hinaufgestiegen. ›Ach, Unsinn‹, dachte er. ›Du wirst jetzt nicht anfangen, alles was gewesen ist, infrage zu stellen. Du hast dies nie getan und du wirst es jetzt erst recht nicht tun.‹ Als hätte ihm sein zweites Ich geantwortet, lachte er, denn es sagte: ›Wann, wenn nicht jetzt?‹

›Wie bitte?‹

›Wann, wenn nicht jetzt, willst du sentimental werden, alter Mann?‹

›Ach so, du meinst etwa, es wäre in Ordnung?‹

›Ja, ganz sicher. Es ist in Ordnung!‹

Vincent stieg drei Stufen hinunter und drehte sich um. Er schloss die Tür nur halb, griff dahinter, fasste mit sicheren Fingern den schmalen Stift des Lichtschalters an der Wand und kippte ihn vorsichtig nach oben. Ein leises Klacken. Wieder hielt er inne. Noch einmal schaltete er das Licht aus, dann wieder ein. Das tat er immer, wenn er Wein holen ging, einmal an, einmal aus, einmal an. Er mochte dieses dünne, weiche Klacken, dessen Klang in den Tiefen des Kellers versickerte. Noch einmal aus, einmal an. ›Jetzt reicht es aber‹, sagte er zu sich und stieg die Treppe hinunter. Er hatte sich das vor einer halben Ewigkeit angewöhnt, denn als er einmal mitten im Keller stand, musste der Schalter nicht richtig eingerastet gewesen sein; denn plötzlich ging das Licht aus und er musste im Dunkeln zurückfinden. Um so etwas nicht wieder erleben zu müssen, hatte er sich angewöhnt, den Schalter mehrmals zu betätigen, so als wolle er ihn erst wachrütteln, bevor man ihm die Verantwortung für ein Licht in solch undurchdringlicher Finsternis übertragen konnte.

Vincent betrat ein breites Tonnengewölbe, lief vorbei an Zweierreihen von leeren Weinregalen bis zum hinteren Ende des Kellers. Dort stand ein großes Regal an der Rückwand und nur eine einzige Flasche befand sich noch darin. Vincent nahm sie heraus, drehte sie kurz in seinen Händen und besah sich das Etikett. Diese Flasche war zwei Jahre älter als er.

Kurz nach halb acht betraten Ella und René den großen Speisesaal und staunten. Es war ein hoher, länglicher Raum, durch dessen Rückfront ein rötlich gleißendes Licht flutete. Das riesige, aus scheinbar hunderten von geschliffenen Scheiben bestehende halbrunde Fenster, das sich von der einen Seite des Raumes bis hinauf und dicht unter der dunklen Kassettendecke entlang zur anderen spannte, war mit feinen Kreuzstreben durchzogen, sodass sich viele kleinere und größere Ovale und Rechtecke zwischen den Strebepfeilern und -falten bildeten. Durch dieses gotische Kaleidoskop strahlte die Abendsonne und zersplitterte in Prismen farbigen Lichtes. Die rot schimmernde Landschaft draußen schien direkt in den Speisesaal überzugehen, sich mit ihm zu vermischen und in den polierten Oberflächen der runden Tische wie in kleinen Seen zu spiegeln. Nur ein einziger Tisch direkt vor dem Fenster war gedeckt und leuchtete durch das weiße Tuch wie die Sonne selbst. Ella blickte sich um, ging zwei Schritte in den Raum hinein, die Klinge eines silbernen Messers blitzte kurz auf.

»Und jetzt?«, fragte sie.

René schaute auf die Uhr.

»Wir sind fünfzehn Minuten zu früh. Wir sollten lieber draußen warten.«

»Unsinn, da ist ein gedeckter Tisch, also für wen soll der wohl sein?«

»Na sicher für uns«, sagte René. Trotzdem dachte er, dass es nicht richtig sei, sich jetzt dort hinzusetzten, wie an eine x-beliebige Bar.

»Ach, schau mal, das ist ja verrückt, das ist bestimmt das Klavier, von dem Emile erzählt hat.«

René hatte den Flügel, der an die Wand geschoben war und auf dem einige Tischtücher lagen, gleich beim Eintreten entdeckt. Es war ein unbewusster Blick, der jeden Pianisten ein Tasteninstrument – mag der Raum noch so unübersichtlich oder zugestellt sein – aufspüren lässt. Und dafür gab es zwei zwingende Gründe: Entweder, er ist gerade in der Stimmung, darauf zu spielen, oder er ist es nicht, dann wäre die Erwartung anderer, irgendetwas zum Besten geben zu müssen, eine unangenehme Sache. Da er Ella kannte, hatte er sofort, als er den Flügel sah, die Befürchtung, sie würde ihn, wahrscheinlich im Beisein der Gräfin, auffordern, ein kleines Konzert zu geben.

»Was ist, wollen wir jetzt hier campieren?«, fragte Ella.

Sie hatten nicht bemerkt, wie der Kellner durch eine kleine Tür auf der Rückseite des Saales hinter sie getreten war. Als er sich räusperte, fuhren sie erschrocken herum. Es war dieser Vincent, der sie am Vorabend eingelassen, ihnen am Morgen das Frühstück gebracht und sie für das Dîner eingeladen hatte. Beiden war nun klar, dass er der einzige Bedienstete und – wie es aussah – das Mädchen für alles im Haus war, Diener, Portier, Kellner und wohl auch noch der Koch.

Vincent drehte sich etwas zur Seite, teilte die beiden mit seiner flachen Hand, die er – als wolle er mit einem Messer einen Kuchen schneiden – zwischen ihnen hindurch schob, ohne die beiden dabei zu berühren und ging nun, mit der Bitte, ihm zu folgen, voran, an den leeren Tischen vorbei auf die funkelnde Tafel am Ende des Saales zu.

Wie ein Tänzer drehte er sich dort – auf eine Stuhllehne gestützt – ein, zog den Stuhl ein wenig vom Tisch weg und bat Ella, Platz zu nehmen. Das gleiche Kunststück vollführte er auch für René, während er erklärte, dass Madame jeden Moment erscheinen würde. Er fragte die beiden, ob sie einen Aperitif zu sich nehmen wollten. René hätte sich gern einen Martini bestellt, das Getränk ihres Urlaubs, doch Ella hielt ihn zurück und sagte: »Nein, danke. Ich denke, wir sollten noch auf Madame de Violet warten.« Der Diener zog sich nach einer kurzen Verbeugung zurück und verschwand in dem kleinen Durchgang neben der Restauranttür.

Vor den beiden auf dem Tischtuch standen drei Gedecke aus dünnem, weißem Porzellan, mit vierfachem Besteck, verschiedensten Kristallgläsern und einer Flasche Wein. Ella drückte Renés Hand und sagte: »Dein kleines Lottchen ist so aufgeregt.«

Er nahm die Flasche Wein vom Tisch und warf einen Blick auf das Etikett.

»Oha«, sagte er. »Rate, wie alt der ist.«

Ella wollte es auch sehen, aber René hielt die Flasche unter die Tischplatte und sagte: »Eh, du sollst raten.«

»Ach, wenn du schon so fragst, wird er wohl alt sein. Aus den Siebzigern?«

René schüttelte den Kopf und sagte: »Älter.«

»Nicht? Sechziger.«

René schüttelte den Kopf.

»Ach, komm, jetzt sag schon.«

Er holte den Wein wieder hervor und präsentierte ihn Ella elegant wie ein Kellner.

»Neunzehnhundertzwanzig«, sagte er stolz.

»Nein, echt? Krass, und den will sie mit uns trinken?«, sagte sie und deutete auf die Zeichnung über der Jahreszahl. »Schau mal, das Schloss sieht da schon genauso aus. Stell ihn lieber wieder hin, nicht dass er dir runterfällt, dann müssen wir in den Knast.«

René stellte die Flasche jetzt sehr vorsichtig zurück auf den Tisch.

»Ich bin so aufgeregt, ich weiß nicht, warum ich so aufgeregt bin«, sagte Ella. »Wie spät ist es?«

»Noch zehn Minuten«, sagte René, ohne auf die Uhr zu schauen.

»Woher willst du das wissen, du hast ja nicht mal nachgesehen?«

»Ein Mann weiß so was.«

»Ach, du Mann du. Dann steh auf und spiel was, vertreib deiner Mademoiselle die Zeit.«

»Sie kommt aber doch jeden Moment.«

»Na und, dann lernt sie dich von deiner besten Seite kennen. Na los, mach dich nützlich. Was schönes Flottes.«

René stand vom Tisch auf, ging hinüber zum Flügel, zog sich

einen Stuhl heran und schlug den Deckel auf. Tatsächlich hatte er jetzt Lust zu spielen.

Der erste hohe Ton schien den Saal, seine Größe und Beschaffenheit zu vermessen, und René spürte ihm nach, wie dem hellen Ping eines Sonars, das alles Gegenständliche ringsum erforscht und klar und wahrhaftig werden lässt. Er begann über einer Melodie von Debussy zu improvisieren.

»Das war nicht abgemacht«, rief Ella, doch René ließ sich davon nicht stören. Der Saal klang nicht so trocken, wie er dachte, und dass der Érard verstimmt war, störte ihn nicht. Im Gegenteil, die leichte Blindheit der Töne regte Renés Phantasie an. Ella liebte es, wenn er spielte; eigentlich war es ihr egal, was er spielte, denn es war ja keine Musik, sondern seine Seele, die durch den Raum strömte und sie erreichte. Sie schaute nach draußen, ein verwildertes, trockenes Land, dessen dunkelrote Hügel sich weit bis zum Horizont verzweigten. Eines der großen Fenster war geöffnet und ließ die laue Abendluft herein. Draußen ging ein leichter Wind und brachte die Gerüche des fernen Meeres mit, faulender Seetang, Salzwasser und Fisch vermischten sich mit den süßen Düften des Lavendels, der Rosensträucher und mit Renés Musik.

Madame de Violet saß vor ihrem Schreibtisch im Salon, ihre Hand auf der Familienchronik wie auf einem Gebetbuch und wartete darauf, dass ihre Uhr acht schlug, als sie die Musik hörte. Im ersten Moment konnte sie nicht begreifen, dass es ihr Flügel war, dessen Akkorde durch das Haus geisterten. Das Stück kannte sie nicht. Sie lehnte sich in ihrem Sessel zurück und hörte, wie seltsam sich die Melodien im Haus verbreiteten, wie in alle Zimmer eindringende zarte Wolken. Der durch die Entfernungen und Verwinkelungen des Schlosses aufgeweichte und verdünnte Klang erreichte ihr Ohr wie eine Erinnerung. Wie hatte doch das junge Fräulein gesagt: ›Ein weinendes und ein lachendes Auge? Eins für die Zukunft und eines für Vergangenes?‹

Sie sah den schiefen Kopf des Mädchens auf dem Picasso und dachte, dass es wohl beinahe stimmte. Ein Auge schaute heiter, wie nach draußen, hinaus in einen frischen Sommer oder in eine Zukunft, die ein Glück bereithält. Ihr Mann hatte das Bild, eine Studie für ein späteres Gemälde, kurz nach der Heirat gekauft und ihr geschenkt, und seit sie es besaß, war es ihr wie ein Spiegel gewesen, in dem sie sich selbst immer wieder finden konnte. Sie erinnerte sich daran, als sie es zum ersten Mal gesehen hatte. Charlotte war Anfang dreißig gewesen, so ungefähr wie Dora Maar auf dem Bild. Sie erinnerte sich, wie sie lange davorgestanden, es angeschaut und wie sie zuerst nur das helle Auge gesehen hatte und darin den feurigen Enthusiasmus, das Leben genießen zu wollen, es fest zu packen und nicht aus den Händen zu lassen. Der Krieg, das Leid und die Angst waren vorbei, man konnte mit dem Leben beginnen. Das andere Auge hatte sie zunächst übersehen, es war ihr nicht aufgefallen, und als sie es dann später bemerkte, dachte sie, wie das junge Fräulein am Tag zuvor, dass es das Auge der Vergangenheit sein musste, das zurückblickte, auf eine schwere Zeit, die vorüber und überwunden war, und das konnte damals ja nur der Krieg gewesen sein, ihr Bruder vermisst in alle Ewigkeit, die Weinberge zerstört, ihr Vater, ja, woran war er gestorben? An einem Schmerz, ›man kann an einem Schmerz sterben, natürlich kann man das‹, dachte Charlotte. Aber die freundliche Hälfte des Bildes wog das alles auf und war für sie über Jahre hinweg ein Wegweiser in eine bessere Zeit, ein hoffnungsvoller Blick in die Zukunft gewesen.

Sie pflanzten den Wein und eröffneten ein Hotel. Alles schien richtig zu sein, auch wenn es wahrscheinlich ein Jahrzehnt dauern würde, bis die Trauben den Weg in eine Flasche nehmen würden. Es kostete sie Unmengen an Geld, die vierzig Hektar ihrer Rebschule zu pflegen und vom Unkraut freizuhalten. Sie selbst hatte große Freude daran, den Bauern beim Pfropfen der jungen Pflanzen zu helfen, aber das Hotel hielt sie schon bald davon ab und zog sie immer häufiger an sich. Anfangs hatte Charlotte es gar nicht bemerkt, das heißt, eigentlich wollte sie es nicht wahrhaben, dass Henri, ihr Mann, kein Interesse an dem Hotel oder dem Wein hatte, und nach und nach zog er sich zurück, bis er irgendwann nur noch die Jagden organisierte. Dass er die Jagd liebte und das Ausreiten, daran hätte sie nicht gezweifelt, aber auch da hatte sie sich in ihm getäuscht. Es war ein Schlag, als er ihr gestand, dass er das kleine Gestüt auflösen würde. Nicht, dass sie besonders daran gehangen hätte, es war die Art, wie er sich davon trennte, als ob es ihm zu keiner Zeit etwas bedeutet hatte. Charlotte konnte sich genau daran erinnern, wie erschrocken sie damals darüber war, dass sie ihren Ehemann nicht kannte. ›Ich glaube, man kann nur sehr wenig über einen anderen Menschen erfahren.‹ Hätte sie interessiert, was er eigentlich aus seinem Leben machen wollte, wäre ihre Beziehung wohl schon viel früher beendet gewesen oder hätte gar nicht erst begonnen, das wusste sie jetzt. Er hatte alles ihr zuliebe getan, sogar seinen Namen abgelegt, der nicht viel schlechter war als der ihre. Erst viel später begriff sie, dass er im Grunde versucht hatte, ihr Leben zu leben und nicht seines.

›Wie hätte denn sein Leben ausgesehen? Ja, wie hätte es ausgesehen?‹

Er wollte, dass sie nach Paris ziehen. Er hätte sich vorstellen können, mit ihr in einem Appartement zu wohnen. Henri war fünf Jahre jünger als sie – nicht, dass er ein Partylöwe gewesen wäre, aber er war eben noch jung. Und sie, sie hatte das Haus, dieses brache Land und eine schwache Mutter, die später oben in dem Zimmer lag, in dem Charlotte jetzt wohnte, nicht mehr in der Lage, einen Löffel still zu halten. Sie konnte doch ihre Mutter und das Haus nicht allein lassen. Sie war doch die Einzige, die übrig geblieben war, die Letzte der Violets. Wäre ihr Bruder aus dem Krieg zurückgekehrt, wer weiß, was aus ihrem Leben geworden wäre. Er hätte seinen vorbestimmten Platz eingenommen und sie, Charlotte, ja, sie hatte es oft gedacht, sie wäre frei gewesen. Aber sie konnte sich nicht vorstellen, was aus ihrem Leben werden sollte. Dachte sie das Haus, das Land und sogar ihren Mann weg, dann war da nichts als Schwarz, es ließ sich einfach nicht denken. Trotzdem, sie hätte weggehen sollen, aber sie konnte es nicht. Sie war das letzte Glied in einer sehr langen Kette und alles, was sie noch wollte, was sie immer wollte, war eben, nicht die Letzte zu sein. Wenn sie sich bei den meisten Dingen in Henri getäuscht hatte, in dieser einen Sache nicht; dass er Kinder wollte, dessen war sie sich sicher. In den ersten Jahren ihrer Ehe wünschten sie es beide so sehr, dass sie beinahe wie zwei Verliebte waren, aber nichts; es passierte einfach nicht.

›Wir sind nur das Blut‹, hatte ihr Großvater immer gesagt. ›Die Nachkommen sind nur das Blut, das durch den Namen Violet wie durch eine Ader fließt.‹ Schon als sie noch sehr klein war, hatte sie verstanden, was er damit meinte. Aber es ging nicht, es schien einfach nicht möglich zu sein. Manchmal dachte sie, dass auf ihr ein Fluch läge, dass jemand sie mit einem Bann belegt hätte. Diese ganzen Jahre des Krieges, ja, sie dachte, dass sie ein besonders schweres Schicksal getroffen hatte. Und dann das Hotel und wieder der Wein. Dass sich ihr Zuhause mit dem Betreten des ersten Gastes zu verflüchtigen begann und anstelle dessen eine, wenn auch noble, Absteige trat, in der sie von der Hausherrin zur Empfangsdame degradiert war, schmerzte sie zunehmend. Abgesehen davon, dass eine

Adlige, die ein Hotel eröffnet, praktisch jedes Recht verloren hat, sich noch der Aristokratie zugehörig zu fühlen. ›Absteige‹ – ja, das Wort hatte sie lange und oft gedacht, aber nie ausgesprochen. Stattdessen wuchs in ihr noch eine andere Empfindung heran, die Vorfreude auf den Tag, an dem sie den ersten Wein verkosten würden und damit auf absehbare Zeit das Hotel, das ja nur als Übergangslösung gedacht war, endlich wieder schließen konnten.

Sie war sich lange Zeit nicht sicher, was die Aufeinanderfolge zweier so einschneidender Geschehnisse, die scheinbar nichts miteinander zu tun hatten und trotzdem dicht aufeinander folgten, für eine tiefere Bedeutung haben konnten. Die Gleichzeitigkeit und Wucht dieser zwei Ereignisse ließ Charlotte nach Erklärungen suchen.

Milde Winter gab es viele im Bordelais, aber der Winter von 55 auf 56 war so warm, dass die Natur wohl sicher davon ausgegangen war, es würde der Frühling sein, der dort im Februar durch das Land zog. Alles wagte sich heraus, streckte die Knospen hervor, die Blätter, die Blüten. Die Natur kennt keine Angst, die Weinbauern hingegen kennen sie schon. Charlotte wusste sofort, als sie am Morgen des 27. Februar das Fenster öffnete, die Hand herausstreckte und ihr der eigene Atem die Sicht auf ihre Weinberge nahm, dass sich in dieser Nacht eine Katastrophe ereignet hatte und dass jetzt ihr Wein, jeder einzelne Stock, draußen auf den Hängen vor dem Erfrieren stand.

Es gibt wohl nichts, was einen Menschen mehr in eine Lethargie zurückwerfen kann, als in eine beginnende Hoffnung, einen Pflock zu schlagen. Charlotte war der festen Meinung, dass sie verlernt hatte zu weinen. Als sie aber an diesem Morgen von ihrem Fenster aus sah, wie sich Rouan, ihr damaliger Kellermeister, mit den Helfern, statt wild umherzulaufen und zu prüfen, welche Pflanzen betroffen waren, auf die von Raureif überzogene Erde setzte und eine Zigarette rauchte, da wusste sie, dass alles verloren war. Das war das eine Ereignis.

Das andere sollte acht Monate später der Familie der Violets mit einem hellen Schrei einen Nachfahren schenken. Charlottes Leben, vielleicht ging es ja auch anderen so, aber ihr Leben verlief nicht, wie sie es sich gewünscht hätte. Sie war siebenunddreißig Jahre alt, als sie Alain bekam. Nichts und niemand hätte ihr zu diesem Zeitpunkt weismachen können, dass sie noch ein Kind bekommen würde. Es war ein Schock. Es gab Zeiten, da wäre sie in Ohnmacht gefallen vor Freude über eine solche Nachricht, aber als Alain kam, war eben eine andere Zeit. Es war, als verspotte sie jemand. Henri liebte sie nicht mehr, genau genommen waren sie schon so gut wie getrennt und Charlotte konnte sich nicht vorstellen, wie es ohne ihn gehen sollte. Und dann ein Kind.

Einmal, zu Anfang ihrer Schwangerschaft, es war eigentlich nicht seine Art, wurde Henri sehr wütend; er hatte ihr an den Kopf geworfen, dass sie das Kind bekommen würde, damit er bleibt.

›Wie ungerecht‹, dachte Charlotte. Eines hatte sie lange Zeit als Strafe empfunden, sie wusste nicht wofür, aber zwei jungen Menschen den größten Wunsch zu versagen – wer sollte so etwas aushalten? Und dann doch im unmöglichsten Moment, Alain, wie aus heiterem Himmel, nein, er war aus einem bewölkten, verregneten gefallen. ›Er hatte es nicht leicht mit mir.‹

Henri war geblieben, aus Anstand und wegen des Kindes.

Drei Jahre später, als sie aus dem Kurzurlaub von Biarritz zurückkehrte, fand sie das Bild erneut verändert vor. Die zweite Verwandlung hatte sich innerhalb von sieben Tagen vollzogen.

Dieses helle, unerschütterliche Auge, das ihr bis dahin immer Mut gemacht hatte, schaute nicht mehr zuversichtlich in den Sommer hinein, sondern tat nur noch so, als wäre das Leben leicht und schön. Ja, in den Blick dieses einen Auges mischte sich ein melancholischer Aufruf zum Durchhalten mit der Gewissheit, dass alles verloren war. Es schien jetzt die Frage zu stellen: ›Kann ich das noch? Kann ich noch da hingehen, wo der Sommer ist? Oder ist er nicht längst für andere da?‹

Das dunkle Auge schaute nun schuldbewusst, eine stumme Selbstbetrachtung, mit bitterem Schmerz nach innen, auf eine Tat, die Charlotte damals wie etwas Unvorstellbares – etwas, das in der Lage war, die Welt aus den Angeln zu drücken – vorkam, aber heute, aus dieser schier unendlichen Entfernung heraus betrachtet, nur noch wie ein Tupfer, ein unscheinbarer, kaum noch zu erkennender Klecks in dieser endlosen Ebene, die sich Vergangenheit nennt, erschien. ›Wenn man jung ist, kann sich das Leben an einem einzigen Tag verwandeln‹, dachte Charlotte, ›und umschlagen wie das Wetter.‹ Und auf dieses heitere Wetter folgten endlos trübe Wochen, in denen Charlotte sich empfand, als würden Henri und sie gebeugt gehen, als würde es ihnen von unten her ins Gesicht regnen. Aber es war doch immerhin möglich gewesen, dass eine Begegnung, ein einziger Mensch, ein einziger Mann dazu in der Lage war, sie wie ein Blatt vom Baum zu fegen und ihre in wenigen Jahren gealterte Ehe aus den Angeln zu heben. Sie konnte sich später nicht mehr vorstellen, wie das möglich war. Sie wusste von Henri, dass er eine Affäre hatte, er hatte es ihr offen gestanden, und die Wahrscheinlichkeit, dass es zur Trennung kommen könnte, war schon zur Gewissheit geworden.

Charlotte war nie die junge Frau gewesen, die über Wiesen tanzt oder sich lachend irgendwem in den Arm wirft. Sie war es gewohnt, alles und vor allem sich selbst unter Kontrolle zu halten, und bis auf diese sieben Tage traf das auch zu. Und nach den sieben Tagen hatte sie wieder alles im Griff, zumindest nach außen hin. Sie war sich sicher, dass niemand an ihr etwas bemerkt hatte, außer eben das Bild.

Von den Fehlern, die man im Leben macht, gibt es wohl nur einige wenige, welche nicht wie gewöhnlich weggeschoben, kleingeredet, manchmal tatsächlich vergessen oder grundsätzlich abgestritten werden können, sondern welche man als das anerkennt, was sie sind und man damit überhaupt erst in die Lage gerät, über sie nachzudenken, vielleicht sogar ihre Ursachen zu verstehen oder zu erkennen, dass sie die einzig verbliebene Möglichkeit und damit unvermeidbar waren. Charlotte und Henri, sie hatten beide jemanden gefunden, der ihnen die Hand reichte und sie herauszog wie aus einer Grube, denn ohne Hilfe wäre es ihnen nicht gelungen, das hatte sie verstanden. Und das Bild an der Wand zeigte ihr, dass sie etwas getan hatte, etwas, das man einen Fehler nennen musste. Ihrem Mann verschwieg sie die Sache, für die sie nicht einmal einen so simplen Begriff wie ›Affäre‹ hätte benutzen können. Zwei Monate nach diesen sieben Tagen trennten sie sich.

Es gab noch eine dritte Verwandlung des Portraits. Sie war so langsam und unmerklich vonstattengegangen, dass es nicht mehr möglich war, festzustellen, wann sie geschehen sein konnte. Charlotte hatte den Übergang nicht bemerkt, weil es keinen Übergang gab. Eines Tages hatte sie vor dem Bild gestanden und festgestellt, dass es eine neue Wahrheit verkündete, eine Wahrheit, die sich wie zu einem einzigen Gedanken, einem letzten feststehenden Ausdruck verhärtet hatte; aber was für eine Wandlung, etwas Seltsames war geschehen, beide Augen, das helle und das dunkle, verkündeten das Gleiche, sprachen dieselbe Sprache, dasselbe Wort: Kindheit.

Mit dem Verschwinden der Gäste und dem Verfall des Anwesens kehrte nach über sechzig Jahren die Aura ihrer kindlichen

Erinnerung wie der Klang des Klaviers in das Haus zurück und floss durch alle Räume, zurück in alle Gegenstände und belegte sie mit der Schönheit, die in der Lage ist, trotz oder gerade wegen ihrer Totenstarre die Vergangenheit wiederzubeleben, da sie von niemandem mehr berührt und aufs Neue konserviert wurde. Im Grunde hatte Charlotte in den vergangenen Jahren nur dagesessen und zugesehen, wie das Haus sich zurückverwandelte, ja, es war in den Zustand zurückgekehrt, in dem es sich nach dem ersten Krieg schon einmal befunden hatte. Ihr Vater und Großvater hatten damals alles darangesetzt, es zu retten und als wäre es das Wappen ihres Namens, wieder erstrahlen zu lassen. Sie wussten allerdings nicht, dass die kleine Charlotte mit der grundlegenden Sanierung ihr Zuhause verlieren würde, ihr verfallenes Heim, nachdem sie sich zeitlebens sehnen sollte. Und jetzt fühlte sie es wieder, als hätte sie und das gesamte Anwesen eine Reise zurück in ihre Kindertage angetreten, eine Reise, die hier endete, denn sie waren endlich angekommen. Für Charlotte gab es nur dieses eine Leben auf ihrem Schloss, welches sie sich zurückerobert hatte, indem sie es verfallen ließ, indem sie niemanden mehr dazu aufforderte, dort zu übernachten, indem sie ein Hotel führte, das man nicht mehr finden konnte.

Obwohl sie die eisernen Stöße der Uhr hörte, reagierte Charlotte nicht darauf. Erst der hohe Klang ihrer Zimmeruhr, der durch den Salon hallte, holte sie zurück in die Gegenwart. Vincent und sie besaßen unterschiedliche Zeiten. Sie hatte sich, als das Haus noch der reinste Taubenschlag war, angewöhnt, allen anderen fünf Minuten voraus zu sein, doch schon seit Langem war sie nur noch Vincent voraus, dessen Zeit in der Eingangshalle von der großen Standuhr selbstbewusst verkündet wurde.

›Gut, dass er nicht gekommen ist‹, dachte sie. Die Entscheidung, ihren Sohn einzuladen, war ihr nicht leicht gefallen. Eigentlich hätte sie gern noch mit Alain gesprochen, auch wenn sie nicht wusste, was sie ihm hätte sagen können. Nein, diese Dinge ließen sich allemal besser in einem Brief mitteilen, vor allem wo sie doch ein Mensch war, der sich nicht zu sentimentalen Geständnissen hinreißen ließ. Als sie von Vincent erfahren hatte, dass Alain nicht kommen würde, war sie erleichtert gewesen, denn sie ahnte, dass dieser Abend wahrscheinlich auf irgendeine Art scheußlich verlaufen wäre, denn ihr Sohn und sie waren aus entzündlichem Material und es dauerte, wenn sie sich trafen, meist nicht lange, bis einer den anderen in Brand setzte. Charlotte war dieser nur selten zu verhindernde Mechanismus ein Rätsel, das sie nicht mehr lösen würde.

Alains Versprechen, sie am Wochenende besuchen zu wollen, beruhigte sie. ›Am Wochenende‹, bis dahin würde alles ausgestanden sein. Sie fühlte, dass sie sich nun bereitfand, den Schritt zu gehen, den sie schon seit einiger Zeit wie einen Gang zum Frisör für sich vorgesehen hatte. Nichts Außergewöhnliches schien daran zu sein.

›Also heute‹, dachte sie, und die Ruhe, mit der sie diese Gewissheit aufnahm, freute und verwunderte Charlotte. Um melodramatische Szenen zu vermeiden, würde sie Vincent beauftragen, sie nicht vor dem Mittag zu stören, das junge Paar würde dann bereits abgereist sein. ›Ruhe, endlich Ruhe.‹

Sie bemerkte, wie schwer es war, nicht an Vincent zu denken. Einzig um ihn machte sie sich jetzt noch Sorgen. Schon vor einigen Monaten hatte sie ihm einen kurzen Brief geschrieben, in dem sie sich für ihr stilles Verschwinden entschuldigte und ihm für all die Dienste und seine unermüdliche Loyalität dankte.

Als sie die Dinge vor ihr auf dem Schreibtisch noch einmal zurechtschob, die Federmappe, die lederne Schreibunterlage, darauf das Testament, den Brief an ihren Sohn, das kleine Couvert für Vincent, die Familienchronik und die silberne Schale mit den in Papier eingewickelten Karamellbonbons, lächelte sie. ›Wer wird sie noch essen?‹, dachte sie. ›Wohl niemand mehr.‹ Sie würde jetzt hinuntergehen und noch einmal ihre Stimme benutzen, um diese jungen Leute zu begrüßen und Fragen zu stellen, deren Antworten ja nicht mehr von Belang waren; Antworten, die ihr vielleicht noch bis hinauf in ihr Zimmer folgen würden, aber dort wäre es spätestens zu Ende mit ihnen, diesen ewigen, sinnlosen Antworten. ›Gut, dass er nicht gekommen ist‹, dachte sie noch einmal.

Charlotte stand auf, trat einen Schritt zur Seite, schob ihren Sessel etwas an den Schreibtisch heran, prüfte noch mit einem letzten zufriedenen Blick, die Ordnung, die sie hinterlassen würde und verließ den Salon. Sie würde nicht mehr in ihn zurückkehren, nie mehr.

Das Dîner

Ella und René hörten Schritte aus der Vorhalle, die näher kamen und in dem schweren Teppich vor dem Restaurant verschwanden. Charlotte betrat den Speisesaal, blieb einen Moment an der Tür stehen, betrachtete das Liebespaar, das ihr mit wachen Augen begegnete und sagte in einem Ton, als würden sie gleich gemeinsam eine schwere Arbeit verrichten: »Dann wollen wir mal.«

Sie kam langsam auf die beiden zu, blieb neben Ella stehen, gab ihr die Hand, die sehr kalt und kraftlos war, und Ella stand auf und fühlte sich, als müsse sie einen Knicks machen.

»Guten Abend, es freut mich, dass Sie gekommen sind«, sagte Charlotte und begrüßte nun auch René, der aufsprang und kurz daran dachte, ihr die adrige Hand mit den zwei großen Ringen zu küssen. Sie zog sie jedoch ruhig zurück, ging um den Tisch herum und bat das junge Paar, Platz zu nehmen. Alle drei setzten sich.

Charlotte lehnte sich in ihrem Stuhl zurück, schaute die beiden kurz und etwas unsicher an, dann warf sie einen unendlich langen Blick nach draußen in die rötliche, durch die Prismen des Fensters schimmernde Landschaft. Die Stille im Raum spannte sich und Ella sah die traurigen Augen der Gräfin, die auf ihrem Anwesen ruhten, wie auf dem Grab eines Verstorbenen. Als hätte ihr jemand auf die Hand gefasst, wandte sie sich plötzlich vom Fenster ab und sah vor sich auf den Tisch, wie um zu prüfen, ob alles an seinem Platz wäre. Dann warf sie einen Blick in den Speisesaal und sagte mit erstaunlich frischer Stimme: »Man kann sich nicht vorstellen, dass das hier mal ein Wohnzimmer gewesen ist.«

Ella, ihrem Blick folgend, erwiderte: »Hier würde das Haus meiner Großeltern reinpassen.«

Die Gräfin lächelte. »Ja, das mag sein. Aber das Haus ihrer Großeltern lässt sich, im Gegensatz zu diesem Raum hier, sicher beheizen. Der Kamin ist eine Fehlkonstruktion. Wenn die Fenster zu sind, qualmt er und wenn man sie aufmacht, brennt er zwar, aber es zieht. Das Schloss ist eben nichts für den Winter. Wussten Sie, dass in so großen Räumen wie diesem hier ein eigenes Klima herrscht? An der einen Seite steigt die warme Luft auf, an der anderen fällt sie kalt nach unten und einem direkt in den Nacken. Aber gut, möchten Sie einen Aperitif?«

René wechselte einen kurzen Blick mit Ella, dann schaute er die Gräfin an und sagte: »Ich weiß nicht, was gibt es denn?«

Mit einem leichten, ihm unverständlichen Kopfschütteln, versuchte sie, ihm klarzumachen, dass sie kein Barkeeper sei. Sie griff mit zwei Fingern eine kleine silberne Glocke, die auf dem Tisch stand und klingelte. Der Ruf war so unbestimmt, weder laut noch leise, aber doch so durchdringend, dass Vincent ihn in der Küche hören konnte, denn kurz darauf erschien der Diener im Saal. Als er an ihrem Tisch angekommen war, nickte Madame de Violet René zu, damit er jetzt seine Frage stellen konnte, doch Ella kam ihm zuvor: »Sagen Sie, lieber Vincent, was können Sie uns zu trinken empfehlen?«

Dass diese junge Frau ihren Vincent mit ›lieber Vincent‹ anredete, missfiel Charlotte, und während er den jungen Leuten einige Aperitifs aufzählte, stellte sie verwundert fest, dass ja niemand im Raum ahnte, welchen Entschluss sie gefasst hatte und dass sie sich vollkommen normal benahm, als wisse sie selbst nichts davon. Es war erstaunlich, dass sie sich noch daran stören konnte, wie eine junge Frau ihren Vincent ansprach, dass sich das Leben offenbar in die ausweglosesten und entlegensten Situationen einen Weg bahnte und diese mühelos und beharrlich auszufüllen vermochte, wie das Efeu, das sich bis an die äußersten abgestorbenen Äste eines schon toten Baumes streckt und ihm das Ansehen gibt, als wäre es sein eigenes Grün. Vielleicht bringt uns ja gerade das Leben um, dachte Charlotte. »Ich nehme einen Sherry«, sagte sie.

»Und bitte bring uns noch eine Karaffe Wasser. Man trinkt zu wenig, vor allem, wenn man alt ist.«

Ella und René bestellten sich einen Campari. Vincent nickte und ging hinüber zur Bar.

»Was hat Sie eigentlich hierher in unsere Gegend verschlagen?«, fragte die Gräfin.

»Och, der Zufall«, antwortete René. »Wir haben uns verfahren.«

Madame de Violet lachte tonlos in sich hinein. »Sie sind im Urlaub, nehme ich an?«

»Ja«, antwortete Ella. »Unser erster Urlaub in der neuen Welt.«

»Neue Welt?«, wiederholte die Gräfin. »Was für ein schöner Begriff für etwas mitunter sehr Hässliches. Vincent sagte mir schon, dass Sie aus Ostdeutschland kommen. Und wie lange bleiben Sie noch in Frankreich?«

Da Ella nicht gleich auf die Frage reagierte, sprang René etwas verunsichert ein. »Wie lange …«, sagte er mit einem Lächeln, dass er zwischen Ella und der Gräfin verteilte, »das wissen wir nicht. Wir haben da keinen Plan. Wir hatten den ganzen Urlaub über keine Pläne.«

»So, so, verstehe«, sagte Madame de Violet trocken.

Ella hatte den Eindruck, diese Frau würde hier etwas aussitzen. Eine wortlose Stille verbreitete sich am Tisch. Das demonstrativ stumme Warten der Gräfin auf ihren Sherry machte René nervös. Während er fahrig nach einem brauchbaren Gesprächsthema suchte, staunte Ella nur über die seltsam arrogante Gelassenheit ihrer Gastgeberin. Es war ihr ein Rätsel, wie dieser Abend verlaufen sollte, schien er doch im Augenblick kein Ziel, ja nicht einmal einen Anlass zu haben. Vincent kam zurück zum Tisch, an dem sich Ella und René wie aus einer Erstarrung lösten. Er trug ein kleines silbernes Tablett auf vier gespreizten Fingern, hielt es seitlich von sich weg und teilte die Getränke aus. Madame de Violet erhob darauf ihr Glas und sagte: »Ich freue mich, dass Sie gekommen sind. Ich danke Ihnen dafür.«

Das junge Paar prostete der Gräfin zu, die ihrem Glas einen kaum merklichen Ruck gab und nur ihre Lippen, scheinbar ohne zu trinken, darin eintauchte. Sie setzte ruhig ihren Sherry ab, wartete, bis Vincent den Tisch verlassen hatte, warf noch einen Blick nach draußen, dann auf das junge Paar und sagte: »Sie werden sich sicher fragen, warum ich Sie eingeladen habe. Es ist eigentlich keine große Sache, ich möchte nicht sagen, dass sie unbedeutend ist, aber wenigstens für mich spielt es eine gewisse Rolle. Sie werden ja gesehen haben, dass wir hier nicht mehr viele Gäste empfangen und dass das Haus, sagen wir mal, nicht mehr das jüngste ist. Also, es ist ganz einfach, wir wollen das Hotel schließen, und Sie sind unsere letzten Gäste.«

Als Charlotte in den Gesichtern der beiden entdeckte, dass sie nicht den Anschein machten, eine Frage stellen zu wollen, fuhr sie fort: »Und das ist es eigentlich schon. Als wir nach dem Krieg das Hotel eröffneten, haben wir schließlich auch mit unseren ersten Gästen angestoßen. Und das ist der Grund, gewissermaßen als Abschluss, warum ich sie gebeten habe, mit mir zu speisen.«

Die jungen Leute waren enttäuscht. Ella noch mehr als René. Aber was hatten sie erwartet? Auf jeden Fall mehr als ein Abendessen, bei dem sie die Anstandsgäste wären, eine Rolle, die sie ohnehin nur schwer ausfüllen konnten, denn diese Art von Anstand war beiden fremd. ›Vielleicht wusste ja die Gräfin nicht, wen ihr Diener da einquartiert hatte‹, dachte Ella.

»Wir freuen uns sehr, dass wir diesen Abend mit ihnen teilen können«, sagte sie »aber ich habe das Gefühl, dass wir irgendwie nicht die Richtigen für so einen Anlass sind. Sie haben sich das bestimmt anders vorgestellt, nicht mit zwei armen Studenten aus Ostdeutschland.«

Die Gräfin überlegte einen Moment und sagte dann: »Ehrlich gesagt haben Sie nicht so ganz unrecht mit ihrer Vermutung. Ich habe mir diesen Abend oft vorgestellt, so oft, dass ich nahezu auf alles gefasst war.«

»Nur auf uns nicht«, warf Ella lächelnd und forschend ein.

»Ja, wie soll man darauf kommen?«, sagte die Gräfin und lächelte nun auch. »Nein, nein, Sie sind sicher nicht die, die ich erwartet habe, aber Sie sind die Richtigen. Und es ist ja auch keine große Sache.«

»Schön«, sagte Ella in dem Gefühl, jetzt die Initiative ergreifen zu müssen. »Das freut mich. Schön, dass wir hier sein dürfen.« Sie hob ihr Glas, hielt es der Gräfin über die Tischmitte hinweg entgegen, und Madame de Violet folgte ihrer Einladung. Die Gläser stießen erneut klingend aneinander und über ihnen begegneten sich voller Ernst und Respekt die Blicke der beiden Frauen. Es war ihnen nicht aufgefallen, dass René sein Glas auch erhoben hatte und neben ihnen ins Leere prostete. Ella fasste ihm unter dem Tisch fest auf den Oberschenkel, um sich bei ihm für diesen kleinen Ausschluss zu entschuldigen.

»Darf ich fragen, was Sie studieren?«, wandte sich die Gräfin nun an René.

»Also, das stimmt nicht ganz«, warf er überrascht ein. »… eigentlich studiere ich noch nicht, ich bereite mich gerade darauf vor, also auf ein Kompositionsstudium.«

»Das ist ja interessant. Ein Komponist. Dann haben Sie vorhin gespielt?«

»Oh ja«, antwortete René »ich hoffe, ich habe Sie nicht gestört?«

»Ach nein, im Gegenteil. Es hat mir sehr gefallen. Kennen Sie Gabriel Fauré?«

»Ja, natürlich, ich mag das Requiem und seine Kammermusik.«

»Ihr Stück hat mich an ihn erinnert. Er hat hier viel Zeit verbracht, er war ein Freund der Familie meiner Großeltern. Wahrscheinlich hat er sogar auf unserem Flügel gespielt, wenn er hier war. Ich habe ihn aber leider nicht mehr kennengelernt. Komponieren Sie für Klavier?«

»Bis jetzt ja. Aber ich möchte unbedingt etwas für Orchester schreiben, eine Sinfonie vielleicht. Aber das ist eine sehr komplexe Sache und das traue ich mir noch nicht zu.«

»Sicher, Deutschland ist das Land der Sinfonien. Und Frankreich das der Klaviermusik, wissen Sie auch warum?«

René zuckte mit den Schultern. »Nein.«

»Weil zu unserer Musik der Wein gehört. Zu einem Chopin oder Debussy gehört nun mal ein Bordeaux oder von mir aus auch ein Burgunder, aber zu einer deutschen Sinfonie, da traut man sich nicht einmal in ein Knäckebrot zu beißen. Sie sind zu ernst. Es gibt nichts, was einem die Lust auf einen Wein mehr verdirbt als eine deutsche Sinfonie. Tatata Taaa, da fällt ihnen doch das Glas aus der Hand. Entschuldigen Sie, aber ich habe tatsächlich nichts übrig für Sinfonien. Ich kann mir Lieder von Schubert oder auch alles von Bach anhören, aber keine Sinfonien.«

›Herrje, was tust du?‹, dachte Charlotte, kaum dass sie zu Ende gesprochen hatte und als sie sah, wie stumm die beiden jetzt vor ihr saßen. ›Spielst dich vor diesen jungen Leuten auf, als hättest du Ahnung von Musik, das ist lächerlich. Und der Wein, was soll das? Kannst du *ein* Mal versuchen, du selbst zu sein? Ist das so schwer, Charlotte zu sein, einfach nur Charlotte?‹

»Und was studieren Sie Mademoiselle?«

»Schauspiel, in Leipzig«, antwortete Ella.

»Oh, bitte nehmen Sie es mir nicht übel, aber das habe ich mir fast gedacht. Ich kannte einige Schauspieler, und es ist doch etwas an ihnen, dass man sie erkennt.«

»Ach, da haben Sie recht«, erwiderte Ella. »Das ist nicht schwer, wir sind alle überdreht und stehen eigentlich immer auf der Bühne. Ich bin da nicht beleidigt oder so.«

»Nein, so hatte ich es auch nicht gemeint. Aber hier bei uns waren immer Künstler zu Gast, sogar während des Krieges und als das

Haus noch kein Hotel war, da ging es hier zu wie in einem Taubenschlag. Wenn ich daran denke, würde ich sogar sagen, dass das hier eher eine Bühne als ein Wohnzimmer war. Hier wurde Theater gespielt und getanzt. Es gab Konzerte, Lesungen, die halbe Welt war hier.«

»Oh, das klingt toll, das hätte ich gern gesehen«, sagte Ella.

Madame de Violet schaute sie erstaunt an. Sie hatte ja nur gesagt, dass sie es gern gesehen hätte, nichts weiter. Aber für Charlotte war es, als hätte sie gefragt, warum so etwas Schönes nicht mehr stattfindet. Sofort überfiel sie die Schwermut, und so antwortete sie auf eine Frage, die nicht gestellt wurde: »Es bleibt eben nichts, wie es ist. Weil sich alles verändert. Weil man nichts festhalten kann. Es gibt keine Beständigkeit. Nirgendwo und für niemanden.« Und dann schwieg sie.

Ella und René waren nicht gefasst auf eine derartig melancholische Offenheit, schon gar nicht von dieser Frau, die nichts an sich zu haben schien außer ihrem Stolz. René hatte Ella selten sprachlos gesehen, und gerade jetzt in dieser Situation, wo es doch nur einen Menschen auf der Welt gab, der sie da raushauen konnte, schwieg sie. René schaute vor sich auf den leeren Teller und hoffte, dass der Diener kommen und ihm irgendetwas darauflegen würde, und wenn es Grashalme wären, er würde sie essen und den Koch loben. Vorsichtig hob er sein Glas an die Lippen und trank.

Als wäre die Gräfin aus einem Traum erwacht, holte sie tief Luft und sagte mit einem Mal: »Mögen Sie Fasan?«

Ella – ganz überrascht von der Frage und erfreut, dass das Leben weiterging – sagte: »Keine Ahnung, ich wusste nicht mal, dass man den Vogel essen kann.«

Die Gräfin lachte jetzt schallend und es dauerte einen verstörenden Moment, bis sie sich wieder fing.

»Nein, wirklich«, sagte Ella. »Bei uns gibt es Hühner und Gänse zum Mittag, aber ich bin gespannt auf den Fasan. Lebt der im Wald?«

»Nein, das denke ich nicht. Früher hat mein Mann sie gejagt, da draußen. Es ist wohl eher ein Wiesenvogel. Aber er wird Ihnen sicher schmecken. Was allerdings die Zusammenstellung des Menüs und vor allem die Größe angeht, muss ich mich im Voraus entschuldigen, da dies etwas eigenwillig ist. Sie müssen nicht erschrecken, denn auf den ersten Blick wird es Ihnen wie ein Bankett erscheinen an dem gut und gerne zwölf Personen teilhaben können, aber lassen Sie sich bitte durch die Menge nicht einschüchtern und schon gar nicht nötigen, mehr zu essen, als sie möchten. Es wird zuerst eine Bouillabaisse geben, also Fisch und dann später Fasan; ich weiß, zwei Speisen, die unmöglich zusammenpassen, aber es war noch unmöglicher, mich heute für nur eine meiner beiden liebsten Gerichte zu entscheiden. Anschließend wird es noch eine kleine Überraschung geben, die uns Monsieur Labotte bereiten wird und zum Abschluss ein Dessert. Ich bitte Sie daher um Nachsicht für meine Vorlieben. Wenn Sie möchten, können wir jetzt mit dem Essen beginnen.«

»Oh, ja, sehr gern«, sagte Ella stürmisch, denn sie hatte großen Hunger.

Die Gräfin griff erneut zum Glöckchen und klingelte. Das junge Paar hatte keine Vorstellung davon, was es bedeutete, dass Vincent eine Bouillabaisse, die in einfachen Häusern lediglich eine Fischsuppe ist, ankündigte. Zunächst wurde ein Weißwein ausgewählt und serviert, dann trug er eine große, silberne Platte mit geschlossenem Deckel herein und stellte sie in die Mitte des Tisches, gefolgt von einem Korb mit verschiedenen Weißbroten und zwei kleinen Porzellanschälchen, eines mit scharfer Knoblauchmayonnaise, das andere mit Senf. Er brachte eine längliche Schale mit gebackenen Kartoffeln, karamellisierten Mohrrüben, Kohlrabistückchen und zuletzt das eigentliche Gericht, eine bauchige Schüssel mit der Suppe. Aber all das war nur Vorspiel zum Hauptakt, den Vincent mit einer weit ausladenden Armbewegung vollzog, indem er den silbernen Deckel von der Platte hob.

Ella und René war es, als würden sie in die Auslage eines Fischgeschäftes blicken. Wie in einem Teich, aus dem man das Wasser gelassen hatte, lagen ein halbes Dutzend bizarrer Fische dicht ineinander verschlungen in einer rötlichen Soße. Vincent deutete auf die einzelnen Geschöpfe und sagte: »Wir haben Wolfsbarsch, roten Drachenkopf, Seeteufel, Knurrhahn, hier Languste, Garnelen und natürlich die Muscheln. Mademoiselle, soll ich Ihnen schon etwas Suppe auftun?«, fragte er Ella.

»Ja, aber klar«, antwortete sie und hielt ihm ihren tiefen Teller entgegen.

»Es ist besser, wenn Sie ihn wieder hinstellen, dann müssen Sie ihn nicht halten«, sagte Vincent ruhig. Die Gräfin wies das Paar erneut darauf hin, dass ja noch drei Gänge folgen würden und empfahl ihnen, unbedingt von jedem Fisch zu kosten, aber eben mehr zu kosten als zu essen.

»Das ist toll«, sagte Ella, die von ihrer Suppe probiert hatte und sich jetzt etwas vom weißen Fleisch eines der Fische, dessen Namen sie schon wieder vergessen hatte, auf einen zweiten Teller tat. Vincent ging um den Tisch und servierte nun auch René und Madame de Violet die Suppe. Ella schmeckte alles wunderbar, und während sie vom Essen schwärmte, hatte René damit zu tun, die Gräten aus dem Fisch zu suchen. Seit ihm seine Großmutter einmal erzählt hatte, dass man an einer Gräte ersticken kann, mochte er Fisch nicht. Er mochte es auch nicht, wenn ein Fisch nach Fisch schmeckte; kurzum, er hatte keine Mühe damit, beim ersten Gang dem Rat der Gräfin zu folgen.

»Ich bin Ihr Feind«

Eines hatten Ella und René auf ihrer Reise schon gelernt, dass es üblich war, sich während des Essens ausgiebig zu unterhalten, ja, dass das Essen in Frankreich scheinbar nur erfunden wurde, um die Leute ins Gespräch zu bringen, daher konnte sich eine Mahlzeit auch über Stunden hinziehen. Also scheute sich Ella auch nicht, der Gräfin während des Dîners Fragen zu stellen, ob das Haus denn ein eigenes Weingut besitze, ob es überhaupt schwer sei, Wein anzubauen und vor allem, warum einige der Weine hier so teuer wären. Madame de Violet klärte sie darüber auf, dass im Gegensatz zu jedem anderen Fleckchen Erde im Bordelais nicht das darauf befindliche Haus oder Schloss den eigentlichen Wert darstelle, sondern das Land selbst, das es umgab, das Terroir. Madame de Violet erzählte, dass die zehn Hektar Weinberge, vor dem ersten Krieg waren es sogar einmal achtzig gewesen, im Grunde nicht mehr existieren würden. Das Land sei noch da, aber der Wein schon lange nicht mehr. Es gäbe eben Rückschläge, von denen man sich nicht erholt, genauso wenig, wie sich ein Weinberg von einem Truppenrückzug oder dem plötzlichen Frost erholen würde. »Ich habe das Schlachtfeld da draußen gesehen«, sagte sie. »Als wäre unser Bordeaux der Feind gewesen. Die letzten Kämpfe in Frankreich fanden da draußen statt. Bis zum Schluss haben die Deutschen die Bastion Gironde gehalten, und als alle anderen schon weg waren, haben sie noch einen sinnlosen Sieg gefeiert und über neunzig, ja, hundert Jahre alte Rebstöcke, alles an einem einzigen Nachmittag vernichtet, unwiederbringlich.«

Jedes Adelshaus hat seine Helden, die es ehrt und deren ruhmreiche Geschichten es von Generation zu Generation weiterträgt, sodass es jederzeit in der Lage ist, seine Sonderstellung in der Gesellschaft und vor dem Vaterland zu rechtfertigen. Aber genauso wenig, wie sich Madame de Violet dazu herablassen würde, jemanden darauf hinzuweisen, dass sie eine Gräfin mit einem jahrhundertealten Namen war, genauso unmöglich war es ihr, von den Taten ihrer Vorfahren zu sprechen, geschweige denn mit ihnen anzugeben. Sie hätte von Antoine dem Ersten erzählen können, dem in der Schlacht von Ceresole das Pferd unter dem Leib weggeschossen wurde oder von Thibaut dem Dritten, der sich den bewaffneten Pilgerfahrten Ludwigs des IX. angeschlossen hatte, um zuletzt seinen Mut durch das Halten der Hand des an der Ruhr dahinsiechenden Königs zu beweisen und später für diese unerschrockene Treue als Erster in der Familie den Marschallstab von Frankreich zu erhalten. Wenn Charlotte von einer Heldentat hätte berichten wollen, dann wäre es nur eine einzige gewesen, die ihres Vaters, weil in ihren Augen diese eine alle anderen aufhob und einige von ihnen klein und manche lächerlich erscheinen ließ.

Einem Gast die Geschichte ihres Vaters zu erzählen, wäre ihr dennoch niemals in den Sinn gekommen, denn was seine Courage betraf, hatten sie und ihre Mutter zu sehr darunter gelitten, als dass sie für eine Unterhaltung bei Tisch herhalten konnte. Warum sie jetzt die ganze Geschichte erzählen würde, wusste sie nicht genau. Dass sie ihre letzten Handlungen für bedeutungslos hielt, war jedenfalls nicht der Grund. »Ich kann Ihnen erzählen, warum wir hier keinen Wein mehr anbauen.«

Charlotte begann mit den pathetischen Worten: »Mein Vater war ein wirklich guter Mensch. Ich wünschte, ich wäre nur ein einziges Mal so konsequent und gut gewesen wie er.« Sie erzählte den beiden von Luis Bernard de Violet, letztem Duc von Neuchaumé, Ritter der Ehrenlegion, geboren im Frühling 1893, verheiratet mit Vicomtesse Eugenie de Brossot. Er war für alle, die ihn kannten, eine hochangesehene, starke und verlässliche Persönlichkeit. Er hatte, nachdem seine zwei Brüder im Ersten Weltkrieg gefallen waren, alle Güter und das, Charlotte gab es offen zu, nur noch bescheidene Vermögen der Violets geerbt. Aber daran war er nicht interessiert gewesen. Er war ausschließlich, wie schon eine lange Reihe seiner Vorfahren, daran interessiert, guten Wein zu produzieren. Da es seine finanzielle Lage nicht zuließ, das Haus zu sanieren und vor allem das Land zu rekultivieren, verkaufte er kurzerhand Château Neuchaumé und La Grolair, die zwei letzten verbliebenen Schlösser des Familienbesitzes. Aus dem Erlös ließ er ein Drittel der Weinberge mit neuen Rebstöcken bepflanzen, das Schloss und vor allem dessen Weinkeller sanieren und neue Eichenfässer fertigen. Im Jahr 1935 war aus dem Château unter der Leitung des Herzogs wieder eines der bedeutendsten Weingüter des Bordeaux geworden.

»Wird der Wein schlecht, bricht ein Krieg aus«, sagte Charlotte. Der Jahrgang 1939 sollte der schlechteste des ganzen Jahrhunderts werden. Charlotte erzählte, dass sich auf allen Verkostungen das gleiche Bild bot, die Gesichter verzogen sich und das Ausspucken war das Beste daran. Ein Jahr später war Frankreich von den Deutschen besetzt. Landauf landab wurden die besten Jahrgänge der Château Lafites, Margauxs, Moëts, Petrus eingemauert, in Höhlen geschleppt, ja in manchen Fällen sogar vergraben und über ihnen Kartoffeln und Zwiebeln gepflanzt. Die Hoffnung war, sie alle eines Tages, wenn der Spuk vorbei wäre, wieder auszugraben, die Wände einzureißen, sie – wie nach einem gewaltigen Zaubertrick, an dem das ganze Land beteiligt war – hervorzuholen, zu öffnen und – als wären sie lange vermisste Freunde – auf die Befreiung gemeinsam mit ihnen anzustoßen. Auch ihr Vater hatte sich entschieden, den hinteren Gewölbeabschnitt seines Caves abzutrennen, einen Teil der besten Jahrgänge dort einzulagern und zuzumauern. Charlotte konnte sich noch genau daran erinnern, wie ihr Vater, bevor der Maurer die verbliebenen Steine in die Wand setzte, auf das kleine Gerüst stieg, um einen letzten, traurigen Blick hineinzuwerfen in die Gruft, als würde er jemanden lebendig begraben. Alles wurde verputzt und Charlotte, die damals neunzehn Jahre alt war und Angst vor Spinnen hatte, musste sich Handschuhe überziehen, um gemeinsam mit ihrer Mutter einige der größeren Exemplare dazu zu bringen, sich dort niederzulassen und aus einer neuen Wand eine alte zu machen. Sechs Wochen später hatten die Deutschen halb Frankreich eingenommen und direkt damit begonnen, überall im Land die flüssigen Schätze zu beschlagnahmen und heim ins Reich zu holen. Der erste deutsche Soldat, den Charlotte zu sehen bekam, war ein junger Offizier, der sie noch auf dem Vorplatz sehr höflich darum bat, seiner Kompanie etwas Wasser und – wo sie einmal da wären – die Toiletten des Hauses zur Verfügung zu stellen. Ihr Vater war hinter sie getreten und bat die Armisten herein. Charlotte wusste, dass es ihm eine unmenschliche Kraft abverlangte, den Deutschen weder niederzuschlagen noch zu beschimpfen, denn er hasste die Nazis; und das nicht nur, weil sein Sohn Christophe, Charlottes Bruder, der Erbe, seit seiner Gefangennahme in der ersten Kriegswoche, während der Kämpfe um Stonne, offiziell als verschollen galt.

Die Soldaten blieben auch nicht länger als notwendig, wollten den Weinkeller nicht einmal sehen, bedankten und verabschiedeten sich, und dann rollten sie mit ihren Motorrädern und Lkws zurück in den Wald Richtung Bordeaux. Bernard hatte seine Tochter nach der ersten Begegnung mit den Deutschen zur Seite genommen und ihr in strengem Ton zu erklären versucht, dass sie sich bei allen zukünftigen Besuchen im Haus und besser noch in ihrem Zimmer aufhalten solle. Es wäre absolut notwendig, dass die *Boches* sie überhaupt nicht zu Gesicht bekämen. Charlotte erwiderte nur, dass Soldaten nicht davor zurückschrecken würden, einem älteren Mann etwas anzutun. Wenn allerdings eine Tochter bei ihm wäre, würden sie es sich nicht trauen. Sie dachte damals wirklich, dass sie, obwohl sie beinahe noch als Mädchen galt, so viel Autorität besaß, um derlei Vorkommnisse zu verhindern. Da ihr Bruder nicht da war und die Psyche ihrer Mutter zu schwach, um mit den Deutschen auch nur reden zu können, teilte sie ihrem Vater knapp mit, dass sie ab sofort bei allen Treffen mit den *Boches* dabei sein würde, und ihrem Vater blieb nichts anderes übrig, als zuzustimmen.

So harmlos und ›anständig‹ diese erste Begegnung mit der Wehrmacht war, umso schicksalhafter und in ihrer absurden Dramatik aufreibend und angsteinflößend wurde die zweite. Charlotte konnte sich noch genau an den ersten Besuch von Oberst Tanz erinnern. Der angehende Stadtkommandant von Bordeaux hielt mit einer kleinen Entourage vor dem Haus. Er sprang aus einer schwarzen Limousine und betrat das Schloss, ohne einen Empfang abzuwarten. Dann befahl er der Dienerschaft, ihm einen Kaffee zu bringen und den Herzog zu holen. Als Charlotte und Bernard den Salon betraten, sahen sie, wie der Oberst, eine Zigarette im Mund, vor dem Schreibtisch saß, ein Schubfach nach dem anderen aufzog und ohne darin zu wühlen mit einem Finger einige Papiere und Mappen anhob.

»Ich würde gern ihre Bücher sehen«, sagte er ohne ein Wort der Begrüßung in beinahe tadellosem Französisch.

»Wenn Sie mir sagen, wer Sie sind?«, hatte ihr Vater streng geantwortet. Der Oberst erwiderte, und seine Stimme war dabei so angsteinflößend, weil sie milde, wie eine freundliche Einladung, klang: »Ich bin ihr Feind, wenn Sie wollen.«

Ein Satz, den Charlotte nicht vergessen konnte.

»Was für Bücher meinen Sie?«, fragte ihr Vater.

»Sie wissen, welche Bücher ich meine. Also, wo sind sie?«

Bernard de Violet sagte, wenn er damit die Auslieferungs- und Bestellbücher meine, so seien sie in der untersten, linken Schublade des Schreibtisches. Während der Oberst das Fach aufzog, fühlte Charlotte, wie ihr schwindlig wurde. Sie wusste, dass die Bücher frisiert und zwei sogar neu geschrieben waren. Das Buch mit den ältesten Beständen hatten sie im Kamin des Salons verbrannt. Der Oberst nahm alle Papiere heraus und legte sie auf den Tisch vor sich hin. Er warf nicht einmal einen Blick hinein, schlug nur mit der flachen Hand auf den Stapel und befahl seinem Unteroffizier, der hinter ihnen in der Tür stand, die Bücher mitzunehmen. »Sie bekommen sie bald wieder, und nun würde ich gern ihren *cave* sehen«, sagte er kühl.

Kurz darauf standen sie, ihr Vater hatte den Oberst geschickt zu lenken gewusst, im wahrsten Sinne des Wortes mit dem Rücken zur Wand, die sie erst vor sieben Wochen eingezogen hatten. Der Deutsche ließ sich die einzelnen Jahrgänge aufzählen und war anschließend sehr zufrieden. Er hatte nichts bemerkt, lächelte und sagte, dass er nicht unhöflich sein wolle, aber sehr gern an einem der nächsten Abende zum Essen kommen wolle, sie würden rechtzeitig von seinem Besuch erfahren. Tatsächlich dauerte es eine ganze Woche, bis sich der Oberst bei ihnen ankündigen ließ. Er stellte ihnen die Auswahl des Menüs frei, von einer Weinverkostung war nicht die Rede. Charlotte und ihr Vater atmeten auf.

Als er ihr aber mitteilte, dass er mit dem Deutschen allein sein wolle und sie und ihre Mutter in der Zwischenzeit Crespot, einen befreundeten Winzer der Nachbarschaft besuchen sollten, wurde Charlotte misstrauisch. Sie sagte, sie werde nirgendwo hingehen, wenn ein Deutscher im Hause wäre, und ihr Vater wurde wütend; er befahl ihr, seinem Wort, dass ja wohl noch ein wenig Bedeutung hätte, zu gehorchen. Aber da sie ahnte, dass er drauf und dran war, eine Dummheit anzustellen, weigerte sie sich. Dann gestand er ihr, dass es ihm unmöglich wäre, diesem widerlichen Menschen auch nur die kleinste Freude zu bereiten. Er werde ihm persönlich den Neununddreißiger einschenken und sie könne nichts daran ändern. Er sagte, dieser Dummkopf verstünde ja eh nichts von Weinen und würde sich den Schlechtesten aller Zeiten schon auf seinem arischen Lappen im Maul zurechtschieben, bis er ihn für einen Jahrhundertwein hielte. Charlotte spürte, trotz seiner Entschlossenheit, die Enttäuschung ihres Vaters über den verborgenen Mut, den er selbst wohl als heimtückische Feigheit ansah, als würde er jemanden von hinten erstechen wollen. Die Entscheidung, an dem Dîner teilzunehmen, fiel ihr nicht leicht, denn sie hatte Angst. Ihre Mutter fuhr, nicht wissend, was für Besuch im eigenen Hause anstand, mit besten Grüßen zu Crespot. Bis zum Abend hoffte Charlotte noch, dass ihr Vater seinen unsinnigen Hinterhalt aufgeben würde; ja, sie hoffte darauf, dass er seine einzige Tochter nicht einer solchen Gefahr aussetzen würde. Eine halbe Stunde vor dem Erscheinen des Deutschen nahm Bernard sie noch einmal beiseite und flehte sie an, doch zu gehen oder sich wenigstens in ihrem Zimmer einzuschließen. Da wusste sie, dass er es ernst meinte.

Der Wagen des Obersts fuhr vor, er stieg aus und kam ohne seine beiden, in ölige Ledermäntel gehüllten Begleiter auf Vater und Tochter zu. Er war sehr höflich, entschuldigte sich sogar für sein Auftreten vor einer Woche und fragte, ob es denn vor dem Essen möglich sei, sich das schöne Schloss einmal ansehen zu dürfen. Sie zeigten ihm alles, den Park hinter dem Haus, dann die prunkvollen

Salons, das Jagdzimmer, und ab und zu stieß er selbst eine Tür auf, um sich den dahinter verborgenen Raum anzusehen. Er bewunderte die Gemälde und Skulpturen, aber vor allem die Bibliothek, in der er mehrere Minuten verbrachte, während er den einen oder anderen Band herauszog und darin blätterte. Wäre er nicht der Feind gewesen, Charlotte und ihr Vater hätten ihn für einen gebildeten und angenehmen Menschen halten können.

Anschließend setzten sie sich im großen Saal zu Tisch. Das Essen wurde aufgetragen. Der Oberst erklärte ihnen, dass er über den schnellen Sieg, den sie über Frankreich errungen hatten, persönlich sehr froh sei, das hätte vielen Menschen, nicht nur den deutschen Soldaten, das Leben gerettet. Er fragte, was es zu trinken gäbe. Charlotte erinnerte sich, wie ihr plötzlich heiß wurde, auch wenn sie erleichtert war, dass er nicht sagte: ›Ich hätte gern den 1867er oder den 1900er.‹ Dieser Mann hatte tatsächlich keine Ahnung von Weinen. Auch wenn er vielleicht wusste, dass er hier auf einem der besten Güter des Bordelais war, begnügte er sich damit, irgendeinen Jahrgang zu trinken, in der Gewissheit, dass ein Château Violet ja nicht schlecht sein konnte.

Als Charlottes Vater die Flasche, die schon auf dem Tisch stand, öffnete und dem Oberst persönlich einschenkte, wurde ihr ganz übel. Es war der Neununddreißiger, so viel wusste sie, aber ihr Vater hatte nicht einmal das Etikett entfernt. Es war, als würde er dem Oberst Gift aus einer Flasche einflößen, auf der mit großen Buchstaben Arsen stand. Fourcade, ihr damaliger Kellner, brachte den ersten Gang, sie stießen an und tranken auf den kurzen Krieg. Charlottes Herz schlug so heftig, dass es ihr schwerfiel, das Glas ruhig zu halten. Dieser Wein war kein Wein. Dieser Wein war eine Beleidigung, der schlechteste, den das Haus Violet je hergestellt hatte und der nur abgefüllt wurde, damit der Keller, wenn die Deutschen kämen, nicht allzu leer wirken würde.

Dieses Gesicht. Charlotte konnte es tatsächlich noch sehen, durch das Dickicht der vierzig Jahre, die seitdem vergangen waren, wie durch ein Dutzend Glasscheiben hindurch sah sie sein Gesicht, das ihr, je mehr Zeit verstrichen war, von Mal zu Mal gefährlicher vorkam. Es war alles andere als ein hässliches, ja nicht einmal ein gemeines Gesicht. Nach den feinen Falten um die Augen zu urteilen, mochte er um die fünfzig gewesen sein und ein Mensch, der in seinem Leben viel gelacht haben musste. Alles an ihm war schlank, auch seine Wangen und die Nase. Die Augen lagen etwas tief und vermittelten eine müde Wehmut. Es war ein Gesicht, dem man nicht zutraute, dass es die Wut oder den Hass kannte.

Der Oberst trank einen großen Schluck, stellte das Glas ab, wünschte allen einen guten Appetit und begann zu essen. Charlotte traute sich nicht, ihren Vater anzuschauen. Der Oberst scherzte, lachte und fragte Monsieur de Violet über den Weinanbau und die Lagerung aus. Er schien wirklich nichts darüber zu wissen. Das Dessert kam, er lobte die Küche, löffelte einige kleine Happen von seiner Crème Brûlée, dann legte er den kleinen silbernen Löffel beiseite und sagte ohne erkennbare Gemütsschwankung: »Das war ein wirklich wunderbares Essen. Ich danke Ihnen. Allerdings bin ich doch etwas enttäuscht. Ich möchte nicht einmal sagen von Ihrem Wein, wo doch jeder, der etwas davon versteht, weiß, dass der Neununddreißiger ungenießbar ist, nein, ich bin enttäuscht von Ihnen. Ich denke, wir sind uns einig …«, er hob die halbvolle Flasche vom Tisch und zeigte sie herum, »… dass dies Ihr schlechtester Wein ist, oder irre ich mich da? Habe ich recht, wenn ich sage, er ist grauenhaft? Er ist kein Wein? Sie haben nicht einmal das Etikett entfernt. Was denken Sie, was ich jetzt mit Ihnen machen werde?«

Charlotte erinnerte sich, dass sie keinen Ausweg sah, dass sie annahm, der Oberst würde sie alle verhaften lassen, sie fürchtete sogar, er könne sie hier und jetzt auf der Stelle erschießen, sie sah seine Pistole am Koppel. Sie hoffte, ihr Vater würde schweigen, sich nicht zu verteidigen versuchen oder von einem Irrtum zu sprechen, immerhin hatten sie beide selbst davon getrunken. Aber ihr Vater blieb kühl. Nie hatte sie ihn so stolz gesehen wie an diesem Abend. Er schwieg erst einen Moment, dem Blick des Deutschen standhaltend, dann sagte er ruhig: »Man hat mich leider nicht in diesen Krieg ziehen lassen, sonst hätten wir uns vielleicht im Feld gegenübergestanden. Daher bin ich froh, dass wir uns in gewisser Weise jetzt gegenüberstehen.«

Charlotte blieb der Atem aus. Eine unerträgliche Stille entstand, dann sagte der Oberst sehr ruhig: »Also ich muss sagen, meine Bewunderung übersteigt meinen Zorn, das ist momentan gut für Sie. Lassen Sie uns jetzt mit dem 67er beginnen. Wenn sie ihn noch haben, sind Sie vorerst gerettet.«

Natürlich hatten sie noch einige wenige Flaschen – alle einzumauern, wäre doch zu auffällig gewesen. Nun trank der Oberst ihren besten Wein, während er ihnen dabei zusah, wie sie den Neununddreißiger herunterschluckten. Er forderte die Dienerschaft noch auf, bevor er die Violets verließ, einige Stiegen vom Neunzehnhunderter und vom Neunundneunziger in den Wagen zu laden. Dann fuhr er ab.

Von nun an besuchte er sie regelmäßig. Es gab Zeiten, vor allem im Winter, in denen er sich beinahe jede Woche bei den Violets anmeldete. Es bereitete ihm Freude, dem Stolz seines Gastgebers immer wieder zuzusetzen. Charlotte konnte spüren, wie er es genoss, ihren Vater allein durch seine Anwesenheit zu demütigen. Und dieser Mann verstand etwas von Weinen, das war das Schlimmste.

Er begann damit, andere Offiziere, hochgestellte Militärs vor allem Kühnemann, den Hafenkommandanten zu den Essen einzuladen, wobei er dann Charlotte und ihren Vater darum bat, sie persönlich zu bedienen und sie anschließend allein zu lassen. Das war Bernard sehr recht, da es ihm immer schwerer fiel, mit dem Oberst an einem Tisch zu sitzen, Konversation zu betreiben und ihm vorzumachen, dass er an einer Unterhaltung interessiert wäre. Ganz zu schweigen von dem Neununddreißiger, den er bei jedem Treffen trinken musste. Drei Jahre ging das so.

Charlotte hatte damals an ihrem Vater bemerkt, wie er allmählich müde wurde, wie ein Sportler, dessen Muskeln sich ohne tägliches Training in Fett verwandelten, so schien sich auch sein Stolz, wie in einer unaufhaltsamen chemischen Reaktion, abzubauen und zu zerfließen in eine trübe Agonie.

Dass ihr Bruder nun schon seit Jahren verschollen war und wahrscheinlich auf immer fortbleiben würde, damit hatte Charlotte sich abgefunden, auch wenn sich in ihr der Gedanke festgesetzt hatte, dass Christophe eines Tages vor der Tür stehen würde. Es war wie eine süße Überraschung, die ihr jederzeit bevorstehen konnte, ja, bis heute und gerade in den letzten Jahren durchschoss sie manchmal, wenn es an der Tür läutete, eine kurze, heftige Freude darüber, dass es ihr Bruder sein könne. So war er für sie in gewisser Weise immer am Leben geblieben, während der Sohn ihrer Mutter, der ein anderer zu sein schien, damals gestorben war. Die ständigen Demütigungen durch den Oberst waren nicht der Grund, warum Bernard den Mut verlor, Charlotte konnte an ihnen lediglich seinen Zustand ablesen, als hätte sie ihm die Hand auf die Stirn gelegt, um zu prüfen, wie hoch sein Fieber ist. Die sich steigernde Gewissheit, dass sein Sohn tot war, drückte ihn nieder. Und dass die schlimmste Nachricht nicht kam, verlängerte nur sein Leiden.

Hinzu kam, dass die Geschäfte mit dem Wein nahezu unmöglich wurden. An eine Bewirtschaftung der Felder war nicht zu denken, es gab keine Männer, sie waren entweder in Kriegsgefangenschaft geraten, zur Zwangsarbeit in Deutschland verpflichtet oder untergetaucht, ein Teil von ihnen in der Resistance. Alle Arbeitspferde wurden für Truppentransporte beschlagnahmt. Es gab kein Kupfer und demzufolge auch kein Kupfersulfat zur Bekämpfung des Mehltaus. Es gab keinen Zucker. Und das Schlimmste war der Hunger. Charlotte und ihre Mutter hatten gemeinsam mit der Belegschaft begonnen, einen Gemüsegarten hinter dem Haus anzulegen, denn die Jagd auf Wild war verboten und Fleisch überhaupt nirgends zu bekommen. Aber zum Glück, je aussichtsloser die Lage wurde, umso seltener ließ sich der Oberst auf Schloss Violet anmelden, bis er irgendwann gar nicht mehr kam. Charlotte dachte, sie wären die Plage, wie sie ihn nannten, endgültig los; vor allem, weil die Landung in der Normandie gelungen war und sich an der Rhône die deutschen Truppen zurückzuziehen begannen.

Am Abend des 27. August 1944 hörten die Bewohner des Schlosses Violet in der Ferne ein dumpfes Dröhnen. Alle liefen im großen Saal zusammen und schauten durch die Fensterfront nach draußen, ob man irgendetwas erkennen konnte. Die Sonne tauchte hinter der Ebene ab und färbte eine einzelne aufsteigende Staubwolke rot. Charlotte erinnerte sich, dass sie damals gedacht hatte, es wäre eine Art Wüstensturm, denn der ganze Horizont begann sich allmählich wie in riesigen rostigen Rauchschwaden aufzulösen. Doch dann hörten sie den Motorenlärm und wussten, was passieren würde. Selbst, wenn man einer Tatsache gegenübersteht, besitzt der Mensch noch die Fähigkeit, sie als Trugbild oder Irrtum wahrzunehmen. Aber spätestens, als aus der Wolke der erste Panzer auftauchte, wussten alle, dass der Wein verloren war. In breiter Front zerfurchten die Ketten den Hang, als würden sie eine schräge Tischplatte hinunterfahren. Der Oberst hatte sie nicht vergessen. War der Anblick draußen eine Tragödie, so war er drinnen grauenhaft. Ihre Mutter schrie, doch Charlotte sah nur ihren Vater an und konnte beinahe zuschauen, wie er grau wurde, nicht äußerlich, er wurde grau im Inneren, und eigentlich starb er schon an diesem Abend, auch wenn ihm sein Körper erst einige Monate später folgen sollte.

Eines erwähnte Charlotte ihren beiden Gästen gegenüber nicht, die Erkenntnis, dass ihr Vater den Niedergang des Hauses Violet zu verantworten hatte. In den ersten Jahren nach dem Krieg stellte sich noch sein unerschrockener Mut und die Heldentat, die nicht belohnt, sondern bestraft wurde, vor diese Einsicht und schützte Charlotte vor der Wirklichkeit. Aber mit der Zeit und den Mühen eines Hotelgewerbes, das ihr aufgezwungen wurde, gestand sie sich selbst diese Tatsache ein. Und dabei wusste sie, dass er seinen Entschluss, den Neununddreißiger zu servieren, und damit ihrer aller Leben aufs Spiel zu setzen, nicht aus politischer oder moralischer Überzeugung gefällt hatte, sondern einzig und allein aus seinem Stolz heraus. Der Patriotismus ihres Vaters endete an den Mauern des Gutes der Violets. Sein Stolz war der eines Aristokraten, der aller Könige beraubt, nur noch dem eigenen Namen dient, weil ein Vaterland für ihn nicht mehr existierte. Charlotte wusste, dass sie diesen Stolz geerbt hatte. Was sie aber nicht wusste, war, dass dies die einzige Möglichkeit für sie blieb, ihren Vater nicht zu verachten und somit für ihr eigenes Unglück verantwortlich zu machen. Stattdessen dachte sie jetzt daran, die jungen Leute, als könnten sie Geschworene sein, zu fragen, ob ihr Vater richtig gehandelt hatte. Aber sie tat es nicht.

Charlotte beendete ihre Erzählung mit den Worten: »Ich will Ihnen nicht den Abend verderben mit alten Kriegsgeschichten. Ich bin nur darauf gekommen, weil Sie fragten, warum wir hier keinen Wein mehr anbauen. Und das war einer der Gründe. Der andere ist wesentlich prosaischer, wir haben tatsächlich Anfang der Fünfziger neu gepflanzt. Nach acht Jahren war es dann so weit – sicher, man hätte auch schon zwei Jahrgänge eher abfüllen können, aber wir wollten mit einem Knall wieder einsteigen. Und dann kam der Frost und alles war dahin. Erfroren, in einer einzigen Nacht. Wissen Sie, was ein Jahrhundertwein ist? Wissen Sie überhaupt, was ein Bordeaux ist?«

»Ja«, erwiderte Ella. »Ich weiß nur, dass es ein Wein ist.«

»Und Sie, junger Mann, wissen Sie, was ein Bordeaux ist?«

»Oh …«, sagte René, »… ich kenne mich damit gar nicht aus, also ja, ich hab den Namen natürlich schon gehört, aber bei uns trinkt man Tokajer und Rosenthaler Kadarka oder Bärenblut, in letzter Zeit auch Kirschwein, aber das ist nichts, da bekommt man Sodbrennen.«

Die Gräfin lächelte und wunderte sich über sich selbst. Sie war in Plauderlaune und begann damit, dass man einen Bordeaux mit Strenge und Sorgfalt aufziehen müsse. Sie sprach von den drei Trauben, aus denen er besteht, wie von lieben Verwandten, von der Cabernet Sauvignon, die wie ein Vater, streng und unnachgiebig ist, und von der Merlot, die wie eine Mutter ist, wie die Natur der Frau, weich, versöhnlich, auf Harmonie aus, aber auch die Frucht und die Frische und von der Petit Verdot, die sie als die gute Seele beschrieb, wie eine Tante, die – wenn sie nur Charakter hat – auch viel Gutes für den jungen Wein bewirken kann. Die Gräfin spürte, wie die jungen Leute sie anschauten, vor allem das Fräulein. Es fühlte sich gut und richtig an.

»Mein Großvater hat immer zu mir gesagt«, fuhr sie fort, »da draußen herrscht nicht der Boden, oder das Wetter, oder die Sonne, sondern vor allem die Zeit. Und da hatte er recht. Es ist nicht die Lage, wie es überall heißt, nicht wie in der erbärmlichen Immobilienbranche, obwohl es natürlich etwas ausmacht; nein, das Entscheidende hier ist die Zeit. Sie können nicht sagen, wir bauen den Weinberg wieder auf, wir pflanzen alles neu und ernten in fünf Jahren. Sicher, es gibt Leute, die so unverschämt sind und solche Weine auch noch in die Regale stellen. Aber das da draußen verlangt dem, der es ernst meint, alles ab, was er hat, nämlich sein Leben. Fünfzehn, zwanzig Jahre, bis die Stöcke einen ersten eigenen Geschmack aus dem Boden ziehen, die Wurzeln müssen tief in den Kies hinein, bis zum Kalk hinunter. Und je schwerer sie es haben, umso besser wird der Wein, mit einem Charakter, der unvergleichbar sein wird. Ich kann Weine wie auch Menschen ohne Charakter nicht ertragen.«

Sie aß einen kleinen Happen von dem Fisch, biss sich ein Stück Brot ab und wie um darauf anzustoßen, trank sie einen Schluck. Sie stellte ihr Glas wieder ab und sagte: »Und dann müssen Sie wieder warten. Fünf bis zehn Jahre, bis der Wein aus der Flasche darf. Unser Wein ist meist zu jung getrunken worden. Die besten sind eben Spätzünder. Und wir hatten einige davon, unzugänglich in den ersten Jahren und leider schwer zu erkennen. Immer die Frage: Geht er noch auf, wird er noch lebendig und erwachsen und wenn ja, wann? Mein Vater wusste genau, wann wir einen Jahrhundertwein hatten. Das waren oft nicht einmal die großen Jahre. Da ging die Hälfte direkt in den Keller. Er hätte alles verkaufen können, so wie es üblich ist, aber lagern und später einen der besten Weine der Zeit zu haben, das war mein Vater. Ich kenne niemanden, der so ein Risiko eingegangen wäre. Wichtig war, einen großen Keller zu besitzen und natürlich eine feine Nase.

Nur wenige Menschen können einen jungen Wein verkosten und sagen, ob aus ihm einmal ein bedeutender werden kann. Mein Vater sagte immer: ›Rechne nie mit der Geduld des Käufers. Der muss erst einmal der eigenen Versuchung widerstehen, ihn zur Hochzeit der Tochter oder dem Ende des Krieges aufzumachen.‹ Das Ende des Krieges hat vielen großartigen Weinen den Garaus gemacht.«

»Ich finde das sehr interessant. Das ist eine schöne Vorstellung«, sagte Ella, »dass man einen Wein großzieht wie ein Kind.«

»Ja, die sogenannten Kenner sagen: Aus diesem Jahrgang wird nie was, wie zu einem verzogenen Jungen. Aber mein Vater sagte: Lasst ihn, er ist eigenwillig, zornig, abweisend, aber aus dem wird einmal etwas Großes und Einmaliges werden, aus ihm wird ein vollkommenes Genie werden. So ist es mit dem Wein, wie mit den wirklich großen Menschen. Ein großartiger Wein ist wie ein großartiger Mensch mit einer schweren Kindheit.«

René konnte sich nicht helfen, aber diese Weingeschichte langweilte ihn und er fragte sich, ob Ella wirklich so interessiert war, wie sie tat. Sicher, die Geschichte des Vaters der Gräfin war noch spannend gewesen, aber jetzt wurde es allmählich öde. Er hörte schon eine ganze Weile nicht mehr zu. Stattdessen betrachtete er das silberne Besteck vor sich auf dem weißen Tischtuch, das noch gar nicht im Einsatz war, mit den geschwungenen Initialen CLV. Er sah seine Eltern vor sich, wie sie in der Küche ihrer Neubauwohnung im sechsten Stock am Tisch mit der geblümten Wachstuchdecke saßen, wie der Vater sich eine Leberwurstschnitte schmierte und anschließend die Klinge seines Messers ableckte. René musste sich zwingen, nicht zu lachen. Eigentlich war es eine Unart seines Vaters, die er selbst nicht leiden konnte, er ekelte sich regelrecht davor. Aber jetzt amüsierte ihn die Vorstellung, sein Vater wäre hier und würde nach dem Essen seinen Teller ablecken. René hörte, wie die Gräfin sagte »Die Reben müssen es schwer haben«, und er dachte: ›Oh ja, ich habe es auch schwer.‹

»Ich kenne Weingüter, die arbeiten wie die Buchhalter, mit allem technischen Schnickschnack und ihr Bordeaux schmeckt wie die Krawatte eines Beamten. Und Beton? Nein, es können nur Eichenfässer sein, alles andere bildet nicht aus, aber ein zu lang gelagerter Wein kann dann eben auch …«

Die Gräfin unterbrach jäh den Satz und drehte ihren Kopf zur Seite, als hätte sie etwas gehört. Und tatsächlich, Ella und René vernahmen das leise Brummen eines Motors, das sich in die Stille des Abends wie ein Fremdkörper drängte. Madame de Violet schien sich in dem Geräusch verloren zu haben, denn sie sprach nicht weiter, sondern horchte aufmerksam, wie eine Katze mit aufgestellten Ohren. Und ja, das Brummen wurde lauter. Sie konnten hören, wie sich das Auto dem Haus näherte, wohl einen Kreis auf dem Kies fuhr; ein letztes Aufheulen des Motors, dann war es still.

Die Diktatoren

Da sie keinen Sinn darin sah, die Unterhaltung fortzuführen, um sie gleich wieder unterbrechen zu müssen, wandte sich Madame de Violet auf ihrem Stuhl um und war darauf gefasst, dass es gleich klingeln würde. Im selben Moment kam Vincent aus der Küche; sich an einem Tuch abtrocknend stand er da und wartete das Läuten ab. Auch Ella und René starrten gebannt auf die Restauranttür. Aber es klingelte nicht. Stattdessen hörten sie das Knarren der Eingangstür, die sich darauf mit einem schweren Schlag wieder schloss, Schritte in der Eingangshalle, die kurz innehielten und sich dann energisch dem Speisesaal näherten, ein Schatten am Glas der Pendeltür, die sich kurz darauf öffnete.

Ein junger Mann, einen Flügel der Tür noch mit einer Hand haltend, stand dort im Halbschatten und warf einen Blick hinein in den Saal. Zuerst entdeckte er den Diener, der nicht weit von ihm entfernt stand. »Ah, guten Abend mein Guter«, sagte er und klopfte Vincent freundschaftlich auf die Schulter. »Ah, die Gäste«, sagte er zu Vincent, während er zum Tisch an dem die kleine gespannte Gesellschaft saß, hinübersah. Dann kam er mit festem Schritt, die Arme ausbreitend, auf sie zu, »Nicht erschrecken, ich bin kein Gespenst«, sagte er, ging zur Gräfin, küsste ihr auf die Stirn und sagte steif: »Mutter.« Jetzt wandte er sich dem jungen Paar zu. Ella und René standen gleichzeitig auf und streckten ihm über dem Tisch ihre Hände entgegen. Er nahm Ellas Hand, wobei er sie etwas länger hielt, als für eine Begrüßung notwendig war, um Zeit zu haben, sich ihr schönes Gesicht anzuschauen.

Und Ella ließ ihm ruhig ihre Hand und diese Zeit, nicht etwa, weil er sie eingeschüchtert hatte, sondern weil sie ihn ihrerseits musterte. »Alain, der Sohn des Hauses«, sagte er. In ihren Augen stand da ein aalglatter Gigolo vor ihr, der sie wie ein Schauspieler im Film anschaute, den Kopf tief hielt, damit sich auf seiner Stirn die männlichen Falten zeigen konnten; seine funkelnden schwarzen Augen, deren Lider er etwas zukniff, taten so selbstbewusst, als wären sie in der Lage, jedes Mädchen und alle Frauen einzuschüchtern und rumzukriegen, wobei sich seine Augenbrauen kurz darauf zusammenzogen, als wäre er der treueste Hund auf der Welt. Ella mochte solche Männer nicht, zum einen, weil sie sich ihnen überlegen fühlte, denn auf so jemanden hereinzufallen schien ihr unmöglich, zum anderen, weil sie deren künstlichen Charme, der sie wie ein albernes Kostüm umgab, leicht durchschauen und daher nicht ertragen konnte.

Alain, der seinerseits so erfahren auf diesem Gebiet war, dass er sofort Ellas Gedanken erriet, schenkte ihr ein Lächeln, in dem sowohl seine Bewunderung für einen Menschen lag, der seinem Wesen widerstehen konnte, als auch der Hinweis steckte, dass man nie wissen könne, wie eine Sache ausgeht.

Dann begrüßte er René mit einem so kraftvoll bezwingenden Handschlag, dass sich dieser wie ein schmächtiges Kind vorkam.

»Entschuldige, Mutter, dass ich hier so hereinplatze, aber ich konnte den Termin doch verschieben.« Er sah, dass sie mit dem ersten Gang schon fertig waren. »Ah, gut, dass ihr schon angefangen habt.«

Madame de Violet, die sich, seit ihr Sohn den Raum betreten hatte, in einer Art Erstarrung befand, versuchte, sich zu beruhigen, denn eines stand jetzt fest: Dieser Abend würde nicht so verlaufen, wie sie ihn sich vorgestellt hatte.

Alain zog geräuschvoll seinen Stuhl zurück und setzte sich. »Es stört euch doch nicht, dass ich mich dazusetze?«, fragte er.

»Nein«, sagte Ella, die sich von ihm direkt angesprochen fühlte.

»Da hab ich aber Glück«, erwiderte Alain, »… doppelt Glück, es gibt ja Bouillabaisse à la Vince! Ist das nicht ein Traum?«

»Es ist wirklich der beste Fisch, den ich je gegessen habe«, sagte Ella.

»Oh, das müssen Sie ihm unbedingt selbst sagen. Vincent!«, rief Alain laut. Er hatte nicht bemerkt, dass der Diener bereits hinter ihm stand. »Oh, da bist du ja, was meinst du, wäre irgendwo im Haus noch ein Teller für einen Gestrandeten wie mich aufzutreiben?«

»Aber sicher. Hier ist er«, sagte Vincent. Er stellte den Teller vor Alain hin und drapierte das Besteck dazu.

»Gibt es eigentlich noch etwas anderes zu essen? Ich sehe, es gibt noch extra Besteck, die kleinen Löffel, gut, Dessert, aber das andere?«

»Es gibt noch Fasan«, klärte Vincent ihn auf.

»Wirklich? Herrlich. Passt das denn? Fisch und Vogel?« Er schaute Vincent ernst an. Dann lachte er. »War doch nur ein Spaß. Ich esse alles, was du bringst. Du kannst mir einen Topflappen servieren und ich esse ihn, Hauptsache du hast ihn gekocht.«

»Was darf ich Ihnen zu trinken bringen?«

»Ach, jetzt geht das wieder los. Du! Vince, du! Kaum sind Gäste da …«, wandte sich Alain an die beiden »… tut er so, als kenne er mich nicht, und dabei kennt er mich besser als jeder andere hier im Raum. Also, trinken, ja natürlich. Was trinkt ihr? Weißwein und Campari Orange? Das ist was für den Nachmittag, aber für den Abend? Ich weiß nicht. Ich werd' einen Martini nehmen. Aber lass mal, den hole ich mir selbst.«

Alain stand auf und ging hinüber zur Bar. Niemand sprach ein Wort. René kam es vor, als wäre der Raum von einer Gauklertruppe heimgesucht worden, mit solcher Energie schien dieser Alain ihn zu fluten. Er folgte dieser Vorführung, ohne auch nur auf die Idee zu kommen, etwas zu sagen oder eine Frage zu stellen, denn er fürchtete, dieser Alain könne den Scheinwerfer der Manege zu ihm hinüber in den Zuschauerraum schwenken, ihn mit dem grellen Lichtkegel ausfindig machen und der Gefahr einer Bloßstellung aussetzen. Die Gräfin schien das alles nicht zu interessieren, sie starrte demonstrativ aus dem Fenster wie jemand, der gelangweilt das Ende einer bekannten Darbietung abwartet. Sie hörten einige Flaschen klappern, dann das Glucksen des Martinis und das leise Klirren der Eiswürfel. Alain drehte sich, während er in seinem Glas rührte, zu ihnen um, lehnte sich gegen den Barwagen und sagte: »Gibt es eigentlich einen Anlass für dieses Festmahl? Vincent hatte nur gesagt, du würdest dich freuen, wenn ich zum Essen käme, aber mehr hat er nicht gesagt.«

Ohne sich zu ihrem Sohn umzudrehen, sagte die Gräfin müde: »Wir schließen das Hotel und diese netten jungen Leute sind unsere letzten Gäste.«

Alain hörte auf, in seinem Drink zu rühren. Das feine Klingeln der Eiswürfel setzte aus.

»Ihr schließt das Hotel?«, fragte er überrascht.

»Ja, wundert dich das?«, sagte sie und es klang, als wolle sie ihn damit herausfordern.

Alain stand da und schaute zu ihrem Tisch herüber. Das junge Paar wechselte besorgte Blicke, denn es schien ihnen, als wäre er zu einem jähzornigen Ausbruch fähig. Doch die Eiswürfel schlugen schon wieder zart gegen die Wände des Glases, und er sagte: »Das ist gut. Wird ja auch Zeit. Und Gäste hattet ihr ja schon lange nicht mehr. Also, ich finde es gut.« Er prostete der Tischrunde zu. »Ist ein Grund zum Feiern.« Er kam zu ihnen zurück, beugte sich über den Kopf seiner Mutter und küsste ihr die Stirn. Sie ließ es mit einem kaum merklichen Zucken ihres Mundwinkels geschehen. »Gratuliere«, sagte er noch einmal leise zu ihr. Dann hob er sein Glas erneut und sagte: »Dann lasst uns mal anstoßen!«

Ella und René hoben ebenfalls ihre Gläser und ließen sie sofort wieder sinken, als sie das resolute »Nein« der Gräfin hörten. »Alain, ich hatte eigentlich vor, mit einem Wein anzustoßen.«

»Ah, entschuldige.« Er beugte sich etwas nach vorn, um den Wein, der auf dem Tisch stand, in Augenschein zu nehmen. »Oha, ein edler Tropfen aus dem Keller des Hauses. Das ist natürlich besser. Ich finde zwar, man kann an einem Abend so oft anstoßen, wie man will, aber ich verstehe dich, Mutter. Dann räume ich mal ein wenig auf!«, sagte er, trank seinen Martini in einem Zug aus und setzte sich wieder.

Vincent, der etwas vom Tisch entfernt stand, trat auf Alain zu, um ihm die Suppe zu servieren. »Wenn sie schon zu kalt sein sollte, kann ich sie gern noch einmal aufwärmen. Nur mit dem Fisch geht das leider nicht.«

Alain versicherte ihm, dass es kein Problem sei und er die Suppe auch kalt essen würde. Vincent trug ihm etwas von der Bouillabaisse auf und rückte ihm den Brotkorb näher. »Darf ich den Herrschaften noch etwas nachreichen?«, fragte er Ella und René. Ella sagte, dass sie gern noch ein wenig, nur eine halbe Kelle, von der Suppe essen würde, weil sie so lecker sei, doch René bedankte sich, er müsse ja noch an die anderen Gänge denken. Charlotte hob nur die Hand, was bedeutete, dass sich Vincent entfernen durfte. Er wünschte noch einen guten Appetit und verließ den Tisch.

Alain und Ella, die sich gegenübersaßen, tauchten gleichzeitig ihre Löffel in die Suppe und während sie schon davon kostete, sog er den Duft genüsslich ein, ohne Ella dabei aus den Augen zu lassen. »Ach, herrlich, das riecht doch schon mal gut, oder?«, sagte er und lächelte ihr entgegen. Doch sie nickte nur. Es war ihr unangenehm, von ihm so vertraulich angesprochen zu werden, und es kam ihr vor, als säßen sie zu zweit am Tisch, als wäre dieses Essen ein Rendezvous zwischen zwei Verliebten. Dieser Alain zog die Menschen ohne Rücksicht an sich und schloss andere scheinbar gleichgültig aus. Er machte sich ein Spiel daraus und wartete, bis Ella ihren Löffel wieder in die Suppe tauchte, dann tauchte auch er seinen Löffel ein und sie kosteten gleichzeitig, als gäbe es zwischen ihnen einen inneren Zusammenhang. Ella war verärgert und fasziniert zugleich von der Dreistigkeit dieses selbstgefälligen Menschen. Sie kannte Schauspieler, die so taten, als wären sie einer von diesen Alains. Aber hier, vor ihr, da saß ein Original, das reinste seiner Art – keinen Widerspruch duldend, alles und jeden um sich herum formend und verformend, mit der unwiderstehlichen Gabe der Leichtigkeit und des scheinbaren Feingefühls. René schien von all dem nichts mitzubekommen. Er war froh, dass niemand ihn ansprach.

»Mmmh«, stöhnte Alain, als gäbe es in diesem Moment nur die Suppe, deren Koch und Ella. »Das ist phantastisch. Du bist ein Genie«, rief er, sich kurz zu Vincent umblickend, der aber in der Küche den zweiten Gang vorbereitete. Das hielt Alain nicht davon ab, in den Saal – als wäre er voller Gäste – zu rufen: »Ich habe immer gesagt, wenn er doch nur ein Restaurant in Paris hätte.«

»Bist du jetzt fertig?«, fragte die Gräfin müde.

»Fertig?«, fragte Alain. »Womit?«

»Ach so, ich möchte dich natürlich nicht stören«, erwiderte die Gräfin.

»Gut, ich verstehe«, antwortete ihr Sohn. »Ist das eigentlich euer Wagen da draußen?«, wandte er sich an René, den die Frage unvermittelt traf und noch bevor er antworten konnte, fügte Alain hinzu: »Das ist ja ein schöner Oldtimer. Wo habt ihr denn den her?«

»Das ist kein Oldtimer«, antwortete René. »Genau genommen ist es ein Neuwagen. Ein Wartburg.«

»Ein Neuwagen?«

»Ja, aus der DDR«, sagte René.

»Ach, ihr seid Ostdeutsche! Ich habe mich schon gefragt, was das für ein Dialekt ist, den ihr da sprecht, das heißt bei Ihnen …«, er deutete mit dem Löffel auf Ella, »… hört man das gar nicht. Aber dafür, dass ihr aus dem Ostblock kommt, sprecht ihr wirklich gut Französisch. Ich dachte, bei euch spricht man die Sprache des großen Bruders?«

»Ja, das stimmt«, erwiderte René »Wir werden hier oft danach gefragt. Es ist ganz einfach. Französisch ist …«

»… unsere Geheimsprache«, unterbrach ihn Ella.

René lächelte ihr zu. »Ja, bei uns zu Hause spricht sonst niemand Französisch. Russisch, da haben Sie recht. Das war Pflicht.«

»Ja, gut. Und was soll ich mir unter dieser Geheimsprache vorstellen?«, fragte Alain. »Klingt erst mal romantisch und nach Spionagegeschichte.«

»Wenn wir Ihnen das verraten, ist es ja wohl nicht mehr geheim, oder?«, erwiderte Ella.

»Das gefällt mir.« Alain schlug mit der flachen Hand auf den Tisch. »Ich verspreche, ich werde niemandem davon erzählen und wenn, dürfen Sie mir danach die Zunge rausschneiden, wie das wohl bei Ihnen üblich war.«

»Also gut, so spannend ist es nicht«, sagte Ella, seine Bemerkung ignorierend. Sie schob ihre Hand flach auf dem Tischtuch unter die Renés, der sie fest ergriff und mit dem Zeigefinger streichelte. Sie tat das, um Alain zu zeigen, dass er bei ihr keine Chance hatte. Deshalb richtete sie sich mit der Geschichte ihrer Französischkenntnisse auch an die Gräfin und würdigte dabei Alain keines Blickes. »Aber es war schon verrückt …«, sagte sie »… als wir auf der Party einer Freundin ins Gespräch kamen, also René und ich, wir kannten uns ja nur vom Sehen, da stellten wir fest, dass wir beide Französisch in der Schule hatten, das war kurios. Niemand hatte Französisch, Deutsch und Russisch und vielleicht noch Englisch, ja, und plötzlich fangen zwei auf einer Party an, sich fließend auf Französisch zu unterhalten. Wir waren wie zwei Außerirdische.«

»Ja, sie hat sich einen Spaß draus gemacht und zu allen nur noch ›Laissez-moi vous présenter René, c'est une personne très modeste, un peu trop timide pour s'adresser lui-même à vous. C'est pour ça que je fais ça‹ gesagt.«, unterbrach sie René. »Das war toll.«

»Kann ich mir vorstellen«, sagte Alain.

»Es war, als wären wir abgetaucht«, fuhr René fort. »Als wären wir unsichtbar. Monatelang hat uns überhaupt niemand verstanden. Wer uns nicht kannte, dachte, wir sind wirklich Franzosen auf Studienreise oder so. Wir haben uns Flaubert, Balzac, Hugo vorgelesen, und die Bücher auf Französisch zu bekommen, war nicht leicht. Ohne Ellas Eltern, die am Gorki-Theater sind, hätte das kaum geklappt. Das Verrückteste war aber, und das muss man ja unter heutigen Gesichtspunkten sehen«, sagte er und lächelte Ella zu, »das war unsere Verabschiedung auf der Party. Ich habe sie auf Französisch gefragt, wann wir uns wiedersehen würden, und sie hat nur geantwortet: ›Peut-être un jour à Paris.‹«

Alain machte ein bewunderndes Gesicht und sagte: »Also ich muss sagen, das ist 'ne schöne Geschichte. Klingt, als hättet ihr sie erfunden.«

»Aber nein, ich schwöre, es ist die Wahrheit«, sagte René.

»Schon gut, ich glaube es ja. Das ist eine süße Geschichte, wirklich süß. Wart ihr denn schon in Paris?«

»Das ist der einzige Haken«, sagte René. »Aber wir werden sicher noch irgendwann hinkommen.«

»Das solltet ihr tun.« Alain überlegte einen Moment, dann sagte er: »Wisst ihr überhaupt, dass ihr die ersten Ostdeutschen seid, die ich kennenlerne?«

Er legte seinen Löffel auf den leeren Teller. »Das war ausgezeichnet!«, sagte er und diesmal schien es nur für sich zu sagen, so, als meine er es ernst. »Da fällt mir etwas ein, das mich schon länger interessiert. Wo wir hier schon mal zwei Leute vom Fach sitzen haben, ich frage mich, ob das bei euch wirklich eine Diktatur war oder nicht. Hier sagen alle, also nicht hier, sondern in Paris, es wäre eine gewesen.«

»Ja«, platzte Ella heraus und beinahe im selben Moment René: »Nein.«

Alain schlug seine Hände laut zusammen. »Das ist ja interessant«, rief er freudig. »Das Liebespaar in einer solch wichtigen Frage nicht einer Meinung. Gut, wollen wir der Mademoiselle den Vorrang lassen?«, fragte Alain René mit einem Lächeln. »Ich weiß schon, was sie sagt, aber bitte!«, erwiderte er und griff nach Ellas Hand, um sie zu streicheln. Doch Ella zog sie mit einem Lächeln aus der Renés heraus und sagte: »Wie kann etwas, das sich ›Diktatur des Proletariats‹ nennt, keine Diktatur sein? Fertig.«

»Das nenne ich mal eine Vorlage«, sagte Alain. »Bin gespannt, ob sich Ihr Freund von dem Kinnhaken erholen wird.«

René sagte: »Ach, wir haben das schon oft diskutiert, und es gibt da keinen Sieger.«

»Das denke ich aber schon«, fuhr ihm Ella dazwischen.

»Weil die Sache eben komplexer ist, als es ein Schlachtruf je sein kann«, fuhr René fort. »Sehen wir es mal von der Seite. Wer waren denn die Diktatoren? Haben sie sich auf Kosten des Volkes bereichert? Waren sie reich, während das Volk in Armut lebte? Tut mir leid, aber so wenig ich diese Parteifunktionäre mochte, ich hatte beinahe Mitleid mit ihnen, als man nach der Wende mit Kameras und Fotoapparaten in ihre Häuser eingefallen ist und jeder sehen konnte, wie die gelebt haben. Das waren keine Paläste, das waren keine Schlösser, das waren ja nicht einmal Villen, nein, die lebten in Einfamilienhäusern, wie Hunderttausend andere auch.«

»Sie reden von der DDR?«, fragte Alain.

»Ja, sicher. Ella war dabei, ich bin mitten in der Sendung aufgesprungen, weil ich es nicht glauben konnte – in dem Wohnzimmer eines dieser Diktatoren stand die Schrankwand meiner Eltern. Tut mir leid, aber Diktatoren, die ihr Fach verstehen, sehen anders aus. Wenn das Diktatoren waren, dann haben die aber auch alles falsch gemacht. Ich sage dazu: Eine Schande für Diktatoren.«

»Nicht schlecht«, sagte Alain. »Also ich muss sagen, es steht eins zu eins. Ich hätte nicht gedacht, dass es eng werden könnte. Sind Sie fertig, junger Mann? Darf ich das Wort ihrer bezaubernden Frau erteilen?«

»Wir sind nicht verheiratet, aber Sie dürfen!«, erwiderte René, dem diese Anspielung unverschämt vorkam, wo doch jeder normale Mensch sehen müsste, dass sie zu jung und wohl auch zu verliebt waren, um verheiratet zu sein.

»Gut«, sagte Ella aufgeregt. »Ich würde noch ein Argument bringen und dann gern das Thema wechseln, ich weiß nämlich nicht, ob wir Sie damit langweilen«, wandte sie sich an die Gräfin, die ihr vollkommen abwesend schien.

»Nein, ganz und gar nicht. Ich finde das sehr interessant«, erwiderte diese und jeder am Tisch ahnte, dass das nicht stimmte.

»Also gut, nur noch ein Argument«, sagte Ella. »Ein antiimperialistischer Schutzwall, eine Verteidigungsmauer, an der man ausschließlich nach innen, also auf die eigenen Leute schießt. Ende des Plädoyers.«

Alain schlug wieder mit der flachen Hand auf den Tisch, dass die Gläser klirrten. »Das sieht mir nach technischem K. O. aus. Der Gegner taumelt, wird er sich wieder aufraffen? Wird er die Willenskraft haben, sich einem so überlegenen Gegner zu stellen? Wir werden es sehen, die Zeit wird knapp und Gong«, Alain schlug mit dem Löffel gegen das noch leere Weinglas. »Letzte Runde!«, rief er.

»Also gut«, sagte René, ohne zu wissen, was er darauf erwidern sollte. Nach einigem Zögern fuhr er fort: »Eine kleine Geschichte. Ich arbeite, das heißt, ich habe bis vor Kurzem in der Stadtbibliothek gearbeitet, von August 89 bis vor zwei Wochen, und ich bin froh, dass es vorbei ist. Es war keine schlechte Arbeit, es war genau das, was ich nach der Armee brauchte – die Ordnung, die Ruhe. Ich habe viel gelesen. Es war eine tolle Zeit. Die Mitarbeiter mochten mich, es war, wie ich es von den Betriebsfeiern meines Vaters her kannte, wie eine große Familie, ständig hatte irgendwer Geburtstag, dann traf man sich im Kaffeeraum und fiel sich um den Hals, jeder drückte jeden und dann wurde gefeiert, auf dem betriebseigenen Grundstück am See, mit Girlanden, Musik, alle brachten etwas mit, die Frauen schnitten den Kindern auf der Wiese die Haare, die Männer und die Jungs schossen mit Luftgewehren auf Zielscheiben an den Bäumen, es wurde nackt gebadet, es wurde getrunken und getanzt, und es wurde wirklich viel gelacht, ich weiß nicht, wie ich das beschreiben soll, ich hatte das Gefühl, alle mochten sich, ich hatte damals und noch vor ein paar Monaten den Eindruck, diese Menschen seien, ich weiß nicht, unzertrennlich, als wäre einer für den anderen da. Und dann kam die Wende. Alles veränderte sich. Und das nur aufgrund einer einzigen Tatsache: Es sollte eine Stelle gestrichen werden, eine Stelle, mehr nicht. Ich konnte es kaum glauben, aber von da an war es wie in einem Raubtierkäfig. Der Kapitalismus hat in diesen Menschen etwas ausgelöst, eine Angst, die sie vorher nicht kannten, ja, ich glaube, er hat etwas Tierisches in ihnen geweckt. Und das nur durch einen einzigen Umstand, durch eine einzige Angst, die Existenzangst. Eine Angst, die ihnen ausgerottet schien wie die Pest oder die Tuberkulose. Innerhalb weniger Monate hatte sie sich in unserem Land wieder ausgebreitet und ich denke, sie hat jedes Kollektiv infiziert. Sie fällt über alle her, niemand kann sich davor schützen. Es tut weh, das zu sehen.«

»Du willst also damit sagen«, fuhr ihm Ella dazwischen. »dass die Menschen früher glücklich waren und es jetzt nicht mehr sind?

Du tust ja so, als hätten sie überhaupt keine Probleme gehabt, als sei das eine heile Welt gewesen. Da hast du sie aber schlecht gekannt, die Menschen.«

»Ja, natürlich hatten sie auch Probleme, die gleichen Probleme, wie jeder andere auf der ganzen Welt, aber sie hatten eben dieses eine Problem nicht, dieses, wie ich finde, entscheidende. Und Menschen, denen diese Art der existenziellen Angst nicht bekannt ist, müssen anders, müssen glücklicher sein, das ist eine ganz einfache Rechnung.«

»Das ist mir ein bisschen zu einfach«, widersprach Ella. »Mag sein, dass ihnen diese Angst fehlte, dafür waren sie eingesperrt und wurden vom Staat bespitzelt, ach und sagen, was sie wollten, durften sie auch nicht. Und das sind Probleme ...«, Ella pochte zwei Mal mit dem Zeigefinger auf den Tisch »... die hier zum Beispiel niemand kennt, oder werden Sie bespitzelt ...«, sie deutete auf Alain »... und können nicht reisen, wohin Sie wollen?« Alain, der schon applaudieren wollte, wurde von ihr unterbrochen. »Ich kann noch eine kurze Geschichte erzählen ...«

»Nur zu«, sagte Alain.

»Aber sie ist etwas lustig.«

»Umso besser.«

»Wir waren einmal mit unserem Lada in den Urlaub an die Ostsee unterwegs, da machte mein Vater mitten auf der Landstraße eine Vollbremsung und zeigte auf das Tacho, heißt das eigentlich ›das‹ Tacho oder ›den‹ Tacho? Ach, ist auch egal, er zeigte auf das Tacho und sagte: ›Schaut mal, 42.000 Kilometer‹, die genaue Zahl weiß ich nicht mehr, ›42.000 Kilometer‹, sagte er, ›jetzt sind wir einmal um die Erde gefahren‹. Ja, Sie lachen, aber das ist nichts zum Lachen. Das ist vollkommen absurd, wir durften früher ja nicht mal unsere

Westverwandten besuchen und mein Vater sagt, wir wären jetzt einmal rum?«

Alain rief: »Wunderbar! Ganz wunderbar.« Er wandte sich an René und fragte: »Sind Sie fertig, junger Mann, oder wollen Sie noch etwas hinzufügen?« Ohne Renés Antwort abzuwarten, fuhr er fort: »Dann würde ich jetzt die Jury bitten, sich zur Beratung zurückzuziehen. Mutter, möchtest du eine Stimme abgeben?«

Es sah nicht so aus, als hätte die Gräfin großes Interesse an einer Abstimmung; im Gegenteil, sie wirkte ungehalten, drehte den Kopf etwas von Alain weg, wollte nach draußen schauen, aber es war schon so finster, dass sie nur ihr eigenes verärgertes Gesicht in der Scheibe sah.

»Nun los, Mutter, dein Votum!«, beharrte Alain.

Sie lehnte sich auf ihrem Stuhl zurück, schaute ihren Sohn müde an und sagte: »Ich denke, ich bin als Geschworene nicht geeignet, aber wenn du unbedingt eine Antwort möchtest, ich bin für den jungen Herren. Seine Beweisführung scheint mir nicht unbedingt fundierter zu sein, aber sie ist wenigstens ungewöhnlich.«

»Ach, das überrascht mich jetzt aber, alles hätte ich erwartet, aber meine Mutter eine Kommunistin? Also, da ich meine Stimme der unschlagbaren Macht von Argumenten geben muss, die keine Erläuterung nötig haben, die sozusagen wie ein einziger Hammer daherkommen, steht es leider unentschieden. Aber eines muss ich noch anmerken, Mademoiselle, Sie haben gesagt, man durfte nicht sagen, was man denkt. Das ist sicher scheußlich, hier bei uns können Sie alles sagen, aber es interessiert niemanden. Ich weiß eigentlich nicht, was schlimmer ist.«

Der Diener räumte den Tisch und servierte den Fasan, begleitet von Alains euphorischen Ankündigungen, Ella und René würden gleich den besten Vogel ihres Lebens essen. Als die vier Teller mit den sorgsam tranchierten Stückchen Fasanenbrust und je einer kleinen Rosmarinkartoffel, einem Kohlröschen und einer beinahe goldenen Soße duftend auf dem Tisch standen, sagte Alain: »Herrlich! Wie sieht es mit einem Toast aus? Mutter? Den Wein hast du ja sicher zum Wild gedacht, oder?«

Die Gräfin überlegte. Natürlich konnte man zu einem Fasan keinen Rotwein servieren, er würde zum letzten Gericht geöffnet, von Vincent dekantiert und als die letzte und älteste Flasche Wein des Hauses getrunken werden. Aber war das überhaupt noch möglich? Bei dem Gedanken daran wurde ihr schlecht. ›Das geht nicht, nicht jetzt, nicht so‹, dachte sie und sagte, um wenigstens etwas Zeit zu gewinnen, in strengem Ton, der keinen Zweifel zuließ: »Wir werden den Wein natürlich zum Wild trinken.«

»Gut, wie immer hast du recht, Mutter, ein Chablis passt sowieso besser als ein schwerer Bordeaux, der zerdrückt ja den armen Vogel«, sagte Alain und fügte etwas lauter und beschwingt hinzu: »Aber das geht ja nur, wenn wir auch etwas in den Gläsern haben.« Jetzt rief er nach hinten in den Saal: »Vincent, kannst du uns noch etwas von dem Chablis bringen, bitte!«

Kurz darauf kam Vincent, schenkte ihnen den Wein ein und die vier stießen an und tranken. Nachdem sie ihre Gläser abgestellt hatten, sagte Ella: »Danke noch einmal für die Einladung. Das sieht wirklich alles sehr lecker aus.«

»Na, dann wollen wir mal!«, rief Alain und legte dabei seine Serviette auf den Schoß.

Ella und René kosteten zuerst von den drei schräg aufeinandergelegten, rosa Fasanenbruststreifen, deren Haut braun gebrannt und karamellisiert war. Ella versuchte zu erraten, wonach die goldene

Soße schmeckte. Sie stellte sich vor, dass man wohl im Orient so kochte. Kardamom, das Wort fiel ihr ein, wobei sie keine Ahnung hatte, wonach Kardamom eigentlich schmeckte. Sie kannte nur das Wort. Dabei fiel ihr auf, dass sie nicht einmal genau wusste, was der Orient eigentlich war, wo er anfing und wo er aufhörte.

»Das heißt, Sie sind wirklich zum ersten Mal in Westeuropa?«, fragte Alain an Ella gewandt.

»Nein, in Westdeutschland waren wir schon. Haben seine Tante besucht«, sagte Ella.

»Und wie hat es Ihnen gefallen?«

»Soll ich oder willst du?«, fragte Ella René.

»Ja, also, das war ein paar Wochen, nachdem die Grenze offen war«, sagte René. »Da sind wir zu meiner Tante Irmgard über die Grenze gefahren, und das war wirklich grauenvoll, ich kann es gar nicht beschreiben, wir kamen zurück in unsere alte, verfallene Stadt und waren froh, dass wir nicht da drüben leben mussten.«

»Was?«, fragte Alain. »Was war denn so grauenvoll?«

»Es ist schwer zu sagen, es war so …«

»Es war so sauber«, vollendete Ella den Satz »Es war so schrecklich sauber. Ich kam mir vor, als müsste ich vor dem Boulevard die Schuhe ausziehen.«

René lachte auf.

»Ja, es war irgendwie unecht, steril, ganz anders als bei uns. Ich fand es hübsch. Aber Ella hat es gar nicht gefallen.«

»Es fehlte der Schmutz«, fügte sie hinzu.

»Das ist interessant«, sagte Alain. »Auch wenn ich es noch nicht ganz verstehe.«

»Die Leute haben irgendwie Angst vorm Schmutz, Angst vor Staub«, sagte Ella.

»Ja, das stimmt«, unterbrach sie René. »Unsere Westverwandten, die haben einen weißen Teppich, schlohweiß. Wer holt sich denn einen weißen Teppich? Da kauft man doch die Angst und die Vorsicht gleich mit.«

»Und ich mit meinen schwarzen Strümpfen«, sagte Ella. »Seine Tante musste gleich die Wohnung saugen.«

Die beiden lachten.

»Also, wir mögen das Benutzte, von mir aus auch das Morbide, das Verfallene«, fasste Ella zusammen.

»Ja, du hast recht«, sagte René. »Der Schmutz wird uns fehlen. Ich denke, wir werden ihn verlieren an den Kapitalismus.«

»Das wird nicht das Einzige sein«, fügte Alain hinzu. »Aber wenn ihr das Verfallene so sehr liebt, dann seid ihr ja hier genau richtig.« Er lachte.

»Ja, es ist hier wirklich wie in einem Traum«, sagte Ella.

»Hörst du, Mutter? Zufriedener können Gäste kaum sein.«

Die Gräfin verzog keine Miene. Sie folgte dem Gespräch nur noch an der Oberfläche. Ihr war der Appetit vergangen. Sie hatte sich vollkommen in sich selbst zurückgezogen und den Abend aufgegeben, sah ihn in allgemeinem Geschwätz untergehen, und sie fühlte, wie erbärmlich dieses Haus zugrunde ging. ›Gnade?‹, dachte sie. ›Ich habe sie wohl nicht verdient. Ich soll nicht zur Ruhe kommen. Die Tore schließen sich ohne eine Andacht oder eben mit ihr, aber was ist eine gestörte und besudelte Andacht? Nichts, absolut nichts. Dann doch lieber keine und sich still zurückziehen, das Ende stumm in meiner Kammer suchen. Wie erbärmlich ist das. Keine Größe, kein Anstand, Geschwätz, nur Geschwätz.‹ Sie schaute ihren Sohn an, wie er dasaß, wie er einen Bissen nach dem anderen hinunterschlang und wie er mit den jungen Leuten sprach, als würden sie ihn etwas angehen.

»Also ihr seid lustig, ihr beiden«, sagte Alain mit einem unruhigen Blick auf seine Mutter. Er hatte bemerkt, dass sie ihn beobachtete, dass sie nicht mehr an einem Gespräch interessiert war und dass er wahrscheinlich zu weit gegangen war.

»Trotzdem liegt die Sache anders«, fuhr er an die beiden gewandt fort. »Der Kapitalismus ist ein hungriges Tier und jetzt, wo eure Mauer weg ist, wird er sich bei euch erst mal richtig satt fressen. Ich denke, das wird ihn für eine Weile beschäftigen. Da hat er erst mal zu tun. Wenn ihr eine ordentliche Währung habt, dann geht es richtig los. Es werden jetzt schon Häuser angeboten, und ehrlich gesagt, ich spiele auch schon mit dem Gedanken. Und wenn man es genau sieht, ist es doch so: Was wird denn aus euren Häusern, wenn man sie nicht saniert? So ein Haus kann nicht ewig romantisch sein, denn nach der Romantik kommt der Abriss. Und soweit ich das verfolge, gibt es bei euch kaum jemanden, der das nötige Geld hat, diese Häuser zu retten. Also wird folgendes passieren: Der Staat muss sie verkaufen und da es alles Ruinen sind, wird er nicht viel daran verdienen, aber er ist die Kosten los. Also kommt ein Käufer, und es wird einer von uns sein, der investiert und hofft, dass die Immobilie danach voll vermietet wird.«

Für Ella bestätigte sich nur, was sie von Anfang an wusste: Sie mochte diesen Alain nicht, sie mochte nicht, was er sagte und sie mochte die Art nicht, wie er es sagte. Sie mochte seine Kleidung nicht und schon gar nicht das kurzärmlige rosa Polohemd mit einem winzigen blau gestickten Pferd und Reiter auf der Brust und den zwei kleinen Knöpfen unter dem Adamsapfel, die geöffnet waren. Sie war sich sicher, dass er diese Hemden in allen möglichen und unmöglichen Farben besaß. Er war einer dieser glatten Menschen, die sie skeptisch betrachtete und die es in ihrem gescheiterten Land nicht gab, gar nicht geben konnte, da es Begriffe wie Reichtum oder Luxus nicht gab, geschweige denn solche Hemden in allen Regenbogenfarben. Sie mochte seine Sauberkeit nicht, das war ihr schon während der Begrüßung aufgefallen, dass er sauber war wie die Wohnung von Renés Westverwandten. Jetzt, wo sie sein Profil in aller Ruhe betrachten konnte, verstärkte sich ihr Eindruck, dass er wohl ein Mensch war, der sich eine halbe Stunde mit der eigenen Toilette beschäftigen konnte und das wahrscheinlich sogar, aus irgendeinem Zwang heraus, musste. Seine schwarzen, seidig glänzenden Haare waren so präzise über Ohr und Kragen geschnitten, dass nicht ein einziges Härchen überstand oder zu kurz geraten war. Die schmalen, gezupften Brauen zogen sich über seinen dunklen, das Kerzenlicht widerspiegelnden Augen regelmäßig zusammen, wenn er seinen vermeintlich unwiderstehlichen Blick auf sie warf. Er war so glatt im Gesicht und Nacken rasiert, dass sie denken konnte, er hätte überhaupt noch keinen Bart. Seine Hände lagen locker auf dem Tisch übereinandergeschlagen und sahen aus, als hätte er sie noch nie zu irgendetwas benutzt. Seine feingliedrigen Finger, die samtige Haut, die rosigen Nägel, deren weiße Ränder in feine Rundungen verliefen, erinnerten Ella an ein Neugeborenes. Alles an diesem Alain schien ihr übertrieben frisch und gepflegt. Aber, und das musste sie sich eingestehen, er war schön, ein schöner Mensch, auch wenn sie eben nicht auf diese Art Männer stand, die sich putzten und zurechtmachten. Dieser Alain war nicht ihr Typ, er zog sie in körperlichem Sinne nicht an, aber sie spürte, dass er von Frauen begehrt wurde, dass er ein Mann war, der es gewohnt ist, von Frauen umringt und beobachtet zu werden, und es war ihr, als strömte dieses auf ihn gerichtete Begehren von ihm zurück und aus ihm heraus. Die betörte, flirrende Aura aus verlangenden Blicken fremder Frauen, die täglich dutzendfach auf sein Gesicht, die starken Schultern, seinen kräftigen und zugleich zarten Körper gerichtet waren, strahlten von ihm zurück wie ein permanenter Duft weiblicher Begierde, verstärkt und durch den Raum transportiert durch ein beinahe bewusstlos machendes Parfüm, das nach Weihrauch und Moschus roch. Sie dachte: ›Wenn man diesen Menschen einmal in Unordnung bringen, ihn durch den Schlamm ziehen würde, wäre vielleicht etwas mit ihm anzufangen.‹ Sie war sich sicher, dass seine äußere Ordnung der inneren entsprach, dass er ein penibler, unbeweglicher und egozentrischer Mensch sei und zu all dem auch noch langweilig.

»Ja«, sagte Ella beinahe wütend und ohne zu wissen, wo sich das Gespräch gerade befand: »Dann werden Sie wohl aus unserem Städtchen auch eine saubere, sterile Welt machen, oder?«

Alain und René schauten sich kurz verwundert an, dann sagte Alain zu Ella: »Entschuldigung, es klang fast, als würden Sie mich und nicht dieses System meinen?«

»Ach, ich habe nur geahnt, wohin das Ganze geht.«

»Das ist gut, dass Sie es ahnen. Das ist sogar sehr gut. Vielleicht sollten Sie es selbst kaufen, ihr Haus, und es gründlich, nach ihrem Geschmack, verfallen lassen.«

Alle schwiegen. Ella und René schauten auf ihre leeren Teller.

»So, ich denke, es ist Zeit für das Wild und den Wein, was meinst du, Mutter?«

»Was soll damit sein?«, antwortete sie ruhig.

Alain ahnte, dass sie ihm jetzt die Meinung sagen würde, und er würde nicht versuchen, sie davon abzuhalten. Er wusste, wenn sie so leise wurde, dass einer ihrer Wutausbrüche bevorstand, und er hatte recht damit.

Das Ende

Charlotte schaute ihren Sohn streng an. Sie holte tief Luft, als würde sie gleich in eine Posaune blasen.

»Meinst du, ich könnte jetzt diesen Wein trinken? Meinst du, das könnte ich? Es sollte lediglich ein einigermaßen erträglicher Abschied sein. Denkst du, das ist ein einigermaßen erträglicher Abschied?«

»Mutter, jetzt werde nicht melodramatisch. Ihr schließt das Hotel, du tust ja so, als müsstet ihr das Haus aufgeben.«

»Das Haus? Aufgeben? Das liegt nicht mehr in meiner Hand. Schon lange nicht mehr.«

»Was soll das heißen?«

»Es soll heißen, dass das Haus der Bank gehört, dass die Bank unser Haus gefressen hat, wie du so schön sagst und uns bald ausspucken wird. Das soll es heißen.«

»Was?«

»Ja, da hörst du zu. Das hörst du. Aber sonst hörst du nichts.«

»Warte, was gehört der Bank?«

»Bist du jetzt wirklich überrascht? Na Hypotheken, du solltest wissen, was das ist.«

»Worauf hast du eine Hypothek aufgenommen?«

»Eine?«, lachte Charlotte. »Eine? Was denkst du denn, wie es um uns steht?« Sie schob ihren leeren Teller etwas von sich weg und sagte kraftlos: »Alain, wo lebst du?«

Eine kurze Stille entstand. Ella und René trauten sich kaum, zu atmen.

»Wann hast du sie aufgenommen?«, fragte Alain.

Charlotte schwieg.

»Wann hast du die Hypothek aufgenommen?«

Ihre Stimme klang jetzt schwach, als hätte sie alle Kraft für diesen Fanfarenstoß aufgebraucht. »Die erste schon vor zwanzig Jahren auf einen Teil der Berge, die zweite auf den Rest und die dritte vor fünf Jahren auf das Haus.«

»Auf das Haus?«

»Ja, auf das Haus. Wir mussten das Dach machen, und du siehst ja, es ist nicht einmal fertig geworden.«

»Nein.«

Als müsse sie etwas hinunterschlucken, hielt Charlotte kurz inne, wandte sich dann, so als hätte es diese Szene nicht gegeben, mit ruhiger und freundlicher Stimme an das junge Paar und sagte: »Entschuldigen Sie, aber so war das hier nicht gedacht. Es tut mir leid, wenn wir Sie …«

»Was sagt denn dein Robert dazu?«

»Ach, Robert«, zischte Charlotte verächtlich. »Einen Robert gibt's schon lange nicht mehr.«

»Was heißt das? Hast du ihn entlassen?«

»Ob ich ihn, nein, natürlich nicht. Alain, auch einen Verwalter muss man gelegentlich bezahlen. Ich bin ja froh, dass er sich bereit erklärt hat, sich noch um die Abwicklung zu kümmern.«

»Abwicklung. Ach, dieser Hochstapler«, schimpfte Alain.

»Hör doch auf …«, unterbrach sie ihn »… er war nicht das faule Ei, als das du ihn immer bezeichnet hast. Er konnte nicht. Womit will man eine Mauer ausbessern, ein Dach decken, ja ein neues Schild anbringen ohne Geld?«

»So ein Unsinn. Ein Verwalter muss nicht nur wissen, was ist, sondern vor allem, was sein wird. Wenn ich ihn früher gesehen habe, hieß es immer nur: Ja, es geht gut, die Mauer müsste gemacht werden und dies und das, aber immer, es ist alles bestens. ›Die Dinge auf dem Land haben ihr eigenes Tempo.‹ Den Spruch konnte er wahrscheinlich singen. Und er sagt mir nicht, wie es wirklich steht. Nicht einmal mir. Schlagen müsste man ihn.«

»Ja, er war ein guter und loyaler Mensch, der Robert«, sagte Charlotte. »Er hatte Ideen, was man aus dem Land, dem Haus hätte machen können. Aber ich, ich hatte keine Lust mehr. Ich wollte nicht mehr und das schon seit Jahren, eigentlich seit dein Vater uns verlassen hat.«

»Wieso hast du nie etwas gesagt?«

»Ja, und wieso hast du nie gefragt? Du hast geschimpft auf Robert, auf mich, weil ich zu nachsichtig mit ihm wäre, aber selbst mal auf den Gedanken zu kommen, dass wir hier zwar wollen, aber nicht können, so weit hat dein Interesse nicht gereicht. Und außerdem, was hätte es genützt, wenn ich es dir erzählt hätte?«

»Was hätte das genützt?«, wurde Alain laut. »Was hätte das genützt? Ich hätte dir Geld geben können, das hätte es genützt.«

»Ich will kein Geld. Weil es eben mit Geld nicht getan ist.«

Er schaute seine Mutter verständnislos an: »Du wolltest kein Geld von mir? Du wolltest nicht einmal Geld von mir?«

»Nein. Nicht von dir und von sonst jemandem.«

»Aber warum denn nicht?«

»Weil es ist, wie es ist. Weil es aussichtslos ist. Versteh doch, der Name, unser Name ist endgültig gefallen.«

»Gefallen, was meinst du damit?«

»Alain, das fällt mir nicht erst jetzt auf, das weiß ich schon lange, das quält mich eine Ewigkeit. Wir waren dumm, naiv. Wir haben geglaubt, unsere Freunde, zumindest dachte ich, dass es unsere Freunde wären, würden kommen, als hätte sich nichts verändert. Ich habe nicht geahnt, dass – seit dein Vater das Schild an der Einfahrt befestigt hat – wir Verstoßene sein würden. Wir haben uns dieses Hotelschild um den Hals gehängt und uns eigenhändig hinausgetrieben.

Man kann aus einem guten Haus ein Museum machen, aber kein Hotel. Das ist unverzeihlich.«

»Mutter, das ist so lange her, ich kenne die Geschichten, das interessiert niemanden mehr, ob die Violets aus ihrem Schloss ein Hotel gemacht haben.«

»Ja, Alain, ja, weil es uns nicht mehr gibt. Wir sind gestorben, schon vor langer Zeit. Hast du denn nie einen Blick auf diese Hügel geworfen? Es war klar, dass es irgendwann zu Ende geht. Und jetzt, hier, ist es zu Ende.«

»Du hast immer gesagt, du hättest keine Lust mehr«, sagte Alain. »Und ich habe gedacht, gut, sie hat keine Lust mehr. Aber ...« Er sprach nicht zu Ende, und fragte sie mit fester Stimme: »Wie viel hast du noch, wie viel?«

»Ach, Alain, lass das.«

Sie lächelte unsicher Ella entgegen und Ella hatte das Gefühl, sie könnte jeden Moment in Ohnmacht fallen. Doch Alain ließ nicht locker.

»Mutter, wie viel?«

»Das spielt jetzt keine Rolle mehr.«

»Und ob das eine Rolle spielt. Kannst du die Raten zahlen oder nicht? Das ist die einzige Frage.«

Charlotte warf ihren Kopf zur Seite, starrte ihrem Sohn fest ins Auge und sagte: »Viertausend Francs. Und etwas Geld in einem Fonds.«

»Was?«

»Viertausend Francs. Das ist alles, was ich noch habe«, sagte sie und Ella hatte den Verdacht, als bereite es ihr ein bitteres Vergnügen, ihre Geheimnisse mit zwei Fremden zu teilen, als würde sie sich selbst mit einer Brennnessel über den Arm fahren. Alain drehte sich mit einem Ruck vom Tisch weg, als müsse er gleich aufspringen und

151

weglaufen. »Das ist ein Albtraum. Viertausend? Wie kann das sein, dass du … Warum hast du nie etwas gesagt?«

»Du bist nach Paris gegangen.«

»Mutter, da war ich vierzehn, und du weißt, warum.«

»Ja, aber du wolltest nichts von uns wissen.«

»Ach, das ist doch … Wenn wir telefonieren, wenn ich hier bin, frage ich dich, so lange ich denken kann, wie es dir geht und was das Haus macht. Das nennst du also ›nichts wissen wollen‹.«

Ella hatte bei dem Verlauf dieses Gespräches das Gefühl, einem Vogel beim Sterben zuzusehen. Die Pausen, die zwischen den Worten der Gräfin entstanden, wurden größer und waren gefolgt von einem erneuten Aufbäumen, das jederzeit das letzte sein konnte.

»Was ist mit dem Picasso? Verkauf den Picasso.«

»Den hab ich schon vor Jahren verkauft. Außerdem ist das eine Zeichnung, da bekommst du kein Vermögen.«

»Aber er hängt doch noch in deinem Salon.«

»Jetzt ist es eine Leihgabe. Er kostet mich tausend Francs im Monat. Aber er wird diese Woche noch abgeholt.«

»Das ist ein Albtraum. Ein absoluter Albtraum. Wo ist denn das ganze Geld hin, verdammt?«

»Wo das Geld eben so hingeht. In den Stall, der wäre beinahe zusammengebrochen, der Pool, was allein so ein Pool verschlingt, du machst dir keine Vorstellung, das Dach vom Weinlager, die Heizung, die Bäder … So ein riesiges Haus frisst sich irgendwann selbst auf. Ich verstehe nicht, warum du das nicht weißt. Verdienst du nicht mit genau diesem Elend dein Geld?«

»So ein Unsinn. Du verstehst ja überhaupt nicht, was ich tue. Das sind Häuser in Paris, die sind saniert, und selbst wenn nicht, die bekommt man immer los.«

Als Charlotte nicht reagierte, fragte Alain leise: »Und was habt ihr jetzt vor?«

»Ich weiß es nicht.«

Nach einer weiteren Schweigeminute hob Alain die Hand vorsichtig vom Tisch und senkte sie wieder herab. »Gut«, sagte er. »Mach dir keine Sorgen, ich regele das. Ich muss mir auf jeden Fall die Bücher anschauen.«

»Du verstehst mich nicht. Ich möchte nicht, dass du irgendetwas regelst. Es ist zu Ende. Und ich möchte jetzt nicht mehr darüber reden.«

»Das mag sein. Du ziehst erst mal zu mir. Du kannst am de Vosges wohnen. Ich bin eh meistens im anderen Appartement.«

»Alain, ich gehe nicht nach Paris. Was soll ich da?«

»Mutter, warum denn nicht? Wo willst du denn sonst hin?«

»Ich weiß nicht, vielleicht nehme ich mir ein Zimmer in Bordeaux.«

»Was? Ein Zimmer? In Bordeaux? Bist du verrückt? Ein Zimmer in Bordeaux?«

Alain drehte sich zu Vincent um, der reglos in seiner Ecke stand. »Vincent, jetzt sag du etwas, einmal, ein einziges Mal, sag etwas!«

Und Vincent sagte: »Sie will es so.«

»Sie will es so, na klar, sie will es so. Sind denn hier alle verrückt? Sie will es so? Wer bist du? Bist du kein Mensch, oder was?«

»Sie sollten Ihre Mutter kennen«, erwiderte Vincent kühl.

»Und wovon willst du leben?«, fragte Alain seine Mutter. »Du scheinst keine Ahnung zu haben, wie es da draußen zugeht. Du kennst nur deine kleine Welt hier, die nichts mit dem zu tun hat, wie es wirklich ist. Und der Adel, wie du ihn kennst, Mutter, der ist tot, mausetot.«

»Ich bin ja wohl die Erste, die das sieht. Weißt du, wie das ist, wenn aus Freunden plötzlich Gäste werden?«

»Mutter, mir musst du darüber nichts erzählen. Ich weiß, dass du die Gäste immer gehasst hast. Aber wenn man eben in der Vergangenheit lebt, so wie du ... Der Adel kann wieder von Bedeutung sein. Und, Mutter, er ist schon von Bedeutung. Ich kenne einige Familien, du kennst sie auch, die haben sich bis ganz hinaufgebracht. Und damit meine ich nicht die Politik, ich meine ...«

»Es ist eine Sanduhr«, sagte die Gräfin leise. Alain schaute sie verstört an, suchte in ihrem Gesicht, als ginge es ihr nicht gut, einen klaren Gedanken. »Es war, wie eine Sanduhr. Der Sand hat genau gereicht, genau bis hierher. Und wenn das letzte Körnchen fällt, ist es eben vorbei.«

»Mutter, jetzt hör mir bitte mal zu. Nichts muss vorbei sein. Das Hotel schließen, sicher. Eine gute Entscheidung. Aber das Haus retten, das musst du versuchen.«

»Alain«, Charlotte lachte bitter »schau, es ist sogar die letzte Flasche.«

»Seid ihr verrückt? Ihr seid zwei Verrückte.« Alain sprang auf und wurde wieder laut. »Also, ich gehe jetzt auf mein Zimmer und morgen regeln wir das, morgen nehme ich die Sache in die Hand und dann ist Schluss mit diesem Unsinn hier. Du wirst mir die Bücher zeigen und dann kläre ich das.«

»Das ist doch sinnlos, außerdem hat Robert die Bücher.«

»Umso besser, dann hole ich sie mir bei ihm ab, und ich werde das klären, Mutter, ob du willst oder nicht. Gute Nacht!«

Eine gespenstische Stille beherrschte die Gesellschaft als Alain den Saal verlassen hatte. Als hätte jemand den Film gestoppt, angehalten mitten in der Szene, blieb nun ein einziges Bild im Raum zurück. Die Gräfin starrte abwesend auf das Tischtuch vor ihr, Ella und René saßen stumm da und rührten sich nicht, den Blick auf ihre leeren Teller gerichtet und Vincent stand wie eine Skulptur neben der Tür zur Küche.

Eine erste zaghafte Bewegung ging von Charlottes Hand aus. Sie griff den Hals der Flasche, drehte das Etikett zu sich und betrachtete es.

»Die Würde des Menschen ist unantastbar«, sagte sie. »Aber es gibt keine Würde.«

›Was für eine Vorstellung‹, dachte Ella und René hoffte, sie würden bald auf ihr Zimmer entlassen werden. Die Gräfin fasste sich und sagte leise: »Es tut mir leid.«

»Das muss Ihnen nicht leidtun«, sagte Ella, die sich ein wenig nach vorn gebeugt hatte. »Nicht wegen uns.« René war froh, dass sie in der Lage war, irgendetwas zu erwidern. Ihm war so unwohl zumute, dass er am liebsten geflohen wäre, und das schon vor einer Stunde. Alle schwiegen noch einen für René unendlich langen Moment, dann richtete sich die Gräfin auf und sagte müde: »Gut. Ich werde mich jetzt zurückziehen. Sie können gern noch sitzen bleiben. Vincent kann Ihnen noch etwas zu essen bringen, wenn Sie möchten.« Sie schob ihren Stuhl zurück und stand auf. »Ich danke Ihnen trotzdem, dass Sie gekommen sind. Gute Nacht.«

Das junge Paar beobachtete, wie Madame de Violet den Saal verließ, wobei Ella befürchtete, sie könne jeden Moment tot hinfallen. Die Pendeltüren schlugen wie die Schwingen eines sanften Adlers und dämpften in immer kürzer werdenden Schlägen das unregelmäßige, sich allmählich entfernende Klappern der Absätze ihrer Schuhe draußen in der Vorhalle.

»Puh«, sagte René. Er schien tatsächlich jetzt erst auszuatmen, als hätte er den halben Abend die Luft angehalten. Er schaute Ella ratlos an: »Das war …«

»Ja, das war eine Vorstellung. Im Theater würde ich jetzt aufspringen und ›Bravo!‹ rufen.«

»Warum hat sie uns nicht weggeschickt?«

»Weil sie wollte, dass wir dableiben.«

»Das verstehe ich nicht«, sagte René.

»Ich schon«, antwortete Ella.

Es geht nicht

Kaum hatte Charlotte den Speisesaal verlassen, wurden ihre Schritte schneller, die Stufen der Wendeltreppe ins Dachgeschoss rannte sie beinahe nach oben. Nur weg, weg. Sie betrat ihr Zimmer, schloss die Tür hinter sich und lehnte sich dagegen. Sie war so wütend, dass sie mit dem Ballen der Faust mehrmals gegen ihr Bein schlug. »Wieso kann er sich nicht benehmen? Wieso nicht, wieso?«, stieß sie hervor.

Einen Moment stand sie reglos da und ein Gedanke kam ihr in den Sinn, wie eine Wahrheit, so klar und unmissverständlich, dass Charlotte beinahe lachen musste über die Tatsache, dass es ihr im Augenblick unmöglich war, sich das Leben zu nehmen. ›Nein, mit einem so albernen Ärger geht das nicht‹, dachte sie.

Sie stand da und fühlte voll Erstaunen in sich hinein, sie prüfte, ob dieser Gedanke tatsächlich mit ihren Empfindungen übereinstimmte. Ja, es war ihr zwar unbegreiflich, aber die Sache war nicht zu machen. Charlotte lief hinüber zum Sofa und setzte sich, als ob

vielleicht eine Ortsveränderung sie in ihre ursprüngliche Lage zu-
rückversetzen konnte, so wie man aus einer Duftwolke heraustreten
und an die frische und normale Luft gelangen kann. Aber es nützte
nichts, diese Wahrheit hatte sich in ihr festgesetzt und würde mit ihr
wandern, wohin sie auch ging. Das Fenster stand offen, sie hörte die
Stimmen der Nacht und wusste, dass sie ebenso real waren wie die
Erkenntnis, dass es nicht ging, dass es unmöglich war.

Es klopfte leise an der Tür.

»Madame?«

Es war Vincent.

»Ich kann jetzt nicht«, rief sie streng.

Vincent erwiderte nichts, doch die Gräfin spürte, dass er noch
vor der Tür im Flur stand und auf irgendetwas wartete.

»Hörst du nicht, ich kann jetzt nicht!«

Charlotte lauschte und hörte, wie er fortging. Doch kaum war er
gegangen, fiel ihr das Couvert mit den Zeilen an ihn ein, das unten
auf dem Schreibtisch ihres Salons lag, ganz abgesehen von dem Testament und dem Brief an Alain. In ihr stieg eine heiße Panik auf,
Vincent könne, was er normalerweise nicht tat, gleich morgen früh,
oder schlimmer noch heute Nacht im Salon nach dem Rechten sehen und die Nachricht finden.

Sofort verließ sie das Zimmer und während sie die Treppe ins
Erdgeschoss hinunterlief, fragte sie sich noch einmal: ›Geht es tatsächlich nicht?‹ Und die Antwort machte sie nur noch wütender, da
sie jetzt sicher wusste, dass ihr fester unumkehrbarer Entschluss mit
einem Mal unmöglich geworden war. Sie drückte die Tür zum Salon
auf, schaltete das Licht ein und ging zu ihrem Schreibtisch.

Sie war in das Zimmer, in das sie nie wieder einen Schritt setzen
wollte, so selbstverständlich hineingelaufen, als wäre sie jemand, der

heute das sagt und morgen genau das Gegenteil tut. Sie war doch nicht einer von den Menschen, die sie verachtete, die sich von den geringsten Umständen hin und her werfen ließen. Sie stand vor ihrem Schreibtisch, dachte noch einmal nach, ein letzter schwacher Versuch, vielleicht doch noch einen Weg zu finden, aber es ging nicht.

Sie spürte, wie die Fäden ihres Lebens – gestern noch geordnet und in ein finales Ereignis mündend, in diesen einen Abend – jetzt, da ihr geträumter Abschied von ihrem Leben abgeschnitten war wie das Ende eines Zopfes, spürte sie, wie sich alle Stränge ihres Daseins öffneten und wild auseinanderfielen. Was nun übrig blieb, war Chaos.

Sie nahm das Testament, den Umschlag für Vincent, griff den Brief an Alain, wobei sie ihn etwas zerknickte, zog eine Schublade auf und legte alles hinein. Sie schob das Schubfach zu und schloss es ab. Den Schlüssel versteckte sie in einer kleinen Schatulle auf dem Sekretär. Dann stand sie einfach nur da, als wäre die Spannfeder, die sie die letzten Wochen, Monate und Jahre jeden Morgen aufstehen ließ, abgelaufen.

War sie noch vor drei Stunden entschlossen, sicher und bewusst den letzten Schritt zu gehen, stand sie jetzt vor ihrem schier unübersehbaren Gewirr von Gefühlen. Hatte sie noch vor dem Dîner eine einzige, dünne und vollkommen einsehbare Aussicht vor sich gehabt, in einer Klarheit, die sie ihr ganzes Leben nicht empfunden hatte, war da jetzt nur diese quälende Ungewissheit, was aus ihr werden würde, und das Wort ›Zukunft‹ drängte sich ihr auf, eine Zukunft, die ja noch Tage oder sogar Wochen dauern konnte. Sie hoffte, es würde ihr bald besser gehen; hoffte auf eine Heilung, denn sie begriff ihren jetzigen Zustand als etwas unnatürlich Krankhaftes. Aber was sollte sie tun? Es war alles bereit gewesen, um zum Ende zu kommen. ›Na gut, wenn er mit Robert reden will, muss er zurück nach Paris und dann wird die Sache wieder möglich‹, dachte sie. Und noch einmal horchte sie in sich hinein, wie mit einem Stethoskop, in der Hoffnung, in irgendeiner Faser ihres Willens doch noch das feste ›Ja‹ zu finden. Aber es war zwecklos, unhörbar leise war ihr Entschluss geworden, unauffindbar in all dem Durcheinander.

Am liebsten hätte sie laut geschrien, denn sie war so weit davon entfernt, dieses Pferdemittel zu nehmen, wie noch nie. Sie fühlte, dass ihr Ende jetzt wie eine Flucht aussehen würde, als hätte sie sich aus ihrem eigenen Haus gestohlen. Alain würde denken, er hätte sie mit seinem unmöglichen Benehmen, seinen Beleidigungen und vor allem seinem Unverständnis so weit getrieben, dass sie keinen Ausweg mehr sah. Sie wollte nicht, dass er diese Lappalie zum Anlass nehmen würde, sich noch Vorwürfe zu machen. Ihre Entscheidung hatte doch nichts mit ihm zu tun, absolut nichts.

›Anstand! Würde!‹, dachte sie. ›Ist es denn so schwer?‹

Es kam ihr vor, als hätte sie jemand durchgeschüttelt, als hätte jemand die schon vor Ewigkeiten hinabgesunkenen Dinge, den Bodensatz von ganz unten, aufgewirbelt und an die Oberfläche gebracht. Nun blieb ihr nichts anderes übrig, als zu warten, bis sich alles beruhigt hatte und wieder hinabgesunken war, hinunter, an den seligen Ort der Gleichgültigkeit und des Vergessens. Jetzt müsse sie ausharren und abwarten; ›vielleicht ja schon morgen‹, dachte sie, und dieser Gedanke beruhigte sie etwas.

Der Streit

Das Schloss lag unter der sternenklaren Nacht wie ein schwarzer, kantiger Felsen. Eines der vier Lichter in ihm erlosch. Ella und

René lagen im Dunkel nebeneinander auf dem großen Bett. Sie hatten die Fenster geöffnet und hörten, wie draußen der Wind durch die Bäume und das Efeu am Haus fuhr. Sie sprachen nicht viel. Ab und zu sagte René einen Satz, der aus ihm hervordrang, wie man ein Lachen nicht vermeiden kann: »Hast du den Blick gesehen, als ihr Sohn zur Tür reinkam?« oder »Wie kann man nur so mit seiner Mutter umgehen?« Dieses Dîner, dass ihnen jetzt wie etwas Unwahrscheinliches und Inszeniertes vorkam, beschäftigte sie. Die Gräfin tat ihnen leid. René fragte, wieso sich dieses Schauspiel so offen vor zwei Fremden abspielen konnte, wieso niemand auf die Idee gekommen war, das Essen zu beenden oder wenigstens sie beide zu bitten, den Raum zu verlassen. »Aber wieso sind wir nicht einfach gegangen?«, fragte er und Ella antwortete nachdenklich: »Es war unangenehm, das stimmt, aber es war doch auch großartig und so echt.« Sie zog ihre Hand, die bis eben auf Renés Bauch gelegen hatte, zurück und sagte: »Wo wir gerade dabei sind, ist eigentlich irgendetwas mit dir?«

René stutzte und drehte sich zu ihr. »Nein, wieso? Was soll denn sein?«

»Ich weiß nicht, du warst heute irgendwie so seltsam, so fremd, als würdest du mich nicht kennen.«

»Na, entschuldige mal, das war ja wohl auch kein normaler Abend.« René spürte, wie Ellas Stimmung sich plötzlich veränderte. Sie wirkte mit einem Mal kühl und abweisend. »Außerdem, was meinst du damit, ich würde dich nicht kennen?«

»Du hast mich nicht ein einziges Mal geküsst.«

»Ich habe deine Hand gehalten.«

»Nein, das stimmt nicht, ich habe deine Hand gehalten.«

»Ich habe heute Abend bestimmt deine Hand gehalten.«

»Nein, hast du nicht. Und geküsst hast du mich auch nicht.«

René wusste nicht, was er sagen sollte. Kann man sich an so einem Abend denn erinnern, ob man die Hand seiner Freundin gehalten hat? Er konnte es nicht.

»Ich dachte, es wäre unhöflich, wenn ich dich bei dem Dîner küsse. Ich meine, die Gräfin saß da und dann später dieser Alain.«

»Ach so, die Gräfin saß da. Dann wird also der René klein und küsst seine Geliebte nicht mehr. Sehr interessant. Und heute Nachmittag im Dorf, da war es dann der Kellner, der den René vom Küssen abhält?«

»Was soll das?« Er kannte dieses Gespräch. Sie hatten es schon einmal geführt, als sie gemeinsam auf dem 80. Geburtstag ihrer Großmutter waren. Er hatte sich dort etwas unwohl gefühlt, immerhin waren sie erst drei Wochen zusammen gewesen. Die Zuneigung für Ella konnte damals seine Schüchternheit diesen fremden Leuten gegenüber, die ihn wie den kommenden Schwiegersohn behandelten, nicht vertreiben.

»Es reicht also eine Gräfin und ein Kellner aus, um deine Liebe ins Wanken zu bringen. So ist das?«

»Ella, jetzt ist gut. Ich habe dich heute Nachmittag geküsst. Du hast es vergessen. Und du weißt, dass ich bei solchen Anlässen wie vorhin immer Schwierigkeiten habe. Aber das liegt nicht an dir oder meiner Liebe, sondern …« Er zögerte einen Moment »sondern an meinem Selbstbewusstsein. Ich habe mich eben schlecht gefühlt, ja, mir war richtig übel … und ich wäre bei der ersten Gelegenheit getürmt … Und Küssen ist etwas sehr Intimes, finde ich.«

»Ja, mir ist aufgefallen, dass du dich unwohl gefühlt hast«, sagte Ella und lachte trocken. »Man könnte sagen, du warst der Einzige, der nicht echt war.«

»Boah, das ist hart«, sagte René.

»Ich will dir keinen Vorwurf machen, ich will es nur verstehen.

Du sagst mir auf der Düne, dass *Er* uns haben will, sprichst von großen Dingen und dann kapitulierst du vor einer bankrotten alten Frau und ihrem bescheuerten Sohn? Da frage ich mich natürlich, ob ich dir das glauben kann.«

»Was hat denn das eine mit dem anderen zu tun?«

»Sehr viel, alles denke ich.«

»Wieso bist du jetzt so? Ich verstehe dich nicht«, sagte René. »Was willst du?«

»Hast du das ernst gemeint? Auf der Düne? Dass, wenn es einen Gott gibt, *Er* uns beide haben will, dass *Er* will, dass wir zusammen sind. Hast du das ernst gemeint, ganz ehrlich, ich will es nur wissen.«

»Fängst du jetzt wieder davon an? Ella, was soll das? Du fragst mich ernsthaft nach einem schönen Spiel?«

»Aha, ein Spiel, es war also ein Spiel für dich?«

»Du willst wirklich eine Antwort?«

Sie drehte ihren Kopf zu ihm, schaute ihn an und wartete. Er hielt ihrem Blick stand und sagte fest: »Also gut. Es wäre eine schöne Vorstellung, aber es gibt nun mal keinen Gott.«

Jetzt setzte sich Ella im Bett auf.

Der Mond schien quer durch das Zimmer, beleuchtete eine kleine Porzellanfigur auf einem Vertiko neben dem Fenster. Ella betrachtete die Statuette und ihr war, als wäre sie selbst diese kleine Frau. Als sie nichts erwiderte, wurde René nervös, wollte sprechen, doch dann sagte sie und es ärgerte ihn, dass sie ihm zuvorgekommen war: »Ich weiß nie, was du ernst meinst und was nicht.«

Jetzt setzte sich auch René aufrecht hin. Er wusste, dass es keinen Sinn hatte, dieses Gespräch auf den anderen Tag verschieben zu wollen. Also versuchte er ihr, trotz seiner Überzeugung, dass es keinen Sinn hatte, seine Liebe in Zweifel zu ziehen, Rede und Antwort zu stehen, auch wenn er sie jetzt nicht anschaute und die beiden wie ein altes Paar nebeneinandersaßen und in den Raum starrten. Er blickte in die schwarze Öffnung des großen Kamins schräg gegenüber und sagte leise: »Ich weiß nicht, was das soll. Ich meine alles ernst, was ich sage, außer es ist ein Spaß.« Er konnte es sich nicht verkneifen, nein, jetzt wollte er nicht mehr.

Ella sagte: »Das ist doch nicht schwer, was kann man da nicht verstehen. Ich will einfach nur wissen, was du ernst meinst?«

»Wenn du mich so direkt fragst, gebe ich eine direkte Antwort. Siehst du, für mich ist da oben niemand«, erwiderte er.

»Und wieso sagst du dann so was? Gilt das dann nur für den Moment, eine Minute, eine Sekunde oder was?«

»Also gut, wie du willst«, sagte er, und Ella konnte schon die Wut in seinen Worten spüren. »Es gibt ihn nicht. Unsere Liebe ist eine einfache Sache. Und selbst wenn es ihn gäbe, sie ist nichts, womit sich ein Herrgott befasst. Du weißt, woran ich glaube, an einen Gott in den Dingen vielleicht, an ein System von mir aus, und das System macht nun mal keine Ausnahmen, nicht einmal für uns.«

Er spürte die Härte seiner eigenen Worte und fügte noch ein kurzes, aber sinnloses »Leider«, hinzu. Doch sie waren heraus und konnten, ja wollten nicht mehr von ihm zurückgenommen werden, denn jetzt war er entschlossen, ihr seine andere Seite zu zeigen, die vernünftige, die kühle.

»Du bist gemein. Du willst vielleicht einen Spaß machen, aber das ist kein Spaß. Du machst alles klein und kaputt mit deinen Spitzfindigkeiten«, sagte sie.

»Und du? Wieso lässt du die Dinge nicht, wie sie sind?«, fuhr er sie an. »Wieso musst du immer von ihnen eine Antwort erwarten? Und dann gebe ich die Antwort, du kennst mich, ich kann dann nicht anders als ehrlich zu sein, und schon geht die Welt unter. Ich habe das gestern wirklich so empfunden«, fügte er hinzu. Doch sie unterbrach ihn und wiederholte abschätzig: »Gestern.«

»Das ist doch …« René wurde laut: »Es kann doch nicht sein, dass du nur das eine von mir willst und das andere soll ich zurückhalten? So, als würde ich ausschließlich aus …« Er stockte und überlegte einen Moment, denn er war drauf und dran gewesen, ›als würde ich nur aus überdrehten Gefühlen bestehen‹ zu sagen. Er spürte die Gefährlichkeit des Wortes ›überdreht‹ und ein Schauer durchlief ihn bei dem Gedanken, dass er es fast ausgesprochen hatte. Und so sagte er nur: »Ich bestehe eben nicht ausschließlich aus Gefühlen.«

»Wer verlangt das von dir, wer? Ich will wissen, ob du mich liebst. Das ist doch nicht zu viel verlangt, oder? Du kannst nicht wiederholen, was du angeblich tief empfunden hast? Es ist doch klar, dass ich da zweifle. Ich will wissen, ob das alles echt ist, denn es erscheint mir manchmal wie ein Traum. Deshalb frage ich dich.«

René riss der Geduldsfaden. »Ja, es war wunderschön. Es war ein Wunder dort auf der Düne, aber ich kann das nicht wiederholen, weil es genau genommen nicht stimmt, weil es, wenn man es genau betrachtet, Unsinn ist«, sagte er und sein Blick fiel auf das Gemälde über dem Kamin. Darauf beugte sich ein Hase unter dem Biss eines Jagdhundes und René sah sein stummes Ertragen. Er wusste, eine einzige Umarmung, ein einziger Kuss auf ihre Wange würde diesen absurden Streit beenden, doch er konnte es nicht. Er war zu wütend. Zu halbherzig wäre die Umarmung, zu vage der Kuss und eine viel größere Demütigung würde damit einhergehen. Also tat er nichts.

Ihre ganze Liebe setzten die beiden in dieses Spiel ein. Sie hatten es sich nicht ausgedacht, nein, es schien ohne ihr Zutun abzulaufen, und dann war es immer schmerzhaft, ja, musste schmerzhaft sein, denn je tiefer sie hinabsanken, umso ergreifender und befreiender war die oft schon für unmöglich gehaltene Versöhnung, die Freude über den erneuten Gewinn des anderen. Nicht selten hatten sie es übertrieben damit und waren an die Grenze gegangen, um zu sehen, wie weit man sich wagen kann, wie fest dieses Band ist, das sie beide zusammenhält, und bisher war es auch nicht zerrissen.

René wartete. Er wusste, dass er noch umkehren konnte und schon wollte er es, da sprach sie weiter.

»Du kannst einem den Abend verderben, ja, das schaffst du.«

Sie wollte ihm eigentlich sagen, dass dieses Schloss, in dem sie gerade waren, ein Geschenk für sie sei. Sie wollte ihm sagen, dass er dieses wunderschöne Geschenk gerade beschmutzt und vielleicht vollkommen unbrauchbar macht, ja, dass es passieren könnte, dass sie beide diese märchenhaften und sicher einmaligen Erlebnisse aus ihrer Erinnerung würden streichen müssen, weil sie so sehr beschmutzt seien von ihm. Ja, das war ihre größte Angst, eine solche Erinnerung – und vielleicht die des Vortages noch dazu – beschädigt zu sehen und vielleicht für immer zu verlieren. Aber sie hütete sich noch davor, ihm das zu sagen, denn sie war abergläubisch, denn vielleicht würden sich ihre Befürchtungen dann erst recht erfüllen. Und so sagte sie nur, und in diesem Satz lag ihr erneutes Angebot: »Du liebst mich nicht, das ist bitter.«

René wusste, was von ihm erwartet wurde, der Schwur, hier und jetzt, ein Schwur: ›Wenn es einen Gott gibt, so hat er unsere Liebe gemacht.‹

›Das geht nicht‹, dachte er. ›Wieso kann sie denn nicht genug haben, wieso ist sie so unzufrieden und ängstlich?‹, und dann beantwortete er ihre Frage, die ja keine Frage war, mit den scharfen Worten: »Wenn du es so willst.«

Für Ella konnte das nur wie ein klares, unmissverständliches ›Nein‹ klingen. Sie bekam keine Luft und fing zu weinen an, nichts konnte sie halten. Insgeheim sehnte sie sich nach diesem klaren

›Nein‹, nach seinem Abschiedswort, seinem spurlosen Verschwinden, denn sie wollte an sich selbst erfahren, wie groß ihr Schmerz darüber wäre. Jetzt weinte sie, vergrub sich unter dem Betttuch, als hätte er dieses ›Nein‹ wirklich ausgesprochen. Es war so weit. Sie wusste, dass er sie nicht mehr beruhigen konnte, auch wenn sie immer noch darauf hoffte. Dieser Grat war überschritten. Sie weinte, weil er so hart zu ihr war und sie zu schwach, um vernünftig zu sein.

René schlug heftig die Decke zurück und setzte sich wie beim morgendlichen Wecken in der Kaserne auf die Bettkante. Er saß einen Moment stumm da, dann sagte er trocken: »Ich halte es nicht aus, wenn du so bist. Ich halte es einfach nicht aus«, und er hoffte, sie würde sich zu ihm beugen, seinen Arm fassen und um Entschuldigung bitten; sagen, dass sie ihm glaube und er nahm sich vor, ihr dann zu verzeihen. Er hoffte, dass sie ihn zurückhalten und bitten würde zu bleiben, denn natürlich wisse sie, wie sehr er sie liebe. Aber Ella rührte sich nicht, ihr Schluchzen setzte mit einem Mal aus, und die Stille im Raum wurde für René unerträglich, bis sie wütend unter der Decke hervorrief: »Dann geh doch«, und dann leise und kraftlos: »Geh.«

René stand ohne ein Wort auf, ging um das Bett herum und suchte seine Sachen zusammen.

»Jetzt haust du wieder ab, typisch«, sagte Ella bitter. »Du hältst es nicht aus mit mir. Dieser Abend ist eh hin. Er ist hin«, und sie fügte hinzu: »Für immer.«

René ging, ohne sich umzudrehen, zur Tür und fühlte, dass sie zu weit gegangen waren. Er wusste, dass es ein kleines Repertoire an Wörtern gibt, vor deren Gebrauch man sich hüten sollte, die, schon wenn man sie nur denkt, in einem eine heiße Panik auslösen und vor deren Gewalt man unwillkürlich zurückschreckt. Wörter, die die Macht besitzen, etwas Endgültiges und Unwiederbringliches auszulösen. Die zwei Wörter ›für immer‹ waren solcher Natur. Er fasste die große Klinke und spürte den weichen, geschwungenen Rücken des Pferdes. Er öffnete, betrat den Flur und während er die Tür vorsichtig, als wolle er Ella nicht stören, schloss, schickte sie ihm noch ein »Verschwinde!« hinterher. Und das verbotene kalte Wort zwängte sich durch den schmalen Spalt der sich schließenden Tür hinaus in den Flur, in die Eingangshalle, und dort schallte es wider und begleitete noch Renés Schritte bis zum Absatz der Treppe, bevor es gänzlich verklungen war.

René blieb stehen, atmete tief durch und fühlte eine Erleichterung. ›Es ist immer einfach zu gehen, anstatt zurückzubleiben‹, das wusste er. Er spürte noch die ungeheure Macht seiner Schritte dort im Zimmer, wie jeder einzelne, sich zwar von ihr entfernt hatte, aber gleichzeitig umso tiefer in Ella eingedrungen war wie ein pulsierender Schmerz. Er hatte sie angestachelt, diese Worte und tief in ihr geweckt.

Ella hatte sich wieder im Bett aufgesetzt, einen Blick zur Tür geworfen, wie um zu schauen, ob er wirklich gegangen war. Aber René war fort. Die Unwahrscheinlichkeit, das plötzliche Zerreißen einer so fest geglaubten Bindung erschütterte sie, wie so oft. Auch ihre Gedanken kreisten jetzt wie wild um die zwei Worte ›Für immer.‹ Sie hätte sie nicht aussprechen dürfen. Das wusste sie, und sie ärgerte sich bis zur Angst darüber und über René, der sie so weit getrieben hatte. Sie verstand nicht, wie ein Mensch, der sie liebte, so beharrlich an ihr unverständlichen Prinzipien festhalten konnte. ›Für immer‹. Diese Worte kamen ihr wie ein böses Omen vor. Die Angst, jetzt könne alles verloren sein, machte sie fast irr. In einem Moment wollte sie aufspringen, ihm hinterherlaufen und ihn um Verzeihung bitten, im anderen selbst wegrennen, barfuß, nackt, so wie sie war durch den Park in die fremde Dunkelheit. Doch sie konnte nichts von beidem. Still und durch ihre eigenen, wüst auseinandertreibenden Gedanken festgezurrt an dieses Bett, war sie zu keiner Regung fähig. Das Haus schwieg, selbst die Grille draußen hielt ihre Flügel still, und Ella lauschte hinein ins Schloss und hinaus in die Nacht und es war ihr, als hätte René das Haus und das Land verlassen, als wäre sie allein in dieser alten Welt, und auch der große Kaiser war mit seinen Truppen längst weitergezogen, der Landstrich verwüstet und leichenübersät. ›Wie leer musste ein Haus sein, das er verlassen hatte‹, dachte sie. ›Warum können wir Menschen nicht allein sein?‹

Whisky

René bemühte sich, leise zu gehen, doch es war ihm, als würde er alle Bewohner wecken. Sein Blick fiel auf einen rechts neben der Treppe liegenden Salon. Er öffnete die gläserne Tür, trat ein und zog sie vorsichtig hinter sich zu. Das ins fahle Mondlicht getauchte Zimmer erschien ihm monochrom, schwarz-weiß zu sein, wie in einem alten Film, und er erkannte darin das Pendant zum Empfangssalon der Gräfin auf der anderen Seite der Halle. Er machte kein Licht, ging langsam hinüber zum Fenster und stieß dabei einen kleinen Barwagen an, dessen Gläser leise klirrten. Wahllos nahm er eine Flasche, drehte sie zwischen seinen Händen und versuchte zu erkennen, was auf dem Etikett stand: »Cognac«, flüsterte er. Dann stellte er sie zurück und zog eine andere aus der kleinen Gruppe heraus. Diese schimmerte dunkelgrün und geheimnisvoll. In großen, keltischen Buchstaben, stand »Ardbeg« auf dem Etikett und darunter »Islay Single Malt Scotch Whisky«.

»Das ist gut«, sagte René leise. Er überlegte, ob er davon überhaupt nehmen dürfe und da er noch nie Whisky getrunken hatte, entschied er sich, nur ein wenig zu kosten. Er wählte ein flaches, dickwandiges Kristallglas vom Tischchen aus, öffnete die Flasche – sie war mit einer Art Korken verschlossen – und goss sich etwas ein. Die Flüssigkeit funkelte bernsteinfarben in den Prismen des Glases und leuchtete im Mondlicht. Er nahm einen kleinen Schluck und für einen Moment vergaß René den Streit. Er war so überrascht von der Fremdartigkeit dieser Flüssigkeit, die ihm irgendwie feindselig und unvereinbar mit der menschlichen Natur vorkam, dass er ihn beinahe wieder zurück ins Glas gespuckt hätte. Der torfige Geschmack ging ihm durch alle Poren, Hals und Magen flammten ihm auf. René fühlte sich mit einem Mal, als stünde er am Rand einer Klippe über dem brausenden Atlantik, hinter ihm das hohe Moor, und eine Hütte hockte unter einem nasskalten Sturm. Er schmeckte das Meer auf seinen Lippen und den Rauch aus dem Schornstein des Häuschens. Doch schon überkam ihn das schlechte Gewissen, denn er musste an Ella denken, dass sie nicht bei ihm war und sich oben in dem Zimmer quälte, während er hier …

»Und, schmeckt er?«

René fuhr herum. »Wer ist da?«

»Der Sohn des Hauses«, klang es aus dem Halbdunkel. »Was hast du dir für einen ausgesucht?«

René, der sich erschrocken hatte, musste sich erst fangen. Wie ein Scherenschnitt stand er, ein schwarzer Schatten, vor der großen Fensterfront, spähte in den Salon hinein und entdeckte diesen Alain, der im Dunkeln, ein Bein übergeschlagen, in einem Sessel vor dem Kamin saß. René warf, weil er den Namen vergessen hatte, einen erneuten Blick auf die Flasche und las laut: »Ardbeg«.

»Oh, der ist herb. Habt ihr euch gestritten?«

»Was? Wer, wir? Nein«, antwortete René und sagte ängstlich: »Entschuldigung, ich wollte wirklich nur kosten.«

»Ach so, das ist schon in Ordnung. Die Bar benutzt hier schon lange keiner mehr.«

»Gut, ich werde dann wieder aufs Zimmer gehen«, sagte René und wollte sein Glas schon abstellen.

»Ach, Unsinn, du störst nicht. Ist das dein erster Whisky?«

»Ja.«

»Dachte ich mir. Wie ist es?«

»Ehrlich gesagt, es schmeckt abscheulich, aber irgendwie auch interessant.«

»Deshalb wird Whisky von Männern getrunken. Willst du dich zu mir setzen?«

René wusste nicht, was er sagen sollte. Es wunderte ihn, dass er tatsächlich Lust dazu hatte, sich mit diesem unangenehmen Menschen zu unterhalten.

»Ja, wenn es Sie nicht stört.«

»Bring doch die Flasche gleich mit.«

Als sich René, die Flasche und das Glas in der Hand, durch den Salon tastete, fiel ihm die absurde Situation auf, in der er sich befand, und er bereute schon fast, dass er sich darauf eingelassen hatte. Alain hatte offenbar nicht vor, irgendein Licht anzuschalten, denn er ließ ihn durch den Raum tappen wie einen Blinden. Kurz darauf saß René neben ihm in einem Sessel vor dem kalten Kamin. Alain hielt ihm sein Glas hin. René schenkte ihm ein.

»Ich hätte gedacht, ihr habt euch gestritten. Komm, du kannst dir ruhig einen Richtigen eingießen.«

»Danke, aber wieso kommen Sie darauf?«

»Wieso kommst *du* darauf. Ich denke, das *Sie* hat sich erledigt. Wir sind uns doch heute etwas nähergekommen als erwartet, oder?«

»Das stimmt«, sagte René und goss sich nach.

Er hatte das Gefühl, dieser Alain könnte an ihrer Tür gelauscht haben, aber wahrscheinlich hatte er sogar hier unten Ellas letztes Wort gehört.

»Nein, ich konnte einfach nur nicht schlafen. Das passiert mir öfter.«

»Na gut, wenn du nicht darüber reden willst. Ich verstehe das.«

Nach kurzem Zögern sagte René: »Es ist eben manchmal kompliziert. Ich glaube, sie kann nicht anders, sie möchte, aber sie kann es nicht. Und mir geht es genauso.«

Da er nicht weitersprach, hielt ihm Alain sein Glas hin und sagte: »Das verstehe ich. Pass auf, niemand zwingt dich zu reden, also wenn du nur sitzen und trinken willst, ist das kein Problem. Santé!«

Die beiden Gläser schimmerten leicht auf, als Alain und René damit anstießen und tranken. Dann schwiegen sie. Zwei junge Männer im Dunkel. Alain störte diese Stille nicht, und nachdem René sein anfängliches Unbehagen überwunden hatte, fühlte er wieder die Schwere, die – seit er die Suite verlassen hatte – an ihm zog wie ein Mantel aus Blei.

Warum war es zwischen Ella und ihm so weit gekommen, dass er nur noch fliehen konnte? Was war es, das seit einigen Wochen immer öfter zwischen ihnen stand? Seit dem letzten Streit vor einigen Tagen in Bayonne wurde das Gefühl in ihm stärker, dass nicht er, sondern hauptsächlich sie für diese zermürbenden Minuten, aus denen immer öfter Stunden wurden, verantwortlich war. Was war nur los mit ihr? Er musste an ihre Worte denken, bevor er sie das erste Mal geküsst hatte: »Jetzt siehst du, mit wem du dich da einlässt!« Die Geschichte, die sie ihm vor diesem Kuss erzählt hatte, war ihm nahe gegangen. Und es war wohl kein Zufall, dass er jetzt daran denken musste.

Ellas Kindheit hatte aus einem langen, aufreibenden Warten bestanden. Ihre Eltern waren Schauspieler am Berliner Gorki-Theater. Die Proben gingen fast jeden Tag bis in die Nacht hinein und an den Wochenendabenden fanden die Premieren und Vorstellungen statt. Anfangs hatten sie ein Kindermädchen und dann später, Ella war neun Jahre alt, so viel Vertrauen in ihr großes Mädchen, dass sie allein zu Hause bleiben durfte. Ella wollte ihre Eltern nicht enttäuschen, sie wollte so sehr diese erwachsene Tochter sein und quälte sich durch die langen, endlosen Nächte. Jeden Tag fragte sie ihren Vater oder die Mutter, wann sie abends wieder nach Haus kommen würden, und immer wollte sie es genau wissen, denn sie wollte bereit sein und, wie eine Frau ihren Mann nach schwerer Feldarbeit erwartet, ihre Eltern, nicht selten mit einem gedeckten Abendbrottisch, empfangen. Aber es kam fast nie vor, dass sie pünktlich nach Hause kamen. Und diese Minuten, zu oft waren es Stunden, diese Zeit, die nach der verabredeten kam, war eine Zeit größten Elends für Ella gewesen, denn war es schon schlimm genug, auf die ausgemachte Stunde zu warten, umso unerträglicher wurden die Minuten, die dann folgten. Ella hatte es René erzählt, von ihren Torturen, wie sie dann immer nervöser wurde, wie sie anfing, in der Wohnung umher zu laufen und immer wieder aus dem Fenster zu schauen und wie bei jedem Schlagen der Eingangstür unten im Flur des alten Mietshauses ein Aufatmen, eine kurze Freude einsetzte, die dann in noch tiefere Verzweiflung mündete, wenn die Schritte draußen auf der Treppe vorbei an ihrer Wohnungstür führten. Dann begann das nervöse Ziehen in ihrem Arm, das schnell zum Schmerz wurde und Ella klemmte ihre Hand zwischen die Knie und drückte fest zu, bis ein Schmerz den anderen übertraf.

Einmal war sie sich sicher gewesen, die Stimme ihres Vaters und das kurze helle Lachen der Mutter im Hausflur gehört zu haben.

Da lief sie zurück ins Wohnzimmer, denn es waren nicht viele Minuten über der Zeit gewesen, und setzte sich aufrecht und ordentlich an den Esstisch, der schon gedeckt war, in der Erwartung, die Tür könnte sich jeden Moment öffnen und die Eltern würden zu ihr kommen und sie für ihre Artigkeit loben.

Doch die Tür ging nicht auf. Die Stimmen draußen entfernten sich und verstummten bald. Das Reißen in Ellas Arm wurde schlimmer und begann, sich auszuweiten und hinauf zur Schulter zu strahlen. Sie sprang auf, lief umher und redete vor sich hin, die Eltern hatten ihr einmal gesagt, dass sie Selbstgespräche führte und von Zeit zu Zeit fiel es ihr auf, einmal als sie sich vor dem Spiegel die Fingernägel schnitt. Ella lief durch die Wohnung und der Schmerz ließ nicht nach, wurde unerträglich, bis sie ihren Körper schließlich zwischen den Pfosten und die Tür der Küche einklemmte und die Tür fest gegen ihre Schulter zuzog. Doch dieses Mal gab es keinen Schmerz, mit dem sie hätte tauschen können.

An diesem Abend hielt sie es nicht aus und griff zum Telefon, was sie sonst nie tat, und wählte die Nummer des Portiers am Theatereingang, die ihr die Mutter für Notfälle aufgeschrieben hatte. Doch der Portier teilte ihr mit, dass ihre Eltern schon seit einer Stunde das Theater verlassen hätten. Nachdem sie dem Pförtner mit leichter Stimme noch einen schönen Abend gewünscht und aufgelegt hatte, fing sie laut zu weinen an. Ihre Schritte im Zimmer wurden so schnell, dass sie das kleine Tischchen mit dem Aschenbecher des Vaters umstieß, und dann rannte sie zur Tür, schloss auf und lief wie ein verrücktes Mädchen, so hatte sie sich selbst bezeichnet, durchs Treppenhaus hinunter auf die Straße, um nach Mutter und Vater zu sehen, dann in den vierten Stock zur Wohnung des mit ihren Eltern befreundeten Ehepaares hinauf, klopfte vorsichtig, zwei, drei Mal an die Tür, und als diese aufging, sah sie dort hinten in deren

Wohnzimmer Mutter und Vater sitzen, wie sie rauchten und wie ihr Lachen plötzlich aussetzte beim Anblick ihrer verstörten Tochter. »Wir dachten, du schläfst schon. Wir wollten dich nicht wecken«, hatten sie, sich zu ihr niederkniend, gesagt und beide umarmten sie fest und Ella hatte, als sie René davon erzählte, nicht geweint. Nicht einmal, als sie ihm erzählte, dass der Schmerz, dieser brennende und unerklärliche Schmerz, mit einem Mal verschwunden, restlos aus ihr gewichen war, nicht einmal da wurde ihre Stimme brüchig. Sie erzählte, dass sie damals schon bald wieder lachen konnte, ja, dass sie nicht einmal wütend auf ihre Eltern gewesen sei, denn sie durfte an diesem Abend länger aufbleiben und auf dem Schoß des Vaters sitzen und zusehen, wie die Erwachsenen Rotwein tranken und mit leicht geneigtem Kopf aus großer Ruhe heraus den Zigarettenrauch ausbliesen.

René war diese Geschichte im Gedächtnis geblieben. Jetzt erschien ihm Ella, die dort oben auf ihn wartete und mit der er nun schon seit ein paar Monaten zusammen war, fremd und rätselhaft, denn er wusste, dieses traurige Mädchen, das so oft verstört durchs Zimmer gelaufen war, musste Ella einmal gewesen sein. Und ein Teil dieses Mädchens steckte wohl noch in ihr und kam von Zeit zu Zeit zum Vorschein.

René beugte sich nach vorn und schenkte sich nach. Seine Augen hatten sich mittlerweile so sehr an die Dunkelheit gewöhnt, dass er den jungen Grafen jetzt genau erkennen konnte. Dieser saß so selbstverständlich in dem großen Sessel, als wäre René gar nicht anwesend. Er rauchte, seit sie zusammen waren, schon die dritte oder vierte Zigarette, und hatte sich ein-, zweimal Whisky nachgeschenkt. René dachte, er müsse jetzt etwas sagen und so stellte er ihm die einzige Frage, die ihm einfiel: »Ist das Haus wirklich verloren?«

Der junge Graf seufzte und René wusste nicht, ob sich dieser

Seufzer auf seine Frage, die vielleicht überflüssig oder zu direkt war, oder auf die kurze Antwort, die alle Hoffnungslosigkeit enthalten konnte, bezog. »Es scheint so.«

Dass Alain durch Renés Erscheinen im Salon, wie er behauptet hatte, nicht gestört wurde, stimmte nicht. Auch wenn er beinahe erleichtert war über diesen nächtlichen Schlafwandler, hatte dieser junge Ostdeutsche ihn doch aus Überlegungen gerissen, die ihm so unbequem, schmerzhaft aber dringend erschienen. Da war ein Satz gewesen, den er zunächst unterbewusst, ohne eigentlich von ihm Kenntnis zu haben, seit er das Dîner verlassen hatte, wie ein stummes Mantra wiederholte, bis er die drei Worte, er war schon oben auf seinem Zimmer gewesen, deutlich in seinem Inneren hören konnte. ›Sie ist pleite‹, hatte er die ganze Zeit gedacht, und es hatte ihn gewundert, dass er kein milderes Wort dafür finden konnte als dieses *pleite*. Er hatte es früher auch noch nie versucht. In Paris gab es einige Umschreibungen dafür: *bankrott, ruiniert* und eben dieses *pleite*. Er selbst hatte diese Wörter, als wären es eben nur Wörter, in Gesprächen wer weiß wie viele Male beiläufig und sicher auch spöttisch benutzt, aber dass sie ein Haus brandmarkten, wie in früheren Zeiten das weiße Zeichen der Pest, war ihm immer gleichgültig oder nicht einmal bewusst gewesen. Sicher, er kannte das Gefühl der Angst, alles zu verlieren. Besonders, wenn er nachts schlecht träumte, was in letzter Zeit häufig vorkam, dass er zum Beispiel sein Appartement abschließen wollte und sich nicht der Schlüssel im Schloss drehte, sondern die Tür, die Wand, das Haus, alles um diesen Schlüssel herum drehte sich, und es war unmöglich, die Wohnung abzuschließen. Dann bestimmte diese Furcht seinen Tag und einmal hatte er noch am gleichen Morgen bei seiner Bank einen kleinen Barren Gold gekauft und hinterlegt in seinem Schließfach. Die existenziellen Abgründe, in die manch einer seiner Bekannten oder auch Freunde gestürzt waren, schienen ihm nicht besonders tief zu sein, auch wenn die Betroffenen oft für Jahre von der öffentlichen Bühne verschwunden, und jetzt, wo er darüber nachdachte, in den meisten Fällen auch nicht mehr auf ihr erschienen waren. Sie tauchten ab aus der Gesellschaft und traf man sie zufällig in der Stadt, taten sie in der Regel so, als hätten sie sich gefangen und es würde nur noch Tage dauern, bis sie – wie die Säugetiere der Meere nach langem Tauchgang und Nahrungssuche in den Tiefen des Ozeans – wieder auftauchen und sich zu ihresgleichen an die glitzernde Oberfläche der See gesellen würden. Aber jetzt fielen ihm doch einige ein, die verschollen geblieben waren, gestrandet auf dem Grund des Meeres und ihm schien es, als könnten die, die das Licht der Sonne einmal gesehen und in ihm gebadet hatten, die Finsternis eines solchen Abgrundes schwerer ertragen, als jene Millionen, die dort unten geboren und ihr ganzes Leben zugebracht hatten.

Jetzt war ihm klar, es konnte keinen milderen Begriff für dieses Kentern und Sinken geben, da die Sache nun einmal keine behutsame, keine milde war. Die Worte waren brutal, weil die Sache es war. Seine Mutter war pleite, und dass sie sicher ein anderes Wort vor sich her sprach, ohne es zu merken, dass sie ein edleres und ihrem hohen Stolz entsprechendes, nämlich das Wörtchen *bankrott* fürchtete, spielte keine Rolle.

»Kannst du dir vorstellen, wie es ist, bankrott zu sein?«

Die Frage weckte René, der geglaubt hatte, sie würden nicht mehr miteinander sprechen. Was sollte er dazu sagen? »Ich kann mir nicht einmal vorstellen, wie es ist, reich zu sein.«

»Das ist eine gute Antwort«, sagte Alain bewundernd. »Und sie hat eine gewisse Ironie, die mir gefällt.«

In Paris hatte Alain nur Lila und das Orakel, denen er alles erzählen konnte. Wenn er bei ihnen war, sprach er aus, was er fühlte. Jetzt hier mit diesem Ostdeutschen ging es ihm ähnlich, er wusste nicht warum; vielleicht, weil er ihn nie wiedersehen würde oder weil er aus einer Welt kam, die nichts mit der seinen zu tun hatte.

»Es ist seltsam, hierher zurückzukommen und das Gefühl zu haben, als wäre das hier mein Leben …«, sagte er in einem Ton, wie man ein Geständnis ablegt, »mein eigentliches, viel wirklicheres Leben, wirklicher als das, was ich in Paris führe. Ich habe mich nie dagegen wehren können, dieses Haus hier zu lieben, obwohl ich es vielleicht hassen müsste. Aber ich liebe diesen Geruch. Riechst du das?«

»Ich weiß nicht«, sagte René.

»Es riecht muffig«, erwiderte Alain. »Aber nicht nur das, da ist viel mehr. Es ist seltsam, es riecht nach Kindheit. Weißt du, was ich meine?«

René wusste genau, wovon er sprach, auch er hatte eine solche Erinnerung. »Bei uns ist es der Hausflur im Plattenbau«, sagte er. »Der roch nach Bohnerwachs, riecht eigentlich immer noch so.«

Alain lächelte. »Ist doch verrückt, also wenn es das hier als Parfüm gäbe, ich würde es tragen.« Ja, er liebte diesen muffigen Geruch, der jetzt unter allem sommerlichen Blütenduft lag wie altes, schlecht gelüftetes Bettzeug, und der immer gemischt war mit den Düften aus Vincents Backküche, aus der die Nachmittage über ein süßer Hauch von Zimt, Blätterteig, karamellisierten Früchten und Vanille trat und sich im ganzen Haus verströmte. Alain liebte Vincents Backwerk, das dieser, obwohl es ja Arguer den alten Koch gab, schon damals in seinen freien Stunden zubereitete. Auch jetzt roch es nach Alains Lieblingsdessert, warmem Marmorkuchen gefüllt mit flüssiger Schokolade, auch wenn er heute dafür gesorgt hatte, dass es nicht serviert wurde. Mit einem Mal überfiel ihn die Angst. »Es ist undenkbar«, sagte er. »Ein undenkbarer Gedanke, dass es das alles hier nicht mehr geben soll, dass es verschwindet. Ehrlich gesagt, ich bin erstaunt, wie es sich anfühlt. Auch wenn es mich eigentlich persönlich nicht betrifft. Egal, wie man zu seiner Mutter steht, so etwas kann man nicht ignorieren, das ist unmöglich. Sie kann nicht in die Stadt ziehen, das überlebt sie nicht. Es gibt sicher Millionen Leute, mit denen man so etwas machen kann, aber nicht mit ihr. Tja, was soll man da tun?«

René konnte nichts darauf erwidern.

Alain fühlte die schummrige Dunkelheit im Zimmer, die nächtliche Kühle draußen vor den Fenstern, die Stille der Nacht und die Sterne. Er konnte sich vorstellen, wie seine Mutter im Bett lag, mit offenen Augen, ohne an Schlaf denken zu können. Sie tat ihm leid. Und dann spürte er Vincents Anwesenheit im Haus, wie etwas Beständiges, Immerwährendes, und er sah ihn vor sich, nicht in seiner Kammer im Dachgeschoss, er sah ihn, auch wenn es dafür schon zu spät war, wie er unten in der Küche des Restaurants ruhig die Gläser spülte. Vincent aus diesem Haus wegzudenken, war unmöglich. Die Vorstellung, er müsse seinen Platz für immer räumen, machte Alain traurig. Er fühlte wieder, dass Vincent mehr für ihn bedeutete, als all die Gerüche und Geräusche, ja, dass er mehr für ihn empfand, als für das Haus selbst, und vor allem mehr als für seine eigene Mutter. Er spürte ihn jetzt wieder, wie einen weichen Kern, der das Schloss von innen her wärmte, wie die Schokolade im Kuchen. Ja, er hatte ihn einmal geliebt. Musste er als Kind hundert Mal »Ich darf nicht über die Mauer klettern« in sein Strafbuch schreiben, tat er es in Vincents kleiner Kammer unter dem Dach. Hatte er sich die Knie aufgeschlagen, rief er nach Vincent, oder humpelte zu ihm und Arguer in die Küche, um getröstet zu werden. Und dann saßen sie nebeneinander, schnitten Zwiebeln und Knoblauch, und sie lachten über die seltsamen Formen der Kartoffeln, oder er bestaunte die

Hummer, die im brodelnden Wasser ihr Leben ließen. Zu wem hätte er gehen sollen, wenn nicht zu ihnen?

Und dann hatte es ja noch diese eine Person gegeben, vor der er sich fürchtete. Direkt neben Charlottes Zimmern lag in einer kleinen Mansarde, wie ein Gespenst bei zugezogenen Fensterläden, seine Großmutter. Die Furcht vor ihr hatte ihn nicht mehr losgelassen, seit seine Mutter ihm einmal gestand, dass Mamie-Louise bald sterben würde. Aber nicht das war seine Angst, sondern, dass sie es nicht tat. Das verschattete Dasein, das sie führte, erfüllte ihn von Woche zu Woche, von Jahr zu Jahr mit Grauen, und wenn er sich zu Geburtstagen an ihr Bett setzen musste, roch und hörte er aus ihrem dünnen Atem nur den Tod heraus. Eine andere Erinnerung an seine Großmutter hatte er nicht. Er kannte sie nur sterbend.

›Wir werden von unseren Bediensteten erzogen, und am Ende sind es nicht unsere Mütter oder Großmütter, die wir lieben, sondern diese Leute, die nur ihre Arbeit gemacht haben und dafür auch noch schlecht bezahlt wurden. Und jetzt, das Haus, die Ländereien, das Weingut, meine Mutter, Vincent, am Ende.‹

»Weißt du, eigentlich müsste ich mir keine Sorgen machen, da es mich nicht betrifft«, sagte er und René wusste nicht gleich, wovon die Rede war. »Sie hat alle Kontakte in die Gesellschaft abgebrochen, und in Paris interessiert es niemanden, ob jemand in der Provinz und unter was für Umständen auch immer ruiniert ist. Ich kenne sogar Leute, nennen wir sie ehemalige Freunde meiner Mutter, die überrascht wären, dass sie sich so lange gehalten hat.«

Er überlegte, ob er genug Geld hätte, um wenigstens das Haus zu retten. Sicher, es war eine Ruine, aber vielleicht ließ es sich noch fünf, ja vielleicht auch zehn Jahre halten, ohne selbst darüber pleite zu gehen. Aber das war nicht das Problem, diese Hypotheken waren es, und es schauderte ihn bei dem Gedanken, ob das Haus und die

Ländereien bei einem Verkauf auch nur annähernd die Schulden, von denen er nicht einmal ihre Höhe kannte, decken würden. ›Meine Mutter und Schulden, das bringt sie um‹, dachte er und korrigierte sich sofort: ›Nein, ihr Stolz, wenn, dann bringt ihr Stolz sie um.‹ Und dann bekam er doch Angst, denn er war, wie es aussah, der Erbe, und er wusste nicht, ob er nicht doch irgendwann für ihre Verbindlichkeiten aufkommen musste.

»Ich werd' dann mal ins Bett gehen«, sagte René, der schon unruhig in seinem Sessel hin und her gerutscht war, aber doch so, dass Alain nichts bemerkt hatte. Und so erwiderte dieser auch nur: »Ja, mach das.«

René verließ den Salon, ohne Alain eine ›gute Nacht‹ zu wünschen, denn er befürchtete, keine Antwort zu bekommen. Er sah ihn dort sitzen im Halbdunkel, die Zigarettenspitze glühte auf, eine Rauchwolke stieß in den Raum und begann, sich mit dem schwebenden Schleier über Alains Kopf zu vereinen.

Die Entschuldigung

Als René die große Treppe zu ihrer Suite hinaufstieg, hatte er die Hoffnung, dass Ella schon schlafen würde und er sich einfach neben sie legen konnte. Aber er ahnte, dass das unwahrscheinlich war. Ihm wurde klar, dass er nicht einfach zu ihr kommen konnte, als sei nichts geschehen.

Jetzt einen Entschluss zu fassen, fiel ihm leicht. Seine Wut auf sie war beinahe verflogen, und eigentlich konnte er sich gar nicht mehr erklären, wie es zu all dem gekommen war. Wenn Ella noch wach wäre, würde er sich bei ihr entschuldigen, und er wusste auch schon, was er sagen würde. Diese Gedanken waren ihm schon unten im Salon in Bruchstücken gekommen. Nun wäre er bereit, sie auszusprechen, und René wusste, dass sie alles wieder in Ordnung bringen würden. Er legte sich, während er vor der Tür stand, die Worte noch einmal zurecht, bis jedes an seinem Platz war. Er fand nicht, dass sie kitschig oder übertrieben klangen: ›Obwohl ich nicht an ihn glaube, war ich mir sicher, absolut sicher, dass *Er* uns will, dass *Er* will, dass wir zusammen sind und dabei fiel mir niemand ein, außer *Ihm*, der so etwas Schönes für zwei Menschen wollen könnte.‹ Genau so wollte er es ihr sagen. Er war zufrieden mit seinem Geständnis. Er öffnete entschlossen die Tür zur Suite und trat ein. Er ging auf das Bett zu, sah, wie sie darin saß und ihn anschaute. Er stellte sich direkt davor und sagte, und dabei spürte er, wie sich schon wieder die Bitterkeit in die Gedanken und seine Worte mischte, und dann sagte er nur:

»Ich weiß nicht, warum es immer so endet. Ich weiß es nicht.«

Und er sprach nicht weiter. Der Rest, das Eigentliche, die Entschuldigung, das Geständnis, alles blieb in ihm. Er konnte nichts davon aussprechen. Nicht einmal auf das Bett, in dem sie saß, konnte er sich setzen, so kalt war er geworden, so sehr hasste er ihre Launen, denn er war der festen Überzeugung, dass Ella selbst jede einzelne von ihnen heraufbeschworen hatte.

›Jetzt ist alles aus‹, dachte er. Alles, was er sich zurechtgelegt, alles, was eben auf der Treppe noch gestimmt hatte, schien ihm jetzt unecht, pathetisch und unmöglich, ausgesprochen zu werden. Ella fing zu weinen an. Kein Stolz konnte sie mehr davon abhalten, keine Wut. Sie weinte, ohne die Hände vors Gesicht zu nehmen, wie um René zu zeigen ›Hier sieh an, das hast du mit mir gemacht.‹

Sie war entwaffnet. Er spürte, wie hart er sie getroffen hatte, wie verletzt sie war, schutzlos. Er spürte ihre Sehnsucht nach ihm und bei dem Gedanken, das Band, so fest es ihm sonst schien, könne reißen, vielleicht für immer, sagte er, und er hätte sie dabei auf keinen Fall anschauen können, also hielt er seinen Blick fest auf das Jagdbild gerichtet: »Es tut mir leid. Bitte hör auf zu weinen.«

Er legte sich neben sie. Es dauerte lange, bis Ella ihre Hand hob und vorsichtig auf Renés Schulter legte. Und es dauerte lange, bis René ihre schmale Hand in seine nahm. Er spürte keinen Druck, kein Entgegenkommen. Und wieder könnten sie verharren in Sprachlosigkeit und Abweisung. Und so nahm er sich zusammen und drückte leicht ihre Hand, und diesmal antwortete sie ihm, ihr Griff wurde fester und endlich öffnete sie das Betttuch für ihn, ließ sich zu ihm hinunter, und sie umarmten sich. Ella küsste seine Stirn und beide spürten die unvollkommene Versöhnung, die in diesem Kuss lag. Noch lange schwiegen sie, bevor sie, erschöpft von ihrem Streit einschliefen.

Aston Martin

Als René erwachte und Ellas schönes Gesicht neben sich sah, lächelte er zufrieden. Er streichelte ihre Wange und flüsterte: »Wach auf! Wir sind in einem Schloss!«

Ella fragte, ohne die Augen zu öffnen, mit Wehmut in der Stimme: »Ist das wahr?«

»Es ist wahr«, sagte René.

»Und der Abend gestern, ist der auch wahr?«

»Leider ja.«

Sie spürten den Schatten der vergangenen Nacht. Sie spürten, dass dieser Streit immer noch zwischen ihnen lag und dass das Feuer, welches sie am Abend zuvor notdürftig mit Sand bestreut hatten, unter diesem immer noch glühte und wehe dem, der darin herumstochert, oder gar ein Stück Holz hineinsteckt. Hell auflodern würde alles.

»Wollen wir heute mal draußen frühstücken?«, fragte sie versöhnlich.

»Ja, das machen wir.«

René ging hinüber zu den Vorhängen und zog sie mit einem Ruck auf. Ein gleißendes Licht schlug in den Raum.

»Bist du verrückt?«, rief sie und warf sich die Decke über den Kopf. »Ich soll wohl zu Staub zerfallen?«

Sie zogen nicht an der breiten Samtschärpe neben dem Bett, um nach dem Diener zu klingeln, auch wenn er Ella am Vortag erklärt hatte, dass sie ihn auf diese Weise rufen sollten. Aber die beiden fanden es immer noch unhöflich, jemanden, der vielleicht gerade etwas anderes zu tun hatte, mit einer Klingel herbeizuzitieren. Sie waren sich einig, dass sie keine großspurigen und hochmütigen Gäste waren. Außerdem war es fast Mittag, und sie befürchteten, dass es für ein Frühstück schon zu spät sein könne.

René zog sich an und ging nach unten, um Vincent zu suchen. Ella blieb im Bett liegen und schlummerte noch einige Minuten, wobei sie an den gestrigen Abend dachte. Sie konnte kaum glauben, dass er wirklich stattgefunden hatte, und ein zarter Schmerz fuhr ihr kurz in den Magen.

René suchte den Diener im ganzen Haus und fand ihn zuletzt in der Küche des Restaurants. Dabei fiel ihm auf, dass ihr Tisch hinten am Fenster bereits gedeckt war, und er wollte schon wieder gehen, um Ella die traurige Nachricht zu überbringen. Da sprach ihn der Diener an und fragte, ob alles in Ordnung sei. René druckste etwas herum und gestand dann doch, dass sie gehofft hatten, vielleicht draußen frühstücken zu können, aber dass es hier drin auch in Ordnung sei; vor allem, wo ja schon gedeckt wäre.

Vincent schüttelte abwiegelnd die Hände und bestand darauf, das Frühstück nach draußen zu räumen. Allerdings würde er auf der vorderen Terrasse eindecken, da die hintere, direkt an den Speisesaal angrenzende, nicht mehr den Anforderungen entsprach und außerdem schon in der Mittagssonne lag.

Eine Viertelstunde darauf traten Ella und René hinaus auf die vordere Terrasse des Hauses, auf der im Schatten des Ostturms ihr mit weißem Tuch gedeckter Tisch unter einem sandfarbenen Schirm bereitstand. Ella klatschte in die Hände und jauchzte kurz auf, doch René stand wie angeschlagen auf der Stelle und rührte sich nicht. Sein Blick war auf eine Fata Morgana gerichtet. Es war ein weinroter Aston Martin, der vor dem Eingang zum Schloss neben Renés altem Wartburg in der Sonne glänzte.

»Ella«, sagte er. »Ella, das ist ein Traum. Knall mir mal eine.« Und Ella, der man so etwas nicht auftragen durfte, zögerte nicht und gab ihm eine Ohrfeige, in die vielleicht ein wenig Groll der vergangenen Nacht geriet.

»Hey!«, sagte René, und während er sich die brennende Wange hielt, starrte er immer noch auf das Auto.

»Was ist denn?«, fragte sie ihn.

»Das ist ein Aston Martin«, sagte René.

»Aha«, sagte Ella. »Und das da ist unser Frühstück.« Sie deutete auf den gedeckten Tisch. Dann sagte sie nur noch: »Und ich bin Ella. Und Ella hat Hunger.« Sie wollte schon hinüber zum Tisch gehen, da hörten beide hinter sich eine Stimme.

»Willst du ihn dir mal anschauen?«

Es war der Sohn der Gräfin. Er war wie aus dem Nichts erschienen, hatte seine Hand auf Renés Schulter gelegt, und beide standen jetzt da und betrachteten das Auto. »Kannst mal einen Blick reinwerfen, wenn du willst.«

René konnte seine Freude vor Alain kaum verbergen und sagte schüchtern: »Ja, wenn das geht.«

»Warum sollte es nicht gehen«, erwiderte Alain und lächelte. »Damit sich die Ohrfeige wenigstens gelohnt hat.«

René konnte, während er auf das Auto wie auf einen alten Bekannten zulief und Ella und Alain ihm folgten, seine Begeisterung und Vorfreude nicht zurückhalten. Er sagte, sich kurz zu den beiden umwendend, dass dies das schönste Auto der Welt sei, und Alain lachte. René lief um den Wagen herum, wie ein Tiger seine Beute umschleicht. Dabei sagte er: »Ich hab den 400er, den 350er und das Cabrio.«

Alain warf ihm einen erstaunten Blick zu.

»Ja, nur als Modell«, klärte René ihn auf.

Er liebte Autos. Als er zehn Jahre alt war, konnte er bereits eine beachtliche Sammlung von zweihundertfünfzig Modellen der Marke Matchbox sein Eigen nennen. Initiator seiner regelrechten Sammelwut war sein Westonkel Günter aus Braunschweig gewesen. Dieser teilte nicht nur die Leidenschaft seines Neffen, er hatte sie eigentlich mit dem grünen Opel Corsa, den er ihm zu seinem sechsten Geburtstag überreicht hatte, erst in Gang gesetzt. Von da an wurden die Westpakete schwerer und zogen sogar einmal die Beschwerden der Postfrau nach sich.

René war bald stolzer Besitzer eines vollständigen Fuhrparks aller Hersteller und Modelle der Jahre 1970 bis 1975. Seinen Freunden präsentierte er die ausschließlich aus der kapitalistischen Welt stammenden und aus Zink gegossenen Kostbarkeiten regelmäßig, wie ein Verkäufer auf Automessen. Er erlaubte niemandem, damit zu spielen. Nur die Wagen, die er doppelt hatte und das waren immerhin nicht wenige, kamen zum Einsatz. Doch auch bei diesen schmerzte es ihn, wenn Räder abgebrochen, Achsen verbogen oder die Plastikscheiben eingedrückt wurden, waren diese Zwillingswagen doch die Reservisten seiner Sammlung. Es war eine Manie.

Wenn er sich abends schlafen legte, ging er oft noch einmal zum Schrank hinüber, schaltete die in der mittleren Glasvitrine von ihm selbst montierte Lampe ein und alles erstrahlte in einem Glanz, der für den jungen René einen Teil dieser unvorstellbaren westlichen Welt widerspiegelte. Und ein Auto, der Aston Martin Virage, von dem es nur 365 Stück auf der ganzen Welt gab und dessen Modell die erste Reihe seiner Sammlung anführte, stand nun im Original vor ihm, voll funktionsfähig mit einem real existierenden 5,3-Liter-V8-Motor, dessen Leistung den Wagen in 4,5 Sekunden auf einhundert Stundenkilometer brachte.

»Willst du mal einsteigen?«, fragte Alain ihn schmunzelnd.

»Meinst du, das geht?«, sagte René ungläubig.

»Warum soll es nicht gehen«, bekräftigte Alain. Er schenkte Ella ein kurzes Lächeln, das wohl sagen sollte ›einen lustigen Freund haben Sie da‹, ging an René vorbei und öffnete ihm die Tür: »Hier, setz dich.«

Die Träume der Kindheit werden doch nie gänzlich aufgegeben und hier ging einer dieser unschuldigen Träume in Erfüllung. Renés Herz klopfte, als er sich vorsichtig in den Sitz sinken ließ und das leise Knarren des Leders unter sich hörte. Er hob seine Hände an das polierte hölzerne Lenkrad und schaute zur Frontscheibe hinaus. Hier schloss sich ein Kreis.

Er ließ seinen Blick durch das Innere des Wagens wandern und war überwältigt von der Echtheit der Dinge. Er hatte die fünf Zentimeter kleine Kopie dieses Autos, in dem er jetzt saß, als Kind und Jugendlicher hunderte Male in den Händen gehalten und sich oft davor gescheut, durch die winzigen Plastikscheiben hineinzublicken, in die auf Sitze und Lenkrad so grob reduzierte Attrappe einer nur in seiner Phantasie vorhandenen Realität, von der er allerdings wusste, dass sie da draußen irgendwo existierte.

Schaute er also zu einem dieser Fenster hinein, war dieser Einblick mit der enttäuschenden Erkenntnis verbunden, niemals wissen zu können, wie es sich anfühlen würde, auf den Sitzen dieses Wunders Platz zu nehmen oder das Brummen des Motors zu hören. Er hätte es damals besser gefunden, die Scheiben wären getönt gewesen und damit das Innere des Wagens ständiger Quell seiner Einbildungskraft geblieben. So aber trugen die Modelle seiner Sammlung mit zunehmendem Alter bald ausschließlich zu einer einzigen Gewissheit bei, dass er den größten Teil der wirklich existierenden Welt noch nicht gesehen hatte und wohl auch niemals zu Gesicht bekommen würde.

Die weichen, beigefarbenen Ledersitze, der verchromte Schalthebel, die Zierleiste aus Zedernholz, in deren Mitte – neben den glänzenden Armaturen, dem ruhenden Drehzahlmesser, der Temperaturanzeige, dem Tacho – eine kleine, runde Uhr mit einem Sekundenzeiger, dessen feines Ticken René zu hören glaubte, eingelassen war. Die versilberten Knöpfe auf der Armlehne der Fahrerseite, deren Funktionen ihm unbekannt waren und deren Vielzahl ihm das Versprechen zu geben schienen, alles mechanisch und elektronisch Vorstellbare ließe sich mit ihnen in Gang setzen.

Alain beugte sich in das Wageninnere, griff durch Renés Arme hindurch neben das Lenkrad und drehte den Zündschlüssel. Das satte Aufheulen des Motors versetzte René in Schwingung, in ein sanftes, tiefes Vibrieren. Er hörte diesen Motor, ein Geräusch, das ihm gänzlich unbekannt war, das er so oft als kleiner Junge mit den Lippen imitiert hatte, während er seine winzige Kopie über den Teppich im Wohnzimmer schob.

»Das ist toll«, sagte er so leise, dass nur er und das Auto es hören konnten.

Alain, der Renés Begeisterung spürte, schlug ihm auf die Schulter und sagte lachend: »Also, das hab ich ja noch nie erlebt, dass jemandem wegen so was fast die Tränen kommen.« Und tatsächlich, um ein Haar hätte René begonnen, vor Freude zu weinen. Er hörte, wie Alain Ella und ihn laut, über das Brummen des Motors hinweg, fragte, ob sie vielleicht Lust hätten, eine Runde zu fahren und René, der sich schon am Gipfel seines Glückes wähnte, konnte dieses Angebot kaum fassen. Da hörte er Ellas kurze und bestimmte Worte, die sie hinein zu ihnen in den Wagen sprach, und er dachte, er hätte sich verhört: »Könnt ihr das nicht später machen? Ich habe einen wahnsinnigen Hunger.«

René ging im selben Moment ein Schlag durch den Körper. Hatte sie das wirklich gesagt? Konnte sie so rücksichtslos, so egoistisch sein, ohne jeden Spürsinn, seine Verfassung betreffend? Wie kam sie nur auf die Idee, eine solche Sache ließe sich aufschieben? Ein solches Angebot einfach gedankenlos abzulehnen, schien ihm wie eine Ungeheuerlichkeit, wie etwas vollkommen Absurdes, Aberwitziges. Er hörte Alains Worte, die dieser ihm direkt ins Ohr rief, während er schon durch das Lenkrad griff, um den Motor auszuschalten: »Wie ihr wollt.«

Die anschließende Stille versetzte René in ein Schwindelgefühl, das es ihm schwer machte, auszusteigen. Alain empfing ihn mit einem kräftigen Schlag auf die Schulter. Ihn jetzt noch zu bitten, mit ihm allein zu fahren, kam René, da der Motor abgestellt war, aussichtslos vor. Es erschien ihm als eine unmögliche Zumutung, ja, als eine regelrechte Gängelei, Alain zu bitten, den Motor noch einmal anzuwerfen, denn er wusste, dass das wiederholte kalte Starten eines Motors für die Kolben, den Zylinder und einfach das gesamte Auto schädlich ist. René warf einen zornigen Blick auf Ella, die ihn, als wäre nichts gewesen, bei den Händen fasste und ihm, da er seinen Kopf zur Seite zog, einen Kuss auf die geohrfeigte Wange gab.

René fragte Alain, ob er nicht mit ihnen frühstücken wolle, doch der lehnte ab, da er, wie er sagte, schon sehr früh gegessen habe. René bedankte sich bei ihm und als er sich – während er und Ella hinüber zur Terrasse liefen – noch einmal zu Alain umdrehte, sah er zu seiner großen Freude, wie ihm dieser zuzwinkerte, mit dem Schlüsselbund zwischen Daumen und Zeigefinger klingelte und dann rief: »Also bis gleich!« Diese feste Verabredung beruhigte René etwas. Trotzdem konnte er nicht glauben, dass Ella ihm dieses Ereignis beinahe zunichte gemacht hätte. Er setzte sich neben sie an den weißen gusseisernen Tisch und bemühte sich, seine Fassung wieder zu erlangen. Fragte sie ihn irgendetwas, antwortete er einsilbig und um Gelassenheit bemüht, kränkte ihn doch Ellas fehlendes Interesse für seine Freuden. Sie schien Renés Abwesenheit nicht zu bemerken oder kümmerte sich wenigstens nicht darum, was es ihm leichter machte, sich zu beruhigen.

Die Koffer

Ella und René hatten gerade ihr Frühstück beendet, als Alain mit einer Tasse Kaffee und einer Zeitung unter dem Arm aus dem Haus und an ihren Tisch kam. Er setzte sich wie selbstverständlich zu ihnen und schlug den *Figaro* auf. Zum wiederholten Male hatten Ella und René das Gefühl, sie befänden sich in einem Film Noir, als sei der Sohn der Gräfin dieser Schauspieler Alain Delon und alles, was er gleich sagen würde, einem Drehbuch entnommen und nach den Anweisungen eines Regisseurs vorgetragen. Nach dem gestrigen

Dîner, kaum dass sie zurück auf ihrem Zimmer waren, hatte Ella von dem Schloss wie von einer Bühne gesprochen, einer perfekten Illusion, in der man weder Beleuchter, Inspizienten oder Dramaturgen begegnen würde. Das Stück sei übertrieben und altmodisch, aber da diese drei Menschen tatsächlich existierten, sei es das wahrhaftigste Drama, das sie je gesehen hätte, und es wäre jammerschade, dass sie am anderen Tag abreisen mussten.

Alain konnte kaum einen halben Artikel gelesen haben, da faltete er die Zeitung zusammen, legte sie auf den Tisch und sagte, als wäre es ihm gerade eingefallen: »Wisst ihr, ich muss für ein paar Tage nach Paris zurück. Wollt ihr mitkommen? Ihr könnt in einem meiner Appartements wohnen und hättet es für euch allein. Was haltet ihr davon?«

Ella und René schauten ihn überrascht an.

»Also, was sagt ihr?« Alain wandte sich an René, als wären sie alte Freunde. »René, was meinst du? Das wäre statt unserer kleinen Spritztour eine etwas längere Ausfahrt.« Er wandte sich an beide und sagte: »Ihr könnt tagsüber die Stadt anschauen und abends nehme ich euch mit. Ich zeige euch ein Paris, das ihr euer ganzes Leben nicht mehr sehen werdet.«

René suchte in Ellas Blick, was sie von dieser Idee hielt, aber er konnte nichts, außer vielleicht eine kühle Skepsis darin erkennen.

»Das klingt toll«, sagte er, seine Aufregung verbergend. »Wir denken darüber nach.«

»Was gibt es da nachzudenken? Das ist die Stadt der Liebe und ihr seid doch verliebt, oder?«

»Ja schon, aber mein Auto steht hier, wir müssten wieder zurück und es holen.«

»Also, in zwei, drei Tagen müsste ich eh wieder her. Ihr könnt euch denken, dass es hier einiges zu besprechen gibt.«

»Oh, ja. Sicher«, sagte René.

»Also?«, fragte Alain.

René drückte Ellas Hand und schaute sie begeistert an. Er wollte die Sache entscheiden. Er wollte unbedingt mit ihr nach Paris, und er wollte unbedingt mit diesem Auto fahren.

»Bist du sicher, dass wir dich nicht stören?«, fragte er.

»Wie gesagt, ihr habt das Appartement für euch. Und auf den Partys werdet ihr Spaß haben. Man wird euch auf Händen tragen, das Liebespaar aus der DDR.«

René wandte sich an Ella.

»Was denkst du?«

Sie sagte kühl und auf Deutsch zu ihm: »Ich weiß nicht.«

Er streichelte mit seinem Zeigefinger Ellas Handrücken, und ihr Blick hinaus in den Park, ihr Schweigen und vor allem, dass keiner ihrer Finger den seinen suchte, zeigte ihm ihre Missbilligung. Rene wusste, dass sie nicht fahren wollte, aber er hielt ihre Hand, wie zur Beruhigung, wie um ihr zu sagen »Lass uns sehen, was uns dort erwartet« oder »Alles nur halb so schlimm«. Schließlich schlug Alain mit der flachen Hand auf den Tisch, sprang auf und trank im Stehen den Rest seines Kaffees aus. Er stellte die Tasse zurück auf den Tisch und sagte: »Gut, dann ist es abgemacht. Fünfzehn Uhr geht's los. O. k.? Na, ihr schafft das schon.« Und dann verschwand er ins Haus und ließ die beiden mit einer gefällten Entscheidung zurück.

Als sie nach dem Essen auf ihr Zimmer kamen, fing René an zu packen und rief Ella zu, die sich aufs Bett gelegt hatte: »Das ist doch 'ne tolle Sache. Paris. Und es kostet uns keine Mark.«

»Ich möchte nicht dahin«, sagte Ella.

René richtete sich von seinem Koffer auf.

»Was?«

»Ich möchte nicht nach Paris.«

»Wieso denn das?«

»Ich weiß nicht, Paris ist bestimmt toll, aber ich möchte gerade nicht in so einer riesigen Stadt sein, das ist mir zu hektisch, und dann ist es auch viel zu heiß, ich dachte, wir machen uns einen entspannten Urlaub, außerdem mag ich diesen Alain nicht.«

»Ach, der, der hat doch gesagt, dass wir unsere Ruhe haben.«

»Ja, mag sein, aber ich hab den Eindruck, es wäre nicht richtig.«

»Nicht richtig?«, wiederholte René. Es kam selten vor, dass er seine Beherrschung verlor, aber diese Absage machte ihn wütend. »Das kann doch nicht wahr sein. Du hast bisher alles entschieden und jetzt möchte ich etwas und …«

»Wir haben bisher zusammen entschieden«, unterbrach sie ihn ruhig.

In gewisser Weise stimmte das. Sie hatte ihm nie etwas abgeschlagen, aber nur aus einem einzigen Grund: Er hatte sie auf ihrer Reise bisher um nichts gebeten. Während er den Wagen fuhr, blätterte sie im Reiseführer und schlug ihm die in ihren Augen sehenswerten Orte vor. Und er hatte ihre Empfehlungen, sie schienen ihm jetzt allesamt Wünsche gewesen zu sein, begrüßt. Diese von ihrer Seite angestimmten Entscheidungen lösten jetzt aber in René ein Gefühl der Bevormundung aus. Seine eigene passive Haltung schien ihm nun wie aufgezwungen und fremdbestimmt und der Punkt schien erreicht zu sein, an dem er seinen Willen verteidigen musste. Also sagte er mit Entschlossenheit: »Ja, aber jetzt wäre es schön, wenn es mal darum ginge, was ich möchte.«

Eine Wandlung vollzog sich in Ella, René konnte es sehen. Sie beugte sich auf dem Bett zurück, stützte sich auf ihre Ellenbogen und schaute ihn mit einem Blick an, der ihm noch unbekannt war und den er nicht deuten konnte.

»Gut, du hast recht«, sagte sie trocken.

René war erstaunt, die Sache so schnell und ohne große Gegen-
wehr gelöst zu haben. Er fürchtete ein Nachspiel. Doch Ella blieb
ruhig und schaute ihm nun wieder beim Packen zu.

Nach einer Weile fragte er, ob sie nicht auch langsam ihre Sachen
zusammensuchen wolle. Sie aber legte sich flach aufs Bett und sagte:
»Ach, wir haben ja noch Zeit. Ich würde gern vorher noch ein bisschen liegen. Außerdem treten wir uns nur auf den Füßen rum.«

René hielt das für plausibel und ahnte nicht, was kommen sollte. Als er seinen Koffer reisefertig in der Mitte des Raumes auf den
Stern des Parkettes stellte, sagte er: »So, jetzt lieg ich auf dem Bett
und schaue dir beim Packen zu, o. k.?« Doch Ella antwortete in ihrer
strengen Art, in der sich meist etwas Heiterkeit, oft Ironie, aber auch
bitterer Sarkasmus verbergen konnte: »Ich kann dich hier nicht gebrauchen, geh, spring in den Pool oder lies ein Buch, aber das hier
mach ich allein.«

Nein, dieses Mal spürte René ihn nicht, den Unterton, der war
verschwunden und er hätte, wenn nicht beunruhigt, so doch wenigstens verwundert darüber sein sollen, aber so ist es eben, wenn
man nicht ahnen will, ahnt man auch nicht. Er ging nach draußen
zum Pool, legte sein Handtuch auf eine der Liegen, sprang ins Wasser und schwamm einige Bahnen hin und her. Hätte er gewusst, was
Ella in dieser Zeit tun würde, hätte er sie nicht allein gelassen, er
hätte seinen Kampf eingestellt und sich sofort ergeben. Kaum hatte
er das Zimmer verlassen, sprang sie vom Bett auf, zog sich ihr Hemd
über und ging hinunter, um den Diener zu suchen. Sie fand ihn auf
der Terrasse, wo er gerade ihren Frühstückstisch abräumte. Sie fragte ihn, ob es möglich wäre, das Zimmer noch ein oder zwei Tage zu
behalten, da René mit Alain nach Paris fahren und sie lieber hierbleiben würde. Vincent, der erstaunt war, blinzelte in die Sonne und

sagte, dass es wahrscheinlich möglich wäre, er würde mit Madame sprechen, es ließe sich da sicher eine Lösung finden. Ella bedankte sich und ging zurück auf ihr Zimmer, während Vincent sich Vorwürfe machte, ihr vielleicht zu viel versprochen zu haben.

Als René noch zwei Bahnen getaucht war und sich dann einige Minuten nervös auf einer Liege umhergedreht hatte, zog er sich an und ging auf dem überhitzten Kies zurück zum Schloss. Als er die Tür zur Suite öffnete, lag Ella auf dem Bett, wie er sie verlassen hatte. Sein Koffer stand noch immer einsam in der Mitte des Raumes.

»Du hast ja gar nicht gepackt?«, sagte er.

Ella schaute ihn stumm an.

»Was ist denn los?«

Sie antwortete trocken und mit fester Stimme: »Ich komme nicht mit.«

»Was?«

»Ich komme nicht mit. Ich bleibe hier.«

»Wie, du bleibst hier?«

Ella schwieg.

»Das ist jetzt nicht dein Ernst oder?«

»Er sagt, es ist die Stadt der Liebe, aber ich sage, sie ist nichts für uns. Nicht im Moment.«

»Warum denn das nicht?«

»Weil ich glaube, dass mit deiner Liebe etwas nicht stimmt.«

Sie schaute ihn vom Bett aus fordernd an. Sie sah aus wie eine Königin, den Ellbogen auf das Kopfkissen gestützt, mit einem festen Entschluss im Blick.

»Ach, Ella, was soll das jetzt. Was meinst du damit?«

»Na, wenn du es nicht weißt.«

»Nein, ich weiß es nicht.«

»Weil du mich gerade nicht liebst.«

»Das ist doch Unsinn.«

»Unsinn, ja?«

»Ja, Unsinn. Wie soll man denn einen Menschen *gerade* nicht lieben. Ich weiß nicht, wie du darauf kommst.«

»Du hast mich gar nicht gefragt, ob ich mitwill.«

»Natürlich habe ich das.«

»Ja, du hast gefragt, aber meine Antwort hat dich nicht interessiert.«

»Ja, weil ich dachte, du würdest mitkommen.«

»Du hast es einfach entschieden«, murrte sie.

»Aber warum sagst du dann nichts? Ich kann doch nicht erraten, was in deinem Kopf vorgeht. Schickst mich raus, damit du angeblich in Ruhe packen kannst, und dann sagst du, du kommst nicht mit.«

Ella schwieg.

René ging hinüber zum Bett, setzte sich auf das weich herabfallende Fußende und schaute durch das geöffnete Fenster hinaus. Er konnte kaum etwas sehen, nur die Spitze des weinumrankten Giebels der Stallungen, ein Stück Himmel und die hin und wieder vorüberflatternde Gardine. Er war enttäuscht. Sie würden Paris nicht sehen.

»Also gut, dann eben nicht Paris. Also reisen wir ab und fahren weiter.«

»Das geht nicht mehr.«

René würde sich noch sehr lange an diesen Moment erinnern, wie sich alles drehte, als geriete das Zimmer in eine ungeheure Schräglage, als würde alles um ihn herum kippen und fallen, als zöge es ihn unweigerlich hin zu dem glänzenden Fußboden hinab, schräg hinunter, hinüber in die Ecke des Kamins, in die alles, das Bett, die Möbel, die Stäbe des Parketts, einfach alles, alles außer Ella hineinrutschen und unter größtem Druck, gequetscht, ineinander verkeilt sein werde, und es schien ihm, als würde nur sein Herz dorthin gezogen und wenn er nicht zerrissen werden wollte, müsste er ihm nach, in diese winzig kleine Ecke, in der sich der Schmerz in ungeheurer Ballung wie im Inneren der Erde zusammenpresste.

René nahm all seine Kraft zusammen und krallte seine Finger ins Laken, hielt sich fest, drehte sich zu ihr um, sah ihr versteinertes Gesicht und sagte, in der Hoffnung, Worte könnten noch irgendetwas ausrichten: »Liebste, was soll das bedeuten?«

»Na, du fährst!«, sagte Ella kühl.

»Doch nicht ohne dich!«

»Ich will dich aber nicht hier haben.«

Es war ihm, als hätte sie ihm mit einem Hammer auf die Brust geschlagen, als wollte sie ihn mit aller Macht von dem Bett in diese Ecke, aus der es kein Heraus gab, schleudern. *Ich will dich nicht hier haben.*

»Liebste, was soll das?«, fragte er und sie spürte die Verzweiflung in seiner Stimme. »Lass uns doch vernünftig darüber reden.«

»Geh' bitte, wir sehen uns in ein paar Tagen.«

René schaute Ella, die demonstrativ an ihm vorbei sah, fest an.

»Also soll ich einfach gehen?«

»Ja.«

Ella fühlte sich, als wäre sie von einem Berg gesprungen. Sie fiel, es gab keinen Halt, die Wände waren zu glatt, um sich daran festzuhalten. Sie war machtlos, konnte den Fall nicht stoppen, weil sie bereits gesprungen war; sie krallte sich an ihm fest und zog ihn mit nach unten. Sie stürzten beide, einer neben dem anderen, hinab.

»Ich möchte dich nicht hier haben, wenn du nicht hier sein willst«, sagte sie.

»Aber ich sage doch gerade, dass ich hierbleibe.«

»Du bist ein freier Mensch und kannst tun und lassen, was du willst. Und wenn du eben eine Attraktion sein möchtest, dann los, mach dich zum Narren. Paris wird lachen über dich.«

»Du bist grausam«, sagte René kraftlos.

Sie schwieg.

»Du bist grausam mir gegenüber und vor allem auch dir selbst gegenüber«, sagte er.

»Du weißt gar nichts.«

»Ella, bitte lass uns in Ruhe darüber reden. Ich kann dich hier doch nicht allein lassen.«

»Du wirst es müssen. Dein neuer Freund wartet.«

›Wie böse sie sein kann‹, dachte er und sie dachte: ›Wie furchtbar, ich stürze eine Klippe hinunter und fühle nichts.‹

»Ich kenne ihn ja kaum. Er will uns Paris zeigen, wir können bei ihm wohnen, haben unsere Ruhe und können selbst entscheiden, was wir mit der Stadt anfangen.«

»Er will uns nicht Paris zeigen …«, sagte sie »… er zeigt Paris uns. Das ist ein Unterschied. Und außerdem mag ich ihn nicht.«

»Gut, dann bleibe ich hier.«

»Das geht nicht.«

»Ella!«

Er sah ihren Blick, der an ihm vorbeiging, als wäre er schon nicht mehr da.

»Aber wie stellst du dir das vor? Wir müssten erst mal herausbekommen, ob du überhaupt noch bleiben kannst.«

»Kann ich, ich habe schon gefragt.«

»Du hast schon … Aber wie, wann denn?«

»Eben, als du unten warst.«

»Das ist doch nicht wahr.«

Ella schwieg.

»Das kannst du einfach?«

Jetzt warf sie René einen unsicheren Blick zu, weil sie wusste, dass das zu viel für ihn war.

»Also gut, dann ist es so.«

Er richtete sich auf, nahm seinen Koffer, stand wie ein Soldat zur Einberufung vor ihrem Bett und sagte: »Wollen wir uns nicht wenigstens ordentlich verabschieden?«

»Wie sollte das gehen?«

»Indem wir uns umarmen und ich dir einen Kuss gebe?«

»Gut«, sagte Ella, ohne René anzuschauen.

Er stellte seinen Koffer ab, ging um das Bett herum und beugte sich zu ihr, doch sie hielt ihr Gesicht von ihm weg. Er versuchte, sie zu umarmen; sie ließ es zu, aber ohne ihm zu begegnen. Er küsste ihr die Wange, dann richtete er sich auf und sah, wie sie dort von ihm abgewandt, beleidigt dalag. Es war beinahe komisch, und es hätte nicht viel gefehlt und er hätte gelacht. Wenn er geahnt hätte, dass es Ella in diesem Moment ähnlich ging, dass sie noch auf dieses letzte ›Ich bleibe hier‹ wartete und vielleicht darauf, dass er sie vorsichtig kitzelte, wenn er das doch nur gekonnt hätte. Zwei kurze Töne einer Autohupe waren zu hören.

»Und was willst du denn hier machen?«, fragte René.

Sie schwieg.

»Ella! Bitte.«

Sie schwieg.

»Gut, dann gehe ich jetzt.«

Sie schwieg.

»Mach's gut.«

René wollte sich zu ihr beugen und sie noch einmal küssen, doch sie sagte nur: »Viel Spaß!«

Es hupte erneut.

Er stand auf, ging zum Ende des Bettes und nahm seinen Koffer. Er warf noch einen letzten Blick auf sie und sagte: »Du bist grausam.« Sie rührte sich nicht, schaute ihn nicht einmal an und blickte starr vor sich hin. René zögerte einen Moment. Dann ging er zur Tür, riss sie auf, trat ruckartig in den Flur und warf den hohen, schweren Flügel hinter sich zu. Ein gewaltiger Schlag ging zitternd durchs Haus. Er stürmte die Treppe nach unten. ›Dieser Stursinn‹, dachte er. Er konnte ihr nicht verzeihen, dass ihre Launen dem gemeinsamen Glück immer wieder im Wege standen. Er konnte ihr nicht verzeihen, dass meist er es war, der auf sie zugehen und die Versöhnung suchen musste. Aber dieses Mal würde er nicht umkehren. Dieses Mal wäre sie an der Reihe, würde sie ihm folgen, ihn aufhalten und um Verzeihung bitten müssen.

René verließ das Haus. Er lief mit seinem Koffer über den Kies auf Alain zu, der lässig in einem schlohweißen Anzug gegen den roten Aston Martin gelehnt dastand und auf ihn wartete. Als er René erblickte, rief er »Na, alles klar?«, ging um den Wagen herum und öffnete die Heckklappe.

René kam dieser Vorgang, wie Alain sich da in den Kofferraum beugte, einige Dinge beiseite schob, um für seinen Koffer Platz zu schaffen, vollkommen absurd vor. Er kannte diesen Menschen ja gar nicht, und er würde ihm wer weiß wohin folgen. Mit einem Mal ergriff ihn die Furcht vor seiner eigenen Courage.

Diese wenigen Meter von der Schwelle des Hauses bis hin zu diesem Auto schienen für René zu einer schier unüberwindlichen Distanz zu werden. Noch hoffte er, dass hinter ihm die Eingangstür aufspringen würde und Ella ihm nachgelaufen käme. Doch je mehr er sich Alains Wagen näherte, umso erschreckender wurde ihm die Erkenntnis, dass sie sich wirklich trennen würden, dass das Band zwischen ihnen unter solch sirrender Spannung stand und einer so gewaltigen Kraft ausgesetzt war, dass es mit jedem seiner Schritte reißen konnte. Es schien, als würden ihm bei diesem übermenschlichen Tauziehen die Kräfte versagen, als könne er jeden Augenblick zusammenbrechen und nie wieder aufstehen. Doch dieses Mal würde er nicht klein beigeben, auch wenn er sich vor dem, was ihn erwartete, fürchtete.

Noch bevor er Alain erreicht hatte, wurde ihm bewusst, dass er die Kraft aufbringen konnte, mit ihm zu gehen. Es wurde ihm bewusst, dass er selbst es war, der an dem einen Ende dieses bis zum Bersten gespannten Bandes zog, während Ella dort oben wie ein gefühlloser Stein saß und sich nicht rührte. Und René tat den letzten Schritt, stellte seinen Koffer an den Platz, den Alain ihm freigeräumt hatte, richtete sich auf und da riss das Band.

Wie ein Segel, dessen Tau gekappt ist und das nun frei im Wind flattert, fühlte René sich plötzlich leicht und gelöst und ohne Zwang.

»Wo ist denn deine Freundin?«, fragte Alain, doch René antwortete nur:

»Sie kommt nicht mit.«

Alain schien nicht besonders überrascht zu sein, denn er sagte heiter: »Dann also eine Männertour.«

Er schob René vor sich her auf die Beifahrerseite. Der stieg ins Auto und zog die Tür so vorsichtig zu, dass sie nicht einmal richtig einschnappte und Alain um den Wagen gehen, sie noch einmal aufziehen und etwas fester zuwerfen musste. René würde mit diesem Fremden fahren und es würde die einzig richtige Entscheidung sein. Seine Wut, die ihn beherrschende Erschöpfung, die Furcht vor dem, was kommen würde, die Enge seines Herzens, alles war verflogen und nichtig.

Fahrt nach Paris

Als Alain und René den Wald des Anwesens hinter sich gelassen hatten und sich das Blätterdach allmählich über ihnen öffnete, lichter und lichter wurde und die Sonne immer schneller auf der Motorhaube aufblitzte, als sie endlich im Freien waren und auf die Straße hinunter ins Dörfchen Brouville fuhren, trat Alain das Gaspedal kräftig durch. Der Motor heulte auf und ihre Körper wurden in die Sitze gedrückt. Die dicht an den Scheiben vorbeifliegenden Bäume und Sträucher verschwammen und zerflossen vor Renés ungeübten Augen zu grünen und graubraunen Flecken. Er konnte ihrem Dahinfließen kaum noch folgen und schaute auf das Tachometer. Es zeigte unglaubliche einhundertvierzig Stundenkilometer an. Alain fuhr wie ein Rennfahrer. Kurz vor den Kurven bremste er scharf ab, danach gab er sofort wieder Gas. René hatte keine Angst. Er war noch nie in seinem Leben einer solchen Geschwindigkeit ausgesetzt gewesen. Eine Freude hatte ihn ergriffen, und wenn er an etwas hätte denken können, wäre er dankbar gewesen für diese rauschhafte Benommenheit.

In den ersten Minuten wechselten Alain und René kein Wort. Die ungewöhnliche Situation dieser Fahrt wurde ihnen bewusst. Sie fühlten, dass sie zwei junge Männer waren, die einander nicht kannten und die gemeinsam verreisten. Alain überholte einen alten Laster, und als er wieder nach rechts einscherte, sagte er: »Ella ist eine sehr schöne Frau.«

Obwohl dieser Satz seltsam im Auto zu schweben schien und René schmerzte, fühlte er sich doch auch befreit und ohne Furcht. In ihm hatte sich eine für ihn unverständliche Euphorie ausgebreitet. Es fühlte sich an, als wäre zwischen Ella und ihm alles in Ordnung, als wäre ihr Streit bereits überwunden und an dessen Stelle eine gesunde und von ihnen beiden gleichermaßen empfundene Sehnsucht nach dem Anderen getreten. Er vertraute ihr und hatte das feste Empfinden, dass ihre Liebe eine solche Prüfung – als das sah er die Trennung jetzt an – schadlos überstehen und vielleicht sogar gestärkt aus ihr hervorgehen konnte. Und so schmerzte René an Alains Feststellung nicht die Niederlage, die Ella und er einander bereitet hatten, sondern nur noch die gesunde Sehnsucht zweier Liebender. Er antwortete Alain, ohne zu wissen, worauf dessen Feststellung eigentlich abzielte, mit dem Stolz, den ein solches Kompliment immer in einem Mann auslöst, aber auch mit einem Funken Melancholie, den er in die Worte »Das ist sie«, legte.

Alain neigte leicht den Kopf zu ihm und fragte lächelnd in das Rauschen der Fahrt hinein: »Liebst du sie?«

Und René antwortete, ohne zu zögern, und er musste fast schreien, über das Brüllen des Motors hinweg, da Alain gerade Gas gab: »Ja!«

»Oh, ein einfaches ›Ja‹«, sagte dieser. »Das habe ich lange nicht gehört. Es kann allerhand bedeuten, entweder es bedeutet sehr viel oder sehr wenig, es könnte so viel bedeuten, dass unsere kleine Tour nicht ausreichen würde, um deine Gefühle für sie zu beschreiben, oder so wenig, dass es das eben auch schon war und nichts weiter zu sagen ist als dieses ›Ja‹. Aber wenn es viel bedeutet, dann ist es besser als tausend Worte.«

René wusste nichts darauf zu sagen und so wiederholte Alain: »Sie ist eine wirklich schöne Frau. Ist sie so gut, wie sie schön ist?«

Ohne nachzudenken, sagte René: »Sie ist so kompliziert, wie sie schön ist. Ehrlich gesagt weiß ich nicht, ob sie gut ist. Wann weiß man das schon? Ich hoffe, sie ist es. Aber manchmal macht sie mir Angst.«

»Dachte ich mir«, sagte Alain. »Es gibt nichts Spannenderes im

Leben, als Frauen, die einem Angst machen. Kann sein, dass du sie deshalb liebst. Schon mal darüber nachgedacht?«

»Nicht wirklich«, antwortete René.

»Das ist auch gut so. Ich für meinen Teil habe genug von schönen Frauen.«

René musste lachen, so seltsam erschien ihm Alains Feststellung.

»Kann man davon je genug haben? Ich könnte mir nicht vorstellen, ohne Ella zu sein.«

»Ach, ohne deine Ella, das verstehe ich. Aber auch das geht, glaub mir.«

René kam diese Bemerkung überheblich und unverschämt vor, wie etwas, das man keinem Verliebten sagen sollte, weil es ihn und seine Liebe kränkt. Er dachte: ›So ist es wohl, wenn Enttäuschte von der Liebe sprechen.‹

»Was ist denn kompliziert an ihr?«, fragte Alain.

»Ach, lass uns nicht davon sprechen.«

»Gut, was ist leicht an ihr? Was liebst du an ihr?«

René missfiel Alains beharrliche Art, aber gleichzeitig hatte er den dringenden Wunsch, ihm von Ella zu erzählen.

»Willst du was trinken?«

»Ja, gern«, sagte René schüchtern.

»Na klar, du musst was trinken. Es gibt nichts Schöneres, als auf einer Autofahrt zu trinken. Greif mal hinter meinen Sitz in die Kühlbox. Da müsste eine Flasche drin sein.«

René drehte sich um. Hinter dem Sitz stand ein kleiner länglicher Kasten aus weißem Plastik. Der Deckel ließ sich nicht ganz öffnen. René griff blind hinein; er spürte den Hals einer Flasche und zog sie heraus. Er war überrascht. Es war die Flasche Wein, die am Vorabend auf dem Tisch gestanden hatte – die älteste und letzte Flasche des Hauses.

»Die doch nicht«, sagte Alain mit einem Blick aus dem Augenwinkel. »So etwas trinken wir nicht. Da muss noch eine andere sein.«

René besah sich wieder das Etikett und die Jahreszahl »1920«.

»Es tut mir leid, dass deine Mutter das Schloss verliert«, sagte er. »Sieht es wirklich so schlimm aus?«

»Keine Ahnung, das werde ich sehen, wenn ich ihren lausigen Verwalter gesprochen habe.«

René hielt die Flasche aus dunkelgrünem Glas ins schräg in den Wagen einfallende Sonnenlicht und sah den Wein darin wie schwarzes Blut.

»Der ist doch sicher eine Menge wert, oder?«

Alain erwiderte mit ernstem Blick auf die Straße: »Nichts ist der wert, gar nichts. Leg das weg, ich will es nicht mehr sehen.«

René gehorchte, lehnte sich erneut nach hinten, schob die Flasche in die Box zurück, fand eine zweite und holte sie nach vorn.

»Das ist es!«, gratulierte ihm Alain, als hätte René bei einem Kartenspiel gewonnen. Er las laut vor: »Champagner de Moët et Chandon.«

»Das lässt sich trinken«, rief Alain. »Trink niemals Wein. Wein ist tot und macht einen müde. Das Tote in ihm macht einen müde. Das hier …«, er tippte mit dem Finger auf die Flasche, »das muss man immer dabeihaben, da ist Leben drin, das macht lebendig und ich bin nun mal gern lebendig. Nun mach sie schon auf!«

Vergeblich nestelte René an dem Verschluss herum.

»Mach sie draußen auf. Na los, Fenster runter und Plop!«

René suchte nach der Kurbel, mit der man das Fenster herunterlassen konnte, fand sie aber nicht.

»Da, der Knopf.«

Es war ihm peinlich, dass er nicht selbst auf die Idee gekommen war, dass in diesem Auto nichts mehr gekurbelt wurde. René drückte auf den kleinen silbernen Knopf und ließ die Scheibe herunter. Der Fahrtwind drang tosend in den Wagen ein und zerzauste den beiden die Haare.

»Schüttle sie«, rief Alain. »Wie bei der Formel Eins, soll doch Spaß machen. Du kennst doch die Formel Eins?«

»Ja, die hab ich dieses Jahr zum ersten Mal gesehen.«

»Na, dann machst du es jetzt wie Ayrton. Stell dir vor, du hast sie alle hinter dir gelassen, ein richtiges scheiß Regenrennen und jetzt stehst du oben auf dem Podest, ganz oben und unten steht dein Team. Na los, jetzt spritz sie nass! Die haben es genauso verdient wie du!«

René schüttelte die Flasche. Eine Erregung, die er nicht kannte, ergriff ihn und er fühlte sich, als hätte er tatsächlich ein Rennen gefahren, und in gewisser Weise fuhr er ja gerade eins. Er löste das Goldpapier und versuchte, den Metalldraht abzuziehen. Er hatte Angst, die Flasche könnte im Auto explodieren und hielt sie weit aus dem Fenster, aber der Verschluss ließ sich nicht lösen. Ungeschickt und nervös fingerte er am Kopf der Flasche herum.

»Ich seh' schon, du musst noch viel lernen. Aber das wird schon.«

Der Korken knallte und schnellte, gefolgt von einer weißen gebogenen Schaumfontäne, in die Landschaft. René rief laut, ohne dass er es hätte verhindern können: »Juchuuu!«

»Na, geht doch! Jetzt rein damit!«

Er holte die Flasche ins Innere des Wagens zurück und trank. Der Schaum füllte ihm den Mund und ließ sich kaum schlucken, aber René trank.

»Und? Das ist gut, was?«

»Ja, sehr gut.«

»Fühlst du dich wie Ayrton?«

»Ein bisschen.«

Alain lachte und gab Gas. »Das wird schon.«

René schloss das Fenster. Der Lärm legte sich und ging, da Alain offensichtlich die Lust an dem Rennen verloren hatte, in ein beruhigendes, leises Rauschen über. René musste daran denken, was für eine unglaubliche Erfindung ein Auto ist und erst dieses Auto, eine Kombination aus Geschwindigkeit und Geborgenheit.

»Gib mal her«, sagte Alain und streckte seine Hand nach dem Champagner aus. »Nur fürs Gemüt.«

Alain nahm einen großen Schluck und reichte René die Flasche zurück.

»Ich würde wirklich gern wissen, was Ella für ein Mensch ist. Weißt du, die Frauen in Paris schminken sich den Charakter, wenn sie ihn denn haben, aus dem Gesicht, na ja du wirst sie ja kennenlernen, die schönen Frauen von Paris. Aber deine Freundin, die ist so natürlich und echt ...«, er machte eine kurze Pause, so als suche er nach einem passenden Bild, »als hätte ich in meinem Leben noch nie eine echte Frau gesehen. Erzähl mir von ihr. Erzähl mir von euch. Also, was liebst du an ihr? Was begeistert dich? Was bringt dich zum Staunen?«

»Was begeistert mich?«, wiederholte René. Er nahm einen kräftigen Schluck. »Es ist bei uns in der DDR sicher nicht so wie in Paris. Die Mädchen sind alle irgendwie natürlich. Mir geht es da ganz anders als dir. Ich würde Ella gern mal so richtig aufgemöbelt sehen. Das war ja bei uns nicht zu machen und wenn, dann war es peinlich, die eingeschränkten Möglichkeiten und so. So was wie Chanel, das war ja nicht zu haben.«

Alain lachte kurz auf und sagte: »Dann sollten wir lieber in dein Land fahren. Ich habe nämlich genug von den aufgedonnerten

Pariser Mädchen. Aber lass uns nicht abschweifen. Ella, erzähl von Ella.«

Wären sie in entgegengesetzter Richtung, hin zum Schloss, auf Ella zugefahren, hätte René nicht so offen von ihr gesprochen, denn er fühlte, wie seine Eifersucht durch Alains auffälliges Interesse an ihr geweckt wurde. Aber jetzt, wo sie sich immer weiter von ihr entfernten, erfüllte Alains Interesse an seiner Geliebten René mit Stolz. Ja, er war stolz, dass sie seine Geliebte war, und ihm war nie in den Sinn gekommen, sie wie eine schöne und geheimnisvolle Trophäe zu betrachten. Im Gegenteil, nicht selten kam ihm sein Glück wie etwas Unerwartetes vor, wie etwas, das ihm eigentlich nicht zustand. In diesen Momenten sah er ihre Anwesenheit, ihre überschwängliche Zuneigung, ihre heißen Küsse als unverdiente und überraschende Geschenke an, deren er sich nicht als würdig empfand, und oft war es ihm ein Rätsel, was eine Frau wie sie dazu brachte, sich mit ihm abzugeben.

»Sie ist ein wunderbarer Mensch. Manchmal ist mir ihre Natürlichkeit fast zu viel. Sie sagt, was sie denkt. Sie macht, worauf sie Lust hat. Man kann mit ihr die verrücktesten Sachen anstellen.«

»Sprich nicht von ihr, als wäre sie irgendjemand«, unterbrach ihn Alain. »Wenn du sagst: ›man‹ kann, dann klingt das so, als wäre sie nicht dein Mädchen. Also sag: ›Ich‹ kann mit ihr. Ist nur 'ne Kleinigkeit, aber bei mir darfst du und du sollst auch ehrlich sein.«

René störte sich nicht an dieser kleinlichen Bevormundung und sagte: »Also gut, *ich* kann mit ihr die verrücktesten Sachen machen. Aber eigentlich stimmt auch das nicht, denn sie macht diese Sachen mit mir.«

»Noch besser«, sagte Alain und lachte. »Was macht sie denn mit dir?«

»Na, alles Mögliche.«

»Ein Beispiel!«

»Sie kann eben auch wahnsinnig lustig sein. Wir waren zum Beispiel vor einer Woche in den Pyrenäen und sind da gewandert, immer auf den Bergrücken lang. Haben uns einen tierischen Sonnenbrand eingefangen. Wir kamen zu einer Herde Schafe. Die grasten da oben. Die Stelle war so eng, dass wir uns einen Weg durch die Tiere bahnen mussten und nun stell dir vor, was sie macht?«

»Was denn?«

»Du kommst nicht drauf. Sie geht runter auf alle viere und tut so, als wäre sie ein Schaf. Sie blökt wirklich verblüffend gut. Sie verschwindet in der Herde, die sich nicht einmal teilt. Die Tiere fangen an, ihr zu antworten. Sie schreien alle wild durcheinander und ich kann meine Freundin unter all den Schafen nicht mehr finden. Und dann sehe ich, wie sie auf der anderen Seite aufsteht, mir zuwinkt und wieder dieses wunderschöne Mädchen ist. Weißt du, was ich meine?«

»Oh ja, sehr gut. Warst du auch ein Schaf?«

»Ja, leider. Sie hat gerufen, ich müsse es unbedingt probieren. Es wäre wunderbar.«

»Und?«

»War es natürlich nicht. Kaum war ich unten, kam eins der Tiere auf mich zu. Ella rief: ›Bleib unten! Sie tun dir nichts!‹ Stimmte aber nicht. Es rannte los, ich konnte mich gerade noch zur Seite drehen, das Tier rammelt mir voll in die Rippen und ich falle um. Ich hörte nur, wie Ella lachte. Dann bin ich aufgestanden und hab die Viecher verscheucht.«

Alain lachte nicht. Er sagte nur: »Lustige Geschichte, gib mir mal noch einen Schluck!«

René reichte ihm die Flasche. Er wollte erzählen. Ja, er hatte das Gefühl, er könne Alain alles erzählen.

»Sie kann sich verwandeln«, sagte er. »In was du willst. Sie fragt mich ›Was soll ich sein?‹ und ich sage etwas vollkommen Abwegiges wie: ›Sei ein Stück Papier‹ oder so, und sie ist ein Stück Papier. Sie wird leicht und flattert durchs Zimmer und man muss aufpassen, dass sie nicht aus dem Fenster fliegt. Natürlich kann sie auch Marilyn Monroe sein, aber das ist gar nichts. Ich meine, gut, sie ist Schauspielerin, aber manches geht weit über ein Spiel hinaus. Manchmal so sehr, dass es mir unheimlich ist.«

»Was meinst du damit?«

»Ja, zum Beispiel; einmal, da war sie ein Polizist, ich meine keine Politesse, sondern ein richtiger Grenzpolizist, ein Typ, verstehst du, der mich streng nach meinem Ausweis und dem Ziel meiner Reise fragt. Dann wird sie mir fremd. Dann ist der Gedanke seltsam, sie jemals geküsst zu haben.«

»Wenn du mich fragst, so eine Frau trifft man nur einmal im Leben.«

René nickte nur.

»Deine Ella scheint mir kein verrücktes Huhn zu sein. Ich würde sagen, sie ist ein ganz seltener Mensch.« Alain schaute René direkt in die Augen und fügte hinzu: »Also halt sie gut fest.«

»Das weiß ich«, antwortete er. »Ich werde sie gut festhalten. Meinst du, es war ein Fehler, sie allein zu lassen?«

»Ganz und gar nicht«, sagte Alain bestimmt. »Manchmal kann man jemanden nur halten, wenn man ihn loslässt.«

René schaute nach draußen. Die Gegend war jetzt flacher. Er hatte die Verwandlung – oder war es doch ein plötzlicher Übergang gewesen? – nicht bemerkt und mit diesem Wechsel der Landschaft kam es René vor, als trennten Ella und ihn bereits hunderte von Kilometern, als wäre es endgültig zu spät, umzukehren.

Er hätte jetzt gern noch viel mehr von ihr erzählt, doch er wusste, dass Alain es nicht verstehen würde, er hätte ihm gern von dem Gebirgsbach erzählt, wie sie nackt nebeneinander gelegen hatten und wie Ellas lange Haare wie die einer schönen Nixe in der klaren Strömung hin und her trieben und ihre Brüste umspülten. Wie er versucht hatte, sie zu wärmen und wie sie ihn küsste, als wäre ihr heiß, als spüre sie die Kälte nicht, als wäre dieser Bach ihr Zuhause, ja, als hätte sie schon immer darin gelebt und ihn wie einen nichtsahnenden Wanderer zu sich hineingezogen, hinein in eine ewige kalte Umarmung. Die Liebe zu ihr brannte unter seiner Haut, die sich an ihren eisigen Lachsschuppen rieb, die unmöglich erahnen ließen, ob darin noch ein Herz schlug. Selbst der Kuss, den sie sich gaben, kühlte ab und war ein kalter Kuss mit kalten Lippen und kalten Zungen, die sich begegneten wie zwei Fische.

Das Telefonat

Alain blinkte und lenkte, ohne die Fahrt zu verlangsamen, den Wagen schräg von der Straße. Erschrocken griff René nach der Armlehne. Erst auf dem staubigen Vorplatz der Tankstelle bremste Alain. Das Heck brach leicht aus und der Wagen schlingerte, gefolgt von einer riesigen Staubwolke, auf die einzige Zapfsäule zu, um direkt neben ihr zum Stehen zu kommen.

»Die 450 PS zollen ihren Tribut«, sagte Alain belustigt. »Es ist ein schönes Auto, aber es ist, als kenne ich jede Tankstelle in Frankreich. Bin gleich wieder da.«

Er stieg aus, warf die Tür zu, lief um den Wagen herum und nahm den Zapfhahn aus der Halterung. René ließ das Fenster herunter.

»Meinst du, es gibt hier ein Telefon?«, rief er nach draußen.

»Sicher«, antwortete Alain und zog den schwarzen Tankschlauch

– wie ein Tierbändiger eine sich windende Schlange – hinter sich her zum Wagen. »Du willst sie anrufen, stimmt's?«

»Ich muss.«

Alain kam mit der Schlange zu ihm ans Fenster, schlug ihm mit der flachen Hand auf die Schulter und sagte: »Mach das!«

Dann ging er nach hinten zum Auto und fragte René, während er die Tankklappe öffnete, ob er überhaupt die Nummer hätte. René kramte einen kleinen, verblassten Hotelprospekt aus der Tasche und hielt ihn aus dem Fenster. Als er ausstieg und sich in der Mittagshitze aufrichtete, bemerkte er, wie der Champagner wirkte.

Seit sie beschlossen hatten, ein Paar zu sein, waren Ella und René nie länger als drei Tage voneinander getrennt gewesen. René nahm den Hörer in die Hand und wählte. Nach einem kurzen Knacken hörte er die Stimme des Dieners.

»Entschuldigen Sie, hier ist René. Ist Ella da? Kann ich mit ihr sprechen?«

Vincent erklärte ihm, dass er versuchen würde, sie ans Telefon zu holen, und wenn sie auf ihrem Zimmer wäre, sollte das auch nicht lange dauern, er möge sich bitte einen Moment gedulden. Das Verschwinden des Dieners und das zurückbleibende Rauschen im Hörer erweckten in René das Gefühl, dieser andere Hörer am Ende der Leitung läge auf einem verrotteten Tischchen in dem verwahrlosten Zimmer eines verfallenen Hauses, irgendwo auf der entlegenen Seite der Welt. Als Ella diesen anderen Hörer aufnahm und trocken »Ja« sagte, erschrak er, denn es war ihm, als spräche er mit einem Geist.

»Ich komme zurück«, sagte er ohne Umschweife.

Und Ella antwortete aus dieser unvorstellbaren Entfernung: »Nein, das ist jetzt zu spät«, sodass René vergaß zu atmen und sprachlos dastand.

»Du hast mich allein gelassen und ich muss sagen, es ist interessant, allein zu sein. Hättest du vor einer Stunde oder noch vor fünf Minuten angerufen, hätte ich wahrscheinlich geweint und dich gebeten, zurückzukommen, aber jetzt ist es anders. Du bist weg und das ist eine Tatsache.«

René konnte nicht sprechen, so erschrocken war er. Dann fasste er sich und, wie sich ein Höhenängstlicher an den Rand eines Felsens heranwagt, zwang er sich zu der Frage: »Wirst du auf mich warten?«

»Ich denke schon.«

René spürte, dass sie nicht mit ihm spielte, dass sie ihn nicht verletzen, ihm nicht wehtun wollte; nein, ihre Sätze entsprangen einer ernsten Überlegung, eines fest gefassten Entschlusses, dem es nicht darauf ankam, ihn zu irgendetwas zu bewegen. Nein, er wurde von ihr aus dem Spiel genommen. Das wusste er jetzt.

»Gut, ich komme zurück«, sagte er, so fest es ging. »Sofort.«

»Nein.«

»Wenn ich nicht weiß, ob du noch da sein wirst, kann ich nicht weiterfahren.«

»Wir sollten das herausfinden«, sagte Ella.

»Du machst mir Angst. Also gut, ich steige in einen Bus und komme zurück.«

»Nein, René.«

»Was?«

»Wenn du das machst, packe ich sofort und reise ab.«

»Jetzt hör' auf, bitte.«

»Liebster«, sagte sie in besänftigendem Ton, »fahr nach Paris. Es ist wichtig. Fahr, auch wenn es wehtut. Wir müssen das jetzt so machen! Ich weiß, dass es richtig ist. Drei Tage, vielleicht vier, mehr nicht.«

René dachte, er hätte nicht richtig gehört. Hatte sie wirklich vier Tage gesagt?

»Vier Tage? Wir sollen uns vier Tage nicht sehen?«

»Ja, ich denke, es muss sein.«

Es kam ihm unvorstellbar vor, so lange von ihr getrennt zu werden, und noch unvorstellbarer, diese Tage allein in Paris verbringen zu müssen.

»Also mach's gut«, sagte sie sanft. »Und mach dir nicht so viele Sorgen, ja?«

»Ich versuch's.«

Als René aufgelegt hatte, war ihm schwindlig. Er lehnte noch immer an der Wand und ließ seinen Blick müde über die Regale der Tankstelle streifen. Er beobachtete wie Alain, mit beiden Armen auf die Theke gestützt, den Sprit bezahlte. Er hatte keinerlei Verlangen mehr, nach Paris zu fahren und – als er sah, wie sich Alain dort über den Tresen beugte, die Sonnenbrille vor den Augen – befiel ihn eine nervöse Angst vor den kommenden Tagen mit diesem Fremden. Es war wie in den Hochsommern seiner Kindheit, wenn er von seinen Eltern ins Ferienlager geschickt wurde – der Abschied am Bahnsteig, die vielen Jungen und Mädchen im Abteil, alle auf der Suche nach Gewohntem, nach Vertrautem, an das man sich halten konnte und das nirgends zu finden und mit niemandem zu teilen war. Einer dieser kalten Momente im Leben, wo die eigene Seele, wie in ein klammes Tuch fest eingewickelt, verharrt, in Erwartung der schlimmsten Befürchtungen einer wochenlang andauernden Einsamkeit. Waren es für ihn damals gefürchtete Reisen ins Ungewisse, so erinnerte sich René doch auch an die Rückfahrten heraus aus diesen heißen Sommern, in ähnlichen Abteilen, mit denselben Kindern, die sich nun gegenseitig das Versprechen abnahmen, auf ewig befreundet und verbunden zu bleiben, die sich in den Armen lagen und weinten ob des bevorstehenden und unvermeidlichen Abschieds. ›Ist nicht so das Leben?‹, dachte René. Bestand es nicht aus diesen unbekannten Welten, in die man vorstößt, und diesen fremden Herzen, die man für sich erobern und an deren Glut man sich in jeglicher Fremde wärmen kann? Sollte nicht auch sein Herz ein solches sein, an dessen Feuer man sich setzen und ausruhen konnte?

»René!«

Alain winkte ihm vom Tresen aus zu.

»Wir können hier noch was essen!«

Sie sprachen kaum, während sie ihr Sandwich aßen und eine Cola dazu tranken. Alain fragte René, wie das Telefonat gelaufen sei, und René antwortete kurz und unbestimmt: »Ganz gut.«

»Aha, du willst also nicht darüber reden«, sagte Alain. »Kein Problem, dann reden wir nicht darüber.«

Die Stadt der Liebe

Sie fuhren auf die Autobahn. René schaute über die sich auf- und abschwingende Leitplanke hinweg in die Landschaft und versuchte, sich vorzustellen, wie es wäre, wenn er Ella nie getroffen hätte. Er hatte einige Übung darin, die Welt, in der er lebte, mit neuen Augen zu betrachten, denn Ella hatte ihn oft zu Experimenten angestiftet, die ihm den frischen und unverstellten Blick auf die Realität zurückgaben.

Eine der leichtesten Übungen, die sie häufig miteinander absolvierten, fanden an Orten statt, die ihnen beiden gut bekannt waren, an denen sie sich regelmäßig aufhielten, um nun den Mantel der

Erinnerungen abzunehmen und die nackten, darunter verborgenen Erscheinungen neu betrachten zu können. Dabei ging es Ella und ihm nur um dieses seltsam kühle Gefühl des Ungewissen. Sie hatte ihm eines Tages, im ersten Monat ihrer Beziehung, erklärt, wie es möglich sei, einzutauchen in eine von Erinnerungen befreite Welt, und tatsächlich war es René schon beim ersten Versuch gelungen, in seine Heimatstadt, in der er bereits seit seiner Kindheit lebte, wie zum allerersten Mal einzufahren, mit all den Entdeckungen eines Neuankömmlings im Wirrwar der Fremde. Anfangs sollte er einen Gegenstand, wie den großen Zeiger der Bahnhofsuhr mit seiner roten Spitze, so lange und intensiv ansehen, ohne dabei seiner eigentlichen Funktion, der Zeitmessung, Bedeutung zu schenken, ihn herauslösen aus seiner Umgebung; bis er, wie das Wort, welches man zehnmal wiederholt, den Sinn verliert und auch dieser Gegenstand jede Bindung, jeden Bezug zur realen Welt einbüßt, um dann in diesem Zustand, der neu gewonnenen Reinheit, wieder eingefügt zu werden. Und schon, nur durch die Neuordnung eines einzigen Details, verwandelt sich die bekannte Welt und schlägt plötzlich um in eine andere, mit der man nichts mehr verbindet und die einem fremd und wie eine viel wirklichere Wahrheit begegnet.

Manchmal gingen seine Phantasien so weit, dass er fürchtete, an dem einen oder anderen Ort, sei es in der Bar in der er regelmäßig verkehrte oder in der Straße vor seiner Wohnung, dieses Gefühl noch nie dort gewesen zu sein, nicht mehr abstellen ließ, so als wäre es keine Überlagerung einer imaginierten Welt auf die bestehende, sondern umgekehrt. Und eigentlich ging es Ella und René in ihren Experimenten ja genau darum, um die Erfahrung einer möglichen und ja tatsächlich vorhandenen Parallelwelt, die, wenn sie sich nur weit genug hinein begaben zu einer zweiten Realität wurde, frei von jeglicher Vergangenheit oder Erinnerung und frei von persönlichen Verwicklungen.

Dann war es möglich, dass sich der dunkelrote Vorhang, der an die Wand ihrer Stammkneipe genagelt war, in Gedanken aufziehen und dahinter eine Bühne zum Vorschein bringen ließ. Es war möglich, dass René sich nicht mehr erinnern konnte, wo die Toiletten waren. Die Kellnerin, deren Namen er kannte und mit der er sich oft unterhalten hatte, verwandelte sich wieder in das Mädchen, das er einmal nicht gekannt hatte und er entdeckte Züge an ihr, die ihm tatsächlich neu waren. Natürlich dauerten diese Exkursionen nur wenige Minuten, aber ihre Intensität strahlte weit über diese kurzen Erfahrungen hinaus und hinüber in die warme Atmosphäre der den beiden bekannten Alltagswelt.

Sie hatten sich geschworen diese kleine Zauberei niemals am Anderen auszuprobieren, denn zu sehr fürchteten sie eine Beschädigung ihrer Liebe und gemeinsamen Selbstverständlichkeit. René hatte sich diese Art der Auslöschung ihrer gemeinsamen Erlebnisse und Empfindungen allerdings manchmal vorgestellt und gedacht, sie könnte ihm eines Tages vielleicht nützlich sein, wenn es darum ginge, Verletzungen oder Enttäuschungen, wenn nicht zu überwinden, dann doch wenigstens zu lindern. Der Moment war gekommen, doch es funktionierte nicht. Eine Straße, ein Café, eine bekannte Kellnerin, ja eine ganze Stadt, das alles zu vergessen und neu zu betrachten, war leicht gewesen, hingegen aber unmöglich, Ellas Gesicht, ihre Stimme, ihr Wesen auch nur für eine Sekunde von sich fern zu halten.

Um sich abzulenken, sagte er, dass er ja gar nicht wisse, ob Alain Geschwister hätte und ob sein Vater noch leben würde.

Alain antwortete, als würde er es zu Protokoll geben: »Geschwister keine. Vater durchgebrannt.«

»Wie, durchgebrannt?«

»Na, er hat sich aus dem Staub gemacht, was ihm nicht zu verübeln ist. Du hast ja meine Mutter kennengelernt.«

»Und wie alt warst du da?«, fragte René.

»Zarte drei.«

»Aha, und du hast ihn nie wiedergesehen?«

»Alles halb so wild«, erwiderte Alain.

»Ich finde es seltsam, seinen eigenen Vater nicht zu kennen.«

»Für dich mag das so sein«, unterbrach ihn Alain. »Dein Vater hat dich ja sicher großgezogen, er war jeden Tag da, es wäre schlimm für dich, wenn du ihn nicht hättest, aber das liegt nur daran, weil du ihn von Kindheit an kennst. Wenn man ihn aber nicht kennt, kann man ihn auch nicht vermissen. Einfache Sache.«

Es war noch nicht lange her, gerade vier Wochen, dass Alain seinem Vater zum ersten Mal, seit er die Familie verlassen hatte, begegnet war. Hätte Alain das Orakel nicht kennengelernt, er wäre diesem Mann wohl nie mehr begegnet, denn er wäre sicher nicht von selbst auf die Idee gekommen, nach ihm zu suchen. Er konnte den Spruch des Orakels nicht mehr aus dem Kopf bekommen: ›Wenn du deinen Vater nicht kennst, kennst du dich selbst nicht.‹ Als hätte man ein Stück Zeit aus seinem Leben herausgeschnitten, so kam ihm auch jetzt wieder die Begegnung mit diesem Fremden vor. Er hatte seinem Vater die Hand gegeben, er hatte sie gefühlt, gedrückt und dachte, dass der Mann ihm einmal mit dieser Hand die Stirn gestreichelt haben musste, ja, Alain wusste, dass es so gewesen war. Er hatte ihm vielleicht mit dem Löffel den Brei vom Kinn gewischt und ihn auf dem Arm getragen. Und doch war er ihm fremd, und die Augen und der Mund, verschwommen, wie in einem Jahrmarktspiegel, schienen wie künstlich eingesetzt in dieses Gesicht, er sah es immer noch vor sich, ein sechzigjähriger Alain, nichts konnte fremder sein als ein Fremder, in dem man Züge von sich selbst entdeckt. ›Es ist sogar umgekehrt‹, dachte Alain. Es war seltsam, seinem Vater plötzlich zu begegnen, nur um festzustellen, dass man nichts mit ihm gemein hat, außer die Augen und den Mund. ›Erschreckend. Wirklich erschreckend.‹

Der Verkehr hatte zugenommen. Die Autobahn stieg leicht an und machte in einem langen Brückenbogen einen Knick nach rechts. Sie waren bald da. Alain sagte: »Schau da hinten, der Eiffelturm.« Und René verrenkte sich beinahe den Hals, um ihn durch Alains Fenster sehen zu können.

»Unglaublich, dass dieses Ding nur aus Eisen ist«, sagte René. »Da muss ich auf jeden Fall hoch. Du warst ja sicher schon oft oben.«

»Zwei Treppen, vielleicht zwanzig Meter.«

»Was, du warst noch nie auf dem Eiffelturm?«

»Wenn man Höhenangst hat, steigt man nicht auf einen Turm, über den sich alle wundern, dass er noch steht«, antwortete Alain und dachte unwillkürlich: ›Vielleicht wäre mein Vater mit mir raufgestiegen.‹ Was für ein unsinniger Gedanke. Früher hätte er solche Gedanken nicht gehabt. Früher gab es keinen Vater. Und dann steht er plötzlich – wie aus dem Himmel gefallen – in einem Zimmer in Amiens. Er war wie in Trance mit hineingegangen in das Haus, ein unbedeutendes Reihenhaus in einem unbedeutenden Städtchen. Es war sauber. Sein Vater sagte, seine Frau würde in einer Stunde heimkommen, sie hätte Chorprobe, aber es wäre ja auch ganz gut, wenn sie erst einmal allein reden könnten. Sie waren ins Wohnzimmer gegangen. Es war ein gewöhnliches Zimmer. Alain hatte sich auf das gewöhnliche Sofa gesetzt, dem Fremden mit seinen Augen und seinem Mund gegenüber. Der sagte, dass er sich freue, dass Alain sich gemeldet hätte. So würde man sich einmal kennenlernen. Er fragte, was Alain arbeiten würde. Er fragte, ob er Frau und Kinder hätte. Er fragte, wie es sei, in Paris zu leben, und er fragte, wie es Charlotte ginge. Erst diese letzte Frage schien Alain daran zu erinnern, dass er ja verwandt mit diesem Menschen dort sei, er hatte den Vornamen seiner Mutter so selbstverständlich ausgesprochen, als wären sie befreundet. Aber so war es wohl, wenn man irgendwann einmal mit jemandem zusammengelebt hatte.

Es kam Alain jetzt wieder so vor, als wäre dieser Nachmittag ein Schnipsel, der nicht zu seinem Leben gehörte, als hätte man ihn ausgeschnitten, blau angemalt und neben ihn hingelegt, damit er ihn immer sehen konnte. Und ja, dieser Nachmittag war für ihn blau, hellblau, vielleicht war die Tapete des Wohnzimmers blau gewesen, er wusste es nicht. Und eines an dieser Erinnerung war seltsam: Er konnte sich genau an das Familienfoto auf dem Kaminsims erinnern, ein Foto auf dem er, Alain, natürlich nicht vorkam. Er war vom Sofa aufgestanden und hinübergegangen, und während er fragte, ob das die Kinder seien, sah er das Bild vor sich. Es war ein älteres Foto und darauf war dieser Mann zu sehen mit einer etwas dicklichen blonden Frau und zwei Kindern, einem Jungen und einem Mädchen, und alle lächelten sie, und Alain erinnerte sich genau daran, dass es wehtat, dieses Bild zu sehen, weil es kein Lächeln war, sondern die abgeschnittenen Überreste eines Lachens, eines erfrischenden Lachens, von dem der Fotograf noch die letzten Ausläufer eingefangen hatte. *Jetzt reißt euch schon zusammen, es soll doch ein ordentliches Foto werden!* Es war nicht zu übersehen, sie waren glücklich, wenigstens auf dieser Aufnahme. Man musste sie, wenn man das Foto als Grundlage nahm, eine Familie nennen. Von Alain gab es nicht viele Bilder, man hatte wohl vergessen, ihn zu fotografieren und wenn, dann war er meist allein darauf zu sehen. Die Ausnahme war ein großes gerahmtes Foto in der Eingangshalle. Das gesamte Hotelpersonal hatte auf der rückwärtigen Treppe Aufstellung genommen und er stand neben seiner Mutter. Dann gab es noch eines, das im Kaminzimmer hing, auf dem er allein zu sehen war, ein Foto, das er immer abhängen lassen wollte, weil er befürchtete, dass jeder sehen konnte, wie einsam er damals war.

Die anderen Fotos hatte er selbst zusammengesammelt und in einer Blechschachtel aufbewahrt. Alain im Pool, im Hintergrund Hotelgäste auf Sonnenliegen; Alain auf dem Kies vorm Haus in seiner Schuluniform, Alain mit Thérèse, seinem ersten Kindermädchen, in das er einmal, er muss fünf oder sechs gewesen sein, verliebt gewesen war; Alain auf einem roten Schaukelpferd, ein Foto, das wohl noch zur ›alten Zeit‹, so nannte man im Haus jene Jahre, als sein Vater noch dort lebte, entstanden war. Fotos von seiner Mutter gab es nicht, zumindest besaß er kein Bild von ihr. Sie hasste es, fotografiert zu werden. Alain dachte, dass dies wohl damit zusammenhing, dass es eben keine Familie gab, die man hätte fotografieren können. Es störte ihn nicht einmal, dass er kein Bild von ihr hatte, bis auf eines in einem der ersten Hotelprospekte. Viel trauriger war er darüber, dass er keines von sich und Vincent besaß, einige seiner Abiturfreunde hatten sogar Film- und Super-8-Aufnahmen von sich und ihren Familien. Er hätte gern etwas Derartiges besessen und wenn es nur zehn verwackelte Sekunden gewesen wären, so als hätte er dann den Beweis dafür, dass es die Freundschaft und Liebe von Vincent wirklich gegeben hatte.

Alain bremste abrupt, riss das Lenkrad zur Seite, denn er wäre fast auf einen ausscherenden Wagen aufgefahren. »Bist du bescheuert, oder was!«, rief er nach vorn gegen die Scheibe. Dann sagte er zu René: »So, aufgepasst … Da. Siehst du?« Er zeigte auf ein sich näherndes Begrüßungsschild: »Bienvenue à Paris!«

»Und, aufgeregt?«, fragte er.

»Halt bitte an«, sagte René mit trockenem Mund.

Alain schaute ihm ins Gesicht, musterte ihn wie einen Kranken und fragte: »Was ist los?«

»Ich muss zurück«, konnte René nur sagen.

Alain fuhr von der linken hinüber auf die rechte Spur und hielt am Straßenrand an. Er kuppelte aus, ließ den Motor aber laufen. Dann beugte er sich zu René, legte seinen Arm auf die Rückenlehne des Beifahrersitzes und sagte: »Jetzt mal im Ernst, deine Ella braucht gerade eine Auszeit. Und du hast sie ihr verschafft. Also ist alles gut, oder zumindest so, wie es sein sollte. Und so, wie ich die Sache sehe, braucht nicht nur sie eine Pause.«

René schwieg, schaute aus dem Fenster und sah doch nichts.

»Hör mal, außerdem glaube ich nicht, dass jetzt noch irgendein Zug nach Bordeaux fährt. Es ist ja schon zehn Uhr. Ich sage dir, was wir machen. Wir fahren zu mir, schmeißen unsere Koffer ins Appartement und gehen was Gutes essen. Danach zeige ich dir noch meine Lieblingsbar, dann wird geschlafen und morgen kannst du weitersehen.«

René schaute Alain an. Er war ihm dankbar, denn er hatte das Gefühl, selbst nicht die geringste Entscheidung treffen zu können. Alain gab Gas und reihte sich wieder in den Nachtverkehr der Stadt ein. René sah aus dem Fenster und sprach kein Wort mehr, und Alain überließ ihn seinen ersten Pariser Eindrücken. Doch René sah nichts, nichts außer einer zu großen, zu lauten und undurchdringlichen Stadt, deren Lichter in den Straßenzügen und Fenstern der Häuser, den Reklamekästen und Metrostationen nach und nach aufflammten und in den Boutiquen, Boulangerien, Magasins und Pharmacies eines nach dem anderen schlagartig ausgingen. René spürte zum ersten Mal die sich in kleinen kalten Splittern vollziehende Verwandlung einer Großstadt, die Metamorphose eines monströsen elektrischen Organismus vom Tag zur Nacht. Nichts als eisiger Schein und unheimliche Fremde war dieses Schauspiel dort draußen, ohne Ella an seiner Seite.

Alain hielt vor einem imposanten dreigeschossigen Haus, dessen Fassade auf René den Eindruck machte, sie gehöre zum Mittelteil eines Schlosses.

»Da wären wir«, sagte er, stellte den Motor ab und stieg aus. Der Straßenlärm drang in das Innere des Wagens und René konnte sich kaum rühren bei dem Gedanken, angekommen zu sein und aussteigen zu müssen. Er konnte sich nicht vorstellen, auch nur eine einzige neue Erfahrung, eine einzige Empfindung ohne Ella machen zu müssen. Er schloss die Augen, so als hätte er sich vorgenommen, nichts von der Stadt sehen zu wollen.

Die Beifahrertür sprang auf und René hörte Alains energische Stimme, was er denn noch hier im Auto mache, sie seien da und jetzt ginge es los. René schlug die Augen auf. Sein Blick fiel auf eine große, grell beleuchtete Werbetafel, auf der ihm eine göttliche, leicht bekleidete Frau in einem schwebenden Kleid einen funkelnden Ring entgegenstreckte.

Alain beugte sich etwas in den Wagen und sagte: »Willst du im Auto übernachten oder bei mir?«

René sah ihn fragend an und da Alain keine Miene verzog und seine Haltung eine einzige Aufforderung blieb, fasste er sich und sagte: »Ich komme. Es geht los.« Dann stieg er aus.

»Game over, Mister!«

René stand vor einer Reihe großer, dreigeschossiger Palais, in deren ebenerdigen Arkadengängen sich Restaurants und Bars dicht an dicht drängten. Er holte seinen zerschlissenen Koffer, der einmal seinem Großvater gehört hatte, aus dem Wagen und folgte Alain, der seine Ledertasche auf kleinen Rollen hinter sich herzog, durch die Kreuzgewölbe, vorbei an gedeckten Tischen mit schwatzenden Gästen, steif vor sich hin wartenden Kellnern und flanierenden Nachtschwärmern. Neben einer Bar tippte Alain einen Code in einen Zahlenblock, ein kurzes Summen war zu hören, und er stieß eine schwere eiserne Tür auf. Während sie durch eine hohe, dunkle Eingangshalle gingen, sagte er, dass sich René nicht wundern solle, warum es hier so streng rieche, die besoffenen Touristen würden immer gegen die Haustür pissen und wenn er Samstag oder Sonntag das Haus verließ, müsse er gelegentlich über die eine oder andere Pfütze springen. Das wäre schon immer so gewesen und er habe sich daran gewöhnt, aber das sei eben der Preis, wenn man ein Appartement am schönsten Platz von Paris hätte, sagte er.

Zwei schmale Fahrstuhltüren öffneten sich und René schlug ein goldener Glanz entgegen. Sie stiegen ein, Alain steckte einen kleinen Schlüssel in eine der drei übereinander liegenden Schlösser, und René kam es vor, als könnten sie mit diesem Lift bis hinauf in den Götterhimmel fahren. Er war keineswegs prunkvoll, im Gegenteil, er war schlicht, besaß keinerlei Verzierungen, als sei der gesamte Fahrstuhl aus einem einzigen Stück Gold gehauen. Die Türen öffneten sich diesmal auf der Rückseite, denn von dort gelangte man direkt in Alains Appartement. René hatte so etwas schon in amerikanischen oder englischen Filmen gesehen und genau diese Einzelheit war für ihn seitdem der Inbegriff größten Reichtums gewesen – ein Fahrstuhl, den es nur für einen einzigen Menschen zu geben schien. Der weiche Teppich, den sie betraten, schien den Klang ihrer Schritte zu absorbieren.

»So, hier kannst du deine Sachen abstellen«, sagte Alain, schob die Hälfte einer doppelflügeligen Tür auf, die seitlich vom Flur abging, und knipste drinnen ein Licht an. Ein beinahe fünf Meter hoher Raum erhellte sich und noch bevor René fragen konnte, sagte Alain: »Das wäre dann dein Zimmer. Willst du dir noch etwas anderes anziehen, oder wollen wir gleich los? Ich hab einen Bärenhunger. Ach übrigens, hier neben der Tür ist der Regler für die Klimaanlage, falls es dir zu warm wird.« René sagte, dass er noch nie in einem Raum mit einer Klimaanlage gewesen sei. So etwas hätte es in ihrem Land nicht gegeben. Dann fügte er hinzu, dass sie von ihm aus sofort wieder gehen könnten.

»Jaja, nur nicht gleich loshetzen. Ins Bad muss ich schon noch«, sagte Alain, dann fragte er: »Soll ich eigentlich hier im Appartement übernachten oder willst du lieber, dass ich auswärts schlafe?«

René verstand die Frage nicht: »Wieso denn auswärts? Das ist doch deine Wohnung.«

»Ja schon, aber ich habe noch zwei, drei Appartements, die gerade möbliert verkauft werden. Wir hätten auch da übernachten können, aber ich denke, das hier ist mehr nach deinem Geschmack. Also, das wäre kein Problem, wenn du deine Ruhe haben willst, verziehe ich mich.«

»Nein, nein, von mir aus bleib gern hier.«

»Gut«, sagte Alain und verschwand durch eine der anderen Türen, die seitlich vom Flur abgingen. René betrat vorsichtig, als könne er jemanden stören, das riesige Zimmer. Ihn durchdrang ein seltsames Gefühl, als er den zerlotterten Koffer mit den abgeschabten Aufklebern – »Grüße von der Roßtrappe«, »Ostseebad Boltenhagen« und »Karl-Marx-Stadt« – neben das große, mit dunkelgrauer Seide bezogene Bett stellte. Kein größerer Kontrast konnte ihm einfallen, als dieser Koffer in diesem Zimmer, und er hatte zum ersten Mal den Eindruck, dass sich das wohl auf ganz Paris bezog; sein Koffer und ja, er selbst, gehörten nicht hierher. In Ellas Gesellschaft würden ihm derartige Gedanken nicht kommen, dachte er. Mit ihr fühlte er sich überall zu Hause, selbst die schäbigste oder glanzvollste Umgebung wärmte sich in ihrer Gegenwart wohlig auf und empfing sie beide wie lange erwartete Gäste.

René setzte sich auf die Bettkante und ließ sich erschöpft aufs Laken fallen. Er starrte an die stuckverzierte Decke und versuchte, sich vorzustellen, was Ella gerade tat. Es gelang ihm nicht. Was konnte sie schon tun? Den Abend mit der Gräfin verbringen? Das schien René unwahrscheinlich. Würde sie schon in dem riesigen Himmelbett liegen und schlafen? Sicher war das nicht ihre Zeit, aber was konnte sie ohne ihn schon unternehmen, dort in dieser verlassenen Gegend, da sie sich nicht in eine Bar setzen oder ins Kino gehen konnte? Eigentlich musste sie sich dort entsetzlich langweilen ohne ihn. Fast hoffte René, der Schmerz seiner Abreise und die drückende Sehnsucht nach ihm würden ihr sogar die Langeweile unmöglich machen. Nein, dazu war sie zu lebendig. Ihr Blut pulsierte ganz anders in ihren Adern als sein eigenes, das sich gerade mühsam in seinem Körper auf und ab zu schleppen schien. Ihm war zumute, als müsse er sich lang auf dieses Bett hinstrecken und einschlafen. Schon gar nicht konnte er sich vorstellen, noch aus dem Haus zu gehen. Die geringste Anstrengung schien ihm jetzt unmöglich und vor allem unsinnig. Nein, er würde heute nicht mehr ausgehen und er würde nicht an Ella denken.

Aber wie konnte es nur passieren, dass er sie allein gelassen hatte? Was war in ihn gefahren, mit einem wildfremden Menschen nach Paris? Er musste an Tati denken, eine Begegnung die erst einige Tage zurück lag. Aber das war ja etwas ganz anderes, das ließ sich nicht vergleichen, bei Tati hatte er gefühlt, dass man die Spur verlassen kann, dass die Welt aus vielen Welten besteht. Er war ausgeflogen in

dem sicheren Bewusstsein, ein Heim zu haben, zu dem er zurückkehren konnte, angeleint an ein unsichtbares Halteseil, an dessen
anderem Ende Ella ruhig schlief.

Er hatte Tati in Bayonne kennengelernt, einer unscheinbaren Stadt,
die Ella und er nie bei Tageslicht gesehen hatten und in der sie doch
zwei Nächte verbringen sollten. Sie konnten sich keine Unterkunft
im benachbarten Biarritz, der aufgeputzten atlantischen Flanier-
meile, leisten. So verbrachten sie dort den Tag, gingen zur Mole,
an den Strand, badeten und schauten den Surfern zu, wie sie an
den Hängen der Wasserdünen entlangsegelten. Abends aßen sie
in einem Restaurant an der Promenade und streiften anschließend
einige Bars, sodass sie erst kurz vor Mitternacht in ihrem abgeleb-
ten Hotel in der Altstadt von Bayonne ankamen. Die Hitze in der
Dachkammer war kaum auszuhalten, und obwohl René den besseren Schlaf von beiden hatte, konnte er an diesem Abend kein Auge
zumachen. Nachdem er sich eine Stunde auf dem Laken hin und
her gewälzt hatte, beschloss er, um Ella nicht wach zu machen, noch
etwas spazieren zu gehen. Er zog sich im Dunkeln an, schloss vorsichtig die Zimmertür hinter sich und stieg die knarrende, sich windende Holztreppe hinunter auf die Straße.

René erinnerte sich an die düsteren orangefarbenen Schatten der
schmalen Gassen, durch die er gelaufen war und an das Hotel, das
sich schmal und schief zwischen den Häusern erhob und den Mond
mit seinen spröden Schindeln anstieß. Er sah das kleine Mansarden-
fenster, hinter dem Ella schlief, und er lächelte bei dem Gedanken,
dass dort oben in diesem Zimmer seine Geliebte lag und träumte.
Ein Gefühl des Glücks und der Leichtigkeit durchströmte ihn. ›Sie
ist meine Frau‹, dachte er damals, vor sechs Tagen. Er sog die kühle

Nachtluft ein, die vom Atlantik her durch die Gassen wehte und die noch nach Sonnenöl und Seetang roch.

Es musste schon nach ein Uhr gewesen sein, als er in einer Seitengasse eine geöffnete Bar fand. Es war ein Irish Pub und von drinnen war Livemusik zu hören. René trat ein. Alle Tische waren besetzt. Vor einer kleinen Bühne tanzten zwei Paare. René ging zur Theke, setzte sich auf einen hohen Hocker und bestellte ein Guinness. Er war so vergnügt, dass er im Takt mit dem Fuß wippte und ab und zu mit der Handfläche den Rhythmus auf den Tresen schlug. Irgendwann schrie ihn, über die Lautstärke der Band hinweg, eine Stimme durch den Lärm an: »Where do you come from?«

Neben ihm stand eine kleine Frau an der Bar, sicher zehn Jahre älter als er, Ende oder Mitte dreißig, mit Glatzkopf und Piercing in der Unterlippe. Sie wartete offensichtlich auf ihr Getränk. René sagte: »Do you speak French? I'm not so good in English.« Sie lächelte ihn an. Es war ein mädchenhaftes, freches Zahnlückenlächeln, das in Verbindung mit dem Piercing, der breiten Nase und ihrem kahlen Kopf einen solchen Kontrast darstellte, dass René auf den Gedanken kam, sie könne eine Boxerin sein oder in einer Heavy Metal Band spielen. Sie fragte ihn jetzt auf Französisch: »Was treibt einen Jungen wie dich hierher in diese Einöde?«

René sagte ihr, dass er die Stadt keineswegs als öde empfinden würde. Sie lobte sein, wie sie sagte, tadelloses Französisch, und René kam nicht umhin, die Geschichte seines Unterrichts zu erzählen.

»Hast du keine Freundin? So ein hübscher Kerl wie du?«

»Doch«, antwortete Renè. »Sie schläft.«

Tati lachte. Sie war nicht schön, wenn sie lachte. Ihre Züge waren streng und kantig. »Sie schläft!«, wiederholte sie. »Wie wunderbar, sie schläft. Ist sie auch so hübsch wie du?«

René antwortete lächelnd: »Sie ist das schönste Mädchen, das ich kenne.«

Der Barkeeper stellte den Drink vor ihr auf der Theke ab, sie nahm ihn und hielt ihn in die Luft. »So muss es sein. Euch soll es an nichts fehlen! Wie heißt sie denn?«

»Ella«, sagte René.

»Gut, dann auf deine Ella!«

Sie stießen an.

Beim Gehen fragte sie René, ob er nicht Lust hätte, mit rüber zu ihren Freunden und nachher vielleicht noch auf ihre Party mitzukommen, sie habe nämlich heute Geburtstag, neununddreißig würde sie werden. René gratulierte ihr und versprach, nachzukommen.

Einige Minuten überlegte er, ob es eine gute Idee wäre, jetzt noch auf eine Feier zu gehen. Er befand sich aber in solch einer Hochstimmung, dass er nicht lange darüber nachdachte. Er ging hinüber zu Tati und deren Freunden und später mit auf die Party, die eine sehr kleine Party war und eigentlich nur aus ihren zwei männlichen Bekannten, ihr selbst und René bestand. Tati wohnte an einem winzigen Platz hinter einer hohen Kirche. Ihre Wohnung ging direkt vom Bürgersteig ab. Sie öffnete die Haustür und schon standen sie in ihrem Wohnzimmer. René hatte noch nie ein so ungewöhnliches Zimmer gesehen. Die Wände waren mit Filzstift bemalt und beklebt mit farbigen Fotos aus Zeitschriften und Büchern. Einige Fotos hatte sie wohl selbst gemacht. Die Personen auf den Bildern, es mussten hunderte gewesen sein, waren mit langen, quer über die Wände laufenden roten und grünen Linien verbunden, sodass sich René vorkam, als säße er im Netz einer Spinne. Es gab nur einen Holztisch, drei Stühle und einen alten Lederzweisitzer. Tati riss die Fenster links und rechts neben der Tür auf, legte eine Kassette ein und drehte die Anlage laut auf. René kannte die Musik nicht. Es war eine Art Volksmusik, und wie ihm kurze Zeit später einer ihrer Freunde, der wie auch der andere ein Baske war, erklärte, dass dies baskische Traditionals seien, fingen die zwei auch schon zu tanzen an. Von Zeit zu Zeit stimmten sie mit ein und sangen, ja manchmal überschlugen sich ihre Stimmen, voller Enthusiasmus die Lieder ihrer Heimat, einer Heimat, von deren Existenz René bis zu diesem Abend nichts wusste und die für diese beiden da so viel zu bedeuten schien wie ihr eigenes Leben.

Er setzte sich etwas erhöht neben Tati auf die Lehne der Couch. Ihr hageres weißes Gesicht leuchtete in dem Schein der Glühbirne, die an einem Kabel von der Decke hing, als sie ihren Kopf zurückwarf und ihr Glas austrank. Dabei schloss sie ihre Augen und René war es unangenehm, ihrem ausgezehrten Gesicht so nah zu sein. Er wandte seinen Blick nur eine Sekunde von ihr ab, den Tanzenden in der Mitte des Zimmers zu, und als er wieder hinunter zu ihr sah, saß sie über ihr Glas gebeugt, schaute abwesend hinein und sagte, als wäre es für immer leer: »Das ist mein letzter Geburtstag.«

René hatte sie bei dem Lärm im Zimmer kaum verstanden, aber sollte es wirklich dieser Satz gewesen sein, schien es ihm unmöglich, sie danach zu fragen. Aber das musste er auch nicht. Sie wiederholte langsam und immer noch den Blick in ihr leeres Glas versenkt, dass dies ihr letzter Geburtstag sein werde, ihr allerletzter Geburtstag, und dann schaute sie zu René auf und fragte ihn, und René sah ihr strenges Gesicht: »Kann sich das irgendwer vorstellen, ein letzter Geburtstag?«

Sie lächelte und es schien ihm, als erwarte sie wirklich eine Antwort. Und er wusste nichts darauf zu sagen.

Tati erzählte ihm, dass ihre Freundin sie, kurz nachdem sie es erfahren hatte, verlassen hätte. Sie sagte, dass niemand von einem anderen Menschen erwarten könne, er werde dabei zusehen, wie man stirbt, er werde das Ende einfach ertragen müssen, schon gar nicht würde man das von jemandem verlangen, den man liebt. Sie war aus Paris vor einigen Wochen geflohen, vor ihren Freunden, ihren Eltern, ihrer Arbeit, vor ihrem bisherigen Leben und hier in dieser verborgenen Stadt untergetaucht.

»Darf ich ein Foto von dir machen?«

»Ja, klar«, antwortete René.

Einer der Basken reichte Tati einen Joint, als sie gerade auf den Auslöser drückte, ein Blitz und das Summen des Sofortbildes, das vorn aus dem Apparat herauskam, für ihre Wand, wie sie sagte. Sie nahm den Joint und zog daran. Sie nahm einen kräftigen Zug, schloss die Augen und behielt den Rauch lange in sich, bevor sie ihn ins Zimmer blies. Sie gab René den Joint und er nahm ihn, behielt ihn lange zwischen seinen Fingern. Sie sagte: »Nimm einen Zug.« Dann hob sie ihr Glas und rief laut aus: »Auf meinen allerletzten Geburtstag!« Und ihre baskischen Freunde, die nicht wirklich ihre Freunde waren, standen auf, umringten sie, hoben ihre Gläser ebenfalls und tranken. Einer von ihnen hatte erzählt, dass sie Tati erst seit einer Woche kannten. René zog an dem Joint. Sehr lange spürte er nichts außer einem seltsamen Geschmack auf der Zunge. Doch bald fing er, ohne dass er es hätte ahnen können, an zu lachen, und als wolle Tati sehen, ob er schon genug hätte, rief sie feixend aus: »Trinkt, ihr Lieben. Trinkt und tanzt mit einer Toten.« Und René lachte. Er lachte mit ihr. Er lachte über sie. Alle hatten sich umarmt. Sie umarmten sich und drehten sich im Kreis. Sie tanzten und lachten. Noch nie in seinem Leben war René so weit von der Spur fort geraten. Er feierte, wo es nichts zu feiern gab, er sang helle, freudige Lieder, wo es doch nichts als die Trauer zu besingen gab, mit Menschen, die er gerade erst getroffen hatte, denen er in einer fremden Stadt begegnet war und die ihn mitgenommen hatten, fort von seinem Pfad, durch schmale Gassen, hinein in das Haus einer Spinne.

René wusste nicht, wie lange Ella schon am offenen Fenster gestanden und ihnen beim Tanzen und Singen zugeschaut hatte. Als er sie bemerkte, kippte er mit einem Ruck zurück in seine Welt, die in diesem Moment wieder Ella hieß. Ihre Blicke trafen sich und er spürte, wie ihre Einsamkeit den Raum zu fluten begann. Schnell war er aufgesprungen und zu ihr ans Fenster gestürmt. Er hatte ihre Hände ergriffen, sie zu sich hereingezogen und ihr auf den Mund geküsst. Sie umarmten sich, hielten sich aneinander fest. Er spürte die Tränen, die zwischen ihren sich berührenden Wangen herabliefen.

»Ich dachte, du wärst verschwunden«, hatte sie gesagt. »Ich dachte, du wärst eine Illusion.«

René drückte sie fest an sich.

»Es war, als gäbe es dich nicht. Es war schrecklich.«

»Ich bin keine Illusion, ich bin da«, sagte er.

»Ich habe die Musik gehört. Erst ganz leise. Und dann bin ich ihr gefolgt.«

»Ach, Liebste, das tut mir leid. Ich konnte nicht schlafen, und wollte dich nicht wecken. Aber jetzt bist du ja hier. Das ist gut. Das ist so gut.« Das hatte er fest und voller Überzeugung gesprochen. Er küsste ihr die Tränen aus dem Gesicht, bis sich in seine Küsse schon ihr leises Lachen mischte. Sie stieß ihn spaßhaft von sich und sagte: »Wehe, du lässt mich noch einmal allein. Dann fliege ich weg.«

»Oh, là, là«, hörten sie hinter sich die rauchige Stimme von Tati. »Wenn das nicht die Prinzessin unseres schönen René ist.«

Ella blickte über seine Schulter, und René fürchtete, die beiden könnten sich wie zwei Rivalinnen aufführen, doch das genaue

Gegenteil sollte passieren. Tati kam auf Ella zu, die sich etwas von René löste, nahm ihre Hand und führte sie wie eine Tänzerin einen Schritt weg von ihm, und Ella präsentierte sich ihr wie einer Freundin, der man ein neues Kleid vorführt.

»Sie ist ja wunderschön, deine Ella. Hast du geweint?« Sie strich ihr sanft über die Wange und sagte: »Eine Liebe ohne Tränen ist keine Liebe.«

Die Nacht, die bis zum Morgenrot dauern sollte, verlief für das junge Paar wie in Trance. Sie tranken den Wein, den Tati ihnen immer wieder nachgoss, tanzten, sangen, umarmten sich, zogen an den Joints, die die Runde machten, und als Ella mit den beiden Basken Brüderschaft trank, nahm Tati René beiseite und sagte schroff lächelnd: »Don't show your love! If you ever show your deep love, game over, Mister!«

Ein neuer Tag

Obwohl der Tag schon begonnen hatte, es war kurz nach acht, saß Charlotte im Dunkeln auf dem Sofa in ihrer Kammer, und lauschte dem Scharren und Hacken, das entfernt von draußen zu hören war. Sie stand heute nicht auf, ging nicht hinüber zu den Fenstern, um die Läden ein wenig aufzuschieben und Vincent beim Ackern drüben im Garten zuzuschauen. Heute blieb sie im Schatten ihres Zimmers sitzen und dachte nur ›Wozu macht er das? Wieso gibt er die Sache nicht auf?‹ Noch vor einem halben Jahr wäre sie um diese Uhrzeit dort bei ihm gewesen, auf den Knien, Unkraut zupfend. Sie hatte es geliebt, mit ihren Händen in die Erde zu fahren. Niemand hätte gedacht, dass aus ihrer Gärtnerei überhaupt etwas werden würde. Der Kiesboden, der die Spitzenweine im Bordeaux erst möglich machte, war allerdings für einen Gemüsegarten absolut ungeeignet. Charlotte und Vincent wussten, als sie ihn damals anlegten, dass ihre Bemühungen vor harte Proben gestellt werden würden. Sie hatten sich darauf geeinigt, dass jeder seinen eigenen Garten hat. Wobei dieser Garten nicht etwa ein abgestecktes Quadrat oder überhaupt ein bestimmter Bereich des Schlossgeländes war, sondern eine scheinbar willkürliche Auswahl einzelner Pflanzen und Beete, für deren Fürsorge sich die beiden wie zwei Paten verpflichtet hatten. So gehörten zum Beispiel zu Charlottes Schützlingen die Rosensträucher rechts neben der Treppe zum Park, während Vincent die auf der linken Seite betreute, was bei unterschiedlichen Erfolgen dazu führte, wenn bei ihm oder ihr die Sträucher in besonderer Blüte standen und es dadurch zu einer optischen Schieflage kam, dass sie wie die Angler, die ihre besten Fanggründe und Methoden für sich behalten, einander nur undeutlich und vage erklärten, warum die eine Rose besser gedieh als die andere. Das Gleiche traf auf die kleinen Tulpeninseln vor dem Haus zu. Auf die Spitze hatten sie diesen Wettbewerb allerdings in ihrem großen Gemüsegarten getrieben. Dort herrschte auf den ersten Blick ein seltsames Durcheinander. Wenn man aber genauer hinsah, bemerkte man, dass es das Kartoffelbeet zweimal gab, und das mit den Karotten, den Zwiebeln und den Kräutern ebenfalls, kurz, es gab von den meisten Beeten zwei, die allerdings nicht aneinandergrenzten, sondern sich zum Teil in den entferntesten Ecken des Gartens befanden. Nun bestand das Vergnügen der beiden Gärtner darin, die größten Kartoffeln und süßesten Erdbeeren zu züchten und sich vom anderen bewundern, ermutigen oder – was nicht selten der Fall war – trösten zu lassen. Charlotte dachte gern daran zurück, wie es Vincent einmal, nach monatelangem Wässern, gelungen war, einen Kürbis zu ziehen; ein Versuch, den sie selbst auf dem kargen Boden gar nicht erst unternommen hatte, und wie sie ihm, als sie dann die Kürbissuppe aßen, gratulierte zu einem Wunder, das sie nie für möglich gehalten hätte.

Aber auch das war nun vorbei. Und es waren nicht nur ihre Rückenschmerzen, die sie schon seit einiger Zeit vom Gärtnern abhielten, sondern vor allem die Gewissheit, dass alles in einigen Monaten verwildert daläge oder schlimmer noch, irgendein Fremder ernten würde, was sie hier mühsam pflegten.

Vincent hatte ihr noch angeboten, um ihren Rücken zu schonen einige Hochbeete aufzustellen, aber sie hatte ohne Begründung abgelehnt. Ihn aber hielt das nicht davon ab, weiterzumachen. Fand sie anfangs seinen unermüdlichen Elan noch rührend, so bedrückend wirkte er jetzt auf sie, da sie doch jeden Morgen mit ansehen musste, wie sich ein erwachsener Mensch einer sinnlosen Sache hingab. Ja, sie sorgte sich beinahe um ihn, als baue er mitten im Krieg ein Haus.

Da das Hacken draußen kein Ende nahm, stand Charlotte jetzt doch auf, um zu sehen, was er da trieb. Sie schob die linke Seite des Fensterladens ein wenig nach außen und sah, wie Vincent mit dem Spaten den Boden auflockerte, und sie sah, dass es nicht seine, sondern ihre Kartoffeln waren, die er umsorgte. Jetzt begriff sie, dass auch ihr Wettstreit endgültig beendet war. Schnell zog sie den Fensterladen wieder zu, ging hinüber zum Fernseher und schaltete ihn ein.

Als Ella in dem riesigen Himmelbett aufwachte, fühlte sie die durchdringende Stille in ihrem Zimmer. Wahrscheinlich unterschied sie sich kaum von der des Vortages. Außer, dass Renés Anwesenheit darin fehlte, das Plätschern des Wassers in der Dusche, darunter vielleicht ein wohliges vor sich hin Summen, ein leises Pfeifen, und so kam es ihr vor, als hätte jemand mit Präzision alles Sinnvolle, alles Entscheidende und Schöne aus diesem Morgen herausgeschnitten.

Der gestrige Tag war an ihr vorübergegangen, ohne sie zu berühren. Der Diener hatte ihr ein spätes Mittagessen zubereitet und auch gleich etwas Brot, Käse und Wein für eine Nachtmahlzeit aufs Zimmer gebracht. Sie hatte sich in der Suite eingeschlossen und eine geraume Zeit lang erwartet, dann später nur noch gehofft und schließlich ersehnt, dass René zurückkommen würde. Ihr linker Arm hatte begonnen zu schmerzen, der Feuersalamander war mühsam unter ihrer Haut vorangekrochen und hinterließ einen schroffen Graben aus Schmerz. Sie hatte den Arm zwischen die Knie geklemmt und presste sie zusammen. Und plötzlich war es René gewesen, der ihr wehgetan hatte und der sich ihrer Trennung aus lauter Feigheit und Schwäche nicht widersetzen konnte. Der Salamander hatte ihre Schulter erreicht, als Vincent an ihre Tür klopfte und »Ein Telefonat für Sie, Mademoiselle« rief. Und ein Wunder, sie war herausgetreten aus dem Zimmer, fragte schnell »Wo muss ich hin?« und der Schmerz, dieser sie vollkommen einnehmende und ausbrennende Schmerz war verschwunden. Als hätte es ihn nie gegeben. Zurück blieb von ihm nur ein seltsames Gefühl, als wäre Ellas linker Arm und ihre Schulter von innen ausgehöhlt, schwarz und kalt wie der Schlot eines Kamins. Einen Rest davon spürte sie jetzt immer noch.

Ella nahm ihr Tagebuch von Renés Kopfkissen und blätterte zu der Seite vor, auf der sie gestern etwas notiert hatte. Sie konnte sich beim besten Willen nicht daran erinnern, was es war. Als sie die Stelle fand, erschrak sie. Denn dort stand: »Kann ich ohne René leben?«

Sie sah sich die Zeile an und obwohl ihr niemand über die Schulter schaute, obwohl niemand außer ihr diese Worte je lesen würde, packte sie eine kurze Panik, als hätte sie durch ein Megafon auf der Spitze des Eiffelturms gerufen. Sie hatte jetzt das Gefühl, jeder Gedanke, den sie dachte, musste René erreichen, als ob er in ihr war, mit ihrer Hand schrieb und durch ihre Augen sah. Schnell strich sie das erste Wort durch, so fest, dass sie es nicht mehr lesen konnte und schrieb ein anderes, passenderes, wie sie fand, darüber: »Will ich ohne René leben?«, stand nun in blauer Tinte dort. ›Nein, natürlich nicht!‹, dachte sie sofort. ›Das ist doch ganz einfach, nein!‹ Aber er stand nun einmal da, ihr erster Zweifel. Sicher, sie hätte alles durchstreichen, die Seite ausreißen und von vorn anfangen können, aber etwas in ihr sagte, dass sie diese Worte nicht ohne Grund aufgeschrieben hatte. Gut, wenn es so einfach war, also: ›Nein.‹ Sie schrieb das kleine Wörtchen hinter die Frage. ›Das wäre geschafft‹, dachte sie. Jetzt würde sie ihr Ein-Personen-Stück aufführen. Sie beschloss, keiner Melancholie mehr zu verfallen, sich nicht einzuschließen oder abzuwarten. René war abgereist, sie hatte ihn weggeschickt, vertrieben und auch wenn sie ihre eigene Schuld daran fühlte, er hatte sich ja vertreiben lassen, durch seine Schwäche und Trägheit.

›Also, nicht noch so ein Tag wie gestern‹, dachte sie. ›Heute wird das anders. Der Tag heute gehört mir, es ist meiner!‹

Eine Stimme. René hörte eine Stimme, sie kam ihm bekannt vor. Es war dieser Alain, er schien irgendwo zu telefonieren. René lag noch immer angezogen auf dem Bett, die Decke über Bauch und Beine gezogen. Er hatte geschlafen, als wäre nichts geschehen. Es musste die Erschöpfung gewesen sein, der aufreibende Abschied, die lange Autofahrt mit einem Fremden und die ständige Ungewissheit. Durch die geschlossenen Fenster hörte er das Pulsieren der Metropole, als rauschte durch sie ein heißes, schnelles Blut. Ruckartig setzte er sich auf, rutschte von der Matratze und lief hinüber zu den schweren Vorhängen. Er zog sie auf und öffnete die hohe Glastür. Paris schlug lärmend zu ihm herein, aber es war kein gewöhnlicher

Lärm; es war, als ob er diesen Lärm wie Sauerstoff atmen konnte, als wäre er lebensnotwendig, das Elixier einer lebendigen Stadt. Ja, das war wirklich Paris, und er konnte es kaum erwarten, sich hineinzustürzen. Warum sollte ihm das nicht, wie vor sieben Tagen in Bayonne, jetzt auch mit Paris gelingen, frei hinaus und hinein in ein Abenteuer!

René verließ sein Zimmer. Auf dem Flur hörte er Alains Stimme, er sah ihn, wie er dort hinten in einem großen hellen Raum umherlief und telefonierte. Als er René entdeckte, winkte er ihn stumm zu sich herein. Das Wohnzimmer war hoch und hell, mit einer langen Fensterfront, die Wände mit schmalen, goldenen Zierleisten versehen, zwischen denen einige moderne Bilder und zwei große barocke Spiegel hingen. Alain, in sein Gespräch vertieft, auf und ab laufend, zog die Schnur des Telefons hinter sich her und blieb neben einem weißen Marmorkamin auf der Stirnseite des Zimmers stehen. Er legte seine Hand auf den Sims und berührte mit dem Zeigefinger das goldene Horn eines bronzenen Stiers, während er seinem Gesprächspartner scheinbar abwesend zuhörte. Alain bedeutete René, sich zu setzen. Der nahm auf einem der beiden sich gegenüberstehenden, beigefarbenen Sofas vor dem Kamin Platz und schaute durch die raumhohen Fenster hinaus in den Park, dessen Baumkronen in der Morgensonne saftig grün leuchteten. René erschrak, als sich Alains Stimme mit einem Mal überschlug: »Nein!«, blaffte er ins Telefon. »Wie oft soll ich das noch sagen, ein Grundriss ohne exakte Maße, das gibt es bei mir nicht. Dann gehen Sie hin, zur Not bestellen Sie jemanden, wenn Sie selbst nicht in der Lage sind, eine Wohnung auszumessen, aber eine Expertise mit einem geschätzten Grundriss, nein, jetzt rede ich, ein Grundriss mit ungefähren Maßen, das gibt es nicht, auch nicht vorübergehend. Sie gehen mit den Leuten rum, die nehmen die Wohnung und nach vier Jahren klagen sie wegen falscher Angaben, ja, dann müssen Sie halt den Termin verschieben, da sind Sie selbst schuld, wenn Sie Termine machen, ohne vorbereitet zu sein. Ja? … Das ist mir egal. Ach, im Übrigen, wenn Sie den Kunden verlieren, wird das Konsequenzen haben. Ich habe Ihnen das schon mehrfach gesagt und Sie ignorieren es einfach … Ja, das hoffe ich auch.« Alain legte wütend auf. Aber schon eine Sekunde darauf wandte er sich René zu und lächelte. »Ach, es macht Spaß, streng zu sein. Besonders bei so einem wie Romain. Eine Pfeife vorm Herrn. Und dann kommt er und sagt, er würde gern mehr Objekte in der Innenstadt haben. Romain und die Innenstadt, na ja … Hast du gut geschlafen? Ich hab' dich einfach liegen lassen. Lagst ja da, wie ein Toter.«

René mochte es nicht, wenn sich ein Mensch über einen anderen erhob, aber auch das schien für Alain ein Spiel zu sein, und René hatte wirklich das Gefühl, dass Alain seine Wut nur vorgetäuscht, ja vielleicht nur für seinen ostdeutschen Besuch aufgeführt hatte.

»Na, was hast du heute vor?«, fragte Alain.

René antwortete überrascht: »Ich weiß nicht. Darüber habe ich noch nicht nachgedacht.«

»Also, ich werde erst mal ins Büro fahren müssen«, sagte Alain. »Wenn du Lust hast, kannst du mitkommen. Ansonsten bin ich am Nachmittag zurück, so gegen drei, da könnten wir uns treffen. Ach übrigens, wenn du frühstücken willst, unten im Haus ist ein Café, die Croissants sind ganz gut. Ich hab schon was gegessen.«

Die Frau an der Tafel

Als René kurze Zeit später vor das Haus trat und Alain ihm einen Zweitschlüssel und das Passwort für die Wohnung gab, war aller

Eifer, war jeglicher Tatendrang dahin und einer nervösen Angst gewichen. René war wirklich davon ausgegangen, dass Alain und er den ersten Tag gemeinsam verbringen würden. Es fühlte sich wie Flugangst an, wie vor seiner ersten Reise nach Prag, die ihm seine Eltern zur Jugendweihe geschenkt hatten. Die ihn vollkommen einnehmende Panik war damals allerdings, kaum hatte das Flugzeug den Boden verlassen, im wahrsten Sinne verflogen und eine neue Freiheit, eine Weite des Gefühls hatte sich in ihm ausgebreitet. Etwas von dieser Euphorie des Aufbruchs hatte er auch gestern, als er den Aston Martin bestieg, und heute, kurz nachdem er aufgewacht war, gespürt. Nun war er überrascht von seiner eigenen Mutlosigkeit und dem dringenden Wunsch, Alain, der hinter ihm die Haustür schloss, um Hilfe zu bitten, Hilfe bei der Bezwingung dieser Stadt, in deren Mitte er soeben – wie aus dem Nichts – aufgetaucht war. Er hätte sich gut vorstellen können, wieder nach oben zu fahren und den Tag im Appartement zu verbringen. Doch Alain schlug ihm freundschaftlich auf die Schulter und verabschiedete ihn mit der sicheren Überzeugung, dass René diese Prüfung bestehen würde: »Du machst das schon«, sagte er nicht ohne Einfühlungsvermögen, klopfte ihm noch zweimal den Oberarm wie einem Kranken, bestieg seinen Wagen und fuhr, noch einmal durch die Scheibe grüßend, davon.

René stand da, als hätte man ihn auf einem fremden Planeten ausgesetzt. Er beschloss, sich zuerst einen Stadtplan zu kaufen und dann etwas frühstücken zu gehen. Die ältere Dame, die er kurz darauf ansprach und fragte, wo man hier einen Reiseführer kaufen könne, zuckte nur mit den Schultern, und ein junger Mann mit Schlips und Anzug zeigte rechts die Straße hinunter, wo es möglicherweise ein *Magasin de Journaux* gäbe. Also gut, nach rechts.

Renés hektischer Blick, jedes Geschäft auf seiner Suche abspähend, engte ihm die Stadt so sehr ein, dass er bald sicher war, im Kreis gegangen zu sein oder vielmehr im Quadrat, denn Paris schien aus ein und demselben Straßenzug zu bestehen, der immer wieder abknickte und in einen neuen, identischen überging. Nach einer geschlagenen halben Stunde fand er einen Buchladen. Er kaufte sich einen billigen Reiseführer mit eingeklebtem Stadtplan und setzte sich damit in das nächstbeste Café an der Ecke einer stark befahrenen Kreuzung. Als der Kellner seine Bestellung aufgenommen und René das Gefühl hatte, endlich zur Ruhe zu kommen, fiel ihm auf, was ihm die ganze Zeit, seit er das Haus verlassen hatte, die Sinne zerzauste und ihn schwindlig machte. Es war der Lärm, ein ohrenbetäubender, unausgesetzter Lärm. Er fühlte, wie dieser Orkan aus Geräuschen ihn wie ein kleines, zerlottertes Schiffchen vor sich hergetrieben und hier an diesen Tisch gespült hatte. Die Lautstärke der Stadt war für ihn plötzlich unwirklich und unerträglich. Der ältere Herr, der am Nachbartisch in seiner Zeitung las, musste taub sein. Überhaupt, alle Gäste des Cafés schienen es nicht zu hören, dieses pausenlose, in allen Frequenzen sich fortspinnende Gekreische. Einen Tisch weiter unterhielten sich zwei Frauen, als säßen sie auf einer Wiese unter einem Kirschbaum. Es schien sie keinerlei Anstrengung zu kosten, sich gegen diese Wand aus Lärm zu behaupten. Im Gegenteil, René hatte den Eindruck, sie besprachen gerade die vertraulichsten Dinge miteinander. Ihre Stimmen waren offensichtlich so abgerichtet, dass sie sich einen geheimen Weg durch dieses Chaos bahnen konnten. Überhaupt schien niemand von dieser andauernden Kakophonie Kenntnis zu nehmen. Da, wo René herkam, gab es einen solch exzentrischen Lärm nicht. Die kleinen knatternden Zweitaktmotoren der ostdeutschen Trabanten und Wartburgs waren gar nicht in der Lage, eine solche Fülle an Geräuschen herzustellen. Außerdem gab es in seiner Heimatstadt nicht eine einzige

Kreuzung, durch die sich ein so unendlich fortspinnender Wust von Verkehr hindurchzwängte. Alles bewegte sich hier. Autos, Motorräder, Mopeds, Lieferwägen, einander zurufende Passanten mit erhobenen Armen zwischen einer sich ständig durchmischenden Masse von Menschen, und dann dröhnte ein heranrauschender, alles übertönender Feuerwehrzug herbei, der das gesamte Treiben für kurze Zeit unterbrach und teilte. Hinzu kamen noch die Musiken aus dem Café, dem benachbarten Zeitungskiosk, einem geöffneten Fenster direkt gegenüber und den vorbeifahrenden Cabriolets. Es war nicht zum Aushalten.

Inmitten dieses Getümmels beobachtete René einen kleinen Jungen, der stumm neben seiner Mutter herging. Beide blieben direkt vor dem Café an der Ampel stehen und warteten darauf, dass es Grün wurde. Als die Ampel umschlug, hielt die Mutter ihrem Jungen, ohne nach ihm zu sehen, die Hand hin, und er hob ebenfalls, ohne einen Blick hinauf, die Hand zu ihr nach oben, und beide Hände fanden sich, so sicher, wie die zweier Trapezkünstler sich finden, und fassten einander so selbstverständlich und geübt, dass René berührt davon war. Inmitten von tausend Gesten war ihm gerade diese eine, die stillste von allen, aufgefallen.

Wollte man Renés Wesen oder auch nur seinen Charakter grundlegend beschreiben, so hätte diese Schilderung ihren Anfang in eben diesem Gefühl, das er dieser Mutter und ihrem Kind entgegenbrachte. Man müsste von dem unwahrscheinlichen Glück, das René in Kindertagen gehabt hatte, erzählen, ein Glück, das ihm erst vor einigen Jahren selbst zu Bewusstsein gekommen war und ohne das er wohl ein vollkommen anderer, und René war sich sicher, ein schwermütiger Mensch geworden wäre.

Als er neun Jahre alt war, hatten seine Eltern beschlossen, aus ihrer kaum noch beheizbaren Gründerzeitvilla, in die es schon seit

Jahren einregnete und deren Balkonbalustrade schon halb abgebrochen war, in einen am Reißbrett entworfenen Zwölfgeschosser der Neustadt umzuziehen. Das Wohnungsbauprogramm der DDR hatte dazu geführt, dass nicht mehr die historischen Häuser der Altstädte begehrt waren, sondern die mit Zentralheizung und warmem Wasser ausgestatteten Neubaublocks der Satellitensiedlungen. René konnte sich nur noch dunkel an das alte Haus erinnern, an die zahllosen Zinkeimer auf dem Dachboden, die das Regenwasser auffingen und die er regelmäßig leeren musste, an die kalten Winter mit den Eisblumen an den Fenstern und vor allem an die schier undurchdringliche, labyrinthische Größe des Hauses, deren Zimmer ihm immer, wenn er sich daran zu erinnern versuchte, finster, verschleiert und wie versunken vorkamen.

In der weißen und neuen Stadt, in der er den Rest seiner Kindheit verbringen sollte, gab es keine Geheimnisse. Alles war weiß und neu. Bis auf die bunten und wie an die glatten Fassaden angeklebt wirkenden Balkone. Die Flure, Treppenhäuser, die Wohnung, die Schaukeln und Klettergerüste, alles roch monatelang nach frischer Farbe und im Fahrstuhl begegnete man jeden Tag Leuten, die nie dieselben waren und sich immer auszutauschen schienen, sodass der kleine René irgendwann das Gefühl hatte, in ihrem riesigen Block wohne die halbe Menschheit. Erst allmählich gewöhnte er sich an die Gesichter, die irgendwann merkbar und dann auch vertraut für ihn wurden.

Hatte er das alte Haus – als das Einzelkind, das er war – wie sein Reich, als eine Umgebung, die ihm gehörte und deren junger Herrscher er war, empfunden, musste er hier sein Heim mit Dutzenden von Kindern teilen, die allesamt Ansprüche auf das Treppengeländer und die Führung des Fahrstuhls erhoben. Er sah sich einem stetigen und offenen Kampf mit anderen ausgesetzt. Wenn er an diese Zeit der Prüfungen und Eroberungen zurückdachte, oder jemandem davon erzählte, tat er dies nicht ohne Stolz, denn er fühlte, dass er es geschafft hatte, mit diesen fremden Kindern in Kontakt zu treten, dass er sich ihnen gegenüber behauptet hatte und bald mit einem Großteil von ihnen freundschaftlich verbunden war. Und noch bevor seine Kindheit zu Ende ging, erfuhr er an sich, dass die Geheimnisse, die Kinder in Erstaunen versetzen konnten, überall auf sie warteten, sogar in einer Stadt, die keine Vergangenheit hatte und die wie ein frisches Gebiss mit blendend weißen Zähnen in den blauen Himmel lachte. Auch dort ließen sie sich finden, die Geheimnisse, ob in einem niedrigen Gebüsch an der riesigen Hauswand ihres Wohnblocks, in dem sich eine Igelfamilie eingerichtet hatte, ob in den endlosen Kellergängen, die er oft als Mutprobe im Dunkeln durchzittern musste, dem großen Fahrstuhl in dem sie manchmal Stunden verbrachten, um zu wetten, welche rote Zahl als Nächstes aufleuchten wird, oder hinter der Kaufhalle, wo es noch einen Schutthaufen der alten Siedlung gab, in dem sie Relikte vergangener Zeiten ausgruben, blau-weiße Wandfliesen oder Ziegelsteine, an denen noch in farbigen Schichten die Tapete klebte; einmal fanden sie sogar ein Geldstück mit einem Hakenkreuz. Und Knochen, immer waren es Knochen. Die neuen Kinder seines Blocks gehörten nun zu ihm und er gehörte zu ihnen. Und immer, wenn er daran zurückdachte, war er froh, das Glück dieser zwei Kindheiten erlebt zu haben, einer, die er für sich allein gelebt und einer, die er mit anderen geteilt hatte. Und manchmal erschrak er bei dem Gedanken, seine Eltern wären nie umgezogen und der zweite Teil seiner Kindheit wäre ihm versagt geblieben. Wie arm hätte er sich selbst empfunden.

Und noch einen Grund gab es, warum er damals über den Ortswechsel froh sein konnte, denn dass er in früher Kindheit auf dem besten Wege war, ein Sonderling zu werden, lag weniger an ihm oder der Tatsache, dass er ein Einzelkind war, als vielmehr am Beruf seiner Mutter. Sie war die Deutschlehrerin an seiner Schule. Dieser Umstand sonderte ihn wie eine unbegreifliche, verborgene Macht von den anderen Kindern ab. Auch wenn die Mutter ihn mit besonderer Strenge bis hin zur Ungerechtigkeit behandelte, nur um nicht in Verdacht zu geraten, sie bevorteile ihr eigenes Kind, so spürte er doch, dass er für die Klassenkameraden weniger zu ihnen als zu dieser Deutschlehrerin gehörte. Hinzu kam, ob er es wollte oder nicht, dass er sich für den Ruf seiner Mutter verantwortlich fühlte, auch wenn sie diese Art von Ritterlichkeit ihm gegenüber nie eingefordert hatte. Verstummte aber das Tuscheln seiner Mitschüler, wenn er hinzutrat, argwöhnte er, dass sie gerade über seine Mutter hergezogen waren. Dann ärgerte er sich, weil er an diesen Schmähungen nie teilhaben konnte, und schämte sich, weil er es überhaupt wollte. Seine Mitschüler vermuteten in ihm immer den Spion und Verräter, dessen Familienbande ihn fester hielten, als es Freundschaften je könnten, und so blieb er abgesondert von ihnen.

Dieser Umstand bewirkte schon bald eine innere Abwehr gegen diese Frau dort vorn an der Tafel. Seine Noten wurden schlechter, weil er wollte, dass sie schlechter werden. Er lernte kaum noch und hoffte so, sich den Rang eines wirklichen Klassenkameraden verdienen zu können. Besonders schlecht war sein Betragen in den Unterrichtsstunden seiner Mutter und nicht selten kam es vor, dass er mit dem Gesicht zur Wand in der Ecke des Klassenzimmers das Ende der Stunde abwartete. Heute begriff er, dass es eine quälende Zeit für seine Mutter gewesen sein musste, eine Zeit, die erst mit dem Umzug in das neue Viertel enden sollte.

Er konnte sich daran erinnern, dass er einmal auf dem Schulhof gestürzt war. Ihm bluteten heftig die Knie und er weinte. Seine

Mutter hatte an diesem Tag Hofaufsicht. Sie kam zu ihm, zwängte sich durch die schaulustigen Kinder, kniete sich nicht nieder, strich ihm nicht übers Haar und fragte ihren kleinen Spatz nicht, ob es sehr weh getan hätte, sondern half ihm nur stumm auf und brachte ihn ohne jeden Zuspruch ins Lehrerzimmer, wo er verbunden wurde. Dort allerdings, und wahrscheinlich schon auf dem Weg dahin, verwandelte sie sich langsam wieder von der ihm so fremden Aufsichtsperson in seine Mutter, bis sie ihn, als sich die Tür des Lehrerzimmers hinter ihnen geschlossen hatte, fest in den Arm nahm und ihm über den Kopf strich. Regelmäßig konnte er diese Verwandlungen seiner Mutter bei gemeinsamen Heimwegen beobachten. Im Winter, wenn ihm die Finger froren, stand er zitternd am Schultor und egal, ob noch ein Klassenkamerad bei ihm war oder nicht, seine Mutter kam, grüßte ihn kurz, umarmte ihn nicht, und schon gar nicht hielt sie ihn bei der Hand. Erst wenn sie um die Häuserecke gebogen waren, fühlte René, wie die Bewegungen ihres Armes, das Hin- und Herschwingen, langsam auspendelten und sich ihre Hand zu ihm senkte, und – als gäbe es nichts Natürlicheres auf der Welt – seine zu ihr aufschnellte und sich beide Hände fest umschlossen, wie die von Mutter und Sohn vor ihm an der Ampel.

Das ewige Paar

René beschloss, sich zunächst einmal einen Überblick über die Sehenswürdigkeiten der Stadt zu machen und dann weiterzusehen. Doch kaum hatte er das Vorwort des Reiseführers gelesen, in dem es darum ging, sich einen Parisaufenthalt richtig einzuteilen, fiel ihm schon die Unlösbarkeit dieses ersten, simplen Grundsatzes auf. Er wusste ja nicht, wie lange sein Aufenthalt dauern würde.

Also beschloss er, nur die wichtigsten Sehenswürdigkeiten zu besuchen. Mit dem Louvre würde er anfangen. Aber auch, was das Museum betraf, zügelte der Stadtführer die Erwartungen an einen befreiten Tagesbeginn. Man müsse sich während der Hochsaison auf eine Wartezeit von ein bis zwei Stunden einstellen, und da René dem schmalen Büchlein ein gewisses Misstrauen entgegenbrachte, schlug er noch eine Stunde oben drauf. Trotzdem beschloss er, es zu versuchen und sich die Warteschlange einmal anzuschauen.

Er kannte sich mit dieser Art menschlicher Schlangen und deren eigenen Gesetzen sehr gut aus. Er war es, wie wohl alle seiner Landsleute, gewohnt, in Schlangen zu stehen und sich die Wartezeit zu vertreiben. Das Anstehen war da, wo er herkam, eine Art Volkssport. Es wurde, bevor sich das Tor ins westliche Schlaraffenland geöffnet hatte, schlichtweg nach allem angestanden, nach Bananen, nach Dresdner Weihnachtsstollen, nach neu eingetroffenen Fahrradersatzteilen, überhaupt nach jeglicher Art von Ersatzteilen, nach Ananas in Büchsen, nach Spargel, sogar nach Wurst und Fleisch, Brot und Brötchen, was René nie verstehen konnte, denn davon gab es genug, aber dort stellte man sich wohl eine Stunde, bevor der Bäcker oder Fleischer öffnete, an, um den Tag mit der richtigen Einstellung zu beginnen. Es wurde beim Arzt angestanden, vor jedem Restaurant, in endlosen Reihen am Fahrkartenschalter, an der Kasse der Kaufhalle, beim Plattenladen, um am Ende nicht zu wissen, was der Verkäufer einem in den Überraschungsbeutel steckte; kurzum, es wurde überall angestanden und das Schlangestehen eine so anerkannte Sache, dass schon die Kleinsten, die gerade mal sprechen konnten, losgeschickt wurden, um sich schon mal irgendwo anzustellen, bevor dann die Mutter oder der Vater zur Ablösung kamen. Hier in dieser Welt des Überflusses musste man nach nichts anstehen, ausgenommen nach Karten in diesem Museum.

Als René den Louvre erreichte, der nicht weit entfernt von dem Café lag, in dem er gefrühstückt hatte, stellte er wider Erwarten fest, dass nur eine sehr kleine Schlange aus dreißig bis vierzig Leuten im Innenhof des ehemaligen Schlosses vor der gläsernen Pyramide anstand, dem erst kürzlich eröffneten neuen Eingang. Er schätzte die Wartedauer aufgrund des Tempos der Abfertigung auf eine halbe Stunde. Das war eine beinahe lachhafte Zeit, wenn man aus einem Land wie dem seinen kam. Er stellte sich auf sein rechtes Bein, knickte das Linke etwas ein, schlug den Reiseführer auf und blätterte bis zum Kapitel »Das Herz der Stadt«, und schon der erste Absatz machte ihm die Unmöglichkeit klar, auch nur einen Bruchteil der Schätze dieses kolossalen Baues zu Gesicht zu bekommen. 30.000 ägyptische, 35.000 griechische und römische, 80.000 orientalische Ausstellungsstücke sowie über 6.000 Gemälde, 2.500 Skulpturen und 136.000 Zeichnungen, Stiche und Radierungen würden dort auf ihn warten, auch wenn das meiste davon verschlossen in katakombischen Archiven lagerte.

René konnte sich mit Tatsachen abfinden. Dieses Museum vor ihm enthielt wohl eine halbe Million Ausstellungsstücke, doch es machte ihm nichts aus, sich zwanzig oder hundert von ihnen anzuschauen und wieder zu gehen, wo er noch dazu neigte, nach drei oder vier Museumsräumen müde zu werden, dass ihm die Augen brannten. Wenn man es genau nahm, interessierten ihn Museen eigentlich nicht. Es fehlte ihm an der nötigen Geduld. Ella hingegen, die zwar kein Buch zu Ende lesen konnte, war aber aus Museen aller Art kaum wieder herauszubekommen.

Die Entscheidung, was er sich anschauen würde, fiel ihm nicht schwer. Er wusste, dass es die Venus von Milo und die Mona Lisa nicht sein würden; die stille Hoffnung, diese irgendwann doch mit Ella anschauen zu können, hegte er noch. Also entschied er sich, systematisch vorzugehen. Er würde mit der ersten Abteilung beginnen und dann sehen, wie weit ihn sein Interesse oder seine Kondition führen würden.

Aber es ist eben auch im Museum ein Unterschied, ob man allein oder mit einem Menschen, den man liebt, ob man zufrieden oder unglücklich vor einem zweitausend Jahre alten Stein steht. Mit Ella an seiner Seite hätte sich das akkadische Relief, vor das René jetzt trat, vielleicht mit Leben gefüllt, und die Anbetung des Königs durch die Niederen mit ihren in die Höhe gerichteten Fanfaren vor der großen Pyramide, die mit ihrer Spitze die Sterne berührte, hätte ihm vielleicht einen uralten Himmel entzündet. So war es nur ein Stein, den er betrachtete und eine Geschichte, die ihn nichts anging. Der Prinz von Lagasch, mit dem phallischen Krug vor seiner Brust, aus dem das ewige Leben wie aus einem Brunnen quillt, nichts; der Kodex Hammurapi, das Gesetz der Babylonier auf schwarzem Basalt in monumentaler Keilschrift, nichts; das Tor der geflügelten assyrischen Stiere mit Menschenköpfen aus Alabaster, er ging hindurch und empfand nichts; Bessas, das ›Narbengesicht‹, Schutzgeist der tausend Städte, nichts; die Herrin der Tiere aus Ugarit, nichts; das goldene Geschenk an seinen General, der Kelch des Thutmosis, auf dessen Grund Fische um eine Sonne schwammen, kein Staunen, nichts; nicht einmal die Statue der Sekhmet aus Karnak, die löwenköpfige Göttin des Krieges und der Heilung, Herrin des ›Zitterns‹ genannt, berührte ihn, und dann doch etwas, etwas Unerwartetes, etwas Gewaltiges und zugleich Schlichtes.

René blieb stehen und konnte nicht einmal auf das kleine Schildchen an der Wand schauen, denn diese zwei Menschen dort in der Vitrine vor ihm zogen ihn in ihren Bann. Ein Liebespaar aus rotem Sandstein, weiß bemalt, Hand in Hand auf dem Weg, wie im Vorbeigehen, einander bewusst, vertraut und sicher, ihr Wesen eins, ihr Schritt Ruhe, nichts kann sie trennen, ein ewiger Gang, Seite an Seite. René stand wie erstarrt vor diesem Paar, vor dieser Liebe, die so selbstverständlich, rein und genügsam war. Diese dort kannten einander wie Bruder und Schwester, sie verkörperten für René das Höchste, das einzig Erstrebenswerte: die Mitte. Weder Ekstase noch Gleichmut. Aus ihrer Haltung, ihrem Blick sprachen Zuversicht und Güte; das ideale Paar, dachte René, und er wünschte sich, Ella und er könnten so gehen wie dieser junge König mit seiner Königin, so in Frieden und bescheiden und mühelos in die Zukunft. War das möglich? Sollte das vorstellbar sein?

Echnaton und Nofretete, las er auf dem Schild neben der kleinen Statuette. Über zweitausend Jahre war das her und sie gingen immer noch. Wie verzaubert war René von dieser Begegnung, und der Gedanke, hier jetzt allein zu stehen, gerade hier vor diesem Mahnmal der Liebe, vor dieser Offenbarung machte ihn traurig. ›Niemand sollte hier allein stehen‹, dachte er.

Einige Ausstellungsräume durchlief er noch, sie kurz mit den Augen überfliegend, ohne stehen zu bleiben. Dann suchte er den kürzesten Weg zum Ausgang.

»Lassen Sie uns bitte von etwas anderem reden.«

Was sollte Ella mit dem Tag, der ihr gehörte, anfangen? Sie beschloss, als Erstes eine Wanderung zu machen und im Dorf bei Emile etwas zu essen. Gegen zwölf Uhr verließ sie das Schloss in Richtung Brouville. Die Sonne brannte so sehr, dass Ella ein leichtes Tuch aus ihrer Tasche hervorzog und sich um den Kopf band. Trotz der Hitze, beschloss sie, einen Bogen über die Felder zu gehen. Sie stieg über einen verrosteten Drahtzaun, der an einer Stelle heruntergebogen war und fast auf dem Boden lag. Vor ihr erstreckten sich in leichten Wellen ansteigend ausgetrocknete und wohl schon lange nicht mehr bewirtschaftete Felder. Sie lief einen Hügel hinauf, um die Gegend besser übersehen zu können, dabei stachen ihr die spröden Stoppeln des Ackers durch die halb offenen Sandalen in die Füße. Es war ein beschwerlicher Weg, und sie überlegte schon, ob sie umkehren sollte.

Doch als sie oben ankam, war sie froh, den Umweg gegangen zu sein. Ein endlos schöner Teppich aus Sonnenblumen lag vor ihr. In der Ferne, zwischen zwei Hügeln streckte die Kirche des kleinen Örtchens ihre blassrote Spitze in die Höhe und Ella freute sich, als wäre die Kapelle eine alte Bekannte, die ihr mit ihrem schiefen Fähnchen zuwinkte. Sie trat raschelnd in das Feld der Sonnenblumen ein, die sehr hoch standen und zu Ellas Überraschung bereits vertrocknet waren. Aber noch leuchtete dieses Meer aus Blüten matt und golden im Licht des Vormittags. Ab und zu blieb Ella stehen, griff in eine Blüte hinein und zog sich ein paar Kerne heraus. Sie knackte die Schalen zwischen ihren Zähnen und spuckte sie weit von sich. Die Kerne schmeckten süß und waren noch ganz ölig. Sie war froh, hier zu sein. Hier konnte sie atmen, freier als im Haus und vor allem in der Suite, die ihr gestern, mit den verhangenen Fenstern, wie ein stickiges, dunkles Gefängnis vorgekommen war. Hier war alles hell und gut.

Aber je länger sie ging, umso beschwerlicher wurde auch dieser Weg. Es machte ihr bereits Mühe, die vor Trockenheit steifen und spröden Pflanzen vor sich zu teilen und die scharfkantigen Blätter von ihren nackten Beinen fernzuhalten. Wenn sie aufsah, sah sie nichts als Sonnenblumen, nichts als blendendes, verdorrtes Gelb, und sie dachte, wie schnell man doch die schönsten Dinge über hat.

Aber dann stieg sie eine leichte Anhöhe hinauf und da, endlich, erhob sich über die leblosen Blüten, von Schritt zu Schritt, zuerst das rostige Fähnchen, dann das Dach und schließlich die Dorfkirche selbst.

Unten im Ort angekommen setzte sich Ella an einen der Tische vor Emiles Bistro. Ihre Laune frischte sofort auf, als eine Minute später der Wirt auf die Straße trat, die Arme in die Luft streckte und rief: »Ah, meine neue Freundin ist wieder da!« Er kam über den schattigen Kies auf Ella zu und schüttelte drohend seinen Zeigefinger: »Sie wohnen oben im Schloss und erzählen mir nichts davon?« Schon war er bei ihr, beugte sich vor, um den Tisch abzuwischen und sagte: »Wissen Sie, so was spricht sich hier rum. Sind Sie verwandt mit ihr?«

»Ich, nein. Wir sind nur Gäste.«

Während er mit dem Lappen das karierte Wachstischtuch von einer Seite zur anderen regelrecht bohnerte, warf er einen seitlichen Blick auf Ella.

»Gäste, soso. Das gab's lange nicht.« Er richtete sich auf und ordnete die Salz- und Pfefferstreuer und die kleine Dose mit Zahnstäbchen. »Was ist denn mit ihrem Freund? Kommt der noch?«

Ella sah hinüber zum Bach, an dem René gestanden und mit Steinchen geworfen hatte. Obwohl es erst zwei Tage her war, kam es ihr vor, als seien Jahre vergangen. Sie sagte, ohne dass es ihr eigentlich bewusst war: »Er ist weg. Hat mich sitzen lassen.«

Der Wirt stellte sich aufrecht hin und stützte beide Hände in die Hüften.

»Das glaub ich nicht. Ist er ein Trottel oder was?«

Ella bemühte sich zu lächeln.

»Und was werden Sie jetzt tun?«, fragte er.

Ihr stiegen die Tränen in die Augen. »Lassen Sie uns bitte von etwas anderem reden.«

»Ach, Sie Ärmste. Aber der kommt wieder, so jemanden wie Sie lässt man nicht einfach sitzen, glauben sie mir.« Er sah sie prüfend an. »Was kann ich Ihnen Gutes tun? Einen Anis vielleicht?«

»Nein, heute nicht. Bitte nur ein großes Wasser.«

»Oh je, ein Wasser. Dann ist es ernst. Aber Sie müssen wenigstens etwas Ordentliches essen. Also was soll es sein?«

»Haben Sie Spaghetti?«

»Na hören Sie mal, Sie können Fragen stellen, was soll das für ein italienisches Restaurant sein, wenn es keine Spaghetti gibt?«

»Die stehen aber nicht in der Karte«, erwiderte Ella.

»Wissen Sie, jetzt kann ich ehrlich sein, es gibt eigentlich keine Karte. Also ja, für Touristen gibt es schon eine. Aber Freunde und Leute, denen ich was schuldig bin, sagen mir einfach, was sie wollen und ich koche es ihnen, natürlich nur, wenn es nichts Ausgefallenes ist. Also, Sie möchten Spaghetti.«

»Ja, das wäre schön.«

»Und was dürfen es für Spaghetti sein, bitteschön?«

»Also ich liebe ja Carbonara. Können Sie das machen?«

»Können schon, aber empfehlen kann ich es nicht, nicht bei dieser Hitze. Ich mache sie Ihnen, wenn Sie wollen, aber ein Italiener, der im brütenden Sommer Carbonara anbietet, ist nicht ganz zurechnungsfähig. Was halten Sie von Aglio Olio oder Arrabiata? Das ist etwas scharf.«

»Oh ja, Arrabiata klingt spannend, und scharf ist gut. Das nehme ich.«

»Sehr gern, Mademoiselle! Wie Sie wünschen, Mademoiselle«, sagte Emile mit übertriebener Höflichkeit und zwinkerte ihr dabei zu. Sie verstand nicht, was das sollte.

»Sehen Sie, bei mir ist das albern. Ich wollte Sie genauso vornehm bedienen wie Ihr Vincent da oben. Der macht es doch so, oder?«

»Ach, Sie kennen ihn?«

»Na, und ob ich den kenne. Er war ja Stammgast bei mir. Ein sehr höflicher und korrekter Mensch, sogar als Gast.«

»Ja, das kann ich mir vorstellen.«

»Na, ich mach Ihnen jetzt erst mal was zu essen und dann schwatzen wir ein wenig.« Er klopfte mit dem Fingerknöchel auf den Tisch, was so viel zu bedeuten hatte, wie ›Bin gleich wieder da!‹ und verschwand im Restaurant.

Ella war zufrieden mit ihrer Entscheidung, ins Dorf essen zu gehen. Dieser Emile war genau das, was sie jetzt brauchte, ein erfrischender Regen auf diesen verdorrten Tag.

Als Ella gegessen hatte, lehnte sie sich von ihrem leeren Teller zurück und sah über sich das hell erleuchtete Blätterdach der Platanen. Mit jedem Lüftchen, das darüber strich, glühte das hohe Gewölbe golden auf, als bliese jemand sacht in die heiße Asche eines grünen Feuers. Und Ella dachte nicht an René, nicht daran, wie es wäre, jetzt mit ihm unter diesem Sommerbaldachin zu sitzen, nicht daran, wie sich dieser Mittag zu zweit anfühlen könnte, nicht einmal daran, dass sie allein war und das kleine Schauspiel über ihrem Kopf nur für sie stattzufinden schien. Nein, sie fühlte, wie der Tag ihr gehörte, als könne sie ihn greifen, sie saß mitten in ihm, hellwach und bereit, ihn in sich aufzunehmen und, was viel wichtiger war, nur auf sich selbst zu beziehen. Sie hörte die Stimme des Wirts, der, aus der Kühle seines Restaurants kommend, mit den Worten auf sie zusteuerte: »Ist er nicht herrlich, unser Sommer!« Dabei schaute er stolz in den Himmel hinauf, als gehöre er ihm. »Wie kann man den Sommer nicht lieben.«

Ella hatte noch immer ihren Kopf in den Nacken gelegt und

schwelgte, ohne sich von Emile stören zu lassen, in dem leuchtenden Grün über ihr.

»Herrliche Bäume, was?«

»Ja, sie sind wunderbar«, erwiderte Ella.

»Platanus orientalis, von meinem Urgroßvater gepflanzt, war hier mal so eine Art Bürgermeister. Die sogenannte *Morgenländische Platane*, klingt das nicht schön? Es ist ja auch wirklich so, wenn ich morgens aus dem Fenster schaue, sehe ich diese schönen Bäume und hinter ihnen geht die Sonne auf. Man sagt ihnen die ewige Jugend nach, ihre Rinde erneuert sich täglich wie die Haut einer schönen jungen Frau. Hat es geschmeckt?«

»Oh ja, sehr gut. Danke. Aber wer stammt denn dann aus Italien, wenn die Ihr Urgroßvater gepflanzt hat?«

»Ach, jetzt haben Sie mich aber ertappt. Wissen Sie, ich bin kein richtiger Italiener, jeder weiß, dass ich keiner bin. Aber ich liebe Italien. Ich hatte mal eine Freundin da und ich sage Ihnen, man kann sogar vergessen, wo seine Heimat ist, wenn man verliebt ist. Aber das kennen Sie ja vielleicht.«

»Ja, natürlich«, antwortete Ella.

Während Emile ihren leeren Teller nahm, trank Ella von ihrem Wasser, setzte das Glas kurz von den Lippen ab und fragte so beiläufig wie möglich: »Sagen Sie, wie oft kommt denn dieser Vincent vom Schloss zu Ihnen?«

Emile schmunzelte. »Mittlerweile gar nicht mehr. Wir grüßen uns beinahe jeden Tag, wenn er hier mit dem Wagen durchkommt. Ich weiß nicht, wann er das letzte Mal da war, ist sicher ein, ach vielleicht sogar schon zwei Jahre her. Wieso fragen Sie?«

»Ich dachte nur, wenn Sie ihn gut kennen, werden Sie ja auch wissen, was er für ein Mensch ist.«

Der Wirt stellte den Teller wieder auf dem Tisch ab, zog sich einen Stuhl heran und setzte sich. Er wiederholte die Frage, als würde er sie verkosten: »Was ist Vincent für ein Mensch? Ja, das weiß man wohl nie genau, was einer für ein Mensch ist. Ich würde sagen: Er ist ein bescheidener Bursche, das ist er, ein bisschen zu bescheiden für meinen Geschmack, aber wer sucht sich auch so eine Arbeit aus, Diener einer einsamen Frau in einem einsamen Schloss ohne Gäste? Wenn ich hier einen Gast nicht mag, dann sag ich: ›Verschwinde und nimm deine Visage mit.‹ Aber bei einer Gräfin, da musst du kuschen. Also, wenn du dir so ein Leben aussuchst, dann bist du selber schuld. Früher habe ich ihn sogar manchmal beneidet, mit dem Grafen zur Jagd und so einer schönen Frau den Kaffee hinstellen, da hätte ich schon gern ausgeholfen, aber das hatte sich schnell erledigt. Sie haben ja gesehen, wie es da oben aussieht. Aber gut, sie mussten ja auch einiges einstecken. Und seitdem der Graf weg ist, und das ist eine halbe Ewigkeit her, seitdem ist da die Luft raus. Man konnte zusehen, wie der Kasten verfällt. Und seit er mit der Alten allein ist, sie hat ja alle entlassen, na ja, keine einfache Sache …«

»Ach, meinen Sie, es gefällt ihm nicht?«

Der Wirt holte tief Luft, streckte sich und gähnte, als wäre er gerade aus dem Bett gestiegen. »Ach, wissen Sie, was soll das schon sein, gefällt ihm oder gefällt ihm nicht. Vincent hat nie viel erzählt. Er ist wohl der Einzige, bei dem mein Instinkt versagt hat. Ich weiß nämlich, wie es den Leuten geht, aber bei Vincent, da war ich mir nie sicher. Er hat selten von sich erzählt, und ein schlechtes Wort über seine Arbeit oder die Violet, das gab es nicht. Da kommt einer hierher und schimpft nicht über seine ›Herrschaft‹, das ist doch unnormal. Ich kenne keinen zweiten Menschen, der so loyal ist wie er. Da muss man doch gar nicht erst loslaufen, zumindest nicht in eine Kneipe, wenn man über das, was einen aufregt, also die wirklich interessanten Sachen, nicht spricht. Wenn niemand über den

Krieg hätte reden wollen, dann hätten wir uns die Mäuler zunähen können. Doch er: immer akkurat. Das heißt, vom Krieg hat er schon erzählt. Das hat er. Keine schöne Geschichte, sage ich Ihnen, aber von da oben, da blieb er immer korrekt, und Sie können sich vorstellen, wie sich so ein Örtchen hier nach Geschichten sehnt, erst recht, wenn sie aus einem Schloss kommen. Wollen Sie jetzt was Vernünftiges trinken?«

Ella blinzelte den Wirt, der noch mit übergeschlagenen Beinen neben ihr saß, an. »Nein, danke. Ich hab ja noch.«

»Nein, danke, sie hat ja noch«, wiederholte er. »Na, wie Sie wollen. Oder wie ich immer sage: ›Jeder ist seines eigenen Unglücks Schmied.‹«

Aus dem Augenwinkel nahm Ella wahr, wie sich am Fenster des ersten Hauses etwas regte. Eine alte Frau mit pechschwarzem Haar legte sich ein Kissen auf die Fensterbank, dann stützte sie ihre Ellenbogen darauf und schaute zu ihnen hinüber.

»Ist das nicht diese Frau, von der Sie erzählt haben?«, fragte Ella und deutete zu dem Fenster hin. Emile drehte sich um.

»Ja, das ist sie.« Er hielt den Blick fest auf die Alte gerichtet und fügte hinzu: »Es gibt Leute, die sitzen ein Leben lang am Fenster, schauen in die Landschaft und sind glücklich dabei.«

»Ich kann mir nicht vorstellen, wie so etwas gehen soll«, sagte Ella. »Ist sie wirklich glücklich?«

»Nein, sie nicht, aber es gibt bestimmt Menschen, die damit zufrieden sind. Sie ist eine verrückte, alte Nudel, aber sie ist leider nicht glücklich. Ich wünschte, sie wäre es. Das würde es leichter machen.«

»Was meinen Sie?«

»Ja, was meine ich damit?« Emile überlegte. »Sagen wir mal so, es ist schwer, sich mit ihr jeden Tag zu unterhalten und dabei so zu tun, als wäre sie zufrieden. Aber ich weiß nun mal, sie ist es nicht und sie weiß, dass ich es weiß, und trotzdem sprechen wir nicht darüber. Das ist das Leben«, sagte Emile, schloss die Augen und hielt sein zufriedenes Gesicht in die Sonne. Die Alte am Fenster schaute neugierig zu ihnen herüber und Ella wusste, dass sie es kaum erwarten konnte, Emile zu sprechen und zu fragen, was das denn für eine junge Frau gewesen sei.

»Und, waren Sie im Pool?«, fragte Emile mit geschlossenen Augen.

Ella schaute ihn verdutzt an.

»Ja«, sagte sie.

»Also ist noch Wasser drin. Na immerhin.« Emile lächelte, und es sah aus, als spräche er im Schlaf. »Wissen Sie, ein Pool ist wie ein Brunnen. Wenn der Brunnen kein Wasser mehr hat, geht das Haus daneben ein und wer sich einen Pool leistet, der ist noch nicht pleite. Ich sage das nur, weil da oben eigentlich kein Stein mehr richtig auf dem anderen sitzt. Früher haben die Handwerker bei mir ihre Mittagspause gemacht und da erfährt man so einiges, Handwerker wissen besser Bescheid als die Bank. Doch wenn irgendwann nicht mal mehr die Handwerker kommen … Aber wenn noch Wasser im Pool ist, dann muss ich mir um Vincent keine Sorgen machen.«

Ella dachte einen Moment daran, Emile von dem gestrigen Dîner zu erzählen, davon, dass dort oben bald alles zu Ende sein würde, doch sie tat es nicht. Der Grund war, dass sie, obwohl sie die Gräfin und ihren Diener eigentlich nicht kannte, eine Verantwortung ihnen gegenüber in sich spürte. Sie hätte es nicht ertragen, die Gräfin zum Gespött der Dorfbewohner zu machen. Deshalb sagte sie nichts, auch wenn sie wusste, dass sie Emile einen Gefallen tun und seinen geschickten Spekulationen damit ein Ende machen würde.

»Warum ist der Graf eigentlich weggegangen?«, fragte sie.

Emile öffnete seine Augen und richtete sich auf.

»Der Graf? Ja, das war so 61 oder 62, würde ich sagen. Das war kurz nachdem er gegen den Baum geknallt ist. Gar nicht weit weg von hier, drei, vier Kurven da runter. Das können Sie sogar noch sehen, da ist ein richtiges Geschwür rausgewachsen.«

»Das klingt ja schrecklich.«

»Ja, die haben richtig Glück gehabt, sonst gäb's den Vincent vielleicht nicht mehr.«

»Ach, Vincent ist mitgefahren?«

»Ja, der Wagen war nagelneu. Die wollten ihn wohl mal richtig auf Touren bringen.«

»Also haben sie sich gut verstanden, der Diener und der Graf?«

»Ich denke schon. Aber sagen Sie bitte nicht ›Diener‹ zu ihm, das mag er nicht.«

»Gut, o. k. Und warum ist der Graf dann weggegangen? Hat er eine Geliebte gehabt?«

»Sie sind gut, ach, da gab es die wildesten Theorien«, sagte Emile. »Das mit der Geliebten stimmt wohl. Aber das ist nicht der Punkt, der Punkt ist, man nimmt sich erst eine Geliebte, wenn man unglücklich ist und er war unglücklich. Das wusste jeder, vor allem sein Personal und von denen kannte ich praktisch alle.«

»Und warum war er unglücklich?«

»Ja, warum ist jemand unglücklich, der eigentlich alles hat? Ich glaube, er gehörte zum verarmten Adel, als er die Violet kennenlernte. Sonst hätte er nicht ihren Namen angenommen. Aber das mit dem Hotel, das war überhaupt nicht seine Sache. Stellen Sie irgendwen hier in mein Bistro und sagen dann: ›Nun los!‹ Man muss dazu geboren sein, und so ein Hotel, das können nur wenige. Ich denke, das war zu viel für ihn, er wusste nicht mehr, wer er eigentlich ist. Aber ich bin ihm nur einmal persönlich begegnet. Ich weiß das alles nur vom Hörensagen, wobei niemand besser in solchen Häusern Bescheid weiß, als die Kammermädchen. Wenn sie ...«

Der Wirt unterbrach seine Rede und horchte auf.

»Oh,« sagte er, »jetzt ist es vorbei mit der Plauderei, die leeren Mägen kommen. Hören Sie?«

Ella hörte nichts außer einem leisen Tuckern, das aus den Hügeln hinter dem Dorf zu kommen schien. Das Tuckern wurde lauter und Ella sah ein traktorartiges Gefährt am Ende der Straße um die Kurve kommen. An das Vehikel klammerten sich sechs bis sieben Leute, darunter auch zwei Frauen. Sie saßen zum Teil oben auf dem Dach und dem Radkasten oder standen seitlich auf dem Trittbrett.

»Jetzt werd' ich an den Herd genagelt«, sagte Emile. Er stand auf und lief auf die Straße. Der Fahrer hupte und winkte ihm schon von Weitem entgegen. Es dauerte noch eine Weile, bis der Traktor das Bistro erreicht hatte. Emile fuchtelte mit den Armen und zeigte dem Fahrer die Stelle auf dem Bürgersteig, wo er parken solle. Es war offensichtlich ein Spiel, das sie wohl öfter spielten, denn der Mann auf dem Bock lachte und tat so, als wäre es ein schwieriges Manöver, während Emile ihn umständlich einwies. Dann stand der Trecker, und der Motor lief tuckernd aus. Die Bauern und Bäuerinnen sprangen herunter, und der Fahrer rief dem Wirt etwas zu, das Ella nicht verstand. Gleich wurden zwei Tische von den Männern gepackt und zusammengestellt, während Emile bei den Frauen stand und einer von ihnen etwas ins Ohr flüsterte, worauf sie herzlich lachte. Die Tische standen, alle setzten sich, und Emile sprang um sie herum und nahm, unter einigen witzigen Bemerkungen, die er in der dankbaren und heiteren Runde zündete, die Bestellungen auf. Ella freute sich über diesen kleinen Tumult. Es kam ihr vor, als hätte jemand wie mit einem Salzstreuer eine Prise gute Laune über dem Dorf ausgesät.

Als Emile die Bestellungen der neuen Gäste aufgenommen hatte, winkte Ella den lachenden Wirt heran, und während sie bezahlte, sagte er noch, dass ihr Freund ein Dummkopf sei und so ein wunderbares Mädchen wie sie eigentlich nicht verdient hätte, aber dass sie ihn trotz allem nicht zu hart bestrafen solle, denn Dummköpfe seien nun einmal nur halb für ihre Handlungen verantwortlich. Und diese Hälfte müsse man ihnen eben nachsehen.

Der Friedhof und die Heilige

Der Gottesacker des Örtchens Brouville befand sich direkt hinter Emiles Bistro, wobei Ella die Straße hinauf und um die Häuserzeile herumgehen musste, um ihn zu erreichen.

Es war seltsam, das Dorf von hinten zu sehen, denn es wirkte noch verlassener als von der Straßenseite aus. Das Haus der Zwillinge war rückwärtig so verfallen, dass zwei Birken durch die beiden Fenster links und rechts von der Tür aus dem Inneren herausgewachsen waren. Ein verrosteter Spielplatz mit einer Schaukel, einem kleinen Karussell und einer blassblauen Rutsche schien seit Jahren keine Kinder gesehen zu haben. Und wären da nicht die leicht im Wind flatternden Kleider auf einer Wäschespinne gewesen, hätte Ella glauben können, dass hier schon seit Jahren niemand mehr wohnte.

Der Friedhof mit seinen weit auseinanderstehenden Grabsteinen und der für den kleinen Ort gewaltigen Kirche war auf drei Seiten von einem Sonnenblumenfeld eingeschlossen.

Ella trat durch das gusseiserne Tor, das halb offenstand und ging langsam den Kiesweg entlang, der zur Kirche führte. Dabei blieb sie ab und zu stehen und las leise die Namen auf den Steinen vor, als würde sie die Toten rufen. Alle, die hier lagen, schienen ihr eine stille Gemeinschaft eingegangen zu sein, allein durch die Tatsache, dass sie gestorben waren.

Ella mochte Friedhöfe. Früher, als sie vierzehn war hätte man sie sogar einen Grufti nennen können. Zwei ihrer Schulfreundinnen, die regelrecht besessen davon waren, hatten auf Gräbern und in Gruften übernachtet und waren stolze Besitzerinnen eines echten Menschenschädels, aus dessen Augenhöhlen Wachs, wie weiße Tränen, über Wangen und Kiefer gelaufen war. Sie hatten ihm kleine, abgeschnittene Kerzen, wie man sie bei Kindergeburtstagen auf die Torte steckt, in die Augenhöhlen gestellt. Da sie den Schädel beim Totengräber für eine Flasche Schachtschnaps eingetauscht hatten, konnten sie Ella nicht sagen, wem er einmal gehört hatte. Sie besaß keinerlei Interesse an Geistern, aber sie hatte ein Verlangen nach Ruhe und die Ruhe eines Friedhofes schien ihr wie etwas Unantastbares. In der nervösesten Stadt konnte sie Friedhöfe finden, die den Lärm der Straßen zu reflektieren schienen; manchmal hatte sie sogar das Gefühl, dass ihre hohen Bäume und porösen Mauern wie Schwämme, allen akustischen Unrat aufsogen, neutralisierten und regelrecht zersetzten, dass hinter ihren Einfriedungen nichts als Ruhe übrigblieb. Und hier, inmitten der trockenen Stille der Felder, war diese Ruhe vollkommen.

Die Sonne hatte die Grabsteine erhitzt, sodass sie Ella, die an ihnen vorbeilief, heiß entgegenstrahlten. Vor einem dunklen Marmorgrabstein blieb sie stehen und kniete nieder. Sie betrachtete das ovale Emailleschildchen, auf dem das kolorierte Hochzeitsbild eines jungen Paares abgebildet war. Es stammte aus der Zeit, in der die Menschen noch skeptisch dieser schwarzen Kiste mit dem seltsamen Auge, das ihnen nicht geheuer war, gegenüberstanden. Mit schüchterner Neugier blickten die beiden in die Linse und der Fotograf musste in einem Augenblick das Pulver in Brand gesetzt haben, als sie noch mehr mit ihm und seinem Kasten als mit sich selbst beschäftigt waren. Er, ein junger Mann mit schiefer Nase und glatt an den Kopf geklebten Haaren, hatte einen zu großen Anzug an, wahrscheinlich von seinem Vater, und sie, ein hübsches, dralles Mädchen mit rosa Wangen und hellem Blick, hielt mit einer Hand ihr Spitzenhäubchen fest auf dem Kopf, mit der anderen den Arm ihres Liebsten. Unter dem Schildchen waren die Geburts- und Todesdaten in den Stein gemeißelt worden. Ella rechnete. Die beiden hatten ein langes Leben gehabt, die Frau neunundachtzig Jahre, der Mann einundneunzig. Ella setzte sich in den Schatten des Grabsteins und lehnte ihren Kopf neben das Bild des Paares. Sie warf einen Blick über die Felder und den Himmel. Die dünnen Wolken schienen wie auf einen blauen Karton aufgemalt. Sie horchte in die Sommerstille hinein, ein Vogel zirpte ab und zu aus einem der Hausgärten heraus, der Wind strich gelegentlich mit einem leisen Rascheln durch das Sonnenblumenfeld und der Grabstein wärmte ihr den Rücken. Was mochten diese beiden, die da unter ihr lagen, für ein Leben gehabt haben? Emile hatte nichts von ihnen erzählt. Vielleicht, weil sie glücklich waren und es eben wenig über zwei, die sich treu sind und sich lieben, zu erzählen gibt.

Ella mochte es, über Friedhöfe zu laufen und Lebensjahre auszurechnen. Wobei sie nur selten so etwas wie Trauer empfand und das auch nur, wenn zum Beispiel der Mann schon gestorben war und lediglich der Geburtstag seiner Frau schon neben seinem stand, ihr Todestag aber noch fehlte. Dann schwankten ihre Gefühle zwischen Mitleid mit der zurückgelassenen Geliebten, für sie waren es immer Liebende, die sich ein Grab teilten, oder sie empfand die ruhige Gewissheit der Witwe, von ihrem Mann, der ihr schon das stille Bett an seiner Seite bereitet hatte, erwartet zu werden. Ella dachte darüber nach, warum ihr diese Zahlen auf den Steinen Trost spendeten, mochten sie auch noch so nah aufeinander folgen. Sie erkannte, dass es wohl daran lag, dass man auf der ganzen Welt kein Grab finden würde, auf dem, statt der zwei Daten, dem Geburts- und dem Todestag, drei oder fünf zu einem Menschen gehören konnten. Hier gab es für jeden nur einen Anfang und ein Ende. Diese simple Ordnung, diese Art der Gerechtigkeit, die für alle gleich galt, tröstete sie. Und wohl auch der Umstand, dass zwischen diesen beiden Daten immer ein Leben gelebt wurde, wie kurz es auch gewesen sein mag. Und das junge Paar, auf dessen Grab sie saß, hatte sich auch in diese Ordnung gefügt und Ella stellte sich vor, dass die beiden ganz ohne Widerstand, ohne Reue, ohne irgendetwas, das sie noch hätten tun wollen, gegangen waren. ›So hätte ich es auch gern‹, dachte sie. Und sie hatte das Bild ihrer Großmutter im Kopf, die immer, wenn sie die Arbeiten in der Küche beendet hatte, ihre Schürze an den Haken neben den Kühlschrank hängte, sich noch einmal umblickte, dass sie auch nichts vergessen hatte und dann, so als würde sie nie wiederkommen, die Küche verließ. Ella dachte, dass es gut wäre, so gehen zu können.

Die Kirchentür ließ sich nur schwer öffnen und Ella musste sich etwas dagegenstemmen. Im Vorraum, über dem sich der Glockenturm befand, war es so kalt, dass sie zu frieren begann. Mit verschränkten Armen betrat sie durch eine weiß getünchte, hölzerne Pendeltür das Kirchenschiff. Der hohe, profane Raum schickte ihr das leise Knarren der Tür nur matt zurück. Die Wände waren nicht verputzt und es ging ein Riss – wie ein Blitz, der vom Himmel auf die Erde schlägt – durch die Rückwand des Chores. Ein kleiner vergoldeter Altar, der am Ende der Sitzreihen stand, wirkte, als sei er aus einer winzigen Kapelle in diesen viel zu großen Raum hier verschleppt worden. Es gab wenig zu sehen. Ein einziges dunkles Gemälde mit einem Heiligen darauf hing im rechten Seitengang so dicht unter dem oberen Rang, dass sie vermutete, die Wand hätte einmal voll mit Bildern gehangen und dieses eine sei übriggeblieben.

Sie setzte sich auf eine Bank in der letzten Reihe. Das Holz knarrte, ihr Fuß stieß gegen das Büßerbrett und ein dumpfer, leiser Schlag hallte durch den Raum. Wie sehr mochte sie doch diese Geräusche, die so vereinzelt auftraten und doch selbst bei vollbesetzter Kirche deutlich zu hören waren, als ginge in diesen Hallen nichts verloren, als sei man hier an einem Ort, an dem alles Beachtung findet und sei es nur ein so zarter Ton, wie das Husten eines Mädchens.

Ella musste an die kleine Bernadette denken, und daran was sie eigentlich von ihr erwartet hatte. Als sie vor einer Woche in Lourdes angekommen waren, konnte sie nicht wirklich auf eine Begegnung mit einer Heiligen hoffen, es gab ja nicht mal mehr einen Zipfel ihres Kleides oder eine Haarlocke zu sehen. Auf der Fahrt dorthin hatte sie René aus dem Reiseführer vorgelesen, eine Geschichte, von der sie selbst sehr beeindruckt war.

Im Februar des Jahres 1858 war der kleinen Bernadette Soubirous beim Holzsammeln eine Frau in weißem Kleid erschienen, an der Grotte, die heute Pilgerort für Millionen von Menschen ist. Damals wurde dort der Müll des kleinen Dorfes verbrannt und die Schweine suchten sich in den Resten ihren Teil. Niemand glaubte dem Mädchen, und als ihr der Pfarrer auftrug, die Erscheinung zu fragen, wer sie denn sei, kehrte sie einige Tage darauf mit der Antwort »Die unbefleckte Empfängnis« zurück. Sofort hatte Ella gedacht: ›Was für ein ausgemachter Schwindel.‹ Aber als sie den Artikel zu Ende las und erfuhr, dass der Papst erst eine Woche zuvor diese Bezeichnung zum offiziellen Terminus der Kirche ernannt hatte und dass die arme Müllerstochter unmöglich davon gewusst haben konnte, schlug ihr Zweifel, wie der des damaligen Pfarrers, in ein Erstaunen um. Ella ahnte, dass sie mit der Anerkennung dieses Wunders das Tor des Glaubens sehr weit aufstoßen und in die heilige Welt eintreten konnte, von der sie keinerlei Vorstellung hatte, und sie überlegte, wie diese Metamorphose aussehen würde. Oder war es gar keine Verwandlung, sondern eher ein Hinübergehen, wie man einen fremden Raum betritt? Sie konnte sich eine so grundlegende Verformung ihrer Weltanschauung, denn das würde es mindestens sein, nicht vorstellen, aber sie ahnte, dass diese gewaltig und allumfassend sein musste. Sie spürte manchmal das Vorhandensein dieser zwei Welten, der religiösen und ihrer eigenen.

René lachte über ihre Leichtgläubigkeit, ließ sich aber von ihr überreden, den Artikel wenigstens zu Ende zu hören. Nachdem sich die ersten Heilungen der Bernadette von Lourdes, von denen einige bald offiziell als Wunder anerkannt wurden, im klaren Quellwasser der Grotte ereignet hatten, wurde aus dem kleinen Dorf ein heiliger Bezirk, in dem sich einige Kirchen, das Krankenhaus, eine überlebensgroße Marienstatue und natürlich die wundersame Quelle selbst befanden. René konnte, wie er sagte, keinerlei religiöse oder esoterische Regung in sich spüren. Für ihn war und blieb ein solcher Ort absurdes Theater. Er hatte es nicht unterlassen, Ella einige mögliche Erklärungen über die sehr durchsichtigen Interessen der katholischen Kirche und den Aberglauben an sich zu geben. Er hatte ihr erklärt, dass die Seelen der Menschen zu dieser Zeit so durchdrungen von mystischen Vorstellungen waren, dass ein verrücktes Mädchen, wie etwa diese arme Bernadette, nichts anderes sehen konnte als die heilige Mutter. Er sagte: »Wenn sie heute leben würde, könnte sie auch eine Madonna sehen: ›Like a virgin!‹«, stimmte René kurz an. »Da würde nicht der Pfarrer kommen, sondern ein Psychiater. Wunder sind ausgestorben, weil die Wissenschaft sie widerlegt.«

Ella stimmte ihm nicht zu, obwohl sie seiner Meinung war. Sie kannte seine Argumente, trotzdem zog sie dieser Ort, wo sich so viele Menschen ihren irrationalen Hoffnungen hingaben, magisch an.

Der Tag, an dem sie die heilige Grotte besucht hatten, war einer der heißesten des Jahres. Wer nicht mehr in der Lage war, sich selbst in die Schlange der Wartenden einzureihen, wurde gefahren. Und so strömten von allen Seiten kleine Rikschas in die Mitte des wie eine Kochplatte aufgeheizten, riesigen, weißen Platzes, wo die Schlange wie ein endloser Zopf mit den Strängen aus Bedürftigen geflochten wurde. Die mit dunkelblauem Tuch beschlagenen Handwagen wurden von schwarz gekleideten Nonnen, Krankenschwestern in weiß-blauen Kitteln, privaten Pflegern oder Angehörigen gezogen. Die Jungen zogen die Alten, die Gesunden die Versehrten, Frauen ihre Männer und Töchter ihre Mütter. Und wie im Gegenspiel zur Natur, die ihre Blüten vor der Sonne öffnet und ihr entgegenstreckt, wurden hier mit übergroßer Vorsicht, sobald die Wagen die Grenze zwischen dem Schatten des Parks und dem grellen Licht des Platzes überfuhren, ihre Verdecke, manchmal gegen die Widerrede des einen oder anderen Kranken, aufgestellt und zugezogen. Ella war fasziniert von diesem anhaltenden Schauspiel, dieser Ansammlung von geduldigen und empfindlichen Wesen, die man nur langsam, kaum merklich in Richtung des ersehnten Schattens der Grotte schob. Sie sah ihre blassen, dünnen Arme mit papierner Haut, die sich nur selten und müde bewegten, ihre krampfadrigen Beine, die nie wieder über einen Bach springen würden und sie sah scheue, bleiche Gesichter, die sich nur kurz hinaus ins Licht wagten und deren schläfrige Blicke sich erkundigten, wie lange dieses Warten denn noch andauern würde. Und all das spielte sich in einer andächtigen, benommenen Ruhe ab. Gelegentlich beugte sich ein

Pfleger oder eine der Nonnen hinein in die Wagen oder reichten der ihnen anvertrauten Seele, denn nur das schienen sie Ella noch zu sein, einen Becher mit Wasser. Hier fügten sich alle in ihr Schicksal, als wären sie bereits zu der Demut gelangt, in der man den Segen der heiligen Bernadette empfangen konnte. Und Ella war nicht klar, ob es hier um die Bitten nach Heilung und Linderung der Schmerzen ging oder bereits, um das Wohl der Seelen, die sich schon bald von den meisten dieser Körper lösen würden. Ja, sie konnte zwischen den Wartenden einige entdecken, von denen sie wusste, dass es wohl ihre letzte Reise sein würde. Und so lag über allem eher eine Atmosphäre des stillen Abschieds als die einer drängenden Hoffnung auf Heilung.

Ella hatte René gesagt, dass sie gern ohne ihn zur Quelle gehen möchte, denn sie fürchtete, er könne, wenn er mit seinem inneren Zweifel neben ihr stand, die Erscheinung in Unruhe bringen. Sie wollte diesem Wunder mit reinen Gedanken und ohne Vorurteile gegenübertreten.

Nach zwei Stunden war es dann so weit. Als sie unter den Vorsprung der Grotte trat, die feuchtkalten Steine über sich berührte und nur noch das leise »Pssst« der durch Lautsprecher verstärkten Ermahnung eines Priesters an die Pilger, nicht zu flüstern, zu hören war, befand sie sich in einer so gespannten Verfassung, dass ihr die Hände zitterten. Die eigentliche Quelle war durch eine Plexiglaswand unzugänglich gemacht worden, und es verstörte Ella, dass die vor ihr hergeschobene alte Frau unentwegt und abwechselnd die Fingerspitzen küsste und dann wieder die zerkratzte Scheibe damit streifte. Ella spürte mit einem Mal, dass es zu keinerlei Begegnung kommen würde. Dort schob man sich an einem Ereignis vorbei, das sich offensichtlich verbraucht, das seine heilige Wirkung im Laufe der vergangenen hundert Jahre abgenutzt hatte, denn sie spürte nichts, nichts außer den leisen Druck ihres Hintermannes, der ihr zu verstehen gab, dass sie zu langsam ging. Wenn Ella ehrlich war, und das war sie nur zu sich selbst, René hätte sie das nicht gestanden, so hatte sie der kurze Abstecher nach Lourdes ihrer Hoffnung, sie wäre zu einem Glauben fähig, kein Stück nähergebracht. Im Gegenteil, sie war überzeugt, einem Schwindel auf den Leim gegangen zu sein.

Hier in der Kirche war das etwas anderes, denn Kirchen übten immer eine Faszination auf sie aus. Sie rutschte etwas in der Bank hin und her, wie um sich vorzubereiten. Sie hatte sich vorgenommen, zu warten, nichts zu wollen und nichts zu denken. Sie würde sich selbst zurücknehmen und lediglich ihre Sinne offenhalten. Sie wollte wie ein Mikrofon sein, in das man hineinsprechen kann, wie die Linse einer Kamera, die für jedes Licht empfänglich ist.

Ein Sonnenstrahl strich während dieser halben Stunde, in der sie still in der Kirche saß, wie ein glühender Finger über den Steinfußboden. Ein Knacken im hölzernen Gebälk der Empore hallte so lange in der Kirche nach, dass Ella sich wünschte, ein unmenschliches Gehör zu haben, mit dem sich dieser Klang noch Jahrzehnte verfolgen ließe, aber nein, sie wollte doch nicht denken, nicht denken. Ein weit entferntes Johlen und das Tuckern eines Motors war von draußen zu hören, die heitere Gesellschaft verließ sicher gerade das Dorf. Sie fühlte, wie die weiß getünchten Mauern die Kühle des Raumes drinnen und die Hitze des Tages draußen voneinander trennten, sie spürte ihr eigenes Herz, den Puls, das Blut, wie es in Stößen durch ihren Hals strömte, sie fühlte das Gewicht der gewölbten Decke, wie sie schwer auf den Pfeilern lastete, und einen Moment lang hatte sie das Gefühl, der Spalt, der dort hinten durch die Wand des Chores ging, spreize sich allmählich auseinander und dahinter flackere ein dunkelrotes Feuer.

Die »People«

Als René aus seinem Nachmittagsschlaf erwachte, war es bereits sechs Uhr abends. Da er drei Stunden geschlafen hatte, fühlte er sich benommen und alles andere als wach. Alain war immer noch nicht zurück, oder war er auf sein Zimmer gegangen? René stand auf und lief durch die Wohnung. Er klopfte an Alains Schlafzimmertür. Niemand antwortete. Er öffnete und warf einen Blick hinein. Ein Bett, ein Schrank, ein Stuhl, ein runder Teppich, ein Nachtschränkchen mit einer kleinen Leselampe. Ansonsten lag dort nichts herum, kein Buch, keine Zeitung, nicht ein einziger Strumpf. René fragte sich, ob er ein Schnüffler wäre, wenn er einen Blick in den Schrank werfen würde. Er zog die eine Hälfte der Schranktür einen Spalt breit auf und entdeckte eine saubere Reihe Hemden in scheinbar allen Blautönen, darunter hingen gebügelte dunkelblaue Anzughosen, wie in einem Modegeschäft.

René beschloss, da Alain immer noch nicht zurück war, sich die Wohnung anzuschauen. Im Flur – so riesig er war – hing kein einziges Bild, lediglich ein goldener ovaler Spiegel war neben der Fahrstuhltür angebracht, und auf der glatt polierten Kommode, gegenüber der Garderobe, an der jetzt nur seine eigene Jacke hing, stand und lag nichts, keine Vase mit Blumen, keine Schale mit Schlüsseln, keine Rechnungen oder Postkarten, keine Mitbringsel aus der Stadt.

Das nächste Zimmer, das René aufklinkte, war vollkommen leer. Sogar die Vorhänge fehlten. Auch das danebenliegende Bad wirkte unbenutzt, wie das eines Hotelzimmers, das man gerade erst bezogen hat. Nur das Glas mit Alains Zahncreme und Bürste darin zeugte von einem Bewohner. Gegenüber vom Bad war eine Tür, hinter der sich ein schmaler Korridor verbarg, von dem aus einige Räume abgingen, die allesamt leer waren, auch das letzte Zimmer, das wie ein kleiner Empfangsraum wirkte und in dem nur ein Tischchen mit einem angebrochenen Bein stand.

René hörte, wie sich der Fahrstuhl am anderen Ende des Appartements mit einem leisen »Bing« öffnete. Er überlegte, ob er schnell in den Flur zurückgehen sollte, doch dafür war es zu spät. Er entschloss sich, ohne Eile aus dem hinteren Zimmer den Korridor entlang nach vorn zu gehen und sich dafür zu entschuldigen, dass er zu neugierig gewesen sei. Aber seine Bedenken waren unnötig, schon stand Alain am anderen Ende des schmalen Ganges und rief ihm zu: »Na, wie findest du die Wohnung?«

»Groß«, antwortete René.

»Ach, das ist doch keine große Wohnung. Die haben irgendwann die Etagen geteilt, ganz schön dumm, wenn du mich fragst, aber es ist immer noch ein ganz ansehnliches Appartement.«

»Es ist wunderschön«, sagte René, während er schon bei Alain stand. »Wie lange wohnst du hier eigentlich schon?«

Alain drehte sich um und ging ins Wohnzimmer. »Ich bin eigentlich lieber in der anderen Wohnung. Es sind jetzt beinahe zwei Jahre.«

»Ach so«, sagte René und folgte ihm.

»Was soll denn das heißen: *ach so*?«, fragte Alain und warf sich auf das Sofa.

»Ich dachte nur, es sieht nicht aus, als würdest du hier schon länger wohnen.«

»Findest du? Ich finde das schon sehr lange. Zwei Jahre sind zu viel, um eine Wohnung zu verkaufen. Wenn du eine Immobilie zwei Jahre im Bestand hast, denken deine Kunden, mit ihr stimmt was nicht.«

René setzte sich auf das Sofa gegenüber. »Ach, du willst sie verkaufen?«

»Ja, was denkst denn du? Davon lebe ich. So zum Wohnen ist sie eigentlich nichts für mich, ist mir zu altmodisch, der ganze Stuck und so. Du solltest mal das andere Appartement sehen. Aber ich sitze gern hier und schaue in den Park. Die Lage ist gut. Wusstest du, dass sich da draußen auf dem Platz die Pariser duelliert haben?«

»Wirklich?«

»Das war in ganz Paris der beliebteste Ort, um sich wegen einer Frau oder einer Beleidigung gegenseitig umzubringen.«

»Ach, das ist ja verrückt«, sagte René. »Ich kann mir gar nicht vorstellen, dass Leute sich früher tatsächlich duelliert haben. Ich hätte gar nicht das Bedürfnis, jemanden umzubringen.«

Alain lachte. »Ich schon. Ich glaube, das wäre meine Zeit gewesen.«

»Meinst du das ernst?«

»Ja, sicher.«

»Wen willst du denn erschießen?«

»Kein Ahnung. Wenn ich wüsste, dass man es darf, würde sich sicher jemand finden lassen«, sagte Alain und lächelte.

»Das glaube ich dir nicht, so bist du nicht, vielleicht möchtest du bloß so sein …«

»Sieh an, unser kleiner Psychologe. Na, wenn du meinst, dass mich das besser macht. Von mir aus.«

Sie schwiegen einen Moment, dann sagte René: »Und wieso will die Wohnung nun keiner haben?«

»Dafür gibt es zwei Gründe: Sie hat einen ungünstigen Schnitt und sie ist zu teuer. Willst du was trinken?«

»Ja, gern«, antwortete René.

Alain beugte sich zum Barwagen, der neben dem Kamin stand. »Rum, Whisky oder Cognac?«

»Keine Ahnung, was trinkst du?«

»Um diese Uhrzeit eigentlich nichts, aber heute machen wir mal eine Ausnahme. Wieder einen Whisky, einen guten von der Insel?«

»Ja, sehr gern.«

Alain nahm zwei Gläser und eine Flasche aus dem Wagen und schenkte ihnen ein. »Na dann, probier mal den hier«, sagte er und reichte René ein Glas.

Sie prosteten stumm einander zu.

»Der ist gut«, sagte René. Eigentlich hatte er gehofft, das wohlige Gefühl, das er im Salon der Gräfin gehabt hatte, würde sich wieder einstellen, aber im Gegenteil, der Whisky schien ihm streng nach Ammoniak zu riechen, er brannte scharf und trieb René die Tränen in die Augen. Er schluckte und sagte: »Aber wieso ist die Wohnung zu teuer, ich dachte, du machst die Preise?«

»Ich doch nicht«, sagte Alain. »Das Appartement gehört mir doch nicht. Ich bin lediglich der Makler. Aber da es die, denen es gehört, nicht interessiert, ob sie dieses oder nächstes Jahr verkaufen …« Er hob die Hände »Mein Schaden soll es nicht sein. Sie wollen mit dem Preis nicht runter, ich mache ab und zu eine Besichtigung und lebe so lange hier, bis irgendwann ein Verrückter kommt und sie kauft. Die beiden Amis, denen die Wohnung gehört, habe ich genau genommen erst einmal gesehen.«

»Das ist ja super«, sagte René. »Das heißt, du wohnst hier umsonst?«

»Wie man's nimmt, sagen wir, es ist eine Entschädigung dafür, dass ich kein Geld mit ihr verdiene.«

»Was wollen denn die Amerikaner dafür haben?«

»Sieben Millionen.«

»Sieben Millionen? Für eine Wohnung?«

»Ja, sie ist mindestens zwei zu teuer. Aber die Preise fangen in Paris langsam an, interessant zu werden.«

»Sieben Millionen«, wiederholte René erneut. »Das ist eine unvorstellbare Menge Geld. Ich glaube, es gibt bei uns niemanden, der so viel Geld hat.«

»Aber mein René, das ist nicht viel Geld«, sagte Alain belehrend. »Wenn du wüsstest, was hier viel Geld ist. Na, ich sehe schon, du weißt noch nicht viel über die Welt. Heute Abend auf der Party, da wirst du jede Menge Leute sehen, für die Geld keine Rolle spielt. Da wirst du sie treffen, die ›People‹.«

»Wer sind denn die ›People‹?«, fragte René ungläubig. »Sind die ›People‹ nicht die Menschen im Allgemeinen?«

»Nicht hier«, sagte Alain schmunzelnd. »Hier bei uns sind es die Menschen im Speziellen, im ganz Speziellen, manche bezweifeln sogar, ob sie überhaupt Menschen sind. Aber niemand von denen hat es nötig, sich selbst jemals als ›People‹ zu bezeichnen, das ist überhaupt ein wichtiges Kriterium, man gehört nur zu den ›People‹, wenn man niemandem erklären muss, dass man einer ist, verstehst du?«

»Ja, verstehe«, sagte René, als ob er nur annähernd eine Vorstellung von dem hätte, was Alain sagte. Und dann fragte er: »Und was macht dann die ›People‹ eigentlich aus? Woran kann man einen von ihnen erkennen?«

Alain lachte. »Na, zuerst einmal daran, dass man ihn eben kennt, so absurd das klingt. Und dann ist es einfach: Hier haben alle eine Jacht am Mittelmeer; wenn du keine Jacht hast, bist du ein Niemand. Hier haben alle eine Villa, dabei zählt nicht die Villa allein, sondern der Ort, wo sie steht; wenn du keine Villa hast, bist du ein Niemand. Ein Appartement in Paris natürlich. Und alle haben einen Chauffeur. Wenn du keinen Chauffeur hast … und so weiter und so weiter. Du verstehst? Es gibt ganz einfache Regeln. Wenn meine Mutter das hören würde, würde sie mich mit einem Stock schlagen. Sie ist immer noch der Meinung, dass nur der Adel wirklich zählt.«

René sagte: »Du hast aber keinen Chauffeur.«

Alain lächelte ihn an. »Fein beobachtet. Da kommt man eben nur drum herum, wenn man einen Sportwagen fährt.«

»Ah, verstehe.«

»Ein Chauffeur ist anstrengend, zumindest für mich. Die meisten meiner Freunde halten Chauffeure für eine Unerlässlichkeit, nicht weil er sie irgendwo hinfährt, sondern weil sie mit jemand Lebendigem reden können. Aber wenn sie dann reden, willst du eigentlich, dass sie aufhören, weil sie eben nicht wissen können, was du hören oder worüber du dich unterhalten willst. Das heißt … manche schon.«

Alain trank seinen Whisky aus und stellte ihn vor sich auf ein flaches Tischchen, das zwischen den beiden Sofas stand. »Aber das ist, wie eine Perle in hunderttausend Austern finden. Überhaupt Personal. Es geht nicht darum, dass sie ihre Arbeit machen, sondern um die Art, wie sie es tun. Am besten sind Frauen oder Männer über fünfzig. Aber mir geht es so, dass ich ihnen nicht begegnen möchte. Wenn Pauline meine Haushälterin da ist, gehe ich aus. Man könnte sagen, ich habe Angst vor ihr, das stimmt beinahe. Ich habe nicht direkt Angst vor ihr selbst, sondern vor ihrer Existenz, verstehst du, vor ihrem Leben, das sie irgendwo am Rand der Stadt führt. Wenn ich nur daran denke, wie dieses Leben aussehen könnte, wenn ich mir vorstelle, wie Pauline in ihr Schlafzimmer geht, ihren Rock herunterlässt und sich in ihr Bett legt, da wird mir schlecht, verstehst du. Ich möchte nicht wissen, wie sie lebt, ob sie ein sauberes, anständiges Leben lebt, ich möchte auch nicht wissen, wie sie ist, also wie sie wirklich ist; mir reicht es, wenn sie mir vormacht, sie sei eine saubere Frau mit einem glücklichen Mann und zwei hübschen Kindern, beide aus dem Haus und ebenfalls tadellose Menschen. Das ist meine Vorstellung von Pauline. Wenn eine es versteht, mir das vorzugaukeln und ich es ihr abkaufe, dann wird sie meine Haushälterin. Momentan hab ich Glück, Pauline ist so eine Frau. Bei ihr kommt noch hinzu, dass sie stolz ist, besser geht das nicht, zumindest nicht für mich. Weißt du, der Stolz verhindert, dass sie sich dir zeigen, dass sie sich gehen lassen und von zu Hause erzählen oder von ihrem anderen Job in der Pizzeria, der Wäscherei, oder sonst wo; nein, dazu ist Pauline zu stolz.«

»Das heißt, du weißt gar nichts über sie?«

»Ja, das ist wunderbar. Sie ist freundlich, ich bin freundlich und das war's. Es reicht, wenn die Agentur alles über sie weiß und wenn die Agentur jemanden empfiehlt, weiß man zumindest, dass sie nicht klauen oder unpünktlich sind.«

René spürte, wie Alain ihn von der Seite ansah. »Für dich muss das alles lächerlich klingen, die Probleme reicher Leute, wirst du denken, und das stimmt ja auch. Stört es dich, dass ich mich hier auslasse?«

»Nein, nein«, sagte René und erklärte ihm, dass es sehr spannend sei, zu erfahren, wie es in seinen Kreisen so zuginge.

»Ja, meine Kreise«, sagte Alain.

»Bist du auch ein ›People‹?«, fragte René.

»Gute Frage«, erwiderte Alain und schaute René dabei fest an, so als ob er noch darüber nachdachte. »Weißt du, das entscheiden die anderen. Aber ich bin wohl einer von ihnen.«

»Und bist du, weil du Wohnungen verkaufst, Millionär geworden?«

»Ha!«, rief Alain. »Da haben wir sie, die Frage aller Fragen. Das Geld. Weißt du, eigentlich spricht man davon nicht, zumindest nicht, wie man es irgendwann einmal gemacht hat, das Geld. Es ist unschick zu sagen, woher man es hat, auch wenn es alle wissen, oder wenigstens glauben, es zu wissen. Ich sehe schon, bevor ich die

Meute auf dich loslasse, muss ich dir noch einiges über diese Leute beibringen. Aber vorher trinken wir noch einen. Gib mal dein Glas rüber. Ach, du hast ja noch gar nicht ausgetrunken.«

René nahm einen großen Schluck und reichte dann Alain sein leeres Glas.

»Noch mal das Gleiche?«

Da sich René unsicher war, entschied Alain, auf ein anderes Getränk umzusteigen. Er verschwand in der Küche und kam kurz darauf mit zwei hohen Gläsern, in denen die Eiswürfel klingelten, zurück. »Gin Tonic, genau das Richtige zum Vorglühen«, sagte er, gab René ein Glas und setzte sich wieder.

»Also, es gibt drei Dinge, Prost …«, sie stießen an, »drei Dinge, über die man nicht spricht: Geld, Politik und Sex, wobei mit Sex nicht die Liebe gemeint ist, darüber kann sich die Pariserin eine Woche am Stück auslassen. Gut, also die drei Themen, die von Interesse sind; Tiere, ganz vorn, dicht gefolgt von Sport und dann die Liebe. Sport – Männersache. Liebe – Frauensache. Und Tiere sind die beste Erfindung Gottes, man könnte denken, es gibt ihn. Ohne Haustiere würde sich die gesamte Pariser Gesellschaft zerfleischen und untergehen. Irgendwer hat immer einen Köter dabei. Also bück dich und sag: ›Was für ein goldiges Kerlchen, wie heißt er denn, oder ist es eine Sie?‹ Und am besten du fragst noch, woher sie die Töle haben, dann bist du auf der sicheren Seite, denn dann falten sie das Stammblatt des Kleinen auseinander und du kannst sicher sein, dass irgendein König oder General dem Urahnen des Hündchens schon den Nacken gekrault hat. Ich habe mich aus den schlimmsten Gesprächen befreit, bloß weil einer eine Katze oder einen hässlichen Mops dabeihatte. Übrigens, niemals raten, was dieser Hund oder jene Katze für eine Rasse ist; entweder du weißt es – dann nutze die Anerkennung, die dir zusteht – oder du lässt es. Da sind einige

Herrschaften ganz eigen, wenn man ihren Hund als einen sowieso ausgibt, wo er doch ein sowieso ist. Aber eigentlich ist das alles Quatsch, denn bei dir wird die Sache anders laufen, sie werden dich lieben, weil du vor allem nicht auf den Mund gefallen bist und natürlich, weil du der Erste sein wirst, den sie von *Drüben* zu sehen bekommen. Im Grunde kannst du nichts falsch machen. Aber denk dran, keine Politik. Da versteht der Pariser keinen Spaß. Mit Politik kannst du ihn verjagen oder ihn dazu bringen, dich in aller Welt lächerlich zu machen.« Alain trank einen Schluck. »Es ist wirklich schade, dass deine Ella nicht mitgekommen ist.«

René verstand nicht, wie Alain jetzt auf Ella kam, aber als er ihren Namen hörte, drückte es in seiner Brust. Er musste sie anrufen und er fürchtete sich davor.

»Kann ich dein Telefon benutzen?«

»Ach, jetzt fällt sie dir ein?«

»Ja, darf ich?«

»Natürlich.«

René griff das Telefon vom Tisch und wollte wählen, da sagte Alain: »Du kannst es mit in dein Zimmer nehmen, die Schnur ist lang genug.« Und als René aufstand und damit fortging, rief er ihm noch hinterher: »Aber das ist ein gutes Zeichen, wenn ich dich an sie erinnern muss.«

Ein unerwarteter Mann

René war nervös, als er auf seinem Bett saß, den Hörer abnahm und die Nummer wählte. Er wusste noch nicht, was er sagen würde, er wusste nicht einmal, in welcher Verfassung er war oder was er mit dem Telefonat bezweckte. Sicher, er würde sie fragen, ob er zurückkommen könne, doch er hatte das Gefühl, sie würde ihn genauso kühl behandeln wie am Vortag, denn was hätte sich schon verändern sollen innerhalb eines einzigen Tages, ›es ist ja nichts passiert‹, dachte er.

»Chateau Violet, mit wem spreche ich bitte?«, hörte er Vincents Stimme.

»Hier ist René, könnte ich bitte mit Ella sprechen?«

»Oh, das geht leider nicht«, antwortete Vincent ruhig und René hörte schon seine Worte: ›Sie ist abgereist, sie ist eben abgereist‹, doch er sagte: »Mademoiselle ist noch draußen am Pool. Ich werde ihr sagen, dass Sie angerufen haben. Sie könnte Sie ja dann später zurückrufen.«

René fand nicht, dass das eine gute Idee war. Er wollte mit ihr sprechen, denn er fürchtete, sie würde ihn nicht zurückrufen. Er hätte es nicht ertragen können, auf ihren Anruf zu warten und immer zu ahnen, dass es vergeblich war.

»Können Sie sie nicht holen? Ich warte so lange.«

Vincent schien einen Moment zu überlegen.

»Hallo, sind Sie noch da?«

»Ja«, antwortete er.

»Können Sie nicht rausgehen und ihr Bescheid sagen?«

»Ich werde es versuchen, Monsieur. Das kann aber einen Moment dauern.«

»Das ist egal, ich warte.«

Vincent legte den Hörer neben das Telefon in das Fach des Bücherregals und verließ die Bibliothek, in der er gerade Staub gewischt hatte. Er ging nach draußen und setzte sich auf der Veranda in seinen Schaukelstuhl. Er tippte sich kurz mit dem Fuß ab und schwang kaum merklich vor und zurück. Er liebte diesen Platz, von dem aus die Weite des Landes vor ihm lag. Er liebte den Wein, der an den steinernen Pfeilern des Vorbaus emporgewachsen war und der das Licht der Sonne in seinem Grün einfing und der leuchtete und dessen Schatten leise auf dem Fußboden zu seinen Füßen spielten. Er liebte sein leises Rascheln, das sich bei jedem Windstoß in die Geräusche des trockenen Sommers mischte. Er liebte es, die Bussarde dort hinten über dem Stoppelacker kreisend nach Beute spähen zu sehen. Und seit er hier saß, konnte er sich nicht entscheiden, wem er mehr Glück wünschte, dem Greifvogel oder den Feldmäusen und Hamstern, die sich hastig von einem staubigen Loch zum anderen schnüffelten.

Vincent konnte sich nicht vorstellen, auf dies alles bald verzichten zu müssen. Hier hatte er beinahe vierzig Jahre gesessen. In der Anfangszeit nur selten und dann auch nur im Spätherbst, wenn die Gäste allmählich ausblieben. Aber im Laufe der Jahre hatte dieser Stuhl angefangen, auf ihn zu warten. ›Ja, man kann einen Platz auf Erden haben‹, dachte er. ›Und das hier war meiner.‹

Beinahe hätte er den jungen Mann vergessen. »Ach je«, sagte er, stand auf, ging zurück in die Bibliothek und nahm den Hörer aus dem Regal. »Hallo, sind Sie noch da?«

»Ja.«

»Ich kann das junge Fräulein leider nicht finden. Am Pool ist sie nicht mehr. Aber ich werde ihr sagen, dass Sie angerufen haben. Tut mir leid, dass ich nicht mehr für Sie tun kann.«

Er hörte Renés niedergeschlagene Verabschiedung und wollte noch etwas sagen, doch der Enttäuschte hatte schon aufgelegt.

Es hatte Ella einige Überwindung gekostet, den Diener um einen derartigen Gefallen zu bitten, um einen Gefallen, der genau genommen eine Lüge war. Als sie die Landstraße vom Dorf zurück ins Schloss gelaufen war, kreisten ihre Gedanken nur um René. Obwohl sie annahm, dass er bereits versucht hatte, sie zu erreichen, war sie doch ungeduldig zu erfahren, ob es wirklich stimmte. Als sie allerdings in der Vorhalle auf den Diener traf und ihn fragte, erfuhr sie, dass kein Anruf für sie eingegangen sei. Sie versuchte, ihre Verstörung darüber zu verbergen, dabei stand sie nervös, an dem Nagel ihres kleinen Fingers kauend, vor Vincent und überlegte, was sie jetzt tun konnte. Sie hätte ihn sicher nach der Telefonnummer von Alains Appartement fragen können, doch sie wollte ja auf keinen Fall diejenige sein, die zuerst anrief. Andererseits war es nun doch dazu gekommen, dass sie auf Renés Anruf warten würde, und sie spürte schon, wie dieses Warten anfing, in ihr zu brennen. Also sagte sie: »Darf ich Sie um einen Gefallen bitten?«

»Worum handelt es sich, Mademoiselle?«, fragte der Diener.

»Es ist vielleicht etwas ungewöhnlich, aber falls René anrufen sollte, sagen Sie ihm bitte, auch wenn ich auf meinem Zimmer oder sonst irgendwo im Haus bin, ich wäre am Pool und es würde zu lange dauern, mich zu holen, oder ganz einfach, Sie finden mich nicht. Würden Sie das für mich tun?«

Vincent überlegte einen Moment, dann sagte er: »Ja, das könnte ich für Sie tun«, und Ella bedankte sich bei ihm: »Ach, das ist lieb.«

Als sie kurze Zeit später auf einer der Sonnenliegen am Pool lag, wusste sie nicht, was sie mit dem späten Nachmittag und dem Abend anfangen sollte. Immer wieder setzte sie ihre Sonnenbrille auf und ab, las einige Seiten in der *Verlorenen Zeit*, legte das Buch fort, ruhte eine schlaflose Viertelstunde, las wieder, und dann setzte sie sich aufrecht hin, um einfach nur in die Landschaft zu schauen. Sie hatte gehofft, die Bitte an den Diener, sie zu verleugnen, würde ihr etwas Ruhe verschaffen; sie hatte gehofft, nicht auch noch den ganzen Nachmittag und den Abend darauf warten zu müssen, dass René anruft. Sie hatte den Spieß umgedreht, in seine Richtung. Doch es half ihr nichts. Sie rutschte von einer Minute zur anderen auf der Liege herum und fragte sich, ob Vincent die Nachricht schon übermittelt hatte. Dann dachte sie, der Diener wäre bestimmt gekommen, wenn René sich gemeldet hätte. ›Beschäftigt ihn diese Stadt so sehr, dass er vergisst, mich anzurufen?‹, dachte sie. Aber was würde sie eigentlich zu ihm sagen? Worüber konnten sie sich unterhalten? Sie würde ihn nicht bitten, zurückzukommen, denn sie hatte noch nichts geklärt, im Gegenteil, sie beschlich das Gefühl, noch ganz am Anfang zu stehen, vor allem, weil sie ja nicht einmal wusste, worauf es ihr ankam, worauf sie im Grunde hoffte oder wartete. ›Vier Tage …‹, dachte sie, ›… sind das zu viele oder zu wenige?‹

Sie wollte gerade die Rückenlehne der Liege etwas höher stellen, da erschrak sie heftig, denn nur einige Meter hinter ihr im Durchgang der Hecke stand Vincent in starrer Haltung, wie eine dunkelblaue Statue, und schaute stumm zu ihr hinüber.

»Was machen Sie da?«, fragte sie ihn aufgebracht.

Und Vincent, ohne sich zu rühren, antwortete: »Ich wusste nicht, ob Sie vielleicht einen Wunsch haben.«

»Wie lange stehen Sie denn schon hier?«

»Nicht lange«, antwortete er.

»Ich möchte nicht, dass Sie da stehen. Wie sieht das denn aus?«

»Das bereitet mir nicht die geringste Mühe«, erwiderte Vincent.

»Aber mir ist es unangenehm«, sagte Ella schließlich, drehte sich wieder um und dachte: ›Ich kann mir nicht vorstellen, dass jemand gern arbeitet, während andere vor seinen Augen Urlaub machen.‹

»Verzeihen Sie, ich wollte Sie nicht in Verlegenheit bringen. Das war nicht meine Absicht. Übrigens hat ihr Freund angerufen. Ich dachte, Sie würden es wissen wollen.«

Ella schnellte herum. »Ach, hat er? Danke. Wann war das?«

»Vor etwa fünf Minuten.«

»Ach so. Was hat er denn gesagt?«

»Dass er mit Ihnen sprechen möchte.«

»Sonst nichts?«

»Nein, nur ob ich Sie nicht holen könne.«

»Darauf haben Sie sich ja hoffentlich nicht eingelassen?«

»Nein, natürlich nicht.«

Ella dachte, das Gespräch sei damit beendet, aber der Diener fügte nach einer kurzen Pause hinzu: »Wenn Sie ihn zurückrufen möchten, ich habe Ihnen die Nummer neben das Telefon im Salon gelegt.«

»Gut, vielen Dank«, sagte Ella. »Das ist eine gute Idee.«

Sie spürte, wie eine Last von ihr abfiel. Nun hatte er also doch angerufen, der Diener hatte ihn abgewiesen und sie war beruhigt. Nun lag es an ihr, sich zu melden, und egal, wann sie es tun würde, bis dahin, das spürte sie, war die quälende Unruhe und Ungewissheit zu ihm nach Paris hinübergewechselt. Jetzt würde er dasitzen und warten. Das geschah ihm recht, dachte sie. Vincent sagte vorsichtig: »Entschuldigen Sie, Mademoiselle, wo ich nun einmal da bin, haben Sie einen Wunsch?«

Ella dachte nach. Und tatsächlich, sie hatte einen Wunsch, einen sehr seltsamen, und ihr war nicht klar, woher er kam. Beinahe hatte sie Angst vor ihrer eigenen Kühnheit. Sie drehte ihren Kopf leicht zur Seite, wandte Vincent nur die Hälfte ihres Gesichtes zu und löste damit eine Bewegung aus, die Königinnen, wenn sie auch nur ihren Blick heben, unweigerlich bei ihrer Dienerschaft verursachen, ein Ruck, der durch ihre Untergebenen geht. Vincent trat augenblicklich einen großen Schritt auf sie zu, bückte sich ein wenig, als könne er den Wunsch wie einen Brief aus ihren Händen entgegennehmen.

»Ja, ich habe einen Wunsch«, sagte sie. Dann wandte sie sich ganz zu Vincent um und schaute ihn lächelnd an: »Ich würde gern wissen, was Sie trinken.«

»Wie bitte? Was meinen Sie damit?«, fragte Vincent.

»Na, was Ihr Lieblingsgetränk ist.«

Er antwortete, ohne nachzudenken: »Wasser.«

Ella schmunzelte.

»Gut, dann ihr zweitliebstes Getränk?«

Vincent überlegte einen Moment, dann sagte er: »Limonade.«

War seine Ahnungslosigkeit vorgetäuscht? Oder spielte er ihr Spiel besser, als sie dachte? Sie hatte das Bedürfnis, mit Vincent ins Gespräch zu kommen, ja vielmehr, sie wollte ihn kennenlernen und erfahren, was sich hinter seiner Fassade für ein Mensch verbarg. Vor allem wollte sie sich bei ihm für seinen Dienst bedanken, den er ihr geleistet hatte.

»Also gut, dann hätte ich gern einen Martini und eine Limonade.«

Vincent verzog keine Miene und fragte: »Was für eine Limonade soll es denn sein?«

Beinahe hätte Ella gelacht. Sie konnte nicht glauben, dass er immer noch nicht begriffen hatte, worauf sie hinauswollte und sagte: »Suchen Sie sie aus, Sie sollen Sie ja trinken.«

Wie verblüfft war sie, als nicht einmal jetzt, wo doch sicher war, dass sie beide sich in wenigen Minuten bei einem Getränk unterhalten würden, dass sie nicht einmal in diesem Moment irgendeine Regung an ihm wahrnehmen konnte, von Verwunderung oder Unsicherheit ganz zu schweigen.

»Nein, danke, ich habe keinen Durst«, sagte Vincent höflich.

Ella wurde sich nun ihrer Befehlsgewalt über diesen Diener bewusst, und sie wagte es zu prüfen, wozu die Befugnisse, die sich für sie immer natürlicher anfühlten, imstande waren. Für einen Augenblick kam es ihr vor, und sie hatte beinahe Angst bei dem Gedanken, als könne sie diesem fremden Mann einen Befehl geben, der unanständig, ja beschämend wäre und er würde ihn, ohne zu zögern, ausführen.

»Es sind dreißig Grad und Sie haben keinen Durst? Ich möchte nicht allein trinken, also würde ich mich sehr freuen, wenn Sie mir den Gefallen tun. Würden Sie das für mich machen? Ich würde Sie dazu einladen.«

Während sie sprach, nahm sie wahr, wie sich ihr eigener Status erhoben hatte, weit hinaus über diesen Menschen, den sie nicht kannte. Eine nie dagewesene Empfindung breitete sich in ihr aus, eine Empfindung von tatsächlich vorhandenen Sphären, die ihr fremd waren, in denen sie sich aber in diesem Moment befand und in welchen sie sich wahrscheinlich nie wieder bewegen würde. Sie fühlte ihr eigenes Alter nicht mehr, denn sie war nun eine Dame und erlebte die absurde Ausformung von Macht über Untergebene. Sie spürte, dass Vincents Verhalten weniger eine ausgeprägte Dienstfertigkeit, sondern vielmehr schlichte Unterwerfung war.

»Ich werde das gern für Sie tun.«

Einen Satz, den er mit so strenger Miene aussprach, dass Ella glaubte, sie wäre mit ihrer Bitte zu weit gegangen. Aber der Diener lächelte, als er sich von ihr abwand und ging. Sie konnte ihn noch durch den schmalen Spalt der Hecke beobachten, wie er zum Schloss zurücklief. Ihr Herz klopfte hell vor Erwartung.

Sie würde ihm in wenigen Minuten begegnen, einem alten Mann, einem Diener und hinter seine Fassade schauen. Er, und dessen war sich Ella sicher, war kein gewöhnlicher Mensch, ja, er schien hinter seiner akkuraten und sorgfältig vorgeführten Erscheinung ein Geheimnis zu wahren, wie das Bild eines Heiligen, das, egal wie gut getroffen es ist, immer nur Abglanz zu sein scheint und doch die gesamte göttliche und religiöse Welt in sich verbirgt. Vincent kam Ella zwar nicht wie ein Matthäus oder der Heilige Georg vor, aber sie spürte in seiner Gegenwart etwas, das sie sonst selten fähig war zu genießen, etwas, wozu sie sich selbst zwingen musste und was sie nie eigenständig erzeugen konnte: die Ruhe. Und sie bemerkte noch etwas, dass er eine beklemmende Anziehungskraft auf sie ausübte, eine Art Gravitation, deren Wirkung sie jetzt, wo sie im Begriff war, ihm zum ersten Mal ernsthaft gegenüberzutreten, ergriff und scheinbar jeden Gedanken und große Teile ihrer Aufmerksamkeit an sich zog und wie ein schwarzes Loch zu absorbieren drohte.

Vincent kam mit einem silbernen Tablett zurück. Dieses Mal hörte sie ihn, seine Schritte auf dem Kies, wie sie sich dem Pool näherten und es schien ihr unwahrscheinlich, dass sie sein Kommen beim ersten Mal überhört haben konnte, und der Gedanke, er hätte sich hinter ihrem Rücken, wie eine schwarze Katze an sie angeschlichen, verunsicherte sie. Er stellte das silberne Tablett, auf dem sich zu Ellas Erstaunen nicht nur das Glas Martini und eine Flasche Limonade, sondern auch eine Schachtel Zigaretten, Streichhölzer und ein kleiner, runder Aschenbecher befanden, auf das Tischchen neben Ellas Liege.

Ohne dass sie ihn dazu aufgefordert hätte, setzte er sich auf die Kante des benachbarten Korbstuhls. Schon während er das tat und sich den Stuhl etwas zurechtrückte, spürte Ella eine Veränderung an ihm. Er ließ seine Schultern etwas hängen, überhaupt schien sein ganzer Körper plötzlich ohne jede Spannung zu sein. Als er sich gesetzt hatte, stellte er einen Fuß lässig von sich weg, dass sich die Sonne im schwarzen Lack seines Schuhes spiegelte, und er schaute zum ersten Mal nicht Ella an, sondern vorbei an ihr hinaus in die Landschaft und Ella spürte aus ihrem neu erworbenen Status heraus, als gehöre sie schon selbst dem Adel an, wie unerhört und dreist sein Verhalten einem Gast gegenüber war, und sie schämte sich für diesen eitlen Gedanken. Die förmliche Steifheit hatte ihn vollkommen verlassen und ihr wurde klar, dass sie soeben mit angesehen hatte, wie Vincent Feierabend machte. Und wie um seine Privatheit auf die Probe zu stellen, fragte sie ihn, während sie ihr Handtuch vom Boden nahm und es sich schamhaft um die Hüfte klemmte:

»Haben Sie denn niemals wirklich frei?«

Vincent lächelte sie herausfordernd an und sagte: »Doch, jetzt.«

Es war erstaunlich, wie sich die Höhe, auf der sich Ella gerade noch zu befinden schien, plötzlich zu einer unangenehmen Intimität zusammenzog, zu einer Freimütigkeit, die sie unsicher machte und die ihr das Gefühl gab, dieser Diener habe die Zügel fest in die Hände genommen – ein schwindelerregender Absturz. Auch das gehörte wohl zu der neuen Welt, dachte Ella. Hier verwandelte man sich innerhalb kürzester Zeit und im befremdlichsten Ausmaß. Dieser Vincent wollte ihr offensichtlich damit sagen, dass man nicht mir nichts dir nichts die Regeln brechen konnte. Er schaute sie an, kniff ein Auge zusammen und sagte etwas, das sie vollends verblüffte.

»Und jetzt?«

Er hatte seine geübte Haltung von sich abgestreift und war nun bei ihr angekommen. Ein vollkommen verwandelter und befreiter Mensch saß dort, die Beine übergeschlagen und abwartend neben ihr.

»Ich weiß nicht«, sagte Ella und zwang sich zu dem Satz: »Wir könnten uns unterhalten.« Sie schaute ihn fragend an und hoffte, ihre Offenheit würde ihn nicht in seine alte Rolle zurückdrängen, doch Vincent schien ihr privater Ton nicht im Geringsten zu stören.

Er sagte: »Gut, worüber wollen wir uns unterhalten?«, und lächelte.

Die flirrende Spannung, die Ella zwischen sich und ihm spürte, verwandelte sie in das vierundzwanzigjährige Mädchen zurück, das einer solchen Auseinandersetzung nicht gewachsen war. Sie fühlte sich diesem Menschen gegenüber unterlegen, doch sie genoss regelrecht ihre dadurch entstandene Verwirrung und Sprachlosigkeit. Nur ein wilder Mut war ihr geblieben.

»Wie lange arbeiten Sie schon hier?«, fragte sie ihn.

Vincent nahm die Schachtel Gauloises vom Tablett, öffnete sie und klopfte sich eine Zigarette heraus.

»Rauchen Sie?«, fragte er und hielt ihr die Schachtel hin.

»Nein, danke«, sagte Ella.

Die Flamme des Streichholzes zischte auf. Vincent nahm einen kräftigen Zug. Er blies den Rauch in den Schatten der Pinie. Sie traute sich kaum, ihn anzuschauen.

»Seit 1949 bin ich hier.«

Er nahm einen erneuten Zug.

»So lange schon«, erwiderte Ella überstürzt. »Das sind ja über vierzig Jahre.«

»Ja«, sagte er, »das sind vierzig Jahre.«

»Und wie alt waren Sie da?«, fragte sie vorsichtig.

Vincent schwieg. Er machte nicht den Anschein, als würde er auf ihre Frage antworten. Er saß da und rauchte, als wäre er allein auf der Welt. Und dann sagte er: »Siebenundzwanzig.«

Ella hätte eigentlich sagen wollen, wie jung er noch gewesen wäre, doch ein Mensch mit siebenundzwanzig Jahren war für sie keineswegs jung.

»Das muss eine schöne Zeit gewesen sein«, sagte sie.

»Das war es.«

Es schien ihr, als würde sie mit ihrer Fragerei seine Rauchpause stören. Daher machte sie den Versuch zu schweigen und stellte fest, dass es nicht nur möglich, sondern notwendig und absolut selbstverständlich war. Und so saßen sie dicht beieinander in der nachmittäglichen Sonne und schwiegen. Ein Ereignis, das Ella nie für möglich gehalten hätte und über das sie sich regelrecht freute, weil sie jetzt die Möglichkeit hatte, Vincent zu beobachten und über ihn nachzudenken, während er seine Zigarette rauchte und mit seinen Gedanken vollkommen woanders zu sein schien.

Dieser Vincent mochte vierzig, ja fünfzig Jahre älter sein als sie, aber trotzdem hatte sie nicht das Gefühl, vor einem Großvater zu sitzen. Er machte jetzt auf sie einen sportlichen, durchtrainierten und muskulösen Eindruck. Seine Gesichtszüge wirkten milder und freundlicher, selbst sein Blick war gelöst. Und jetzt, wo er ihr ohne die ihm eigene straffe Haltung gegenübersaß, fühlte sie seine sanfte Kraft und innere Gespanntheit wie die eines Löwen, der scheinbar friedlich in der Sonne döst und doch jeden Moment zu einem plötzlichen Sprung fähig ist, der einen unentrinnbar packt und mit sich reißt.

Sie fragte ihn, was er gemacht habe, bevor er Diener geworden war.

Vincent antwortete »Dieses und jenes«, und fügte hinzu: »Ich war wohl das, was man ›auf der Suche‹ nennt. Nach dem Krieg waren alle auf der Suche.«

»Oh, das kann ich mir vorstellen. Das heißt, vorstellen kann ich es mir nicht. Waren Sie richtig im Krieg? Also, ich meine, haben Sie richtig gekämpft? An der Front und so?«

Vincent zog an seiner Zigarette. Der Qualm stieg ihm in die Augen und er musste blinzeln. »Ja, das war ein richtiger Krieg. Aber lassen sie uns nicht darüber sprechen. Es ist ein schöner, heller Tag, da soll man nicht an solche Sachen denken. Lassen sie uns lieber von Ihnen sprechen. Sie wissen ja, dass wir nur selten Gäste hatten in letzter Zeit«, sagte er. »Daher werden Sie vielleicht Verständnis für meine Neugier haben. Wie lange sind Sie und ihr Freund, wie hieß er doch gleich?«

»René«, sagte Ella.

»Ja, René. Wie lange sind sie schon zusammen?«

»Ziemlich genau ein halbes Jahr.«

»Soso. Verstehe. Sie machen, wenn ich das sagen darf, als Paar eher den Eindruck, als hätten sie sich gerade erst kennengelernt.«

Ella schaute Vincent in die Augen. »Und – ist das gut oder schlecht?«, fragte sie ihn.

»Ich denke, weder noch.«

»Ach so«, sagte Ella erstaunt. »Ich hatte gehofft, Sie würden uns loben. Das sagt man nämlich ständig zu uns.«

»Ehrlich gesagt, ich glaube nicht an eine frische Liebe, ein frisches Verliebtsein, das ja, aber …«

»Sie meinen: Verknallt sein?«

»Ja, genau«, sagte Vincent. »Verknallt.«

Ella musste einen Moment darüber nachdenken, dann sagte sie: »Ich weiß nicht, was wir sind. Wahrscheinlich sind wir eher verknallt. Aber wo hört das eine auf und fängt das andere an?«

»Ich hätte gedacht, sie wissen es«, sagte Vincent. »Entschuldigen Sie, dass ich frage, aber warum hat er Sie denn verlassen, ihr René?«

»Er hat mich nicht verlassen. Ich habe ihn weggeschickt. Das ist ein Unterschied.«

»Ja, ganz sicher«, sagte Vincent. »Das ist ein Unterschied.«

Ella glaubte, aus seinen Worten eine Ironie herauszuhören.

»Vielleicht irre ich mich und wahrscheinlich darf ich mir darüber gar kein Urteil erlauben, aber ich denke, Ihr Freund liebt sie mehr, als er verknallt ist, wenn ich das jetzt so sagen darf.«

»Ja, das tut er sicher«, sagte sie und fügte hinzu: »Aber jemanden lieben ist eben nicht alles.«

»Aha?«, sagte Vincent. »Gehen Sie nicht etwas zu hart mit ihm um?«

»Wie, ich? Mit ihm? Wie meinen Sie das? Weil ich ihn weggeschickt habe?«

»Nein, weil Sie sagen, dass geliebt zu werden nicht alles sei. Ich meine, was gibt es Schöneres auf der Welt?« Vincent suchte Ellas Blick, die das spürte und unsicher zu Boden schaute.

»Ja, das sehe ich genauso, ich sehe es sogar noch viel extremer. Und das ist wahrscheinlich mein Problem, dass ich mehr will, als es geben kann.«

»Ach das ist eine ganz gewöhnliche Eigenschaft des Menschen, das sollten Sie wissen. Es ist nur die Frage, wie sehr sie sich von ihr leiten lassen.«

Ella dachte nach, sie dachte an René, an ihre Trennung und zum ersten Mal fühlte sie, dass er fort und sie hier allein in diesem Schloss war. Sie versuchte, sich für einen Moment klarzumachen, ob sie René vermisste, ob es wirklich René war, der ihr fehlte, oder ob sie in eine Melancholie verfallen war, die nichts mit ihm, sondern nur mit ihr selbst zu tun hatte. Doch es gelang ihr nicht, ihre Gefühle zu ordnen, zu sehr überlagerten sich ihre Empfindungen, die Trennung, die Frage, ob sie ihn überhaupt noch liebte, ihre ihr unbegreifliche Kühle, was ihn betraf, die Einsamkeit im Schloss und nicht zuletzt diese seltsamen Menschen hier, die eine starke Wirkung auf sie ausübten. All diese Empfindungen durchschnitten sich, löschten sich gegenseitig aus oder verstärkten einander so sehr, dass Ella, obwohl sie jetzt genug Zeit hatte, um sich darüber klar zu werden, wie es ihr ging und was sie eigentlich wollte, zu keinerlei Einsicht gelangte.

Vincent schaute sie an, als wäre er ihren Gedanken gefolgt, als hätte er ihnen zuhören können und sagte: »Der Mensch sehnt sich meist nach dem, was ihm nicht zusteht, er will das Unmögliche.« Während Ella über diesen Satz nachdachte und festzustellen begann, dass er sehr viel mit ihr und ihrer Beziehung zu René gemein zu haben schien, fragte Vincent sie, ob er nicht den Schirm aufspannen solle, sonst würde sie sich einen Sonnenbrand holen.

»Nein, nein. Das müssen Sie nicht. Das kann ich ja allein«, wehrte Ella ab.

Obwohl sie eigentlich vorgehabt hatte, sich noch etwas zu sonnen, stand sie auf, klemmte sich ihr Handtuch etwas fester um die Hüfte, trat hinter ihre Liege, griff den Schaft des Schirmes und schob ihn nach oben. Es fehlten nur wenige Zentimeter, bis er in die Metallbindung einschnappen konnte, doch die Spannung war zu groß und Ella wollte schon aufgeben, da spürte sie Vincent hinter sich. Eine elektrische Hitze durchfuhr ihren Körper. Er griff dicht an ihrem Kopf vorbei, streifte dabei ihr Haar und sagte: »Lassen Sie mich das machen. Der klemmt schon, seit ich ihn gekauft habe.« Die Übergabe des Griffs von Ellas Hand in die seine vollzog sich so sanft und mit einer kaum merklichen Berührung, dass Ella erstaunt war über Vincents Geschicklichkeit und noch viel mehr über ihre eigene Unsicherheit diesem Mann gegenüber.

»Sie müssen ihn immer zuerst ganz nach unten ziehen.«

Ella trat einen Schritt zurück und betrachtete Vincent, der den Schirm eng an seinem Körper vorbei zuzog und dann mit einer kräftigen Bewegung aufspannte. Der orangefarbene Schirm öffnete sich wie eine Blume im Zeitraffer und rastete mit einem feinen »Klick« ein.

»So, das hätten wir. Bitte schön«, sagte er und setzte sich wieder in seinen Korbstuhl. Ella stand einen Moment unschlüssig da.

»Danke«, sagte sie.

Sie fühlte die Hitze auf ihrer Haut brennen und sie dachte daran, in den Pool zu springen, bevor sich ihr Körper wieder abkühlen würde. Doch sie spürte eine Scheu, sich Vincents Blicken auszusetzen. Sie verstand ihre eigene Schüchternheit nicht, war sie doch mit René Anfang des Sommers ausschließlich an Nacktbadeseen gewesen. Ihre gesamte Kindheit über hatte sie ohne Badeanzug im weißen Sand der Ostseebäder gespielt. Der Anblick von nackten Menschen war für sie etwas Natürliches und selbstverständlich.

Und jetzt wagte sie nicht, in ihrem Bikini die drei Schritte zum Rand des Pools zu gehen und hineinzuspringen? Wegen eines alten Mannes. Nicht, dass sie die Befürchtung hätte, Vincent könne sie auf eine Art ansehen, die ihr unangenehm wäre, nicht, dass sie ihm eine Verlegenheit ersparen wollte; nein, sie hatte zum ersten Mal in ihrem Leben das Gefühl, ihr Körper könne einem anderen Mann nicht gefallen. Normalerweise war ihr Selbstbewusstsein zweifelsfrei und – wie René ihr manchmal vorwarf – beinahe unverschämt, aber es wurde in dieser Situation so sehr erschüttert, dass sie schon überzeugt war, sie sei doch nicht diese unwiderstehlich hübsche junge Frau, die alle in ihr sahen. Wobei sie üblicherweise, was die Komplimente der Männer betraf, nicht von ihrer Schönheit, sondern viel mehr von ihrer Ausstrahlung überzeugt war. Die Art und Weise, wie verheerend ihre Persönlichkeit auf Männer und Frauen wirken konnte, war ihr selbst manchmal unheimlich und unbegreiflich, hatte sie doch nie das Gefühl, ihre eigene Aura, deren abstrahlender Schein ihr selbst ein Mysterium war, irgendwelchen Zwecken unterordnen oder mit ihr bestimmte Absichten verfolgen zu können. Sie war sich ihrer Wirkung bewusst, hatte aber keinerlei Gewalt über sie. Sie fühlte zum allerersten Mal, seit sie sich als Frau empfand, einem Mann gegenüber so etwas wie Schüchternheit. Die Befangenheit, nicht aufstehen und wie selbstverständlich unter den Blicken dieses Dieners auf und ab laufen zu können, verärgerte oder kränkte sie nicht etwa, nein, sie genoss lächelnd diese kleine Verschämtheit. Es war wohl so etwas wie Lampenfieber, das sie von der Bühne her kannte.

Sie genoss den Gedanken, jemandem begegnet zu sein, der offensichtlich immun gegen ihre Erscheinung war und dem es gelang, seine eigene Anziehung vor der Ihren zu behaupten. Dieses Spiel, von dem sie nicht einmal sicher war, ob es überhaupt stattfand, beflügelte sie so sehr, dass sie es als eine Form der Mutprobe ansah, ihm ihren Körper zu präsentieren und so sagte sie: »Ich werde etwas schwimmen gehen.« Doch schon, während sie ihre Badeschuhe anzog, bemerkte sie an ihren eigenen Bewegungen, wie ungelenk sie unter ihrer Selbstkontrolle abliefen. Sie hatte, während sie hinüber zum Beckenrand ging, das Gefühl, noch nie gelaufen zu sein und nicht mehr zu wissen, wie das mit solch langen Beinen überhaupt möglich war. Dann stand sie am Rand des glitzernden Pools und überlegte, ob sie einen Kopfsprung versuchen oder doch besser an der Leiter hineinsteigen sollte. Ihr kam der Gedanke, Vincent um Rat zu fragen. Sie drehte sich mit dem Satz »Wissen Sie, ich kann keinen Kopfsprung« zu ihm um und war erstaunt, dass Vincent sie überhaupt nicht anschaute, sondern sich gerade eine zweite Zigarette aus der Schachtel nahm, den Aschenbecher von den Steinfliesen aufhob und dann erst zu ihr hinüberblickte. ›Ein lüsterner Spanner ist er also nicht‹, dachte Ella, und ihre Erleichterung darüber konnte nicht im Geringsten mit der Enttäuschung, er sei überhaupt nicht an ihrer Person interessiert, mithalten. Und als Vincent nicht einmal auf ihre Frage, von der sie dachte, dass es eine Frage gewesen sei, antwortete, da sprang sie, die Arme nach vorn, ohne auf dem Bauch zu landen, kopfüber ins Wasser. ›Wie kindisch‹, dachte Ella noch, während sie tauchte und die Luftblasen an ihrem Auge vorbeizogen. Ihr fiel auf, dass sie all ihre Handlungen auf diesen Diener dort draußen abzustimmen schien; selbst als sie bis hinüber zum Ende des Beckens tauchte, bemerkte sie, dass sie es seinetwegen tat, weil sie ihm irgendetwas beweisen wollte. Oder war es sogar das kindliche Spiel mit der Befürchtung der Eltern, sie könne ertrinken? ›Wie dumm, wie lächerlich‹, dachte sie.

Noch bevor sie wieder auftauchte, fasste sie den Entschluss, ihren Status zu wechseln und entweder diesem Mann ohne jede Hemmung entgegenzutreten oder ihn nicht weiter zu beachten. So zog sie sich mit einem kräftigen Schwung am Ende der Bahn aus dem Wasser, richtete sich – ihren Rücken Vincent zuwendend – auf, fuhr sich mit beiden Händen durch die Haare, schüttelte sie seitlich von sich ab und ging um das äußere Ende des Pools herum auf die im Schatten stehenden Liegen zu. Dabei bemühte sie sich, nicht zu ihm hinüberzuschauen. ›Auch das ist albern‹, dachte sie und als sie ihren Blick nun doch hob, sah sie, dass Vincent nicht mehr auf seinem Stuhl saß.

Sie war so erstaunt darüber, dass sie stehen blieb, sich umblickte, um zu sehen, ob er nicht um den Pool herumgegangen sei und sich vielleicht auf eine der Liegen gegenüber gesetzt hatte. Aber Vincent war verschwunden. Er hatte sie – ob er es wollte oder nicht – beschämt, sie in ihrer Eitelkeit gekränkt und – was noch erstaunlicher war – ihr das Spiel versagt.

Ella packte ihre Sachen und ging zurück ins Haus. Sie zog sich ein luftiges Abendkleid an, lief ins Bad, besprühte sich zweimal kurz den Hals mit dem Parfüm, das ihr René zu Beginn ihrer Reise geschenkt hatte und verließ die Suite. Sie wollte ihn anrufen, doch je näher sie dem Salon kam, von dem aus sie telefonieren konnte, umso unruhiger wurde sie. Als sie den kleinen handgeschriebenen Zettel mit der Nummer zu Alains Appartement vom Tischchen nahm und die Wählscheibe mit ihrem Zeigefinger, eine Zahl nach der anderen, drehte, empfand sie ihre Aufregung als etwas Gutes, das ihr bewies, dass sie René noch liebte. Sie hörte das Freizeichen und nach vier Tönen ein kurzes Knacken und die Stimme Alains, die dem Anrufer erklärte, dass er gerade außer Haus sei, man aber eine Nachricht hinterlassen könne. Ein kurzes »Piep« und dann ein leises Rauschen. Ehe sie begriffen hatte, dass sie jetzt etwas sagen konnte, sie hatte schon von solchen Apparaten gehört, aber noch nie mit einem zu tun gehabt, waren schon einige Sekunden vergangen. Sie schwieg noch einen Moment, dann legte sie auf.

›Das hast du nun davon. Sehr schlau, sehr, sehr schlau. Jetzt ist er wahrscheinlich auf irgendeiner Party und du kannst die ganze Nacht nicht schlafen‹, dachte sie. ›Ein richtig guter Plan war das. Aber es stört ihn ja nicht. Er setzt sich nicht neben das Telefon und wartet. Er ruft einmal an, ein einziges Mal, und dann wartet er nicht und geht einfach aus dem Haus, als wäre es gar nichts.‹ Sie malte sich aus, wie René mit diesem Alain unterwegs zu einer Party war und sie ahnte, dass dieser Gigolo sicher einige hübsche Mädchen kannte.

Vincents Küche

Es war zwanzig Uhr, als Ella die Pendeltüren zum Restaurant hinter sich zufallen ließ. Sie hoffte, es würde ein lautes Geräusch geben, wenn die Flügel noch ein-, zweimal hin und her schwingen würden, doch da sie sich nicht berührten und die Scharniere wohl gut geölt waren, puffen sie nur leise, wenn sie einander begegneten. Nun stand sie in dem großen Speisesaal und wusste nicht, wie der Diener bemerken sollte, dass sie da war. Sie hörte ein leises Geschirrklappern aus der Küche, ging zur schmalen Tür neben dem Eingang und schaute durch das kleine Fenster hinein zu Vincent, der an der Spüle stand und den Abwasch machte. Als er den Teller, den er gerade abtrocknete, auf ein Geschirrtuch abgelegt hatte, klopfte sie vorsichtig an die Scheibe. Vincent schaute zu ihr herüber und sie sah, wie er lächelte. Ja, es war unverkennbar, er freute sich, dass sie da war.

»Einen Augenblick,« rief er von drinnen und winkte ihr zu. »Nehmen Sie bitte schon Platz, ich komme gleich zu Ihnen.«

Ella lächelte zurück. Sie ging durch den Saal und setzte sich an die Tafel, an der sie beim Dîner mit der Gräfin gesessen hatten. Es kam ihr jetzt seltsam vor, in diesem riesigen Saal allein sitzen und essen zu müssen, und sie beschloss, sich ein oder zwei Scheiben Brot zu schmieren und damit auf ihr Zimmer zu gehen. Doch dann fiel ihr etwas Besseres ein. Vincent kam aus der Küche, quer durch den Saal und brachte ihr eine Karaffe Wasser und ein Glas.

»Bitte sehr, Mademoiselle. Kann ich Ihnen sonst noch etwas zu trinken anbieten?«

»Nein, danke. Aber ich hätte, bevor Sie den Tisch decken, noch eine Frage.«

»Ja, bitte?«

»Ich fühle mich hier in dem Saal nicht wohl. Er ist so groß, und ich komme mir vor, als wäre ich eine Maus. Wäre es möglich, dass ich bei Ihnen in der Küche esse? Ich habe gesehen, dass es dort einen kleinen Tisch gibt.«

Vincent wusste nicht, was er davon halten sollte. Es war noch nie vorgekommen, dass ein Gast oder überhaupt jemand außer ihm und Charlotte in der Küche gegessen hatte. »Das verstehe ich«, sagte er. »Es ist hier doch recht einsam, wenn keine weiteren Gäste da sind. Ich kann Ihnen das Essen auf ihr Zimmer bringen, wenn Sie möchten.«

»Das ist sehr nett, aber ich würde Sie auch nicht stören. Sie könnten Ihre Arbeit machen und ich sitze nur bei Ihnen und esse. Wäre das möglich?« Ella biss sich auf die Lippe, sie hätte ihre letzten Sätze gern zurückgenommen, denn sie sah an Vincents Haltung, wie sehr sie ihn unter Druck setzte, deshalb sagte sie noch: »Aber ich verstehe auch, wenn das nicht geht. Entschuldigung.«

Vincent stand einen Augenblick unschlüssig da und Ella konnte beinahe sehen, wie er nachdachte, dann lächelte er und sagte: »Also gut, wenn es Sie nicht stört, dass ich nebenbei abwasche und das Mittagessen für morgen vorbereite, können Sie sich gern zu mir in die Küche setzen.«

»Mich stören, nein, im Gegenteil. Ich freue mich sehr, das ist sehr lieb von Ihnen«, sagte sie freudig, rutschte mit ihrem Stuhl zurück und stand auf.

Vincent ging voran und weiter auf ihn einredend, folgte sie ihm. »Wissen Sie …«, sagte sie, »ich esse auch zu Hause viel lieber in der Küche als im Wohnzimmer. Meine Eltern haben sogar ein Esszimmer, und ich finde das immer steif. Aber kaum sitze ich mit meiner Mutter in der Küche, können wir plötzlich reden.«

Vincent hatte Ella etwas Brot, Wurst, Käse, die Karaffe mit Wasser und eine Flasche Wein auf den Holztisch unter die tiefhängende Lampe gestellt. Während Ella sich eine Scheibe Weißbrot mit Schinken belegte, trocknete er, sich rückwärts an das Spülbecken lehnend, die Töpfe ab. Die Küche war recht dunkel, da sie im Schatten des angrenzenden Parks lag und vor ihrem schmalen Oberlicht hohe Bäume standen. Es war seltsam für Vincent, diese junge Frau dort sitzen zu sehen, auf dem Platz, wo sonst Charlotte saß. Und noch seltsamer war es, dass er ihr überhaupt erlaubt hatte, seine Küche auch nur zu betreten. »Sind Sie eigentlich lieber Koch oder Kellner?« Und hätte ihm noch vor wenigen Jahren einer der Gäste eine solche Frage gestellt, er hätte sich zu wehren gewusst und demjenigen zu verstehen gegeben, dass er die Grenze des Anstandes verlassen hatte. Aber dieses junge Fräulein strahlte ihn mit ihrem blendenden Lächeln so offen an, dass Vincent ihr diese Frage nicht übelnehmen konnte.

»Mademoiselle, um ehrlich zu sein, bin ich weder das eine noch das andere. Aber die Umstände machten es nötig, dass sich mein Aufgabengebiet etwas erweitert hat.«

›Etwas, das ist gut‹, dachte Ella. ›Er macht ja eigentlich alles.‹

»Aber um auf ihre Frage zurückzukommen, das Kochen, im Gegensatz zum Backen, ich backe sehr gern, bereitete mir tatsächlich anfangs etwas Schwierigkeiten, doch es ist im Laufe der Zeit zu einer Art Leidenschaft geworden. Wobei ich sagen muss, dass die Arbeit als Kellner ganz andere Reize hat. Daher würde ich nicht behaupten, dass ich das eine lieber täte als das andere.«

»Verstehe«, sagte Ella. Verwundert darüber, dass Vincent in sein steifes Auftreten zurückgekehrt war und sie jetzt wieder miteinander sprachen, als hätte es ihre Begegnung am Pool nicht gegeben, überlegte sie nicht lange und sagte: »Ich finde es ehrlich gesagt etwas seltsam, dass Sie jetzt, wie soll ich sagen, ja, dass Sie wieder ein

Diener sind. Ich meine, heute Nachmittag da waren Sie keiner, da waren Sie irgendwie ein anderer, da schienen Sie so zu sein, wie Sie wirklich sind. Entschuldigen Sie die Frage, vielleicht ist es auch dumm, aber fällt Ihnen diese Verstellung vor den Gästen eigentlich schwer?«

Vincent schaute Ella in die Augen und sagte in beinahe strengem Ton: »Ich dachte eigentlich, dass Sie froh darüber wären, dass ich wieder der Alte bin, oder täusche ich mich da?«

Ella spürte, wie sie rot wurde. Sie sagte nichts und dachte, dass sie tatsächlich erleichtert über seine Rückverwandlung war. Zu sehr hatte sie dieser andere Vincent verunsichert. Und viel zu sehr mochte sie diesen hier, den väterlichen, immer freundlichen und verlässlichen Menschen, der einem nichts anhaben und dem man vertrauen konnte.

»Sehen Sie«, fügte Vincent hinzu, »deswegen ist es von immensem Vorteil, wenn ich eine Haltung annehme, die es Ihnen leicht macht, mit mir umzugehen. Im Übrigen glaube ich, dass niemand sonst auf die Idee kommen würde, den Bediensteten eines Hauses aus seiner Rolle herauszulocken. Wenigstens hat es in all den Jahren, die ich hier arbeite, nie ein Gast versucht. Ich habe gestern beim Dîner ihr Gespräch mitverfolgt, das ist normalerweise nicht meine Angewohnheit, im Gegenteil, gewöhnlich interessieren mich die Gespräche der Gäste nicht, aber gestern war doch ein besonderer Abend, ich denke, Sie wissen, was ich meine, also was ich sagen will, ich könnte mir vorstellen, dass es an ihrer Herkunft liegt, an der DDR, dass Sie solche Experimente für möglich und vielleicht sogar für notwendig halten. Ach übrigens, bevor ich es vergesse, ich habe mit Madame gesprochen, Sie können natürlich hierbleiben, bis ihr Freund zurück ist. Und das Zimmer müssen Sie auch nicht bezahlen, da ja unser Alain ihren René gewissermaßen entführt hat.«

»Oh, das ist aber eine nette Umschreibung, danke, das ist wirklich toll.«

Ella fürchtete, dass er ihr gerade etwas böse war. Sie hatte Vincent herausgefordert und er hatte ihr die lockere Zunge etwas gestutzt. Aber sie wäre nicht Ella, wenn sie diese Irritation und die des Nachmittages nicht in wenigen Minuten zu überwältigen wusste. Daher setzte sie sich aufrecht hin und sagte tapfer: »Sie haben recht, ich mag Sie, so wie Sie jetzt sind, mehr als heute Nachmittag, ich gebe es zu, aber genau das ist es, was ich daran so falsch finde, verstehen Sie?«

Vincent lächelte. »Ja, das verstehe ich«, sagte er.

Es entstand eine kleine Lücke in ihrem Gespräch, während Vincent ohne Eile sein Geschirrhandtuch beiseitelegte, um die Pfanne, die er gerade abgetrocknet hatte, hoch über der Spüle in ein Rondell zu hängen, und Ella ihn dabei beobachtete. Dann fiel ihr der Fernseher auf, der mit einer Halterung neben dem Pfannenrondell an die Wand geschraubt war. Sie wusste nicht wieso, aber sie hatte das Gefühl, dass dieser Apparat, wohl weil er auf die Mitte des Tisches und nicht auf einen der beiden Plätze ausgerichtet war, für ein Fernsehen zu zweit gedacht schien.

»Essen Sie eigentlich auch hier in der Küche?«, fragte sie.

»Gewöhnlich ja. Ihnen gegenüber sozusagen.«

»Und die Gräfin isst im Restaurant?«

Vincent schmunzelte.

»Was ist, habe ich etwas Dummes gesagt?«

»Nein, überhaupt nicht, mir ist nur aufgefallen, Sie nennen Madame die ›Gräfin‹, das habe ich lange nicht mehr gehört.«

»Ist sie denn keine Gräfin?«

»Doch, schon, aber sie möchte nicht so genannt werden. Ich weiß auch gar nicht, woher Sie das haben.«

»Ach nur so, ich hab es geraten. Ich dachte – ein Schloss – eine Gräfin. Und dann Madame *de* Violet.«

»Das ist schon richtig, aber wie gesagt, Madame mag diese Bezeichnung nicht. Sie können Sie gern Madame oder Madame de Violet nennen. Aber was Ihre Frage betrifft, sie sitzt normalerweise, also wenn wir keine Gäste haben, da, wo Sie jetzt sitzen.«

»Ach so«, sagte Ella. »Das macht sie richtig. Hier ist es am gemütlichsten.«

Vincent hängte jetzt die kupfernen Töpfe, einen nach dem anderen, an ihren Henkeln in das Rondell ein.

»Macht es Ihnen eigentlich nichts aus«, fragte sie, »dass die Gräfin Sie beim Vornamen nennt? Ich meine, Sie sprechen sie ja mit Madame an.«

»Das ist in einem Haus wie diesem nicht ungewöhnlich«, erklärte Vincent. »Wissen Sie, in meinem Fall war es so, ich war noch sehr jung, als ich hier im Haus anfing und Monsieur de Violet hat mich immer beim Vornamen gerufen. Dem war eine längere Diskussion vorausgegangen, denn er wollte, dass ich ihn auch beim Vornamen nenne, aber das geht natürlich nicht. Und seitdem ist es dabei geblieben. Wir haben uns darauf geeinigt, dass es auch vor den Gästen der richtige Umgang ist.«

»Ah, geeinigt, verstehe«, sagte Ella.

Dass Charlotte ihn beim Vornamen nannte und er sie siezte, störte Vincent tatsächlich nicht. Wenn sie allerdings gewusst hätte, dass sie in seinen Gedanken stets Charlotte geblieben war, es hätte ihr nicht gefallen. Es war sehr lange her, dass er ihren Vornamen laut ausgesprochen hatte.

Vincent nahm ein Brettchen aus dem Küchenregal, zog ein Messer aus dem Block und setzte sich Ella gegenüber an den Tisch. Er stand noch einmal kurz auf, griff über sich in einen breiten Topf auf dem Wandbord und nahm zwei große Zwiebeln und aus einem anderen, schmalen Behältnis mit kleinem Deckelchen einen Knoblauchzopf heraus. Er setzte sich wieder und fing an, die Zwiebeln und Knoblauchzehen zu schälen.

»Das kann ich doch machen«, sagte Ella.

»Nein, Sie essen ja.«

»Aber ich komme mir so nutzlos vor. Ich würde Ihnen gern bei irgendwas helfen. Ich meine, Sie kochen für mich mit, ich darf hier wohnen, ich würde mich gern nützlich machen.«

»Nein, das ist nicht nötig.«

»Ich finde schon, dass es nötig ist. Aber wenigstens bedanken möchte ich mich bei Ihnen.«

»Mein junges Fräulein, Sie müssen sich nicht bedanken und bei mir schon gar nicht. Die Gräfin hat mir erlaubt, für Sie zu kochen und sie hat auch nichts dagegen, dass Sie länger hier wohnen. Übrigens, wenn Sie möchten, können Sie auch morgen hier zu Mittag essen.«

»Ach das wäre ja schön, da müsste ich nicht runter ins Dorf«, sagte Ella. »Obwohl der Wirt dort ein sehr netter Mensch ist. Kennen Sie ihn, Emile?«

»Ja, den kenne ich, ich war früher oft sein Gast. Er ist ein guter Mensch.«

»Und lustig ist er.«

Ella gefiel es sehr, wie sie beide an dem Holztisch unter dem schmalen Lichtkegel der kleinen Lampe saßen, sich unterhielten und wie Vincent nebenbei Zwiebeln und Knoblauch schnitt. Sie erzählte derweil von ihrer Reise durch Frankreich, wo sie überall gewesen waren und was sie auf ihrer Fahrt durch die Pyrenäen gesehen hatten. Sie erzählte ihm von der Düne, natürlich nur, wie sie in den Himmel geschaut hatten und wie ihnen der Regen in die Augen getropft sei, sie erzählte von Lourdes, sogar von ihrer kindlichen Hoffnung, das Wunder zu sehen. Sie erzählte davon, wie es ist, eine Schauspielerin zu sein und dass es nichts auf der Welt gäbe, was sie lieber täte, als auf der Bühne zu stehen. Und sie erzählte von René, davon, dass sie nicht verstehe, warum sie sich manchmal streiten würden. Dann wiederholte sie noch einmal, wie zauberhaft es hier auf dem Schloss wäre und dass es dumm sei, dass sie jetzt ohne René auskommen musste.

Vincent hörte zu, lächelte von Zeit zu Zeit und staunte über diese junge Frau an seinem Tisch.

»Darf ich nach dem Grund fragen, warum Sie nicht mit nach Paris gefahren sind?«

»Der Grund?«, fragte Ella. »Ja, was war der Grund? Ich würde sagen, es gab eher einen … Ach verflixt, jetzt fällt mir das Wort nicht ein …« Sie überlegte, dann fiel es ihr ein. »*Raison*«, platzte Ella heraus. »*La Raison*. Es gab eher einen Anlass als einen Grund. Verstehen Sie, was ich meine?«

»Ich glaube schon.«

»Wie auch immer …«, sagte sie, »das Ergebnis ist auf jeden Fall traurig. Und der Anlass ist, dass ich sauer war. Er hat mich nämlich nicht gefragt, ob ich überhaupt nach Paris will.«

»Ich verstehe«, sagte Vincent.

»Der Sohn der Gräfin hat uns angeboten, mit ihm mitzufahren, und dass wir bei ihm wohnen könnten. Aber irgendwie wollte ich nicht.«

»Darf ich fragen, wieso Sie nicht mitwollten?«

»Ehrlich gesagt, darüber habe ich auch schon nachgedacht. Zuerst war es nur ein Gefühl. Aber jetzt, wo er weg ist, habe ich begriffen, was es ist. Ich glaube einfach, dass wir so nicht weitermachen konnten. Ich weiß nicht, wie ich es ausdrücken soll, wir waren so weit oben, es war alles wie ein Traum, als würden wir von einem Gipfel zum anderen springen, und immer noch höher, doch dann wurden die Felsen steil und glatt und wir haben den Halt verloren. Wir hatten irgendwie die Kondition nicht dazu.«

Vincent schaute sie an und fragte: »Glauben Sie, dass irgendwer eine solche Kondition hat?«

»Ja, sicher. Ich habe das Gefühl, ich könnte ewig so weitermachen.«

»Aha«, stieß Vincent mit einem kurzen Lachen aus.

»Was ist? Warum lachen Sie?«

»Weil sie seine Kondition infrage stellen, nicht die Ihre. Weil Sie an ihm zweifeln und nicht an sich selbst, das ist wahrscheinlich normal, aber was ich viel interessanter finde, Sie zweifeln an seiner Leistung und nicht an der Aufgabe, die Sie ihm stellen.«

Ella überlegte. »Sie meinen, es wäre eine unmögliche Aufgabe, mit mir zusammen zu sein?«

»Nein, Sie verstehen mich nicht, oder vielleicht verstehe ich Sie ja auch falsch, aber bei allem, was ich von Ihnen höre, frage ich mich, ob Sie schon einmal darüber nachgedacht haben, dass Sie etwas wollen, was es nicht gibt?«

Jetzt musste Ella lachen. »Ich? Darüber nachgedacht? Natürlich, beinahe jeden Tag! Ich bin genauso, wie Sie es sagen. Genauso. Nur nützt es mir nichts, dass ich das weiß. Das ist ja, als würde man einem Hürdenspringer die Latte auf die Erde legen, da kann er jeden Tag und jede Stunde drübersteigen. Abgesehen davon, dass sich das niemand anschauen möchte, ist es unbefriedigend.«

Vincent schwieg und schaute Ella an. Sie war gespannt darauf, was er sagen würde. Doch er sagte nur: »Sie sind eine ungewöhnliche junge Frau.«

»Ach, danke sehr«, sagte sie und warf sich in ihrem Stuhl zurück. Sie nahm ihm ein wenig übel, dass er sich nicht verkneifen konnte, sie *ungewöhnlich* und *jung* in einem Atemzug zu nennen, als wäre ihre Jugend, die sie nicht einmal mehr empfand, der einzige Grund für ihre *ungewöhnliche* Wirkung auf ihn. Einen Moment schwiegen beide.

»Was ist dieser Alain eigentlich für ein Mensch?«, fragte Ella nach einer Weile. »Gestern konnte ich ihn überhaupt nicht leiden. Entschuldigen Sie, wenn ich das sage, aber egal, was man von seiner Mutter hält, so würde ich mit meiner nicht sprechen. Er hat sie sicher sehr verletzt. Ich kann so etwas nicht verstehen. Aber Sie kennen ihn ja besser als ich, zumindest nehme ich das mal an.«

Vincent dachte nach. »Er ist nicht so, wie Sie ihn gestern erlebt haben. Er ist impulsiv, das ja, aber nicht gemein. Gemein ist er nicht.«

»So, ihn nehmen Sie also auch in Schutz. Das finde ich interessant. Ich habe fast das Gefühl, mit Ihnen kann man es sich schwer verscherzen. Entschuldigung, bin ich zu direkt?« Sie blinzelte ihn an.

»Ja, das sind Sie.«

»Ach, tut mir leid, aber das ist wie ein Flitz von mir, ich kann das nicht aufhalten, und ich weiß das ist nicht immer richtig.«

»Glauben Sie mir, ich bin alt genug, damit umgehen zu können«, sagte er und lächelte.

Ella nahm einen Schluck von ihrem Wein, dann sagte sie: »Fühlen Sie sich eigentlich manchmal einsam hier?«

»Einsam?«, fragte Vincent. Er musste einen Moment darüber nachdenken. »Nein, ich denke nicht. Es gab Zeiten, in denen ich so etwas wie einsam war, aber das ist sehr lange her. Und als wir hier noch Gäste hatten, gab es keine Gelegenheit, einsam zu sein.«

»Haben Sie noch Familie irgendwo?«

»Eine Schwester, in Bordeaux. Ansonsten niemanden.«

»Keine Verwandten, nirgendwo?«

»Nein. Es gab noch einen Onkel, einen Bruder meines Vaters, aber der ist schon vor einigen Jahren gestorben.«

»Aber mit wem reden Sie? Ich meine, Sie müssen doch mit jemandem reden können? Mit ihrer Schwester vielleicht?«

»Ja, das schon. Gelegentlich.«

»Und mit der Gräfin, können Sie mit ihr reden?«

»Ich rede mit ihr, wir unterhalten uns, gar nicht so anders, wie Sie und ich jetzt.«

»Ach, das ist doch schön. Was macht die Gräfin eigentlich den ganzen Tag? Das frage ich mich, seit wir hier sind. Hat sie ein Hobby oder so?«

»Sie nennen sie ja immer noch ›die Gräfin‹.«

»Ach ja«, sagte Ella und tippte sich mit den Fingerkuppen ihrer Rechten gegen die Stirn, dann fügte sie hinzu: »Ja, weil ich finde, dass es zu ihr passt. Sie ist eben eine stolze Frau.«

Vincent schwieg.

»Sie ist eine schöne Frau, obwohl sie doch bestimmt schon über sechzig ist. Und sie ist so vornehm, so distanziert … Warum möchte sie eigentlich nicht so genannt werden, wenn sie doch eine Gräfin ist?«

»Weil es für sie nichts mehr bedeutet. Oder besser noch, weil es ihr alles bedeutet.«

»Das verstehe ich nicht.«

»Es ist auch nicht ganz einfach. Wissen Sie, sie verachtet den jungen französischen Adel, der sich ihrer Meinung nach an jeder Schweinerei, wie sie es nennt, beteiligt. Und damit möchte sie eben nichts zu tun haben. Also, sie ist eine Gräfin, aber sie kann sich nicht daran gewöhnen, eine des 20. Jahrhunderts zu sein. Überhaupt kann sie sich nicht an das Jahrhundert gewöhnen, in dem wir leben. Und ehrlich gesagt fällt es mir selbst auch gelegentlich schwer. Es kommt mir manchmal so vor, als würden wir im neunzehnten, ja beinahe eher noch im achtzehnten Jahrhundert leben.«

»Ja, das kann ich mir denken. Das Schloss hier macht es Ihnen aber auch nicht gerade leicht, sich an die neue Zeit zu gewöhnen. Ich verstehe das sehr gut. Mir geht es ja mit meiner Stadt auch so.«

»Sie meinen Ihre verfallene Stadt?«

»Ach, da haben Sie aber gut aufgepasst. Ich habe mich wirklich gefragt, ob Sie zuhören, wenn Sie in ihrem Winkel stehen und auf eine Bestellung warten.«

»Wie gesagt, nur, wenn die Gäste interessant sind. Glauben Sie mir, das kam nicht allzu oft vor.«

»Ich dachte, es muss schrecklich langweilig sein, so dazustehen und zu warten. Und ist es nicht anstrengend?«

»Nein. Das macht mir nichts aus, weder das eine noch das andere. Man kann sich beschäftigen. Aber meistens schalte ich ab. Das ist wie Meditation.«

»Tut mir leid, aber ich finde es eigentlich schlimm, wenn jemand in einer Ecke stehen muss.«

»Das muss Ihnen nicht leidtun.«

»Macht es aber. Ich weiß nicht warum, ich komme mir schlecht dabei vor.«

»Das müssen Sie nicht. Ich habe mir diesen Beruf ausgesucht und es ist ein wunderbarer Beruf gewesen. Sicher, am Anfang war er aufregender, als wir hier noch die Stallungen hatten und mit den Gästen ausgeritten sind. Und die Weinlesen fehlen mir und die Feste erst recht. Das waren schöne Zeiten.«

»Ja, das klingt toll. Ich bin noch nie geritten. Aber ich muss es bald tun, falls ich mal in einem Kostümfilm mitspiele. Aber was machen Sie, wenn Sie keine Gäste haben, ich meine mit Ihrer freien Zeit?«

»Ich lese, kümmere mich um den Garten oder spiele Schach.«

»Sie spielen Schach? Und mit wem?«

»Mit Madame.«

»Das ist ja spannend. Spielt sie gut?«

»Wir haben gelernt, einander zu schlagen.«

»Und wie läuft das ab, fragen Sie sie oder sagt sie, wann gespielt wird?«

»Oh nein, wir haben feste Zeiten. Donnerstagabend, manchmal auch noch dienstags. Das waren immer die Tage, an denen es im Hotel weniger zu tun gab.«

»Dienstag?«, unterbrach sie ihn. »Heute ist Dienstag, das heißt, Sie spielen heute Abend?«

»Das weiß ich nicht, ich denke eher nicht, wie gesagt, wenn Gäste da sind, hält es Madame nicht für ratsam, hier unten privat zu erscheinen.«

»Ach, das würde mir aber nichts ausmachen. Von mir aus können Sie spielen, ich möchte nicht, dass Sie meinetwegen Ihren gemeinsamen Abend ausfallen lassen. Also bitte, sagen Sie ihr, dass ich überhaupt kein Problem damit habe.«

»Das könnte ich versuchen, nur wird es nicht viel nützen, weil sie wahrscheinlich ein Problem damit hat. Aber ich werde es ihr sagen. Können Sie Schach spielen?«

»Ich?«, fragte Ella. »Das kommt wohl immer auf den Gegner an, ob man spielen kann oder nicht.«

»Da haben Sie recht, also wenn Sie wollen, könnten wir es auch einmal versuchen.«

»Nein, nein, Sie haben eine Partnerin. Das würde ihr bestimmt nicht gefallen, wenn Sie mit mir spielen. Immerhin ist sie eine stolze Frau. Und ich kenne mich bei stolzen Frauen etwas aus. Aber wir können gern mal spielen. Können Sie gut verlieren?«

Vincent lachte. Er lachte nur kurz, aber für diesen Augenblick leuchtete sein wahres Wesen erneut für Ella auf und sie fühlte, dass sie einen kleinen, heiteren Sieg über ihn errungen hatte, so unvermittelt und unverstellt war ihm dieses Lachen passiert.

»Nein, Entschuldigung«, fuhr Ella fort. »Ich meinte damit nicht, dass ich Sie besiegen könnte …«

»Wie meinen Sie es dann?«

»Na, generell. Also ich kann ja gar nicht verlieren, auch eine Sache, die man mir nicht beigebracht hat. Also können Sie es?«

»Ich denke, ich bin ein guter Verlierer. Vielleicht nicht der beste, aber auf jeden Fall lasse ich mich nicht gehen.«

»Und die Gräfin?«

Einen Augenblick zögerte Vincent, denn er wusste, dass er drauf und dran war, das Terrain des Anstands zu verlassen. Es hatte für ihn immer eine Regel gegeben, eine Regel, die nicht einmal auf der Butlerschule, die er während des Krieges besucht hatte, aufgestellt worden war, sondern die er sich persönlich und dem ihm unterstellten Personal auferlegt und formuliert hatte: ›Du sollst nicht über dich selbst sprechen, und du darfst niemals über andere reden.‹

»Sie ärgert sich, wenn sie verliert«, sagte er etwas leiser, so als könne er damit seine kleine Untreue mildern. »Aber ich finde, das steht ihr zu. Man soll sich ärgern dürfen. Genauso wenig, wie man jemandem die Freude verbieten kann, sollte man einem das Verlangen, sich zu ärgern, auch nicht abschlagen.«

»Was macht sie denn so, wenn sie sich ärgert?«

Vincent lächelte. »Es kommt vor, dass sie das Brett umwirft.«

»Ach«, platzte Ella heraus. »Das ist stark.«

»Sie hat sogar schon einmal eine Königin, die ich ihr geschlagen hatte, genommen und gegen die Wand geworfen. Wir mussten drei Wochen mit Weintrauben spielen, bis wir eine neue hatten.«

Jetzt lachte Ella. »Wie eine richtige Gräfin. Das gefällt mir. Ich denke, das ist so bei ehrgeizigen Menschen. Wenn es nicht so läuft, wie sie wollen, dann werden sie ungemütlich. Ich verstehe das und ich hasse es trotzdem an mir. Na, immerhin hat sie Sie nicht beschimpft. Das macht sie doch nicht, oder?«

»Nein, das nicht, zumindest nicht direkt. Sie steht manchmal auf und geht einfach, ohne einen Gruß. Ehrlich gesagt hätte ich es dann lieber, wenn sie ihren Ärger an mir auslässt. Aber alles in allem kommt das selten vor, weil sie doch häufiger gewinnt als ich. Und eine gute Gewinnerin ist sie.«

»Na, das ist nicht schwer.«

»Meinen Sie? Ich finde, das gelingt vielen Menschen mindestens genauso schlecht, wie zu verlieren. Sie trägt einen Sieg mit größerer Fassung als eine Niederlage. Es ist ihr unangenehm, wenn man ihr dazu gratuliert, und man hat den Eindruck, sie würde sich am liebsten dafür entschuldigen, dass sie einen besiegt hat; vielleicht, weil sie die Enttäuschung eines Misserfolges von sich selbst kennt. Manchmal steht sie auf ...«, Vincent richtete sich auf seinem Stuhl zu voller Größer auf, »beugt sich über den Tisch ...«, er beugte sich Ella entgegen, »und sagt so etwas wie ...«, er überlegte einen Moment: »›Sie haben so tapfer gekämpft und beinahe wäre ich in Ihren fabelhaften Hinterhalt getappt, dass ich Ihnen zu Ihrer Niederlage, die doch beinahe einem Sieg gleichkommt, gratulieren möchte.‹«

»Wow!«, sagte Ella. »So redet sie?«

»Ja, natürlich nur zum Spaß.«

Die Tür zum Restaurant schlug so heftig auf, dass Ella sich erschrocken umdrehte. Madame de Violet stand in der Küche und sagte, offensichtlich von Ellas Anwesenheit überrascht: »Ach, Entschuldigung, ich wollte gar nicht stören.« Sie war schon im Begriff zu gehen, als Vincent aufstand: »Ja, Madame, was kann ich für Sie tun?«

»Ach, nichts. Es hat sich schon erledigt. Ich sehe schon, du bist beschäftigt. Es war nichts Wichtiges. Danke.«

Und schon war sie wieder verschwunden. Ihr Auftritt war so kurz und überraschend gewesen, dass Ella nicht sicher war, ob er überhaupt stattgefunden hatte. Aber das schlechte Gewissen, das sie plötzlich in sich fühlte und die Stille, die mit dem Verschwinden von Madame de Violet wie eine matte Wolke in der Küche zurückblieb, ließ keinen Zweifel daran. Ella kam sich vor, als wäre sie in flagranti beim Fremdgehen erwischt worden, und auch Vincent hatte ein ähnliches Gefühl. Er hoffte, dass Charlotte seine letzten Worte nicht gehört hatte.

»Ach je«, sagte Ella. »Sie wollte Sie bestimmt zu ihrem Schachspiel holen, ich hoffe, ich habe das jetzt nicht verdorben.«

»Nein, sicher nicht«, sagte Vincent, der immer noch zur Tür schaute, durch die die Gräfin verschwunden war.

»Ich werde mal auf mein Zimmer gehen«, sagte Ella, stand auf, nahm ihr Brettchen und das Besteck und wollte es zum Spülbecken bringen. Da widersprach Vincent heftig: »Nein, das geht wirklich zu weit. Ich räume das ab. Vielen Dank!«

Ella war schon an der Tür, da drehte sie sich noch einmal um und sagte: »Entschuldigung, ich hätte noch eine Frage.«

»Ja?«

311

»Emile, also der Kellner im Dorf, hat erzählt, dass es hier in der Nähe eine Höhle geben soll. Ich wollte morgen mal da hin. Wissen Sie, wie weit das ist?«

»Das ist eigentlich nicht weit. Ich glaube, wir haben vorn noch ein paar Prospekte, da ist auch eine Wegbeschreibung drin. Im Grunde genommen ist es auch ausgeschildert. Sie fahren runter zum Dorf, dann die erste Landstraße rechts weg, das schlängelt sich da etwas, aber eigentlich müssen Sie immer geradeaus fahren.«

»Kann man das auch laufen?«

»Laufen? Bei der Hitze? Nein, das sind bestimmt fünfzehn Kilometer, also ich würde es Ihnen nicht empfehlen.«

»Ach blöd …«, sagte Ella, »dann wird es nichts. René hat den Autoschlüssel mitgenommen, na ja, egal.«

Vincent wusste nicht, was er sagen sollte. Ella kam noch einmal zurück zu ihm an den Tisch und reichte ihm die Hand. »Vielen Dank, dass ich hier bei Ihnen essen durfte«, sagte sie und lächelte. Dann verließ sie die Küche, ohne sich noch einmal umzudrehen.

Vincent saß da und schaute ihr nach. Er hörte das beinahe lautlose Schwingen der Pendeltür zum Speisesaal. Er hörte Ellas Schritte in der Eingangshalle, dann, als würden ihre Sommerschuhe die Treppenstufen kaum berühren, leicht tippend, nach oben verschwinden.

Er musste darüber nachdenken, wann zum letzten Mal so viel Bewegung in seinem Leben gewesen war. Und es hatte ja nicht einmal mit dieser jungen Frau zu tun, auch wenn sie, wie die personifizierte Leichtigkeit, das sichtbare Element einer unsichtbaren Wandlung zu sein schien. Seine Welt begann, sich aufzulösen. Er würde eines Tages aus dem Haus gehen und nicht wiederkommen. Und dieser Tag war nah, aber er fühlte ihn nicht, er kannte sie noch nicht; die Gewalt der Veränderung.

Schach

Die vergangenen zwei Tage hatte Charlotte im Dunkeln, bei halb geschlossenen Fensterläden in ihrem Salon im Obergeschoss verbracht. Sie hatte sich zurückgezogen wie eine Schnecke, die den Eingang ihres Hauses verkalkt, versiegelt gegen den Winter und jegliche Eindringlinge. Nur schlafen Schnecken in ihrem stummen Heim, eine Gabe, die Charlotte nicht gegeben war. Auch wenn sie die meiste Zeit in ihrem Bett oder auf dem Sofa lag, schlief sie doch nicht. Ihr Wachsein bestand aus einer andauernden Müdigkeit. Ab und zu klopfte es leise an ihrer Tür, und Vincent brachte ihr Tee und etwas Zwieback, wie einer Kranken. Er hatte ihr von Alains Abreise erzählt und davon, dass der junge Mann mit ihm gefahren sei. Er hatte sie gefragt, ob es möglich wäre, dass dessen Freundin noch einige Tage bleiben dürfe und sie hatte es erlaubt, auch wenn sie es lieber verboten hätte. Alain wollte sie am Morgen seiner Abreise sprechen, aber sie war noch so wütend auf ihn gewesen, dass sie ihm durch die Tür zurief, sie hätte kein Interesse an einem Gespräch. Dass er abgereist war, hatte ihr zunächst gutgetan, weil sie dachte, das würde ihren Zustand bessern. Aber dazu war es nicht gekommen.

Sie spürte, dass sie etwas unternehmen, sich aus ihrem Versteck herauswagen musste, weil sie ahnte, dass sie die verstörende Phase ihres Abschieds nicht überwintern konnte. Also stieß sie, weil ihr nichts anderes einfiel, am Abend des zweiten Tages ihre Fensterläden auf, ließ die letzten Sonnenstrahlen herein und beschloss, wieder am Leben im Haus teilzunehmen; wenigstens so lange, bis sich ihr ein Ausweg zeigen würde. Dass Vincent mit dieser jungen Frau in der Küche gesessen hatte, zeigte ihr, dass nicht nur sie aus dem Gleichgewicht geraten war, sondern auch er. Dass sie aus der Küche wie eine eifersüchtige Frau geflohen war, ärgerte sie; weniger, weil sie es Vincent und dieser Schauspielerin gegenüber nicht hatte verbergen können, sondern vielmehr, weil sie spürte, dass diese Art von Gefühlen ihre Leiden noch verlängern und das ersehnte Ende in weitere Ferne rücken würde. Sie spürte an sich, dass Gefühle wie Eifersucht oder Zorn sie mehr ans Leben banden, als sie davon zu befreien. Wo war er hin, ihr Gleichmut, den sie noch vor zwei Tagen besessen hatte? Sie musste ihn wiederfinden. Wenn sie also in die Küche gegangen war, um Vincent zu fragen, ob sie spielen würden, warum dann nicht spielen? Mit einem Mal hatte sie große Lust, die Figuren aufzustellen und den ersten Zug zu machen.

Charlotte führte seit etwa sechs Jahren Buch über jede Schachpartie, die sie mit Vincent spielte. Es hatte sie irgendwann interessiert, ob ihre oder seine Strategie erfolgreicher war. Er wusste nicht, dass sie alle Ergebnisse und einige Spielzüge notierte, und sie wollte auch nicht, dass er es weiß, denn die mit Abstand meisten Punkte standen auf ihrer Seite der Tabelle. Sie hätte es beschämend gefunden, ihm dies zu sagen. Trotz allem spürte sie eine gewisse Genugtuung, nach gewonnenen Partien in ihren Salon zu gehen, das Schubfach des Sekretärs aufzuziehen und in das darin liegende Heft den Verlauf des Spiels und ihren Sieg einzutragen. Eigentlich hatte sie darauf gehofft, er könne sie eines Tages einholen, dann würde sie ihm stolz das Heft überreichen und gratulieren. Aber das war nun nicht mehr möglich. Sie hatte noch überlegt, ob es nicht besser wäre, die Statistik ihrer gemeinsamen Spiele aus dem Nachlass herauszunehmen und zu verbrennen, aber als sie zum ersten Mal mit dem Gedanken spielte, diese Welt zu verlassen, gefiel ihr die Vorstellung, Alain würde ihr kleines Heftchen zwischen ihren Unterlagen finden und Vincent geben. Sie dachte dann, er würde sich darüber freuen und sich vielleicht sogar an die eine oder andere Partie erinnern.

Charlotte war eine offensive Spielerin, die ihren Gegner anhaltend unter Druck setzte. Ihre Taktik war der Sturmangriff. Was sie hatte, warf sie nach vorn. Dabei opferte sie ihre Figuren, gleich welchen Ranges. Nicht selten führten ihre verlustreichen und aussichtslos scheinenden Attacken zum Sieg.

Vincents Spiel hingegen war defensiv. Er war darum bemüht, seine Bauern als Schutzwall in Stellung gegen Charlottes Überfälle zu bringen. Sie sollte sich an der Mauer seines Fußvolkes die Zähne ausbeißen. Dahinter gingen seine Figuren in Deckung und warteten auf die Fehler der Angreifer. Seine Stärke war die Verteidigung, und Charlottes rücksichtsloses Spiel nach vorn kam ihm dabei entgegen, denn wenn er einmal im Rücken ihrer Armee stand, war sie verloren. Seine Schwäche allerdings bestand darin, dass er an seinen Figuren hing, als wären es Soldaten aus Fleisch und Blut. Er hielt sie beisammen und es schmerzte ihn, wenn er eine von ihnen aufgeben musste. Wobei seine Vorliebe für einzelne Figuren eher einer Gewohnheit als Charlottes strategischen Fähigkeiten und nur selten dem Spielgeschehen entsprach. Nein, er verehrte seine Dame, und er liebte die Türme. Häufig ging es in seinem Spiel nur darum, seine Truppen für den gemeinsamen Angriff vorzubereiten, was häufig umständlich war und zu lange dauerte. Es kam vor, dass seine Armee noch in beinahe vollständiger Anzahl auf dem Feld stand, die Schlacht aber schon verloren war.

So entsprach es ihrer beider Spiel, wenn das Los auf Charlotte fiel und sie den ersten Zug machen konnte. Musste Vincent mit Weiß spielen und einen seiner Getreuen nach vorn ins Ungewisse schicken, war ihm immer etwas unwohl zumute, denn es fühlte sich für ihn an, als würde seinem Schützling sofort ein Hinterhalt drohen. Dann setzte er den Königsbauern oft nur ein statt zwei Felder nach vorn, damit er nicht den Kontakt zu seinen Kameraden verlor.

Manchmal kam es Vincent vor, als hätten sich ihre Spielweisen so aufeinander eingestellt, dass sie eigentlich immer ein und dasselbe Spiel spielten. Wenn ihm das auffiel, versuchte er an diesen Abenden, offensiver, mutiger gegen ihre Attacken vorzugehen, was meist zur Folge hatte, dass er verlor.

Vincent war überrascht, dass Charlotte im Jagdzimmer auf ihn wartete und dass sie trotz der kleinen Szene in der Küche Schach spielen würden. Warum er befürchtet hatte, dass Charlotte eifersüchtig auf die junge Frau sein könnte, wusste er nicht. Sie sprach ihn nicht einmal darauf an, dass sich ein Gast in seiner Küche aufgehalten hatte; ein Umstand, der früher unvorstellbar gewesen wäre. Sie erwähnte diese Szene in keinem Wort. Stattdessen hielt sie ihm beide Fäuste hin, damit er seine Seite wählen konnte. Sie fingen stumm zu spielen an.

An diesem Abend setzte Charlotte, wie so häufig, den Königsbauern zwei Felder vor. Sie fühlte, wie sie die Rolle der Angreiferin einnahm und störte sofort jeden von Vincents halbherzigen Abwehrversuchen. Sie drängte unentwegt nach vorn auf seinen König zu und zwang Vincent so sehr in seine eigene Hälfte, dass sich seine Figuren bald hoffnungslos verkeilt hatten und sich gegenseitig behinderten. Sie bemerkte die Schwäche einer Stellung und machte sich daran, sie aufzubrechen. Früher hatte sie oft Skrupel, wenn sie ihn so sehr in Bedrängnis brachte; dann erwog sie gelegentlich, ihren Griff etwas zu lockern, aber sie hatte dem nur selten nachgegeben. Es kam ihr schäbig vor, ihn wie ein Kind zu behandeln und vielleicht noch gewinnen zu lassen. Sie wusste, er würde es ihr übel nehmen, wenn sie es täte. Manchmal kam ihr auch der Gedanke, dass es sogar umgekehrt sein könnte, dass sein passives Spiel Ausdruck einer sicher unbewussten Rücksichtnahme auf sie war. Es konnte aber auch seine Stellung ihr gegenüber sein, die sich im Laufe der Jahre auf das Brett übertragen hatte und sich in seiner zurückhaltenden Spielweise äußerte. Sie wusste es nicht und hatte ihn auch nie darauf angesprochen. Jetzt spielte sie scharf ihre Züge ab und gewann schon nach kurzer Zeit. Sie sagte es nicht, sie dachte es nur, auch wenn es ihr diesmal schwerfiel: ›Schachmatt!‹

Vincent lehnte sich zurück und warf einen Blick auf die verlorene Partie. »Da war ich wohl nicht ganz bei der Sache«, sagte er und beugte sich wieder nach vorn. Er drehte das Brett, stellte die Figuren neu auf und setzte seinen Königsbauern ein Feld vor.

Seit Jahren trafen sie sich jeden Donnerstag um neunzehn Uhr zum Spiel. Es war für die beiden zu einer festen Verabredung geworden, ohne sich im eigentlichen Sinne verabredet zu haben. Sie trafen sich aus Gewohnheit, wie sie sich auch mittwochs und sonntags aus Gewohnheit vor dem Fernseher im Salon trafen, und Vincent brachte meist etwas zum Knabbern, Salate oder geschnittene Früchte mit. Charlotte lag dann unter einer Tagesdecke auf der Chaiselongue und er saß in seinem Sessel, der zwar etwas abseits stand, der ihnen beiden aber durch diese Distanz die Möglichkeit bot, nicht miteinander reden zu müssen. Charlotte hatte einmal gesagt, es wäre mit ihnen ein wenig wie in einem Altersheim, und Vincent hatte nichts darauf erwidert. Tagsüber begegneten sie sich manchmal zufällig wie zwei Katzen, oft ohne voneinander Notiz zu nehmen. Seit die Gäste immer rarer geworden waren, nahmen sie die Mittags- und Abendmahlzeiten gemeinsam in Vincents Küche ein. Das Frühstück servierte er ihr aufs Zimmer und den späten Nachmittagskaffee im Sommer auf die vordere Terrasse, auf der sie dann in einiger Entfernung – er in seinem Schaukelstuhl und sie in einem Korbsessel – saßen und sich, als wären sie zwei Nachbarn, hin und wieder etwas zuriefen. In den kalten Monaten brachte er den Kaffee in ihren Salon, wo sie Vincent dann gelegentlich dazu einlud, sich seinen Tee zu holen und ihr Gesellschaft zu leisten. Es kam auch vor, dass sie im gleichen Zimmer saßen, Charlotte ein Buch in der Hand und Vincent mit aufgeschlagener Zeitung, als wären sie Reisende in einer Bahnhofshalle. Sie schwamm täglich sechs Bahnen im Pool und er machte jeden Morgen zwanzig Liegestütze, wovon sie aber nichts wusste.

Ein Außenstehender hätte sich fragen können, worüber sich die beiden, wenn sie zusammen waren, unterhielten, wo doch eigentlich nichts passierte. Solange Gäste im Haus waren, sorgten diese für ausreichend Gesprächsstoff, aber seit Charlotte und Vincent ihre Leidenschaften für das Gärtnern entdeckt hatten, gab es noch ein zweites Thema, das mindestens genauso spannend und erstaunlicherweise sogar vielfältiger war. Allerdings bereiteten seine Berichte von den Beeten und Rabatten Charlotte in letzter Zeit eher Kummer als Abwechslung, da sie selbst nichts mehr dazu beitragen konnte, außer ihm den einen oder anderen Rat zu geben. Die zweite Schachpartie an diesem Abend schienen sie wie in Trance zu spielen, so sehr waren die beiden in Gedanken versunken. Sie sprachen eine ganze Weile nicht, bis Charlotte ihre Dame quer über das Spielfeld zog, sie aber nicht losließ und sagte: »Am Ende sind wir alle schwache Menschen, Narren, über die man lacht und die selbst nicht die geringste Freude haben.«

Vincent, aus seinen eigenen Gedanken gerissen, war erstaunt über diesen Satz, der wie durch eine Eruption gelöst, aus ihrem tiefsten Inneren gekommen war. Was meinte sie damit, ›nicht die geringste Freude haben‹?

»Ach, so schlimm ist es nicht«, sagte er ruhig. Auch wenn er nicht wusste, wovon sie sprach, fühlte er sich verletzt. Dass sie nicht die geringste Freude hätte, kränkte ihn. Wo kam das jetzt her? Sie konnte doch nicht die letzten Jahre damit meinen, oder hatte er sich so getäuscht, hatte er sich nur eingebildet, dass es ihr hier gut ging, dass sie ein gutes Leben hatte? Wenn sie das meinte, betraf es auch ihn. Denn er hatte ja immerhin versucht, ihr dieses Leben so angenehm wie möglich zu machen, und er war sich bisher sicher gewesen, dass es ihm auch gelungen war. Ja, dieser Satz traf ihn, und er dachte nicht einmal darüber nach, ob er noch etwas anderes bedeuten konnte.

»Doch, so schlimm ist es«, betonte sie noch einmal und atmete wie nach einer großen Anstrengung erschöpft aus.

»Aber was ist denn so schlimm?«, fragte Vincent, und er konnte sich gerade noch zurückhalten, sodass sie seinen Ärger nicht spürte.

»Ach, es ist egal«, sagte sie. »Ich dramatisiere nur. Eine Übertreibung, ich übertreibe. Aber was ist schon wirklich tragisch? Wer legt das fest? Wer sagt, das eine ist eine Tragödie und das andere nicht? Das ist echt und das nur Theater? Ich nehme mich zu ernst, ich weiß, aber sag mal einem Menschen, er soll sich nicht ernst nehmen, ich habe mich viel zu lange nicht ernst genommen, da kann man fragen, warum fängst du jetzt damit an? Aber es ist ein Punkt erreicht, wo es keinen Sinn mehr hat, sich irgendwelche Sorgen um die Zukunft zu machen, und dann richtet man eben seinen Kummer auf die Vergangenheit und findet sie dort. Sorgen lassen sich überall finden und irgendwann nur noch da, wo man nicht mehr hin kann, wo alles bereits passiert ist, wo sich nichts mehr ändern lässt, wo man das Kind nicht mehr aus dem Brunnen holt, und gerade da findet man die Ursachen für seine Sorgen, und was nützt einem das? Nichts. Man bräuchte mehr Ruhe und vor allem Demut.«

Vincent schaute sie verwundert an.

»Ach, ist schon gut. Du denkst schon, ich bin verrückt geworden, was? Da redet die Alte was von Demut. Ich weiß nicht, was das sein soll, Demut. Das ist was für Heilige, die sollen ruhig demütig sein. Ach, entschuldige, das ist alles Unsinn, ich rede nur Unsinn. Wann reist eigentlich dieses Mädchen ab?«

»Ich weiß es nicht«, sagte Vincent, der im Grunde froh war, dass sie das Thema wechselte.

»Hat sie denn nicht gesagt, wann ihr Freund zurückkommt?«

»Nein, aber das wird sicher nur noch ein, zwei Tage dauern«, sagte Vincent und fügte hinzu: »Ich weiß ja nicht, was Alain mit ihm anstellt.«

»Ach, Alain. Er hat alles durcheinandergebracht. Rede bitte nicht von Alain.«

Vincent sagte nichts weiter dazu. Er ärgerte sich, dass er ihn erwähnt hatte. Er wollte eigentlich nicht von dem Abend sprechen, denn er wusste, dass es Charlotte aufregen würde. Er wusste, dass sie wütend auf Alain war und er fand, sie hatte allen Grund dazu, aber sie würde sich sicher schwer beruhigen lassen, wenn sie jetzt auch noch über ihren Sohn in Rage geriet.

Doch Charlotte sagte nichts mehr, außer, dass sie Vincent zu der gewonnenen zweiten Partie gratulierte und sich mit der Begründung, sie habe Kopfschmerzen, von ihm verabschiedete und ihm eine gute Nacht wünschte.

Vincent lehnte sich, als sie das Zimmer verlassen hatte, im Sessel zurück und versuchte, sich daran zu erinnern, was sie gesagt hatte, aber es war unmöglich. Noch nie hatte er sie so reden hören. Es kam ihm vor, als hätte er einen Blick mitten in ihre Seele getan, als hätte er einen flüchtigen Blick hinein geworfen in eine Charlotte, die er nicht kannte und die sich bisher vor ihm verborgen hatte. ›So geht es ihr also‹, dachte er, obwohl er nicht festmachen konnte, was sie eigentlich beschäftigte. Ihre Worte hatten wie fahrige Hilferufe auf ihn gewirkt und jetzt ärgerte er sich doch, dass er sie nicht gefragt hatte, was genau sie als so schlimm empfand. Dass es etwas damit zu tun hatte, dass sie ihr Schloss und die Ländereien verlieren würde, konnte er sich nur denken, auch wenn sie kein Wort darüber verloren hatte. ›Nicht die geringste Freude.‹ Das hatte sich ihm eingebrannt. ›Nicht die geringste Freude.‹ Diese Worte beunruhigten ihn, ja, sie warfen ihn in eine heiße Nervosität, als sei etwas um ihn herum in Bewegung geraten, eine Bewegung, die man immer nur im Augenwinkel sieht und die, sobald man genau hinschaut, erstarrt.

Solche Dinge konnte er auch an sich selbst feststellen. Es war ihm natürlich aufgefallen, dass er sich veränderte, als schlüpfe er unaufhaltsam aus einem Kokon, in den es unmöglich sein würde, sich je wieder hineinzuzwängen. Er machte sich nichts vor, nein, er hatte das Gefühl, sich allmählich in einen anderen Menschen zu verwandeln, einen Menschen, der in ihm wohnte und sich jetzt aus ihm herausschälte, vorsichtig, aber unaufhaltsam. Allein, dass er sich auf so intime Weise mit einem Gast unterhalten hatte, dass er ihr erlaubt hatte, in seiner Küche zu sitzen und zu essen und dass er sie am nächsten Tag zu dieser Höhle fahren würde, zeigte ihm deutlich an, dass er scheinbar einer umfassenden Wandlung unterlag. Und jetzt musste er feststellen, dass Charlotte allmählich auch ihren Kokon verließ.

Branché

Alain riss den Vorhang mit einem Schwung auf. Das grelle Tageslicht schlug René ins verschlafene Gesicht.

»Aufgestanden, los, los!«

René drehte sich vom Fenster weg, zur dunkleren Seite des Zimmers.

»Wie spät ist es?«, fragte er mit trockenem Mund.

»Ein Uhr.«

»Oh je«, erwiderte René matt.

»Hier, du hast bestimmt Kopfschmerzen.« Alain reichte ihm ein Glas Wasser und eine Aspirin. »Du hast dich wirklich tapfer geschlagen gestern.«

René setzte sich halb auf, nahm die Tablette und steckte sie sich in den Mund. Erst jetzt bemerkte er, dass Alain direkt neben ihm auf der Bettkante saß und ihn musterte wie ein Regimentsarzt einen schwer Verwundeten.

»Trink, du Held, du musst jetzt viel trinken. Du hast lange keine richtige Party erlebt, was?«

Während René das Glas Wasser austrank, lief Alain zurück ins Wohnzimmer und sagte mit lauter werdender Stimme: »Wir gehen runter zu Jacques frühstücken. Aber lass dir Zeit.«

René warf sich zurück aufs Bett und drehte sich von der blendenden Fensterfront weg und hin zur Wand. Er hatte etwas geträumt und versuchte, die Bilder der Nacht festzuhalten. Er drückte seinen Kopf tief in das seidige Kissen zurück, doch er konnte sich nicht erinnern. Nur ein einziges Bild blitzte noch einmal auf in der vagen Welt zwischen Wachheit und Schlaf. Und tatsächlich, ein verrauchter Hügel, entstellte grimassenhafte Gesichter, Schwerter und Bajonette, eine Fahne in beiden Händen und Leichen zu seinen Füßen; eine Schlacht. René wusste nicht mehr, ob er das Gemetzel überlebt hatte.

Es kam ihm seltsam vor, dass Alain ihn einen Helden genannt hatte, so als hätten sie Seite an Seite in seinem Traum gekämpft, und schlagartig wurde ihm bewusst, es war ja eine klare Sache, es war wirklich geschehen: die Party. Das schwüle Gedränge, die lauten Gesichter, wie aus Zeitschriften ausgerissen, die Fetzen von exaltierten Gesprächen, die wie zischende Geschosse in ihn eingedrungen waren, schöne und gefälschte Frauen, seine verstümmelten Antworten, die verzweifelte Suche nach Gleichgesinnten und zu guter Letzt die Euphorie, die Euphorie, dabei sein zu dürfen, heute nehmen wir einen Hügel und morgen verlieren wir ihn, jeder ist entbehrlich und auf jeden kommt es an, ein sinnloses, rücksichtsloses Hinschlachten, das Gegenüber nur Material, das überwunden sein will, egal wie und mit welchen Mitteln, dort wurden Siege errungen und schmähliche Niederlagen hingenommen, Helden gefeiert und mit Spott übersät von den Spalier stehenden Kameraden.

René wollte laut loslachen, doch ein stechender Schmerz in seinem Kopf hielt ihn davon ab. So sagte er nur zu sich selbst mit gedämpfter Stimme und eine Hand auf die Schläfe legend: »Was war denn das für eine Party?«

Einen Moment lang konnte er kaum glauben, dass er die vergangene Nacht wirklich erlebt hatte, schien es ihm doch, als gehörten Teile davon zu seinem alkoholdurchtränkten Traum. René wurde schlecht bei dem Gedanken an die Party und seine Rolle in diesem absurden Theater, auf das er sich eingelassen hatte und auf das sich wohl kein Mensch auf der Welt hätte vorbereiten können. Hatte er sich selbst verleugnet? Ja, es bestand kein Zweifel für ihn, er hatte sich den Verlockungen und Erniedrigungen hingegeben, sich lächerlich gemacht, und er hatte sein Land verraten.

René war schon angetrunken gewesen, als sie die Wohnung am Place des Vosges gegen zehn verlassen hatten und zur Party aufbrachen. Alain hatte ihm zuvor, zur Einstimmung, wie er sagte, zwei Gin Tonic verabreicht. Die Dämmerung hatte eingesetzt und Alain raste mit René, dessen alkoholisierter Blick den vorbeiflackernden Lichtern kaum folgen konnte, durch das grellbunte Paris wie die silberne Kugel durch einen Flipperautomaten. Die funkelnden Lichter der Stadt brachen und spiegelten sich in den getönten Scheiben und rauschten an René wie ein sich stets erneuernder und von einer Attraktion zur nächsten sich drehender Rummelplatz vorbei. Es war ein überragendes Gefühl für ihn: Hell erleuchtete Paläste, der Eiffelturm, die breiten traumgepflasterten Boulevards der Hautevolee, der kolossale Arc de Triomphe, um den sie drei Runden drehten und der René an einen Bauklotz aus Kindertagen, durch den er seine kleinen Autos geschoben hatte, erinnerte. Alain fluchte, die Champs-Élysées war von streikenden französischen Bauern okkupiert und in ein golden strahlendes Weizenfeld verwandelt worden; dies alles sah René im Vorbeiflug wie eine erste wilde Ankündigung, wie der berauschende Trailer eines amerikanischen Filmes, der alle Spannung, jede Emotion und alle Bildgewalt in wenige Minuten zusammenpresst und sich wie ein leuchtendes Elixier in den Betrachter ergießt, ihn euphorisiert und einstimmt auf das Große, das ihn zweifellos erwarten würde, die Symphonie, die sich erhebt: Paris.

Sie hielten vor einem modernen fünfgeschossigen Bau aus Stahl und Glas. »CGN« stand in großen verchromten Lettern über dem Eingang. Alain hatte René während der Fahrt durch die Stadt noch einmal darüber aufgeklärt, dass sie die Party einer gewissen Madame Ducasse – der Herausgeberin einiger der bedeutendsten Klatsch- und Modemagazine des Landes – besuchen würden, einer Frau, die eine Armada von Hyänen beschäftigte, die sie tagtäglich ausschickte und deren Aufgabe es war, mit frischem noch blutigem

Aas rechtzeitig vor Redaktionsschluss wieder heimzukehren. Obwohl Alain dieses animalische Bild benutzte, beschrieb er Madame Ducasse als herzensgute und fürsorgliche Frau, der man zwar nicht sein Herz ausschütten sollte, die aber einen Unterschied mache zwischen denen, die zur ›Familie‹ gehörten und denen, die nur sehr gute Freunde waren. Wobei es einen enormen, ja eigentlich den entscheidenden Unterschied mache, ob man ein sehr guter Freund oder eben ein Freund war. Die Steigerung ins Besondere bewirke hier groteskerweise das genaue Gegenteil. Das wirklich geniale am Reich der Ducasse sei allerdings, dass sie über mehrere Arten von Magazinen herrsche. Wenn man sich also nicht benahm oder sie aus unerfindlichen Gründen den Fall des einen oder anderen veranlasst hatte, tauchte dieser in den edleren Blättern nicht mehr auf, sank herab in die immer greller werdenden Schmierfinkabteilungen der Tageskolumnen und wurde – wenn es ganz schlimm lief, was einem gesellschaftlichen Bankrott gleichkam – ein für alle Mal herausgespült aus dem rauschenden Blätterwald. Man musste sich daher darum bemühen, schnellstmöglich zu ihren einfachen Freunden zu gehören, denn die ›sehr Guten‹ schieden schnell wieder aus ihrem Gunstkreis und damit in den meisten Fällen aus der Pariser High Society aus. Alain gab sich keine Mühe, René etwas vorzugaukeln, im Gegenteil, René hatte den Eindruck, er verabscheue Madame Ducasse, ihre Anhänger, ja eigentlich die ganze Gesellschaft. Alain schilderte Madame Ducasse als eine Frau, die zu allen und jedem hemmungslos und bösartig sein konnte, aber selbst ein sehr feines Gespür für Verletzungen, Recht und Unrecht besaß, das ihn, wenn er einmal mit ihr allein war, immer wieder erstaunte. Er sagte, dass dieser Frau jedes Gefühl, jede Hoffnung und jeder menschliche Abgrund bekannt zu sein scheint, und da wäre es nur verständlich, dass sie mit beinahe chirurgischer Präzision einen Menschen in einem einzigen Artikel vernichten kann. Und wenn sie persönlich etwas schrieb, was nur noch gelegentlich vorkam, aber dadurch automatisch an Bedeutung gewann, dann konnten ihre Artikel Unruhe und Unfrieden in jedes hohe Haus des Landes bringen.

In Gesellschaft wirke sie oft unberechenbar und launisch, zuweilen dümmlich und primitiv, das sei dann aber entweder nur Faulheit oder doch Kalkül. Madame Ducasse beschäftige in ihren Blättern die uneingeschränkten Prinzessinnen der Pariser Party- und Modeszene. So entschied mittlerweile ihr Hofstaat darüber, sie selbst hatte kaum noch Interesse daran, was in Paris *branché*, also ›in‹, und was eben nicht *branché*, also ›out‹ war. Alain machte René klar, dass es eigentlich kein Frankreich gäbe, sondern nur eine einzige Stadt: Paris. Was in Paris Mode war, galt fürs ganze Land und nur wer in Paris Erfolg hatte, war überhaupt ein erfolgreicher Mensch. Der Mann von Madame Ducasse war Chef eines Bankenkonsortiums und einer der einflussreichsten Männer Frankreichs. Alain hatte ihrem gemeinsamen Sohn vor zwei Jahren eines der luxuriösesten Appartements im Marrais verschafft, und seitdem gehörte er zur Familie. Er erklärte René, dass es genau solche Begegnungen wären, von denen es abhing, ob man Erfolg hat oder sich ein kleines Büro in der Vorstadt suchen müsse. Seit er mit Madame Ducasse befreundet war, war seine Stellung als ein Mensch mit Geschmack und vor allem Beziehungen gesichert. »Und was wäre, wenn du zu einem ›Bekannten‹ würdest?«, hatte René gefragt. »Dann wäre es aus mit dem schönen Leben, ein Großteil meiner Kontakte wäre dahin. Dann müsste ich wohl versuchen, etwas aus meinem Namen zu machen, aber das ist so gut wie aussichtslos.« René fragte, was das bedeuten soll. »Es bedeutet, dass es noch eine zweite Welt gibt, die der vornehmen Leute, den wirklichen Adel. Dem Adel ist es egal, ob die Ducasse dich mag. Im Gegenteil, man kennt solche Leute wie die Ducasse nicht einmal. Man möchte nichts mit ihnen zu tun haben, weil sie genaugenommen nicht standesgemäß und vor allem primitiv sind.«

René erwiderte, dass Alain es ja dann recht leicht habe, er sei ja adelig, doch Alain unterbrach ihn gleich und beendete das Thema mit dem Satz: »Die Sphären des Adels sind unergründlich, aber die Violets haben in diesen Kreisen keine Bedeutung mehr, wir sind ein toter Ast, genau genommen bin ich der tote Ast. Aber mit einer bankrotten Mutter bist du so oder so raus.«

Die Party

Als Alain und René die hohe kubistische Eingangshalle betraten, deren Boden über und über mit weißen Federn bedeckt war, wie ein Wolkenmeer, das sich bis hin zu den chromglänzenden Aufzügen erstreckte, ahnte René bereits, was wirklicher Reichtum bedeutete. An einem schmalen gläsernen Empfangspult mitten in diesem Himmel standen, wie afrikanische Fruchtbarkeitsgötter, zwei große halbnackte schwarze Männer, deren muskulöse Oberkörper nur durch eine schräg über die Brust verlaufende hellblaue Schärpe bedeckt waren. René lief Alain hinterher, durch die kniehohen Daunen, die wie pulvriger Schnee durcheinanderstoben, und doch war es unmöglich, den Boden zu sehen. Würde René hindurchschauen können, es wäre ein schwindelerregender Blick zwischen zwei Wolkengebirgen hindurch und hinunter, vom Himmel herab auf die weit entfernt zu seinen Füßen liegende profane Welt. Als sie die beiden Torwächter ins Paradies erreicht hatten, René wusste nicht, ob es Einbildung gewesen war, grüßte Alain den einen der Schwarzen und, ja doch, er fasste jetzt auch den anderen bei der samtenen Schulter, ließ seine Hand langsam an der leicht gewölbten Brust hinuntergleiten und fuhr ihm über die gespannten Bauchmuskeln. Dieser ließ es geschehen, ja es schien René, als hätte er es nicht einmal bemerkt. Alain stützte sich auf das gläserne Pult, beugte sich etwas darüber und warf einen Blick in die darauf liegende Liste.

»Alain de Violet«, sagte er und dann mit einer Handbewegung auf René »Das ist ein Freund. Ist schon was los?«

»Sie haben noch nichts verpasst, mein Herr«, sagte der Schwarze. Er fuhr mit seinem schönen Ebenholzfinger die Zeilen nach unten, schaute Alain kurz herausfordernd ins Gesicht und wünschte ihm: »Viel Spaß.«

Während sie zum Fahrstuhl gingen, fluchte Alain, sie seien doch zu früh und es gäbe nichts Schlimmeres, als zu früh auf einer Party zu erscheinen, er hasse es, wenn sie noch nicht in Gang gekommen wäre und er sei doch kein ›Anschieber‹, als Anschieber würde er sich nicht einladen lassen. Wie sich aber herausstellte, war die Party bereits auf ihrem ersten Höhepunkt angelangt.

Als sich die Fahrstuhltür im zweiten Stock öffnete, fielen ihnen drei leicht bekleidete Mädchen entgegen, als wären sie durch den unmäßigen Lärm, wie zarte Blütenblätter, zu ihnen hineingeweht worden. Sie sahen aus wie himmlische Schwestern, mit den gleichen luftigen Kleidern, nur dass jede von ihnen eine andere Farbe trug, die wohl zu ihrer Herkunft passen sollte. Sie dufteten wie Blumen in einem Beet. Die Rosafarbene hatte sich an Renés Arm festgehalten, um nicht zu stürzen und lachte laut auf. »Da ist ja unser schöner Mann«, sagte die in dem violetten Kleid, umarmte Alain und gab ihm einen Kuss auf den Hals. »Kommst du mit rauf? Wir wollen aufs Dach.« Alain legte seinen Arm um die Hüfte der Dritten und sagte: »Ach, ist der Pool etwa geöffnet?«

»Ja, du solltest es mal sehen«, sagte sie, »ist total lustig.«

»Passt auf, ihr Küken, wir gehen erst mal rein und schauen, was los ist. Baden könnt ihr ja später noch.« Dann zog er die Mädchen wie eine Schnur mit bunten Wimpeln, die sich an ihm verhakt hatte, hinter sich her und die letzte, die schöne Blassrote, griff lächelnd Renés Hand und er flog ihr, durch die dicht gedrängte Menge der Gäste, nach.

Als sie die Bar erreicht hatten, stellte sich Alain auf die Messingfußstange des Tresens, sodass er über ihnen stand und rief: »Was wollt ihr trinken, ihr Hübschen?« Die Mädchen, die ihm an Arm und Schulter hingen und miteinander schwatzten und lachten, schauten kurz zu ihm auf.

»Ach, wir machen es nicht so kompliziert«, sagte er, drehte sich zum Barkeeper um, rief »Fünf Martini!« und dann zärtlich zu den dreien: »Ist euch doch recht, oder? Und dir sicherlich auch?«, wandte er sich an René. Dann sprang er zu ihnen nach unten und sagte: »Übrigens habe ich euch noch gar nicht vorgestellt. Ihr Hübschen, das ist René; René, das sind die Hübschen. Frag sie, wie sie heißen!«

René, etwas verwundert, fragte: »Wie heißt ihr?«

Da streckte ihm die erste Grazie die Hand hin, sagte »Rose« und schaute René lächelnd an. Der nahm ihre Hand und erwiderte steif, als würde er eine Szene aus der *Bovary* zitieren: »Ich freue mich sehr, dich zu treffen.« Die drei Mädchen lachten.

Alain sagte: »Er ist gut erzogen, nicht wahr?« René wurde rot. Das asiatische Mädchen stellte sich schmunzelnd mit »Lila« vor und jetzt begriff René. »Ach so, jetzt verstehe ich«, sagte er, zeigte auf ihr lila Kleid und dann auf ihr schönes, sommersprossiges Gesicht. »Lila – lila.« Er wandte sich an das dritte Mädchen, eine hochgewachsene, muskulöse Schwarzafrikanerin und fragte: »Turquoise?«

»Turquoise«, antwortete sie.

Und da er das Rätsel gelöst hatte, klatschten die drei in die Hände und Rose, deren Hand er immer noch hielt, beugte sich zu ihm, gab ihm einen Kuss auf die Wange und sagte: »Du siehst echt cool aus.« Und er wusste nicht im Geringsten, was sie an ihm ›cool‹ finden konnte, aber er hatte keine Gelegenheit, darauf zu reagieren; er schaute nur an sich herab, blickte auf seine abgelaufenen Turnschuhe und hoffte, das Mädchen würde sie nicht sehen.

Der Barkeeper stellte die Getränke auf den Tresen und Alain verteilte die Gläser unter den Mädchen. René nahm sich das letzte Glas und hörte schon, wie Lila rief: »Auf den Spaß!« Sie stießen an und tranken. Während Alain sich mit den Mädchen unterhielt, schaute sich René in dem riesigen, flachen und an den Wänden verspiegelten Raum um. Hier befand sich eine Melange außergewöhnlicher Menschen. Die Frauen fielen ihm zuerst auf. Es gab schrille, exotische Vögel mit leuchtendem Kopfschmuck, es gab vornehme ältere Damen, deren ausladende Hüte auf der Menge wie zarte Baisers auf einer bunten Suppe schwammen, es gab griechische Göttinnen, große schlanke Frauen mit hauchdünnen Gewändern in gedeckten Tönen, es gab die leicht Bekleideten, mit großmaschigen Netzen oder durchsichtigen Stoffen, die ihnen von den braunen Schultern über die nackten Brüste hingen und es gab einige Frauen in undefinierbaren Kostümen, an denen bunte Streifen, blaue Quadrate, rote Kreise und gelbe Dreiecke klebten und die René in ihrer Kostümierung so lächerlich vorkamen, dass er Alain darauf ansprach.

»Da, siehst du, da steht der Gauton. Da drüben an der Säule mit der Schwarzen.« Alain deutete auf einen jungen schlanken Mann mit Glatze und einer pinkfarbenen Sonnenbrille, die er sich auf die Stirn geschoben hatte. Er lehnte an einer verspiegelten Säule und unterhielt sich mit einer jungen und sehr hübschen Afrikanerin. »Du wolltest doch wissen, wer diese bunten Klamotten macht.«

Dafür, dass er eine verrückte Mode entwarf, sah er selbst bis auf die Brille sehr schlicht aus, dachte René. Er trug lediglich einen schwarzen Anzug mit dunkelblauer Fliege. »Er ist ein witziger Typ, ich kann dich ihm vorstellen, wenn du willst«, sagte Alain. »Das Witzige an ihm ist eigentlich, dass er mit Frauen nicht das Geringste anfangen kann. Und wenn du mich fragst, zieht er ihnen deshalb so absurde Klamotten an. Aber es gibt eben jede Menge Frauen, die entweder nicht wissen, dass sie Frauen sind, oder es nicht sein wollen. Und die ziehen dann so was an. Mein Geschmack ist das nicht. Aber er ist witzig. Wenn der auf einer Party ist, weißt du, dass sie was taugt. Na, wir gehen später mal rüber.«

Obwohl René das Gefühl hatte, dass diese sich durchdringende Menge von erhitzten Menschen den Raum zum Kochen hätte bringen müssen, war es durch die klimatisierte Luft doch erstaunlich kühl. Dies löste in ihm den absonderlichen Gedanken aus, er schwimme neben allen Gewürzen und Zutaten, wie die Hüte der alten Damen, oben auf einer kalten Suppe, ohne jede Chance, sich mit ihnen vermischen zu können, fehlte es doch an der sie miteinander verschmelzenden Temperatur.

Es war laut, eine Lautstärke, die René so komplex und trotz allem, ihm fiel das Wort kultiviert ein, klar und durchschaubar vorkam, als würde jede einzelne Stimme im Raum, und es waren sicher über hundert Leute dort, an sein Ohr gelangen und, als hätte er hundert Ohren, von ihm klar und deutlich voneinander getrennt wahrgenommen werden können. Über dieser Symphonie von Gesprächen erhob sich plötzlich ein Song, den René schon beim ersten Takt erkannte und dessen Text er Zeile für Zeile hätte mitsingen können. Eine der Grazien rief: »Ach, es geht schon los!« Im selben Moment stellten sie ihre Gläser auf dem Tresen ab, und Lila griff Alains Hand und wollte ihn mit sich ziehen. Doch der sagte: »Nein, nein, das ist nicht meine Musik. Geht nur, ich warte hier.« Die drei zwängten sich durch die Umstehenden und Rose drehte sich noch einmal um, fasste René lächelnd bei der Hand und zog ihn hinter sich her, und es fühlte sich gut an, sich von ihr in die Menge hineinziehen zu lassen, als könne er ihr für immer folgen, so bestimmt und zärtlich war ihr Griff.

Je näher sie der Bühne kamen, umso schwerer war es, voranzukommen und Rose zu folgen. Die Leute tanzten und schlugen wild mit den Armen um sich; es war unmöglich, ein einziges Wort zu wechseln, und Rose zwängte sich vor ihm her immer dichter in das Gedränge hinein, bis sich die Menge von selbst vor ihnen teilte und zu Renés Erstaunen ein großes, weißes Pferd, geführt von einer schlanken, hoch aufragenden Frau – oder war es doch ein Mann? – wie schlafwandelnd dicht an ihnen vorbeischritt. Auf dem Rücken des Pferdes saßen offensichtlich zwei Gäste, ein Mann und eine Frau, die sich johlend durch den Raum führen ließen. René war es schleierhaft, warum das Pferd bei diesem Lärm und dem Gedränge nicht durchging. Rose nutzte den Moment, bevor sich die Menge wieder schloss und zog René an den Rand der flachen Bühne. Und dann sah er, dass die Musik nicht von einem DJ aufgelegt, von keiner Platte abgespielt wurde, nein, der Prince of Pop, ein Idol seiner Jugend stand vor ihm, einen Meter entfernt, er hätte seine Hand ausstrecken und ihn berühren können, und René streckte seine Hand aus und berührte einen Zipfel des Ärmels seiner pinkfarbenen Jacke, und sang:

You don't have to be rich to be my girl
You don't have to be cool to rule my world
Ain't no particular sign I'm more compatible with
I just want your extra time and your – Chingelingelingelingeling –
kiss

Die bunten Mädchen neben ihm schrien und warfen die Arme in die Luft und von Zeit zu Zeit zwinkerte ihm Rose freundlich zu.

Als der Prince of Pop seine Show, die nur aus vier Songs bestand, beendet hatte, löste sich die Menge um René auf. Jemand griff ihm fest von hinten auf die Schulter, es war Alain.

»Komm, ich stelle dich ein paar Leuten vor«, sagte er und damit begann die Tortur. Er führte ihn in einen benachbarten hohen Saal aus Stahl und Glas. Dort ging es scheinbar gesitteter zu. René fiel auf, dass beinahe alle über dreißig oder wahrscheinlich sogar über fünfzig Jahre alt waren.

In der Mitte des Raumes ragte etwas Seltsames weit über die Umstehenden hinaus. Dort stand, René traute seinen Augen kaum, aufrecht und hell erleuchtet ein Segment der Berliner Mauer. Die Seite, die er vom Eingang des Saales aus sehen konnte, war mit Graffiti besprüht. Er wäre gern dort hingegangen und hätte sich das Stück Mauer aus der Nähe angesehen, doch Alain hielt ihn am Arm und sagte: »Achtung, Gérome kommt.« René drehte sich um und sah, wie der Modemacher auf sie zukam. Als dieser Alain entdeckte, er war noch einige Meter entfernt, rief er schon: »Alain, mein Guter«, und als er bei ihnen war, umarmte er ihn, »... schön, dass du da bist.« Beide tauschten Wangenküsse aus und dann warf Gérome einen Blick auf René. »Wer ist das? Willst du mich nicht vorstellen?«

»Ah, ja, das ist René, ein Freund. Er kommt aus der DDR.« René wollte dem Modemacher die Hand geben, doch Gérome nahm ihn bei den Schultern und gab ihm zwei Luftküsse auf seine Wangen, wobei René nicht wusste, wohin mit seinem Kopf, was zu einer kurzen Berührung ihrer beider Nasen führte. Gauton, gar nicht verwundert über diese Zärtlichkeit, hielt René etwas von sich weg und betrachtete ihn von oben bis unten. Er musterte seine Jeanshose, sein grobes Baumwollhemd, den kleinen Oberlippenbart, seine Augen, die langen Haare.

»Was heißt das überhaupt, DDR?«, fragte er lächelnd und René antwortete: »Deutsche Demokratische Republik«.

»Ich mag eure Mode«, sagte er. »Ich finde sie einfach, aber wirkungsvoll. Dein Freund ist ein sehr hübsches Kerlchen«, sagte er zu Alain und der antwortete: »Ja, finde ich auch.«

»Wo hast du ihn her?«

»Lange Geschichte.«

»Kann er vielleicht sogar laufen?«

»Also gehen kann er, das hab ich gesehen.«

»Na, dann schick ihn doch mal vorbei.«

»Ach so? Na, wenn du meinst.«

»Ja, ich meine! Er sieht so wunderbar authentisch aus. Er sieht ja schon aus, als gehöre er zur Show. Authentizität, es gibt nichts Eleganteres als Authentizität.«

René starrte die beiden fassungslos an. Er wusste nicht, wovon sie sprachen, er wusste nur, dass es um ihn ging.

»Also, wenn du willst, gleich morgen«, sagte Gauton, dann drehte er sich um und rief aus seinem Tross eine Dame mittleren Alters mit einer riesigen schwarzen Brille zu sich: »Cécile!« Sie unterhielt sich gerade mit zwei jungen, dürren Frauen, die wie Models aussahen, dann bemerkte sie ihn. »Cécile, komm doch mal bitte.«

René schaute Alain und diesen Modemenschen fragend an, denn er wusste nicht, was hier passierte. Es ging alles so schnell, dass er nicht einmal empört über diese absurde Situation sein konnte.

Als Cécile bei ihnen war, sagte Gauton: »Sieh hier, unser René, könnte er morgen nicht bei dir vorbeikommen und du schaust ihn dir mal an? Ich denke, er wäre was für die Show.« Nun wurde René auch von Cécile gemustert und sie sagte: »Ja, gern. Komm so gegen elf vorbei. Ich habe jetzt meine Termine nicht im Kopf, aber elf ist gut, zur Not machen wir was für den Nachmittag aus.«

»Ach, Gérome, mein Lieber, da bist du ja«, unterbrach sie ein kleiner und sehr dicker Mann, er tauschte Küsse mit Gérome und Cécile »Tut mir leid …«, wandte er sich an Alain und René »aber dieser göttliche Mensch hat jetzt etwas Wichtiges zu tun.« Er griff Gauton unter den Arm und führte ihn wie einen Verbrecher ab. Der drehte sich noch einmal um, lächelte René kurz zu und sagte dann zu Alain: »Also, ich würde mich freuen, wenn er kommt!«

Als die beiden in der Menge verschwunden waren, sagte René: »Was war das denn?«

»Das mein Lieber, war eine Einladung von Gauton. Du legst ja ganz schön los.«

»Was soll das heißen?«

»Schon gut, schon gut. Das war ja nicht so gemeint. Außerdem will das, was die ›Laufen‹ nennen, gelernt sein. Das kann man nicht einfach so.«

»Ich will das auch nicht können. Ich war noch nie auf einer Modenschau und ich werde auch zu keiner gehen, weil mich Mode nicht interessiert. Was die Leute anhaben, ist mir egal, und was die Leute hier anhaben, finde ich ehrlich gesagt größtenteils lächerlich. Aber wie er mich behandelt hat, wenn es nicht so absurd gewesen wäre, hätte ich ihm eine geknallt.«

Alain lachte kurz. »Na, das wäre was für die Ducasse! *Ostdeutscher schlägt Gauton!*« Er legte seinen Arm um René und sagte: »Hör mal, nimm es ihm nicht übel, er ist es gewohnt, dass jeder bei ihm laufen will. Er hat gedacht, du wärst eben auch einer, der sich an ihn ranmacht. Ich kenne das nur so, wenn ich mit ihm unterwegs bin. Bei dem Angebot, das er dir gemacht hat, wären andere, kaum hätte er ihnen den Rücken zugedreht, in Ohnmacht gefallen. Ach je, die Bonnards«, sagte er leise zu René. »Pass auf, lass uns da rübergehen, bevor sie uns sehen.«

René hatte nicht bemerkt, wen er meinte. Er lief Alain hinterher, der sich auf eine Bar zubewegte, die aus zwei übereinandergeschweißten Stahlträgern bestand und wie ein umgestürzter Brückenpfeiler aussah.

»Also ist es das Wichtigste für dich«, fragte René, »dass du die Leute hier kennst?«

»Das ist mein Beruf«, antwortete Alain, »Leute zu kennen. Einige von denen dort suchen eine Wohnung oder – was sehr viel aussichtsloser ist – ein Haus in Paris und ein paar andere wollen ihre Wohnung oder ein Haus verkaufen. Die einen haben gerade mit irgendetwas viel Geld gemacht und andere haben mit irgendetwas viel Geld verloren. So einfach ist das. Und ich muss mich im Grunde genommen nur in die Mitte stellen und warten. Die guten Immobilien gehen alle unter der Hand weg und ich, ich bin die Hand. Was nimmst du?«, fragte er René, als sie die Bar erreicht hatten.

»Ich weiß nicht, ich glaube, ich bleib bei Gin Tonic.«

»Na, das werden sie sicher haben«, sagte Alain und bestellte einen Gin Tonic für René und einen Martini für sich. Sie standen an den kühlen T-Träger der Bar gelehnt und stießen mit ihren Gläsern an.

»Das klingt nach einem tollen Job, den du da hast«, sagte René.

»Das ist ein beschissener Job, glaub mir. Du möchtest nicht mit diesen Leuten hier ein Appartement besichtigen, das möchtest du ganz sicher nicht. Gut, es gibt welche, meistens Männer, die gehen in fünf Minuten durch eine Wohnung, kommen zurück zur Tür und sagen: ›Machen Sie den Vertrag fertig‹, aber leider ist das selten. Ich möchte den Job nicht schlechter machen, als er ist. Im Grunde genommen verdiene ich mein Geld im Schlaf, weil ich es mit der einzigen Sache verdiene, die es im Überfluss auf der Welt gibt, dem Neid.«

»Mit dem Neid? Ach so«, sagte René.

»Ja, das ist ganz einfach, die meisten hier können es nicht ertragen, dass einer den besseren Blick hat oder dass die Straße ruhiger ist oder er im neuen In-Viertel wohnt. Zum Beispiel der da hinten, der gerade deine Mauer anfasst, siehst du ihn, der mit dem rosa Jackett, das ist Bonnard, ein schrecklicher Mensch, Börsenmann, keiner kann ihn leiden, weil er von ganz unten kommt, und alle haben Angst, dass seine Frau anfängt zu lachen. Aber der hat vor 'nem Jahr ein Haus von mir gekauft, eines der schönsten, das ich je gesehen habe, direkt am Jardin du Ranelagh. Seine Gartenparty hat wahrscheinlich den verrücktesten Immobilienboom der Geschichte ausgelöst. Alle, die auf dieser Party feierten, waren sich einig, dass dieser Mensch ein solches Haus nicht verdient. Ich dachte, das wäre mein letztes Haus in Paris gewesen. Ich war mir sicher, dass man es mir übelnehmen würde, diesem Kretin eine so schöne Villa mitten in der Stadt angeboten zu haben und noch dazu direkt am Park, ohne eine Straße dazwischen, und der nächste Fußweg fünfzig Meter weg. Aber es lief ganz anders. Auf der Party taten noch alle so, als wäre das Haus nichts Besonderes und vollkommen überteuert, das war übrigens der Grund, warum ich es überhaupt an Bonnard verkauft hatte. Er war der Einzige, der fünfundfünfzig Millionen ausgeben wollte und es war nicht einmal ein besonders großes Haus. Das eigentlich Beeindruckende ist, dass es mitten in der Stadt steht und es einem vorkommt, als wäre man irgendwo in der Provence. Das hat alle, die bei der Party waren, platt gemacht. Es war ein absolutes Traumhaus, nicht mit Geld zu bezahlen, und sie alle hatten es verpasst. Einigen von denen, die da waren, hatte ich es vorher sogar angeboten. Aber sie haben es sich nicht einmal angeschaut, weil es ihnen zu klein war. Als sie dann auf der Party waren, habe ich es ihren Gesichtern angesehen, vor allem den Männern, die ihre Frauen frei herumlaufen ließen. Der Bonnard hatte aber auch alle Zimmer aufgemacht und man konnte draußen im Park hören, wie die Frauen drin beinahe verrückt geworden sind. Es dauerte keine Woche, vor allem nach dem Artikel in ›La Nuit‹, da haben sie mein Büro gestürmt. Irgendwie waren alle auf den Appetit gekommen, sich was Neues kaufen zu müssen. Und das Schwierige ist, etwas anbieten zu können, was man nicht hat. Aber da sich ja die Preise von einer Woche auf die andere vollkommen verselbstständigt hatten und ich derjenige war, dem man es zutraute, aus einem Haus ein Vermögen zu machen, kamen eben auch die Verkäufer zu mir und seitdem bin ich das, was man wohl die Nummer Eins nennt. Und deshalb sind alle sehr freundlich zu mir, weil sie wissen, dass ich hier beinahe jeden kenne. Und sie wissen, dass gute Immobilien nur von diesen Leuten hier kommen können. Und ich bin ein schweigsamer und diskreter Mensch. Auch das wissen sie. So, noch einen Drink und dann geht's los. Bist du bereit?«

»Bereit wofür?«

»Na, für die Meute!«

René hatte auf der Fahrt zur Party von Alain gelernt, dass man sich in Paris, anders als im Süden des Landes, zur Begrüßung nur zwei statt drei flüchtige Küsse auf die Wange gab, wobei darauf zu achten war, die Haut des anderen auf keinen Fall und schon gar nicht mit den Lippen zu berühren. Nachdem Alain René nun einige seiner Bekannten vorgestellt hatte, erklärte er ihm, dass es wichtig sei, sich bei der Begrüßung nicht auf das Gegenüber aufzustützen oder an ihm festzuhalten, dass es viel weniger ein gegenseitiges Anziehen als mehr ein Weghalten und Fortdrücken voneinander sei.

Das war eine Lektion, die René große Schwierigkeiten bereitete, da dort, wo er herkam, keine absurden Regeln für Begrüßungen befolgt werden mussten. In seiner Heimat gab es hunderte, ja wenn nicht tausende Arten, sich zu begegnen und man konnte nicht selten an einer Begrüßung ablesen, was für einen Menschen man vor sich hatte und in welcher Stimmung er sich befand. Hier auf der Party fühlte sich René, als sei er in eine regelrechte Begrüßungsmaschinerie hineingeraten. Und nach dem Fauxpas mit Gauton wäre er am liebsten weggelaufen vor solch einer unlösbaren Aufgabe. Diese kurzen, körperlichen Begegnungen erhitzten ihn immer aufs Neue und führten nicht selten zu einer augenscheinlichen Verwirrtheit des Gegenübers. Und nichts hasste laut Alain der Pariser so sehr, wie Momente der eigenen Unsicherheit. Tatsächlich sei das gesamte Fundament der Gesellschaft darauf aufgebaut, dass jedes seiner Mitglieder sich in Funktion und Stellung allzeit sicher sein könne. Und wenn dann ein René daherkäme und diese Stellung – und sei es auch nur für Sekunden – beschädigte, dann mache er sich nicht nur unbeliebt, sondern vor allem unbrauchbar und überflüssig für die Gemeinschaft; ja, er mache sich regelrecht strafbar. René konnte sich nicht vorstellen, diese regelkonforme Begrüßungsakrobatik überhaupt je erlernen zu können. Es schien ihm eher eine angeborene Fähigkeit zu sein, als etwas, das man sich durch Fleiß und Gewöhnung antrainieren konnte. So blieben seine Umarmungen und Annäherungen an die Wangen der Gesellschaft auffällig steif und hölzern.

»Es ist eigentlich keine gute Idee, dich das ausgerechnet hier lernen zu lassen«, sagte Alain irgendwann. »Aber die Leute werden es dir nicht übelnehmen und vielleicht sogar von dir erwarten. Ich denke, du bist der Einzige in ganz Paris, der sich hier so gut wie alles erlauben kann. Also, sei wie du bist. Ach halt, außer Gauton schlagen, das geht nicht, das ist der einzige Mensch, den alle lieben.«

René hatte an diesem Abend nicht nur einmal das Gefühl, Alain würde ihn beobachten. Gerade bei seinen ungelenken Versuchen, die ›People‹ in die Arme zu schließen, schien in seinem Gesicht ein amüsiertes Lächeln aufzuleuchten, das René nicht zu deuten wusste. Machte er sich über ihn lustig? Führte er ihn gar seinen Freunden vor? ›Seht hier, ein Eingeborener aus dem Osten mit Blätterrock und Nasenring, an dem er sich besonders gut durch die Manege führen lässt?‹ Nein, so einfach schien ihm die Sache nicht zu sein, entdeckte er doch in diesem Lächeln auch eine Spur von Zuneigung und freundschaftlicher Verbundenheit. Auf dieser Party war es René unmöglich, die Beweggründe Alains zu erahnen, da ihm nicht mehr die Zeit blieb, auch nur einen klaren Gedanken zu fassen. Schon schob ihn Alain auf ein Galeristenpärchen zu, dann auf den Inhaber einer Pariser Klinik, schon zupfte ihm wieder eine der Grazien am Ohr, dann dröhnte die Musik so laut, dass es unmöglich wurde, sich zu unterhalten, wobei man sich trotzdem unterhielt und alle Leute um ihn herum sich vornehm anschrien.

»Warst du nicht heute im Louvre?«, rief ihm Alain zu. »Pass mal auf!« Er fasste einem großen, weißhaarigen Mann, der sich gerade mit einer älteren Frau mit riesigem Hut unterhielt, an den Ellenbogen und als dieser sich zu ihnen umdrehte, sagte er: »Monsieur und Madame de Moumencet, schön, Sie zu sehen, darf ich Ihnen diesen jungen Herrn hier vorstellen, er kommt aus Ostdeutschland und war heute Morgen zum ersten Mal in Ihrem Louvre.«

Der große Mann fasste mit seinen fleischigen Händen die Renés und drückte und knetete sie so fest zusammen, dass es René vorkam, als wären seine Hände ein Pfund Gehacktes. »Das ist ja wunderbar, junger Mann. Sie kommen aus der DDR?«

René nickte.

»Hätten Sie vor einem Jahr geahnt, dass Sie mal den Louvre sehen würden?«

»Nein, Monsieur«, antwortete René wie ein Soldat.

»Und wie hat er Ihnen gefallen?«

»Sehr gut, Monsieur.«

»Was haben Sie sich denn angeschaut?«

René wurde verlegen und sagte: »Nicht viel.«

Der Direktor lachte. »Das kann ich mir vorstellen«, sagte er. »Das kann ich mir vorstellen. Wissen Sie, wir wollen, dass man das sagt, denn unser Haus soll kein Museum sein, sondern eine Welt, und zu einer Welt gehört, dass man nicht alles von ihr sieht. Eine Welt ohne Geheimnisse und Verborgenes ist keine Welt. Und man soll ja auch wiederkommen. Was hat Ihnen denn am besten gefallen?«

»Echnaton und Nofretete.«

Der Direktor schaute René fragend an, dann lächelte er. »Wie kommen Sie denn auf diese beiden?«

»Ich wollte eigentlich nur vorn anfangen und weiter als bis zu ihnen bin ich nicht gekommen. Ich finde sie wunderschön, wie sie da in ihrem Museum spazieren gehen.«

Wieder fasste der Direktor Renés Hände, drückte sie und sagte, während er Alains Blick suchte: »Also, ich wette, das schafft er nicht, sich alles anzuschauen, wenn er so weitermacht. Und bei Ihnen, Monsieur de Violet? Ich danke Ihnen übrigens noch für Ihre Aushilfe.«

»Nichts zu danken«, sagte Alain ruhig.

»Es wird ja nur vorübergehend sein.«

Alain machte ein erstauntes Gesicht. »Oh, helfen Sie mir bitte, um welche Angelegenheit ging es doch gleich?«

»Ach, dann wird man Sie noch kontaktieren. Es geht nur darum, dass wir für unsere wissenschaftlichen Mitarbeiter aus dem Ausland, die unter Umständen schon mal ein halbes Jahr in der Stadt bleiben, neue Unterkünfte suchen und da habe ich Sie empfohlen. Ich hoffe, das war richtig?«

»Ja, unbedingt. Allerdings bieten wir keine Mietwohnungen an, sondern nur Objekte, die zum Verkauf stehen.«

»Ach, dann habe ich da wohl etwas falsch verstanden. Ich werde das weitergeben. Schade, eigentlich sehr schade, aber vielleicht ein anderes Mal.«

»Ja, sehr gern«, erwiderte Alain.

Der von Alain angezettelte Spießrutenlauf durch die Reihe seiner Kunden und Freunde wurde für René zur Strapaze und schon bald bemühte er sich nicht mehr, auf Sätze wie »Es ist so schön, dass Sie jetzt endlich frei sind« zu lächeln oder gar zuzustimmen. Und ständig wurde er auf das Stück Mauer angesprochen, als hätte es ihm persönlich gehört. »Haben Sie schon Ihr Stück Mauer gesehen?« oder »Haben Sie sie gesehen, Ihre Mauer?« oder »Sie ist gar nicht so hoch, wie ich sie mir vorgestellt habe?« oder »Thierry Noir hat es erst 1988 bemalt. Ist dieses Graffito nicht ein Kunstwerk?« Gern hätte René geantwortet: ›Ja, ich habe die Mauer gesehen, zwanzig Jahre lang, aber dieses *Gemälde* da konnte ich nicht sehen, das war nämlich auf der anderen Seite. Und ehrlich gesagt, ich hätte mich nicht dafür erschießen lassen, um es zu sehen.‹ Er hätte diese Sätze gern ausgesprochen, doch er dachte sie nur. Er fühlte sich feige, wenn er stattdessen sagte: »Oh, ja, ich hätte es früher auch gern gesehen« und doch dachte: ›Diese hässliche Schmiererei.‹ Und nicht einmal auf der anderen Seite der Mauer wollte er gewesen sein, er hatte sich mit den Verhältnissen in seinem Land abgefunden und er hatte nicht einmal das Gefühl gehabt, sich unterworfen zu haben.

Er war drei Jahre zur Armee gegangen und hatte dann planmäßig sein Studium begonnen. Er wäre Physiker, vielleicht Atomphysiker geworden, wenn nicht die Wende, nein, das stimmte nicht, die Wende hatte damit nichts zu tun. Er hatte die Physik aufgegeben, kein einziges Seminar mehr besucht und sich stattdessen mit Ella in ihre kleine Dachwohnung zurückgezogen. Er hatte dieses letzte halbe Jahr, in dem das alte System zusammenbrach, genau genommen nichts gemacht, außer Ella zu lieben und sich mit ihr von der Welt zu entfernen, und es kam ihm jetzt vor, als spielte dabei die Gesellschaftsordnung, in der sie sich befanden, keine Rolle. Denn was in dem halben Jahr nach dem Zusammenbruch draußen unter ihrem Fenster vor sich ging, schien für ihn nicht von Bedeutung gewesen zu sein. Auch wenn sich außerhalb ihres Zimmers der Aggregatzustand der Gesellschaft verändert hatte, wirkte sich das kaum auf sein Leben und die Pläne für seine Zukunft aus, denn er hatte keine Pläne mehr, außer irgendwann das Kompositionsstudium.

Seine unbedingte Liebe zu Ella ließ auch keine Pläne zu. Er hatte das Ruder seines kleinen Bootes losgelassen, der Zeit anvertraut, er hatte sich dem Fluss der Tage und Wochen ergeben und er spürte, dass Ella neben ihm in dem kleinen Schiffchen saß, nicht so geduldig wie er, aber doch genügsam genug und voller Erwartung an ihre gemeinsame Liebe. Dass sich um sie herum eine Welt veränderte, nahmen sie zwar wahr, aber sie wollten nicht daran teilhaben, weil sie vielleicht befürchteten, es könne ihre Liebe überschatten oder in ein geringeres Licht setzen. Und als einer von Ellas Freunden bemerkte, dass sie kaum noch in der Stadt zu sehen wären und fragte, was sie beide denn die ganze Zeit tun würden, da hatte Ella beschwingt geantwortet: »Sex, wir haben Sex.« Die friedliche Revolution ging währenddessen draußen ohne sie weiter. Die Frage, die René immer wieder und auch an diesem Abend auf der Party gestellt bekam, ob es nicht wunderbar sei, jetzt endlich frei zu sein, war für ihn zu einer lästigen Nötigung geworden. Er hätte beinahe einem mit Alain befreundeten Pärchen berichtet, wie sie die Wendezeit wirklich verbracht hatten, und dass, wenn bei ihnen unten auf der Straße die Menschen lautstark skandierten, Ella vom Bett aufsprang, hinüber zu den Fenstern lief, sie zuzog und sagte, dass es nichts Unerotischeres gäbe als eine Menschenmenge, die »Wir sind das Volk!« ruft. René hingegen erfüllte diese andauernde Drohung, als nichts anderes konnte er die Demonstrationen verstehen, vor allem als die Mauer bereits eingerissen war, mehr und mehr mit einer unbestimmten und daher noch bedrückenderen Art von Furcht, ja, er hatte begonnen, sich vor dem Zorn dieses Volkes, das ihm in der Lage schien, jedwede Macht auszuüben und Grauenhaftes anzurichten, zu fürchten. Vielleicht waren es die sich überschlagenden Stimmen von Männern und Frauen, die ihm vollkommen entgleist und außer Kontrolle schienen, die schrill und ohne Maß aus dem vorbeimarschierenden Block der Worte auftauchten; dann fragte er sich, ob diese Wütenden nicht fähig wären, dazu aufzurufen, die bereits Entmachteten doch noch aus ihren Häusern zu zerren und auf dem Markt zu verbrennen. Und dann, ein sich stets wiederholendes Aufatmen, das durch seinen Körper lief, wenn sich die Hundertschaften unten auf den Straßen entfernten und zerstreuten. Und was riefen sie denn überhaupt? Dass sie das Volk waren? War das eine Erkenntnis, eine Forderung nach Anerkennung oder nur ein Wort, unter dem sich Zorn und Mut zusammenrotten konnten? In René wuchs ein einziges Gefühl, was ihn noch mit diesen Menschen dort unten auf der Straße verband; unter all dem Zorn, in all ihrem gemeinschaftlichen Aufbegehren fühlte er eine stolze Selbsterniedrigung, ein Bekenntnis der Zugehörigkeit zu

einer menschlichen Masse, die nicht mehr aus Individuen zu bestehen schien und die, je selbstbewusster sie wirkte, ihn umso mehr
mit Scham erfüllte.

Madame Ducasse

Es mag Alains Plan gewesen sein, René erst nach gründlicher Ausbildung entlang der schier endlosen Reihe seiner Kunden, Bekannten und Freunde das Aufeinandertreffen mit der Gastgeberin, in Angriff nehmen zu lassen. Jedenfalls fühlte sich René wie ein weicher,
nasser Lappen, den man zu lange im Wasser hatte liegen lassen. Alles, was er sah und hörte, wurde nur noch matt und verschwommen
von ihm wahrgenommen. Die ständigen Abstecher zur Bar hatten
ihn mürbe gemacht und so führte Alain ihn wie ein schlachtberei-
tes Lamm zu Madame Ducasse, der Herrin des Hauses. Die übliche
Vorstellung: René, ein junger Mann aus Ostdeutschland, zum ersten
Mal in Frankreich und dann gleich ihre Frage: »Was halten Sie von
meiner neuesten Errungenschaft? Ist es nicht großartig?«

René versuchte zu lächeln. Dann sagte er: »Entschuldigung?«

»Na, Ihr Stück Mauer. Ich weiß, Sie haben wahrscheinlich genug
davon, aber für jemanden wie mich ist es wie eine Offenbarung. Ich
denke, wenn es mir einmal schlecht geht, schaue ich es an und dann
denke ich› sieh, diese Menschen da drüben haben etwas Unwahrscheinliches geschafft, sie haben die schlimmen Zeiten von selbst,
durch eigene Kraft überwunden‹ und dann denke ich ›Warum sollte
ich es nicht auch schaffen, die schweren Zeiten zu überstehen?‹ Ich
werde mich daran aufrichten, verstehen Sie, es macht gute Laune, es
ist witzig, die kleinen lustigen Gesichter da, die sich alle freuen, es
ist wie ein Geschenk, gut, es war ein Geschenk. Pierre hat es vor drei

Wochen in Monaco ersteigert, es war nicht ganz billig, obwohl für die Größe wahrscheinlich schon, aber allein der Transport, Pierre?« Sie rief nach einem älteren stämmigen Mann mit rotem Kopf, der aussah, als hätte er ein schweres Gewicht gehoben. Er unterhielt sich gerade mit einer Frau, die ein besonders farbenfrohes Exemplar dieser riesigen Hüte trug. »Pierre, was sagtest du, wiegt das Stück Mauer?«

Pierre beugte sich zu der älteren Dame mit dem Hut: »Entschuldigen Sie, ich bin gleich wieder da«, setzte sich in Richtung seiner Frau in Bewegung und sagte: »Über vier Tonnen, Cherie.«

»Vier Tonnen«, wiederholte Madame Ducasse. »Ehrlich gesagt, ich habe keine Ahnung, wie viel vier Tonnen sind, es klingt eigentlich nicht nach sehr viel. Pierre, sag, sind vier Tonnen viel?«

Pierre stellte sich neben seine Frau und sagte: »Ja, Cherie, vier Tonnen, das ist eine ganze Menge Gewicht. Wir mussten einen Statiker kommen lassen«, fügte er an Alain und René gewandt hinzu.

»Schön und gut«, hakte Madame Ducasse nach, »aber man muss das doch irgendwie einer Frau verständlich machen können, was das bedeutet, vier Tonnen, also so viel weiß ich, ich könnte es wohl nicht umstoßen. Also wie viel ist das nun, vier Tonnen? Findest du meine Frage dumm?«

»Nein, nein, das nicht«, antwortete ihr Mann belustigt.

»Du sagst doch immer, dass ich mich eigentlich für nichts interessiere, aber kaum stelle ich eine interessante Frage und schon weißt du nicht, was du sagen sollst, du bist doch zu nichts zu gebrauchen.« Sie erhob ihre Stimme über die Umstehenden hinweg und rief: »Also, wer erklärt mir, wie viel vier Tonnen sind, was wiegt außer diesem Stück Mauer da noch vier Tonnen?«

Einige der Leute schauten zu ihnen hinüber, lächelten unbestimmt, ohne zu wissen, worum es eigentlich ging.

Dann ergriff ihr Mann wieder das Wort und sagte, dass ihr Rolls Royce circa drei Tonnen wiegen würde.

»Na das ist doch was, da kann sich ein dummes Frauchen, wie ich es bin, etwas darunter vorstellen. Tonnen, das hat sicher ein Mann erfunden, die schweren Sachen werden immer von Männern erfunden, Kanonen, Schiffe, und sicher auch die Mauer da, und die Leichten, das ist Sache der Frauen, Kleider, Parfüm, Hüte, Zeitschriften. Ach, ich bin in Plauderlaune. Ist er nicht herrlich, unser Alain, bringt uns diesen strahlenden jungen Mann aus dem dunkelsten Teil Deutschlands mit, entschuldigen Sie, wenn ich mich so ausdrücke, aber das ist mir doch gleich aufgefallen, dass es bei Ihnen irgendwie dunkel ist. Habe ich nicht recht? Ich habe Fotos gesehen, na ja und das, was man so im Fernsehen sieht. Erklären Sie mir das mit dieser Dunkelheit bitte, es sieht doch bei Ihnen recht trist aus, oder?«

René wartete nach ihrem letzten Satz einen Moment, um sicherzugehen, dass er jetzt auch wirklich sprechen sollte. Nicht nur Madame Ducasse schaute ihn erwartungsvoll an. Es kam ihm vor, als seien alle Gespräche um sie herum verstummt, als seien aller Augen und Ohren auf ihn gerichtet und so sagte er, denn er fühlte sich keineswegs beleidigt: »Trist, sie haben recht, es ist aber nicht dunkel, sondern eher grau, aber ich kenne viele Menschen und ich gehöre selbst auch dazu, die das interessant finden und sich nicht dafür schämen.«

»Ach, von schämen hat ja niemand etwas gesagt«, erwiderte Madame Ducasse. »Sie müssen sich doch nicht schämen für etwas, das Ihnen eine Diktatur angetan hat.«

Diesmal unterbrach René sie: »Ja, nein, wir schämen uns auch nicht. Ich persönlich lebe gerade sehr gern in einer grauen Stadt.«

»Wie soll ich das verstehen? Erklären Sie es mir bitte.«

»Ich mag das Morbide, das Abgelebte. Ich weiß nicht wieso, aber es ist so. Vielleicht weil ich in einem …«, René suchte nach dem französischen Wort für Neubaublock, »ja, weil ich in einer Neubausiedlung aufgewachsen bin.«

René bemerkte, wie kaum jemand in der Runde etwas mit dem, was er sagte, anfangen konnte, schon gar nicht Madame Ducasse, die – gewappnet für solche stillen Momente – Renés Hand ergriff, sie tätschelte und sagte: »Wir verstehen Sie schon. Das Morbide kennen wir hier gut genug. Oder kennt jemand eine Brücke hier in Paris, unter der man getrost hindurchgehen kann?« Einige lachten.

Die Gespräche rings herum setzten wieder ein und Madame Ducasse nahm René beiseite, führte ihn fort und schlenderte mit ihm, scheinbar ziellos, als würden sie spazieren gehen, quer durch den Raum, bis sie vor dem Stück Mauer standen.

René fragte: »Wo haben Sie das eigentlich her?«

»Von einer Charity-Auktion in Monaco. Ach, sehen Sie, das müsste Ihnen ja dann sogar zugutekommen.«

René verstand nicht, wovon sie sprach und fragte nur: »Wie bitte?«

»Na, das Stück Mauer, wir haben es in Monaco auf einer Benefiz-Gala ersteigert.«

René musste sich zwingen, um nicht laut loszulachen, denn es war doch absurd zu glauben, dass er persönlich oder einer seiner Landsleute von diesem Kauf irgendetwas zu erwarten hätte. Er konnte nicht einmal glauben, dass dieser Mauerrest zu einem allgemeinnützigen Zweck verkauft wurde. Aber Madame Ducasse schränkte ihre Bemerkung gleich selbst ein, indem sie versicherte, dass sie bei diesen ständigen Spendengalas schon gar nicht mehr wisse, wofür und vor allem wie viel sie schon in diese Dinge investiert hatte.

Sie betrachtete das Mauerstück, hob den Kopf und sagte: »Da oben musste man also rauf, wenn man hinüber zu uns wollte. Das ist schrecklich. Wie kann man so etwas den Menschen antun? Ich kann mir beim besten Willen nicht vorstellen, wie man in so einem Land leben kann. Und dann denke ich an meine Arbeit, die ja doch nur die Leute unterhält und eigentlich nichts ist, was von Bedeutung wäre, und dann sehe ich dieses Stück einer Mauer, das die eine von der anderen Hälfte Deutschlands getrennt hat, da muss man doch denken, wie lächerlich das hier alles ist, wie einfältig. Natürlich weiß ich, dass von dem Geld, das wir dafür bezahlt haben, wohl kein einziger ihrer Landsleute etwas haben wird, aber ich wiege mich in der Vorstellung, dass ich etwas Gutes tue. So funktioniert das hier. Ich gebe es zu, ich gebe überhaupt zu, dass die Leute hier mehr wissen, als sie jemals zugeben würden. Sie denken sicher, man kann in diesem Land hier alles sagen; sicher, das stimmt, aber eigentlich stimmt es überhaupt nicht. Es kommt keiner und verhaftet einen, im Gegenteil, sie sagen etwas Falsches und niemand beachtet Sie mehr; sie fallen durch, als wäre im Boden ein Loch, sie verschwinden einfach und es interessiert keinen, niemanden. Sie haben ganz recht, wenn Sie denken, dass es hier kaum jemanden interessiert, was in Ihrem Land vorgefallen ist, denn es ist vorbei und so ist es immer, die Sachen, die vorbei sind, sind nicht mehr von Interesse und so schlimm das für Sie klingen mag: Sie werden mit dem, was ist, mit dem, was jetzt ist, umgehen müssen und das wird Sie fordern, glauben Sie mir, es wird Ihnen alle Kraft abverlangen. Glauben Sie mir, ich weiß, wovon ich spreche. Aber Sie sind jung. Schlagen Sie sich einen Weg durch den Dschungel!« Dann sagte sie, als hätte sie etwas Wichtiges vergessen: »Da habe ich doch eine wunderbare Idee.« Sie rief in die Runde: »Wir brauchen einen Stift!«, und dann zur Bar hinüber: »Alamode, wir brauchen einen Stift, bringen Sie mir einen Edding, oder besser noch einen Permanentmarker bitte. Und nicht zu klein!«

Sie wandte sich wieder an René und aufgeregt wie ein kleines Mädchen, das Mühe hat, eine Überraschung zu verbergen, lächelte sie und drückte fest und, während sie auf den Stift wartete, immer ungeduldiger seinen Arm. Der schwarze Marker wurde gebracht, sie nahm ihn Alamode aus der Hand, hob ihn in die Luft und rief über alle Köpfe hinweg: »Wer ist dafür, dass unser, wie war doch gleich Ihr Name?«

René antwortete mechanisch: »René.«

»Wer ist dafür, dass unser lieber René aus der DDR hier auf diesem Stück Mauer unterschreibt? Was haltet ihr davon?«

Die Menge raunte zunächst unschlüssig, einige applaudierten, und René beobachtete die drei Mädchen, Alains Gefährtinnen, die miteinander tuschelten, sich kurz in die Augen blickten und im Chor: »Signer! Signer!« zu skandieren begannen. Gleich darauf stimmten die Umstehenden in den Schlachtruf ein, bis bald der ganze Saal »Signer!« und manch einer »Ratifier! Ratifier!« ausrief.

René nahm den Stift von Madame Ducasse entgegen, die ihn mit stolzer Würde überreichte, hob ihn noch einmal demonstrativ wie einen Speer in der Arena in die Luft, erntete einen jubelnden Applaus, trat auf das Stück Mauer zu, kniete nieder und wollte tatsächlich unterschreiben, da rief Madame Ducasse laut: »Um Gottes willen, doch nicht vorn drauf. Das ist ein Kunstwerk! Sie müssen hinten unterschreiben. Unterschreiben Sie doch hinten. Hinten, bitte.« Und René stand taumelnd auf, es kam ihm vor, als schleppte er sich zur Rückseite des Mahnmals, kniete sich erneut hin, lächelte in die Menge, ein Blitz wohl von einem Fotoapparat schlug ihm entgegen und er unterzeichnete. René unterschrieb. Er setzte seinen Namen auf die andere, den Scheinwerfern abgewandte und im Schatten liegende Rückseite der Geschichte.

Alain hatte währenddessen die Mädchen an sich gezogen und ihnen etwas zugeflüstert, wobei sich die drei abwechselnd nach René umblickten und lachten. Dann schickte er seine schönen Amazonen los und sie liefen zu René hinüber, der mittlerweile aufgestanden war, sich jedoch immer noch in einer Art Schwebezustand befand. Er suchte Alain in dem Halbkreis der Gäste, fand ihn aber nicht; er sah, wie Madame Ducasse sich von ihm abgewendet hatte und schon wieder in Gespräche vertieft war, er vernahm das Aussetzen des Applauses und spürte, wie sich die Gesellschaft von ihm löste und ihrer Wege ging. Da ergriffen ihn die drei Mädchen und rissen, zogen und schoben ihn, ohne dass er sich hätte wehren wollen, hinüber zum Fahrstuhl aus dem gerade einige Gäste ausgestiegen waren, in ihn hinein, noch ein großer Schluck Champagner von einer der Verführerinnen verabreicht, die Türen schlossen sich und René, sich mit den schlanken Beinen der Mädchen verhakend, rutschte an der Fahrstuhlwand zu Boden, die Gefährtinnen auf ihn fallend, lachend und kichernd, sich eine nach der anderen um ihn windend, sich allmählich beruhigend, und – als gäbe es nichts Natürlicheres auf der Welt – ein Übergang, der René wie etwas märchenhaft Phantastisches vorkam: küssten sie ihm die Wangen, die Arme, die Hände, den Hals und eine unwahrscheinliche Stille trat ein, bevor der Fahrstuhl sich mit einem sanften Glockenschlag wieder öffnete. René rief lachend irgendetwas wie »Ist ja gut. Ist ja gut jetzt« und streifte eine der Gespielinnen nach der anderen von sich ab. Die Mädchen erhoben sich; Rose hielt ihm noch die Hand hin und zog ihn nach oben. Kaum hatten sie den Fahrstuhl verlassen, verschwanden die drei, wild durcheinander schwatzend und ohne einen Blick zurück, auf der links vom Flur abgehenden Damentoilette, deren schwere rote Tür sich langsam schloss und sanft zuschnappte.

René stand noch immer im Fahrstuhl. Er stellte seinen Fuß in den Spalt der Tür, die sich gerade schloss und dann wieder öffnete, und René, der sich nichts dringender wünschte, als frische Luft und etwas Ruhe, ging an der Damentoilette vorbei, wobei er kurz den Drang verspürte, sein Ohr ans rote Holz unter die goldene Frau mit dem fliegenden Röckchen zu legen, um zu hören, was diese Schamlosen über ihn zu erzählen hatten, doch er beherrschte sich und öffnete die gläsernen Flügel der Terrassentür. Er trat durch einen seltsamen, schmalen Gang, in dem sich einige Gäste wie auf einer Bühne – René hatte keine Ahnung, was sie dort taten – zwischen zwei brummenden mannshohen Ventilatoren drehten; ihre Kleider, Jacketts und Hemden flatterten, hoben und senkten sich, ihre Haare, loderten über ihnen wie Flammen. Als er hinaus auf die Terrasse kam, wusste er, welchem Zweck dieser überdimensionale Föhn diente. Gerade sprang eine Frau, ihren Rock schürzend und kreischend, an der Hand eines Mannes in tadellosem Anzug in den riesigen Pool, in dem einige Gäste in ihren Abendgarderoben umherschwammen, einander bespritzten oder sich gegenseitig untertauchten. René wurde von Lila und Turquoise an beiden Armen gepackt und hin zum Pool gezogen, während ihn Rose von hinten schob. Alle vier sprangen mit lautem Gejohle hinein in das glitzernde, strahlend blaue Wasser.

War das alles wirklich passiert? René drehte sich im Bett um. Alain hatte ihn noch einmal ermahnt, endlich aufzustehen. Doch René wollte sich erst an jede Einzelheit erinnern, er musste diese Nacht unbedingt in seinem Gedächtnis behalten. Es war tatsächlich geschehen, die Mädchen hatten ihn geküsst und er hatte die Unterschrift geleistet, auf ein Mahnmal hatte er seine Signatur gesetzt und ein ungeheurer Schwindel überkam ihn bei dem absonderlichen Gedanken, er hätte sein Vaterland verraten.

»Kommst du jetzt?«

Alain hatte sich in den Türpfosten gestellt und wartete auf René. Der setzte sich im Bett auf, raufte sich den Kopf und sagte: »Verdammt, verdammt.«

Alain schmunzelte. »Die Party war ganz o. k., was? Du hattest offensichtlich deinen Spaß.«

»Wie sind wir denn nach Hause gekommen?«, fragte René.

»Taxi.«

»Habe ich wirklich unterschrieben?«

»Ja, das hast du. Halb so schlimm. Das passiert.«

»Ich kann mich ab dem Pool nur noch an wenig erinnern. Du hast Saltos vom Sprungbrett gemacht, das weiß ich noch und die Leute haben gejohlt. Aber dann … Ach ja, dieses Mädchen hat sich an einer Feder verschluckt, habe ich das geträumt?«

»Nein, das hast du nicht geträumt. Ich dachte, sie erstickt uns.«

Ein letztes Bild stand wieder vor Renés Augen, wie Rose ihn durch die Vorhalle zieht, seine Sachen waren noch ganz nass. Sie warf sich zwischen die Wolken und verschwand darin. Dann tauchte sie hustend und mit rotem Kopf wieder auf, ihre Halsadern waren ganz blau und ja, René erinnerte sich an seine Angst, sie würde hier oben in den Wolken ersticken, an einer einfachen, weißen Feder.

»Sag mal, diese drei Grazien, was waren das eigentlich für Mädchen?«

»Wunderschön, nicht wahr?«, sagte Alain.

»Ja, aber wer waren die?«

»Die drei werden als die schönsten Farben von Paris gehandelt, irgendwer muss sie gebucht haben. Ich denke, die Ducasse hat sie engagiert.«

»Was heißt das, gebucht?«

»Na, was soll das schon heißen, dass sie gebucht wurden, um dem einen oder anderen den Abend zu verschönen.«

»Du meinst, es sind Prostituierte?«

»Oh Gott, das ist ein Wort! Wo hast du denn das her? Die drei sind alles, aber Prostituierte sind sie nicht.«

»Dann verstehe ich das nicht.«

»Ach René, die drei machen nichts, was ihnen später leidtun würde. Eigentlich wollen sie auch nur ihren Spaß haben, mit dem großen Unterschied, dass sie für den Spaß auch noch bezahlt werden.«

»Also doch Prostituierte.«

»Du fasst dieses hässliche Wort viel zu eng. Die drei haben eine Firma, ein kleines Unternehmen und sie sind sehr erfolgreich damit. Meinst du, sie haben sich auf der Party gelangweilt? Ich glaube nicht«, sagte Alain, der noch immer auf der Bettkante saß. »Außerdem sind sie gestern ganz sicher mit niemandem ins Bett gestiegen.«

»Also, gehört es nicht dazu, wenn man sie bucht?«

»Ja und nein. Wenn man sich dumm anstellt, wenn man ihnen nicht gefällt, wenn man sie schlecht behandelt, werden sie einem nicht den geringsten Gefallen tun. So viel hat sich rumgesprochen. Und ich glaube, deswegen sind sie beliebt, weil sie eben nicht leicht zu haben sind, weil sie ein Abenteuer bleiben. Ich finde sie übrigens unbezahlbar. Willst du jetzt endlich aufstehen?«

Die Höhle

»Sind Sie fertig, wollen wir losfahren?«, fragte Vincent, der in einem hellen Anzug auf dem Vorplatz des Schlosses neben einem alten weißen Mercedes Benz stand. Er hielt die Beifahrertür schon für Ella geöffnet, die vom Haus her mit beschwingtem Schritt auf ihn zukam. Sie freute sich, über seine sommerfrische Erscheinung, und es kam ihr vor, als würden sie zu einem Picknick fahren.

Eigentlich war sie zu warm angezogen, sie hätte lieber ein Kleid getragen, aber Vincent hatte ihr gesagt, dass es in der Höhle sehr kühl sei und sie aufpassen müsse, dass sie sich nicht erkälte.

»Ja, bereit«, salutierte Ella und schwang sich ins Auto.

Der Wagen, dessen Fahrer- und Beifahrerfenster heruntergelassen waren, roch nach Leder und Sonne. Ella freute sich so sehr auf ihren kleinen Ausflug, dass sie Vincent am liebsten um den Hals gefallen wäre, aber sie riss sich zusammen und setzte sich aufrecht hin, wie ein Mädchen, das man zur Schule fährt. Während der Fahrt sprachen sie nicht viel. Vincent erklärte ihr, dass es eine der unscheinbarsten Höhlen Südfrankreichs sei und dass es dort eigentlich nichts zu sehen gäbe, die prähistorischen Funde hätte man kurz nach der Entdeckung der Höhle fortgeschafft, nicht einmal ein paar Tropfsteine gäbe es, aber trotzdem würde es sich lohnen, wegen einer einzigen kleinen Sache, sagte er und dann fügte er noch hinzu: »Ich hoffe, Sie sind dann nicht enttäuscht.« Doch Ella, die nichts über die Höhle wusste, war nur umso gespannter auf diese eine kleine Sache.

Eine Viertelstunde später lenkte Vincent den Wagen auf einen sandigen Parkplatz vor einem Felsen, der wie ein riesiger Elefantenfuß aussah. Aber wie enttäuscht war Ella, als sie aussteigen wollte und Vincent zu ihr sagte: »Ich wäre dann ungefähr in einer halben Stunde wieder hier.«

Sie fiel auf ihren Sitz zurück, drehte sich zu Vincent um und fragte erstaunt: »Sie kommen nicht mit?«

»Nein, ich habe die Höhle ja schon gesehen. Außerdem müsste ich noch etwas einkaufen, im nächsten Ort ist ein Supermarkt. Der Rundgang dauert so etwa vierzig Minuten, da bin ich längst wieder zurück.«

Sie war sprachlos und Vincent fügte noch hinzu: »Drüben an der Information gibt es die Eintrittskarten.«

Doch Ella sagte schnell: »Das ist aber nicht schön. Na gut, ich mache einen Vorschlag, ich lade Sie in die Höhle ein und dann helfe ich Ihnen beim Einkaufen. Ist das nicht eine gute Idee?« Sie lächelte Vincent an. Der zögerte einen Moment, in dem Ella noch sagte: »Ach bitte! Wir machen das danach mit dem Einkauf.«

Vincent überlegte, dann sagte er: »Tja, ich muss gegen halb zwölf zurück sein.«

»Ach, das schaffen wir locker«, wandte sie überschwänglich ein und zwinkerte ihm zu: »Vor allem, wenn es doch nur um die eine kleine Sache geht.«

Es war entschieden. Ella ging hinüber zur Information und kaufte die Eintrittskarten. Der Mann an der Kasse überreichte ihr noch zwei gelbe Schutzhelme. Während sie über den heißen Sandplatz zu Vincent zurückkehrte, hielt sie strahlend ihre Karten in die Höhe, winkte ihm damit zu und beide durchströmte einen Moment lang das Gefühl der Leichtigkeit.

Am Eingang der Höhle standen in einer kleinen Traube noch einige andere Besucher. Ella und Vincent stellten sich zu ihnen und hatten Glück, als eine Frau um die fünfzig mit dicker Wattejacke und Taschenlampe schon nach einigen Minuten kam und die Gruppe in strengem Ton aufforderte, die Helme aufzusetzen und ihr zu folgen.

Der Eingang der Höhle war mit Beton verstärkt und gerade so hoch, dass Vincent ohne sich zu bücken hindurchgehen konnte. In dem schmalen Gang vor ihnen leuchteten die Glühbirnen auf, und Ella spürte die Kühle, die aus der Höhle kam. Vincent und sie liefen am Ende des kleinen Besuchertrupps, der sich wie eine Brigade von Bergleuten ins Innere des Berges vorarbeitete. Mit einem Mal öffnete sich der schmale Tunnel vor ihnen zu einem hohen Dom. Die sonore Stimme der Frau mit der Lampe hallte in dem großen Raum wider, und Ella fiel es schwer zu verstehen, was sie sagte. Das schwarze Gestein an den Wänden schien wie geschmolzen und die Kuppel des Doms, über die ab und zu der Lichtstrahl der Taschenlampe strich, verlor sich in einer klaffenden Spalte. Ella fror. Sie zog sich ihre Jacke, die sie bis dahin um die Hüfte geschlungen hatte, an und flüsterte Vincent zu, dass sie die Höhle unheimlich fände; warum, wisse sie nicht. Sie folgten der Gruppe, die große Halle verjüngte sich wieder und sie kamen durch einige kleine, hellbraune Kammern hindurch, die, wie die Führerin verkündete, vor dreißigtausend Jahren Wohnraum für steinzeitliche Familien gewesen seien. Es gab weder Höhlenmalereien oder alte Rauchzeichen an den Wänden noch sonst irgendwelche Anzeichen dafür, dass hier vor unvorstellbarer Zeit einmal Menschen gelebt hatten. Die Führerin rief ihnen zu, dass sie die Köpfe einziehen sollten und stieg durch ein winziges steinernes Loch in einen schmalen benachbarten Raum. Die anderen folgten ihr, nur Vincent hielt Ella am Arm und sagte: »Wir sollten kurz hier warten, bis alle wieder draußen sind, dann können wir besser sehen.« Ella sah nur, wie sich drinnen alle um etwas herum versammelten, das sich auf dem Boden befand, und hörte, wie die Führerin sagte, das sei zwar nicht der wertvollste, aber dafür der schönste Fund der Höhle.

»Oh, ich möchte das nicht hören. Nein, nein, nein. Kommen Sie mit!«, sagte Ella laut und zog Vincent am Arm ein Stück vom Eingang weg. »Ich hasse es, wenn ich eine Überraschung sehe und schon weiß, was es ist.« Sie lief zurück in einen der Wohnräume und Vincent folgte ihr.

»Ja, hier ist es gut. Hier können wir sie nicht hören.« Tatsächlich waren die Stimmen und Geräusche der Reisegruppe nur noch undeutlich von drinnen zu vernehmen, als hätte jemand eine Bettdecke über sie geworfen.

»Können Sie sich vorstellen, dass hier mal Menschen gelebt haben?«, fragte Ella. Vincent schaute sich kurz in dem kleinen Raum um, in dem sie gerade standen und sagte, dass sich das wohl niemand vorstellen könne.

»Ich kann mir nur denken«, fuhr Ella fort, »dass diese frühen Wesen damals vielleicht mehr Tiere als Menschen waren. Und für ein Tier ist es sicher ein guter Ort.«

Vincent tippte mit dem Finger an die Decke, wie um zu prüfen, ob sie trocken oder feucht sei. Dann sagte er: »Es ist doch erstaunlich, was aus uns geworden ist.«

Sie hörten, wie die Stimmen lauter wurden und sahen, wie einer nach dem anderen, Kopf voran, wieder heraus aus dem schmalen Durchgang gestiegen kam. Vincent und Ella gingen hinüber und klettern nun selbst hinein. Der Hohlraum war aus dem gleichen Gestein wie die anderen Räume, aus einer Art rötlichem Sandstein. Er war hell beleuchtet und etwas gedrungener. Vincent musste seinen Kopf beugen, dann nahm er den Helm ab, um einigermaßen gerade stehen zu können. Auf dem Boden vor ihnen schützten vier eiserne

Stangen und eine Kette zwischen ihren Ringen eine kleine Vertiefung im Fels. Ella trat näher und sah den Fußabdruck eines Kindes, als wäre es mit seinem kleinen Füßchen in feuchtem Lehmboden versunken. Es war ein Abdruck, wie man ihn heutzutage mit Gips machen würde. Sie konnte alle Zehen sehen, den schmalen Spann, den Ballen, ja sogar noch die Vertiefung des Knöchels. Einen Moment dachte sie, da es sonst keine Spuren gab, das Kind hätte hier allein gelebt. Ella sah es beinahe vor sich, ein zartes Mädchen, wie es mit seinem nackten Fuß ohne Eile in den feuchten Lehm trat und mit sicherem Bewusstsein, der Abdruck würde wohl noch ein paar Tage zu sehen sein, das Füßchen fest hineindrückte und dann vorsichtig herauszog. Ella war sich sicher, dass das Kind wusste, was es tat.

»Nein«, sagte sie leise. »Sie waren keine Tiere.«

Sie blieben noch einige Minuten vor dem Füßchen stehen, dann stiegen sie wieder heraus und Ella war ganz froh, dass der Rundgang schon zu Ende ging, denn ihr war hundekalt. Auf dem Rückweg zum Ausgang der Höhle, hörte Ella ab und zu ein tiefes Schlagen. Sie dachte unwillkürlich, es wären Detonationen, wie im Bergwerk.

»Was ist das?«, fragte sie Vincent.

Der wusste es nicht, und die Mitglieder der Gruppe wurden schon nervös, weil wohl alle dachten, es sei eine Art Erdsturz oder ein Beben. Als die Führerin jedoch die stählerne Eingangstür der Höhle aufschob, wussten sie, was es war. Draußen blitzte und donnerte es, und es regnete in Strömen. Alle blieben unter dem Vorsprung des Felsens am Eingang der Höhle stehen. Es war immer noch sehr warm, und Ella hatte das Bedürfnis, loszulaufen, nach draußen in den Regen. Mit René wäre sie jetzt rausgerannt. Sie würden die Arme in die Luft strecken, singen und tanzen, egal, was die Leute dachten. Ja, so etwas konnte man mit René machen. Genau das würden sie jetzt tun.

Fünf Minuten später war der Spuk zu Ende. Der Regen setzte mit einem Mal aus, als hätte ihn jemand abgestellt. Als Vincent und Ella an riesigen Pfützen vorbei zurück zum Auto liefen, rief sie freudig: »So, jetzt einkaufen.« Doch Vincent sagte nur, dass er sie erst zurück zum Schloss fahren und später seine Einkäufe erledigen würde.

Auf der Rückfahrt schaute Ella aus dem Fenster in die Landschaft. Vor der Sonne stand eine riesige Wolke und ihr Schatten wanderte wie ein schwerer schwarzer Klumpen über die Weinberge, die sich hier in alle Richtungen erstreckten. Ella dachte an das Mädchen in der Höhle und beinahe gleichzeitig fiel ihr ein Erlebnis aus ihrer Kindheit ein, das sich wohl durch den Anblick des Fußabdruckes, zurück in ihr Gedächtnis geschlichen hatte. Sie erzählte Vincent von Karl, ihrem Schul- und Kindergartenfreund, den sie mit vier Jahren ›geheiratet‹ und kurz nach dem Abitur aus den Augen verloren hatte. Sie erzählte, wie sie eines Nachmittags – sie wusste nicht mehr, ob noch andere Kinder dabei waren – im Wald, in der Nähe der neuen Umgehungsstraße gespielt hatten, und Karl sie dazu überredete, aber wahrscheinlich war es sogar umgekehrt und sie hatte ihn dazu angestiftet, dass sie über die frische Straße laufen sollten. Sie waren unter den Absperrbändern hindurchgekrochen und dann über den noch heißen Asphalt gelaufen. Ella erinnerte sich, wie die Bauarbeiter auf der Raupe geschimpft hatten und wie plötzlich einer irgendwo her aus dem Nichts kam und ihren Karl am Arm packte.

»Es war das erste Mal, dass ich jemand anderen als meine Eltern geliebt habe«, sagte Ella. Er hatte sie nämlich nicht verraten und musste dann beim Fahnenappell vor die ganze Schule treten und den Tadel der Direktorin anhören. »Ich weiß noch genau, wie Karl aussah«, sagte Ella. »Als Kind, als er fünf oder sechs Jahre alt war, denn es gab ein Foto von uns, das mein Vater gemacht hat. Wir standen beide nebeneinander auf so Kinderski, irgendwo an einem Feldweg. Es lag nicht viel Schnee. Es ist doch komisch, immer, wenn ich an Karl dachte, war er dieser fünfjährige Junge und auch, wenn ich jetzt an ihn denke, sehe ich ihn wie er mit Ski an den Füßen und diesem Jungsgesicht da draußen rumläuft.« Ella wusste nicht mehr, warum sie Vincent die Geschichte erzählt hatte, doch dann fiel es ihr wieder ein.

»Ist es nicht seltsam«, sagte sie »dass der Mensch ständig versucht, einen Abdruck zu hinterlassen? Wissen Sie, warum wir so sind?«

Vincent schaute zu ihr hinüber und sagte: »Ehrlich gesagt: nein. Ich müsste erst noch darüber nachdenken.«

»Macht es Ihnen keine Angst, dass Sie, wenn Sie gestorben sind, ich meine, dass dann nichts von Ihnen bleibt?«

»Ich würde nicht sagen, dass es eine Angst ist.«

»Da fällt mir der Witz ein, der in unserer Familie sehr beliebt war, den haben mein Onkel und meine Tante bei jeder Feier aufgeführt. Er hat sich ans Herz gegriffen und gesagt: ›Schatz, was ist, wenn ich morgen sterbe?‹ und sie, also meine Tante, sagt: ›Samstag.‹ Sie hat das immer so nebenbei gesagt. Ich weiß heute natürlich, dass das zum Witz dazugehört, dass er nur so funktioniert, wenn sie ihr Stück Kuchen auf der Gabel kurz anhält und dann, direkt nachdem sie das schreckliche Wort gesagt hat, in den Mund steckt. Verstehen Sie? Ich meine, in meiner Familie wird da gelacht und man kann das sicher lustig finden oder sogar philosophisch. Aber das hat mich als Kind wahnsinnig beschäftigt. Wie kann man darüber Witze machen, das habe ich nie verstanden, dass die Welt, wenn ich einmal tot bin, einfach so weiter existiert, dass es einen Samstag geben wird und dass der vielleicht sonnig ist und dass die Bienen summen und ich werde nicht mehr da sein. Das hat mich als Kind erschüttert, und heute noch tut mir das weh und wahrscheinlich so lange ich lebe. Ich möchte, dass etwas von mir bleibt, wenn ich einmal nicht mehr da bin. Es sollte natürlich mehr sein als nur ein Fußabdruck. Aber wissen Sie das Schlimme ist, dass ich nicht einmal das schaffen werde.«

»Ich verstehe nicht so richtig, was Sie da genau schaffen wollen«, sagte Vincent.

»Na, etwas, das bleibt. Etwas, vor dem die Menschen in tausend Jahren stehen und sagen: ›Hier guck mal, das hat die Ella gemacht.‹«

Vincent lachte.

»Ja, Sie lachen, aber ich meine das ernst. Ich bin Schauspielerin, meine Sachen sind was für den Augenblick, auf der Bühne zählt nichts als der Augenblick, da ist an eine Ewigkeit gar nicht zu denken. Zack! …«, sie schnipste mit den Fingern, »ist es vorbei. Bis auf die Stücke, die sind ewig, nur die Spieler werden schön ausgewechselt, damit das Stück jung und frisch bleibt, ja, wir sind Frischfleisch. Und das Einzige, was durch uns frisch bleibt, ist das Stück. Wir aber werden alt und sterben.«

»Woher wollen Sie wissen, dass Sie nicht auch einmal ein Stück schreiben, oder dass Sie in einem Film mitspielen, und ein Film hält doch etwas länger als ein Stück. Ich wäre da nicht so sicher wie Sie. Allerdings finde ich, dass tausend Jahre wirklich viel verlangt sind.«

»Ach, das ist ja das Schlimme. Tausend Jahre! Sie tun so, als wäre das viel, aber es ist doch eigentlich nichts. Wissen Sie, dass mich das wütend und traurig macht? Dass wir, wenn wir überhaupt etwas erreichen, es nur halb erreichen. Ach, es ist schrecklich, ich bin schrecklich, ich will alles, einfach alles. Ich kann mich mit nichts Kleinem zufriedengeben. Ich will das Große, das Unendliche, das Unerreichbare, nicht nur ab und zu, sondern einfach immer. Immer. Absolut immer.« Ella rannen Tränen die Wange herunter. Sie wischte sie wütend weg.

»Und ich weiß doch, dass es nicht geht, dass es unmöglich ist. Ich finde das ungerecht, eine Welt, die so voll ist mit den wunderbarsten und von mir aus auch schlimmsten Dingen, und von der man nichts bekommt, außer ein paar Gefühlen, ein paar Erlebnissen und man weiß, dass so vieles an einem vorbeizieht. Sogar die Liebe …« Ella schluchzte auf. »Ich fühle oft, wie sie klein wird, verschwindet, als wäre sie nicht da, als gäbe es sie überhaupt nicht. Ich möchte mich nicht damit abfinden, dass sie eines Tages nicht mehr da ist oder immer schwächer wird. Ich ertrage das nicht. Ich ertrage es einfach nicht.«

Vincent schaute zu ihr hinüber, sah ihr verweintes Gesicht und sagte: »Wie alt sind Sie?«

Ella schaute ihn verwundert an und wischte sich mit der flachen Hand die Tränen aus dem Gesicht.

»Vierundzwanzig. Wieso?«

»Vierundzwanzig. Aber Sie kommen mir vor, entschuldigen Sie, dass ich das sage, als wären Sie sechzehn und …«

Ella lachte. »Was, sechzehn?«

»Nun warten Sie doch, und dann kommen Sie mir vor, als wären Sie sechzig. Ich finde das bemerkenswert …«

»Was soll das denn heißen?«

»Es soll heißen, dass ich nicht das Gefühl habe, dass Sie vierundzwanzig sind.«

»Ja und, ist das schlecht?«

»Ich würde sagen: ja und nein.«

»Warum ist es denn schlecht?«

»Wenn ich mit dem Positiven anfangen darf?«

»Ja, gern.«

»Also, ich denke, es ist richtig, ja vielleicht sogar erstrebenswert, sich über den Tod oder meinetwegen auch über die ganze Welt Gedanken zu machen, aber ich finde es falsch, wenn es Ihr Leben belastet.«

»Sie meinen, man sollte sich nur Gedanken machen, wenn es nichts für einen selbst bedeutet?«

»Nein, das sicher nicht. Ich denke aber, es gibt Dinge, die sollte man nicht zu ernst nehmen. Es scheint Sie traurig zu machen, dass Sie keine Spuren in den tausend Jahren hinterlassen werden, aber Sie stellen sich auch eine Aufgabe, vor der jeder Mensch scheitern muss. Und das finde ich falsch, auch wenn ich glaube zu verstehen, was Sie meinen.«

»Und was tut man, wenn man so ist wie ich?«

Vincent sagte schmunzelnd: »Ich glaube, ich bin da der falsche Ratgeber.«

»Quatsch. Ich finde, Sie sind ein toller Ratgeber, oder meinen Sie, ich sollte jemanden in meinem Alter fragen? Ich glaube nicht, dass die mir weiterhelfen können.«

»Das kann sein, aber ich sehe die Dinge anders als Sie«, sagte Vincent. »Und obwohl ich verstehe, was Sie meinen, begreife ich doch nicht, warum ein Mensch, der jung ist, so denkt.«

»Vincent, wissen Sie was?«

Es war seltsam für ihn, jetzt seinen Vornamen aus ihrem Mund zu hören, sein Vorname schien in den vergangenen Jahrzehnten in den Besitz von Charlotte übergegangen zu sein. Nun sprach diese junge Frau ihn aus, als sei er etwas Besonderes.

»Ja, bitte?«

»Es wird vielleicht albern klingen, aber ich meine es ernst: Ich glaube, es ist möglich, dass wir keine Geheimnisse voreinander haben.«

Vincent lachte.

»Warum lachen Sie?«, fragte Ella.

»Weil Sie amüsant sind, Mademoiselle. Und weil Sie recht haben.« Vincent bremste den Wagen ab. »So, wir sind gleich da.« Er bog in den Kiesweg ein und fuhr durch das verrottete Tor in Richtung Schloss.

»Wenn Sie wollen, können Sie um halb eins zu Mittag essen.«

»Aber nur unter einer Bedingung«, sagte Ella. »Ich möchte Ihnen beim Kochen helfen. Ich fühle mich schlecht, wenn ich hier immer nur esse und esse und Sie die ganze Arbeit haben und, dass ich das Essen nicht mal bezahlen muss, das ist ja sehr nett, aber ich fühle mich überhaupt nicht wohl dabei.«

»Wie ich schon sagte, das ist kein Problem. Wir werden Mühe haben, die Kühltruhen leer zu bekommen.«

»Trotzdem, ich möchte gern helfen. Außerdem langweile ich mich hier, wenn ich nicht bald etwas zu tun bekomme.«

»Also gut. Da ich nicht möchte, dass Sie sich hier langweilen, wie Sie sagen, werde ich Ihre Dienste gern in Anspruch nehmen. Sein Sie bitte gegen sieben Uhr in der Küche, dann könnten Sie mir ein wenig zur Hand gehen, wenn ich Sie nicht davon abbringen kann.«

»Toll, so machen wir es«, sagte Ella begeistert.

Strohhalm und Rüstung

Vincent setzte sie vor dem Eingang des Schlosses ab und fuhr den Wagen neben das Haus zu den Stallungen. Es war eine Gewohnheit von ihm, das Garagentor immer zu schließen, wenn er irgendwo hinfuhr. Jetzt stieg er aus, schlug den eisernen Riegel nach oben auf und zog den hölzernen Flügel zur Seite. Er fuhr den Wagen in den kühlen Schatten der Garage, ließ die Fenster herunter und blieb dann noch einen Moment sitzen. Ein Gedanke beschäftigte ihn, oder war es ein Gefühl? Er konnte beides nicht auseinanderhalten und schon gar nicht, als das junge Fräulein noch bei ihm war. Dieser Fußabdruck hatte auch ihn bewegt, obwohl er ihn schon einmal gesehen hatte, aber dieses Mal hatte ihm der Anblick des Füßchens einen alten Schmerz zugefügt. Schon lange war ihm das nicht mehr passiert. Es musste Jahre her sein, dass er, wenn er mit Charlotte in der Stadt war und ihnen ein Kind mit seinem Vater begegnete, oder sie nur an einem Spielzeugladen vorbeigingen, dass er dann still in sich hineinsprach, als hielte er Alain an der Hand: ›Mein lieber Junge. Mein lieber, kleiner Junge.‹ Ja, er hatte Alain geliebt und sein kleiner Junge hatte ihn geliebt. Er hatte ihm viel beigebracht, Fahrrad fahren, das Schwimmen, er hatte ihm gezeigt, wie man mit Messer und Gabel isst, eine Schleife bindet, und er hatte ihm in kleinen Lektionen und Anschauungen aufzuzeigen versucht, dass seine Mutter ihn liebt. Eine Aufgabe, die er selbst sich erteilt hatte und der er, diesen Vorwurf machte er sich, offensichtlich nicht gewachsen war. Er hätte es nicht zulassen dürfen, dass Mutter und Sohn sich so sehr voneinander entfernten, er hätte seine eigenen Gefühle dem Jungen gegenüber noch deutlicher zurückhalten müssen, ihm niemals sagen dürfen, auch wenn er es nur ein einziges Mal getan hatte, dass er sehr viel für ihn empfinden würde, ja, dass er ihn liebte. Er war damals nach oben in den Bedienstetentrakt gegangen, um eine der Angestellten zu suchen. Da hörte er ein leises Piepsen. Er blieb stehen und horchte. Und wieder dieses leise Piepsen. Es war Alain, der sich irgendwo versteckt hatte und gefunden werden wollte. Der Junge spielte die meiste Zeit oben bei den Angestellten und Vincent war das Versteckspiel mit ihm gewohnt. Also sagte er, wie so oft: »Ich werde Sie jetzt suchen, mein Herr!«, und er spürte beinahe, wie sich eine Erregung in dem Jungen aufbaute, denn sein erneutes Piepsen zitterte vor Anspannung. Vincent zog eine Schranktür nach der anderen und sogar das flache Schubfach einer Kommode auf und sagte wieder »Ich werde Sie jetzt finden, mein Herr, gleich werde ich Sie finden!«, und dann hörte er schon, wie es in einem der hinteren Schränke bebte. Aber noch zögerte er es hinaus, die richtige Tür zu öffnen. Als er es dann tat, kreischte der Junge auf, sprang aus dem Schrank und lief an ihm vorbei. Aber diesmal rannte er nicht nach unten, sondern machte auf der Holztreppe kehrt und kam zu Vincent zurück, der seine Arme öffnete, ihn auffing, einmal um sich herum schwang und wieder vor sich hinstellte. Und da geschah es, dass der Junge ihn ernst anschaute und sie beide verlegen voreinander standen. »Vincent, hast du mich lieb?«

»Ja, mein Junge.«

Dann hatte Alain ihn umarmt und gesagt: »Ich habe dich ganz doll lieb.«

Und Vincent wusste nicht, wie es passierte, aber er sagte: »Ich habe dich auch ganz doll lieb«, und drückte ihn fest an sich. Das war vielleicht ein Fehler gewesen.

Vincent stemmte die Hände gegen das Lenkrad und atmete tief ein. Auch das war vorbei. Es war ihm schon lange nicht mehr aufgefallen, dass sich unter dem seit dreißig Jahren ausströmenden Öl- und Dieseldunst des Wagens noch der alte Stallgeruch wie etwas Immerwährendes und Unauslöschliches hielt. Er hörte das hastige Schwatzen der Schwalben über sich und schaute zu ihren Nestern auf und er dachte, dass in ihnen vielleicht noch Reste von dem Stroh steckten, das er früher einmal den Pferden hingeworfen hatte. Jetzt flogen die neuen Bewohner unermüdlich schwirrend ein und aus.

Ella, die ins Haus gegangen war, begegnete auf dem Weg in die Bibliothek, in deren Regalen sie etwas herumstöbern wollte, auf dem unteren Flur der Gräfin. Sie stand halb angelehnt an den Türpfosten auf der Schwelle zum Kaminzimmer und schaute hinein, wie in einen Raum, der voller Menschen ist und den sie sich nicht zu betreten traute. Ella stellte sich neben sie. Die Gräfin sagte nichts, und so entstand ein Moment der Stille, als würden sie vor einem Sterbezimmer stehen, in dem die Verwandten das Bett der Toten umstellen und darauf warten, dass sie an der Reihe wären, ihr das letzte Geleit zu geben.

Ella war in diesem Raum schon einmal gewesen. Vor einigen Tagen hatte sie René hinter sich her und hineingezogen in das Zimmer, welches von dem Krokodil, das unter der Decke hing, den Rehgehörnen, den Rittern auf den Kupferstichen und einer Rüstung, die hinter einem der Sessel stand, bewacht wurde.

»Das ist ein schönes Zimmer«, sagte Ella. »Ist das eine echte Rüstung?«

»Wie meinen Sie das?«

»Na, sie sieht echt aus. Ich meine, hat sie mal irgendwer angehabt?«

»Sie gehörte einem meiner Vorfahren.«

»Das ist ja toll«, sagte Ella erstaunt. »Ich dachte, die Dinger, die man so im Museum sieht, sind alle Attrappen. Ich kann mir nicht vorstellen, dass man damit rumlaufen kann.«

»Das sollte man auch nicht, weil es eine Reiterrüstung ist, sie ist viel zu schwer. Für Frauen sowieso.«

»Ach, ich würde gar nicht auf die Idee kommen, so etwas anzuziehen. Wissen Sie, ob ihr Verwandter damit in irgendeine Schlacht geritten ist?«

»Nein, das ist nur eine Turnierrüstung. Die Schlachtharnische haben wir schon vor dem Krieg alle auf den Dachboden schaffen lassen. Mein Vater verabscheute Gewalt. Sie werden im ganzen Haus auch keine Waffen finden.«

»Das ist schön.«

»Mademoiselle«, sagte Charlotte, die immer noch am Türpfosten lehnte und jetzt zu ihr herüberschaute: »Es ist mir etwas unangenehm, aber da wir uns ja gerade begegnen, möchte ich mich bei Ihnen für diesen unsäglichen Abend entschuldigen. So etwas darf in Anwesenheit von Gästen nicht vorfallen.«

»Ach, das? Kein Problem. Eigentlich gibt es daran nichts, wofür Sie sich entschuldigen müssten. Im Gegenteil, ich hätte Sie gern in Schutz genommen. Ich finde, so redet man nicht mit seiner Mutter. Es tat mir richtig leid, wie dieser Abend verlaufen ist. Immerhin wollten Sie, dass es ein schöner Abschied wird, und ich finde es traurig, dass er das nicht geworden ist. Also, wenn Sie möchten, können wir das wiederholen, falls René und ich uns wieder vertragen sollten, aber das wird schon passieren, denke ich.«

Dass diese junge Frau kein Blatt vor den Mund nahm, dass sie so ohne Scheu von unangenehmen Dingen sprach, als wären sie etwas, womit man leicht leben konnte, berührte Charlotte. »Das ist nett von Ihnen«, sagte sie.

Da das Zeremoniell im Innern des Zimmers noch anzudauern schien, sich einige Angehörige noch gegenseitig stumm umarmten, während andere schon im Gespräch über alltägliche Dinge waren, lehnte sich Charlotte jetzt mit dem Rücken gegen den Türrahmen, mit der Gelassenheit und milden Trauer, die der Geist einer Verstorbenen annimmt, vor dem Zimmer, in dem ihr eigener, kalter Körper ruht.

»Dieses Haus geht still und unbemerkt unter. Und ich bin auch zufrieden damit, dass es so lautlos geschieht«, sagte Madame de Violet. »Deswegen darf ein solcher Abend wie der, den wir erleben mussten, nicht das Ende sein. Ich bin sehr froh über Ihr Angebot. Ich wünsche Ihnen alles Gute mit ihrem Freund, und wenn Sie sich wieder vertragen haben, dann würde ich mich tatsächlich freuen, wenn wir das Dîner wiederholen, nein, wiederholen wollen wir es ja gerade nicht. Wir sollten versuchen, so zu tun, als hätte es diesen anderen Abend nicht gegeben.«

»Oh, da müssen Sie sich keine Sorgen machen.«

»Schön«, sagte die Gräfin. »Ich danke Ihnen. Im Übrigen, wenn Sie etwas brauchen, wenden Sie sich an Monsieur Labotte, aber das wissen Sie ja bereits.« Sie wollte sagen: ›Bleiben Sie so lange sie wollen‹, aber das hätte dann doch nicht ihren wahren Gefühlen entsprochen.

»Ja, etwas würde mich tatsächlich interessieren, nämlich ihre Bibliothek.«

»Wenn das alles ist, sehr gern, Sie können sich auch ein Buch ausleihen, wenn Sie es am Pool oder in Ihrem Zimmer lesen möchten. Bringen Sie es nur bitte zurück, auch wenn das eigentlich nicht mehr nötig ist. Wir wissen ja nicht, wohin mit den ganzen Büchern, aber einfach stehen lassen und irgendjemandem in die Hände geben, der sie vielleicht letzten Endes in einen Container werfen lässt. Grauenhaft, dass es Menschen gibt, die so etwas tun. Aber man kann sicher sein, dass es sie gibt. Also, bringen Sie es zurück, aber wenn Sie eins finden, das Ihnen gefällt, zeigen Sie es mir, und ich sehe dann, ob wir es noch brauchen.«

»Danke, das ist nett. Wissen Sie denn schon, wo Sie hingehen werden?«

Niemals hätte Charlotte von sich erwartet, dass sie diese Frage ehrlich beantworten würde. Nicht einmal einen Stich hatte sie ihr versetzt, so sanft und natürlich war sie von Ella gestellt worden.

»Wo werde ich hingehen? Ich weiß es nicht«, antwortete Charlotte, als würde sie träumen. »Wo kann ein Mensch schon hin, den man vom einzigen Platz, wo er sein will, vertreibt.«

Ella, die immer noch an der Tür und dicht neben der Gräfin stand, fasste, ohne darüber nachzudenken, Charlottes Schulter und es geschah das, was zwischen Menschen, wie unterschiedlich, ja gegensätzlich sie auch sind, möglich ist: Auf der einen Seite ein stummer Beistand, der keiner Worte bedarf, und auf der anderen eine Dankbarkeit, die sich weder wehrt noch schämt.

Der Moment ging schnell vorüber und Ella fragte die Gräfin, ob sie noch irgendetwas für sie tun könne, doch Charlotte antwortete: »Nein, das ist sehr nett, ich danke Ihnen.«

Es kam Ella seltsam vor, sie dort allein auf der Schwelle stehen zu lassen. Sie wünschte ihr noch einen schönen Tag und ging den Gang hinunter zur Bibliothek.

Monsieur Roguin

»Ich möchte dich gern morgen jemandem vorstellen«, sagte Alain und schaute René, der gerade in sein Tartine biss, prüfend von der Seite an. Sie saßen in einem Bistro unten in den Arkaden am Place des Vosges und frühstückten, während die Mittagssonne schwarze, zitternde Schatten unter die Bäume zauberte.

»Morgen?«, erwiderte René, dem dieses ewige ›morgen‹ aus dem ›jetzt‹ und ›heute‹ einen sich ständig wiederholenden Tag zu machen schien, eine in sein Leben eingeschobene Kette von wiedergekäuten Tagen, deren Fortgang Ella mit einem einzigen Wort beenden konnte. Seine Kopfschmerzen waren verschwunden, aber das schlechte Gewissen, sein Verhalten auf der Party betreffend, nicht.

»Ist dir schon mal weisgesagt worden?«, fragte ihn Alain.

»Was meinst du?«

»Na, interessierst du dich für deine Zukunft?«

»Ja, sicher«, antwortete René. »Gehen wir zu einer Wahrsagerin?«

»Nicht direkt, sie ist viel mehr als das«, erwiderte Alain.

René dachte nach. Er glaubte nicht an Gott, und dem Hokuspokus einer Glaskugel zu vertrauen, schien ihm daher noch unsinniger. »Ich weiß nicht, ich denke, für so etwas gebe ich kein Geld aus«, sagte er.

»Das könntest du dir auch nicht leisten, mein Guter. Aber Geld brauchst du keins. Es wird ein Gefallen sein. Also, was meinst du?«

»Wenn es so ist, können wir das machen.«

Nachdem sie das Frühstück beendet hatten und Alain trotz Renés Einspruch die Rechnung bezahlte, verließen sie gemeinsam das Bistro. Sie blieben vor dem Eingang stehen.

»Gehst du jetzt ins Büro?«

»René«, sagte Alain wie eine Mutter zu ihm, »ich würde dir gern etwas zum Anziehen kaufen.«

»Was meinst du mit ›etwas zum Anziehen‹?«

»Natürlich etwas, was dir gefällt. Ich kenne hier um die Ecke einen Laden. Also, was denkst du?«

»Aber hier …«, René deutete auf sein Hemd »siehst du, ich habe etwas an. Oder habe ich etwa nichts an?«

Alain lächelte. »Natürlich hast du was an. Ich dachte nur, du möchtest dir die Stadt vielleicht nicht als Tourist anschauen. Entschuldige, wenn ich das sage, aber du siehst aus, als kämst du aus dem Osten.«

René war verwundert über Alains Bemerkung, die ja genau genommen eine Beleidigung war. Gestern noch schien seine Kleidung vollkommen auszureichen für eine Party, auf der er sich vorgekommen war, als käme er aus einem anderen Jahrhundert – und jetzt sollte sie nicht mal mehr für einen Spaziergang durch die Stadt geeignet sein? Aber statt sich über Alains Angebot zu ärgern, merkte er, dass er daran interessiert war. Schon seit einiger Zeit hatte er sich gewünscht, anders zu sein als bisher. In den vergangenen Wochen vor der Frankreichreise war er mehrfach drauf und dran gewesen, sein Äußeres grundlegend zu verändern. Er fühlte sich nicht mehr wohl in seiner steingewaschenen Jeans, die obendrein noch einen Aufnäher auf der hinteren Hosentasche mit der Bezeichnung »Steppke« trug, in seinen weiten, abgetragenen Hemden, den Turnschuhen, deren ursprüngliche Farbe kaum noch auszumachen war, oder den braunen Ledersandalen. Er hatte seine langen, lockigen Haare und den kleinen Oberlippenbart nach der Armee unbedingt wiederhaben wollen, doch es war nicht mehr dasselbe. Vor der Armee galt es als Zeichen, dass man nicht bei der Fahne diente, aber danach hatte diese Art der Abgrenzung für ihn an Sinn verloren, weil sie sich auf etwas bezog, das er hinter sich gelassen hatte und ihn nicht mehr betraf. Ihm war klar geworden, dass sein Äußeres keiner bewussten Entscheidung, sondern vielmehr einer Achtlosigkeit entsprach.

Jetzt hier in Paris und vor allem in der vergangenen Nacht auf der Party hatte er so etwas wie Scham empfunden, als wäre ihm bewusst geworden, dass er ein Mensch zweiter Klasse war und dass dieser modernen Gesellschaft hier nichts anderes übrigblieb, als Menschen nach ihren äußeren Erscheinungen zu beurteilen. Hier schienen ein Hemd, eine Hose, ein paar Schuhe von Bedeutung zu sein. Er erkannte an seiner Kleidung, dass er noch in einer anderen Epoche lebte, dass er für diese Menschen hier nicht greifbar war, auch wenn sie ihn vielleicht als ein exotisches Wesen aus der östlichen Hemisphäre betrachteten. Er kam sich im schillernden Paris wie eine graue, nichtssagende Existenz vor, wie eine einfache Fliege, die sich verirrt hatte in das Land der bunten Schmetterlinge und Vögel. Ihm wurde bewusst, dass er sich über kurz oder lang arrangieren müsse, dass weder seine Kleidung noch seine persönlichen Vorstellungen dazu geeignet waren, in diesem neuen Biotop zurechtzukommen. Und Ella, auch ihr gegenüber spürte er, dass sie bereit, ja gespannt war auf einen anderen, einen neuen René.

Also kam ihm Alains Angebot ganz recht; auch, da es sich nur um eine vorläufige und vorübergehende Kostümierung handeln würde, um ein Experiment sozusagen, noch dazu in einer Stadt, in der ihn niemand kannte. Eine drängende Vorfreude durchlief ihn. Er würde sich noch heute verwandeln, in jemanden, den er selbst noch nicht kannte. Er würde den Versuch machen, kein Fremder mehr zu sein, sondern einer von ihnen, einer von diesen sauberen und schönen Menschen zu werden, denen es hier in dieser sauberen und schönen Umgebung gut zu gehen schien. Er lächelte Alain an und sagte: »Ich möchte aber nicht, dass du dich in Unkosten stürzt.«

Und als Alain lachte und entgegnete, dass Shopping aber auch absolut nichts mit Unkosten zu tun hätte, erwiderte René freudig: »Gut, dann lass uns einkaufen.«

Über dem Geschäft in der Rue du Mont Thabor prangte in goldener Schrift der Name »Remy Roguin«. Die Schaufenster waren wie aus Silber und wirkten verspiegelt, sodass René, der einen kurzen Blick hineinwarf, nur die Umrisse eines im Dunkel schimmernden blauen Anzuges, den Klecks einer weinroten, samtenen Krawatte und die leuchtende Reflektion einer goldenen Anstecknadel erkennen konnte. Die geheimnisvoll verschleierte Kulisse wirkte auf René verführerisch und schien ihm eine beinahe mystische Verheißung zu sein.

Alain sagte, dass er hier lange nichts hätte anfertigen lassen, aber er habe vergangene Woche ein paar Schuhe gesehen, die er sich selbst kaufen wollte. Er sagte: »Schuhe sind das Wichtigste! Wenigstens bei Männern. Bei den Schuhen zeigt sich, ob du Geschmack hast. An den Schuhen erkennst du den Menschen.«

›Schuhe, wie lächerlich‹, dachte René. Über Schuhe hatte er sich noch nie Gedanken gemacht. In seinem Land gab es vielleicht drei oder vier unterschiedliche Modelle an Turnschuhen. Hier gab es ganze Läden voll davon.

»Was kaufen wir eigentlich? Einen Anzug?«, fragte René.

»Ja, ich dachte mir einen leichten Anzug und vielleicht noch etwas für den Abend. Ach übrigens, ich kann dir nur empfehlen, ihm zu gehorchen.«

»Wem?«

»Monsieur Roguin, dem Besitzer. Es ist am besten, wenn du dir was zeigen lässt. Wirst sehen, er ist gut.«

»Ich werd mich überraschen lassen«, sagte René, der tatsächlich froh darüber war, nicht selbst etwas aussuchen zu müssen, denn er hatte keinerlei Vorstellung davon, wie er gern gekleidet sein würde. Den letzten und damit auch ersten Anzug hatte ihm seine Mutter zur Jugendweihe gekauft.

Die Reaktionen, die René beim Betreten eines westlichen Modegeschäftes von den Verkäufern zu erwarten hatte, waren ihm bereits bekannt. Ella und er hatten in Avignon und Marseille schon einige Einkaufsbummel hinter sich gebracht und dabei festgestellt, dass die Verkäuferinnen, denen schnell klar geworden war, dass sie aus dem Ostblock kamen, sie zunächst mit einer Mischung aus neugieriger und manchmal mitleidvoller Anteilnahme und frischem Tatendrang behandelten; in dem Bewusstsein, dass hier keine locker hingeworfenen Kleidungsstücke ausreichen würden, sondern eine tiefgreifende Konzeption gefragt war. Es hatte dann meist nicht lange gedauert, bis die flotten Mädchen, die nicht viel älter als

Ella und René waren, die Lust an ihnen verloren und schließlich achselzuckend vor ihnen standen. Das junge Paar verließ dann lachend und mit gestärktem Selbstbewusstsein diese Lädchen, denn die Hilflosigkeit, mit der sie die Angestellten zurückließen, gab ihnen das Gefühl, einen eigenen und sicheren Geschmack zu besitzen. Sie sprangen aus den Boutiquen und verspotteten die neue Mode, die ihnen zu grell, zu aufdringlich und affektiert erschien. Abgesehen davon hatten sie beschlossen, kein Geld für Klamotten auszugeben.

Aber hier in diesem Geschäft mit dem feinen Teppich, der leisen Musik, dem Duft nach schwerem Parfüm und Verkäufern, die aussahen, als seien sie zur Einrichtung passend in Handarbeit gefertigt worden, war das etwas ganz anderes. Hier fühlte sich René wohl, als gehöre er hierher. Und hätte man ihn gefragt, woher dieses Gefühl kam, so wäre er darauf gekommen, dass sich, seit er Alain kannte, seit er mit ihm in seinem Aston Martin durch die Gegend fuhr, seit er mit ihm die fremden Zimmer der Stadt Paris betrat, dass sich der Wunsch in ihm gesteigert hatte, so zu sein wie er, der in ihm die Sehnsucht nach einem vollkommen anderen, einem abenteuerlichen Leben ausgelöst hatte. René ahnte dies alles mehr, als er es wusste. Aber was er tatsächlich wusste, war, dass es eine Verkleidung sein würde, eine, und das nahm er sich fest vor, kurzzeitige Rolle, in die er schlüpfen konnte.

Alain ging voran und René hinter ihm her. Dabei beobachtete er, dass Alain die Angestellten wie magisch anzog und von einem zum nächsten in leisem Ton delegiert wurde, bis sie schließlich im sanft beleuchteten Herzen des Geschäftes angekommen schienen und dort einem älteren, gebräunten Herrn in sandfarbenem Anzug vorgestellt wurden. Der schien Alain bereits zu kennen, gab ihm die Hand, nannte ihn »Monsieur de Violet« und Alain nannte den

Ladeninhaber »Monsieur Roguin«. Monsieur Roguin gab auch René die Hand und René sagte zu ihm: »Schulze«, und er spürte, wie er rot wurde. Noch nie war ihm sein eigener Name so deplatziert vorgekommen. Schon gar nicht, seit ihm seine Mutter einmal erklärt hatte, dass ihr Familienname von dem bekannten ›Schultheiß‹ abgeleitet sei, der ja nichts Geringeres als der Bürgermeister eines Ortes war. Aber das half hier nichts, hier schienen Klang und Bedeutung eines Namens eins zu sein und einen so gewöhnlichen Menschen wie ihn schien man diesem Herrn, der ihn von oben bis unten durch die runden Gläser seiner hellbraunen Hornbrille musterte, nicht zumuten zu können. Überhaupt fühlte sich René sehr unwohl und die Tatsache, dass man ihn von nun an wie eine Kleiderpuppe behandeln sollte, machte es nicht besser. Monsieur Roguin wandte sich stumm von René ab und fragte Alain, ob er ihm etwas zeigen dürfe. Zu diesem Zeitpunkt fühlte René sich noch angesprochen und er antwortete: »Ja, sehr gern.«

Jetzt wurde um ihn herum ein regelrechtes Ballett aufgeführt. Monsieur Roguin gab Anweisungen an die neben ihm stehenden Angestellten, die davonliefen und kurze Zeit später wieder zu ihm zurückkehrten, mit leichten Hemden, Hosen und Jacketts, die ihm der Ladenbesitzer kurz anhielt und schnell wieder beiseitelegte. René wollte die hellbraunen Lederschuhe, die Alain ihm empfohlen hatte, anziehen, doch als er seine alten Turnschuhe auszog, stellte er fest, dass eine seiner abgetragenen Socken ein Loch hatte. Er versuchte, das zu verbergen, indem er schnell den rechten Schuh anzog. Doch Alain hatte es bemerkt, insistierte gleich und sagte: »Halt, halt« und zu Monsieur Roguin gewandt: »Hätten Sie wohl ein paar kurze Socken, bitte?«

Man brachte René ein Paar sehr feiner hellbrauner Strümpfe. Nachdem er sie und die neuen Schuhe angezogen hatte, wurde ein dunkelgrüner samtener Vorhang an der hinteren Wand des Verkaufsraumes aufgezogen. René war erstaunt, dass sich dahinter keine enge Kabine, sondern ein geräumiges Ankleidezimmer befand, mit einem Sofa, einem kleinen Tischchen, auf dem ein großer Blumenstrauß stand, einer Garderobe und einem persischen Läufer, der längs vor einen hohen Spiegel gelegt war. René ging hinein, man zog hinter ihm den Vorhang wieder zu, er legte den Anzug auf das Sofa und begann, sich auszuziehen. Dabei begegnete er ab und zu seinem Spiegelbild, was ihn jedes Mal irritierte, denn er schaute sich verwundert an, als wäre die ganze Sache nicht wahr, und dass er sich dabei einmal sogar zuzwinkerte, ließ ihn die seltsame Szene kein Stück realer erscheinen. Als René den Anzug anhatte, trat er vor den Spiegel und tatsächlich, dieser Monsieur Roguin schien genau zu wissen, was ihm gefiel. Er öffnete den Vorhang und schaute in die kleine Runde aufmerksamer Gesichter.

Der Schneider trat sofort dicht an René heran, zupfte ihm das Jackett etwas zurecht, fuhr mit seiner linken Hand vorsichtig unter den Kragen, stellte ihn kurz auf und legte ihn dann sorgfältig wieder um. Sein schweres Parfüm stieg René in die Nase. Er fühlte sich geborgen unter den Bemühungen des Alten. Der Anzug war aus einem luftigen, sehr leichten hellblauen Stoff, der sich angenehm kühl anfühlte. Monsieur Roguin führte René vor den Spiegel des Verkaufsraumes, und René wollte gerade sagen, dass ihm der Anzug sehr gefalle, da sagte Alain zu dem Schneider: »Die Richtung ist nicht schlecht, aber das ist es noch nicht. Ich denke, wir sollten mal etwas Helleres probieren, und das Jackett sollte nicht tailliert sein, oder was meinst du, René?«

René hatte keine Ahnung. Er sagte, dass er gern noch etwas anderes anprobieren würde, dass ihm dieser Anzug aber schon sehr gut gefalle.

In der folgenden halben Stunde verschwand er unzählige Male hinter dem Vorhang und tauchte vor den zweifelnden Blicken Alains mit immer neuen Hemden und Hosen wieder auf. Er selbst hatte irgendwann jegliche Meinung, was ihm gefiel und was nicht, verloren. Wenn er in den Spiegel blickte, sah er nur noch sein ratloses Gesicht, das aus einem feinen Anzug schaute, aber worauf Alain auf der Suche war, wusste er nicht. Er dachte nur, dass er diese Modenschau über sich ergehen lassen müsse, da ja Alain alles bezahlte. Es war auch erstaunlich, dass Monsieur Roguin René kaum noch nach seiner Meinung befragte, sondern in Alains Blicken nach Antworten suchte. Diese Art der Unmündigkeit gipfelte in der Frage, bei der sich Monsieur Roguin sogar zu Alain umwandte, ob er ihm noch ein Hemd zeigen dürfe. Als ihm dann das besagte Hemd gebracht wurde, er es René zum Anziehen gab, und als René dann fertig vor ihnen stand, sagte Monsieur Roguin stolz zu Alain: »Das steht ihm ausgezeichnet!«

Da René nun wiederholt bemerkte, wie offensichtlich Monsieur Roguin an Alains und wie wenig er an seiner eigenen Meinung interessiert war, sagte er fest entschlossen: »Also, ich finde den Anzug gut, ich würde ihn gern nehmen.«

»Wenn du meinst, dir muss er am Ende gefallen«, sagte Alain. »Mir ist es egal.«

»Gut«, sagte René, »Ich würde ihn gern nehmen.« Dann fragte er: »Wie ist das, kann ich ihn gleich anbehalten?«

Sofort widersprach Monsieur Roguin und sagte mit empörter Mine, es sei unmöglich, so damit auf die Straße zu gehen. Er müsse ihn schon noch anpassen, das sei ja schließlich kein Kaufhaus hier. René musste sich noch einmal gerade hinstellen, während der Schneider und ein Angestellter mit blitzenden Nadeln Hosenbeine, Hemdsärmel und die Taille des Jacketts absteckten. Dabei betrachtete René Monsieur Roguins Gesicht und beim Anblick seiner doch recht normalen Nase fiel ihm ein, dass Alain ihm auf dem Weg hierher erzählt hatte, dass er Jude sei und seine Eltern und die Schwester in einem KZ umgebracht wurden, er selbst aber, weil er bis zum Schluss arbeitsfähig blieb, die Lager überlebt hatte. Er mochte um die fünfundsechzig, siebzig sein, schätzte René und er rechnete, wie alt er damals gewesen sein musste. Mit ungefähr vierzehn hatten sie ihn also deportiert und wahrscheinlich war er Jahre im Lager gewesen.

»Können Sie bitte ihren rechten Arm etwas ausstrecken«, sagte Monsieur Roguin sanft. René streckte den Arm nach vorn. Es war ihm unbegreiflich, wie man so etwas überleben und dann hier stehen konnte, um in aller Ruhe einem Deutschen das Hemd feststecken. Er fragte sich, ob Monsieur Roguin ihn vielleicht sogar verabscheute, ihn insgeheim hasste. Nein, er konnte sich nicht vorstellen, dass dieser Mann ihn verachtete. René mochte ihn, er mochte seinen schweren Geruch, der sich mit seinem minzigen Atem mischte. Er mochte die Art, wie er sich bewegte, immer ruhig und zuverlässig, als wäre ihm noch nie etwas aus den Händen gefallen, er mochte, wie er sein linkes Auge zukniff, wenn er René in seinem neuen Anzug Maß nahm, er mochte, wie er seine Arbeit machte, denn er fühlte, dass sie ihm Spaß bereitete, dass er regelrecht versessen darauf war, den Leuten etwas Schönes anzuziehen und ganz besonders mochte er an ihm, dass er nach allem, was ihm passiert war, offensichtlich noch Glück und Erfüllung in einem Beruf wie diesem finden konnte. Am liebsten hätte René sich entschuldigt für das, was die Deutschen ihm und seiner Familie angetan hatten.

Monsieur Roguin war der erste Jude, dem René begegnet war. Sie hatten mit der Schulklasse Buchenwald und das KZ Dora besucht, und René erinnerte sich an die Filme, die sie im Geschichtsunterricht gesehen hatten. Die Juden waren ihm aber fremd geblieben, da er nicht einen einzigen kannte, und überhaupt, wenn in seinem Land von den Opfern des Faschismus die Rede gewesen war, dann waren es zu allererst die Kommunisten, die Widerstandskämpfer, die verfolgt und umgebracht wurden, und dann kamen erst die Juden. Kommunisten hatte er einige kennengelernt, entweder während der Führungen durch die Lager oder auf Klassenausflügen, oder sie kamen zu ihnen in den Unterricht und erzählten von der Verfolgung, den Bedingungen für die Häftlinge, den Erschießungen, dem Krematorium und der ständigen Gefahr zu verhungern.

Monsieur Roguin trat einen Schritt zurück, suchte noch einmal Renés Anzug ab, ob er auch nichts übersehen hatte, und dann bat er ihn, sich beim Umziehen nicht zu stechen. ›Unglaublich …‹, dachte René ›es sind doch nur Nadeln.‹

Als René zurück in die Garderobe ging, um den Anzug vorsichtig auszuziehen, hörte er noch, wie Alain zu Monsieur Roguin sagte: »Könnten Sie bitte den anderen auch noch anpassen.« Damit meinte er den hellen Anzug, den René als zweites oder drittes anprobiert hatte. Von dem hellblauen vom Anfang, den er eigentlich am besten fand, war keine Rede mehr. Aber der, den René gerade anhatte, gefiel ihm auch ganz gut, und während er ihn mit spitzen Fingern auszog, wurde ihm die seltsame Situation, in der er sich befand, noch einmal deutlich. Wieso bemühte sich einer aus der hohen Gesellschaft, einer der »People«, um einen wie ihn, fragte sich René. Was sollte das? Und wieso hatte er ihn nicht schon gestern, vor der Party, eingekleidet? Wollte er, dass sich René dort blamierte, war es Alains Absicht gewesen, dass sich René seiner peinlichen Erscheinung bewusst wurde? Oder wollte er ihn nur wie einen Schimpansen an der Leine vorführen, so wie Ella es von Anfang an vermutet hatte? Aber warum dann jetzt dieser Einkauf? Wozu diese Geschenke? War das Theaterstück nicht längst vorbei?

René legte den Anzug sorgfältig auf das Sofa neben seine alten Sachen, die ihm jetzt wie die Klamotten eines Fremden vorkamen, eines verwahrlosten Menschen, der unter Brücken lebt. Auf ihnen lag seine Maulwurfssonnenbrille mit runden Gläsern. Und seltsam, er konnte sich nicht vorstellen, auch nur sein Hemd oder die Hose, von seinen Strümpfen ganz zu schweigen, je wieder anzuziehen. Doch er musste sich noch einmal zurückverwandeln in den René, der er war. Mit Widerwillen zog er seine alten Sachen an und stellte fest, dass er nicht einmal die neuen Schuhe tragen konnte, denn sie passten unmöglich zu seinen Jeans. So kam er, als wäre nichts geschehen, aus dem Ankleidezimmer und fühlte sich wie betrogen. Monsieur Roguin versicherte ihm, dass seine Anzüge in spätestens einer Stunde fertig seien.

Als Alain bezahlt hatte und sie wieder draußen vor dem Geschäft standen, war dieser überrascht, als René ihm auf seine Frage, was sie in der Zwischenzeit tun sollten, antwortete: »Ich werde mir die Haare schneiden lassen.« Er hatte nicht erwartet, dass René jetzt entschlossen schien, sich vollkommen zu verwandeln. Und da er dies auch noch allein tun wollte, trennten sie sich für eine Stunde.

Das Ende der Welt

Kurze Zeit später saß René auf einem roten Ledersessel, und über ihn beugte sich ein Tunesier oder Marokkaner mit weißem Haar und großen, weitstehenden weißen Zähnen, dessen Französisch er kaum verstand. René überlegte schon, ob er wieder gehen sollte, aber als der Barbier ihm eine Mappe mit verblichenen Fotos von

Haarschnitten für Männer zeigte, tippte er auf eines der Bilder und sagte nur: »Genau so, bitte.«

Der Araber lächelte und ging dann an die Arbeit. Nachdem er René die Haare gewaschen hatte, schaute er ihn über den Spiegel noch einmal kurz an, bevor er seine langen Haare zwischen die Finger klemmte und mit einer einzigen Bewegung der Schere und einem leisen kurzen »Sssst« abschnitt. René sah, wie hinter sich Büschel von Locken – seiner Locken – auf den Boden fielen.

Damals bei der Armee hätte er beinahe geweint, als ihm einer der Soldaten den Gefreitenschnitt verpasste und während der Barbier jetzt seinen Kopf nach und nach freilegte, fiel René plötzlich ein, dass er ja noch am Leben ist und dass das nichts Selbstverständliches war, und dass es nicht nur für ihn, sondern auch für den Barbier und den Mann neben ihm auf dem Frisörstuhl galt. Alle waren sie noch am Leben, selbst Monsieur Roguin und vor allem Ella.

René hatte schon lange nicht mehr an die Sache gedacht, ja er hatte das Gefühl, sie sei ihm vor hundert Jahren einmal passiert und eigentlich gar nicht ihm, sondern jemand anderem. Unwahrscheinlich und fremd kam ihm diese Geschichte jetzt vor.

Man hatte sie damals mitten in der Nacht geweckt, nicht gegen vier Uhr, wenn normalerweise ein Probealarm stattfand, nein, es war wohl gegen eins gewesen, als die Kompanie vor der Kaserne antrat, die Schützenpanzer donnernd vorfuhren und sie aufmunitioniert, einer nach dem anderen, darin verschwanden.

Die Befehle der heiseren Kommandeure ließen darauf schließen, dass es sich um ein Manöver handelte. Ohne dass sie einen Marschbefehl erhalten hatten, schlossen sich die Luken und die Fahrt ging los. René erinnerte sich, wie ihm die Hände zitterten, die Finger, die Zähne, die Ohren. Er hatte es dutzende Male durchgemacht, im Bauch des Eisenschweins zu hocken und mit fünfzig Kilometern pro Stunde über die Betonplatten einer Panzerstrecke zu donnern. Doch in dieser Nacht klang das Rattern und Schlagen der Ketten feiner, als würden sie über ausgestreute riesige Erbsen fahren, bis einer sagte, dass es das Kopfsteinpflaster der Autobahn sei. Sie fuhren ohne Pause. Die Hitze wurde unerträglich, sie konnten den Diesel auf ihren Lippen schmecken und wenn sich das betäubende Dröhnen des Motors einmal senkte, hofften sie, die Fahrt wäre zu Ende, doch es war wohl nur ein Stocken der Kolonne und kurz darauf ging es schon weiter, das Knirschen der Ketten und ab und zu ein entmutigtes Stöhnen seiner Kameraden. René dachte zuerst, er hätte sich verhört, denn die Bordsprechanlage knisterte lange, bevor jemand sprach, dann vernahmen sie die Stimme des Kommandanten, sie klang fahl und dünn, als würde er noch in der Kaserne hocken, obwohl er doch vorn im Panzer, nur zwei Meter von ihnen entfernt saß. René konnte sich beinahe an jedes Wort erinnern, denn was der Kommandant sagte, ergab für ihn keinen Sinn: »Achtung. Ich habe den Befehl, Sie über die Lage zu informieren. Die Nationale Volksarmee befindet sich seit zehn Stunden im Kriegszustand.« Er sagte, dass Natotruppen feige in den Südosten der Republik eingedrungen wären und sich nun im Großraum Weimar befänden. Er sagte, dass diese Truppen Unterstützung durch die Luftwaffe der Bundeswehr und der NATO erhalten würden. »Wir werden den Staatsfeind auf das Territorium der BRD zurückdrängen«, sagte er und: »Dies ist kein Manöver. Wir werden in Kürze Feindkontakt haben.« Und dann ergänzte er noch, dass ein Atomschlag nicht ausgeschlossen sei. Er erklärte den jungen Soldaten, dass dieser Schützenpanzer, in dem sie saßen, für eine Kerndetonation ausgelegt sei. In einem solchen Fall schalte die Automatik den Motor ab und diese schließe auch die Kühlerjalousie. Die Schutzklappen der Saugvorrichtung des Motors, die Zuleitungen zu den

Ventilatoren im Turm und im Mannschaftsraum würden sich automatisch schließen. Er sagte: »Die Ventilatoren und der Hauptkompressor werden selbstständig aussetzen. Die Filteranlage wird sich automatisch einschalten. Das heißt, wir sind in diesem Fahrzeug absolut sicher.« Er sagte, dass nach dem Durchgang der Druckwelle der Fahrer den Kompressor betätigen würde. Dieser würde die gefilterte Luft ins Fahrzeug pumpen. »Ihr müsst also keine Angst haben, die Filterventilation beginnt automatisch zu arbeiten. Ich sage euch das, obwohl ihr diesen Punkt in eurer Ausbildung schon absolviert habt, denn ich möchte nicht, dass ihr in Panik geratet. Ich weiß, dass ihr noch keine voll ausgebildeten Soldaten seid, trotzdem ist es entscheidend, dass ihr das, was ihr bereits gelernt habt, umsetzt. Es geht um unser aller Leben und die Fortexistenz unserer Heimat. Wir erhalten weitere Befehle, wenn wir das Zielgebiet erreicht haben.«

Von da an ging alles, was passieren sollte, über René hinweg, erreichte ihn nicht; wie verschwommen sah er die geisterhaften, bleichen Gesichter seiner Kameraden, die sich gegenseitig wie blöde anstarrten, ohne einen Ton zu sagen. Die Ansprache war wie eine Schockwelle durch den Panzer gegangen. René spürte, wie sie von der Straße abfuhren, zuerst auf eine unbefestigte Strecke und kurz darauf in freies Gelände. Er erwartete diese Übergänge normalerweise voller Angst, mit schweißnassen Händen, die verkrampft irgendwo Halt suchten, aber diesmal schien er selbst nicht anwesend zu sein. Die volle Fahrt des Panzers, die mächtigen Bodenwellen und Gräben, die sie ungebremst durchfuhren, das Hin- und Herschlagen der Köpfe seiner Kameraden, das Scheppern der Stahlhelme gegen die Bordwände, nichts davon berührte ihn, denn über allem stand eine grauenvolle Wirklichkeit. Es war das Ende der Welt.

René war nicht der Einzige, der sich übergeben musste, obwohl sie seit Stunden nichts gegessen hatten. Und dann spürte er unter dem ohrenbetäubenden Brummen des Motors den schweren Schlag einer Detonation. Er hörte, wie zwei, drei oder fünf seiner Kameraden, ja vielleicht war er sogar einer von ihnen, gellend aufschrien, bevor sie alle wieder verstummten, ruhig gestellt durch die Macht der Angst, denn die Schläge häuften sich, wurden lauter, als schlügen sie direkt in ihre Mägen ein. Sie hörten die Stimme des Kommandanten, der ihnen befahl, nach dem Halt das Fahrzeug zu verlassen und sich zum Gegner in Stellung zu bringen. Der Panzer schien mit einem einzigen kräftigen Ruck zum Stehen zu kommen, alle wurden ineinander geworfen und René erhielt einen kalten Schlag gegen das Kinn, wohl von einem Gewehr oder dem Helm einer seiner Kameraden. Die Luken öffneten sich, einer nach dem anderen kletterten sie heraus und René lief um den Panzer herum den anderen nach. Sie gingen jetzt in einer Reihe, René direkt neben den Ketten, die sich langsam abzuspulen schienen. Es war eigentlich keine Zeit, sich umzuschauen, aber man konnte es ja nicht übersehen. Vor ihnen lag, in rötlich, orangenes Licht der Signalfeuer getaucht, ein Schlachtfeld, eine riesige von einer gewaltigen Rauchschwade überzogene Ebene, in die es wie bei einem Gewitter unaufhörlich hineinblitzte und donnerte. René spürte das in Wellen über sie hinweggehende Feuer der Artillerie, sie liefen auf die lichternde Wand aus Rauch zu, der Boden unter seinen Füßen zitterte und vibrierte, hinter ihnen tauchten Hubschrauber auf, flogen mit einem durch alle Glieder fahrenden Donnern direkt über ihre Köpfe hinweg, sie feuerten hinein in die Wolke, die nun grün, rot und orange schimmerte, und dann sah er im Dunst die Umrisse der gegnerischen Soldaten, er sah, wie sie, ihre Gewehre im Anschlag, auf ihn zielten. Er hörte, wie jemand rief: »Manöver! Es ist ein Manöver!«

Dann ein Zweiter: »Ein Manöver!«, und er begriff noch nicht. Bis er den ersten Schuss auf den Gegner abfeuerte und der feindliche Soldat seltsam nach hinten wegklappte, eine Schießscheibe.

Es war ein Manöver der Staaten des Warschauer Paktes, bei dem nur ein einziger Soldat umgekommen war, wie man ihnen später sagte, aus Unachtsamkeit.

»So, wir wären so weit«, sagte der Barbier. Er schwenkte einen Spiegel hinter Renés Kopf hin und her und lächelte. René hatte Mühe zu erkennen, dass es sich dort in dem Spiegel um seinen kahlen Hinterkopf handelte. ›Ich hätte Ella nicht kennengelernt‹, dachte er nur. Dann hob er seinen Daumen zum Zeichen, dass er mit dem Haarschnitt zufrieden war und sagte noch: »Sehr gut«.

Auf die Frage des Barbiers, ob er sich etwas um den Bart kümmern solle, antwortete René, ohne zu zögern: »Ja, gern, Sie können ihn abschneiden.«

Kommentarlos zog der Araber aus seiner Schürze einen elektrischen Rasierer, schaltete ihn ein und fuhr mit dem summenden Apparat einmal quer über Renés Oberlippe. Und wie nach dem Zaubertrick eines Magiers saß dort plötzlich der Unteroffizier Schulze und René war verschwunden.

Während der Barbier mit einem Pinsel den Rasierschaum in einer kleinen Schale aufschäumte, fragte René ihn, aus welchem Land er komme und der zuckte mit den Schultern, lächelte und sagte: »Na, aus Banlieue.« Weil ihn René wohl verwirrt anschaute, fügte er noch hinzu: »Sie wissen nicht, wo Banlieue liegt?«

»Nein.«

»Banlieue ist ein Land, ein einfaches Land mit ehrlichen Leuten, das liegt weit draußen vor der Stadt. Da komme ich her.«

»Ach so, Sie sind aus Paris.«

Der Barbier lachte. »Ich sagte Ihnen doch, dass ich aus Banlieue komme, Banlieue ist nicht Paris, es ist nicht einmal Frankreich.«

Mit zwei Fingern packte er fest Renés Kinn. Dann fuhr er ihm mit dem Rasiermesser so schnell übers Gesicht, dass René Angst hatte, er würde ihm die Nase abschneiden. Es konnte keine Minute gedauert haben, da wischte er ihm die Wangen, das Kinn und den Hals mit einem Tuch ab, tropfte sich aus einem grünen Fläschchen eine Flüssigkeit in die hohle Hand und rieb damit Renés Gesicht ein, das scharf aufbrannte. Dann beugte sich der Barbier von ihm zurück, ließ die Hände sinken und zeigte ihm damit, dass es nichts mehr zu tun gab.

Die Verwandlung

Monsieur Roguin war nicht mehr in seinem Geschäft, als René kam, um die neuen Sachen abzuholen. Man überreichte ihm die beiden Anzüge, die Strümpfe, einen ledernen Gürtel, die Schuhe und, zu Renés Überraschung, eine schwarze Sonnenbrille; man sagte ihm, Monsieur de Violet hätte sie vorbeigebracht. Er fragte, ob es möglich sei, die Sachen gleich anzuziehen. Man führte ihn in die Garderobe, er zog sich um, packte seine abgetretenen Schuhe in den neuen Karton und warf seine alten Klamotten mit in die große Einkaufstasche. Dann zog er den Vorhang auf, ging noch etwas ungeübt zur Eingangstür, und bevor er das Geschäft von Monsieur Roguin verließ, atmete er noch einmal tief durch, setzte die schwarze Sonnenbrille auf, und dann betrat er durch die verspiegelte Tür, als wäre er ein Schauspieler, die große Bühne, den Bürgersteig von Paris.

Die Sonne schien. Die Straße war voller Menschen, die dicht an ihm vorbeiliefen, die Autos hupten einen Lkw an, dessen Fahrer gerade etwas ablud und René stand da, als hätte Monsieur Roguin eine seiner Schaufensterpuppen nach draußen geschafft. Er stand da, schaute die enge Straßenschlucht hinauf in den Sommerhimmel, als ob er auf etwas wartete. Aber er wartete auf nichts, er war einfach nur zufrieden mit sich und der Welt. Die Geräusche der Straße, der Verkehr, der sich langsam wieder in Gang setzte, das nur noch vereinzelte Hupen, die vorbeiziehenden Gespräche der Passanten, all das störte ihn nicht mehr, im Gegenteil, er fühlte sich wohl in diesem Durcheinander einer vitalen Stadt. Er war erstaunt darüber, dass sie ihm noch einen Tag zuvor wie ein lärmender Moloch, der einen in sich aufsaugt und niederdrückt, vorgekommen war.

Die ersten Schritte fühlten sich mühsam an, denn René hatte bis dahin leichte Turnschuhe getragen und die Lederschuhe waren zwar bequem, aber auch sehr schwer. Hatte er durch die dünnen Sohlen seiner billigen Sportschuhe jedes Steinchen auf der Straße gespürt, fühlte er sich jetzt, als wäre die Welt bereinigt, von jeglicher Unebenheit. Nach kurzer Zeit wurde sein Schritt leichter, ja, er fühlte, dass diese gewichtigen Schuhe ihm Halt verliehen, dass er in ihnen sicherer ging. René begann, sich in allen Dingen zu suchen, in den Schaufenstern, den spiegelnden Auslagen, den Scheiben der Autos. Es machte ihm Spaß, sich selbst wie einem Fremden zu begegnen, wobei manchmal nur kurz sein bartloser Mund, seine Sonnenbrille oder der lederne Gürtel mit der Silberschnalle wie ein glänzender Splitter seiner selbst im Vorbeigehen aufblitzte. Bald schon fühlte er sich nicht mehr kostümiert, schon nur noch verkleidet und nachdem er eine halbe Stunde gegangen war und an der kristallenen Spiegelvitrine eines Diamantengeschäftes stehen blieb, um sich anzusehen, kam es ihm plötzlich vor, als würde er sich zum ersten Mal in seinem Leben selbst gegenüberstehen, dem wirklichen und bisher undenkbaren René. Er sah die belebte Einkaufspassage hinauf und hinunter, und er hatte das Gefühl der Verbundenheit mit diesen Menschen, die in die Geschäfte hinein- und aus ihnen herausströmten. Er fühlte sich wohlhabend und sauber; so rein, wie er noch nie in seinem Leben gewesen war und damit zugehörig zu einer Elite, die in seiner Heimat nicht einmal existierte.

Ella war wieder bei ihm, und es erschreckte ihn nicht, dass er die letzten Stunden kaum an sie gedacht hatte. Im Gegenteil, es fühlte sich an, als wäre sie zu ihm zurückgekehrt, als hätten sie sich ein für allemal versöhnt. Es war ihm nicht klar, wieso er auf diesen Gedanken kam. Er wusste nur, dass er wünschte, sie könne ihn jetzt sehen. Ja, wenn sie ihn jetzt sehen könnte, sie würden sich wieder vertragen. Nicht, weil er aussah wie ein reicher Mann, sondern weil er sich verändert hatte, denn Ella liebte Veränderungen. Er beschloss, wenn er sie anrufen würde, nichts von seiner Verwandlung zu erzählen und sie bis zu ihrem Wiedersehen geheim zu halten.

Dann fiel ihm ein, dass er ihr unbedingt etwas mitbringen musste, aber schon bei dem Gedanken daran wurde ihm unbehaglich. Die Vorstellung, er würde ihr ein Andenken aus Paris überreichen, löste in ihm eine bedrückende Vorahnung aus. Nein, mit Paris durfte das Geschenk nichts zu tun haben, das war klar. Aber schon bald erkannte er, dass es schier unmöglich war, etwas zu finden, was nicht in Verbindung mit der Stadt der Liebe stand. Überall war der Eiffelturm aufgedruckt, auf Tassen, Ringen, Kettenanhängern und auf beinahe jeder zweiten Ware strahlte ein Herz oder stand »Je t'aime« und »I love Paris« geschrieben. Und dann wieder Eiffeltürme in jeder Größe, Eiffeltürme aus Plastik, Gummi, Messing und aus Mürbeteig. Egal, welches Geschäft er betrat oder welchen Warenständer er drehte, in alle Sofakissen, Tücher, Lampenschirme, Seifen und Radiergummis, auf denen nicht dieser vermaledeite Turm prangte, waren diese unvermeidlichen Herzen eingebrannt. Die Stadt protzte mit etwas, das sie nicht besaß, dachte René, sie protzte mit der Liebe der anderen.

Als er es beinahe aufgegeben und beschlossen hatte, im benachbarten Viertel nach einem Geschenk zu suchen, stieß er auf eine Zierfischhandlung. Ein riesiges Aquarium nahm beinahe das ganze Schaufenster ein. Die Strahlen der Sonne brachen sich an der Oberfläche des Wassers und glitzerten hinein und hinunter in eine bizarre Welt. Ein Seepferdchen schwebte mit zarten Flügeln durch einen schwankenden Blätterwald. Ein roter Goldfisch mit großen, seitlich hervorstehenden Glubschaugen kam wie ein schaukelnder Omnibus auf René zu und stieß gegen die Scheibe, als wolle er aus dem Laden und in die Stadt hinausschwimmen. Er schielte René traurig dabei an. ›Wenn sie jetzt hier wäre, dann würden wir lachen‹, dachte René.

Und mit einem Mal fühlte er wieder, dass ihm das Billet fehlte, das Billet, das jeder Reisende in diese Stadt mitzuführen hatte, denn ohne die Liebe – und in seinem Fall: ohne Ella – wurde eine solche Stadt im Handumdrehen grau und abweisend, und die schillerndsten Fische wirkten wie boshaftes Gespött.

Der Goldfisch mühte sich mit der Schwanzflosse wedelnd und der Stirn gegen die Scheibe gedrückt, da erblickte René tief im Inneren des Aquariums sein Gesicht, sein neues Gesicht. Ja, die Verwandlung, die der Frisör an ihm vorgenommen hatte und die durch die Sonnenbrille noch verstärkt wurde, war so vollkommen und grundlegend, dass er kurz erschrak, denn er fühlte plötzlich eine Fremdheit, eine doppelte Fremdheit, die Fremdheit vor der Stadt und die vor sich selbst. Es war wie ein Schlag.

Eine Kostümierung kann so schnell von einem abfallen, wie man sie übergestreift hat und jeder kann sehen, was sich darunter verbirgt. Die unerwartete Erscheinung in den Tiefen des Ozeans dort, sein eigenes Gesicht, hatte ihn getroffen. Er kam sich wie ein Lügner vor. Er dachte, jeder Pariser, der ihm begegnet war, musste über seine Maskerade, die nichts weniger als eine Hochstapelei war, Bescheid wissen. Er war kein reicher Mensch, kein Kosmopolit, er kannte die Welt nicht und doch sah er so aus, als läge sie ihm zu Füßen. Das war erbärmlich. Gestern noch war er René gewesen und bevor er auf diese Party gegangen war, hätte niemand behaupten können, er sei ein Mensch ohne Prinzipien. Dieser unsichere René, der sich gerade noch mit unvollkommenen Begrüßungen abgemüht hatte, war ihm jetzt tausend Mal lieber als dieser rasierte Heuchler, dem er jetzt gegenüberstand mit einer Visage, die nicht die seine war.

Mit einem Mal brach aus einer einzigen dunkelbraunen Wolke, die sich über das Viertel gelegt hatte, ein warmer Sommerregen. René sah, wie rings um ihn die Schirme aufsprangen und die Leute in den Geschäften verschwanden. Einen Moment blieb er noch stehen, mitten im Regen, so als wolle er der Letzte auf der Straße sein. Dann betrat er die Zoohandlung.

Keine Geheimnisse

Ella hatte den Rest des Tages auf der Liege am Pool zugebracht. Sie war baden gegangen, hatte gelesen und zwischendurch ihr Tagebuch hervorgeholt, um die Ereignisse der letzten Stunden nachzutragen, wobei sie von den Erlebnissen in der Höhle bis an diesen Nachmittag gelangte und mit frischem Schwung unter den letzten Absatz schrieb: »Gleich wird gekocht!«

Sie schaute auf die Uhr, die neben der Liege auf dem kleinen Tischchen lag, sah, dass es schon halb sieben war und fragte sich, ob es zu früh wäre, um zu Vincent in die Küche zu gehen. Sie griff ihre Sachen und lief auf ihr Zimmer. Dort zog sie sich um, wobei sie überlegte, ob ein Kleid die richtige Aufmachung für eine Küche sei und entschied, dass es nichts Passenderes dafür gäbe. Sie warf die Tür der Suite hinter sich zu und flog beinahe die Treppe ins Erdgeschoss hinunter. Als sie durch das kleine Fenster der Küchentür schaute, sah sie, dass Vincent nicht da war. Sie schob die Tür etwas auf und rief nach ihm, doch auch aus der hinteren Kammer kam keine Antwort. Und da auf jemanden zu warten nicht Ellas Sache war, beschloss sie, ihn im Haus zu suchen, wobei sie ahnte, dass er sicher in seinem Zimmer unter dem Dach zu finden wäre, das sie ja ohnehin gern einmal sehen würde.

Wenn jemand sein Leben im Gleichklang der alltäglichen Routine verbringt und sich in sie wie das berühmte Rädchen einfügt, und wenn sich aus den immer wiederkehrenden Abläufen die eigene Existenz zusammenfügt, ist dieser Mensch selten auf Überraschungen vorbereitet.

Vincent pflegte am Tage, besonders wenn sie so heiß wie die vergangenen waren, mindestens zweimal zu duschen und sich morgens und abends zu rasieren. Als die Gäste immer rarer wurden, befürchtete er aufgrund der unsteten Anforderungen an ihn, dass sich eine Nachlässigkeit in seine alltäglichen Abläufe schleichen und irgendwann von ihnen Besitz ergreifen würde, sollte er sich nicht streng an das Regiment seiner eigenen Ansprüche halten. Auch wenn sie nicht einen einzigen Gast beherbergten, vollführte Vincent seine Rituale, zu denen die Routinen längst geworden waren, mit größter Sorgfalt.

Zu seinen täglichen Verrichtungen gehörte auch, dass er, nachdem er zwischen halb und um sechs Uhr seine Nachmittagspause, in dem Schaukelstuhl auf der vorderen Veranda abgehalten, eine

393

Zigarette geraucht und dazu einen Tee getrunken hatte, nach oben in die kleine Einliegerwohnung ging, sich dort duschte und rasierte und anschließend eine frische Livree überzog. So konnte er den Gästen erneuert und als Beweis seiner Unveränderbarkeit gegenübertreten. Auch heute kam er im Morgenmantel aus seinem kleinen Bad, der neue Anzug lag schon bereit auf dem Sofa, als es klopfte. Einen Moment lang konnte er das Geräusch nicht zuordnen, als wäre es möglich, dass es von draußen, von den geöffneten Fenstern herkam. Dann begriff er, dass offensichtlich jemand an seine Tür geklopft hatte.

»Wer ist da?«

»Ich bin's, Ella!«, hörte er die Stimme der jungen Frau.

»Einen Augenblick, bitte«, sagte er. Obwohl er nur zwei Schritte zur Tür hätte gehen müssen, blieb er mitten im Zimmer stehen und wusste nicht, was er tun sollte. Öffnen konnte er in dem Aufzug unmöglich. Und nach draußen rufen, dass er halbnackt sei, kam für ihn noch weniger infrage. Er empfand es als ungehörig, einen Gast in die Situation zu versetzen, sich einen Angestellten unbekleidet vorstellen zu müssen. Also wiederholte er noch einmal: »Einen Augenblick bitte, ich komme gleich.« Er hörte, wie sie von draußen rief, dass er sich unbedingt Zeit lassen solle, sie hätte eigentlich nur wissen wollen, wann sie sich zum Kochen treffen würden, sie hätte die Uhrzeit vergessen und klingeln wollte sie nicht, weil sie ihn nicht deswegen durchs halbe Haus hat schicken wollen. Da würde sie doch lieber zu ihm kommen.

Vincent war diese Unterhaltung durch die Tür, während er im Grunde genommen unbekleidet dastand, unangenehm. Da er solch eine Erfahrung noch nie mit einem Gast machen musste und es daher auch keine Regel für diesen speziellen Fall gab, ging er, statt zu antworten, zur Tür, warf noch einen Blick auf die Uhr, es war zehn vor sieben, öffnete die Tür einen Spaltbreit und sah in Ellas freudiges Gesicht.

»Entschuldigung, ich wollte nicht stören«, sagte sie.

Vincent teilte ihr nüchtern mit, dass sie schon in die Küche gehen könne, er würde gleich nachkommen. Ihr war klar, dass jeder Versuch, seine Kammer sehen zu wollen, zwecklos war, denn Ella spürte sein Unbehagen und sie bereute es, ihn gestört zu haben.

»Gut«, sagte sie, setzte schüchtern hinzu: »Lassen Sie sich bitte Zeit, ich wollte Sie nicht hetzen«, und verschwand aus Vincents Blickfeld. Er hörte noch, wie sie die hölzerne Treppe hinunterstieg.

Vincent war es nicht gewohnt, dass ihn jemand in seiner Dachkammer aufsuchte. Er war es gewohnt, dass eine der Klingeln im Zimmerkasten schellte. Er konnte direkt neben ihnen stehen, wenn sie mit einem Mal gellend losschlugen, ohne dass er auch nur mit der Wimper zuckte. Die dünnen Drähte, die sich wie Nervenbahnen durch das Haus zogen und an deren Enden diese kleinen Glöckchen hingen, schienen ihm jetzt der einzige Kontakt zur Außenwelt, zur wirklichen Welt, zu sein. Mit ihrem Schrillen hatte er sich arrangiert; ein Klang, der über vierzig Jahre stetig, wie ein metallener Splitter, in sein Leben hineingewandert, fest mit ihm verwachsen und für seine Ohren kaum noch hörbar war.

Soweit er sich erinnern konnte, hatte die letzten zehn, fünfzehn Jahre niemand mehr an seine Tür geklopft. *Geklopft.* Ein menschlicher Fingerknöchel auf das Holz seiner Tür.

Als Charlotte den letzten Angestellten entlassen musste, hatte er den verglasten Zimmerkasten samt Klingeln vom Bedienstetentrakt zu sich hereingeholt. Abgesehen davon, dass er sich die Mühe sparen wollte, beim Läuten hinaus auf den Flur gehen zu müssen, um zu schauen, welches Lämpchen über welchem Raum aufleuchtete, hatte die Verlegung in seine Wohnung den Vorteil, dass er gleich

sehen konnte, ob es sich um die Gästezimmer oder die Aufenthalts-
räume handelte. Wenn nämlich eines der orangefarbigen Lämpchen
der Gästezimmer leuchtete, konnte er gleich, ohne sich erst umziehen zu müssen, zum Haustelefon greifen und im entsprechenden
Zimmer nachfragen, womit er behilflich sein konnte. Oft baten die
Gäste ihn nur um eine Auskunft, sodass er sein Zimmer gar nicht
erst verlassen musste.

Seit fünfzehn Jahren nun konnte er, wenn er in seinem Bett lag
oder am Tisch saß, nur durch das Heben seines Kopfes sehen, wer
seiner Dienste bedurfte. Und seit sie nur noch selten Gäste hatten
und er mit Charlotte meist allein war, leuchteten nur noch zwei
Lampen auf.

Eigentlich hatte überhaupt nur Alain, als er noch ein Kind war,
an seine Tür geklopft. Er hatte ihn häufig – eine Zeit lang sogar
täglich – in seiner kleinen Wohnung besucht. Er hatte ihm beim
Rasieren zugeschaut oder brachte sein Spielzeug mit zu ihm, und
es gab Zeiten, da hätte man seine Dachkammer tatsächlich für ein
Kinderzimmer halten können. Doch nach und nach verschwand
das Spielzeug und ließ einen Raum zurück, den Vincent nie mehr
mit Leben zu füllen vermochte. Er konnte sich noch sehr genau an
den Tag erinnern, Alain war schon ausgezogen, an dem er sein Bett
von der Wand fortrückte und ein kleiner Zinnsoldat dumpf auf die
Dielen fiel. Das war wohl der Tag, an dem ein großer Teil des Glücks
aus seinem Zimmer verschwunden war. Ein beklemmendes Gefühl
des Eingesperrtseins hatte ihn damals erfüllt. Und diese Enge überfiel ihn jetzt wieder. Als hätte er nie einen Schritt nach draußen gemacht, als wäre diese Kammer alles, was er je gesehen hatte, aber
doch nicht sein Zuhause. Wenn man ihn fragen würde, was denn
sein Heim, sein Ort der Ruhe sei, er hätte geantwortet: die Küche,
die Bibliothek, die Terrasse, ja sogar die Gästezimmer, aber nicht die

Dachkammer, in der er wohnte. Sie hatte sich während Alains jahrelanger Anwesenheit aufgewärmt und war nach seinem Verschwinden jäh erkaltet. Dieses Zimmer würde er nicht vermissen.

Er legte seinen Morgenmantel ab und zog sich an. Seine Bewegungen waren gleichmäßig und kontrolliert, doch spürte er eine Unruhe in sich und ihm fiel auf, dass diese Unruhe ihn schon am Vortag und eigentlich die ganze Woche über begleitet hatte, wie ein Lied, dass sich unaufhörlich und doch häufig unbemerkt in einem abspielt. Als er sich angekleidet hatte, ging er zur Tür, prüfte in einer sich täglich wiederholenden Abfolge im hohen Spiegel seine Kleidung, seine Haare, sein Gesicht, die Zähne, ob alles an ihm in Ordnung sei, und verließ dann die Wohnung.

Eine Viertelstunde später saßen sich Ella und Vincent unter der Lampe am Küchentisch gegenüber. Während Vincent das Abendessen für Charlotte vorbereitete, in dem er etwas Wurst, Käse und ein paar Scheiben Brot auf einem großen Holzbrett anordnete und mit Lauch und Petersilie garnierte, schnitt Ella Zwiebeln, Knoblauch und Gemüse für das Kaninchen, das es morgen zum Mittag geben sollte. Dabei sah sie das bereits gehäutete Tier, nackt und kalt, neben sich in einer weißen Schüssel liegen.

»Kaninchen«, sagte sie gedankenversunken. »Ich weiß gar nicht, ob ich überhaupt schon einmal … doch, natürlich, meine Großeltern hatten ja richtige Ställe, da gab es öfter Karnickel.«

»Karnickel?«, fragte Vincent.

»Ja, so nennt man die bei uns.«

Vincent wiederholte das seltsame Wort noch einmal amüsiert: »Karnickel.«

»Wo haben Sie das her?«, fragte sie und nahm einen Schluck von ihrem Rotwein.

»Ach, das ist von einem Bauern hier aus der Gegend.«

»Wie klein soll ich die Zwiebeln schneiden?«

»Mit dieser machen Sie am besten dünne Schiffchen.«

Ella verstand nicht, was er meinte.

»Warten Sie, ich zeige es Ihnen.« Er nahm die Zwiebel, teilte sie einmal längs in der Mitte durch und schnitt eine dünne Scheibe von ihr ab. »So, sehen Sie«, er fächerte die kleine Scheibe auf. »Sehen Sie, drei, vier Schiffchen. Das ist für den Salat. Die anderen bitte nur vierteln. Und die Knoblauchzehen können Sie schälen, und eine davon schneiden Sie bitte so dünn wie es geht in Scheiben.«

Sie nahm sich eine Zwiebel und schnitt los. Kaum, dass sie angefangen hatte, brannten ihr auch schon die Augen. Vincent stellte sein Messer senkrecht auf den Tisch, schaute ihr ins Gesicht und sagte: »Es gibt da einen Trick. Dann müssen Sie nicht weinen.«

Ella sah Vincent mit tränenden Augen an und lächelte. »Einen Trick gegen das Weinen?«

»Also ja, es gibt verschiedene Möglichkeiten, von dem Schluck kaltem Wasser im Mund mal abgesehen. Das Einfachste ist, Sie beugen sich nicht über das Brett, sondern schneiden mit ausgestreckten Armen. Versuchen Sie das mal, nein, warten Sie, das wird so nichts. Wenn Sie einmal angefangen haben, hört das nicht mehr auf. Gehen Sie kurz rüber zum Becken und halten Sie ihre Hände unters kalte Wasser. Das ist übrigens auch ein Trick.«

Ella stand auf, ging zum Waschbecken und spülte die Hände. »Das ist ja Zauberei«, sagte sie, denn das Brennen in ihren Augen hatte aufgehört.

»Wichtig ist nur, dass Sie das mit kaltem Wasser machen. So, jetzt können Sie ja versuchen, ob es ohne Tränen geht.«

Es sah seltsam aus, wie eine Turnübung, als Ella sich weit zurücklehnte und mit ausgestreckten Armen die Zwiebel schnitt. Aber es half und sie war beinahe enttäuscht darüber. Mehr noch war sie aber von der Distanz zu Vincent enttäuscht, denn jetzt saß er ihr gegenüber, wie ein Diener, der sich bemühte, einem Gast etwas Abwechslung zu verschaffen. Als er aufstand, die Schüssel mit dem Kaninchen vom Tisch nahm, damit zur Spüle ging und es wusch, sagte sie so beiläufig wie möglich: »Übrigens habe ich das heute im Auto ernst gemeint.«

»Was haben Sie ernst gemeint?«, fragte Vincent, der das Tier jetzt an den Hinterläufen in die Luft hielt und zusah, wie das Wasser abtropfte.

Ella legte ihr Messer flach auf den Tisch. »Ich meine, dass ich denke, wir könnten uns alles sagen. Ich weiß, es mag jetzt komisch klingen, wir kennen uns ja kaum, obwohl ich das Gefühl habe, na ja, Sie wissen schon, aber, ich glaube, ich könnte Ihnen alles erzählen. Also, wollen wir keine Geheimnisse haben?«

Es sah seltsam aus, wie Vincent dort stand, mit erhobenem Arm, das Kaninchen haltend. Was konnte er darauf antworten? Sie brachte alles durcheinander, ein volles Haus hätte ihn nicht so in Anspruch genommen wie diese junge Frau. Aber es hatte ja keinen Sinn, sich zu wehren, er fühlte die Selbstverständlichkeit, die zwischen Ihnen sein könnte, wenn er es nur zulassen würde, und er dachte, als er ihr in die lächelnden Augen blickte: ›Sie ist wirklich schön.‹

»Mademoiselle, um ehrlich zu sein, Sie wollen zu viel. Aber ich kann Ihnen sagen, dass ich mir Mühe geben werde, ehrlich zu sein, und glauben Sie mir, ich bin in einem Alter, in dem es zu anstrengend und vor allem albern ist, Geheimnisse zu haben. Aber ich fürchte, nichts von dem, was Sie über mich erfahren könnten, wird für Sie von Interesse sein.« Er nahm ein Handtuch, schlug das Kaninchen wie ein Neugeborenes darin ein und trocknete es ab.

»Ach, das glaube ich nicht. Aber ich habe da keine Erwartungen, im Gegenteil. Das alles hier ist sowieso mehr, als man sich überhaupt wünschen kann. Wir sind hierhergekommen und wir hätten nie damit gerechnet, uns das leisten zu können. Und jetzt wohne ich beinahe hier.«

»Als letzter Gast in einem untergehenden Haus«, warf Vincent ein.

Sie hob ihm ihr Glas Wein entgegen und sagte feierlich: »Ich möchte gern auf unsere Abmachung anstoßen, was halten Sie davon?«

Vincent konnte sich nicht daran erinnern, wann er das letzte Mal so heiter von einer Frau angeschaut und aufgefordert worden war, mit ihr zu trinken. Er ging zu ihr, nahm sein Glas vom Tisch und hielt es ihr entgegen. Ella stand auf und sie stießen an. Ein Moment unruhiger Stille entstand zwischen ihnen, denn Ella hatte, während sich ihre Blicke über dem Rand der Gläser trafen, dann doch schüchtern in das dunkle Rot ihres Weines geschaut. Schon zum zweiten Mal, wie an dem Nachmittag am Pool, war sie zu schwach, ihm fest und klar zu begegnen. Sie ärgerte sich über ihre kindische Unsicherheit und fürchtete schon, dass sie, als sie sich wieder gesetzt hatten, in Sprachlosigkeit verfallen könnten. Aber Vincent sagte freundlich: »Sie sind, wenn ich das sagen darf, ein sehr besonderer Mensch. Wissen Sie, ich habe darüber nachgedacht, was Sie heute Vormittag gesagt haben, dass Sie die Vorstellung, dass nichts von Ihnen bleiben wird, schwer ertragen können, und da ist mir eingefallen, dass es doch eine ganz einfache Lösung dafür gibt.«

Ella legte ihr Messer beiseite. »Jetzt bin ich aber gespannt.«

»Ja, es ist doch eigentlich einfach und nicht einmal ungewöhnlich, ein Kind. Sie könnten ein Kind bekommen, oder besser noch zwei. Wäre das nicht so etwas Ähnliches?«

Ella winkte ab, als langweile sie diese Binsenweisheit. »Ach, ein Kind«, sagte sie, »An ein Kind habe ich natürlich auch schon gedacht.«

»Und? Möchten Sie denn eins haben? Oder möchte ihr Freund keins?«

»Nein, René will unbedingt ein Kind, vielleicht nicht gerade jetzt, aber irgendwann will er auf jeden Fall ein Kind. Aber das wird ein Problem, denn ich kann keins haben.«

»Oh, das tut mir leid«, sagte Vincent und sah sie besorgt an.

»Nein, nicht wie Sie denken. Ich könnte schon, aber ich kann nicht.«

»Aber warum nicht?«

»Ach, das ist etwas sehr Persönliches.«

»Gut, ich verstehe«, sagte Vincent und stand auf. Er ging hinüber zum Schrank, bückte sich und öffnete die beiden unteren Türen.

»Weil ich nicht möchte, dass es unglücklich ist.« Ella hatte diesen Satz schnell ausgesprochen, sie wollte den Gedanken hinter sich lassen, ihn am liebsten gar nicht berühren, sie war schnell darüber hinweggegangen, wie über eine morsche Brücke.

»Warum sollte denn Ihr Kind unglücklich sein?«, fragte Vincent, der einen großen Bräter aus dem Schrank zog.

Sie atmete tief ein, dann sagte sie: »Aus verschiedenen Gründen, aber vor allem, weil ich Schauspielerin bin.«

Vincent drehte sich zu ihr um und erwiderte: »Entschuldigung, muss ich das verstehen?«

»Ja, wissen Sie, meine Eltern waren auch Schauspieler. Sie waren im Grunde genommen nie zu Hause, und das Alleinsein, sie dachten, es wäre o.k. für mich, aber das war es nicht, Sie sehen ja, was aus mir geworden ist.«

Vincent schaute Ella zu, wie sie die letzte Karotte schälte. Dann ging er hinüber zum Herd und stellte den Bräter darauf. Er goss etwas Öl hinein und drehte die Flamme auf. Dann wandte er sich zu Ella um und sagte: »Aber trotz allem wäre es doch bei Ihnen etwas anderes.«

»Was wäre denn bei mir anders?«

»Ist Ihr Freund denn auch Schauspieler?«

»Nein, ich bin froh, dass er mit dem Theater nichts zu tun hat.«

»Sehen Sie, er könnte sich um das Kind kümmern, wenn Sie auf der Bühne stehen. Und schon wäre es etwas anderes.«

»Ja, wenn Sie es so sehen, sicher.« Sie musste schmunzeln, denn eigentlich kam ihr René nicht wie ein Vater vor. Er könnte einer sein, irgendwann, vielleicht sogar ein guter, aber so wie er jetzt war, fiel es ihr schwer, ihn sich mit einem Kind im Arm vorzustellen. Sie fühlte ihrer beider Jugend, das unstete Wesen ihres derzeitigen Lebens, und schon spürte sie ein drängendes Unbehagen, eine zunehmende Unruhe.

»Ich glaube trotzdem, ich wäre keine gute Mutter.«

Vincent kam zum Tisch, deutete auf die geschnittenen Zwiebeln und den Knoblauch und fragte: »Sind Sie fertig damit?«

»Ja, ja. Ist das richtig?«

»Ja, das ist sehr gut, vielen Dank.«

Er nahm das Brettchen, ging zum Herd und schob die gehackten Zwiebel- und Knoblauchstückchen mit einem Holzlöffel in das heiße Öl. Es zischte und knackte in der Pfanne. Vincent sagte, ohne sich umzudrehen: »Wieso glauben Sie denn, dass Sie keine gute Mutter wären?«

»Weil ich mich kenne«, antwortete Ella.

Vincent rührte nachdenklich in dem Öl herum und verteilte die Zwiebeln, dann schaute er wieder Ella an: »Dann kennen Sie vielleicht nur den Menschen, der Sie gerade sind und nicht den, der Sie sein könnten.«

Ella sah erstaunt zu ihm auf. Ihre Blicke trafen sich und Vincent fügte hinzu: »Mir scheint, Sie denken, Sie wären aus Stahl.«

»Was?«

»Entschuldigen Sie bitte den Vergleich, aber Sie sind nicht aus Stahl oder aus Stein, ich glaube, Sie könnten sich verändern. Sie sind jung und wenn man jung ist, ist vieles möglich. Sogar, dass man sich verändert.«

Der Geruch von gebratenen Zwiebeln stieg Ella in die Nase.

»Soll ich eigentlich noch etwas schneiden?«, fragte sie.

»Ja sehr gern, wenn Sie mit dem Gemüse fertig sind, hier wären noch die Paprika.«

Vincent nahm eine Schale mit gewaschenen großen, roten Schoten von der Ablage neben dem Spülbecken und stellte sie Ella auf den Tisch.

»Mussten Sie sich auch schon einmal verändern?«, fragte sie ihn, als er neben ihr stand.

»Natürlich«, antwortete er, ohne zu zögern.

»Ist das lange her?«

Jetzt musste Vincent doch nachdenken. Er wollte gerade sagen, dass es sehr lange her sei, da klingelte das Telefon. Vincent ging zu einem großen hölzernen Kasten, der neben der Tür an der Wand hing, nahm den schwarzen Hörer von der Gabel und drückte einen der vielen Knöpfe.

»Chateau Violet! Ja bitte?«

Es war René. Er fragte, ob er Ella sprechen könne und Vincent antwortete: »Einen Moment bitte.«

Er drehte sich zu Ella um, hielt die Sprechmuschel zu und sagte:

»Für Sie, Mademoiselle. Soll ich Ihnen das Telefonat nach drüben in den Speisesaal oder in den Salon legen?«

»Nein, nein, das geht schon«, erwiderte sie, stand auf und nahm Vincent den Hörer ab.

»Ja?«

»Das ging aber schnell«, hörte sie Renés Stimme.

»Ja, ich sitze hier in der Küche und helfe Vincent beim Kochen.«

»Aha«, sagte René, sie hörte es kaum, so leise sprach er.

Sie wusste nicht, was sie sagen sollte, also meinte sie: »Schön, dass du anrufst.«

»Ja, ich wollte deine Stimme hören. Ohne deine Stimme ist der Tag so stumm.«

Ella war nicht darauf eingestellt, mit ihm zu telefonieren. Sie wusste beim besten Willen nicht, was sie jetzt tun sollte.

»Was hast du heute gemacht?«, fragte er.

»Oh, wir waren in der Höhle, weißt du, die, von der der Wirt im Dorf erzählt hat, aber warte mal, ich muss die Paprika fertig schneiden«, sagte sie. »Soll ich dich zurückrufen?«

»Ja, gut, wenn du jetzt nicht kannst. Was meinst du, wie spät es wird?«

»Ich weiß nicht«, sagte sie. »Was denken Sie, wie lange wir mit dem Essen brauchen?«, fragte sie Vincent. Der antwortete: »Ich denke, eine Stunde wird es schon dauern, aber Sie können ja trotzdem telefonieren gehen, nehmen Sie das Telefon mit nach draußen. Ich komme hier schon zurecht.«

»Nein, nein, ich habe versprochen, dass ich helfe, also helfe ich auch. René?«

»Ja?«

»Also, wir brauchen noch eine Stunde mit dem Kochen und dann essen wir; ich würde sagen um neun?«

»O.k.«, sagte René.

»Schön, bis nachher.«

Sie legte auf, ging zurück zum Tisch und setzte sich. Sie schnitt die Paprika und dachte nicht mehr an René. Stattdessen fragte sie Vincent, ob er wirklich denke, dass es möglich sei, sich selbst verändern zu können, und ob er wirklich der Meinung wäre, dass es Menschen gäbe, die sich tatsächlich aus eigenem Willen heraus verändert hätten und ob er eventuell sogar selbst einer dieser Menschen sei.

Vincent spürte, dass er, wenn er darüber nachdenken und ehrlich antworten würde, das Essen misslingen könnte. Er war es zwar gewohnt, dass ab und zu Charlotte dort am Tisch an gleicher Stelle saß und sie miteinander redeten, aber das Gespräch mit dieser jungen Frau war so ungewöhnlich und verlangte seine ganze Aufmerksamkeit, dass es selbst einen geübten Koch wie ihn überforderte. Also sagte er nur: »Ich weiß es nicht«, und fühlte, wie er in diesem Augenblick gegen ihre Abmachung verstieß.

Auch Ella schien gespürt zu haben, dass er nicht darüber sprechen wollte und schnitt stumm die Paprika zu Ende. Als sie fertig war, sprang sie auf und brachte die Schale mit den Stückchen zu Vincent an den Herd. »Hier. Und was kommt als Nächstes dran?«

»Im Moment nichts, Sie haben erst einmal Pause.«

Ella holte sich ihren Wein vom Tisch, stellte sich neben den Herd und trank einen Schluck. Sie schaute aus dem kleinen Fenster über der Spüle nach draußen in den schattigen Park.

»Meinen Sie, ob er mich liebt?«

»Ihr Freund?«

»Ja.«

»Ich denke, ich weiß nicht genug über ihn, um eine derartige Frage beantworten zu können.«

»Sie haben ihn doch gesehen, also was denken Sie?«

»Obwohl ich ihn nicht kenne, glaube ich schon, dass er Sie liebt, also ich wäre mir da sogar sehr sicher. Denken Sie das denn nicht?«

»Ach ja. Er liebt mich, klar. Aber das ist es eben, ich zweifle nicht daran, dass er mich liebt, sondern daran, wie er es tut.« Ella sah, wie draußen ein Hund zwischen den Bäumen auftauchte und scheinbar ohne ein Ziel durch den Park streunte.

»Gehört der Hund zum Haus?«

Vincent warf einen kurzen Blick nach draußen.

»Ja, Edouard. Er ist schon lange bei uns.«

»Edouard? Wirklich? Mit ›ou‹? Ich habe nämlich einen Onkel, der heißt Eduard. Allerdings nur mit ›u‹. Aber er sieht ihm gar nicht ähnlich. Mein Onkel ist richtig dick, das ganze Gegenteil, nicht so schön schlank. Hört er denn?«

»Madame kann seinen Namen sehr streng aussprechen. Auf mich hört er im Grunde genommen gar nicht.«

»Das ist lustig«, sagte Ella, die sah, wie Edouard hinter einem Gebüsch verschwand. »Wissen Sie, manchmal denke ich, mir reicht seine Liebe nicht. Nicht, dass ich die von irgendjemand anderem wollte, aber sie scheint mir manchmal zu klein; nein, nicht zu klein – zu bescheiden, nicht großzügig genug. Sie denken jetzt sicher, ich bin verwöhnt, aber ich habe oft so ein Verlangen, ihn an mich zu ziehen, fest an mich, dass ich seinen Körper, sein, das klingt jetzt vielleicht doof, aber sein Leben in mir spüre. Manchmal möchte ich ihn so sehr spüren, als wäre er ein Teil von mir, dass es beinahe schmerzt, ihn nicht tiefer in mich hineinziehen zu können. Und dann enttäuscht es mich, dass es ihn nicht schmerzt, dass er diese Unvollkommenheit einfach so hinnimmt, ja, dass er sie nicht einmal fühlt. Ich finde es furchtbar, dass zwei Menschen, die sich lieben, nicht eins werden können. Nicht, dass wir solche Momente nicht gehabt hätten, aber sie verschwinden und dann fragt man sich, ob das wirklich passiert ist. Er stellt das alles nicht infrage. Er nimmt die Liebe hin, wie sie ist. Er fordert sie nicht. Und wissen Sie, genau das ist es, was mich so stört, dass mir seine Liebe wie etwas Beliebiges vorkommt, wie ein Geschenk, ohne das man auch leben könnte. Er ist pragmatisch. Ich glaube, es ist schon eine ganze Zeit so, dass wir uns unterschiedlich lieben. Verstehen Sie, was ich meine?«

»Ich verstehe Sie sehr gut, aber ich kann daran keinen Nachteil sehen. Ich glaube, zwei Menschen können sich nie auf gleiche Weise lieben. Wie Sie schon sagten, das ist seine Liebe; die Liebe, zu der er fähig ist und wenn die Ihnen nicht ausreicht, dann ist er vielleicht nicht der Richtige, oder man könnte sogar sagen, bitte nehmen Sie es mir nicht übel, aber dann sind Sie nicht die Richtige für ihn. Entschuldigen Sie, dass ich das so hart ausdrücke, aber ich denke, Sie sehnen sich nach etwas, das unmöglich ist und verlangen es von …«

»Sie nehmen ihn in Schutz, das kann ich verstehen und das ist auch richtig so, denn er ist ein guter Mensch, ein wirklich guter Mensch; einer, den man einfach lieben muss, und er soll immer jemanden haben, der ihn liebt und auf ihn achtet. Ich hoffe, dieser Alain kümmert sich um ihn.«

»Das wird er schon tun, er ist ein guter Junge, auch wenn es manchmal nicht so aussieht. Ich habe einmal gelesen, ich weiß nicht mehr wo: ›Die Sehnsucht des Menschen sei sein Verhängnis‹, und ich glaube, das stimmt.«

Ella wiederholte den Satz, während sie in den Park schaute, ohne ihn eigentlich zu sehen: »Die Sehnsucht des Menschen ist sein Verhängnis. Das verstehe ich nicht. Ist die Sehnsucht nicht etwas Schönes? Sie kann sehr wehtun, aber ich bin mir immer erst sicher, dass ich jemanden liebe, wenn ich mich nach ihm sehne, und manchmal sehne ich mich nach ihm, obwohl er direkt neben mir steht.«

»Ich denke, der Mensch sehnt sich meist nach dem, was ihm nicht zusteht, nach dem Unmöglichen«, sagte Vincent.

Ella überlegte.

»Oh ja, das kenne ich sehr gut«, sagte sie, »das Unmögliche. Hab Ihnen ja davon erzählt, aber können Sie mich denn gar nicht verstehen?«

»Doch, ich verstehe Sie.«

»Sie waren doch sicher auch einmal verliebt, oder?«

Vincent musste nicht nachdenken, und er wunderte sich darüber, denn er sagte fest: »Ja.«

Ella fragte: »Und sie? Hat sie Sie auch geliebt?«

»Das ist eine gute Frage. Ich weiß es nicht.«

»Und wer war sie?«

»Wer war sie«, wiederholte Vincent. »Das ist auch eine gute Frage.«

Ellas Neugier war jetzt angestachelt. Eine derartig offenherzige Unterhaltung hätte sie, trotz ihres geschlossenen Paktes, Vincent, der bis gestern noch ein undurchschaubarer Mensch für sie gewesen war, nicht zugetraut. Sie fragte ihn, was passiert sei, ob er diese Frau verlassen hätte und er fügte hinzu: »Wir haben uns eigentlich nicht verlassen, vielleicht, weil wir genau genommen nie zusammen waren. Aber das ist eine komplizierte Geschichte, und ich fürchte, sie ist nicht einmal interessant.«

»Ach, das denke ich aber schon. Was ist aus ihr geworden? Haben Sie sie irgendwann wiedergesehen?«

Vincent sagte, ohne zu zögern: »Ich sehe sie jeden Tag.«

Ella war verblüfft. Sie war weder auf seine Ehrlichkeit gefasst noch auf diese Antwort. Sie fragte: »Also waren Sie in die Gräfin verliebt?«

Vincent lachte.

»Warum lachen Sie?«

»Weil Sie offensichtlich denken, dass nur junge Leute verliebt sein können.«

»Huiuiui«, fuhr es Ella heraus. »Entschuldigung.«

»Nein, nein, schon gut.«

Noch nie hatte er mit irgendeinem Menschen darüber gesprochen, und jetzt plauderte er mit einer jungen Frau, die er erst ein paar Tage kannte, als gäbe es nichts Natürlicheres. Aber viel überraschter war er darüber, dass er hier etwas andeutete, von dem er nicht einmal wusste, ob es die Wahrheit war.

»Krass«, sagte Ella. »Entschuldigung, aber es ist wirklich unvorstellbar für mich.«

»Was denn genau?«, fragte Vincent.

»Ja, dass Sie hier zwanzig, dreißig … wie lange leben Sie hier?«

»42 Jahre.«

»Ja krass, dass Sie hier 42 Jahre zusammenleben. Wie machen Sie das? Hat sie Sie denn auch geliebt?«

»Wie gesagt, ich weiß es nicht. Aber es ist interessant.«

»Das möchte ich ja wohl meinen«, platzte Ella heraus. »Wollten Sie das denn nie wissen?«

»Ja, es ist seltsam, ich kenne sie so gut, besser als sie irgendein anderer Mensch kennt und doch weiß ich nichts über diesen Punkt. Es hat mich lange Zeit überhaupt nicht interessiert. Aber jetzt, wo sich unser Leben verändern wird, denke ich oft darüber nach, nein, das ist nicht ganz richtig, jetzt, wo ich davon spreche, bemerke ich, dass ich in den letzten Monaten darüber nachdenke.«

»Haben Sie denn nie mit ihr darüber gesprochen? Ich könnte das keinen Tag aushalten.«

»Nein. Da gibt es nicht viel zu reden.«

»Aber wieso nicht? Weil Sie ihr Diener sind?«

»Wir benutzen diesen Ausdruck hier nicht.«

»Oh, Entschuldigung.«

»Nicht so schlimm, aber vielleicht haben Sie recht, es mag ein Grund sein, dass ich zu den Angestellten des Hauses zähle.«

»Aber was machen Sie denn jetzt, ich dachte, das Schloss wird verkauft, was wird dann aus Ihnen oder besser gesagt aus Ihnen beiden?«

»Das …«, Vincent holte tief Luft, »wissen wir noch nicht.«

Er schaute auf die Uhr. »Entschuldigen Sie, aber ich möchte Madame das Essen bringen.«

»Oh, ja. Na klar.«

Schnell überblickte er Charlottes Abendessen, bemerkte, dass noch ihr Wasser fehlte, füllte einen Krug mit Leitungswasser und stellte ihn mit einem Glas auf das Tablett, auf dem die kalte Platte angerichtet stand. Er war schon beinahe zur Tür damit hinaus, als er sich noch einmal umwandte und sagte: »Wenn Sie möchten, können Sie auch etwas essen. Nehmen Sie sich von dem Käse und der Wurst. Ich bin gleich zurück.«

»Ja, sehr gern«, rief Ella ihm nach.

Es dauert nicht mehr lange

Vincent stieg eilig mit dem Tablett zu Charlottes Zimmern hinauf, ein Weg, den er schon tausende Male gegangen war. Unten durch die Empfangshalle, die breiten Marmorstufen ins Obergeschoss hinauf, dann durch den langen Flur zur verglasten Tür mit dem farbigen Papagei, deren Messingknauf man immer bis zum Anschlag drehen musste, sie klemmte schon, seit er hier angefangen hatte, die schmalen weißen Stufen nach oben, gleich vorn am Treppenabsatz ein frisches Tischtuch aus dem Schrank gezogen, dann noch sieben Meter an der ersten, der Schlafzimmertür vorbei, zum privaten Salon, den er *Salon* nannte, obwohl sie immer behauptete, es sei eigentlich nur eine Kammer. Er klopfte.

»Oui!«

Normalerweise konnte Vincent an ihrem ›Oui‹ ablesen, in welcher Verfassung sie sich gerade befand. Heute war ihm dies unmöglich, es war, als hätte jemand anderes als Charlotte geantwortet, als hätte sie Besuch. Er konnte gerade noch heraushören, dass es sich um eine Frauenstimme handelte. Vincent öffnete die Tür, trat ein und war beinahe erstaunt, dass diese Stimme doch Charlotte gehört haben musste, denn sie war natürlich allein.

Sie stand am Fenster und beobachtete ihn, während er das Tablett mit ihrem Abendessen auf einem Sideboard an der Wand abstellte, das weiße Tuch etwas auseinanderfaltete und mit einem geschickten Wurf über dem Tisch, den sie offensichtlich bereits selbst freigeräumt hatte, ausbreitete.

»Du bist spät«, sagte sie mit dieser seltsamen Stimme, und Vincent erkannte sie wieder nicht.

Charlotte war es gewohnt, dass, egal ob sie in Vincents Küche oder allein in ihrem Zimmer aß, er ihr das Mittagessen um halb eins, den Kaffee um halb vier, noch einen späten um halb sechs und das Abendessen um neunzehnuhrdreißig servierte, aber das war schon zu ungenau, denn der Vorgang des Servierens war dann bereits beendet, nein, wenn die Uhr in der Halle schlug, stand ihre Mahlzeit vor ihr auf dem Platz und sie konnte, noch bevor der Schlag im Haus verhallte, ihren Löffel in die Suppe tauchen. Früher war Vincent stolz darauf gewesen, sich mit dieser Uhr messen zu können und Charlotte zu beweisen, dass das Kochen keinerlei Hindernisse für ihn darstellte. Doch schon seit Langem war dieser kleine Wettbewerb keine Herausforderung mehr für ihn und stellte nur noch eine Selbstverständlichkeit dar. Und auch Charlottes Bewunderung, die sie ihm allerdings nie gezeigt hatte, war im Laufe der Jahre geschwunden und hatte dem nüchternen Vertrauen in seine Verlässlichkeit und letzten Endes einer gewöhnlichen Routine Platz gemacht.

Vincent stellte das Tablett an die der Tür zugewandten Längsseite des Tisches, vor den einzigen Stuhl, Charlottes Stuhl, richtete sich auf und sagte betroffen: »Entschuldigung.« Dabei fiel ihm auf, dass er den Salat vergessen hatte. Die Uhr zeigte 19:37 Uhr.

Charlotte war nicht wütend, nicht einmal enttäuscht oder unzufrieden; sie war traurig. Von den immer deutlicher werdenden Zeichen, dass eine Welt – ihre Welt – sich auflöste, war Vincents Unpünktlichkeit, die einer Kapitulation vor dem Chaos gleichkam, das Schlimmste. ›Genau das wollte ich nicht sehen‹, dachte sie. Diese Würdelosigkeit, als schaue man einem Pferd beim Sterben zu, das verstörte Augenrollen, die blinde Suche nach der Wirklichkeit, all das musste man, wenn man doch einem Tier den Gnadenschuss zugestand, erst recht einem Menschen ersparen. Mit anzusehen, wie eine Schönheit, und Charlotte sah in all ihren und Vincents täglichen Routinen die vollkommenste Ausprägung des Schönen, unterging, vernichtet, zerhackt wurde, drückte ihr die Brust zusammen. Sie setzte sich an den Tisch und wusste, dass sie nichts essen würde, nichts essen konnte. Vincent wünschte ihr einen guten Appetit und seinen forschenden Blick nach ihrem Befinden nicht beachtend, schlug sie ihre Serviette auf und legte sie sich über den Schoß, um Zeit zu gewinnen, bis Vincent das Zimmer verlassen hatte.

Die Tür schloss sich und Charlotte war allein. Sie betrachtete die kalte Platte, als wüsste sie nicht, was das ist, aß ein Stück Käse, eine

Scheibe Wurst und lächelte müde, als sie bemerkte, dass es heute keinen Salat gab. Eine Weile saß sie so da, ohne zu essen, ohne zu trinken, den Blick starr auf die Uhr gerichtet, ohne sie zu sehen.

Dann richtete sie sich plötzlich auf, nahm die Serviette und wickelte etwas Brot, Käse und Wurst darin ein. Sie legte das kleine Päckchen auf den Tisch und dachte, für später, obwohl sie wusste, dass sie nichts mehr davon essen würde.

Sie stand auf, nahm das Tablett und brachte alles nach draußen auf den Flur. Dort konnte es Vincent abholen, unhörbar wie immer, aber wahrscheinlich würde sie diesmal seine Schritte hören, denn sogar seine Art zu gehen veränderte sich. Er würde das Tablett von dem schmalen Vertiko nehmen, nach unten tragen und denken: ›Na, wenigstens hat sie etwas gegessen.‹

Charlotte ging ins Bad und machte sich zum Schlafengehen fertig. Zuletzt putzte sie sich die Zähne. Sie hatte alle ihre Zähne noch und war immer stolz darauf gewesen. Sie sah sich im Spiegel und hielt inne. ›Ich werde mit gesunden Zähnen sterben‹, dachte sie. ›Man wird mich mit allen Zähnen begraben.‹ Es kam ihr seltsam unredlich vor, so vollständig diese Erde zu verlassen. Aber sie würde es tun. ›Spätestens, wenn dieser junge Mann zurück ist und die beiden das Haus verlassen haben, werde ich es tun‹, dachte sie. Sie hatte keinen Zweifel daran, dass sie es tun würde. Aber seltsam, trotz dieses unwiderruflichen Entschlusses fühlte sie nicht, wie noch vor vier Tagen, eine Last von sich abfallen, sie fühlte sich nicht befreit und leicht, wie an dem Abend, als sie hinuntergegangen war, um ein letztes Mal etwas zu essen, zu trinken und mit Menschen zu sprechen. Nein, diese erneute Entscheidung befreite sie nicht, und sie überlegte, ob sie nur nicht fest genug gefasst sei oder ob die beruhigende Wirkung eines solchen Vorsatzes, wie ein Medikament, das man zu oft eingenommen hat, seine Wirksamkeit von Entschluss zu Entschluss, von Bekräftigung zu Bekräftigung verliert. Sie wusste, dass ihr Weg frei von Zweifeln sein musste, darin sah sie schon lange kein Hindernis mehr, aber dass sie nur mit einer von allen Widrigkeiten gereinigten Seele, einer Seele, die durchsichtig und klar ist, diesen unumkehrbaren Schritt gehen konnte, hatte ihr die Ausführung in den vergangenen Tagen unmöglich gemacht.

Einer dieser widrigen Umstände war die Eifersucht. Wenn Charlotte nur daran dachte, hob sie die Augenbrauen, so kindisch und vollkommen überflüssig empfand sie ihr zänkisches Verhalten Vincent und dieser jungen Frau gegenüber. Es war ohne Zweifel die Eifersucht. Wie eine Krankheit hatte Charlotte sie an sich selbst diagnostiziert und sie war überrascht, dass sie so etwas Lächerliches überhaupt noch bekommen konnte. Wie wenn man plötzlich Herpes an der Lippe hat oder eine Warze an einem Finger, so schien ihr auch die Eifersucht keine ansteckende Krankheit zu sein, sondern etwas, das von innen heraus aus einem selbst wächst. Für sich genommen, hätte sie mit diesem einen Umstand gut umgehen können, aber sie störte die grundlegende Beschaffenheit all ihrer Gefühle, von denen sie kaum noch eines im Griff hatte, von einer möglichen »Reinheit« ganz zu schweigen. Alain hatte sie wie im Vorbeigehen angestoßen und sofort waren ihre Empfindungen durcheinandergeraten, als hätte er die Vorführung eines Kunststückes, den Balanceakt der Gefühle, mit einer zu schnellen Bewegung gestört und zum Scheitern gebracht. Sie wollte doch nur ein Ende machen, konnte das so schwer sein?

Eines wusste sie; dafür brauchte sie Alain, und das machte sie wütend. Sie musste sich mit ihm versöhnen, damit er sich keine Vorwürfe machen würde, aber hatte er nicht allen Grund dazu, sich für diesen Abend zu schämen? ›Ja‹, dachte Charlotte, ›für diesen Abend schon, aber eben nicht für meinen Tod.‹

Ella hatte es sich schön vorgestellt, gemeinsam mit Vincent zu essen, doch als er von der Gräfin kam und sich zu ihr setzte, spürte sie, dass ihre Abmachung außer Kraft gesetzt war. Sie aßen stumm, lächelten sich einige Male verlegen an und Ella sagte mehrfach, wie gut das Essen schmecke. Aber die meiste Zeit über schwiegen sie. Es war, als hätten sie sämtliche Vorräte an Nähe und Offenheit aufgebraucht, als hätten sie bereits alles gesagt, was es zu sagen gäbe, und Ella war sich sicher, sie würden nie wieder so miteinander reden, wie sie es noch vor wenigen Minuten getan hatten. Aber sie war nicht enttäuscht darüber, denn sie betrachtete ihre vergangenen Gespräche – ja, die Beziehung zu Vincent überhaupt – als ein Geschenk an dem nichts auszusetzen war.

Als Ella zurück in ihre Suite kam, setzte sie sich auf das Bett und überlegte noch einen Moment, bevor sie nach dem Telefon griff und die Nummer von Alains Appartement wählte.

Als René, kaum dass es einmal geklingelt hatte, abnahm und ein einfaches schwaches »Ja«, sagte, spürte sie, dass es ihm schlecht ging. »Es tut mir leid, dass du warten musstest. Aber es war wichtig.«

»Ach so, das war also wichtig«, sagte René.

»Bitte sei nicht sauer, es war wirklich wichtig, wir haben geredet und es war gut.«

»Worüber habt ihr denn geredet?«

»Über ihn, über mich und uns. Es war ein verrücktes Gespräch, es war … ich glaube, ich habe etwas gelernt; ich weiß noch nicht genau, was ich damit anfangen werde, aber ich habe etwas gelernt. Ja, es war gut. Es war ein sehr gutes Gespräch. Aber ich möchte jetzt eigentlich nicht darüber reden. Sei mir nicht böse, ja?«

»Schon gut«, sagte René, »ich bin froh, dass du überhaupt mit mir sprichst.«

»Natürlich spreche ich mit dir. Wir haben übrigens Kaninchen gekocht, hast du schon mal ein Kaninchen ohne Fell gesehen? Die sehen ganz dünn aus, nur Haut und Knochen.«

»Hat es denn geschmeckt?«

»Das essen wir erst morgen.«

»Es hört sich an, als würdest du für immer bleiben.«

»Ach Unsinn. Das ist doch Quatsch.«

Er hatte gehofft, sie würde ihm jetzt sagen, wie lange ihre Trennung noch dauern würde. Aber sie fragte nur: »Was machst du gerade?«

»Was soll ich schon machen. Nichts. Ich habe darauf gewartet, dass du anrufst. Die Stadt ist schrecklich ohne dich, Paris ist eine Strafe.«

Ella schwieg.

»Ich habe überlegt«, sagte René, »was ich dir erzählen könnte, aber es gibt einfach nichts zu erzählen, absolut nichts, außer, dass es kurz geregnet hat.«

Sie schwiegen.

»Fehle ich dir überhaupt ein bisschen?«, fragte René.

»Doch, du fehlst mir, du fehlst mir sehr, aber …«

Dieses ›Aber‹ schmerzte ihn und er fürchtete sich vor dem, was diesem ›Aber‹ folgen würde. Ella zögerte einen Moment und er spürte, wie sie überlegte, ob sie ehrlich sein sollte oder nicht.

»Du kannst es mir ruhig sagen.«

»Ich habe das Gefühl, dass mir ein René fehlt, den es nicht gibt.«

Die Müdigkeit hatte sich mit einem Mal auf seinen ganzen Körper ausgebreitet. Es war, als hätte jemand Unmengen Sand und Erde über ihn geworfen und ihn darunter begraben.

»René?«

Sein Name klang fremd.

»Ja?«

»Sei nicht traurig. Ich glaube, das gehört alles dazu. Das muss so sein. Weißt du, es geht mir schon viel besser, ich habe viel nachgedacht und ich merke, dass es besser wird. Es wird sicher nicht mehr lange dauern.«

»Weißt du, ich verstehe nicht, was du da tust«, sagte René.

»Darum geht es ja gerade, ich möchte herausfinden, was zu tun ist. Das ist es ja gerade. Es ist nicht mal deine Schuld, so viel weiß ich schon. Und dass sich dabei etwas verändert, ist normal.«

»Aber ob es auch gut ist …«

»Ich bin mir sicher, dass es gut ist. Es wird für uns beide gut sein.«

»So fühlt es sich aber nicht an.«

»Doch, doch, glaub mir.«

»Ich möchte zurückkommen.«

»René, bitte nicht, es wird sicher nicht mehr lange dauern, sicher nicht.«

»Aber ich kann nicht mehr.«

René hörte, wie sich die Fahrstuhltür öffnete. Er hörte Alains Stimme und das helle Lachen zweier Mädchen. Kurz darauf schlug jemand mit der flachen Hand gegen die halb geöffnete Tür.

»Wir sind zurück!«, rief Alain.

»Was ist denn das für ein Lärm bei dir?«, fragte Ella.

»Alain ist zurück. Warte bitte, ich mach die Tür zu.« Er stand auf, zog die Telefonschnur hinter sich her und ging zur Tür. Als er sie schließen wollte, sah er draußen zwei der Mädchen von der Party. Alain, der offensichtlich betrunken war, rief, während er seine Schuhe in hohem Bogen durch den Flur schoss: »Komm René, wir trinken was. Leg auf und komm!«

René konnte sich in dem Moment nur an einen der drei Namen erinnern, Rose. Sie schaute ihn an und er zeigte ihr den Hörer des Telefons, um ihr zu verstehen zu geben, dass er gerade nicht sprechen konnte. Sie lächelte ihm zu und René lächelte zurück. Er schloss ohne ein Wort zu sagen die Tür, ging zum Bett und setzte sich.

»So, jetzt geht es«, sagte er.

»Ist noch jemand anderes da?«, fragte Ella.

»Ja, ich glaube noch ein paar Freunde von Alain.«

Es klopfte noch einmal laut an der Tür.

»René!«, hörte er Alains Stimme und die verschwommenen Worte: »René! Wir haben Besuch!«

»Ich kann jetzt nicht, ich telefoniere!«

»Aber wir haben Besuch!«

»Jetzt nicht!«

»Ach, warum denn nicht! Komm schon. Wir wollen was trinken!«

Er hörte, wie eines der Mädchen, er war sich sicher, dass es Rose war, versuchte, Alain zu beruhigen. »Ach, jetzt du auch noch«, rief er. »Na gut, wenn das so ist – dann fliegen wir mal in den Salon!« René hörte wie sie sich von seiner Tür entfernten. Er sagte zu Ella: »So, jetzt sind sie weg.«

»Wer war denn das Mädchen?«, fragte sie.

»Ach die, ich glaube, das ist eine Freundin von Alain.«

»Na gut, dann will ich eure Runde nicht stören. Wir können ja morgen telefonieren.«

»Nein, nein. Ich habe jetzt keine Lust auf fremde Leute. Lass uns noch ein bisschen reden, ja?«

»Gut, von mir aus.«

Aber sie schwiegen. René wollte sagen, dass er zurückkommen würde, aber er kannte ihre Antwort. Er wollte sagen, dass sie ihm fehlte, aber das wusste sie. Er überlegte noch einmal, was er erzählen konnte. Er dachte kurz an seinen Tag zurück, an die letzte Nacht und es fiel ihm auf, dass er viel erlebt hatte in den vergangenen vierundzwanzig Stunden. Aber er konnte ihr nicht davon erzählen, weder, dass er auf einer Party gewesen war, noch, dass er den Prince of Pop gesehen hatte und schon gar nicht von seiner Unterschrift oder den drei Mädchen. Es war unmöglich, ihr das zu erzählen. Und dass er keine langen Haare, keinen Schnauzbart mehr hatte und aussah wie ein feiner Mann, das schien ihm jetzt belanglos zu sein und er schämte sich dafür.

»Weißt du«, sagte Ella nach einer Weile, »ich verändere mich gerade, ich spüre das, und das ist gut.«

»Ich möchte nicht, dass du dich veränderst. Ich möchte dich so, wie du bist.«

»Du weißt doch, dass das nicht stimmt«, sagte sie lächelnd und René sah sie beinah vor sich. »Veränderung ist gut. Es fühlt sich an, als wäre ich eine Kaulquappe, die sich in einen Frosch verwandelt.«

Jetzt musste René lachen. Er sah in den Spiegel vor dem Bett und den neuen Menschen, der ihm dort gegenübersaß.

»Weißt du, lass uns morgen telefonieren«, sagte Ella. »Ich glaube, wir sind beide müde.«

»Ja, du hast recht.«

»Schlaf gut, ja? Gute Nacht.«

»Ja, gute Nacht. Ich küsse dich.«

Er hörte das Knacken in der Muschel. Er legte den Hörer zurück auf die Gabel. Er sah sein glattes Gesicht im Spiegel, lächelte und dachte: ›Jetzt bin nicht einmal ich mehr da.‹

Zwei Farben

René hörte die Stimmen aus dem Wohnzimmer. Unmöglich konnte er jetzt schlafen, schon gar nicht bei dem Lärm. Also beschloss er, zu den anderen zu gehen. Er trat dicht vor den Spiegel, um zu prüfen, ob er geweint hatte. Er wusste es nicht mehr genau. Aber sein Gesicht sah so jung und frisch aus, als wäre er ein Sportler, den man zur Olympiade schicken konnte.

Als er das Wohnzimmer betrat, saßen Rose und die Schwarzafrikanerin, eine links, die andere rechts neben Alain auf dem Sofa, Arm in Arm. Der hob sein Glas René entgegen und rief: »Da ist ja unser neuer Mann! Komm, nimm dir einen Drink und setz dich!«

»Salut!«, begrüßte René die Mädchen und Alain sagte: »Wie findet ihr ihn eigentlich jetzt? Ist er nicht hübsch?«

Turquoise zuckte mit den Schultern und sagte: »Er sieht gut aus.«

René war das peinlich. Er ging hinüber zur Bar, nahm sich ein Glas und goss sich einen Whisky ein.

»Und du mein Röschen, was sagst du?«

»Ja, er sieht gut aus«, sagte Rose. »Aber er hat sich noch nicht daran gewöhnt, das sieht man.«

René trank einen Schluck und wusste nicht, was er sagen sollte. Er wollte sich den dreien gegenüber auf das andere Sofa setzen, doch Alain sagte: »Na, wo willst du denn hin? Na, komm schon! Wir rutschen ein bisschen zusammen.«

René überlegte einen Moment, ob das eine gute Idee war, aber insgeheim hatte er gehofft, Alain würde ihm etwas Derartiges vorschlagen, denn er wollte sich selbst vergessen und zwischen ihnen untertauchen.

»Na gut«, sagte er. »Wo soll ich hin?«

»Du bist gut«, rief Alain lachend. »Wo soll ich hin? Hört ihr? Ist er nicht herrlich? René? René, René, René, da gibt's ein Lied, kennt ihr das?« Turquoise lachte, während Rose nur lächelte. »Also René, diese schwerwiegende Entscheidung kann ich dir leider nicht abnehmen, das heißt, ich könnte, aber ich will nicht. Ich sage nur so viel, mir ist es egal. Setz dich neben die Geheimnisvolle, das ist sie hier …«, er deutete auf Rose »oder neben unsere Offenherzige, wie du willst. Wir rutschen, wenn du dich entschieden hast.«

René hatte sich entschieden. Schon am Abend der Party wusste er, zu wem er sich hingezogen fühlte. Also rutschten die drei nach rechts, und er setzte sich neben Rose.

»Gute Entscheidung, mein Lieber, sehr gute Entscheidung, Santé!«

Alle vier stießen an.

Dann stellte Alain sein leeres Glas auf dem Sofatisch ab, griff die Hand von Turquoise und sagte: »So, dann sagen wir beide mal Adieu!« Er stand auf, zog das Mädchen zu sich nach oben und umarmte sie. »Ich wünsche euch eine schöne Nacht.« Sie verließen Hand in Hand das Zimmer, wobei die Schöne vor ihm lief und ihn wie ein Boot, das man vom Strand ins Wasser zieht, hinter sich her aus dem Salon schleppte. René hörte noch, wie sie polternd die Tür zu Alains Schlafzimmer schlossen, und dann war mit einem Schlag Ruhe im Appartement. ›Also doch eine Prostituierte‹, dachte René, und diese Erkenntnis bezog er zunächst nur auf Turquoise. Es war ihm unangenehm, jetzt allein mit Rose dazusitzen. Er hatte weder Lust, ein Schweigen zu ertragen, noch sich über irgendetwas zu unterhalten, und schon gar nicht wollte er mit ihr schlafen. Er war müde, aber er dachte, es wäre unhöflich, sie jetzt wegzuschicken.

»Sagt mal, wo habt ihr eigentlich eure Namen her? Sind das eure Lieblingsfarben?«, fragte er Rose, die sich, da sie jetzt wusste, dass er sich erst unterhalten wollte, längs neben ihm auf das Sofa legte und ihre langen nackten Beine über seinem Schoß verschränkte.

»Nein, meine Lieblingsfarbe ist schwarz. Wir haben Alain gefragt, wir wollten, dass das ein Mann entscheidet. Warum ich Rose bin, weiß ich nicht, aber Jenny hat er Lila genannt, weil sie wie eine Schwester zu ihm ist, verstehst du?«

»Nein.«

»Na, Violet? Lila! Ist doch klar.«

»Aber, die eben, das ist doch Turquoise, oder?«

»Ja, natürlich. Mit einer Schwester schläft man nicht.«

»Verstehe.«

»Willst du jetzt nur so dasitzen?«, fragte ihn Rose, die ihn von der Seite ansah.

»Ich weiß nicht«, antwortete René. »Wahrscheinlich schon.« Und dann fügte er hinzu: »Sag mal, weißt du, was die Liebe ist?«

»Was ist denn das für eine Frage. Willst du das wirklich wissen?«

»Ja, natürlich.«

»Aber wozu?«

»Weiß ich nicht. Ich glaube, es zu wissen, aber vielleicht irre ich mich auch.«

»Oh je, die Liebe. Das ist ein großes Wort. Die Liebe. Ich weiß nur, dass sie kompliziert ist und nie einfach, das weiß ich. Und ich weiß, wenn ich jemanden mag und was noch viel wichtiger ist, wenn ich jemanden nicht mag. Dich mag ich.«

»Ja, schön. Aber was ist Liebe?«

»Du stellst Fragen. Willst du jetzt wirklich eine Antwort darauf?«

»Ja, ich will eine Antwort darauf.«

»Liebe ist …«

René hob die Hand, um ihr zu sagen, dass sie nicht weitersprechen solle. »Nein, warte, sag bitte nichts.« Er beugte sich nach vorn, um ihr zu zeigen, dass er aufstehen wolle: »Ich hole mir noch einen.«

Rose zog ihre Beine an und René stand auf, ging zur Bar und goss sich einen Whisky nach. Er fragte sie, ob sie auch noch etwas trinken wolle, doch Rose schaute ihn an und sagte kühl: »Du denkst, ich bin eine Prostituierte, nicht wahr?«

René wusste nicht, was er sagen sollte, denn er fühlte, dass ihre Stimmung sich geändert hatte. Er zögerte, dann sagte er: »Bist du denn eine?«

Rose schaute ihn unverändert an. »Du glaubst also, weil Alain mich dafür bezahlt, schlafe ich mit dir?«

»Ach so, Alain bezahlt dich?«, fuhr es René heraus.

Rose schwieg, doch sie wandte ihren Blick nicht von René ab.

»Entschuldige«, sagte er. »Bei uns gab es so etwas nicht, das ist neu für mich und ich würde niemals ein Mädchen dazu bringen, mit mir zu schlafen, bloß weil ich dafür bezahle. Ich finde das nicht richtig.«

Rose nahm ihre Zigarettenschachtel vom Tisch und steckte sie ruhig in ihre kleine Ledertasche.

»Versteh mich nicht falsch, du bist wunderschön, aber ich kann das nicht«, fügte er hinzu.

Sie nahm ihr silbernes Feuerzeug und steckte es ebenfalls in die Tasche. Ihre Bewegungen waren langsam und kontrolliert. Sie zog bedächtig den dünnen Reißverschluss ihres Täschchens zu.

»Bist du mir böse deswegen?«, fragte er.

Während sie aufstand, schaute sie René mit einem Blick an, den er nicht deuten konnte und sagte: »Weißt du, es hätte wohl ein Abend werden können, an dem ich auf das Geld verzichtet hätte. So ein Abend hätte es werden können. Gute Nacht, schöner Mann.«

Sie ging quer durch den Raum und die Absätze ihrer Schuhe knallten auf dem Parkett. René wusste nicht, was er jetzt tun sollte. Am liebsten wäre er ihr hinterhergegangen und hätte sie aufgehalten. Aber er kannte sie ja eigentlich gar nicht, also was wollte er dann von ihr? Sie übte eine Anziehung auf ihn aus, sie zog an ihm, er spürte, wie es ihn zu ihr hinzog. ›Dann ist es besser, sie geht‹, dachte er. Sie musste schon beim Fahrstuhl sein, da konnte René seinem Drang nicht mehr nachgeben, er rannte beinahe die fünf Schritte zum Flur und rief: »Rose!«

Der kleine rote Knopf des Fahrstuhls leuchtete bereits. Sie drehte sich um und schaute René mitleidig an. »Was ist?«

Er ging durch den Flur auf sie zu, die Fahrstuhltür öffnete sich und alles ging sehr schnell, sie trat ihm einen Schritt entgegen, küsste ihn auf den Mund und er ließ es zu. Er fühlte ihren verletzten Stolz in dem Kuss, er fühlte, wie sie lächelte, er fühlte, dass sie ihn für einen kleinen Jungen hielt, er fühlte, dass sie mit ihm schlafen würde. Sie drehten sich etwas hinein in die Lichtschranke des Fahrstuhls. Er hörte auf, sie zu küssen und hielt sie etwas von sich weg. »Wer bist du?«, fragte er sie, als wäre sie kein Mensch.

Rose stand da, rührte sich nicht, hielt noch immer ihren Kopf schräg, als würden sie sich noch küssen und sagte: »Du willst wissen, wer ich bin?«

»Ja.«

»Wie Alain schon sagte, ich bin ein Geheimnis.«

»Schön, du bist ein Geheimnis. Was für eins?«

Sie legte ihm den Finger auf den Mund.

»Meinst du, ich wäre enttäuscht?«, fragte er.

»Ganz sicher.«

Er schaute sie ungläubig an.

»Nicht von mir. Nein, von dir selbst«, sagte sie.

»Was meinst du damit?«

Sie löste sich von ihm, ging in den Fahrstuhl hinein und lehnte sich an die goldene Rückfront. »Du wirst denken, ich hätte sie nicht fragen sollen. Du würdest erkennen, wenn du es nicht schon weißt, aber ich glaube nicht, dass du es weißt, sonst würdest du nicht fragen, du würdest erkennen, dass es viel leichter ist, ein Geheimnis zu lieben als ein alltägliches Mädchen mit einer Vergangenheit.«

René stand noch in der Lichtschranke der Tür.

»Ist sie denn so schlimm, deine Vergangenheit?«

»Ach, René, du kommst ja wirklich vom Mond. Du verstehst ja gar nichts.«

»Das kann sein, aber trotzdem frage ich dich: Wer bist du?«

Rose antwortete nicht.

»Möchtest du nicht einmal wissen; wer ich bin?«

»Ach, wer du bist.« Sie winkte ab. »Vielleicht.« Sie lehnte in dem Fahrstuhl, als würde sie auf René warten. Er stand in der Tür, wollte, dass sie geht und hätte sie doch am liebsten gefragt, ob sie nicht wieder mit reinkommen würde. Und dabei hatte er doch den gefährlichsten Moment überstanden. Er würde nicht mit ihr schlafen, auf keinen Fall und der Kuss? Es war ja kein Kuss, kein richtiger Kuss. Sie standen sich gegenüber, er unentschlossen in der Lichtschranke, den Fahrstuhl aufhaltend, sie in dem goldenen Schrein, abwartend.

»Dich interessiert also nicht, mit wem du die Nacht verbringst?«, fragte er sie.

»Du willst jetzt wirklich darüber reden, ja? Wenn ich es dir erzähle, wirst du nicht mehr mit mir schlafen wollen.«

»Umso besser.«

»Also gut.« Sie atmete schwer aus, als würde sie jemandem eine unangenehme Wahrheit beichten. »Normalerweise ist es egal, ob mich interessiert, mit wem ich da zusammen bin. Sie erzählen es mir sowieso. Eigentlich ist das der Grund, warum sie mich bei sich haben wollen, damit sie erzählen können, wer sie sind und damit sie erzählen können, warum sie unglücklich sind, oder auch glücklich, das kommt aber selten vor und wenn, dann ist es gelogen. Manche wissen nicht einmal, dass sie lügen. Mich wollen sie nicht kennen.

Genau das wollen sie nicht und das ist auch gut so. Ich bin ein Geheimnis. Aber, ich bin für sie da, in jeder Hinsicht. Willst du noch mehr wissen?«

»Ja.«

»René ist an allem interessiert«, sagte sie und fuhr ihm mit der Spitze ihres Zeigefingers über die Nase.

»Willst du nicht wieder mit reinkommen?«, fragte er.

»Nein, das machen wir nicht. Wenn ich einmal gegangen bin, dann bin ich weg. Und wenn ich gehen will, dann gehe ich. Du kannst mich noch runterbringen, wenn du willst.«

René trat einen Schritt in den Fahrstuhl hinein. Die Tür schloss sich und nach einem kleinen Ruck fuhren sie nach unten.

»Und wie lange wirst du das noch machen?« Er hatte sich neben sie gelehnt.

»Bis ich den Richtigen gefunden habe.«

»Den Richtigen? Ich dachte, die meisten sind verheiratet.«

»Das stimmt.«

»Ja, und wie soll das gehen?«

»Sie lassen sich scheiden.«

»Und du meinst, das funktioniert?«

»Ja sicher, warum sollte das nicht funktionieren? Was denkst du, wie viele sich schon meinetwegen trennen wollten? Wenn man sich nicht ganz blöd anstellt, funktioniert das hundertprozentig. Natürlich nicht in Paris. Hier bin ich zu bekannt.«

»Du würdest also tatsächlich jemanden wegen seines Geldes heiraten?«

»Ja natürlich, wenn es der Richtige ist.«

»Also gefallen muss er dir schon?«

»Ja sicher. Aber das hat ja auch noch Zeit. Bis jetzt war er noch nicht dabei.«

»Also würde so jemand wie ich für dich gar nicht infrage kommen?«

Die Fahrstuhltür öffnete sich. Diesmal stellte sich Rose in die Lichtschranke. »Du bist süß«, sagte sie, beugte sich zu René und streichelte ihm die Wange. »Natürlich nicht. Auf gar keinen Fall.«

»Und wenn du dich verliebst?«

»In jemanden wie dich?« Sie grinste.

»Ja, was ist so lustig daran?«

»Niemals. Unmöglich.«

»Warum? Weil ich arm bin?«

»Ja.«

»Wow, du bist wirklich krass«, sagte René, als wäre es ein Lob.

»Wieso sollte ich krass sein? Ich würde niemanden heiraten, den ich nicht mag. Du denkst, die reichen Leute sind schlecht. Das stimmt aber nicht. Sicher, es mag gute Männer geben, die arm sind, aber es gibt mindestens genauso viele gute Männer, die Geld haben. Und warum sollte sich da ein Mädchen einen armen Mann aussuchen? Das macht keinen Sinn.«

»Pah«, sagte René und lächelte bitter. »Ich hab's verstanden. Ist im Grunde einfach.«

»Siehst du.«

»Fährst du jetzt nach Hause?«

»Ich weiß nicht, möchtest du?«

Weil er nicht gleich antwortete, kam Rose zu ihm. Sie legte ihm beide Arme um den Hals und sagte: »Ich möchte jetzt mit dir schlafen.«

Sie war schön. Ihr Atem roch nach frischen Blüten. Ihre Augen waren tiefschwarz und René dachte: ›Weil Alain dafür bezahlt hat.‹

Sie flüsterte noch einmal »Ich möchte jetzt sehr gern mit dir schlafen.«

Die Tür schloss sich.

»Weil Alain dafür bezahlt hat?«

Sie stieß ihn von sich weg.

»Das war nicht nett.«

»Entschuldige.«

Sie drückte auf den kleinen goldenen Knopf mit der 0.

»Also, ich gehe dann jetzt.«

Die Tür ging auf und Rose ging hinaus. Sie drehte sich noch einmal um.

»Schade«, sagte sie. »Übrigens, die Verkleidung steht dir gut.«

Die Wohnung

Die Fahrt nach Bordeaux, zu Charlottes Frisör, stand unter keinem guten Stern. Es war bereits zehn Minuten nach zehn, als sie endlich abfuhren. Charlotte saß wortlos auf der hinteren Lederbank des Mercedes und Vincent, ihr stummes Einsteigen und das Schlagen der Tür noch im Ohr, wusste, dass sie schlechte Laune hatte und obwohl noch genügend Zeit war, auf eine Entschuldigung von ihm wartete.

»Es tut mir leid«, sagte er »wir sind etwas spät dran.«

›Nicht wir, mein Lieber, du bist spät dran‹, zischte Charlotte in sich hinein, auch wenn ihr klar war, dass ihr Frisör auf sie warten und er den Termin nicht streichen würde.

»Es ging leider nicht eher, das junge Fräulein hat so lange geschlafen.«

Er machte es ihr aber auch nicht leicht. ›Ja, ja, das junge Fräulein. Das junge Fräulein stielt uns die Zeit‹, dachte sie. Die Verstimmungen Charlottes kannte Vincent gut genug, um zu wissen, dass auch diese hier nicht lange anhalten würde. Sie hatte ihm nicht geantwortet, ein gutes Zeichen, dachte er. Wichtig war nur, dass er weder versuchte, sich zu verteidigen, noch sie in irgendeiner Form aufzuheitern, denn das würde nur das Gegenteil bewirken.

Charlotte sprach kein Wort mit ihm. Die Ordnung wiederherzustellen, schien ihr jetzt unendlich schwer zu sein und über ihre Kraft zu gehen. Ihre fortwährenden Stimmungsschwankungen ärgerten sie, und mit diesem Ärger umzugehen, fiel ihr genauso schwer, wie mit den Launen selbst. Es war doch schon Anstrengung genug, die äußere Fassung aufrecht zu erhalten und nichts hasste sie mehr an sich als einen unkontrollierten Ausbruch ihrer Gefühle, aber es kochte in ihr. Auch jetzt. In diesem Moment zu schweigen, kostete sie alle Reserven.

»Wie lange soll das junge Fräulein eigentlich noch bei uns wohnen?«, sagte sie streng. »Von übernachten kann ja wohl keine Rede mehr sein. Sie wohnt ja bereits. Hat sie gesagt, wie lange das noch geht?« ›Wie dumm‹, dachte sie. Wie dumm das war. Sie ärgerte sich so sehr über sich selbst, dass sie noch sagte: »Soll sie uns dann beim Umzug helfen?«

Vincent warf einen kurzen Blick zu ihr nach hinten, so als ginge es ihr nicht gut, dann sagte er: »Ich weiß es nicht, aber ich denke, ihr Freund wird morgen oder übermorgen zurück sein und dann werden sie wohl abreisen.«

»Das kann sein, kann aber auch ebenso gut nicht sein. Du musst ihr klarmachen, dass es so nicht ewig gehen kann. Immerhin haben wir ja auch noch ein paar Dinge zu klären, wie du selbst immer sagst.«

Vincent hätte eigentlich erwidern wollen, das eine habe doch mit dem anderen nichts zu tun, er dachte diese Sätze, aber er sprach sie nicht aus. »Ich denke, dafür dürfte noch Zeit genug sein, wir müssten es nur planen.«

»Ach, das denkst du, ja?«

»Ich meine nur, wenn wir die Wohnung haben, dann können wir das Nötigste in einer Woche dort hinschaffen.«

»Das Nötigste«, unterbrach sie ihn und dann lauter werdend: »Das Nötigste? Ehrlich gesagt weiß ich nicht, was überhaupt noch nötig sein soll. Ein Schrank, ein Tisch, ein Bett? Ich finde das Ganze absurd. Ich möchte nicht irgendwo hinziehen. Ich möchte das nicht.«

Vincent hätte ihr gern geraten, das in Ruhe zu besprechen und nicht hier und jetzt auf der Fahrt, aber er schwieg. Ihr Anfall musste wie eine Tablette auf den Grund des Glases sinken und sich dort in Ruhe auflösen. Störte man diesen Vorgang, indem man auch nur die leiseste Bewegung ins Wasser brachte, brauste sie sofort auf und es würde nur umso länger dauern, bis man wieder an der Oberfläche miteinander umgehen konnte. Meist sprach Charlotte ihn dann mit einer beiläufigen Bemerkung an, während tief in ihr drin noch die Enttäuschung oder Wut vor sich hin zischte. Vincent war geübt darin, diesem Geschehen seinen Lauf zu lassen und stolz darauf, ihr zu einer besseren Stimmung verhelfen zu können. Er war froh, den meisten ihrer kleinen Angriffe nicht willenlos ausgeliefert zu sein, sondern ihnen mit Besonnenheit und Ruhe begegnen zu können. Genau genommen bezog er einen Großteil ihrer Sticheleien nicht einmal auf sich. Tatsächlich befand er sich so sehr in ihrem Geist, kannte er Charlotte so gut, dass er die Gründe ihrer Missstimmungen erraten konnte und daher wusste, dass diese in der Regel nichts mit ihm zu tun hatten. So handelten sie in gewisser Weise in stillem Einvernehmen und ohne einander unnötig wehzutun. Doch an diesem Morgen war es etwas anderes.

»Da geht er los und besorgt ein Appartement, ohne mich zu fragen, ohne mich zu fragen, ob ich das will. Und ich will es nicht. Du fragst mich jeden Tag, welche Sorte Tee ich zum Frühstück möchte, Darjeeling, Earl Grey oder von mir aus Kamille, aber ob ich in irgendein Loch ziehen will, das fragst du mich nicht?«

»Es ist ja nur zur Sicherheit«, sagte Vincent.

»Ich finde nicht, dass das nach Sicherheit klingt, ich finde nicht, dass es damit auch nur das Geringste zu tun hat. Du meinst, ich sollte dir danken für das, was du Sicherheit nennst, aber das ist es nicht, was ich brauche.« Sie unterbrach sich und hoffte auf das Unwahrscheinliche, darauf, dass er fragen würde, was sie denn brauche, was sie denn wirklich brauche. Schon der Gedanke, er könne ihr diese Frage stellen, trieb Charlotte die Tränen in die Augen und sie wandte ihr Gesicht nach draußen, wo gerade der Wald in das Sonnenblumenfeld überging. Sie hörte, wie das Geräusch des Motors leiser wurde. Vincent fuhr langsamer, dann stoppte er den Wagen.

»Was machst du, was ist los?«

»Ich halte an«, sagte er trocken.

»Das sehe ich, aber was soll das? Ist etwas kaputt?«

Vincent legte seinen rechten Arm über die Lehne des Beifahrersitzes und drehte sich zu ihr um. Er schaute sie direkt an und sagte nichts.

»Was ist?«

Dann schwieg auch sie. Einen Moment lang trafen sich ihre Blicke und Charlotte mühte sich, dem seinen, der nicht zornig, aber ernst und milde zugleich war, standzuhalten.

Er dachte kurz daran, sie bei ihrem Vornamen zu nennen, Charlotte, er hätte sie jetzt gern Charlotte genannt, aber er fühlte, dass dies zu viel für sie wäre. Nichts konnte sie jetzt weniger ertragen als seine Zuneigung und schon gar nicht ihren eigenen Vornamen. Diese Sache konnte er nur kühl mit ihr verhandeln. Sie versuchte, seinem festen Blick mit Stärke zu begegnen und schwankte. Sie hatte tatsächlich noch keinen Gedanken an diese Wohnung verschwendet, zumindest keinen, in der sie ihr nicht wie etwas Absurdes und Unvorstellbares vorgekommen wäre. Sie sah in Vincents Gesicht die Frage ›Ist es jetzt wieder gut? Können wir weiterfahren?‹, und schämte sich. Er beugte sich, ohne etwas zu sagen, nach vorn, legte einen Gang ein und fuhr wieder los.

Normalerweise folgte Charlotte im Spiegel Sophies ruhigen Händen oder schloss die Augen und versank in einem kurzen Schlummer, aber heute rutschte sie auf dem Frisörstuhl hin und her und erklärte der jungen Frau, die ihr gerade die Haare schnitt, dass sie nun seit zwanzig Jahren auf diesem Stuhl säße, aber erst jetzt feststelle, dass er eigentlich schrecklich unbequem sei.

Als Sophie fertig war und Charlotte den Spiegel hinter dem Kopf entlangführte, fragte sie, ob alles gut so sei. Und Charlotte, ihr grau auftoupiertes Haar von allen Seiten betrachtend, erschrak über einen Gedanken, der ihr dabei kam, einen Gedanken, den sie wegzuwischen versuchte, der sich ihr aber mit dem Schwenken des Spiegels hinter ihrem Kopf einzubrennen schien: ›Das ist also die Frisur für deinen Totengräber‹, dachte sie. Sie schnappte nach Luft, befreite sich mit einer abwinkenden Armbewegung von der Frage, sagte nur »Ja, ja, es ist gut so, danke«, riss sich beinahe das Frisörtuch von der Schulter und stand auf.

Als sie den Salon verlassen hatte, stieg sie ohne auch nur ein Wort zu sagen ins Auto, in dem Vincent auf sie wartete. Er hatte inzwischen den Schlüssel zur Wohnung beim Makler abgeholt. Es war nicht leicht gewesen, diesem klarzumachen, dass es keine Besichtigung geben würde, wenn er mitkäme, denn Charlotte hatte zur Bedingung gemacht, dass sie allein wären.

Vincent startete den Motor, lenkte den Wagen aus der Parklücke und reihte sich in den Mittagsverkehr ein. Von Zeit zu Zeit schaute er in den Rückspiegel und sah Charlotte, wie sie unruhig aus dem Fenster blickte. Er überlegte, ob er ihre Frisur loben sollte und entschied, dass es besser wäre zu schweigen. Fünf Minuten später hielt er vor einem hohen neoklassizistischen Haus mit schlohweißer Fassade, das neben den etwas heruntergekommenen Mietshäusern in der Nachbarschaft wie ein Fremdkörper wirkte. Er stieg aus und öffnete Charlotte die Tür. Für einen Moment dachte er, sie hätte es sich anders überlegt und würde wie ein bockiges Kind sitzen bleiben. Doch sie stieg aus dem Wagen, wie sie es meist tat, wenn sie wütend war, und Vincent wusste, dass ihr das niemand nachmachen konnte; sie stieg so ruhig und elegant aus, dass man sie für eine Filmdiva hätte halten können. Als wären unzählige Kameras und die Augen einer staunenden Menge auf sie gerichtet. Sie stieg aus, als könne nichts und niemand sie je aus dem Gleichgewicht bringen, und Vincent schaute ihr dabei zu, denn er bewunderte immer wieder ihre Fähigkeit, so zu tun, als wäre das Leben leicht wie die Feder eines Pfaus und zugleich so sicher und fest wie ein unverrückbarer Fels. Ja, auch jetzt bestaunte er Charlottes Gabe, aufrecht durch das Feuer der Wirklichkeit zu gehen. Es war so weit. Sie würde an nichts, was sich im Inneren dieses Hauses befand, ein gutes Haar lassen, das wusste er und sie würde alle Makel, die sie nur finden konnte, gegen ihn werfen.

Doch zu Vincents Verblüffung machte Charlotte nicht eine einzige abfällige Bemerkung, obwohl das Innere des Hauses keineswegs seinem äußeren Schein entsprach. Die kleine Vorhalle, der hohe Hausflur und das Treppenhaus, das einen vergitterten Fahrstuhl umschloss, waren dunkel und sicher seit drei Jahrzehnten nicht renoviert worden. Genau genommen sprach Charlotte, während sie auf den Fahrstuhl warteten, kein einziges Wort; ja, nicht einmal als dieser sie beide mühsam ratternd und quietschend hinauf in die Wohnung brachte. Vincent schwitzte, denn ihr Schweigen brachte ihn in Verlegenheit. Ihm fielen selbst schon Bemerkungen ein, die sie normalerweise machen würde, dass man mit diesem Monstrum von Fahrstuhl eine Kiste Kartoffeln, aber doch keinen Menschen transportieren sollte. Ihr stilles Ertragen beunruhigte ihn.

Vincent öffnete die Tür zur Wohnung, schob sie mit der rechten Hand langsam auf und trat ein. Charlotte sah, wie er im stockdunklen Hausflur verschwand und hörte, wie er von drinnen rief »Einen Augenblick bitte, ich muss erst die Fensterläden öffnen«, und sie kam sich vor wie in einem Traum, als wäre Vincent in einer felsigen, feuchten Höhle verschwunden und sie müsse ihm in diese Finsternis folgen. Ein kalter Schauer durchlief sie. Aber schon einen Augenblick später schlug ein gleißendes Licht durch die erste der geöffneten Türen im Flur, dann durch die zweite, die dritte. Und als Vincent wieder im Korridor erschien und sie fragte, warum sie nicht hereinkomme, bemerkte sie, dass sie vollkommen erstarrt war. Es kam ihr unwirklich vor, eine fremde Wohnung zu betreten. Noch nie hatte sie woanders als in ihrem Schloss oder einem Hotel gewohnt und noch nie hatte sie sich ein Leben in einem Mietshaus überhaupt nur vorstellen müssen. Vor allem ein Gedanke beschäftigte sie, dass dort drin einmal fremde Menschen gelebt hatten, dass durch diesen Flur schon Generationen von Kindern in ihren Wägelchen und alte Leute in Rollstühlen geschoben worden waren und dass dort drinnen sicher auch gestorben wurde. Nicht diese Tatsache ließ Charlotte erschrecken, sondern vielmehr die, dass diese Leute allesamt Fremde für sie waren, weder Verwandte noch Bekannte. Und dieser Umstand hielt sie fest, ließ sie nicht los und hinderte sie daran, in eine Welt einzutreten, die ihr seltsam benutzt und abgegriffen schien.

Sie sah, wie Vincent, ohne sich weiter um sie zu kümmern, in einem der Räume verschwand. Ihre innere Starrheit löste sich, ihre Entschlossenheit kehrte zurück und nur noch ihr erster Schritt hinein in die Wohnung war zaghaft, ein vorsichtiges Auftippen mit der Fußspitze, wie man die Oberfläche eines zugefrorenen Sees betritt, um zu prüfen, ob das Eis hält. Kaum war ihr Wille zurückgekehrt, wurde ihr Gang fester, und schon lief sie die großzügigen, hellen Zimmer in schnellem Generalsschritt ab. Durch die hohen Fenster leuchtete die Mittagssonne und warf goldene Streifen Licht auf das Parkett. Sie lief an Vincent, der vor einem der Fenster stand, vorbei und zurück auf den Flur. Sie war auf der Suche nach etwas, ohne selbst genau zu wissen, wonach. Eine Unruhe breitete sich in ihr aus. Sie öffnete die Tür zur Küche und warf nur einen flüchtigen Blick hinein, sie schlug die Tür zum Badezimmer auf und erschrak. Laut rief sie nach Vincent, der augenblicklich kam, sich neben sie stellte und ebenfalls in das Bad, in dem sich lediglich eine Toilette und eine Wanne mit Duschvorhang befand, hineinschaute. »Ist etwas nicht in Ordnung?«, fragte er besorgt.

»Es sind ja nur drei Zimmer«, sagte sie. Vincent wollte sich schon dafür entschuldigen, da fügte sie hinzu: »Und wo wirst du wohnen?«

Jetzt begriff er. Zumindest hatte er den Eindruck, als wisse er, was sie meinte und ärgerte sich darüber, dass er es ihr nicht gleich gesagt hatte. Sie musste doch denken, er würde in eines der drei Zimmer einziehen, sozusagen Tür an Tür mit ihr wohnen, und er ärgerte sich, dass sie ihm eine derartige Taktlosigkeit überhaupt zutrauen würde. Deshalb sagte er: »Ich werde zu meiner Schwester ziehen, ich habe Ihnen doch erzählt, dass sie nicht mehr so recht auf die Beine kommt. Simon ist doch vor einem Jahr gestorben und da ist jetzt ein kleines Zimmer frei.«

Einen solchen Schlag hatte Charlotte nicht erwartet. Sie fühlte sich, als müsse sie sich sofort setzen. »Zu deiner Schwester, ach so.«

»Martillac, das ist nur eine halbe Stunde von hier«, sagte Vincent und fügte schnell hinzu: »Ich werde natürlich regelmäßig nach Ihnen sehen.«

Er hatte ihr Entsetzen falsch gedeutet und Charlotte war froh darüber. Ihre Angst galt nicht einer allzu großen Nähe zu Vincent, sondern der Ferne zu ihm. Als sie die Küche und das Bad gesehen und begriffen hatte, dass es keinen Durchgang zu einem Bedienstetentrakt, keine entfernt liegenden Räume gab, in denen Vincent hätte wohnen können, hatte eine Furcht sie ergriffen, die ihr neu war, die sie glaubte, noch nie zuvor empfunden zu haben. Sie konnte nicht einmal sagen, was das für ein Gefühl war, das da in ihr brannte, das so heftig in ihr brannte. Ihr wurde schwindlig. Sie hielt sich am Pfosten der Badtür fest und bemühte sich, dass Vincent nichts bemerkte. Aber ihre Prüfungen waren noch nicht ausgestanden, denn er fragte sie: »Was halten Sie nun von der Wohnung?«

›Ach, diese verfluchte Wohnung‹, dachte sie. Wirr überschlugen sich ihre Gedanken und ein schwerer Stein schien ihr auf der Brust zu liegen, bei der bloßen Vorstellung sie würde hier einziehen. ›Allein‹, dachte sie. ›Ich bin ja allein.‹

Vincent sagte vorsichtig: »Wir können sie neu streichen lassen, wenn Sie möchten.«

Charlotte fasste sich. Obwohl sie wusste, dass sie das Appartement nicht beziehen würde, warf sie, wie um Zeit zu gewinnen, einen prüfenden Blick hinüber in eines der Zimmer. Ja, was hielt sie von der Wohnung? Sie war wunderschön. Sie war hell, lag direkt an einem Park, der Blick aus den Fenstern ging über die Wipfel der Bäume hinweg, die Decken waren mit Stuck verziert, nicht zu aufdringlich, nicht zu profan, die Zimmer hoch, höher und freundlicher, viel freundlicher als die muffigen Räume, die sie in ihrem Schloss bewohnte. ›Was für eine aussichtslose Lage‹, dachte sie. Ihr Blick wurde müde und sie wünschte sich, nicht hier zu sein, nicht jetzt, denn sie konnte keinen sinnvollen Gedanken fassen.

Vincent versuchte es erneut: »Wir könnten Ihnen hier ein Arbeitszimmer einrichten und da die Bibliothek. Die Räume haben sogar zwei Kamine, ich habe mich erkundigt, sie funktionieren beide …«

»Schon gut, schon gut«, unterbrach ihn Charlotte. »Die Wohnung ist wunderschön, aber ich kann sie nicht nehmen.«

»Aber wieso denn nicht?«

Charlotte holte tief Luft. »Weil ich sie mir schlicht und einfach nicht leisten kann, deshalb. Ich möchte jetzt gehen. Bitte.« Sie schien erschöpft, wirkte von einer Sekunde auf die andere so matt und krank auf Vincent, dass er sich Sorgen machte, einen Schritt auf sie zu ging und sagte: »Geht es Ihnen nicht gut?«

Hätte er sie jetzt bei ihrem Vornamen angesprochen und gesagt: ›Charlotte, was ist mit dir?‹, sie wäre ihm um den Hals gefallen, hätte ihren Kopf auf seine Brust gelegt und geweint. Und sie war nicht mehr, wie früher, wie die vergangenen dreißig Jahre hindurch, froh darüber, dass er – loyal wie er war – ihr Angestellter blieb, sondern enttäuscht von seiner kalten Milde, seiner akkuraten Fürsorge. Und dann fiel es ihr wieder ein, sie konnte nicht glauben, dass sie es für einen Moment, ach, für einen Moment, den ganzen Tag schon, vergessen hatte, das Fläschchen in ihrem Sekretär. Sie musste sich diesen quälenden Gefühlen nicht aussetzen, dafür gab es keinen Grund. ›Beruhige dich, du hast doch das Fläschchen‹, dachte sie.

Sie war es nicht gewohnt, mehrere Empfindungen gleichzeitig zu haben und genauso wenig war sie darauf vorbereitet, mit ihnen umgehen zu müssen. In den vergangenen Jahren hatte sie ein stilles und verborgenes Leben geführt, hatte ihre Tage in so überschaubare und leicht verdauliche Portionen eingeteilt, dass es ihr nicht schwerfiel, der einen oder anderen Ernüchterung zu begegnen.

Jedes ihrer Gefühle löste seinen eigenen, perfiden Schmerz in ihr aus, der eine wie ein Papier, an dem man sich beinahe unmerklich schneidet, der andere wie von der Kante einer zu hohen Steinstufe, an der man sich das Schienbein blutig schlägt und ein dritter, der sich wie ein faustgroßes Geschwür in ihrem Magen ausdehnte und sie von innen her zerdrückte. Charlotte erkannte, dass sie dieser Überfülle an Gefühlen wie eine nervöse Debütantin gegenüberstand, die weder entscheiden konnte, welcher Aufgabe sie sich zuerst stellen sollte, noch überhaupt wusste, worin die Aufgaben bestehen konnten. Sie hatte vollkommen den Überblick verloren.

Aber wieso gingen sie die Dinge wieder etwas an? Was war geschehen? Es musste an dieser Wohnung liegen. Wozu eine Wohnung anschauen, wenn man doch weiß, dass man sie nicht beziehen wird, wenn man weiß, dass man überhaupt kein Dach über dem Kopf mehr braucht. Unter normalen Umständen würde sie jetzt aufgebahrt in der kühlen Eingangshalle liegen und nichts, absolut nichts würde sie noch etwas angehen.

Der Stier

Ella hatte sich eine Strickjacke übergezogen, denn sie wollte bei ihrem Rundgang nicht frieren. Sie fühlte sich, da Vincent und die Gräfin in der Stadt waren, wie die Hüterin des Hauses. Im Vorbeigehen strich sie mit der flachen Hand über das geschwungene Geländer der Treppe und unten über den Deckel des Klavieres mit den

Schlüsseln, wie um zu prüfen, ob ordentlich Staub gewischt sei. In der großen Halle blieb sie stehen. Sie musste nicht darüber nachdenken, wie doch gleich der Hund hieß, immerhin trug er den Namen ihres Onkels, eines gemütlichen, dicken Menschen, dessen ganzer Körper, wenn er lachte auf und ab bebte. Es war schon seltsam, einem schlanken, schönen Hund, der dem Wind davonspringen konnte, einen in Ellas Augen so schwerfälligen Namen zu geben. »Edouard!«, rief sie und wusste nicht, ob ihre Stimme die Ohren des Hundes, der wer weiß wo im Haus und wahrscheinlich auf irgendeinem Teppich lag, erreichen würde. Sie horchte, ob sich etwas regte und siehe da, er kam still die Treppe herunter, dann leise tapsend auf Ella zu, die sich hinhockte, um ihn zu empfangen. Kaum vernehmbar war das Aufsetzen seiner weichen Pfoten auf dem Marmor, der, wie sie jetzt bemerkte, abgetreten und durchzogen von kleinen Rinnen und größeren Vertiefungen war, die sich wie vernarbte Wunden über den gesamten Fußboden hinzogen. Wie selten doch manche Geräusche sind, dachte Ella, so selten und einzigartig wie die Orte, an denen sie entstehen. Hier das Tapsen des Hundes auf einem jahrhundertealten Fußboden, der von wer weiß wie viel Millionen Schritten traktiert und geschliffen worden war. Ella mochte Geräusche, denn diese waren für sie ein Zeichen von Lebendigkeit und Tat und Bewegung. Sogar das Wachsen eines Baumes würde man, wenn man nur bessere Ohren hätte, hören können. Geräusche bedeuteten für sie das Leben, wie die Stille den Tod.

Sie stand auf und ging unter der Treppenempore auf den unteren Flur zu. Als sie sich umdrehte, sah sie, dass der Hund immer noch dasaß und sich nicht von der Stelle rührte.

»Na, was ist?«, rief sie ihm zu. »Kommst du?«

Der Hund spitzte seine Ohren, als hätte er sie nicht richtig verstanden und sie sagte leise, flüsterte beinahe: »Edouard!« Und unglaublich, der Windhund erhob sich, kam zu ihr, streifte mit seiner Flanke ihr linkes Bein und blieb stehen.

»Du bist ein Gewohnheitstier, wusstest du das? Na komm, dann wollen wir mal.«

Sie liefen die untere Etage ab, wobei Edouard nicht hinter Ella her trottete, sondern einen Meter vor ihr lief, sich ständig nach ihr umblickte, und wenn sie auch nur daran dachte, in den einen oder anderen Raum zu gehen, blieb der Hund, als könne er ihre Gedanken lesen, an der Tür stehen, wartete, bis sie eingetreten war und folgte ihr dann. Ella klopfte ihm mit der flachen Hand auf die Seite und lobte ihn für seine vorausschauende Gehorsamkeit. Auch wenn sie nicht ganz verstand, wie er ihre Fährte, die doch erst eine werden würde, lesen konnte.

Entsprechend dem oberen Flur der bel étage verlief im Erdgeschoss ein dunkler Korridor quer durch den linken Flügel des Schlosses. Von ihm aus gingen zu beiden Seiten Zimmer ab. Auf der rechten Seite einige Gästezimmer mit Blick in den Park, in denen alle Möbel und Betten mit weißen Tüchern verhangen waren. Sie öffnete eine Tür nach der anderen und ihr fiel wieder die Dunkelheit der Räume auf, die Fensterläden waren nur leicht geöffnet und das wenige Licht schien in den schweren Vorhängen zu versickern. Sie sah die halb blinden Spiegel, die rustikalen Gestelle der Betten und die Farben der Tapeten, die wohl im Laufe der Jahrzehnte nachgedunkelt waren, und sie sah den Staub, der im Licht der Morgensonne stand, als hätte jemand die Zeit angehalten. Diese Zimmer schienen die ersten gewesen zu sein, die nicht mehr vermietet worden waren, und Ella dachte, wie lange es her sei, dass die letzten Gäste in diesen Betten gelegen, geschlafen und sich vielleicht auch darin geliebt hatten.

Auf der anderen Seite des Flurs lag ein großer Salon. Es war ein heller, ovaler Raum mit einigen kleinen Sofas, einer Bar und einem mächtigen Kamin, vor dem zwei Sessel standen. Das Zimmer nebenan kannte sie, schmal, mit dunklen, beinahe schwarzen Tapeten, an denen Dutzende von Bildern hingen, Jagdtrophäen, das Krokodil an der Decke, der Kamin, die Rüstung. Es war das Zimmer, vor dem sie der Gräfin begegnet war. Ella ging ein paar Schritte hinein, blieb in der Mitte des Raumes stehen und sah sich um. Über einer schwarzen Kommode, umgeben von einigen Rehgehörnen, hing in einem großen goldenen Rahmen ein handgemalter Stammbaum auf Pergament oder Leder. Ella musste dicht herangehen, um einige der Namen und die Geburts- und Sterbedaten lesen zu können. »Thibaut I.«, las sie ganz unten. Es wunderte sie, dass dort nur ein einziger Name auf ein Wappen geprägt war, als wäre das Geschlecht der Violets – ähnlich wie das der gesamten Menschheit – in einem Akt der Schöpfung direkt aus dem Himmel geboren worden. ›Frauen‹, dachte Ella, ›waren wohl auch für die Violets nicht notwendig gewesen.‹ »1183« stand unter dem Schild, und – ein zweites Mysterium, das Ella noch viel erstaunlicher vorkam – auch diese Zahl stand dort allein, ohne ihren unzertrennlichen großen Bruder, den Todestag. Auf die Idee, dass das Jahr von Thibauts Tod einfach nicht bekannt oder das Dokument verloren gegangen sein konnte, wollte sie nicht kommen. Der Gedanke, dass es mit dem Haus Violet etwas Überirdisches auf sich hatte, gefiel ihr zu sehr. Der Stammbaum endete weitverzweigt im 17. Jahrhundert und Ella ging davon aus, dass es noch weitere Verzeichnisse dieser Art gab. Ihre eigene Familie hatte keinen Stammbaum, wenigstens keinen, den man an einer Wand hätte anbringen können. Ella wusste nicht einmal, wie ihre Urgroßeltern hießen, und schon gar nicht, wer deren Vorfahren im 18. oder 19. Jahrhundert gewesen waren. Eines stand allerdings fest, sie mussten zu der Zeit, in der die Violets geherrscht hatten, genau wie diese auch, auf dieser Welt gewesen sein. Vielleicht sind sie sich sogar einmal begegnet, dachte Ella. Und wenn dann sicher in einer Schlacht, in der Thibaut oder ein anderer von denen da, von seinem Pferd herunter, einem ihrer Vorfahren den Kopf weggeschlagen hatte. Und jetzt war sie zu Gast im Hause der Mörder ihrer Ahnen. Aber es konnte ja genauso gut umgekehrt gewesen sein.

Ella sah die Gemälde und Grafiken über und neben dem Kamin, hauptsächlich Männer mit langen, gelockten Haaren, in Harnischen mit gestickten Halskrausen, die aussahen wie die Tischdeckchen ihrer Großmutter. Auf einigen Fotografien waren wohl der Vater und Großvater der Gräfin abgebildet und Ella dachte schon, es wäre kein einziges Frauenportrait an der Wand zu finden, da entdeckte sie eine kleine Schwarzweißaufnahme; sie erkannte das Portal des Schlosses und davor ein kleines Mädchen oder nein, es war ja gar kein Mädchen, es war ein Junge, ein kleiner blasser Junge im Matrosenanzug. Er stand steif da, sein Lächeln wirkte müde. Er musste so an die zehn Jahre alt gewesen sein. Ja, es war der Sohn der Gräfin, dieser Alain. Er sah sehr dünn und krank aus. Sie hatte ihn nur einen Abend lang erleben müssen, um zu wissen, was für ein arroganter und zynischer Mensch er sein musste. Doch hier auf dieser Fotografie erschien er ihr sanft, beinahe schüchtern, zerbrechlich und ohne jede Spur von Überheblichkeit. ›Ein Engel der Pflicht‹, dachte sie. Zwischen all den großen, heldenhaften Vorfahren wirkte er, als würde er niemals in der Lage sein, in ihre gewaltigen Fußstapfen zu treten.

Er lächelte nicht, ein trauriger, freudloser Junge. Und wie er da vor der hohen Eingangstür stand, wie jemand, den man vergessen hatte, fühlte Ella seine Einsamkeit, eine Einsamkeit, die sie nur zu gut kannte. Sie dachte früher immer, es ginge allen Einzelkindern so, es mussten alle einsam sein, und sie dachte, wie schlimm ja das Wort schon war: ›Einzelkind‹.

›Aber mit so einem Bruder, ich hätte ihn geliebt.‹ Dieser Gedanke war ihr einfach passiert, das irritierte sie und sie fragte sich nach dem Grund. ›Aber ich hätte ja jeden Bruder geliebt.‹ Sie wusste nicht, wie sie darauf kommen konnte, in Alain einen Bruder zu sehen, vielleicht weil er, wie sie, ein Einzelkind war.

Ellas Eltern hatten ihrer Tochter schon sehr früh zu verstehen gegeben, dass ein Geschwisterkind durchaus noch denkbar wäre, und Ella suchte ständig Namen für ihren Bruder aus, denn es konnte nur ein Bruder werden. Aber es passierte nichts. In der dritten Klasse, als sie schon kaum noch damit rechnete, kam sie eines Tages von der Schule nach Hause, ihre Eltern waren beide da, das war häufig so, dann hatten sie meist ein, zwei Stunden gemeinsamer Zeit, bevor sie wieder zur Probe mussten, aber an diesem Tag stimmte etwas nicht. Ihre Mutter stand in der Küche, an die Spüle gelehnt und Ella hatte sofort bemerkt, dass sie weinte. Sie hatte die Hand ihrer Mutter genommen und gefragt, was los sei. Ihr Vater war aus dem Wohnzimmer gekommen und alle setzten sich an den Küchentisch. Ella konnte sich auch jetzt noch daran erinnern, wie sie zwischen ihren Eltern saß und wie der Vater ihr erzählte, dass ihre Mutter ein Kind im Bauch trüge, und noch bevor er den Satz fortführen und beenden konnte, brach aus Ella eine über Jahre angestaute Freude so haltlos hervor, dass sie die Eltern für eine Sekunde hell und erlöst anstrahlte und lachte, eine jahrelang brennende Hoffnung erfüllte sich hier, bevor der Satz des Vaters zu Ende ging: »Es ist leider gestorben.«

Ella konnte nicht wissen, wie erschüttert die Eltern waren, nicht etwa über die bitteren Tränen, die sie dann vergoss, sondern vielmehr über diesen kurzen, traurigen Moment der Freude, in dem ihnen bewusst wurde, was ein Geschwisterchen ihrem Kind bedeutet hätte. Sie hatten es Ella überhaupt nur erzählt, weil ihre Mutter ins Krankenhaus musste, weil sie dachten, sie müssten ihr die Wahrheit sagen, dass sie leider keinen Bruder mehr bekommen würde. Später, viel später hatte ihr die Mutter gestanden, dass es ein Fehler gewesen sei, ein nicht wieder gutzumachender Fehler, und dass sie sich nach diesem Nachmittag oft gewünscht hatte, ihn nicht begangen zu haben.

Ella verließ das Kaminzimmer. Edouard folgte ihrem Ruf diesmal nicht und blieb auf dem Teppich liegen. Er hob nur seinen Kopf und schaute ihr nach, als sie im Flur verschwand. Sie öffnete die letzte Tür auf der linken Seite des Korridors. Es war die Bibliothek. Sie warf nur einen kurzen Blick hinein, als müsse sie sich vergewissern, ob die Bücher noch alle da waren. Am Vortag hatte sie dort zwei Stunden verbracht und gelesen, war immer wieder aufgestanden und zu einem der Regale, die bis unter die hohe Kassettendecke reichten, gegangen, um sich ein neues Buch zu holen, wobei sie jedes Mal erst zehn andere herauszog, bevor sie sich für eines entschied. Jetzt stand sie im Türrahmen und sah in ein gleißendes Zwielicht hinein. Die Morgensonne strahlte durch die große Fensterfront, deren Randscheiben aus rotem und grünem Bleiglas ihrem Licht einen irisierenden Schimmer gab, der den ganzen Raum ausfüllte. Gestern hatte sie nicht an René gedacht, aber jetzt bedauerte sie, dass er nicht bei ihr war. ›Schade, dass er das nicht sehen kann‹, dachte sie. Und dabei meinte sie nicht den erleuchteten Raum, sondern die Bücher.

Ella und er hatten einmal, sie lagen nebeneinander im Bett ihrer Dachgeschosswohnung, festgestellt, dass es nichts Schöneres auf der Welt gäbe als Bücher und dass man mit ihnen nicht allein wäre, egal, wo man auch sein mochte. Und dann hatten sie sich eine Welt ohne

Bücher vorgestellt und das, fanden sie, sei unmöglich, denn wenn es Menschen gab, würde es auch Bücher geben. Es schien in der Natur des Menschen zu liegen, Dinge aufzuschreiben, genau wie Ella in ihr Tagebuch schrieb, schrieb die Menschheit alles auf, was sie bewegte, wie es ihr ging, was sie wusste oder ahnte, bedrückte oder erreicht hatte und wovon sie träumte. Die Bibliotheken schienen Ella, wie die Zauberlampe den Geist, die Seele der Menschheit aufzubewahren, um für spätere Zeiten von Nutzen zu sein.

Ella setzte ihren kleinen Rundgang fort und ging nach draußen auf die Veranda, wo sie sich in Vincents Schaukelstuhl im Halbschatten des Laubengangs einen Moment ausruhen wollte. Sie stieß sich einige Male vom Boden ab, schwang hin und her und warf dabei einen Blick über die Felder. Sie fühlte sich in diesem Moment tatsächlich wie die Hausherrin, als würde gleich ein Bauer vorbeikommen und sie fragen, was als Nächstes zu tun sei. Sie versuchte, sich noch vorzustellen, wie es wäre, ein solches Schloss zu besitzen, und es kam ihr nicht unanständig vor, reich zu sein. Ja, hier war alles schön. Die Sonne blendete, obwohl sie im Schatten saß. Sie schloss die Augen und hörte dem Zirpen der Zikaden und dem Rauschen des Windes in den hohen Platanen nach. Ein Stier.

Es war dieses Aufwachen, bei dem zuerst die Augen wie aus einem dunklen Wasser auftauchen und allmählich auch die Geräusche aus der Tiefe heller und klarer werden. Dann, mit einem Mal ist der Tag wieder da. Ella rührte sich nicht, stand nicht von dem Schaukelstuhl auf, stieß sich nicht einmal mit den Zehenspitzen von den Steinen ab; sie versuchte, an nichts zu denken als an diesen seltsamen Traum. Sie ärgerte sich, dass ihr Tagebuch oben im Zimmer lag und fürchtete, wenn sie jetzt gehen würde, um es zu holen, hätte sie ihn vielleicht vergessen. Seit über einem Jahr schrieb sie ihre Träume auf. Sie schloss ihre Augen, versuchte noch einmal, zurückzutauchen und sich an alle Einzelheiten zu erinnern. Und da hörte sie hinter sich durch ein geöffnetes Fenster schrill das Telefon klingeln.

Das konnte René sein. Sie stand auf, ging hinein, durch die Halle und die schmale Tür in den Salon der Gräfin, auf deren Schreibtisch das Telefon stand und immer noch schellte. Sie nahm den Hörer ab.

»Oui?«

»Ella? Ella, bist du das?«

Es war René.

»Wieso bist du am Telefon? Ich hab vorhin schon angerufen und keiner ist rangegangen.«

»Ja, ich bin allein hier, ich hab grad geschlafen und hatte einen total seltsamen Traum. Ich wollte grad hochgehen, um ihn aufzuschreiben. Aber ich kann ihn auch dir erzählen, dann vergesse ich ihn nicht, der war so schräg. Kann ich ihn erzählen?«

»Ja, gern.«

»Also, ich bin draußen im Schaukelstuhl eingeschlafen und in der Wüste aufgewacht. Es war irrsinnig heiß, ich lag auf einer Düne und habe richtig geschwitzt und hatte Sand zwischen den Zähnen. Ich hatte irgendwie große Angst. Und dann war da ein Schatten, ein großer Stier, der war richtig schwarz und stand neben mir. Aber ich hatte nicht vor ihm Angst. Das war so verrückt, ich saß plötzlich auf seinem Rücken und wir sind durch die Wüste geritten. Hinter uns war ein Unwetter, wie so ein Wüstensturm, die Sonne war kaum noch zu sehen; ich glaube, dass ich davor Angst hatte. Das war ein irrer Ritt. Wir kamen vor eine Stadt, so aus Lehm, mir hohen Mauern, aber das große Tor stand offen und wir sind reingeritten, das Tor ging dann auch gleich hinter uns zu, aber dann waren wir mit einem Mal nicht in einer Stadt, sondern auf einem Krankenhausflur, der war ganz lang und gekachelt und am Ende sind wir links in einen Raum rein. Und als wir drin waren, ist hinter uns eine ganz schwere Tür zugefallen, so eine Stahltür, es war stockfinster. Und dann wurde es echt gruselig, das Licht ging an, ganz grelle Scheinwerfer, und Männer mit weißen Gummikitteln, nee, die waren nicht richtig weiß, das war so wie bei schlechten Zähnen, ist auch egal, die Männer hatten so spitze Lanzen, silberne, glänzende Spieße, und mit denen haben sie auf den Stier eingestochen, das war schrecklich, überall Blut unten auf den weißen Fliesen, ich hab ja noch auf ihm drauf gesessen, und weißt du, was verrückt war? Ich habe seinen Herzschlag zwischen meinen Beinen gespürt, wie er langsamer wurde und ganz unrhythmisch, und dann ist er zusammengesackt. Ich weiß nicht mehr genau, wie ich von ihm runtergekommen bin. Auf jeden Fall stand ich dann neben ihm und so eine Musik fing an, das war irgendetwas Barockes. Ich hab gefragt: „Warum habt ihr das getan?" Keiner hat geantwortet. Und dann wurde ich abgeführt, durch die Stadt, an einem Haufen Leuten vorbei und direkt vor den König. Ich hab mich hundeelend gefühlt. Und weißt du, was der zu mir gesagt hat, der hat gesagt: ›Du hast den Feind des Volkes besiegt!‹ Alle haben gejubelt und fingen sofort zu tanzen an. Aber ich hab geweint. Und dann bin ich aufgewacht. Verrückt oder?«

Während Ella ihm von ihrem Traum erzählt hatte, war René glücklich. Sie redete wieder mit ihm, und sie redete so, wie er es von ihr gewohnt war, wie ein Wasserfall und er liebte sie dafür, dass sie ihn mit dieser Geschichte überschüttet hatte, als wäre sie das reine Glück. Sie fragte ihn, wie er den Traum fände und was er davon halten würde, ob er nicht zu traurig sei und René sagte, dass es ein toller Traum wäre, eine richtige Geschichte. »Also, du kannst träumen«, sagte er bewundernd.

»Ja, ich weiß nur noch nicht, was er zu bedeuten hat. Es war so seltsam und erschreckend. Aber weißt du, was verrückt ist, was wirklich verrückt ist, ich hätte es beinahe vergessen, am Anfang, als er vor mir stand, also der Stier da in der Wüste, jetzt weiß ich es wieder, warum ich keine Angst hatte, das ist verrückt, ich hatte keine Angst, weil er mein Bruder war.«

»Ach, das ist schräg«, sagte René.

»Ja, das ist ja das Seltsame, ich wusste das, ganz am Anfang wusste ich es, dass der Stier mein Bruder ist, und irgendwie hab ich es dann vergessen, aber ich will nicht die ganze Zeit über mich reden.«

»Nein, es ist schon gut. Es ist schön, wenn du mir von dir erzählst.«

»Aber was hast du heute gemacht?«

»Ich, ach nichts. Ich hab lange geschlafen. Jetzt wollte ich was essen gehen, ach so, und am Nachmittag nimmt mich Alain mit zu einer Wahrsagerin.«

Ella lachte, und auch ihr ging es so, dass sie gern seine Stimme hörte.

»Du gehst zu einer Wahrsagerin? Ausgerechnet du?«

»Alain sagt, sie wäre gut, und ich war noch nie bei einer, aber du weißt ja, ich halte davon nichts. Na ja, es wird auf jeden Fall interessant. Sie soll sogar den Präsidenten bei sich gehabt haben, das weiß eigentlich keiner, aber Alain kennt sie gut. Na ja, ich bin gespannt.«

»Dann hoffe ich mal, dass sie dir keinen Mist erzählt. Sonst kriegt sie es mit mir zu tun.«

Jetzt lachte auch René. Es war, als ob sie wieder zusammen wären.

»Und was habt ihr gestern Abend noch gemacht?«, erkundigte sich Ella.

»Gestern Abend? Du meinst mit Alains Freunden.«

»Ich meine mit Alains Freundinnen.«

»Ich war müde, ich bin eigentlich gleich ins Bett gegangen.«

»Waren sie hübsch?«

»Ja, sie waren hübsch. Aber langweilig.«

»Habt ihr euch geküsst?«

»Was? So ein Unsinn. Das sind Alains Freundinnen und nicht meine.«

»Na gut, ich glaube dir mal«, sagte Ella und René erwiderte: »Und, hast du diesen Diener geküsst?«

Ella lachte nicht.

»Vincent, oh ja, den sollte man wirklich küssen. Er ist, glaube ich, der tollste Mann, den ich je kennengelernt habe. Und er ist nicht dumm, im Gegenteil, er kommt mir manchmal vor, als wäre er einer dieser alten Weisen. Wir können über alles reden. Und ein Diener ist er überhaupt nicht mehr, also ab und zu schon, wir können ganz normal miteinander reden, ach und das weißt du ja noch gar nicht: Er ist in die Gräfin verliebt.«

»Wer? Der Diener?«

»Ja.«

»Liegt ja auch irgendwie auf der Hand. Und was ist mit ihr?«

»Du kommst nicht drauf, er hat keine Ahnung.«

René konnte nicht anders, er musste ihr diese Frage stellen: »Und bist du noch in mich verliebt?«

Als Ella schwieg und nicht antwortete, ärgerte er sich. Sie hatten sich seit ihrem Streit zum ersten Mal richtig unterhalten können und da stellte er so eine dumme Frage.

»Ja.«

Hatte sie ›ja‹ gesagt oder hatte er sich nur gewünscht, dass sie ›ja‹ sagt?

»Ich hab' dich gerade nicht verstanden, was hast du gesagt?«

»Ja.«

René kannte Ella so gut, dass er wusste, dass dieses ›ja‹ ernst gemeint und die Wahrheit war, auch wenn sie nicht gleich geantwortet hatte. Aber er war sich sicher, dass sie gerade lächelte.

»Und du?«, sagte sie. »Wie steht's mit deiner Liebe?«

»Schlimmer als vorher«, sagte er. »Ich halt es hier nicht mehr aus ohne dich.«

»Das ist doch gut.«

»Kann ich zurückkommen? Ich könnte mich gleich auf den Weg machen. Vielleicht gibt es heute noch eine Zugverbindung.«

»Ja«, sagte Ella, »das wäre schön, aber ...«

»Nichts ›aber‹, ich packe meine Sachen und komme.«

»Nein, warte. Das geht mir jetzt zu schnell. Ich muss erst darüber nachdenken.«

»Was gibt es da noch zu denken, ich bin jetzt drei Tage weg, wie lange soll das noch gehen?«

»René, ich weiß es nicht«, sagte sie und ihre Ratlosigkeit tat ihm weh.

Er schwieg. Er überlegte, ob er versuchen sollte, sie umzustimmen, doch er kannte Ella, wenn sie etwas sagte, gab es kein Wenn und Aber.

»Sei bitte nicht böse ...«, sie sprach jetzt sehr sanft zu ihm: »Ich würde mir wünschen, dass du jetzt hier wärst, es wäre wunderbar. Aber ich habe das Gefühl, dass ich noch etwas klären muss.«

Als René ihr nichts entgegnete, fügte sie hinzu: »Liebster, lass mir noch diesen Abend, ja?«

Er überlegte: War das eine gute Nachricht?

»Hey, Kretin?«

»Ja?«

»Mach dir keine Sorgen. Außerdem kannst du doch eine Wahrsagerin nicht sitzen lassen, das bringt bestimmt Unglück. Warte mal, da kommt ein Auto.«

»Ist es die Gräfin?«

»Nein, ein Lieferwagen. Ich muss auflegen, ja, bis morgen. Ich küsse dich. Bis morgen, mein Peterchen.«

Es knackte in Renés Hörer, und er saß ruhig da. Aber dieses Mal war die Stille nach dem Telefonat mit ihr nicht bedrückend, nein, dieses Mal nahm er sie nicht einmal wahr, es gab sie nicht, seine Erleichterung und Vorfreude füllte diese kleine Lücke spielend aus.

Als Ella aufgelegt hatte, ging sie zum Fenster und sah, wie ein weißer Lieferwagen vor dem Haus hielt. Er sah aus wie ein Geldtranspor-ter. Einen kurzen, verrückten Moment dachte sie, dass René aus-steigen würde, mitgenommen von einem Pariser Bankangestellten. Sie fühlte noch einmal, dass es Zeit war, dass er zurückkam. Die bei-den vorderen Türen des Transporters gingen auf und zwei Männer in Uniform stiegen aus. Sie trugen eine Art hellbraunen Schlosser-anzug, zogen sich ihre hellbraunen Basecaps über und kamen zur Haustür. Kurz darauf klingelte es.

Ella überlegte nicht lange, sie verließ den Salon, ging durch die Eingangshalle zur Tür und öffnete.

»Meine Herren, wie kann ich Ihnen helfen?«, fragte sie ohne jede Scheu, und es machte ihr Spaß, so zu tun, als wäre sie die Schloss-besitzerin.

Der größere von beiden fragte, ob Madame de Violet zu Hause sei, und Ella antwortete, dass sie noch in der Stadt wäre, sonst nie-mand hier sei und dass sie nicht wisse, wann die Gräfin zurückkom-men würde. Jetzt wurden die beiden Männer unruhig und der Klei-ne sagte, dass sie von der Spedition kämen, dass sie ›den Picasso‹ abholen sollten und für zwei Uhr angemeldet wären.

»Ach, den Picasso«, sagte Ella, als wäre es nichts Besonderes und sah auf ihre Uhr.

»Ja, es ist erst kurz nach eins«, sagte der Große, »aber wir müssen noch nach Paris zurück.«

Ella erklärte ihnen, dass da leider nichts zu machen wäre und sie warten müssten. Die Männer murrten und der Kleine schimpfte, nahm seine Mütze ab und wischte sich den Schweiß von der Stirn, aber dann sagte er, dass Ella ja nichts dafürkönne, sie müssten so oder so warten wegen der Unterschrift, sie bräuchten ja die Unterschrift. Die Männer gingen zurück zum Wagen, öffneten die seitliche Schiebetür und setzten sich in den Schatten auf die Ladekante. Ella hatte eine Idee. Sie lief ins Haus und holte vom Blumentisch in der Empfangshalle das Tablett, auf dem eine Karaffe mit frischem Wasser, eine Flasche Limonade und einige Gläser standen. Vincent hatte ihr gesagt, sie könne sich jederzeit davon bedienen. Sie brachte alles nach draußen und während sie den Transporteuren die Getränke mit strahlendem Lächeln überreichte, fragte sie, was denn ›so ein Picasso‹ eigentlich wert sei. Die beiden zuckten mit den Schultern und der Kleine sagte, dass er es nicht wisse, dass ein Kollege von ihnen aber mal einen gefahren hätte, der wohl dreißig Millionen wert war, aber wenn es eine Dreißig-Millionen-Fahrt wäre, dann wären sie mit einem anderen Transporter gekommen. Das genügte Ella. Sie erklärte den Männern, dass es absurd sei und dass Kunstwerke gar nichts kosten und allen gehören sollten.

Dann bat sie die Männer noch einmal um Geduld und ging hinauf in die Suite, um ihre Badesachen zu holen. Der Kopfsprung, den sie kurz darauf in den Pool machte, war ein wirklicher, ein beinahe sauberer Kopfsprung und Ella freute sich unter Wasser, denn sie war sich sicher, dass sie ihn jetzt konnte. Sie tauchte einige Meter und schwamm dann drei Bahnen. Währenddessen fragte sie sich, ob es richtig sei, diese Männer da allein zu lassen. Immerhin stand das Fenster zum Salon offen, sie konnten ins Haus steigen, den Picasso von der Wand nehmen und einfach abfahren. Ihr fiel zum ersten Mal in ihrem Leben auf, dass es Dinge von Wert gab, um die man sich Sorgen machen musste. Da, wo sie herkam, ließ man die Haustüren offenstehen. Ja, sie bemerkte, dass sie überhaupt kein Bewusstsein für Wertgegenstände besaß. Sie kannte auch niemanden in ihrem Verwandtenkreis, von ihren Freunden ganz zu schweigen, der in dieser Hinsicht übertrieben ängstlich oder je bestohlen worden wäre. Überhaupt schien es in ihrem Land keine Diebe gegeben zu haben, vielleicht, weil es eigentlich nichts gab, was sich zu stehlen lohnte. Jetzt war sie doch nervös. Sollte sie nachsehen gehen, ob die Männer noch auf der Ladefläche saßen oder das Bild schon über den Kies zum Auto trugen? Es ließ ihr letztlich keine Ruhe, sie stieg aus dem Pool, trocknete sich ab, zog sich an und ging zurück zum Haus. Und da die Fenster ihrer Suite nach hinten zum Park hinausgingen und nicht nach vorn auf das Rondell vor dem Eingang, wo der Transporter stand, setzte sie sich, da es die beste Aussicht auf die Räuber bot, auf die vordere Terrasse und hielt sich, wie ein Detektiv, ihr Buch vor das Gesicht.

Als sie kurz vor zwei Uhr hörte, wie sich ein Wagen näherte und sie den Mercedes von Vincent erkannte, war sie erleichtert, ihre Rolle als Hüterin des Hauses wieder abgeben zu können.

Das Orakel der Rue de Vaugirard

In der Metro zum Quartier Saint-Germain-de-Prés, in dem Alain sein Büro hatte, bemerkte René, dass er die Menschen im Wagon und draußen auf den Plattformen mit größerer Neugier betrachtete als in den vergangenen Tagen. Sein Blick auf die Stadt und ihre

Bewohner weitete sich und er fühlte sich durch sie nicht mehr bedrängt. René brachte es sogar fertig, beim Aussteigen einer älteren Frau mit einem Lächeln den Vortritt zu lassen, was diese allerdings nicht erwiderte.

Kurz vor drei Uhr kam er bei der Rue des Saints-Pères an, einer schmalen Straße mit kleineren zwei- bis dreigeschossigen Häusern und der Nummer 50, einem klassizistischen Stadthaus mit zwei runden Portalbögen. Auf dem polierten Messingschild stand nur ein Name, Alain de Violet, und darunter kursiv: *Immobilier Prestige*. René klingelte. Kurz darauf summte der Türöffner, und René stieg die Treppe ins Obergeschoss hinauf. Hinter einer hohen Eichentür war ein Wartezimmer. Die Empfangsdame, die von ihrem Schreibtisch zu ihm aufblickte, begrüßte René und bat ihn um einen Moment Geduld, Monsieur de Violet würde gleich bei ihm sein. Er setzte sich auf ein schwarzes Sofa, dessen Sitzfläche aus flachen, wabenartigen Lederkissen mit schwarzen Knöpfen so niedrig und hart war, dass es beinahe wehtat, darauf zu sitzen und auf dem es unmöglich war, die Beine übereinanderzuschlagen. Durch die Tür konnte er Alain telefonieren hören, seine Stimme war kräftiger als sonst, ähnlich der, die René an seinem ersten Morgen im Appartement gehört hatte. Es war eine Herrscherstimme, mit der er seine Angestellten dominierte. Die Frau hinter dem Schreibtisch hatte ihn nicht nach seinem Namen gefragt, also hatte sie ihn erkannt, den Jungen aus der DDR. Sie lächelte jedes Mal, wenn sie René einen verständnisvollen Blick zuwarf, wobei er nicht wusste, worin dieses Verständnis bestand. Nach einer Viertelstunde hörte er Schritte im Nachbarraum, mit einem Schwung flogen beide Türflügel auf und Alain trat heraus. »Na, entschuldige, dass du warten musstest, aber ich hatte noch ein Telefonat.«

»Kein Problem«, sagte René.

»Jetzt müssen wir aber los, sie mag es nicht, wenn sie warten muss«, sagte Alain, während er wieder im Zimmer verschwand.

»Ines«, rief er von drinnen, und René konnte sehen, wie er auf der Suche nach etwas seine Jackettaschen abklopfte. »Ines, ich bin sicher eine Stunde weg, wenn der Ladrieux anruft, sag ihm, dass es noch nichts Neues gibt, ich hab' gerade mit Remy gesprochen, die haben sich noch nicht entschieden. Sag mal, weißt du, wo ich mein Portemonnaie hingelegt habe?« Er zog ein Schubfach seines Schreibtisches auf und schob es gleich wieder zu. Die Empfangsdame, die wohl auch seine Sekretärin war, stand schon in der Tür, hielt Alains Brieftasche lässig in der Hand und sagte keinen Ton.

»Ach, du bist ein Schatz, wo lag die denn?« Er nahm sein Portemonnaie im Vorbeigehen von ihr entgegen.

»Sie haben sie im Bad liegen lassen«, sagte sie und schaute Alain wie einem Jungen nach, der etwas angestellt hat.

»Ach ja«, sagte er belustigt. »Kommst du, René? Es geht los.«

Während sie das Haus verließen, fragte René, ob Alain schon den ehemaligen Verwalter des Schlosses gesprochen hätte und ob es denn noch irgendeine Möglichkeit gäbe, das Haus zu behalten. Doch Alain sagte, die Fahrertür öffnend und über den Wagen hinweg: »Es ist verloren. Keine Chance.« Er klopfte aufs Autodach und stieg ein.

Sie waren vielleicht fünf Minuten gefahren, ohne dass einer der beiden etwas gesagt hätte, da äußerte René sein Unverständnis darüber, wie allein man in dieser Gesellschaft offensichtlich dastand, wenn man kein Geld mehr besaß, und er fragte, ob es da nicht eine Instanz gäbe, die in solchen Fällen einschreiten und helfen oder die Betroffenen wenigstes vor dem Schlimmsten bewahren konnte. »Gibt es da niemanden, an den man sich wenden kann?«

Worauf Alain nur bitter entgegnete: »Du bist lustig. René, man kann in dieser Welt untergehen.«

»Und was wird dann aus deiner Mutter?«

»Na ja, sie wird nicht auf der Straße enden. So, jetzt aber mal was anderes, du hast ja gleich einen Termin.«

Alain erklärte René, dass er ihm nichts über diese Frau, zu der sie fahren würden – einer Frau, die nicht wirklich eine Frau sei – verraten könne, bevor sie ihm nicht die Zukunft vorausgesagt hätte. Je weniger man über sie wisse, um so klarer würden ihre Weissagungen sein, sagte er und René erklärte ihm, dass er nicht einmal an Gott glaube und daher überhaupt kein Interesse an Weissagungen hätte. Alain erwiderte, ohne einen Einwand gelten zu lassen, dass niemand, der das Zimmer des Orakels der Rue de Vaugirard je besucht hat, bestreiten könne, dass es Dinge zwischen Himmel und Erde gäbe, die man nicht erklären kann. René war sich sicher, für keinerlei Budenzauber empfänglich zu sein, und er war belustigt darüber, dass niemand zu wissen schien, dass ein Orakel keine Person, ja genau genommen nicht einmal ein Ort, sondern nur die Weissagung selbst sein konnte. Er sah die Sache eher als einen Gefallen, den er Alain tat – und nicht umgekehrt.

Sie hielten vor einem hohen, vierstöckigen Haus am Jardin du Luxembourg. Zwei dunkelrot hoch aufragende, breite Pfeiler an den Seiten schienen das schmale, grau verputzte Haus und seine hohen barocken Fenster zwischen sich einzuklemmen. Das Eingangsportal aus zwei tiefschwarzen geschwungenen Bögen, die über der Tür wie sturmgepeitschte Wellen zusammenschlugen und in deren Gischt sich ein blindes Fenster wie die Perle in der Auster verbarg, die schwere eiserne Tür, die Alain mühsam aufschob, all das wirkte auf René düster und geheimnisvoll. Es schien ihm der Behausung eines Mediums angemessen und seinen Zweck zu erfüllen.

Das Gittergeflecht der Fahrstuhltüren öffnete sich vor ihnen wie die Dornenhecke im Märchen. Sie stiegen ein, fuhren hinauf in die dritte Etage und betraten einen durch ein großes, rundes Oberlicht erhellten Flur. Alain ging auf die Eingangstür zu und drückte auf einen kleinen goldenen Stift, der in der Rosette einer blau emaillierten Blüte steckte. Ein leises, gedecktes Klingeln war von drinnen zu hören.

Kurz darauf erschien eine ältere Frau in der Tür. Es war eine dralle Schwarzafrikanerin mit einem dunkelgrünen Kleid und roten Lackschuhen. Als sie Alain sah, lächelte sie und ihre weißen Zähne mit einer kleinen Lücke zwischen den oberen Schneidezähnen blitzten den beiden herzlich zu.

»Oh, Monsieur Violet, schön, dass Sie uns besuchen. Kommen Sie doch herein, bitte. Kommen Sie! Kommen Sie!«

»Colette, das ist René, ein Freund«, sagte Alain zu ihr. »René, das ist Colette, die zweite gute Seele des Hauses.«

René gab ihr die Hand. »Schön, Sie kennenzulernen.« Und Colette drückte sie mit ihren prallen Fingern fest zusammen. Sie lachte und machte einen übertriebenen Knicks. »Kommen Sie doch herein.«

»Ist grad jemand drin?«, fragte Alain.

»Nein, nein. Sie hat geschlafen, jetzt ruht sie. Sie wird sich freuen, dass Sie da sind. Kommen Sie, kommen Sie.«

Sie gingen durch einen schmalen, dunklen Korridor auf eine hohe Flügeltür zu. Colette öffnete vorsichtig eine Seite, beugte sich in den Raum und fragte leise, wie in ein Krankenzimmer hinein: »Madame? Monsieur de Violet und ein Herr sind da.«

Aus dem Inneren des Salons vernahmen sie eine zarte, kaum hörbare Stimme. »Ah, Alain, kommt doch herein, bitte.«

Schnell, wie man die Luft anhält, bevor man ins Wasser springt, nahm René sich noch einmal vor, nichts von dem, was diese seltsam feine Stimme sagen würde, egal was es sei, zu glauben.

Sie betraten das große verdunkelte Zimmer und blieben kurz hinter der Schwelle stehen. Das Erste, was René auffiel, war der Geruch, eine Mischung aus Weihrauch und Rosenduft, eine süßliche Schwere, die den Raum noch finsterer zu machen schien, die aber René als angenehm empfand.

Die Jalousien im Zimmer waren heruntergelassen und so schräg angestellt, dass sie wie mit Rasierklingen gezogene, schmale Schlitze aufwiesen, durch die sich kleine Streifen schwachen Lichtes zwängten. Das Bett stand an der den Fenstern gegenüberliegenden Wand und ragte weit bis in die Mitte des Raumes hinein. Es war flach, quadratisch und wirkte wie die Ruhestätte eines Kaisers. Und in dieser Kulisse, René hatte Mühe, die Umrisse unter dem Laken zu deuten, lag, nein ... Dieses Wesen lag nicht, es schien sich auszubreiten und die riesige Fläche der Schlafstadt bis zu den flachen Brüstungen an den Seiten und dem wie ein Balkon aufragenden Absatz am Fußende hin zu überschwemmen, wie ein Vulkan, dessen Lava in alle Winkel des Landes fließt.

»Ich schalte jetzt das Licht ein, Madame«, sagte Colette ruhig.

René erschrak bei dem Gedanken daran, dass dieser Raum gleich erhellt sein und den Menschen, der dort lag, wie eine Attraktion im Zirkus beleuchten werde. Die Kronleuchter flackerten auf, allerdings machten sie kein Licht im eigentlichen Sinne, sondern sie tauchten den Raum wie in einen Topf dunkler Farbe, sodass jetzt über allem ein rötlich brauner Schimmer lag. Im gleichen Moment hörte er ein leises Summen und sah, wie sich das gewaltige Rückenteil des Bettes aufrichtete und den oberen Teil des Orakels der Rue de Vaugirard zum Vorschein brachte. Unter einem mattgoldenen Betttuch zeichneten sich die weichen Konturen ihres Leibes ab, ohne dass René hätte sagen können, wo ein Körperteil anfing oder aufhörte und schon gar nicht, wo eines in das andere überging. Es war unmöglich, sich eine Vorstellung von dem zu machen, was sich unter der weiten, wie ausgeworfenen Samtdecke verbarg. Nur ein breiter Hals, der auf seinen weichen Ringen einen kleinen roten Kopf wie einen auf dem Wasser schwimmenden Ball trug, war am oberen Ende zu sehen.

Alain ging zum Bett hinüber. Etwas regte sich unter dem Tuch, eine verschwindend kleine Hand streckte sich ihm entgegen. Er musste sich weit nach vorn über den Bettrand beugen, um sie zu drücken.

»Schön, dass du mich besuchen kommst. Was ist mit deinem Freund?«, rief sie etwas lauter zu René hinüber: »Kommen Sie doch her, Sie müssen keine Angst haben. Kommen Sie her und zeigen Sie sich.«

René hörte die Stimme nun zum zweiten Mal und konnte nicht glauben, dass sie aus diesem Berg von Fleisch dort kam, eine Stimme, die sanft und liebenswürdig klang wie die eines kranken Mädchens. Er ging näher an ihr Bett heran und blieb neben einem Nachtschränkchen stehen.

»Wie heißen Sie?«, fragte die Stimme.

Da er sich nicht traute, auf die Masse ihres Körpers zu blicken, sah er ihr direkt ins Gesicht. Es war erstaunlich klein und rund, wie ein Mond, der über dem Gebirge ihres Leibes stand. Sie schaute ihn erwartungsvoll und freundlich an.

»René.«

»René«, wiederholte sie und schien dabei seinen Namen wie eine Vorspeise abzuschmecken.

»René, kommen Sie her zu mir.«

Er wusste nicht, wie sie das meinte, denn es war unmöglich,

näher an diese Frau heranzukommen, ohne das Bett zu besteigen. Also stellte er sich neben Alain und hoffte, das würde genügen.

»Er ist schüchtern«, sagte sie zu Alain. »Gut, dass du ihm nichts gesagt hast. Du weißt, ich mag es nicht, wenn die Leute vorbereitet sind.«

Alain lachte. »Natürlich nicht.«

René wurde heiß. Seine Handflächen schwitzten.

»Wenn Sie wollen, sage ich Ihnen jetzt Ihre Zukunft voraus.«

»Gern«, antwortete er.

»Dazu müssen Sie jetzt Ihre Schuhe ausziehen und hier auf mein Bett kommen. Ich möchte in Ihre Augen sehen.«

René blickte sich erschrocken nach Alain um. Er versuchte, seine Abscheu vor der Vorstellung, wie er über das Lager dieser Frau krabbelte, zu verbergen und überlegte, was er sagen könne. Sie forderte ihn erneut auf, zu ihr zu kommen und der weiche Ton ihrer Stimme ließ ihre Aufforderung wie eine milde Bitte erscheinen.

»Nun los. Kommen Sie!«

René zögerte und sagte: »Ehrlich gesagt, ich möchte nicht. Ich finde es unhöflich Ihnen gegenüber. Tut mir leid.«

»Das stimmt doch nicht«, sagte sie jetzt wie eine Lehrerin, die ihren Schüler beim Lügen erwischt hat. »Machen Sie sich nichts vor. Wenn Sie wüssten, wer schon alles in diesem Bett hier war, würden Sie sich bestimmt nicht so anstellen. Also los, geben Sie sich einen Ruck und kommen Sie her, denn wenn Sie es nicht tun, kann das nur eines für Ihre Zukunft bedeuten: Egal, was Sie sich vornehmen, Sie werden es nicht erreichen. Auch wenn Sie nicht an diese Sache hier glauben, haben Sie sich doch trotzdem vorgenommen, von mir etwas zu erfahren, oder?«

»Ja, das stimmt«, antwortete René kleinlaut.

»Alain, lass uns bitte allein«, sagte sie, und Alain verließ den

Raum mit den an René gerichteten Worten: »Viel Spaß.« Die Tür schloss sich leise und René stand fassungslos und unschlüssig vor dem riesigen Bett. Die Frau schaute ihn an, sagte nichts und er wusste nicht, ob der Gesichtsausdruck, mit dem sie ihn bedachte, ein Lächeln war. Kurz entschlossen beugte sich René nach unten und zog seine Schuhe aus. Er stellte sie ordentlich neben das Nachtschränkchen. Dann bestieg er unsicher und vorsichtig das Bett.

»René, das ist ein französischer Name, wie finden Sie das Land, aus dem Ihr Name stammt?«, fragte sie ihn, während er näherkroch.

»Es ist wunderbar«, antwortete René atemlos. Er hatte Angst, er könne ihr wehtun, ihre Haut – von der er nicht wusste, wo sie endete – unter seinen Knien einklemmen und er fragte sich, ob es überhaupt möglich sei, dass ihre Empfindungen bis in diese letzten äußeren Regionen ihres Körpers reichen würden. Er rutschte vorsichtig, oberhalb ihres riesigen Leibes, auf ihr Gesicht zu. Als er bei ihr war und unmöglich weiterkonnte, sagte sie: »Sie müssen sich jetzt bequem hinlegen. Legen Sie sich hin und ihren Kopf noch ein Stück näher, ja so ist es gut, legen Sie ihn hier neben mich auf das Kissen. So ist es gut, noch ein Stück und Sie haben es geschafft.«

René lag nun schräg vor ihr, seinen Kopf dicht neben dem ihren.

»Schauen Sie mir in die Augen. Jetzt entspannen Sie sich. Keine Angst, wenn es lange dauert. Wir haben Zeit.«

Sie schaute in sein Gesicht und er hatte das Gefühl, ein See zu sein, dessen Wasseroberfläche sich noch leicht kräuselt, dessen Grund noch aufgewühlt ist, aber allmählich zur Ruhe kommt, klar wird und bald still da liegt. Ein See, in dessen Tiefe man schauen kann, bis auf den Grund.

Er konnte sich später nicht daran erinnern, wie lange er neben dieser Frau gelegen hatte und wenn er daran zurückdachte, kam es ihm jedes Mal wie ein Traum vor, von dem man am Morgen nur noch verschwommene Umrisse erinnern kann. Die Fragen, die sie ihm nach einer halben Ewigkeit stellte und seine Antworten stachen jedoch so deutlich aus diesem nebulösen Traum hervor, dass er sich noch lange an jedes Wort, das sie wechselten, erinnern konnte. Ohne zu zögern oder nachzudenken, antwortete René.

»Was ist Ihre Lieblingszahl?«

»Neun.«

»Sie sind am 9. Februar geboren, stimmt das?«

»Ja.«

»Sie stammen aus Ostdeutschland?«

»Ja.«

Dann fragte sie nur: »Wie heißt sie?«

Und René antwortete: »Ella.«

»Wovor haben Sie Angst?«

»Vor dem Tod.«

Dann sagte sie: »Das war es schon« und René, verwundert über diese kurze Audienz, wollte sich schon auf den Weg vom Bett herunter machen, da sagte sie: »Setzen Sie sich hier neben mich.« Sie klopfte mit der flachen Hand auf ihr riesiges Kopfkissen und er rutschte neben sie und saß nun, an die Kopfstütze des Bettes gelehnt, aufrecht da. Er kam sich wie ein kleiner Junge inmitten einer Runde von Erwachsenen vor.

Sie schaute an die Decke und schwieg. Ein Schweigen, das René in eine plötzlich wiederkehrende Anspannung versetzte. Dann hörte er, wie sie tief einatmete und mit einer sonoren Stimme in monotonem Rhythmus, als lese sie von irgendwo ab, ihre Prophezeiung vortrug:

»Sie sind ein mutiger Mensch. Sie stammen aus einer alten Zeit. Sie haben Geduld. Sie sind zu Vertrauen fähig. Sie können einmal glücklich sein. Sie haben Respekt vor anderen. Sie werden es schwer haben, erfolgreich zu sein. Sie haben Respekt vor Ihrer eigenen Schwäche. Sie können an sich arbeiten. Sie wissen noch nicht, was Sie wollen, aber wenn Sie es einmal wissen, können Sie es erreichen. Sie lieben die Menschen, das ist ein großer Vorteil, um glücklich zu sein. Sie lieben die Menschen, das ist ein großer Nachteil, um reich zu werden. Sie werden niemals reich sein. Sie sind ein rationaler Mensch. Sie werden sich nie in Gefahr begeben. Sie sind schüchtern. Das wird sich niemals ändern. Sie lieben eine Frau. Es ist eine schwierige Frau. Sie werden sie verlieren, wenn Sie sich unterwerfen. Sie werden sie verlieren, wenn Sie sich nicht unterwerfen. Sie haben Angst vor dem Tod. Sie haben keine Angst vor dem Leben. Wenn Sie sich verkleiden, sind Sie verkleidet. Sie können einmal glücklich sein. Bewahren Sie sich den Blick auf diese Welt, der Sie jetzt angehören. Wenn Ihnen einmal jemand sagt, dass Sie zu weit gehen, irrt er sich.«

Sie verstummte. René versuchte augenblicklich, sich an jeden einzelnen Satz zu erinnern, sich jedes einzelne Wort in Gedanken aufzuzeichnen, und er hatte das sichere Gefühl, nichts von dem, was sie gesagt hatte, je zu vergessen. Er wollte schon vom Bett steigen, da sagte sie noch: »Mir sind viele Menschen begegnet, die Gebirge auf ihren Rücken trugen. Aber Sie, Sie sind nur mit kleinen Steinen beladen. Sie können sie abwerfen, wie ein Hündchen die Tropfen seines nassen Pelzes. Sie können glücklich sein! Kommen Sie noch einmal her.«

Erneut beugte er sich zu ihr hinunter. Sie fasste seinen Kopf mit ihrer kleinen Hand, führte ihn zu sich heran und küsste René auf die Stirn. Dann sagte sie: »Sie erinnern mich an meinen Hugh. Sie sind ein guter Mensch und diesen Satz habe ich lange zu niemandem mehr gesagt. Der letzte, der ihn gehört hat, allerdings aus vollkommen anderen Gründen, ist mein Alain, Ihr Freund. Ich danke Ihnen.«

René kroch vom Bett herunter. Er zog seine Schuhe an, stand wieder neben dem Nachtschränkchen und wartete auf die Verabschiedung.

»Noch eines«, sagte sie, kaum ihre Stimme hebend. »Auch wenn ich Alain liebe wie meinen eigenen Sohn, rate ich Ihnen, halten Sie sich von ihm fern. Seine Welt ist nicht die Ihre. Auf Wiedersehen. Rufen Sie ihn mir bitte noch herein?«

Wie betäubt trat René hinaus auf den dunklen Flur, in dem Alain in einem Sessel saß und in einer Zeitung blätterte. Als er René sah, sprang er auf. »Sie ist unglaublich, oder? Wie war es?«

Doch René wusste es nicht und antwortete: »Ich brauch noch ein bisschen.«

»Das verstehe ich.« Alain trat einen Schritt auf ihn zu und fasste seine Schultern. »Als ich das erste Mal bei ihr drin war, habe ich geweint ...« Er zog das Wort in die Länge. »Und das soll schon was bedeuten.«

»Sie möchte dich sprechen.«

»Oh gut, bin gleich wieder da«, sagte Alain und verschwand im Zimmer.

René setzte sich in den Sessel und lehnte sich zurück. Er dachte an ihre Prophezeiung, dass nur sehr wenig davon mit seiner Zukunft zu tun haben würde, aber er spürte auch, dass sie etwas Wahres über ihn gesagt hatte, er spürte, dass sie ihn kannte und beinahe besser zu kennen schien als er sich selbst. Er war kein abergläubischer Mensch, glaubte nicht an das Übernatürliche und konnte es auch jetzt nicht, auch wenn diese Frau ihm seltsam ins Herz geschaut hatte. Nicht ihre Deutung seines zukünftigen Lebens hatte ihn erreicht, sondern vielmehr die Aura, die ihre Person, ihren ab-

surd ausufernden Körper, dieses Zimmer, ja das ganze Haus umgab.
Er dachte daran, Ella von dem Orakel zu erzählen, sie nach Paris
zu holen und dieser Frau vorzustellen und er wusste doch, dass es
keine gute Idee war.

Sie saßen wieder in Alains Wagen. René wusste nicht, wohin sie fuhren und es war ihm auch egal. Ihn beschäftigte diese Frau, in deren
Bett er gelegen und die ihm gesagt hatte, dass er Ella verlieren würde. Hatte sie das wirklich gesagt? Er schaute hinaus in die vorbeiziehenden Straßenschluchten, in die Fensterscheiben der Restaurants
und Boutiquen und ab und zu tauchte sein eigenes nachdenkliches
Gesicht darin auf. Er hatte sich fest vorgenommen, nichts von dem,
was diese Frau sagen würde, glauben zu wollen, doch dieser eine
Satz ließ sich einfach nicht vergessen und stach ihm ins Herz. ›Wie
kann man sich bloß vor einem Satz fürchten?‹

»Was hat sie denn gesagt?«, fragte Alain.

»Was?«

»Was sie dir gesagt hat? Sie hat doch sicher was gesagt?«

»Ja, das hat sie.«

Er wollte nicht darüber sprechen. Er war sich sicher, er könne es
nicht.

»Nun lass dich nicht bitten, hat sie dich erkannt?«

»Was meinst du?«

»Ich meine, ob sie wusste, wer du bist, was für ein Mensch du
bist.«

René überlegte einen Moment, dann sagte er: »Ja, ich hatte das
Gefühl, sie kennt mich.«

»Erstaunlich«, sagte Alain.

»Wieso erstaunlich, du hast doch gesagt, sie wäre gut.«

»Ja schon, aber schau dich an.« Alain deutete mit einem Blick auf

Renés Anzug. »Gestern warst du noch jemand anderes, das heißt natürlich, du bist immer noch jemand anderes, du bist noch nicht der, der dort sitzt, wenn du verstehst, was ich meine.«

René ahnte jetzt, dass Alain ihn aus diesem Grund eingekleidet hatte.

»Du wolltest also deine Freundin testen mit mir«, sagte er zornig.

»Nimm es mir bitte nicht übel, ja. Das war aber nur ein Grund, warum wir einkaufen waren. Ich war mir sicher, dass es dir Spaß machen würde und ich denke, es war auch so, oder?«

René schwieg.

»Aber mich würde wirklich interessieren, was sie gesagt hat. Also, lass mich nicht so hängen. Immerhin habe ich dich zu ihr gebracht.«

René antwortete mürrisch, um das Gespräch zu beenden: »Eigentlich nichts, was ich nicht schon wusste.« Doch sofort, kaum dass er ihn ausgesprochen hatte, erschrak er über diese Bemerkung, denn steckte nicht in dieser Antwort die Wahrheit? Waren Ella und er nicht drauf und dran, sich zu verlieren?

»Also gut, du willst nicht darüber reden. Das verstehe ich.«

»Wer ist sie eigentlich«, fragte René. »Und wer ist Hugh? Sie hat gesagt, ich erinnere sie an einen Hugh.«

»Ach das, das sagt sie wirklich nicht zu jedem, ehrlich. Zu mir hat sie es zwar auch gesagt, aber sonst kommt das wohl selten vor. Sie ist schon herrlich. Wenn sie jemanden mag, sagt sie ›Sie erinnern mich an meinen Hugh‹ und manchmal, wenn sie jemanden überhaupt nicht mag, sagt sie: ›Sie werden todunglücklich sterben‹ oder ›Sie werden alles verlieren, was Sie haben‹, ›Ihre Frau geht fremd‹ oder einfach nur ›Sie bringen Unglück‹. Sie weiß sehr viel über die Menschen.«

›Ella‹, dachte René. ›Ella wird mich verlassen.‹ »Es ist interessant, allein zu sein«, hatte sie am Telefon gesagt und ihm schoss der kalte

Schweiß aus den Poren bei dem Gedanken daran. Und so hatte er die schrecklichste Erfahrung gemacht, die ein Liebender je machen kann, die Erfahrung der Nüchternheit, einer besonders grausamen Form von Kälte, die sich von der leidenschaftlichen Kälte grundlegend unterscheidet, da sie keine Kraft aufwendet, weil sie keine Kraft mehr besitzt, die nichts mehr vom anderen will, ihn weder verletzen noch ihm die eigene Verwundbarkeit zu zeigen vermag; eine Kälte, die je größer Resignation und Schwäche werden, denen sie entstammt, um so ernstzunehmender ist, die endgültigste Form der Kälte, eine Kälte, der das Feuer fehlt. Es war ihm noch gestern vorgekommen, als könne er Ella nicht mehr weh tun, als fehlten ihm die Mittel dazu, ›was für ein schrecklicher Gedanke, als ob es darauf ankäme‹, dachte René. Aber war nicht der Schmerz, den sich zwei Liebende zufügen konnten, der verlässlichste Beweis ihrer Liebe? ›Ist der Mensch nicht erst im Schmerz wirklich er selbst?‹, dachte René.

Er war sich schlagartig all dessen bewusst. Er ließ das Fenster herunter und die schwüle, abgasschwere Stadtluft herein. Es war der Gestank von Paris und der hatte nichts zu tun mit dem sechshundert Kilometer entfernten Sommer, in dem Ella gerade lebte, sich sonnte und wahrscheinlich ein Buch las. Er war sich nicht mehr sicher, ob sie sich wirklich am Vormittag versöhnt hatten. Schon fühlte er wieder, dass er ein einsamer Mensch und allein in einer Stadt voller Fremder war. Es kam ihm vor, als müsse er diese neue Welt von jetzt an allein ertragen und – was noch schlimmer war – sich in ihr bewähren. ›Sie werden niemals reich sein‹, hatte sie zu ihm gesagt, als ob das irgendeine Rolle spielte und vor allem, als ob es wirklich so sein würde. Was wusste dieses Wesen schon?

Während er vollkommen in sich selbst versunken war, mischte Alain in Renés Befürchtungen und Ängste wie ein bitteres und böses Gewürz die Erzählung hinein, dass das Orakel 300 Kilo wiege, dass sie alle paar Monate zum Arzt müsse und dass es dann in der *Parisienne* große Schlagzeilen gebe, »Das Orakel wieder beim Elefantendoktor«; dass man sie mitsamt ihrem Bett auf die Plattform eines Kranes schieben, dass sie dann von ihrem schwebenden Lager herunter den Journalisten und neugierigen Passanten, ja, sogar einigen Bewunderern wie eine Königin zuwinken würde, dass man sie in das Tierkrankenhaus des Zoos bringen, sie dort auf einen der großen Elefantentische, wie sie ihn selbst bezeichnete, legen würde und zwei Ärzte, einer schwebend über ihr, der andere an ihrem Kopfende neben ihr stehend, sie untersuchen würden.

»Stell dir vor«, sagte Alain. »Sie bezeichnet das selbst als Ausflug. Sie sagt: ›Da komm' ich mal unter Leute.‹« Alain schaute zu René hinüber, der ihm gar nicht zuzuhören schien.

»Alles o. k.?«

»Ja, schon gut. Es geht schon.«

René sah wie ein Häuflein Elend aus.

»Ach, herrje. Sie hat etwas über deine Ella gesagt. Verstehe.

Aber dreh nicht gleich durch. Das ist ganz normal. Das Orakel sagt etwas und schon rennen alle los und wollen ihr Leben ändern, als gäbe es die letzten Jahre nicht, als wäre man nicht, wer man ist. Ich würde erst mal kräftig durchatmen und morgen sehen wir weiter. Manchmal kann man in der Liebe nichts tun, außer warten. Manchmal ist Warten das klügste«, erklärte Alain. Als René nichts erwiderte, fuhr er fort: »Vielleicht bin ich ja nicht der Richtige, um dir Ratschläge zu geben, fünf Monate, das ist mein Rekord, aber die Frauen sind doch alle gleich, egal ob du eine Woche oder zwei Jahre mit ihnen zusammen bist, sie wollen geliebt werden und sie wollen, dass man ihnen diese Welt hier zu Füßen legt, und die weniger einfallsreichen von ihnen wollen, dass du ihnen ein Kind machst, mehr nicht, aber die einfachsten Sachen sind eben immer die schwersten. Niemand will in Paris ernstlich Kinder haben, die Stadt ist dafür einfach nicht geeignet und noch weniger sind es die Menschen, die darin wohnen. Ich kenne viele vernünftige Mädchen, die wissen, was sie wollen, Kinder auf jeden Fall nicht. Hast du Hunger?«

»Nein.«

Sie fuhren eine halbe Runde um den Arc de Triomphe und René beruhigte sich allmählich.

»Was hat denn das Orakel zu dir gesagt?«, fragte er Alain.

»Das Orakel? Mir? Das erzähl' ich dir vielleicht mal, wenn ich besoffen bin oder high oder beides«, antwortete Alain.

»O. k.«, sagte René und schwieg.

Und Alain schlug aufs Lenkrad und sagte forsch: »Du bist ein komischer Typ.«

René schaute ihn verwundert an.

»Du gibst immer so schnell auf, du bist einfach viel zu nachsichtig mit den Leuten. Sie wollen ja eigentlich erzählen, verstehst du, sie wollen ja weinen, sich beleidigen lassen oder geschlagen werden. Du weißt nicht, was die Leute wollen, weil du zu vorsichtig bist. Na hey! Komm, fahr schon!«, rief er laut nach vorn und drückte auf die Autohupe. »Ich will nicht sagen, dass du feige bist, warst ja schneller im Bett, als ich dachte, da hast du mich echt überrascht, aber vielleicht war es ja auch gerade deine Feigheit, die dich dazu gebracht hat, vielleicht bist du ja nur einem Befehl gefolgt. Ich will nicht spekulieren, aber in dieser Welt hier musst du dir nehmen, was du willst und wenn nicht, dann nimm wenigstens, was dir angeboten wird.«

René wollte schon erwidern ›Das sagt einer, der reich ist und alles hat‹ oder dass es leicht sei, so über andere zu reden, wenn man selbst keinerlei Probleme hat. Er wollte sagen ›Du weißt nichts über mich‹ und ›Kann es sein, dass du noch nie geliebt wurdest?‹, aber er tat es nicht, weil er vielleicht ahnte, dass Alain ein Mensch war, der einem anderen plötzlich und scheinbar ohne jeden Grund ins Gesicht schlagen konnte. Er sagte nichts, weil er fühlte, dass er ihm jetzt wehtun konnte, ja, dass er ihm überlegen war. Was für seltsame Menschen es doch gab, dachte René und ihm fiel auf, dass er in den vergangenen zwei Wochen mehr von ihnen kennengelernt hatte als in seinem ganzen bisherigen Leben. Er hatte zum ersten Mal die Gewissheit, dass die Welt unendlich groß war, eine Welt, in der das Orakel lebte und Madame de Violet mit ihrem Diener, eine Welt, in der drei Basken die sterbende Tati besangen und in der es Menschen gab, die unter Brücken wohnten, während andere so viel Geld besaßen, dass sie ein Stück der Mauer mit einem Rolls Royce aufwogen. Und es war eine Welt, in der ein verlorener Mensch wie Alain einem Unglücklichen Zuflucht gewährt.

Solche Menschen gab es nicht in seiner Stadt, ja, er war sich sicher, dass man nicht einen von ihnen in dem Land, aus dem er kam, hätte finden können. Er nahm an, dass nur der goldene Westen derartige Charaktere formen konnte, und er empfand in der Vielfalt dieser Individuen den unerschöpflichen Reichtum dieser neuen Welt.

Nicht, dass die Menschen seiner ostdeutschen Heimat gleichförmiger waren, aber er spürte, dass sie wie die heimischen Fische – grau und schmucklos, aber irgendwie gelassener – im trüben Süßwasser vor sich herschwammen, als diese bunt schillernden Exoten hier, die ein Korallenriff umschwärmten, das blau und klar in der Sonne glitzerte, jeder auf der Suche nach einer geeigneten Bleibe.

Und das, was im heimatlichen Teich die Hechte waren, die still und versteckt im verlaichten Schilf standen, das waren hier, für jeden und jederzeit sichtbar, die Haie, die in eleganter Ruhe und als ständige Drohung das Riff abspähten und vor denen man auf der

Hut sein musste. Letzten Endes hatte René das Gefühl, keine der beiden Gewässer wirklich zu durchschauen, hatte er doch in seinem Teich gerade einmal fünf oder sechs bewusste Jahre verbracht. Noch unmöglicher schien es ihm, die Vielfalt dieses neuen Ozeans zu überblicken oder gar verstehen zu können. Bis jetzt hatte er nur hineingesehen in dieses Weltenmeer, er schwamm nicht darin, noch nicht. Was René am eindrücklichsten auffiel, war das Gefühl einer unendlich großen Gegenwart, die sich um ihn herum befand und zu der er plötzlich Zutritt hatte. Er fühlte, dass er lebendig war und dass es um ihn herum Milliarden von Fremden gab, mit Milliarden von schlagenden Herzen, von denen ihm jetzt jedes einzelne in der Lage schien, ihn an sich zu ziehen, hinein in ein fremdes Leben. Er fühlte sich wie ein Forscher, der loszieht und einer Spur hinein ins Weltengetümmel folgt, begierig herauszufinden, wie es möglich ist, ein vollkommen anderes Leben zu führen als das seine.

Frisches Grün

Seit Wochen wandelte Charlotte wie ein Geist durch ihr Schloss. Sie blieb vor Gegenständen stehen und versuchte, sich daran zu erinnern, seit wann sie im Besitz der Familie waren. Es kam vor, dass sie in einem der Gänge stand und horchte, ob es noch die Geräusche von früher gab. Aber nichts war zu vernehmen, nicht die Stimme ihres Vaters oder ihrer Mutter aus einem der Salons heraus oder einige kurze, sich wiederholende, zaghafte Töne des Pianos, auf dem sich ihr Bruder mit seinen kleinen Fingern die ersten Stücke zusammensuchte, nicht das Klopfen hinter dem Haus, wenn die Zimmermädchen die Teppiche entstaubten, oder das entfernte, helle Schlagen der Hufe draußen auf dem Kopfsteinpflaster der Stallungen, nicht die freudigen Tumulte, wenn die Erntehelfer unten in der großen Halle zusammenkamen und sich unter Stühlescharren und Tischerücken zum Essen setzten, nicht einmal die Anwesenheit der Gäste, die sie als einen einzigen Klang und immer als störend empfunden hatte und nicht das entfernte Klappern der Teller im Speisesaal. Selbst die diskrete Stille, die ihre bettlägerige Mutter verbreitet hatte und die Charlotte als Einzige in einem Haus voller Geräusche wahrnehmen konnte, einer Stille, die damals täglich nach ihr rief, war verschwunden.

Nein, es war, abgesehen von den letzten Tagen, eine vollkommene Ruhe eingekehrt. Nur ab und zu tauchte das zufällige Aneinanderschlagen zweier Töpfe aus Vincents Küche auf oder das entfernte Summen des Staubsaugers, das wie ein leises Pfeifen aus dem schweren Atem des Hauses drang. Aber wenn die Geräusche wieder verstummten, war es jedes Mal, als sei es noch stiller geworden, als sei das Haus eingenickt und weggedämmert. Charlotte selbst lief immer häufiger durch die Gänge, wie eine Schlafwandlerin, dann konnte sie eine halbe Stunde vor einer Vase stehen oder vor einem Spiegel, der wohl hundert Jahre älter war als sie und vollkommen erblindet, manchmal fühlte sie mit dem Finger die Abschürfungen, die der Metallstift des Fensters auf dem Fensterbrett ihres Zimmers hinterlassen hatte, oder sie beobachtete, wie die Sonne in ihrem Salon auf- und unterging und deren Schatten, die wie dicke, rauchige Uhrzeiger über die Möbel strichen. Jetzt stand sie in dem Raum, in dem sie residierte, seit ihr Vater gestorben war, und aus dem heraus sie das Schloss beherrscht hatte, damals in den Jahren, als alles noch Aufbruch und Zukunft war.

Sie strich mit der flachen Hand über das dünne, leicht erhabene Rankenmuster der Seidentapete. Die Stelle, an der am Morgen noch der Picasso gehangen hatte, war von einem so intensiven, strahlenden Grün, dass es aussah, als wäre die Tapete gerade erst angebracht worden. Charlotte strich darüber, sie war sich sicher, dass an den Übergängen von dem leuchtend grünen Rechteck zu dem fahlen, verblichenen Grün des restlichen Raumes ein spürbarer Absatz entstanden sein musste, eine kleine Schwelle, aber sie fühlte nichts, keine Erhöhung oder Vertiefung, es war tatsächlich nur die Farbe, die unter dem Bild frisch und unberührt geblieben war wie ein ausgeschnittenes Stück Rasen.

Es klopfte.

»Oui!«, rief sie, ohne sich nach der Tür umzublicken.

Vincent trat ein und sah, wie Charlotte vor der Wand stand und dort irgendetwas zu suchen schien.

»Entschuldigung, ich wollte nur kurz Bescheid geben, dass am Montagnachmittag Monsieur David kommen könnte.«

»Wer?«, fragte Charlotte abwesend.

»Na, der Antiquitätenhändler, wegen der Schätzung.«

»Ach so, ja danke«, sagte Charlotte. »Sieh doch, ist das nicht erstaunlich?« Sie deutete auf das Rechteck an der Wand. »Hier, schau dir das an.«

Vincent kam zu ihr und stellte sich neben sie. »Ja«, sagte er, »es sind ja auch beinahe vierzig Jahre, die er da gehangen hat.«

»Ja sicher, ich erinnere mich, dass der Raum tatsächlich einmal so aussah, so frisch. Es ist, als wäre die Zeit hinter dem Bild stehen geblieben. Sieh doch, alles drum herum ist alt geworden, die Tapete, die Möbel und vor allem wir beide. Aber weißt du, was mich wirklich nachdenklich macht? Dass ich es nicht bemerkt habe, wie der Raum an Farbe verliert. Man scheint nicht zu sehen, wie die Zeit vergeht. Man ahnt es, aber man sieht es nicht. An Alain haben wir es gesehen. Damals konnte man es sehen.«

»Ja«, sagte Vincent. »Das war eine schöne Zeit.«

»Ach, es war eine seltsame Zeit. Ich mochte sie nicht. Jede anständige Mutter würde jetzt mit dem Kopf schütteln, wie kann man die Zeit, in der ein Kind groß wird, nicht lieben und ja, sie hätten recht damit. Alain war ein guter Junge, daran lag es nicht. Ich hätte mich mehr um ihn kümmern müssen. Ich habe ihn vernachlässigt, du weißt, dass ich das zugebe. Ich bin keine gute Mutter gewesen.«

Vincent überlegte, ob er ihr widersprechen sollte, aber er tat es nicht.

»Ich hätte mehr Zeit für ihn haben müssen, aber ist das wirklich alles, zu wenig Zeit mit seinem Kind zu verbringen? Es muss doch noch etwas anderes gewesen sein.«

»Das Hotel …«, warf Vincent ein, aber Charlotte unterbrach ihn sofort: »Ja, ja, das Hotel. Nein, irgendwo muss der Fehler ja liegen, es ist ein Rätsel. Es trennt uns etwas. Als hätten sie ihm in diesem Internat gesagt: ›Junge, deine Mutter zu lieben, wird dir nicht weiterhelfen.‹«

»Ich denke, dass sich alle Kinder in der Pubertät verändern«, sagte Vincent. »Ich fürchte, das ist normal.«

»Ja, du hast wahrscheinlich recht, wir werden es nicht mehr herausbekommen. Und du weißt, dass ich es versucht habe. ›Kein Grund zur Sorge, Mutter.‹ Dann ging es eine Weile gut und dann wieder nicht. Es hat mir wehgetan, dass er so lebt, als hätte er nie eine Mutter gehabt. Das tut weh.«

Charlotte spürte, wie Vincent neben ihr nicht wusste, was er mit ihrer kleinen Beichte anfangen sollte, also sagte sie: »Tja, und nun stehen wir hier und müssen hinter ein Bild schauen, um zu sehen, wie alt wir sind.«

»Ja, aber vielleicht ist das auch gut so«, sagte Vincent. »Wir haben immerhin *vor* dem Bild gelebt, und da haben sich die Dinge eben verändert.«

»Verändert.« Charlotte lachte kurz, wie ein Mädchen. »Meinst du das wirklich? Ich habe den Eindruck, ich verlasse eine Welt, die wenigstens die letzten zehn, fünfzehn Jahre immer dieselbe war. Aber das hat mir daran gefallen.«

Sie standen dicht beieinander. Charlotte spürte seine Nähe, roch sein Rasierwasser und hörte, wie er ruhig atmete. Sie drehte sich halb zu ihm um, schaute ihm in die Augen und sagte: »Meinst du das wirklich, dass wir vor dem Bild gelebt haben?«

»Ja, das haben wir.«

»Also meinst du, wir haben alles richtig gemacht?«

»In Bezug worauf?«

»In Bezug auf unser Leben.«

»Alles vielleicht nicht, nein, aber ich denke, das meiste schon.«

»Es ist schlimm«, sagte Charlotte und strich wieder mit ihrer Hand über das frische Grün »dass einem kein Mensch sagen kann, wie man es macht, das Altwerden. Jungsein, das geht von allein. Wenn man jung ist, kümmert sich die Welt um einen. Aber Vincent, es geht tatsächlich zu Ende. Es ist unvorstellbar, dass es ein Ende gibt.«

Der Vogel draußen vor dem Fenster hörte auf zu zirpen, die Zikaden schwiegen, das Rauschen der Bäume erstarb, Vincent fühlte in sich hinein, ob es auf einen solchen Satz irgendetwas zu erwidern gab, aber er war immer noch so erstaunt über die Frage, ob sie alles richtig gemacht hätten, dass er nichts sagen konnte außer: »Ich habe mich hier immer sehr wohl gefühlt.«

Charlotte hörte den Satz und musste lächeln. ›Immer korrekt‹, dachte sie. ›Er ist doch immer korrekt.‹

»Darf ich noch etwas sagen?«, fragte Vincent.

»Natürlich!«

»Es ist nur, ich habe über die Jahre etwas angespart. Ich meine nur, mir nützt dieses Geld nichts …«

»Ich verstehe nicht.«

»Ich will nur sagen, ich könnte zum Beispiel die Miete für die Wohnung übernehmen.«

Charlotte drehte sich von ihm weg. Sie ging ohne ein Wort zu ihrem Schreibtisch und schien irgendetwas zu suchen. Als hätte sie nie bei ihm gestanden und als hätte sie den letzten Satz nicht gehört, sagte sie: »Müssen wir noch etwas einkaufen, es könnte nämlich sein, dass die jungen Leute, falls ihr Freund je zurückkommen sollte, bei uns essen werden.«

Vincent antwortete nicht.

»Hörst du?«

»Ich möchte ja nur darum bitten, mir zu erlauben, die Kosten für die Wohnung übernehmen zu dürfen, wobei es nicht *diese* Wohnung sein muss und auch nur so lange, bis es wieder geht.«

Als Charlotte schwieg und nicht antwortete, fügte er hinzu: »Das muss man ja auch nicht jetzt entscheiden.« Er atmete tief ein, dann sagte er: »Ich möchte nur, dass du mein Angebot kennst.«

Charlotte zuckte zusammen. Er hatte es gesagt. Er hatte ›du‹ gesagt. Er hatte gegen ihre Abmachung verstoßen, gegen einen Vertrag, er hatte einen Vertrag gebrochen, auch wenn der schon dreißig Jahre alt war, er war vertragsbrüchig geworden. Panik brach in ihr aus. Sie versuchte, das linke Schubfach aufzuziehen, doch es war abgeschlossen. Sie setzte sich in ihren Bürosessel, rüttelte noch einmal an der Lade, aber sie ließ sich nicht öffnen. ›Wo ist der verdammte Schlüssel?‹, fluchte sie in sich hinein. Dann gab sie es auf, öffnete ein anderes Fach, nahm einige weiße Blätter von einem Stapel mit Schreibmaschinenpapier heraus und legte sie vor sich auf die Lederunterlage. Was wollte sie damit? Sie wusste es nicht. ›Nimm einen Stift und fang an zu schreiben.‹ ›Aber was soll ich schreiben?‹ ›Irgendwas, schreib irgendwas.‹ Sie nahm einen Stift und setzte ihn aufs Papier. Er zitterte. Sie legte den Stift wieder hin und hoffte, dass Vincent schon gegangen wäre, aber sie konnte aus dem Augenwinkel heraus seine Schuhe sehen. Vincent, der alles mit ansah und beinahe Angst um sie hatte, sagte: »Entschuldigen Sie!«

Charlotte stand auf.

»Du denkst tatsächlich, ich könnte von deinem Geld leben?«, fragte sie und schaute ihn wütend an.

Er antwortete ruhig: »Ich würde es mir wünschen. Ich brauche es nicht, da ich bei meiner Schwester wohnen werde und ihr das Haus gehört. Es wäre nur fair. Ich wurde die letzten Jahre ohne einen einzigen Verzug bezahlt, und ich habe beinahe den Eindruck, mein Gehalt hätte das Haus ruiniert.«

»So ein Unsinn. Aber du weißt schon, dass es nicht geht, oder?«

»Wenn ich fragen dürfte, warum es nicht geht?«

»Wenn es nicht gut gemeint wäre, würde ich sagen, es ist eine Frechheit.«

»Ich verstehe«, sagte Vincent ruhig. »Wenn Sie mich dann nicht mehr brauchen?«

Als Charlotte nicht reagierte, ging Vincent zur Tür, und er hatte die Klinke schon in der Hand, als sie ihm noch nachrief: »Was ist denn nun mit dem Essen? Hätten wir genug im Haus, um die Gesellschaft zu geben?«

Vincent drehte sich erstaunt um. »Ja, würden Sie denn zu dritt sein, ich meine, nehmen Sie auch am Dîner teil?«

»Ja, natürlich.«

»Dann hängt es davon ab, was ich kochen soll.«

»Das ist mir egal.«

»Gut, dann sehe ich, was noch in der Truhe ist. Aber ich muss sicher noch einmal in die Stadt. Was machen wir mit dem Wein?«

»Ach, der verfluchte Wein. Was denkt er sich. Er trinkt ihn ja nicht einmal. Was will er damit?«

»Ich hätte noch drei Flaschen von dem 82er von Phillipe in der Kammer, ansonsten halte ich bei ihm und kaufe noch nach, wenn Sie denken, dass das nicht reichen wird.«

»Nein, nein, drei Flaschen sind ja genug. Jetzt beschließen wir also die Sache mit einem fremden Wein. Ach, was erwarte ich.«

Charlotte setzte sich wieder und wusste doch, dass es dort nichts zu tun gab. Vincent ging zur Tür, öffnete sie und wollte schon hinausgehen, da rief sie ihm noch einmal nach, diesmal leiser, es klang wie eine Frage. »Vincent?«

Er drehte sich um.

»Ja?«

Sie wollte eigentlich ›Entschuldige!‹ sagen, aber wie so oft konnte sie es nicht. Sie hätte sich jetzt gern entschuldigt, aber stattdessen sagte sie: »Ich möchte von dieser Sache nichts mehr hören, verstehst du!«

»Ja, ich verstehe«, sagte er und verließ den Salon.

Geduld und Ungeduld

Zehn Minuten vor sieben schaute Ella durch die Scheibe der Küchentür. Sie beobachtete Vincent, wie er zwischen Kühlschrank, Tisch und Herd hin- und herlief, wie er kleine Tellerchen mit Wurst und Käse, eine Schüssel mit Tomaten auf den Tisch stellte, wie er an der Spüle ein Bund Radieschen wusch, dann auf einem schmalen Brettchen das Grün von ihnen abschnitt, wie er in eine Karaffe Wasser goss und noch einige Zitronen- und Gurkenstückchen hineinschnitt. Sie musste lächeln, als sie sah, wie sorgsam er das alles tat, wie langsam er das Baguette in kleine schräge Schiffchen schnitt und wie akribisch er Messer und Gabel neben den beiden sich gegenüberstehenden Tellern ausrichtete. Sie würden also gemeinsam essen. Eine Minute vor sieben richtete sich Vincent von der kleinen gedeckten Tafel auf, nachdem er noch einmal einige Schälchen, Schüsseln, Brettchen und die Gläser berührt und für Ellas Auge kaum sichtbar in die richtige Position verschoben hatte. Er betrachtete kurz sein Werk, dann schaute er zur Küchenuhr. Ella sah, dass sie jetzt klopfen musste, um nicht von ihm im nächsten Moment entdeckt zu werden. Und tatsächlich drehte er sich genau in dem Augenblick zur Tür um, als sie leise gegen die Fensterscheibe pochte. Er winkte sie herein und sie tat so, als würde sie das hübsche, kleine Bankett gerade zum ersten Mal sehen. »Das sieht aber schön aus«, sagte sie und bemerkte die Freude in seinen Augen.

»Mademoiselle, es ist nichts Besonderes, nur etwas Wurst und Kase. Aber wenn Sie möchten, können Sie noch etwas vom Kaninchen haben, es ist vom Mittag noch ein wenig übriggeblieben. Und noch mal, es tut mir leid, dass Sie heute mit dem Essen so lange warten mussten, noch dazu, wo Sie ja die Situation mit den Spediteuren gerettet haben.«

Ella versicherte, dass es keine große Sache gewesen sei. Beide nahmen Platz und Vincent schenkte nicht nur ihr ein Glas Rotwein ein, sondern mit der Bemerkung, dass es ein recht schmackhafter Bordeaux von einem Nachbargut sei, auch sich selbst. Er sagte, dass es schön wäre, dass sie beide noch einmal zusammenkämen und dass er sich sehr freue, überhaupt ihre Bekanntschaft gemacht zu haben. Sie erhoben die Gläser und stießen an.

»Wann kommt denn Ihr Freund zurück?«, fragte Vincent.

»Morgen«, antwortete Ella. »Er weiß es ja noch nicht mal.«

»Ach so, also steht es jetzt fest. Das wird ihn sicher freuen.«

»Ja, das wird es.«

»Freut es Sie auch?«

»Ich glaube, ja«, sagte Ella nach einigem Nachdenken.

»Hier, nehmen Sie sich etwas.«

»Danke«, sagte sie, nahm sich ein Stück Baguette und wusste nicht, womit sie beginnen sollte. Vincent klärte sie über die kleinen Schälchen mit Pasteten, Frischkäse und Salaten auf. Sie beschloss, einfach von allem zu kosten und strich sich zunächst mit der Spitze ihres Messers etwas Butter und Gänseleber auf ihr Baguette.

»Wissen Sie, es liegt nicht an ihm«, sagte sie, »sondern an mir.«

Vincent schaute sie verwundert an. »Was liegt an Ihnen?«

»Ja, mir ist klar, dass ich noch nicht so weit bin, auch wenn ich mittlerweile weiß, was ich ändern müsste, damit wir nicht mehr so oft streiten.«

»Das ist doch gut.«

»Ja, das ist gut, und ich hoffe, ich kann das. Bis vor ein paar Tagen habe ich nicht mal gewusst, was überhaupt los ist. Ich hab gedacht, es ist aus. Es hat sich fast so angefühlt. Ich weiß, wie sich so was anfühlt. Es ist ein schreckliches Gefühl. Richtig schrecklich ist das. Aber jetzt sehe ich irgendwie klarer, ja fast so, als wäre jetzt alles einfach.«

»Das ist schön, das freut mich sehr«, sagte Vincent.

»Ja, und das habe ich hauptsächlich Ihnen zu verdanken.«

»Wie bitte, mir?«

»Na klar.«

»Ich wüsste nicht, was ich Kluges gesagt hätte«, erwiderte Vincent.

»Ach, ich weiß nicht, ob es klug war, aber es war auf jeden Fall das Richtige. Und Sie waren ehrlich zu mir.«

»Schön, das freut mich umso mehr, wenn ich Ihnen etwas helfen konnte.«

»Ich weiß jetzt, was ich tun muss«, sagte sie. »Und jetzt kommt das Verrückte«, sie machte eine kurze Pause und sagte dann mit Nachdruck: »Ich muss das lernen, was *Sie* am besten von allen Menschen, die ich kenne, beherrschen.«

»Und was wäre das?«, fragte Vincent erstaunt.

»Geduld. Geduldig sein.«

Jetzt lächelte er. Aber es war ein müdes, ein bitteres Lächeln.

»Zufrieden mit dem, was man hat«, sagte sie, legte ihr Schiffchen, von dem sie noch nicht abgebissen hatte, auf den Teller zurück, schaute Vincent verunsichert an und fragte: »Was ist mit Ihnen?«

»Was sollte mit mir sein?«

»Ich habe aber auch über Sie nachgedacht«, sagte Ella und schaute ihn fest an.

»Über mich?«

»Ja, ich sehe da auch für Sie eine Möglichkeit.«

»In Bezug worauf?«

»Es gibt bestimmt nicht viel, was man von mir lernen kann, es wäre echt lustig, wenn es nicht ernst wäre, aber das, was Sie, glaube ich, brauchen, ist das, was ich zu viel habe.«

Vincent dachte nach, dann sagte er: »Sie meinen die Ungeduld?«

»Das ist es! Ist es nicht verrückt, dass wir uns begegnet sind? Jeder mit dem falschen Wort in der Tasche? Und wir müssen nur tauschen. Wir haben das früher in der Schule ›tuppeln‹ genannt, wenn einer das Brot vom andern essen wollte, die Schnitten der anderen schmeckten sowieso immer besser. Also wollen wir tuppeln?«

Sie strahlte Vincent an und er sagte: »Wenn Sie meinen, lassen Sie uns tuppeln!«

Er sprach das Wort seltsam aus und Ella musste lachen. »Herrlich, ich finde das herrlich.« Sie erhob ihr Glas. Obwohl Vincent zögerte, rief sie feierlich, als würde sie eine Revolution ausrufen: »Auf die Geduld!«

Er sah ihre leuchtenden Augen, die frische Hoffnung in ihrem Blick und konnte nicht anders, als auch sein Glas zu erheben und, beinahe wäre es ein Ruf gewesen, zu sagen: »Auf die Ungeduld!«

Dann tranken sie.

»Sehen Sie, es geht doch«, ermunterte ihn Ella und stellte ihr Glas wieder ab. Er behielt seines in der Hand und schwenkte es, dass der rote Wein darin kreiste.

»Aber Sie wissen schon, dass es schwer sein wird, für Sie und für mich. Ja, vielleicht ist es sogar unmöglich, vor allem, da es wohl nicht nur um dieses eine Wörtchen geht.«

»Ja, das weiß ich. Es wird eine verdammte Arbeit werden und ich hab keine Ahnung, ob ich dafür gemacht bin. Ich weiß nicht, ob ich das kann. Aber ich werde es wenigstens versuchen.«

»Gut«, sagte Vincent.

»Und Sie, werden Sie es auch versuchen?«

Er dachte nach, dann sagte er: »In Ihrem Fall mag das hilfreich sein. In meinem ist es das sicher nicht.«

»Ach, das wäre aber schlimm. Ich glaube an Veränderung.«

»Sie sind jung.«

»Und Sie sind noch nicht alt. Ich kenne Leute, die alt sind, aber Sie sind nicht alt.«

»Das ist nett von Ihnen, aber ich weiß, dass es nicht stimmt.«

»Und was werden Sie jetzt machen? Ich meine, wenn Sie hier wegmüssen?«

»Ich ziehe zu meiner Schwester. Sie hat ein Häuschen bei Bordeaux.«

»Und die Gräfin?«

Vincent stellte sein Glas ab.

»Sie will es mir nicht sagen. Sie entscheidet sich nicht. Als ob das irgendetwas nützt. Sie müsste nur sagen, ob sie die Wohnung will oder nicht. Wissen Sie, ich habe ihr eine Wohnung in Bordeaux besorgt, es ist wirklich ein schönes Appartement, aber sie sagt mir nicht, was nun damit wird. Es ist, als würde sie nicht begreifen, dass wir hier sehr bald ausziehen müssen. Und wie soll ich dann in kurzer Zeit eine andere Wohnung für sie finden, wenn ihr die eine nicht gefällt? Und sie will sich nicht helfen lassen, weder von ihrem Sohn noch von mir. Ich weiß nicht, was ich noch machen soll.«

»Ich verstehe«, sagte Ella und dann: »Haben Sie denn schon mal überlegt, ob sie beide nicht zusammenziehen wollen?«

Als hätte jemand an ihm wie an einer Zigarre gezogen, glühte Vincent die Brust auf. Er bezwang sich und sagte: »Sie kennen sie nicht, und ehrlich gesagt, erwarten Sie auch von mir zu viel. Nein, das wäre wohl keine Lösung.«

»Aber natürlich, ich glaube, es ist die einzige Lösung! Warum sollte das nicht gehen?«

»Weil wir eine bestimmte Form des Zusammenlebens gewählt haben, und die lässt nun mal keine Veränderung zu.«

»Aber ich denke, Sie lieben sie?«

Vincent schwieg. ·

»Ich dachte, Sie lieben sie und können sich nicht vorstellen, ohne sie zu leben.«

»Sie sehen das, glaube ich, zu romantisch, aber das ist es nicht. Es ist kompliziert, und es ist schon zu lange so, wie es ist.«

Er hatte einen Gedanken: ›Man müsste uns vorsichtig voneinander trennen und dann neu zusammenfügen. Aber wir würden auseinanderbrechen. Es ist alles hart und spröde, wir sind wie zwei Steine.‹ »Sie haben ja noch gar nichts gegessen«, sagte er.

»Oh ja, ich habe einen ganz schönen Hunger«, sagte Ella und biss in ihr Baguettestückchen.

»Bitte verstehen Sie mich nicht falsch«, beteuerte Vincent, »ich weiß selbst nicht, wie ich darauf komme, aber ich …«, er zögerte »ja, ich muss es so sagen, es fühlt sich seltsam an, dass Sie wieder abreisen werden.«

Ella schaute ihn erstaunt an.

»Entschuldigen Sie, ich hätte das vielleicht nicht sagen dürfen.«

»Doch, Sie dürfen alles sagen.«

»Ich verstehe es ja selbst nicht, ich habe den Eindruck, dass sich hier alles auflöst, das tut es ja auch. Und jetzt weiß ich, wenn Sie weggehen, wird alles, was noch lebendig ist, verschwunden sein. Sie sind so lebendig, Sie sind so wunderbar lebendig!« Er senkte seinen Blick. »Unsere Tage sind hier gezählt und ehrlich gesagt, weiß ich nicht, was danach kommt, außer wieder neue Tage. Es kommen immer Tage, bis irgendwann keine mehr kommen und bis dahin ist man verantwortlich.«

»Ja«, sagte Ella.

»Was ich sagen will, ist, dass ich in all den Jahren nie einen Gast in meine Küche eingeladen hätte, und dass ich es jetzt tue, verwirrt mich.«

Ella schaute ihn sanft an und antwortete gerührt: »Das ist es, das ist Veränderung.«

Vincent fühlte sich wie ein Schuljunge, dem man eine Binsenweisheit erklärt. »Das ist wohl der richtige Begriff dafür.«

Sie sprachen den Rest des Essens wenig miteinander. Ella versuchte, Vincent noch einige Male aufzuheitern, aber es gelang ihr kaum. Es war seltsam für sie, ihn essen zu sehen. Er aß wie jeder andere auch, vielleicht etwas vornehmer, aber er aß, und Ellas übertriebene Vorstellung der ersten Tage, er sei ein Diener, der wie ein Roboter niemals essen, schlafen und fühlen müsse, löste sich vollkommen auf.

Als sie sich verabschiedeten und Vincent sie noch zur Küchentür brachte, drehte sich Ella zu ihm um und umarmte ihn. Und als gäbe es nichts Natürlicheres, hielt er sie fest und drückte sie an sich. Ella legte ihre Stirn auf seine Schulter und sagte leise: »Das ist gut.«

Die Frauen

Die Fenster von Alains Appartement am Place des Vosges waren geschlossen. Draußen herrschten dreißig Grad, obwohl es schon zehn Uhr abends war. René saß auf dem Sofa des Salons und fror. Ihm gegenüber blätterte Alain stumm in einem dicken Ordner. René beugte sich vor und nahm einen vergilbten Prospekt vom Tisch, der wohl zwischen den Unterlagen, die Alain gerade durchsah, gelegen hatte. Es war ein Prospekt des Hotels der Violets und noch älter, als der, den er aus dem Schloss mitgenommen hatte. Er musste mindestens dreißig Jahre oder noch älter sein, denn das Haus, die Eingangshalle und die Zimmer machten trotz der verblichenen Farben der Broschüre einen frisch renovierten Eindruck. Auf der Rückseite war ein kleines Foto der Gräfin, die an dem Schreibtisch in ihrem Salon saß. René fand sie sehr schön, obwohl sie schon an die vierzig gewesen sein musste.

»Und du meinst, es ist wirklich aussichtslos?«

Ohne aufzuschauen, antwortete Alain: »Ich muss noch einmal mit Robert sprechen, aber es ist aus.«

»Vielleicht kannst du ihr ja helfen?«

Alain lachte, schlug den Ordner, einen Finger zwischen die Seiten haltend, zu und sagte: »Hast du sie nicht gehört? Sie will keine Hilfe. Und falls du es nicht bemerkt hast; meine Mutter und ich, wir mögen uns nicht besonders. Das sieht man daran, dass sie nicht einmal Geld von mir will.«

»Weißt du, woran das liegt?«

»Vielleicht.«

»Du hast also eine Ahnung?«

»Ja! Ich habe eine Ahnung. Aber ich möchte nicht darüber sprechen.«

»Ich könnte meine Eltern nicht im Stich lassen«, sagte René.

»Ja, du bist ja auch ein guter Junge und gute Jungen haben nun mal meistens gute Eltern. Also ist es auch leicht, so was zu behaupten. Aber ich will jetzt nicht mehr darüber reden. Es macht keinen Sinn, über Dinge zu reden, die sich nicht ändern lassen.« Er schlug den Ordner wieder auf und überflog einen Brief des Verwalters. »Wie steht es eigentlich bei euch beiden? Gibt's was Neues?«

»Ich weiß es nicht, wir hatten heute ein ganz gutes Gespräch, aber … keine Ahnung.«

»So richtig verstehe ich nicht, was ihr da treibt«, sagte Alain. »Du musst doch was angestellt haben, dass sie dich so sitzen lässt.«

»Ja, wahrscheinlich hab ich das«, gab René zu.

»Andererseits«, sagte Alain und schaute zu ihm auf: »Schauspielerinnen sind immer kompliziert. Ist sie eigentlich gut, auf der Bühne, meine ich?«

René überlegte, dann sagte er: »Das Wort muss erst noch erfunden werden, was sie ist. ›Gut‹ ist da zu wenig.«

»Oho. Na ja, nun bist du ja auch verliebt in sie, und Verliebte reden immer von ihren Freundinnen, als wären sie gerade dem

Olymp entstiegen und dann trifft man diese Göttinnen und sieht, dass sie ganz normale Hühner sind. Aber bei deiner Ella kann ich mir sogar vorstellen, dass sie gut ist.«

»Manchmal habe ich den Eindruck«, sagte René, »diese ganzen Figuren, die sie spielt, sind alle in ihr drin.«

»Verstehe«, sagte Alain, der mehrere Ordnerseiten zwischen zwei Finger klemmte und sie hin und her schlug, um zwei Kontostände zu vergleichen. »Da fällt mir was ein«, sagte er und schaute von den Seiten auf, »warum hab ich nicht gleich dran gedacht. Claude. Kennst du Claude Lelouch?«

»Den Regisseur? Nur den Namen. Seine Filme gab's bei uns nicht.«

»Pass auf, er war mal ein Kunde von mir. Deine Ella muss bei ihm vorsprechen. Ihr Französisch ist zauberhaft. Wenn sie bei ihm spielt, wird sie berühmt.«

»Ja, ich werde es ihr sagen. Aber ich glaube nicht, dass es sie interessiert. Sie liebt das Theater, aber sie mag das Fernsehen nicht.«

»Nicht doch das Fernsehen, das Kino. Sie muss auf die Leinwand.«

»Ich werd' es ihr sagen.«

René wusste, wie Ella auf der Bühne war, er hatte beinahe jede Vorstellung von ihr und sogar einige Proben gesehen. Sie schien ihm keine Schauspielerin zu sein, denn ihre Verwandlungen waren vollkommen, und mit ihren Kollegen auf der Bühne hatte sie nichts gemein. Die standen neben ihr wie aus Pappe geschnitten; neben ihrer Lebendigkeit, ihrer unbändigen Energie blieb alles andere nur tot und wenn nicht, starb es innerhalb von Sekunden. Sie war nicht das, was man in Theaterkreisen eine Rampensau nennt. Sie drängte sich nicht nach vorn ins Licht. Ella konnte am Rand, im Schatten einer Kulisse stehen und strahlte doch über alle anderen Spieler hinweg. René hatte das oft beobachtet und zunächst tatsächlich seiner eigenen Verliebtheit zugeschrieben. Aber ein Regisseur hatte ihm das auf einer Premierenfeier gestanden. Er hatte zu René gesagt: Ella stelle die Regisseure vor unlösbare Aufgaben, denn alles neben ihr würde gnadenlos durch sie entzaubert und als eine gemachte Sache, die es auch meistens war, entlarvt. Neben ihr auf der Bühne des Provinztheaters konnte niemand bestehen, und es dauerte nicht lange, bis sie allein dastand und alle Rollen wie in einem Fieberwahn selbst zu spielen begann. Sie war die Judith, die mit erhobenem Schwert über dem Holofernes steht, die mit Leichtigkeit das Urteil der Gerechten ausführt und es gleichzeitig – als dieser Sünder, kniend unter ihrer eigenen Hand – mit Entsetzen über sich ergehen lässt. Sie war eine Zauberin, und sicher hatte sie die Fähigkeit und die nötige Ausstrahlung, um berühmt zu werden.

»Hast du den schon mal angehabt?«, fragte René und deutete auf den Kamin.

»Was?« Alain schaute ihn über den Rand des Ordners hin an.

»Den Kamin, meine ich.«

»Ach den, ich glaube ein Mal. Wieso, ist dir kalt?«

»Ja, es ist ganz schön kühl hier«, sagte René.

Alain schaute von seinem Ordner auf und lachte. »Wenn ich Holz hätte, würde ich dir ein Feuerchen machen. Das ist das Problem mit der *Aircondition*, man holt sich im Sommer eine Wintergrippe, ich dreh sie gleich runter«, sagte Alain und blätterte eine Seite um. Dann ließ er den Aktenordner sinken. »Aber warte mal, ich habe ja Holz.«

Er stand auf und verließ das Zimmer. René rief ihm hinterher, dass er ihm doch jetzt mitten im Sommer kein Feuer machen müsse, doch Alain antwortete nicht. Es rumpelte in einem der hinteren

Räume und er kehrte, den kleinen Tisch mit dem abgebrochenen Bein in der Hand, ins Wohnzimmer zurück.

»Hier haben wir Holz«, sagte er. »Bevor es auf dem Müll landet.« Er ging hinüber zum Kamin, legte das Tischchen mit der Platte auf das Parkett und brach ihm die drei anderen Beine aus, eins nach dem anderen. René hielt sich die Ohren zu bei dem hellen Krachen, das aus den leeren Zimmern des Appartements widerhallte. Alain versuchte noch, die Tischbeine in der Mitte durchzubrechen, doch sie waren wohl aus zu hartem Holz gemacht. Er legte sie auf den Rand des Kaminfußes, sprang in die Luft und mit beiden Füßen darauf. Doch das Holz gab nicht nach. Er sprang noch einmal, aber es half nichts. Er legte alle Teile, wie bei einem Lagerfeuer, in die Mitte des Kamins. Dann stellte er fest, dass er keinen Feueranzünder hatte, legte auch die Tischplatte noch dazu und setzte sich, als wäre nichts gewesen, wieder aufs Sofa. René sah den zertrümmerten Tisch im Kamin und fragte sich, wie lange er wohl jetzt dort liegen würde. Wahrscheinlich, bis Alain die Wohnung verkauft hätte.

»Weißt du, ich glaube deine Ella wäre was für mich«, sagte Alain, trank einen Schluck Whisky und stand wieder auf. Er ging hinüber zur Tür und drehte den kleinen weißen Regler von neunzehn auf einundzwanzig Grad. »Sie ist wirklich etwas Besonderes.«

Es dauerte einen Moment, bis René realisierte, was Alain gesagt hatte und er wusste, wie er auf einen solchen Satz reagieren konnte. Er fühlte in sich hinein und erwartete dort seine ihm bekannte Eifersucht. Doch zu seinem Erstaunen empfand er nichts dergleichen. Alains Satz hatte ihn kalt gelassen und das verwunderte ihn, ja, er war etwas verstört darüber und ein Reflex, den er in letzter Zeit oft an sich bemerkte, warf in ihm einen fundamentalen Zweifel auf:

Konnte es sein, dass er Ella nicht mehr liebte? Kaum hatte er dies gedacht, schloss sich schon der Gedanke an: ›Wenn ich sie nicht mehr liebe, bin ich frei‹, und er spürte die Gefangenschaft, in der er lebte. Es war, als hätte seine Liebe zu Ella für einen Moment ausgesetzt, wie wenn einem im Schlaf der Atem stockt und man, um Luft ringend, panisch und schweißnass aufwacht.

Alain, der Renés Verunsicherung bemerkt hatte, ging zu ihm und fasste ihm auf die Schulter: »Na nun, keine Angst, ich werde sie dir schon nicht ausspannen. Sie interessiert mich, das gebe ich zu. Sie ist eine Frau, die es hier in Paris, ja ich glaube in ganz Frankreich nicht gibt. Außerdem, wenn ich sie dir ausspannen wollte, dann hätte ich ja wohl sie mitgenommen und nicht dich.«

Auch wenn Alain seine Eifersucht nicht angestachelt hatte, ärgerte René doch seine Überheblichkeit. Es störte ihn, dass dieser von Ellas Zuneigung – von ihrer Liebe ganz zu schweigen –, sprach, wie von etwas, dass ihm zustehen, ihm selbstverständlich zufliegen würde, als wäre es eine ausgemachte Sache, als wäre es eine Zwangsläufigkeit, die einzig und allein von seinem Willen und seinen Bemühungen abhing.

René schaute ihn ernst an: »Es kann ja sein, dass du in einen Laden gehst und mit einer Frau wieder rauskommst, aber Ella steht in keinem Schaufenster. Du kennst sie nicht.«

»Jetzt wirst du wütend. Das ist gut«, sagte Alain amüsiert und ging zurück, um sich wieder zu setzen. »Das ist wichtig. Das heißt, dass du sie liebst und dass du eitel bist, heißt es auch. Du denkst, sie gehört dir, nur weil sie gerade etwas für dich empfindet. Lass mich dir einen Rat geben. Sei dir nie einer Frau sicher. Niemals.«

»Oh je. Das klingt ja grauenvoll. Eine Liebe in Angst …«

»Nein, nein, von Angst habe ich nicht gesprochen«, unterbrach ihn Alain. »Angst ist was für Intellektuelle und Musiker. Nur du sprichst hier von Angst.«

»Und was ist mit dir?« René war entschlossen, sich aus Alains Schwitzkasten zu befreien. »Was ist mit deinen Mädchen? Warum sind sie mit dir zusammen? Was reizt sie an dir?«

»René, René, du bist ein Witzbold. Ich weiß, worauf du hinauswillst. Nur verständlich. Absolut verständlich. Aber, wenn du mich so fragst, da muss ich nicht lange drüber nachdenken; nein.«

»Was ›nein‹?«, fragte René ärgerlich.

»Na, du bist gut, stellst mir eine Frage und verstehst die Antwort nicht. Nein, ich kriege die Frauen nicht rum, weil ich Geld habe, bis auf die, die ich bezahle. Das war es doch, worauf du hinauswolltest, oder?«

»Nicht so direkt.«

»Nicht so direkt. Doch, so direkt. Du bist viel zu höflich. Du wärst gern direkt, du würdest sicher gern eine Menge aussprechen, aber du traust dich eben nicht. Und das unterscheidet dich von mir. Und so lange du so bist, darfst du dir der Frauen nie sicher sein, nein, nein, hör zu, denn ich spreche nur von dir.«

»Ach, und du bist dir sicher und dich verlässt nie eine Frau, oder was?«

Alain lachte.

»Meine Frauen? Die Frauen, mein Lieber, können mich nicht verlassen, weil ich nicht mit ihnen lebe, weil ich genau genommen nicht mal mit ihnen zusammen bin. Ich erfülle ihre Wünsche, ich begehre sie von mir aus, aber ich bin nicht ihr Partner. Wenn eine zu mir sagen würde ›Ich verlasse dich‹, dann wäre das lächerlich und sie wüsste das.«

»Oh je, das ist traurig«, sagte René.

»Ja, es gibt nun mal verschiedene Arten der Liebe.«

René lachte spöttisch. Und er hasste es an sich, wenn er sarkastisch wurde, aber er konnte sich diesem Alain gegenüber nicht in den Griff bekommen.

»Ja«, fuhr Alain fort, »der eine quält sich, weil er etwas festhalten will, das er lieber loslassen sollte, und ein anderer sucht nach einem Menschen, der ihn nicht enttäuscht. Und wieder ein anderer, ich gebe es zu, ist ein elender Rumtreiber, der die Frauen liebt, sich aber selbst nicht lieben lässt. Übrigens, ich glaube, genau das ist das Geheimnis. Sobald du zulässt, dass dich jemand wirklich liebt, dann hui, dann ist es aber vorbei. Ich sage dir, die eigene Seele sollte für andere ein taubes Gestein bleiben, verstehst du?«

»Don't show your deep love!«, sagte René.

»Was?«

»Ach, schon gut.«

»Und was ich noch sagen wollte«, fuhr Alain ruhig fort, »du hast mir da was unterschieben wollen, mit Geld und Macht und so. Das ist aber Quatsch. Das ist nicht der Punkt. Damit bekommst du keine Frau rum, zumindest keine anständige, niemals. Nein, das Einzige, was wirklich wichtig ist, ist Überzeugung. Du musst selbst der festen Überzeugung sein, dass es möglich ist, ja, dass es ein Leichtes ist. Jede Frau will erobert werden, das stimmt. Und deshalb muss der Mann ein Eroberer sein. Und ein Eroberer zögert nicht. Übrigens, das, was auf die Eroberungen folgt, damit kann einer wie ich nichts anfangen. Für einen General gibt es nichts Öderes, als den Frieden.«

»Weißt du«, sagte René, der jetzt aufrecht dasaß. »Ich höre, was du sagst, und ich frage mich, ob so ein Leben, wie du es führst, überhaupt möglich ist.«

»Oh, René«, rief Alain plötzlich laut aus. Er legte seinen Ordner beiseite, beugte sich nach vorn und trank von seinem Whisky. »Ich freue mich so sehr, dass ich dich gefunden habe. Du bist ein Mensch, mit dem man sich unterhalten kann. Du ziehst dich nicht zurück in dein Schneckenhaus. Du lässt sogar die Fühler draußen und wartest jede Antwort ab, wie brutal sie auch sein mag. Alle Achtung.«

»Was soll das«, sagte René zornig. »Was sollen deine ständigen Beleidigungen. Warum behandelst du mich so?«

Jetzt schaute Alain ihn fest an. »Weil ich verstehen will, was du bist. Weil du eben auch ein Mensch bist, den ich nicht für möglich gehalten hätte. Du bist ein richtiger Mensch. Und das fasziniert mich eben. Ich erniedrige dich nicht, du merkst ja nicht mal, dass das Gegenteil der Fall ist. René! Es ist eine Offenbarung mit dir! Du bist ein Prachtkerl, nein, du bist eine Perle von Mensch. Und deine Ella ist auch so eine Perle und echte Perlen, die draußen in der Natur gewachsen sind, die sind selten heutzutage.«

René schwankte zwischen Wut und Verwirrung, er hätte sich am liebsten mit Alain geprügelt, etwas, das er seit seiner Kindheit mit niemandem mehr getan hatte. Doch dieser reiche Franzose stolzierte mit solcher Sicherheit auf seinem Gemüt herum, dass er nicht einmal Gefahr lief, die Situation zu überspannen, und das ärgerte René noch mehr. Ein falsches Wort und er würde über den Tisch springen und ihm mit der Faust ins Gesicht schlagen oder einfach gehen. Nun war es auch egal, er würde ihm die Frage stellen, die ihn, seit er in Paris angekommen war, beschäftigte, denn worauf sollte er noch Rücksicht nehmen: »Ich habe nur noch eine Frage, eine einzige Frage.«

»Oh, jetzt kommt es«, fuhr ihm Alain dazwischen, aber er sah den Zorn in Renés Augen und verstummte.

»Warum hast du mich mitgenommen? Wieso nimmst du so jemanden wie mich mit nach Paris und zu solchen Partys? Warum kaufst du einem Wildfremden Klamotten?«

Alain schwieg und sein Lächeln verschwand.

»Was willst du von mir? Wolltest du mich hier vorführen? Hast du dir gedacht, mal sehen, was man mit so einem Ostler alles anstellen kann? Ist es ein Experiment? Aber wenn es das ist, dann verstehe ich es nicht, und es wurmt mich, wenn ich etwas so Offensichtliches nicht verstehe. Gut, der erste Ostler, den ihr hier zu sehen bekommt, ein Eingeborener mit Bambusschürze. Ella hat das gleich geahnt, sie ist eben schlauer als ich. Also wirklich nur das? Am Nasenring reingeführt? Das hat ja auch funktioniert, ich habe sicher einige gut unterhalten. Hast du vielleicht irgendeine bescheuerte Wette laufen? Ich habe den Film gesehen, der lief sogar bei uns, ein Millionär wettet mit einem anderen um einen Dollar, dass er es schafft, aus einem Bettler einen feinen Mann zu machen. Ich glaube inzwischen, dass nichts, was du mit mir angestellt hast, ohne einen Grund passiert ist. Und du sagst, dass wir so natürliche Menschen sind. Aber eigentlich meinst du die ganze Zeit: Verändere dich, pass dich an, sonst gehst du unter, sei nicht ehrlich, mache dein Geld, egal, wem du damit schadest, Hauptsache es ist Geld, ach und dann liebe die Frauen, ohne sie zu lieben, habe Achtung, aber nur vor dir selbst. Weißt du, wie du mir vorkommst? Weißt du das? Wie die kleine Ausgabe von Mephisto, aber die ganz kleine.«

René war, während er sprach, vor Erregung aufgesprungen und stand jetzt breitbeinig vor Alain. »So, und jetzt antworte!«

Ohne sich zu rühren, saß Alain vor ihm auf dem Ledersofa, einen Arm lässig über die Rückenlehne gelegt, den anderen mit hängender Hand auf dem Ordner ruhend. Er hatte während Renés letzten Worten stumm mit dem Kopf genickt, als folge er der Rede eines gescheiten Menschen. Jetzt schaute er René prüfend an, sein Blick fragte ruhig: ›So, du bist also fertig? Und jetzt soll ich?‹

»Bist du sicher, dass du das auch wirklich hören möchtest?«

»Ja«, sagte René streng.

»Gut«, erwiderte Alain und verschränkte seine Arme vor der Brust. »Dann setz dich bitte. Ich kann nicht reden, wenn du da so stehst.«

Er folgte aufmerksam Renés Bewegungen, bis dieser mit verschränkten Armen vor ihm saß. Alain schwieg noch einen Augenblick, wie, um sicherzugehen, dass René sich beruhigt hatte. »Ich habe dich verletzt. Das tut mir leid. Entschuldige, ich vergesse immer, dass ich mit dir nicht sprechen kann wie mit meinesgleichen. Ich gebe zu, dass ich dich herausgefordert habe, das mache ich übrigens nur mit Menschen, bei denen es sich lohnt, gut, gut, ich sehe, du regst dich gleich wieder auf …«

»Ja, weil du denkst, du wärst etwas ganz Besonderes«, fuhr René ihm dazwischen.

»Aber René, ich meine das wohlwollend. Also, darf ich jetzt sagen, was ich sagen will?«

»Ja, bitte.«

»Ich habe ein Leiden, ich leide an chronischer Langeweile. Du wirst sagen, dass die Langeweile reicher Menschen kein Leiden ist, aber da irrst du dich, dazu kennst du sie zu wenig. Ich glaube sogar, dass die Langeweile die Triebfeder des Lebens ist, weil sie die meisten Menschen fürchten wie eine Krankheit und eigentlich ist sie das auch, eine obendrein ansteckende Krankheit. Aber gut. Es soll keine Entschuldigung sein, aber ich weiß manchmal nicht, dass ich jemanden benutze, es fällt mir nicht auf. Du wirst es vielleicht nicht glauben, aber im Grunde verabscheue ich die Kreise, in denen ich verkehre, ich sehe diese Menschen skeptisch an, sagen wir, ich studiere sie, denn das scheint mir das sicherste Mittel, nicht von ihnen überrascht oder enttäuscht oder gefressen zu werden. Verstehst du, es ist eine Lebensnotwendigkeit für mich, sie zu kennen. Und wahrscheinlich habe ich dich ihnen serviert, um zu sehen, was sie mit dir machen, du bist so etwas wie eine reine Speise für sie, von der noch niemand gekostet hat.«

»Hörst du dir eigentlich manchmal selber zu?«

»Gut, ich gestehe, es hat mich amüsiert, ich konnte mir zwei, drei Mal ein Lachen nicht verkneifen und die anderen schon gar nicht. Ich mache weiter, wenn du es verträgst …?«

»Natürlich. Das ist das Einzige, was mich noch an dir interessiert«, sagte René mit trockenem Mund.

»Auch das bewundere ich an dir, dass du nicht aufgibst. Würdest du mir glauben, wenn ich dir sage, dass ich dich beneide? Ich bin ein Nashorn, dem du einen Speer in die Seite rammen kannst, ohne dass es auch nur mit der Wimper zuckt. Mich wirft hier nichts um, da kann kommen wer will, ich stehe da und wettere jeden Erdrutsch an mir selbst ab. Ich bin mein eigener Schutz.«

»Das Geld«, fuhr René dazwischen.

»Wie, das Geld?«

»Das Geld ist dein Schutz. Ich glaube, dein albernes Selbstbewusstsein hast du, weil du reich bist, weil du Geld hast. Nimmt man es dir weg, ist es aus mit dir.«

»Oh, so boshaft?«

René lachte. »Siehst du? Das empfindest du als boshaft? Jemandem sein Geld wegnehmen?«

»Ach, wenn es so wäre. Das ist der Fehler der einfachen Leute, sie denken, in unserer Welt ist nur das Geld von Wert. Aber das stimmt eben nicht. Genau genommen denkt niemand hier an Geld. Wir haben im Grunde genommen keine Berührung damit. Es ist eben da. Nein, es ist, wie ich sagte die Langeweile, das ist das Schlimmste. Du hast mich heute Morgen gefragt, warum ich hier keine Bücher habe, oder keine Bilder an der Wand. Das ist eben das Ende. Ich lese nichts mehr, denn ich kann nichts schreiben. Ich habe keine Bilder, weil ich nicht malen kann. Und bitte, ich bin allein, weil ich nicht lieben kann. Das Einzige, was ich kann, ist Geld machen. Ich wünschte mir manchmal, arm geboren zu sein, dann hätte ich wenigstens ein Ziel, reich zu werden. Aber so?«

»Du und arm sein? Was wäre denn, wenn es mal nicht mehr da ist dein Geld?«

»So etwas kann im Grunde nicht passieren«, sagte Alain. »Und wenn es passiert, hat man sich dumm angestellt. Aber warum sagst du eigentlich nie, was du denkst?«

»Wovon redest du?«

»Ich rede davon, dass du mich fragst, wie es ist, wenn man alles verliert, und eigentlich meinst du meine Mutter und ihren Bankrott.«

»Das ist doch Unsinn …«

»Nein, das ist kein Unsinn. Du bist feige. Du bist ein feiger Mensch.«

»Und du bist ein Mensch«, sagte René aufgeregt, und das Herz schlug ihm wild. »Du bist ein Mensch, der denkt, er wüsste, was in den anderen vorgeht. Aber du weißt nichts. Überhaupt nichts. Du planst jede Schweinerei und hast von mir aus den Mut, ach was, du bist rücksichtslos genug, sie auch noch auszusprechen. Ich war nicht feige, ich habe nur nicht vor, irgendwem wehzutun.«

»Gut, aber du reduzierst mich auf mein Geld.«

»Ja, weil es stimmt.«

»Hör zu …«, sagte Alain ernst und beugte sich nach vorn, »euer sozialistisches Experiment ist schiefgegangen, sonst wärst du jetzt nicht hier, nein, eigentlich wärst du schon viel eher hier gewesen, denn sie haben euch eingesperrt. Ich finde die Idee wirklich gut, aber sie hat einen Haken, sie ist gescheitert. Und das, was dich erwartet, ist die Wirklichkeit. Ich gebe zu, in den Kreisen, in denen ich verkehre, sind alle gepanzerte, tonnenschwere Tiere, und ich bin auch so ein Rhinozeros. Übrigens ist man das nicht, man wird es. Du kannst mich anspucken und ich lache darüber, weil du mir nichts bedeutest, weil du in meinen Augen nichts bist, eine Fliege, die ich verscheuchen kann. Aber ich habe begriffen, ja ich begreife es gerade wieder, dass es erbärmlich ist, was aus mir geworden ist. Schick ein Nashorn in die Oper. Und wie redet man mit einem Eingeborenen, der glücklich ist?«

»Wenn du mich damit meinst, ich bin nicht glücklich«, warf René leise ein.

»Du magst es im Augenblick nicht sein, aber du trägst die Fähigkeit dazu in dir, wie ein Organ, ohne das du nicht leben kannst; glaub mir, du magst nicht geschaffen sein für diese Welt hier, aber fürs Glück bist du wie gemacht. Mir fehlt dieses Organ, doch ich sehe an dir, wie man sein kann, wenn man es hat. Aber mir fehlt noch viel mehr, mir fehlt vielleicht so ein Land, wie das, aus dem du kommst, und auf jeden Fall fehlt mir eine Familie, die darauf achtet, wie einer wird und was einer ist. Aber gut, du fragst mich, wieso ich dich eingekleidet habe? Du wirst nicht darauf kommen, wobei ein Teil deiner Vermutung richtig ist. Du warst ein Objekt, das ich auf einen Prüfstand gelegt habe. Ich habe viele Leute zum Orakel geschleppt, aber du warst etwas Besonderes, etwas, das sie noch nie gesehen hatte. Es war eine Gelegenheit, herauszufinden, wie gut sie ist. An deinem Dialekt wird sie dich nicht erkannt haben, du könntest genauso gut aus Westdeutschland oder Österreich kommen. Nein, diese Frau hat dich durchschaut, sie wusste genau, wer du bist, mit oder ohne Anzug, mit oder ohne Bart. Sie hat gesagt: ›Du wirst nicht reich werden …‹, und da hat sie recht.«

»Wie, du hast uns zugehört?«

Alain lächelte. »Das mache ich immer, wenn ich bei ihr bin. Es gibt nichts Spannenderes. Colette gibt mir die Kopfhörer, einen Whisky und dann schaltet sie das Band ein …«

»Du bist … ein erbärmlicher Mensch.«

»Das bin ich. Trotzdem, ich glaube, ich könnte dich schon so trainieren, dass du eine Million nach der anderen machst, weil du dazu alles mitbringst, was du brauchst, aber momentan ist es noch zu früh dafür. Weil du, das ist wirklich verrückt, weil du es nicht willst.«

»Da hast du recht, ich will deine Millionen nicht«, sagte René abfällig.

Alain hob seinen Zeigefinger vor seinen Mund und machte: »Psst.«

»Hör auf damit! Hör mit diesem Mist auf«, rief René verärgert. »Ich bin kein kleiner Junge.«

»Gut, höre ich eben auf damit.«

»Du kannst ein richtiges Arschloch sein.«

»Entschuldige, aber ich bin ein richtiges Arschloch.«

»Gibt es irgendetwas, was du ernst nimmst, irgendetwas? Für dich hat nichts eine Bedeutung, du bist wie ein …«

»Frosch, Fisch, Stein? Du hast recht. Ich habe es doch schon zugegeben.«

»Ich glaube nicht mal, dass du Gefühle hast. Du bist der gefühlloseste Mensch, den ich kenne.«

»O. k., weiter.«

»Das kann doch nicht wahr sein, wieso kannst du dir das anhören? Und was willst du von mir? Warum sollte ich zu dieser Betrügerin gehen? Und wieso hörst du fremde Gespräche mit?«

»Ganz einfach, weil sie mir auch etwas erzählt hat und ich wissen will, ob es stimmt.«

»Ich glaube nicht an so was«, sagte René. »Außerdem, du weißt, dass sie eine Betrügerin ist. Ich meine, sie lässt einen Wildfremden zuhören, sie hat da Kopfhörer. Das sollte eine Wahrsagerin nicht nötig haben.«

»Sie hat es auch nicht nötig, aber es gibt Leute, die froh sind, wenn sie das, was sie gesagt hat, auf Band haben. Und sie wissen es ja nicht. Sie bekommen die Aufnahme auch nur, wenn sie das Gefühl hat, sie bräuchten sie.«

»Na, toll. Das erinnert mich an etwas, was bei uns in Mode war. Aber das ist auch egal, denn eins ist Fakt, niemand kann in die Zukunft schauen, niemand.«

»An der Zukunft war ich zum Beispiel nicht interessiert.«

»Aha. Wundert mich nicht.«

»Gut, wenn du es nicht hören willst, ich dachte, du wolltest die Sache verstehen.«

René versuchte, sich zusammenzureißen.

»Ja, bei mir geht es um die Vergangenheit.«

»Und was hat sie dir erzählt?«, fragte René spöttisch.

Alain dachte nach. Er dachte nicht darüber nach, ob er überhaupt mit René darüber sprechen solle oder nicht, immerhin wäre er der Erste, der es erfahren würde, sondern darüber, warum er immer noch an ihrer Prophezeiung hing. Er hörte ihre sonore Stimme: ›Sie sind ein schlechter Mensch‹, was für eine Überraschung. ›Sie sind ein schlechter Mensch, weil Sie ein schlechter Mensch sein wollen. Ein Baum ist ein Apfelbaum, wenn er Äpfel trägt. Sie sind kein guter Mensch. Sie haben kein Vertrauen. In niemanden haben Sie Vertrauen. Sie interessieren sich nicht für andere. Sie kennen die Antwort. Ein Baum ist ein Apfelbaum, wenn er Äpfel trägt und keinen Zorn. Sie haben einen Vater. Zeigen Sie, was Sie nie zeigen. Geben Sie, was Sie nie geben. Ein Diener kann ein Vater sein. Wenn man seinen Vater nicht kennt, kennt man sich selbst nicht. Ohne das Gestern werden Sie nie das Heute erleben. Ihre Mutter ist hier, sie sagt, wenn du nicht weggegangen wärst, wenn du doch nicht weggegangen wärst. Ich kann dich nicht zwingen. Sie sagt es mir. Ein Baum ist ein Apfelbaum, wenn er Äpfel trägt …‹ Und so weiter und so weiter, dachte Alain. ›Ich kann das schon auswendig.‹

»Gut, wenn du es nicht erzählen willst«, sagte René und lachte. »Aber die Frau versteht es, den Leuten den Kopf zu verdrehen. Ein einziges Kauderwelsch. Und irgendwas davon löst in einem etwas aus. Das ist 'ne ganz normale Sache. Kannst du mit dem, was sie dir gesagt hat, was anfangen?«

»Ja, sehr viel«, sagte Alain »Ich glaube nicht, dass sie eine Betrügerin ist. Am Anfang hat sie gar nichts erzählt, sie hat mich angeschaut, keine Ahnung wie lange, und ich habe gedacht, ich habe es wirklich nur gedacht ›Nun sag schon, du fette Qualle!‹, und sie hat mich sofort von ihrem Bett geschickt, ich wollte sagen, dass ich nicht bezahlen würde für nichts, und sie sagte, und das hat mich beinahe umgehauen: ›Sie müssen nicht bezahlen für nichts.‹ Bei der nächsten Sitzung ist wieder nichts passiert, und bei der übernächsten auch nicht, erst bei der vierten. Und da hat sie mir alles bestätigt. Alles, was ich vermutet habe.«

»Aha?«, sagte René und er dachte, Alain würde ihm davon erzählen, aber der trank nur seinen Whisky und schwieg, als wäre René gar nicht da.

Die Namen der beiden Zimmermädchen wusste Alain nicht mehr, nur noch an einen konnte er sich dunkel erinnern, Christine oder Kerstin. Später dachte er, Kerstin muss ihr Name gewesen sein, weil sie eine Deutsche war und sehr schlecht Französisch sprach. Das andere Zimmermädchen war wohl den ersten Tag da, sie wechselten häufig, aber Christine oder Kerstin war sehr lange bei ihnen gewesen. Je älter er wurde, umso klarer erschienen ihm die Worte, die an diesem Vormittag gesprochen wurden, als wäre die Erinnerung in ihm über Jahre hinweg zu einer festen Form gereift. Später versuchte er, genau festzustellen, wie alt er damals in diesem Sommer, als er das Gespräch belauscht hatte, gewesen sein musste, aber es gelang ihm nicht. Er musste auf jeden Fall schon acht Jahre alt gewesen sein, und er war sich sicher, dass er es vor seinem zwölften Lebensjahr erfahren hatte, denn er kannte dieses Versteck und er wusste, dass es sein letztes war. Wenn er jetzt an diesen Tag zurückdachte, war er sich nicht einmal mehr sicher, ob es sich tatsächlich so abgespielt, ob es dieses Gespräch wirklich so gegeben hatte, wie er es vor sich sah. Seit diesem Tag hing es unauslöschlich in seiner Seele fest. Dabei war es nicht einmal mit besonderer Leidenschaft geführt worden, im Gegenteil, als ginge es um die belanglosesten Dinge, als besprächen die beiden den Wäscheplan und zuckten dabei noch mit den Schultern, als wäre es eine Arbeit wie jede andere auch. Sie saßen auf dem Bett im Zimmer 5, Alain glaubte heute, dass es Zimmer 5 gewesen sein musste, denn es war das letzte Zimmer am Ende des Flures im Erdgeschoss, und man konnte von dort aus gut hören, wenn jemand kam. Das Versteckspiel war Alains liebste Beschäftigung, wobei er zuletzt nicht mehr gefunden werden wollte, sondern aufgeregt in seinem Hinterhalt saß, um die Bediensteten zu erschrecken. Es bereitete ihm eine diebische Freude, herauszuspringen und die meist nicht ernst gemeinten Beschimpfungen über sich ergehen zu lassen, waren sie doch Beweise für die Vollkommenheit des Unterschlupfes und der Lohn seiner Geduld. Am meisten Spaß machte ihm dieses Spiel bei den Zimmermädchen, weil die am lautesten schrien. Es war auch nicht so, dass seine Opfer einen Raum betraten und er sie sofort überraschte, nein, er hatte herausgefunden, dass sein Hervorspringen umso eindrucksvoller geriet, je länger die Betreffenden sich allein in einem Raum fühlten. Nur so konnte Alain sich später erklären, wie er jedes Wort, das die deutsche Kerstin sprach, verstehen konnte. Er hörte die beiden kommen und hatte wohl keine Zeit mehr, sich im Kleiderschrank zu verstecken, wo er sich meist in eines der größeren Fächer zwängte wie es die chinesischen Akrobaten tun, jene Gummimenschen, die ihre Arme und Beine zusammenlegen konnten und dann in eine Schublade passten. Aber für dieses aufwendige Versteck brauchte man Zeit, und die hatte er offenbar an diesem Nachmittag nicht. Deshalb rutschte er unters Bett; ein Versteck, das sich schon abgenutzt hatte, vorher aber sehr beliebt bei ihm gewesen war, weil man den Frauen in die Beine kneifen konnte. Kerstin und das andere Zimmermädchen, wahrscheinlich war sie neu im Hotel, schlossen die Tür und setzten sich auf die Bettkante. Ein schmaler Schlitz von den bis fast auf den Boden hängenden Laken, die Sommerschuhe der beiden Frauen und die geschlossene Tür, ein Anblick, den Alain noch heute vor sich sah. In seiner Erinnerung ging alles sehr schnell, bis Kerstin nicht einmal sehr leise, ja, als gäbe sie der neuen Kameradin eine Einweisung in die Gepflogenheiten des Hauses, ihr mitteilte, dass es wie in jedem Haus Gerüchte gäbe und das Gerücht dieses sei, dass die Gräfin mit dem Diener ein Verhältnis gehabt hätte, es zwar vorbei wäre, dass aber – und dies sei eine Vermutung, die sie allerdings mit den meisten der Belegschaft teile – der Sohn des Hauses sein Sohn sei, also des Dieners Sohn und, jetzt kommt es, sagte sie, dass sie der Graf deswegen wahrscheinlich verlassen hätte.

Konnte es sein, dass eine solche Szene die Macht besaß, aus einem Kind einen unglücklichen Menschen zu machen? Alain wusste es nicht. Er wusste nur, dass er seit diesem Tag seine Mutter und vor allem seinen geliebten Vincent mit anderen Augen betrachtete. Seit diesem Tag war er darauf gefasst, dass einer der beiden zu ihm kommen und ihm alles gestehen würde. Aber das war nie passiert.

Hätte er diese Geschichte jetzt René erzählt und dieser hätte ihn gefragt, ob er je einen Schlussstrich unter diese Weissagung ziehen konnte, hätte er mit ›Ja‹ geantwortet, dreimal ›ja‹, verdammt, und hätte René ihn gefragt, ob er denke, dass Vincent sein Vater sei oder nicht, er hätte gesagt: ›Das ist doch vollkommen egal, verdammt.‹

»Ich geh ins Bett«, sagte René und stand auf.

»Na dann, gute Nacht.«

»Ja, dir auch.«

»René«, rief Alain ihm noch nach, als dieser schon im Flur war, »Du lässt dich wirklich schwer aus der Fassung bringen.«

»Kann sein«, sagte René leise und schloss die Tür zu seinem Zimmer.

Es ist so weit

Das Telefon klingelte. René schlug die Augen auf. Die Nacht musste wie in einer Sekunde vergangen sein. Jetzt stand die Sonne hell im Zimmer. Sein Schlaf war wie ein harter schwarzer Stein gewesen, undurchdringlich und traumlos. Er wunderte sich, nachdem es mehrere Male geläutet hatte, dass Alain nicht ranging. Mit einem Satz sprang er aus dem Bett, lief zur Tür, öffnete sie und rief nach draußen: »Alain!« Doch es antwortete niemand, nur der schrille Ton des Telefons hallte durch den Flur. Er lief halb nackt, nur in der Unterhose ins Wohnzimmer, stürmte auf den Kamin zu, auf dessen Sims der Apparat stand, griff nach dem Hörer und hielt ihn sich ans Ohr. »Hallo!«

»Ich dachte schon, du bist nicht da«, hörte er ihre Stimme, und ihr heller Klang verriet ihm, dass das Warten ein Ende hatte.

»Kommst du zurück zu mir?«, fragte sie ihn vorsichtig.

»Ja.«

»Und wann?«

»Ich packe und fahre los.«

»Das ist schön.«

»Ich freue mich.«

»Ich mich auch.«

»René!«, rief Alain eine halbe Stunde später in die leere Wohnung hinein. Er warf einen Blick ins Gästezimmer und sah sofort, dass René abgereist war. Er kannte den Anblick leerer Hotelzimmer, wenn die Gäste fort waren. Die Reisenden hinterließen nichts, außer vielleicht ein Bonbonpapier im Aschenbecher und klamme Handtücher auf dem Boden im Bad. Die Zimmer fühlten sich dann wie gestorben an, als wäre es unmöglich, sie je wieder mit Leben füllen zu können.

»Hallo Alain, ich bin abgereist. Danke für alles. René«, las er von dem Zettel ab, den er auf dem Küchentisch fand.

In den zwei Stunden, die Alain am Morgen im Büro verbracht hatte, konnte er nur vor sich hinstarren, während der Telefonhörer neben der Gabel lag. Aus irgendeinem Grund war er sich sicher, dass Ella ihren René heute anrufen und bitten würde, zu ihr zurückzukommen. Wenn sie ihn noch nicht angerufen hätte, würde er ihm noch *La Géode* die silberne Kinokugel und das U-Boot in der *Cité des Sciences* zeigen, und wenn nicht, wenn René entschlossen war, zu seiner Geliebten zurückzukehren, würde er ihm anbieten, ihn zum Schloss zu fahren. Er hatte seiner Sekretärin mitgeteilt, dass er heute nicht mehr ins Büro zurückkommen würde. Dann war er noch vor dem Mittagessen zur Bank gefahren, um alles in die Wege zu leiten.

Dass René nun schon abgereist war, irritierte ihn, wie einen Dinge irritieren, die man schon sicher vor dem geistigen Auge sieht und die doch nie stattfinden sollen. Als er den Kühlschrank öffnete, um sich einen Gin Tonic zu mixen, fiel ihm die Weinflasche auf. Er stellte das Glas ab, in das er schon den Gin eingegossen hatte, ging in sein Zimmer und holte den Lederkoffer aus dem Schrank, um ihn für eine kurze Reise zu packen. Bevor er losfuhr, beschloss er, statt Gin Tonic zu trinken, einen Joint zu rauchen.

Auf Autofahrten konnte Alain seine Geschäfte ordnen. Er ging im Kopf die Immobilien durch, die zum Verkauf standen und meist fielen ihm, während seine Sinne halb mit dem Verkehr, halb mit der an ihm vorüberziehenden Landschaft beschäftigt waren, die in Frage kommenden Käufer ein. Dann sprach er die Adressen seiner Objekte, die er auswendig kannte, und die möglichen Kunden hintereinander auf sein Diktiergerät, wobei er üblicherweise noch einige Anmerkungen über die Vorlieben des einen oder anderen potenziellen Interessenten machte. Er erstellte Pläne, in denen er die notwendigen Sanierungen wie Anstriche oder Parketterneuerungen, das Aufarbeiten von Türen und Fenstern oder Reparaturen an Heizung oder Elektrik vermerkte. Es kam vor, dass er so die Arbeit eines ganzen Tages auf einer Autofahrt von Paris nach Rouen, wo er noch eine Zweigstelle seines Büros unterhielt, erledigte. Er konnte einfach gut nachdenken, wenn die Dinge um ihn herum in Bewegung waren und an ihm vorbeirauschten, nicht wie die Möbel in seinem Büro, die wie stumme Angestellte dastanden und auf seine Anweisungen zu warten schienen.

Auf dieser Fahrt zu seiner Mutter konnte er keine Zusammen-
hänge zwischen den Appartements, von denen einige in wilder
Folge vor seinem Auge auftauchten, und den Kunden, deren Namen und Gesichter oft nicht einmal zusammengehörten, herstellen.
Nach einer Stunde fuhr er von der Autobahn herunter. Er hielt an
einer Raststätte, tankte den Wagen voll und schloss das Verdeck,
denn er hoffte, der donnernde Fahrtwind würde ihm nicht mehr die
Gedanken zerschlagen. Als er aber zurück auf der Autobahn war,
bemerkte er, dass er noch unkonzentrierter war als vorher. Ein Satz,
eigentlich vielmehr eine Frage, beschäftigte ihn, ließ sich nicht vertreiben und tauchte immer wieder in seinen Gedanken auf; wie ein
Gesicht in der Menge, das Gesicht eines Kunden, den er kannte, der
aber schon vor Jahren verstorben war.

Es war eine Frage an seine Mutter, die sich unentwegt in ihm ab-
spulte, und er wusste nicht, woher sie plötzlich kam: ›Weißt du, warum ich damals abgehauen bin?‹

Er schob eine CD ein. Aber nicht einmal den Stones konnte er
folgen. Er spürte, wie nervös er war, als wäre ihm kurz vor dem No-
tartermin ein Käufer abgesprungen; er kannte diese unangenehmen
Momente, in denen ein Geschäft auf der Kippe steht, aber dieses
Gefühl jetzt war doch etwas anderes. ›Ich zittere ja‹, dachte er, und
es kam ihm vor, als hätte er Anfälle von Schüttelfrost. Er schwitzte
und ihm war kalt. »Was ist denn nur los?«, sagte er laut. ›Wenn es
nicht besser wird, muss ich eine Pause machen.‹ Und es wurde nicht
besser. Die Gitarren, das Schlagzeug, dieser schreiende Mensch, er
hörte die Elemente, aber er verstand darin die Musik nicht, die Ins-
trumente schienen nichts miteinander zu tun zu haben, alles schrie
ihm entgegen, und er hatte keine Ahnung, was dieser Mensch dort
brüllte. Die Musik löste sich in ihre Einzelteile auf. Er drückte mit

dem Daumen die CD heraus. ›Weißt du, warum ich damals abgehauen bin?‹ Er fühlte, wie es dunkel wurde um ihn, aber nur im Inneren des Wagens, draußen glühte die Sonne umso greller, und die Felder schienen jeden Moment in Flammen aufzugehen. Es wurde so dunkel im Auto, dass Alain die Sonnenbrille abnahm, doch es nützte nichts, er öffnete die Fenster, so als ob sie das Licht davon abhielten, zu ihm hinein zu finden, doch es blieb finster, er hatte das Gefühl, in einem fahrenden Keller zu sitzen, er bekam keine Luft, ›Ich muss von der Autobahn runter, das Dach muss auf, das Dach.‹ Aber die nächste Ausfahrt war noch fünf Kilometer entfernt, er fuhr schon auf dem Seitenstreifen, der Schweiß rann ihm von der Stirn in die Augen. »Was ist denn nur los! Was ist denn los!« Dann endlich sah er, wie sich vor ihm die Autobahn teilte und eine schmale Spur von ihr abging. Ihm fiel auf, dass er ganz langsam fuhr, der Tacho zeigte nur vierzig Kilometer pro Stunde an, aber er konnte nicht schneller fahren, es war ihm ja schon unheimlich genug, diese Finsternis, dieses Schwarz zu ertragen, war es wirklich da? Es musste der Joint sein, dachte er, natürlich der Joint. Alain beruhigte sich ein wenig, fuhr in großem Bogen von der Autobahn ab und bog in einen Feldweg ein. Er stieg aus und lief einige Meter in ein Weizenfeld hinein. Dort blieb er stehen. ›Also gut, beruhige dich. Es ist nichts passiert. Es war der Joint.‹ Er atmete tief ein und aus, wartete noch ein paar Minuten, dann ging er zurück zum Wagen, öffnete das Verdeck, stieg ein und fuhr weiter.

Als Alain zwei Stunden später in das Rondell vor dem Haus einbog und den Wagen stoppte, sah er durch die Seitenscheibe, wie Renés Freundin aus dem Haus und auf ihn zukam. Er bemerkte, wie sich ihr Schritt verlangsamte und wie sie enttäuscht einige Meter vor seinem Wagen stehen blieb, als sie sah, dass er allein gekommen war. Alain stieg aus, richtete sich auf und rief ihr entgegen: »Na, das ist ja eine schöne Begrüßung!«

»Ist René nicht mitgekommen?«, fragte sie ernst.

»René? Nein.«

»Wo ist er denn?«

»Woher soll ich das wissen«, sagte Alain und zog seinen Koffer hinter dem Fahrersitz hervor.

»Ich dachte, ihr wart zusammen?«

»Ja, natürlich«, sagte Alain, der die Autotür zuwarf, Ella entgegenging, ihr unter den Arm fasste und sie langsam Richtung Haus umdrehte: »Machen Sie sich keine Sorgen, er ist ja unterwegs.«

Sie befreite sich ruhig von seinem Griff und lief jetzt neben ihm her.

»Warum sind Sie denn nicht zusammen gefahren?«

»Ich denke, er hatte es eilig. Als ich ins Appartement kam, war er schon weg.«

»Und wo bleibt er dann, wenn er es eilig hat?«

»Tja, die Bahn ist schnell«, sagte Alain, der ihr den Vortritt ins Haus ließ, »aber dann kommt der Bus und zuletzt die zwanzig Kilometer Niemandsland, da kann er nur laufen oder mit jemandem mitfahren.«

Sie standen in der Eingangshalle.

»Aber gesehen haben Sie ihn nicht?«

»Nein, wenn ich ihn gesehen hätte, dann wäre er jetzt hier.«

»Gut, aber dann wird er ja bald kommen.«

»Ja, bestimmt.«

»Schönen Tag noch«, sagte Ella, und Alain sah ihr nach, wie sie die Treppe ins Obergeschoss hinaufstieg und dachte: ›Ein wirklich schönes Mädchen.‹ »Ja, Ihnen auch!«, rief er ihr hinterher. Und dann dachte er an die Möglichkeit, dass er vielleicht doch, ohne es zu bemerken, an ihrem Freund vorbeigefahren war.

Üblicherweise ging Alain zuerst in den Empfangssalon seiner Mutter und danach in die Küche zu Vincent, aber heute stand er unschlüssig da. Ob er zu ihr oder zu ihm gehen würde, es machte für ihn keinen Unterschied, denn beides war gleichermaßen unangenehm. Er wusste nicht, wieso, auch wenn sich seine Vorsätze während der Fahrt gefestigt hatten. Vielleicht waren es gerade diese Vorsätze, die ihn in eine unruhige Spannung versetzten. ›So ein simpler Satz, ein paar Wörter, was ist das schon‹, dachte er. Für einen Moment glaubte er sogar, seine Unruhe käme daher, dass er sich für sein Auftreten bei dem letzten Besuch schämte, und gerade diesen Zustand kannte er nur zu gut, hier in der Halle zu stehen und sich schlecht zu fühlen, sich zu schämen. Es kam ihm vor, als hätte er die Hälfte seiner Kindheit hier verbracht, zur Strafe hinausgeschickt, aus ihrem Salon, oder hinausgerannt, geflohen vor der Strenge der Mutter, mit dem sicheren Gefühl, im Recht zu sein. Hinzu kam damals, dass er sich eigentlich nicht lange in der Halle aufhalten durfte, denn es konnten ja Gäste kommen. Meist lief er dann ins Dunkel, hinter den Treppenaufgang, wo ein Sofa stand, das dort kaum jemand bemerken konnte und wo er sich vor seiner Mutter oder den Gästen versteckte.

›Im Recht sein‹, dachte er. ›Wie wenig Bedeutung das hier hat.‹ Und schon war die Frage wieder da und er erinnerte sich, wie oft er sie hierher zu seiner Mutter mitgebracht, schon einige Male auf der Zunge gehabt und dann doch wie bittere Galle heruntergeschluckt hatte.

Die Aussprache

Letztendlich wurde ihm die Entscheidung, zu wem er zuerst gehen würde, abgenommen, denn Vincent kam aus dem Flur im Erdgeschoss durch die Eingangshalle auf ihn zu und begrüßte ihn sichtlich erfreut, was in seinem Falle hieß, dass er, statt Alain zurückhaltend aufs Kinn zu sehen, wie er es bei jedem Gast tun würde, ihn direkt und offen ansah. Alain konnte ein Lächeln wahrnehmen, das die Konturen seines Gesichts nicht zu verändern schien und für Fremde wahrscheinlich unsichtbar blieb, weil es ausschließlich in seinen Augen lag. Alain rührte Vincents Fähigkeit, Gefühle zu zeigen, ohne dass es jemand bemerken konnte. Kurz darauf klopfte er an ihre Tür. Nach einem resoluten »Oui!« öffnete er vorsichtig und fragte: »Störe ich?«

»Nein, nein«, rief seine Mutter, die gerade am Fenster stand und den Rauch ihrer Zigarette nach draußen blies. Es war seltsam, sie auf ihrem Lieblingsplatz zu finden und noch seltsamer, sie rauchen zu sehen; eine Angewohnheit, die sie sich eigentlich abgewöhnt hatte. So, wie sie jetzt – halb stehend, halb sitzend – am Fensterbrett lehnte, hatte er sie oft angetroffen; früher sogar regelmäßig, wenn er ihr sein Schulaufgabenheft zur Kontrolle brachte oder eine Klassenarbeit zur Unterschrift. Dann hatte sie seinen Weg von der Tür bis hin zu ihr mit strengem Blick begleitet, so, als wisse sie mit Bestimmtheit, dass er eine schlechte Note bekommen hatte oder sie einen Fehler in seinen Hausaufgaben finden würde. Und er fürchtete sich, auch wenn er sicher war, dass es eigentlich keinen Fehler geben konnte.

Alain stellte sich neben seine Mutter und schaute mit ihr nach draußen auf den Vorplatz.

»Eine Hitze heute«, sagte er, und er war drauf und dran gewesen, ihr von seiner kindlichen Furcht zu erzählen und davon, dass er ja seine Hausaufgaben meist in Vincents Gegenwart erledigt und sie genau genommen dessen Fehler korrigiert hatte. Er ging einen Schritt von seiner Mutter weg und setzte sich auf die Kante des Schreibtischs. Als er das leuchtend grüne Rechteck an der Wand entdeckte, fragte er: »Wann haben sie denn den Picasso abgeholt?«

»Gestern Morgen.«

»Tut mir leid«, sagte er.

»Dir hat er sowieso nie gefallen.«

»Trotzdem tut es mir leid, für dich.«

Charlotte drehte sich zu ihrem Sohn um und fragte, wobei sie sich Mühe gab, freundlich zu sein: »Warum bist du gekommen?«

»Ich war gestern bei Robert.«

»Und, wie geht es ihm?«

»Ihm geht es gut.«

»Schön.«

»Telefoniert ihr denn nicht? Ist dir egal, was aus dem Haus wird?«, fragte Alain, und er bemerkte, wie er schon wütend wurde.

»Natürlich telefonieren wir. Aber wie gesagt, ich habe ihm freie Hand gelassen, er soll machen, was er für richtig hält.«

»Willst du nicht wissen, was er gesagt hat?«

»Ich weiß ja, was er gesagt hat. Was soll er schon sagen, es ist zu Ende.«

»Ja, er hat mir alles gezeigt«, erwiderte Alain. »Es ist aus. Aber du wirst nach dem Verkauf wahrscheinlich keine Schulden haben, das Haus wird zu einem Spottpreis weggehen. Und das Land, auch wenn es nicht bewirtschaftet ist, bringt wahrscheinlich einiges ein. Das lasse ich aber noch einen Freund prüfen, der sich damit auskennt.

Du wirst sicher die Hypotheken auslösen können. Bis das Haus verkauft ist, kannst du natürlich hier wohnen.«

»Das kommt nicht infrage.«

»Was kommt nicht infrage?«

»Na, dass ich hier noch länger wohne.«

»Aber warum denn nicht?«

»Weil ich nicht zusehen will, wie hier irgendwer durch mein Haus stolziert und versucht, ein Schnäppchen zu machen.«

»Ach so, das verstehe ich. Aber Mutter, ein Schnäppchen wird das hier für niemanden sein«, antwortete Alain. »Wir nennen so jemanden einen ›Verrückten‹ und diese Art von Immobilien ›Liebhaber-Objekt‹, und das bedeutet nichts Gutes. Aber wir finden schon einen Käufer, wir werden es auf jeden Fall über den Wein aufziehen. Das Haus wird zweitrangig sein. Du wirst verstehen, dass ich das nicht selbst übernehmen kann. Ich habe auch ehrlich gesagt keine Ahnung, was es einbringen wird. Aber ich habe da schon jemanden im Auge, dem ich das zutraue.«

»Aber Robert hat das doch schon alles organisiert …«

»Robert? Jetzt hör mir doch mit Robert auf! Der kennt sich nicht aus, und der, den er da angesprochen hat, kann vielleicht ein Miethaus in der Vorstadt verkaufen, aber kein Weingut. Nein, das lass mich mal in die Hand nehmen. Wir haben Glück, zur Zeit ist es chic, so ein Gut zu haben und irgendwann seinen eigenen Wein zu trinken. Aber das wird schon, Mutter. Das Gute ist, du wirst danach wahrscheinlich keine Schulden haben, und so etwas kommt eigentlich nie vor. Insofern bist du genau genommen nicht bankrott. Du hast eben nur kein Geld mehr.«

»Das weiß ich ja alles. Und dass ich keine Schulden habe, versteht sich von selbst. Ich könnte nie mit Schulden leben.«

»Mutter, die halbe Welt lebt von Schulden. Das ganze System

wird durch Schulden angetrieben, aber darum geht es nicht. Ich meine nur, egal, wo du jetzt Geld herbekommst, es wäre deins, es wird wahrscheinlich keine Gläubiger geben.«

Charlotte schwieg. Alain griff in die Jacketttasche, holte einen Umschlag heraus und legte ihn auf die glatte Fläche des Schreibtischs.

»Was ist das?«, fragte Charlotte.

Alain hob gebieterisch seine Hand.

»Ich habe tatsächlich darüber nachgedacht, ob das Haus irgendwie zu halten wäre, aber es ist einfach zu groß und es ist zu lange nichts daran gemacht worden. Dazu kenne ich mich zu gut mit solchen Häusern aus. Das hier sind zehntausend Francs. Ich möchte, dass du sie nimmst. Damit bist du erst einmal ein paar Monate abgesichert. Außerdem werde ich dir ein Appartement mieten. Mir wäre es natürlich am liebsten, wenn du nach Paris kommst, aber wenn du lieber in Bordeaux leben willst, ist das auch in Ordnung; das bleibt dir überlassen. Im Übrigen kann das Appartement auch eine Einliegerwohnung haben, wie du möchtest. Die Kosten für Vincents Dienste kenne ich nicht, das sollten wir also gesondert besprechen. Über deine monatlichen Ausgaben können wir reden, wenn wir wissen, wie du dich eingerichtet hast. Hast du Fragen?«

Seine Mutter schaute ihn ruhig an und schwieg.

»Ach so«, sagte er, beugte sich nach unten zu seinem Koffer und öffnete ihn. Er nahm die Weinflasche heraus und stellte sie auf den Schreibtisch neben das Päckchen mit dem Geld. »Ich habe ihn gekühlt, keine Angst. Wenn ich euch sonst noch irgendwie helfen kann, sag Bescheid. Ich weiß ja zum Beispiel nicht, was der Umzug kosten wird.«

Alain dachte tatsächlich, als sie nichts erwiderte, er hätte den ersten Widerstand seiner Mutter durch sein resolutes Auftreten bezwungen, er dachte, dass er mit ihr wie mit einem Kind reden musste und dass genau dies Wirkung gezeigt hätte. »Gut. Also wenn du irgendetwas brauchst, lass es mich wissen.«

Charlotte rührte sich nicht, ihr Gesicht schien fest wie Stein und ihr Mund bewegte sich kaum, als sie sagte:

»Alain.«

»Ja?«

»Ist das jetzt eine spezielle Art, mit der du deine Mutter demütigen willst?«

Alain warf seinen Kopf ruckartig zu ihr um und schaute ihr ernst ins Gesicht. Er konnte es nicht glauben. Er stand vom Schreibtisch auf, stellte sich ihr entgegen und sagte wütend: »Demütigen? Ich dich? Sag mal, spinnst du?«

»Alain, zügle bitte deine Wortwahl.«

»Was soll das? Ich demütige dich, weil ich dir helfen will? Wie kann man einen Menschen mit seiner Hilfe demütigen? Hörst du nicht, wie absurd das ist?«

»Alain, werde jetzt bitte nicht laut, ich habe es ja nicht so gemeint.«

»Das klang aber anders. Heißt das, du nimmst das Geld?«

Seine Mutter schwieg.

»Du willst also das Geld nicht? Dieses widerwärtige Geld!«

»Alain, bitte!«

»Das Geld deines nichtsnutzigen Sohns! Soll ich jetzt vor meiner Mutter niederknien und sie anflehen, dass sie mein Geld nimmt?«

»Ach, was soll das! Du sollst überhaupt nichts, ich komme zurecht.«

»Mutter, das ist Unsinn. Vincent hat mir erzählt, dass er eine Wohnung für dich gefunden hätte, ja toll, aber wer soll denn da die Miete zahlen? Vincent?«

Charlotte lachte. »Irgendwie wollen mir gerade alle ihre Sammelbüchse andrehen, aber ich will sie nicht.«

»Mutter, ich verstehe dich nicht. Ich verstehe nicht, warum du dir nicht helfen lässt. Was habe ich dir getan? Gut, ich hätte mich bei unserem letzten Treffen besser benehmen können.«

»Können?«

»Gut, von mir aus sollen. Ich hätte mich zusammenreißen müssen, wie ich es oft genug getan habe. Aber immer, wenn ich hier bin, sehe ich dein Gesicht, wie du mich anschaust, als hätte ich etwas verbrochen. Als wäre ich unheilbar schlecht. Und jetzt das. Ich weiß, dass es ohne mein Geld nicht geht. Ich bringe dir sogar die alberne Flasche mit und du stehst da und ...« Er presste die Zähne aufeinander, griff nach dem Umschlag, drückte ihn in seiner Faust zusammen und hielt ihn Charlotte hin. »Mutter, was soll das!« Er warf das Couvert mit voller Wucht auf den Tisch. Es riss auf und einige Scheine verteilten sich auf der Schreibtischplatte. Charlotte schaute stumm ihren Sohn an. Er drehte sich von ihr weg.

»Ich begreife nicht, warum du mich so hasst«, sagte er.

»Ach, was erzählst du da, ich hasse dich nicht. Im Gegenteil, ich habe manchmal den Eindruck, dass es umgekehrt ist.«

»Soso«, sagte Alain kühl.

»Ja. Du hast keinen Respekt deiner Mutter gegenüber. Als du klein warst, war es nicht so. Ich weiß nicht, wann das angefangen hat, aber irgendwann war es sehr schwierig, dich überhaupt anzusprechen. Man kann dir nichts recht machen. Und du stellst dich über mich, als wäre ich nicht zurechnungsfähig.«

Alain zwang sich, ruhig zu bleiben.

»Und das ist schon lange so. Und das, was du da von mir sagst, das trifft ja wohl mindestens auch auf dich zu. Ich gebe zu, du hattest es nicht leicht hier im Haus mit den Gästen. Das war kein Umfeld für ein Kind, aber was sollte ich denn machen. Ich habe sogar Vincent gesagt, dass er mit dir spricht, weil ihr ein gutes Verhältnis hattet, aber selbst er, selbst dein Vincent, der sich um dich gekümmert hat, selbst ihn hast du beleidigt und beschimpft. Ich habe dich eingeladen, zum Dîner zu kommen, und ehrlich gesagt hatte ich Angst davor, und wie sich gezeigt hat zurecht. Aber was ich eigentlich wollte, ich wollte mit dir sprechen, nicht über das Haus.«

Charlotte zog das Schubfach ihres Schreibtisches auf und nahm den Brief heraus. »Ich habe dir, weil dieses Gespräch nie zustande gekommen ist, etwas aufgeschrieben. Du kannst ihn jetzt haben, ich gebe ihn dir, mir ist, als ich ihn vorhin noch einmal gelesen habe, aufgefallen, dass darin eigentlich nur eine einzige Frage steht, eine Frage, die mich schon sehr lange beschäftigt, nein, die mich quält.«

»Und wie lautet die Frage?«

Den Brief in der Hand, senkte Charlotte den Kopf und eine Träne verließ ihr Auge. Sie saß stumm da, rührte sich nicht, während die Träne ihre Wange hinunterlief. Alain hatte seine Mutter nie weinen sehen. Er war sich sicher, dass sie so etwas wie Tränen nicht besaß. Allen Mut nahm er zusammen und wiederholte: »Wie lautet die Frage?«

Die Stimme seiner Mutter, vollkommen verändert, nie gehört: »Warum du mich nicht liebst.«

Die Träne hinterließ eine zarte Spur in ihrem Gesicht.

»Sicher, ich mag streng gewesen sein, aber ich dachte, ich muss streng sein. Ich weiß, dass ich wenig Zeit für dich hatte, aber wie hätte ich es anders machen sollen, wir hatten fünfzig Angestellte, vielleicht waren es auch nur noch vierzig, aber denkst du, das hat mir Spaß gemacht, denkst du, ich wollte ein Hotel haben, ich, gerade ich? Ich habe es ja schon gehasst, als dein Vater noch da war, dass hier auf unserem Grund, in unserem Haus fremde Menschen lebten. Ehrlich gesagt, ich habe sie gehasst, die Gäste, und denkst du, ich habe mir das je anmerken lassen? Weißt du, was das für Kraft kostet? Und du glaubst, ich habe mir das ausgesucht, ich hätte irgendeine Wahl gehabt?«

»Entschuldige, Mutter, du hattest eine Wahl. Du hättest das Haus verkaufen können und vor allem das Land.«

»Ja, das hätte ich, das Haus verkaufen, in dem ich geboren wurde, in dem mein Vater geboren wurde und sein Vater, sicher hätte ich es verkaufen können, das Haus der Violets an irgendwen. Aber ich habe es nicht verkauft, weil ich gehofft habe, dass mein Sohn hier eines Tages einzieht, so unwahrscheinlich das auch sein mochte, aber ich habe es trotzdem gehofft, dass aus meinem Sohn ein Violet wird. Es ist mir wirklich schwergefallen, diese Hoffnung aufzugeben. Aber du wärst auch nicht der Mensch gewesen, der das Haus wieder zu dem machen könnte, was es einmal war.«

»Danke, Mutter. Aber dafür gibt es nur einen einzigen Grund: Weil ich es nie wollte«, sagte Alain. »Mir gelingen Sachen, verstehst du. Du möchtest glauben, dass dein Sohn ein Weichling ist, bitte. So leicht hast du es dir immer gemacht.«

»Gut, wir wollen nicht streiten«, sagte Charlotte. »Entschuldige.«

Sie schwiegen. Es kam nicht oft vor, dass sie schwiegen, statt im Streit auseinanderzugehen. Charlotte hatte das Bedürfnis, mit Alain zu reden. Es war nicht wie sonst, er stachelte ihre Wut nicht an, er hielt sich zurück, ja, sie fühlte, dass er sich um dieses Gespräch bemühte.

»Weißt du …«, sagte Charlotte, »ich glaube, dass ein Haus eine Seele hat und wir nicht spurlos darin herumwandeln. Es tut mir weh, wenn ich ahne, was aus ihm werden wird. Am liebsten wäre mir, es ginge in Flammen auf, aber das bringe ich nicht übers Herz.«

»Weißt du eigentlich, warum ich damals unbedingt wegwollte?«

Charlotte schaute ihren Sohn erstaunt an. »Du meinst, warum du in ein Internat ziehst und dich nicht mehr blicken lässt?«

»Ja, das meine ich.«

»Ich weiß nur, dass es mir sehr wehgetan hat.«

»Nicht nur dir.«

»Das waren die schlimmsten Jahre meines Lebens«, sagte sie. »Und eigentlich möchte ich nicht darüber sprechen.«

Alain wartete.

»Du hast auf keinen Brief geantwortet. Wenn ich nicht ein gutes Verhältnis zu deiner Klassenleiterin gehabt hätte, hätte ich überhaupt nichts über dich erfahren. Ich wusste nicht, wie es dir geht; glaub mir, ich wäre beinahe gestorben. Du wolltest nach Paris und es war ja auch besser, als von hier aus jeden Tag nach Bordeaux zu fahren. Ich habe das schon verstanden, aber wie du gegangen bist … Du hast mir dich weggenommen, als wäre ich eine schlechte Mutter, der man ihr Kind wegnehmen muss. Und so schlecht war ich nicht, dass ich das verdient hätte. Für mich waren es drei furchtbare Jahre, in denen sich mein Sohn nicht gemeldet hat, kein Anruf, keine Karte, kein Brief. Wie soll man da nicht vor Traurigkeit verrückt werden, wenn man sein Kind verliert?«

»Wir haben telefoniert.«

»Ja, weil ich dich angerufen habe, nur dann haben wir telefoniert, und auch nur, wenn du Lust hattest. Wie oft habe ich gehört, wir finden ihn nicht, er ist nicht da. Und ich wusste, dass du da bist.«

»Es klingt hart, aber vielleicht wollte ich dich einfach nicht mehr.«

Alain hatte den Satz nicht aufhalten können. Er hatte sich aus ihm herausgedrängt, sich von ihm befreit. Charlotte rang nach Luft.

»Das waren die schlimmsten Jahre meines Lebens«, sagte sie noch einmal.

Alain schaute seiner Mutter in die Augen und sagte: »Ihr hättet wahrscheinlich einfach nur ehrlich zu mir sein müssen, das ist alles.« Jetzt gab es kein Zurück. Er hatte es gesagt. Jetzt würde alles ans Licht kommen.

»Ja gut«, sagte sie. »Aber was meinst du damit, ehrlich? Ich war immer ehrlich zu dir.«

»Die Geheimnisse, Mutter. Die Geheimnisse der anderen sind nichts Gutes. Es ist besser, man erfährt nichts von ihnen. Weil sie einen zerfressen und ängstlich machen und wütend. Ich weiß das jetzt. Damals wusste ich es nicht.«

»Alain, ich habe keine Ahnung, wovon du sprichst.«

»Ich soll es also wirklich sagen, du willst, dass ich es sage, Mutter? Weißt du, ich habe gewartet, dass ihr es mir sagt; ich dachte: ›Gut, du bist noch zu jung, aber wenn du vierzehn bist, dann reden sie mit dir.‹ Ich habe es mir vorgestellt, ich habe gesehen, wie du mich zur Seite nimmst und mir sagst, ›Junge, ich muss dir sagen, dass Vincent und ich eine Affäre hatten.‹«

Es war wie ein Blitz, der Charlotte durch den Körper fuhr. Sie konnte spüren, wie er durch sie hindurchgegangen war wie ein heißer, dünner Draht, der jetzt langsam in ihr verglühte.

»Und dann war ich vierzehn, nichts, ich wurde achtzehn, nichts. Ihr habt geschwiegen.«

Sie wusste, dass es sinnlos war, die Sache abzustreiten. Der Schock hatte sie einige Sekunden zu lange gelähmt. Und jetzt noch empört zu widersprechen, schien ihr würdelos. »So, du weißt es also«, sagte sie ruhig. »Und seit wann? Ach, es ist ja eigentlich egal, es tut mir nur leid, dass du überhaupt davon erfahren hast. Es ist schade und nutzlos.«

»Das ist alles, was du dazu zu sagen hast? Nichts weiter? ›Schade und nutzlos‹?«

»Ja. Mehr gibt es auch nicht zu sagen. Es ist eine Sache ohne Bedeutung. Und weil sie keine Bedeutung hat, habe ich dir auch nie davon erzählt.«

Alain lachte bitter. »Ich schlage mich meine Kindheit und Jugend, eigentlich mein ganzes Leben damit herum, und du sagst, es hätte keine Bedeutung.«

»Aber Alain, das wusste ich nicht. Woher auch. Warum hast du nichts gesagt, wenn es dich so quält? Und was quält dich denn daran? Dass ich eine Affäre mit einem …« Charlotte verschluckte das Wort, hielt es auf, bevor es Wirklichkeit wurde. »Und warum kommst du erst jetzt damit?«

»Mutter, ich war zehn oder elf, als ich es erfahren habe. Ich habe das anfangs gar nicht begriffen oder nicht geglaubt oder was auch immer. Als ich dann wusste, was es bedeutet, habe ich darauf gewartet, dass ihr es mir sagt. Ich habe gewartet. Aber ihr wart zu feige, beide wart ihr zu feige.«

»Alain, was sollten wir dir denn erzählen? Ein paar Tage, eine Woche, eine vollkommen harmlose Geschichte!«

»Harmlos? Du wolltest nicht, dass es irgendwer erfährt. Du warst zu stolz. Aber mir, Mutter, mir hättest du es sagen müssen. Sicher, eine Violet mit einem Angestellten … Ich kann mir schon vorstellen, dass du nicht jedem erzählen wolltest, dass dein Sohn ein Bastard ist. Aber ich …«

»Also jetzt reicht es aber!«, rief Charlotte. »Wer setzt denn solche Gerüchte in die Welt!«

»Na, schauen wir mal, überlegen wir mal, wer fällt uns da ein? Mutter, alle wussten es, alle außer mir. Und irgendwann wusste ich es auch. Es kann doch nicht sein, dass du dachtest, ich würde es nicht herausbekommen.«

»Aber das ist doch vollkommener Unsinn. Was willst du denn

herausbekommen? Dass wir eine kurze Begegnung hatten, die nach ein paar Tagen vorbei war, sieben Tage, hörst du, und das war drei Jahre nach deiner Geburt. Das ist ja Verleumdung, so etwas zu behaupten. Wer hat dir das erzählt? Doch nicht Thérèse?«

Alain konnte nicht gleich antworten, zu sehr beschäftigte ihn, was sie gesagt hatte. ›Drei Jahre *nach* deiner Geburt.‹

»Nein, von dieser Kerstin habe ich es zuerst erfahren, sie hieß doch Kerstin, diese Deutsche?«

»Alain, wir waren in Biarritz, es war nicht einmal hier im Haus, und ich weiß nicht, wie das überhaupt irgendwer hätte mitbekommen sollen. Thérèse, es kann eigentlich nur Thérèse gewesen sein. Aber das glaube ich nicht. Thérèse? Niemals. Und, Alain, das war ja drei Jahre, nachdem du geboren wurdest. 1960. Hörst du, das war im Sommer 60! Und ich weiß nicht, wie irgendwer darauf kommt, dass es anders gewesen wäre. Die haben sich da was zusammengereimt. Das ist Unsinn.«

Alain schwieg. Ihm schwindelte. »Er sieht aber nicht aus wie ich«, sagte er schließlich.

»Was meinst du damit?«

»Na, ich hab' ihn gesehen.«

»Wen?«

»Na, meinen Vater.«

»Du hast Henri gesehen? Eine Fotografie, oder was?«

»Wo sollte ich die denn herbekommen? Mutter, du hast alles, was mit meinem Vater zu tun hat, eliminiert. Du weißt, wie unsere Familienbücher aussehen. Lauter ausgeschnittene Gesichter oder halbe Portraits. Ich kenne nur Ellenbogen und vielleicht mal einen Schuh von ihm. Ein einziges Foto hätte vielleicht geholfen.«

»Ja, das war naiv von mir, eine Dummheit. Aber so etwas macht man nun mal, wenn man nicht mehr kann. Also, hast du ihn getroffen?«

»Ich habe ihn besucht. Er wohnt in Amiens. Komisch, dass man sich an seinen Vater nicht erinnert.«

»Aha? Wann warst du denn dort?«

»Vor ein paar Monaten.«

Alain und Charlotte schwiegen, starrten auf den Teppich vor ihren Füßen. Dann sagte sie schwach: »Es hat mich getroffen, dass er uns verlassen hat, dass er mich hier mit allem allein gelassen hat.«

Alain lachte: »Was? Du betrügst ihn und wunderst dich, dass er abhaut?«

Charlotte schnellte hoch. »Hat er das behauptet?«

»Nein, davon haben wir nicht gesprochen.«

»Das hätte mich nämlich auch gewundert.« Sie stützte sich aufs Fensterbrett, schaute hinaus und sagte müde: »Dein Vater und ich, wir haben uns nicht geliebt.« Sie machte eine kurze Pause, in der sie überlegte, ob das wirklich stimmte. »Das heißt, am Anfang wahrscheinlich schon, aber es war kurz nach dem Krieg. Ich glaube, wir haben nicht bemerkt, dass wir nur noch für das Haus und das Gut leben. Dein Vater wollte das nicht, und glaub mir, er ist dein Vater, ich muss es wissen. Das Hotel war das Problem. Er wollte das im Grunde genommen noch weniger als ich und bis ich das begriffen, nein, bis ich es akzeptiert hatte, war es zu spät. Ich habe ihn überfordert, ich weiß das heute.« Sie wandte sich vom Fenster ab und schaute ihren Sohn an. »Das ist eigentlich das Schlimmste am Älterwerden, dass man immer klarer sieht, was man für Fehler in seinem Leben gemacht hat und dass man nichts mehr daran ändern kann. Sinnlose Erkenntnisse, die einen auf dem Weg zum Grab begleiten. Wie sollte ein Mann wie Henri sich auch auf eine solche

Schinderei einlassen? Ich weiß noch, wie er bei unserem letzten Gespräch sagte, dass er nicht einmal gern ausgeritten sei. Nein, ich war wirklich ahnungslos. Ich dachte tatsächlich, dass es gehen wird. Ich dachte, er wollte das alles, und ich glaube, mich daran zu erinnern, dass wir das einige Male besprochen hatten. Aber als ich so langsam dahinterkam, dass er dieses Haus hier, ja eigentlich das Hotel nicht mochte, hatte er schon eine andere Frau. Er war derjenige, der mich betrogen hat und nicht nur ein paar Tage, sondern ein halbes Jahr lang, zumindest ist es das, was er unbedingt zugeben wollte. Ich weiß nicht, wie du auf solche Gedanken kommst, wie überhaupt irgendwer auf solche Gedanken kommt. Ich hätte alle entlassen, wenn ich davon erfahren hätte.« Charlotte war, während sie sprach, zusammengesunken, richtete sich jetzt auf und schaute ihren Sohn an, der den Kopf gesenkt hielt und immer noch auf den Teppich starrte. »Glaubst du mir?«

Alain zuckte mit den Schultern. Er versuchte, sich zu konzentrieren. Wo war der Fehler? Wie konnte es sein, dass er sich so lange geirrt hatte? Hatte er sich überhaupt geirrt? Irrte er sich noch? Er konnte das nicht begreifen, es war unvorstellbar, eine Wahrheit ist keine Wahrheit mehr, wie soll man das verstehen?

»Wie geht es Henri?«, fragte Charlotte ruhig.

»Wie es scheint ganz gut. Er hat zwei Töchter und wohl auch einen Enkel.«

»Und seine Frau, lebt sie noch?«

»Ja.«

»Ich mochte sie nicht. Sie war die Tochter vom Weinhändler Birotteau; Giselle oder Vivian, oder so ähnlich. Ich habe es vergessen. Sie war nicht einmal besonders hübsch.«

Charlotte wusste genau, dass sie Dorothée hieß, aber sie konnte ihren Namen nicht vor ihrem Sohn aussprechen. Diese Frau sollte eine Namenlose für ihn bleiben. Beide schwiegen wieder. Sie begannen zu begreifen und fühlten, dass dieses Gespräch, welches sie gerade führten, das wichtigste ihres Lebens war.

»Mutter, es ist unvorstellbar«, sagte Alain, »dass wir so lange gebraucht haben. Ich muss darüber nachdenken. Es scheint logisch zu sein, was du sagst und es würde einiges durcheinanderbringen.«

Charlotte überlegte, sie konnte es immer noch nicht fassen: »Warum hast du so lange gewartet damit?«

Jetzt kam es Alain seltsam vor, dass er diese Frage nie gestellt hatte. »Vielleicht; weil ich nicht wollte, dass es wahr ist«, sagte er. »Außerdem war ich wütend. Wenn ich euch gesehen habe, habe ich eine Lüge gesehen, ihr wart eine Lüge. Charlotte Louise de Violet, die feige ihren Ruf schützt, die kalt und streng ist zu ihrem Sohn, dem Bastard, und in der Küche steht Vincent, der sein Kind nicht anerkennt. Ich war die Lüge. Ich hätte euch schlagen können. Glaub mir, es gab einige Situationen, in denen ich es euch beinahe an den Kopf geworfen hätte. Sollte ich Vincent so lange bitten oder prügeln, bis er zugibt, dass er mein Vater ist? Das kann ein Kind nicht, nicht einmal ein erwachsener Mensch kann das.«

»Aber Alain, es ist doch nicht wahr. Es tut mir leid, dass du das geglaubt hast. Aber es ist nicht wahr. Wenn ich das gewusst hätte! Ich war ratlos, Vincent auch, ihr wart so gute Freunde, und ja, er war wie ein Vater für dich. Weißt du, wie sehr ihm deine plötzliche Abwehr wehgetan hat? Er hat es mir einmal erzählt. Und du hast mich geschlagen, wenn du dich erinnerst. Du hast mich geschlagen und das Haus verlassen, wegen einer Kleinigkeit, für uns war es unbegreiflich, wir wussten nicht mal mehr, worum es in dem Gespräch genau ging.«

»Ihr hattet mir einen Anzug für die Schule gekauft«, sagte Alain, der nicht lange darüber nachdenken musste, was an diesem Tag passiert war.

»Ach ja, der Anzug. Siehst du, das habe ich schon vergessen. Aber was war so schlimm daran?«

»Ihr wolltet, dass ich ihn anziehe.«

»Ja, und?«

»Ich sollte ihn vor euch anziehen, meine Sachen ausziehen vor euch. Das konnte ich nicht. Und du hast gesagt: ›Was ist, schämst du dich jetzt vor deiner eigenen Mutter?‹ Aber ich habe mich geschämt vor euch beiden, vor dem, was ihr getan hattet. Es ist seltsam, es ist ein seltsamer, dummer Irrtum.«

Er stockte.

»Also, glaubst du mir jetzt?«, fragte Charlotte.

»Ich denke schon«, sagte er und richtete sich auf. »Also gut, ich gehe dann mal auf mein Zimmer. Wann essen wir?«

»Um acht.«

»Gut.«

»Noch eins«, sagte sie beinahe schüchtern. »Du musst mit Vincent reden. Unbedingt, ja, versprichst du mir das? Er sollte das wissen.«

Alain erhob sich vom Schreibtisch und blieb kurz auf der Stelle stehen.

»Das mache ich. Sicher.«

Er überlegte, ob er zu seiner Mutter gehen sollte, um sie in den Arm zu nehmen, doch er war noch nicht so weit. Aber er schenkte ihr ein kurzes, ehrliches Lächeln, wie zum Beweis, dass sich etwas zwischen ihnen verändern würde.

»Es ist gut«, sagte sie. »Es ist sehr gut, dass du gekommen bist. Ich danke dir.«

›Ja, es ist gut‹, antwortete Alain in Gedanken, während er den Salon verließ.

In der Halle suchte er in seinem Koffer nach der Packung Lucky Strike, die er für Notfälle immer dabei hatte. Er fand sie und die kleine Schachtel Streichhölzer. Er ging damit nach draußen, auf die hintere Treppe, auf der er immer, wenn er zu Besuch war, rauchte. Er setzte sich auf das steinerne Geländer und zündete sich die Zigarette an.

Die Muschel ist keine Muschel

Das nächste Auto, das an diesem Tag vor dem Schloss hielt, war ein kleiner orangefarbener Transporter, auf dessen Ladefläche eine Kreissäge festgezurrt war. Die Beifahrertür öffnete sich und ein junger Mann stieg aus. Er gab dem Fahrer noch zwanzig Francs, bedankte sich und warf dann die Tür zu. Hätte man ihn mit dem René verglichen, der vor vier Tagen an selber Stelle in Alains Wagen gestiegen war, hätte man abgesehen von seinem Koffer kaum noch eine Ähnlichkeit feststellen können. René sah sich auf dem hellen Vorplatz um und schien darauf zu warten, dass Ella aus dem Haus gestürmt käme, um ihm in die Arme zu fallen. Der Transporter wendete hinter ihm und fuhr langsam davon. Auf dem Weg zum Haus sah er den Aston Martin neben seinem Wartburg stehen. Es wunderte ihn nicht, dass Alain sich auch auf den Weg gemacht hatte, aber es ärgerte ihn, dass er vor ihm angekommen war. Er lief geradewegs durch die Eingangshalle, wo er seinen Koffer in der Mitte stehen ließ, dann unter der Empore hindurch und trat so selbstverständlich auf der Rückseite aus dem Schloss, als wäre er in seinem eigenen Haus angekommen.

»Schick siehst du aus«, hörte er Alains Stimme hinter sich. »Sie wartet schon auf dich.« René blickte sich um und sah ihn auf dem Treppengeländer sitzen, an die Rückwand des Hauses gelehnt, und rauchen.

»Ich wusste gar nicht, dass du rauchst«, sagte René. »Ist sie am Pool?«

Alain lächelte nur und nickte.

»Danke.«

René wollte schon die Treppe hinunterspringen, da drehte er sich noch einmal kurz um, sah Alain fest in die Augen und fügte hinzu: »Für alles.«

»Gern geschehen«, erwiderte Alain und blies den Rauch aus.

Als René durch die Hecke trat, trocknete sich Ella gerade ihr Gesicht ab. Sie stand mit dem Rücken zu ihm, und er sah ihre braunen Schultern, ihren zarten Nacken und die feinen Muskeln ihrer Arme.

»Ella«, sagte er.

Sie drehte sich um und hielt sich unwillkürlich das Handtuch vor den Körper, als stünde ein Fremder vor ihr.

»René?«

Er ging zu ihr.

»Bist du das?«

»Ich hoffe doch«, sagte er.

Sie musterte sein Gesicht.

»Wie siehst du denn aus?«

»Ich musste das machen«, sagte er ernst.

»So, so, er musste das machen.«

Sie trat einen Schritt von ihm zurück.

»Und was du anhast.«

Es war ihm nicht unangenehm, von ihr begutachtet zu werden. Nur ihr Urteil zählte jetzt. Würde sie ihn auslachen, hätte sie recht damit. Eine Strafe, die er verdient hatte und die er aufrecht hinnehmen wollte. Aber sie lachte nicht und sagte: »Du siehst aus wie ein Schauspieler. Ich wollte keinen Schauspieler. Schauspieler sind anstrengend und eitel. Dreh dich mal.«

René drehte sich einmal langsam um seine eigene Achse.

»Ich glaube ja fast, du bist in den paar Tagen erwachsen geworden. Ein richtiger Mann.«

»Was soll das denn heißen, war ich denn vorher keiner?«

»Noch nicht ganz«, sagte sie und lächelte. »Kannst stehen bleiben. Siehst gut aus.« Sie trat wieder an ihn heran und schaute ihm ins Gesicht. »Steht dir. Siehst aus, als wärst du in Paris gewesen. Irgendwie gut.«

René lachte vor Freude.

»Und wo kommst du jetzt erst her?«

»Mich hat keiner mitgenommen«, sagte er. »Muss an den Klamotten liegen.«

Ella trennte sich noch einmal von ihm: »Du siehst so anders aus.«

»Na, ist es denn gut oder schlecht?«

»Das weiß ich noch nicht. Erst mal gut. Hast du mir was mitgebracht?«

»Ja, hab ich.«

»Was Schönes?«

»Ja, was Schönes.«

»Gut.«

Sie küsste ihn und stellte sich dabei auf die Zehenspitzen. Etwas, das sie sonst nie tat und das eigentlich unnötig war, da sie nicht viel kleiner war als er und er ihr meist entgegenkam. Aber jetzt war es an ihr, ihn zu küssen. Und sie tat es. Dann löste sie sich von ihm und nahm seine Hand.

»Kommen Sie doch rein, junger Mann. Ich möchte Ihnen das Haus zeigen.«

Sie zog ihn vom Pool weg, durch die Hecke und die hintere Treppe hinauf. Alain war verschwunden.

»Waren Sie schon einmal in einem Château?«

»Nein, das ist das erste Mal.«

»Das erste Mal ist immer das Beste«, sagte sie leise. »Kommen Sie, ich zeige Ihnen alles. Der Diener wird sich um Ihre Tasche kümmern. Ich werde Ihnen zuerst das wichtigste Zimmer zeigen: Sie wissen; welches das wichtigste Zimmer ist?«

»Ich hoffe doch.«

»Na ja, wir werden ja sehen«, sagte sie und zog René hinter sich her, als gehöre er ihr.

Konnte es so leicht gewesen sein? War das möglich, nach all der Sehnsucht, nach den Zweifeln, ja der Gewissheit, dass es nie wieder gut werden würde, aber dass es jetzt gut war? René konnte das kaum glauben. Selbst die Entscheidung, seine Haare und den Bart zu schneiden, schien richtig gewesen zu sein. Nichts Besseres hätte ihnen für ihr Wiedersehen passieren können. Kein verklemmter Empfang, keine unsicheren Küsse, Blicke, Berührungen. Alles schien sicher. Ein Spiel, das musste es sein. Es konnte nur durch ein Spiel gelöst werden und es wurde gelöst durch ein Spiel. Er tat so, als wäre er ein neuer Mensch und sie, hatte sie geahnt, dass sie einen neuen René wiederbekommen würde? Er begriff, dass sie es gehofft, ja vielleicht sogar von ihm erwartet hatte. Für einen Augenblick kam es ihm so vor, als wäre es Kalkül gewesen, ihn nach Paris zu schicken, ja, als hätte sie ihn auf eine höhere Schule gegeben. Während sie beinahe durch das Haus rannten, warf Ella nur einzelne Worte wie bei einer überhasteten Führung hin.

»Die Eingangshalle!«

»Die Treppe! Vorsicht, die Stufe …«

»Der obere Flur!«

Die schwere Tür zu ihrer Suite schlug hinter ihnen zu und sie sagte leise:

»Das wichtigste Zimmer!«

Sie küsste ihn, wollte ihm den Gürtel öffnen, da hielt er ihre Hand zurück: »Warte.«

»Wieso?« Sie schaute ihn erstaunt an.

»Hast du etwas geklärt?«

»Wie meinst du das?«

»Du wolltest über irgendetwas nachdenken. Hat sich da was geklärt?«

»Ja.«

»Und was?«

»Alles«, sagte sie und küsste ihn auf den Mund. »Einiges.« Sie küsste ihn noch einmal. »Auf jeden Fall, was notwendig war.«

»Willst du es erzählen?«

»Vielleicht irgendwann mal. Nicht jetzt.«

»Gut.«

Sie strich ihm langsam über die Wange. »Danke, dass du gewartet hast«, sagte sie. René schloss seine Augen. Und sie sagte noch leise: »Entschuldige.«

»Schon gut.«

»War es so schlimm, wie du gesagt hast?«

»Es war schlimm. Und es war verrückt.«

»Du musst mir alles erzählen, aber nicht jetzt.«

René schaute sie an. »Weißt du, dass ich mich freue, wenn wir wieder zu Hause sind?«

»Aha?«

»Ja, ich glaube, unser Leben fängt gerade erst an.«

»Na du bist lustig«, sagte sie und küsste ihn. Dann strich sie ihm über die glatte Oberlippe und sagte: »Das ist ja, als würde ich ein Mädchen küssen. Na ja, auch nicht schlecht.«

»Nein, wirklich, ich glaube, es wird sich alles verändern. Es wird sich alles wahnsinnig verändern und nichts wird übrig bleiben von dem, was war; nichts von dem, was wir kennen. Sie werden alles austauschen.«

»Wovon redest du? Was sollen sie denn austauschen?«

»Ich weiß es nicht, aber die werden alles austauschen und neu machen.«

»Du hast ja immerhin gleich damit angefangen«, sagte sie. »Und wer sind denn überhaupt ›sie‹?«

»Na sie, die ›People‹.«

»Ach, mein lieber armer René, du bist ja ganz heiß. Hast du Fieber?«

René lächelte, als ihm Ella die Stirn fühlte.

»Wir werden dich erst einmal ordentlich ausziehen, denn wenn man Fieber hat, muss man sich ausziehen, denn in Klamotten kann man nicht gesund werden. So, zuerst das Hemd, das ist echt schön, das Hemd, man traut sich ja kaum, es anzufassen, die Knöpfe gehen ganz schwer auf, und jetzt die Ärmel …«

Später lagen sie nackt auf dem großen Bett und betrachteten sich gegenseitig, denn sie wollten herausfinden, ob sie tatsächlich wieder zusammen waren. Immer wieder hielt Ella René von sich weg, um in seinem Gesicht zu forschen, ob er es wirklich war, ob er nicht ein anderer war, denn sie spürte ein neues Leben in ihm.

»Ach, siehst du, ich habe ja noch etwas für dich«, sagte René, sprang auf und vom Bett herunter. Er ging zu seinem Koffer, öffnete ihn, griff zwischen ein Handtuch und holte die Lobatus gigas hervor, die er in der Pariser Zoohandlung gekauft hatte. Er lief zurück zu Ella, sein Geschenk noch hinter sich haltend, blieb vor ihr stehen, sagte »Das Meer!« und gab ihr die große Schneckenschale.

»Wo hast du denn die Muschel her?«

»Ist keine Muschel, gehörte einer Schnecke, ist mir hier an meinem linken Fuß hochgekrochen, beim Duschen.«

»Sie ist schön. Und so groß.«

»Lobatus gigas!«, sagte René stolz.

Ella nahm sie, drehte sie in ihren Händen und hielt sie vorsichtig an ihr Ohr.

»Hörst du was?«

»Pscht!«, zischte sie und schloss die Augen.

»Hörst du was?«

Ella reagierte nicht. Ja, sie hörte etwas. Das Rauschen des Meeres, so deutlich, als läge das Fenster ihrer Suite zu einem weißen Strand hinaus.

»Gefällt sie dir?«

»Ja«, sagte Ella.

»Was ist, was hast du? Sie gefällt dir nicht. Du findest es albern.«

»Nein, nein«, unterbrach sie ihn. »Es ist wunderschön, so wunderschön.«

Sie ließ das Schneckengehäuse in ihren nackten Schoß sinken, schaute René an und sagte leise: »Weißt du, du gibst mir diese Muschel hier, ich höre hinein, und anstatt das Meer zu hören, höre ich die Ewigkeit.«

»Das verstehe ich nicht«, sagte René. »Was denn für eine Ewigkeit?«

»Ach, tut mir leid. Erinnerst du dich an die Wohnung im Nachbarhaus? Da musste ich gleich dran denken, ich weiß nicht, wieso.

Ich glaube, da waren wir noch nicht mal richtig zusammen. Weißt du, als sie die Wohnung der Frau aufgelöst haben.«

»Ach so, ja. Aber was hat das jetzt mit der Muschel zu tun? Es ist übrigens eine Schnecke, keine Muschel.«

»Die Frau war gerade mal ein paar Tage tot, und ihre Wohnung sah aus, als gehöre sie niemandem.«

»Ja, ich weiß, das war seltsam«, sagte René.

»Verstehst du, die Wohnung war wie die Muschel hier, in der auch einmal die Schnecke gewohnt hat, aber wenn ich hier hineinhöre, dann ist da das Meer, als wäre die Seele der Schnecke immer noch hier drin, und sie wird ihr Zuhause auch nie verlassen. Aber die Wohnung der alten Frau, in der sie vielleicht dreißig oder vierzig Jahre gelebt hat, war so tot wie sie selbst. Es kam mir alles verlassen und gestorben vor. Sogar die Fotos auf dem Fußboden. Ich wollte eins mitnehmen, wenigstens eins, ich dachte, irgendwer muss sich doch an diese Frau erinnern. Und wenn nur ich es bin. Aber ich konnte es nicht. Es war so fremd und kalt und still. Und jetzt eben musste ich daran denken.«

René strich ihr über die Schulter. Er sah das Schneckengehäuse, das Ella wie eine kleine Trommel zwischen ihren Schenkeln hielt.

»Mein Liebster, ich kann ja nichts dafür. Der Gedanke war einfach da. Ich kann eben nicht ertragen, dass es uns auch so gehen wird.«

»Ich weiß nicht, wovon du sprichst. Meinst du damit, dass wir irgendwann sterben müssen?«

»Ach, das Sterben. Nein, die Muschel hat einmal ein Leben gehabt, weit draußen im Meer und wir werden ein Leben gehabt haben, in irgendeiner Stadt, die auch wie ein Meer ist, aber nichts wird von uns übrig sein, nichts. Irgendwer wird vielleicht in unserer

Wohnung herumkramen. Zwei Fremde auf einem Foto und es wird ihm nichts bedeuten. Aber wenn er in die Muschel hineinhört, wird er das Meer hören. Verstehst du?«

Zu ihrer Überraschung lachte René. Er lachte. Und einen Moment dachte sie, er mache sich über sie lustig. Aber es war ein beruhigendes, wissendes Lachen. »Ach Elli«, sagte er. »Mir macht das alles keine Angst und dir muss es auch keine machen. Weißt du, warum?«

»Warum?«

»Na, überleg mal.«

René zwickte ihr in die Nase.

»Ist das so schwer zu erraten? Na, weil es uns gibt.«

Ella schaute zu ihm auf und er sagte fest: »Hör zu, jetzt wo ich ja erwachsen bin, kann ich es dir sagen, also lass es dir von einem erwachsenen Mann sagen: Es gibt uns. Jetzt. Und da muss man nicht an das Ende denken, nein, lass mich ausreden, ich glaube sogar, man darf nicht an das Ende denken. Es ist schlecht und verboten, an das Ende zu denken. Das Leben ist ein Geschenk und Liebste, an so einem Geschenk mäkelt man nicht herum, das gehört sich einfach nicht. Verstehst du? Da ist man ruhig, bedankt sich und beschwert sich nicht. Weißt du, letzte Woche auf der Düne, ich habe das ernst gemeint und ich meine es immer noch ernst. Wenn es einen Gott gibt, dann will er, dass wir zusammen sind. Und wenn es keinen gibt, dann weiß ich nur nicht, bei wem ich mich für all das hier bedanken soll.«

Sie gab ihm einen so schnellen Kuss, dass er wusste, was er bedeuten sollte.

»Du bist ja erleuchtet worden …« freute sie sich. »Mein Lieber, richtig erleuchtet. Es tut mir leid, dass ich so dumm bin. Ich weiß manchmal nicht, was in mich fährt. Du weißt, ich will dann Dinge …«, sie überlegte kurz, »ich denke dann, dass ich zu schwach bin, dass ich nicht gut genug bin für dich, ja nicht einmal für mich selbst, und das in solchen Momenten, wo du mich vielleicht am meisten liebst. Da ist etwas kaputt in mir, es tut mir leid, dass ich solche faulen Stellen habe, ich wünschte, ich hätte sie nicht. Ich fühle mich wirklich manchmal wie ein fauler Apfel, weißt du, mit so braunen Flecken, dann fühle ich mich ganz alt, das ist das Schlimmste, wenn ich mich alt fühle, kennst du das nicht?«

René schaute sie still an und ihm fiel auf, wie sehr er sie vermisst hatte.

»Diese Zweifel«, sagte Ella. »Die Zweifel, die machen es eben kompliziert.«

Sie setzte sich im Bett auf. Die Muschel fiel auf das Laken.

René wusste es jetzt, geahnt hatte er es schon lange, dass ihre Liebe den Abgrund brauchte, das Dickicht einer finsteren Schlucht, aus der man wieder aufsteigen konnte, ganz nach oben, dorthin, wo noch niemand gewesen ist.

Sie umarmten sich, drückten sich fest aneinander und Ella flüsterte: »Mein Herr, es würde mich nicht wundern, wenn Sie mir da am Meer ein Kind gemacht hätten und ich einen Heiligen zur Welt bringe.« Sie lächelte, ohne dass er es sehen konnte. »Nein, es wird kein Heiliger sein«, verbesserte sie sich, »sondern eine Heilige natürlich. Sie wird eine Idee haben, was aus dieser Welt werden soll. Aber bilden Sie sich nichts darauf ein«, sagte sie, lächelte und stach ihm mit dem Finger in die Seite. »Ein Blitz hat mich nämlich geschwängert, nicht Sie, ein Blitz!«

Und er klemmte ihr die Nase mit zwei Fingern ein und sagte: »So, so, ein Blitz. Wie auch immer, das nehme ich als Kompliment.«

Das letzte Dîner

Das letzte Dîner, an dem die Gräfin, ihr Sohn und die beiden jungen
Leute teilnahmen, verlief ohne nennenswerte Zwischenfälle, von
Alains missglücktem Versuch, Vincent zu überreden, sich zu ihnen
zu setzen, abgesehen.

Es war eine stille Runde, in der alle wohl überrascht von der Tatsache waren, dass es wenig zu erzählen gab von einer Zeit, in der
doch so viel geschehen war. Von Paris wurde kaum gesprochen, und
wenn, dann sagte Alain so etwas wie: »Er hat sich tapfer geschlagen«,
und alle waren zufrieden; nicht einmal Renés neue Erscheinung
sprach man noch an. Die Mitglieder dieser kleinen Gesellschaft waren so sehr damit beschäftigt zu verstehen, was in den vergangenen
Stunden und Tagen vorgefallen war, dass sie ihre Schweigsamkeit
einander nicht übel nahmen.

Die Gräfin schien heiterer als sonst. Sie sprach zwar kaum einen
Satz, aber es schien, als freute sie sich umso mehr an den zaghaf-
ten Unterhaltungen der anderen. Ella erzählte davon, wie René und
sie sich kennengelernt hatten. Und Alain, für alle die größte Überraschung, sprach nur, wenn man ihn etwas fragte, und seine Antworten waren so ungewohnt zurückhaltend und wohlwollend, dass
René vermutete, er verstelle sich und hielt sie alle zum Narren.

Der Wein erwies sich als Enttäuschung. Vincent hatte ihn in der
Küche geöffnet und schon dort festgestellt, dass er verdorben und
untrinkbar war. Er ging ohne die Flasche hinaus in den Speisesaal,
beugte sich zu Charlottes Ohr und flüsterte ihr die Enttäuschung so
diskret zu, dass niemand außer ihr es hören konnte. Aber Charlotte
sagte ohne einen Anflug von Bitterkeit, dass sie nichts anderes erwartet hätte. Stattdessen erklärte sie den Gästen, dass ein so alter
Jahrgang selten in Ordnung sei und ließ den Wein des Nachbargutes

servieren. Und dann fügte sie noch hinzu: »Ein Krieg, das ist eine Katastrophe.«

Nach dem Essen tupfte sie sich mit der Serviette den Mund, legte sie langsam zurück auf den Tisch, schaute erst Ella und dann René an und sagte: »Ich möchte Ihnen danken, dass Sie meiner Einladung gefolgt sind. Ich hoffe, Sie haben sich hier etwas wohl gefühlt und behalten unser altes Frankreich in guter Erinnerung. Entschuldigen Sie, wenn ich mich jetzt zurückziehe. Alain, gute Nacht.«

Sie stand auf, warf Alain noch einen letzten Blick zu und wandte sich zum Gehen. Doch ihr Sohn schob mit einem Ruck seinen Stuhl zurück, sprang auf und ging ihr einen Schritt hinterher: »Mutter!« Sie drehte sich zu ihm um und Alain umarmte sie und sagte leise: »Gute Nacht!« Er hielt sie einen Moment fest und drückte sie an sich. Er fühlte ihren knochigen, zerbrechlichen Körper, er fühlte ihr Alter und er spürte, wie auch sie ihn an sich zog. Es war ein kurzer Moment, der nur ein paar Sekunden andauerte, aber lang genug, um beide wissen zu lassen, dass sie wieder versöhnt waren.

Nachdem die Gräfin den Speisesaal verlassen hatte, saßen die drei da und wussten nicht, worüber sie hätten sprechen können. Also zwickte Ella Renés Hand, und der sagte auch gleich, dass er müde sei von der Fahrt und dass sie auf ihr Zimmer gehen würden. Beide waren verwundert, dass Alain keine Einwände hatte, dass er sie einfach so gehen ließ, ohne eine bissige Bemerkung, ohne den Versuch zu machen, sie aufzuhalten, damit er nicht allein bleiben müsse. Er nickte nur kurz mit dem Kopf und wünschte ihnen eine gute Nacht. Als sich René an der großen Saaltür noch einmal umblickte, sah er Alain inmitten dieses riesigen Raumes an dem leeren Tisch sitzen und seinen Wein trinken. Ja, er tat ihm leid.

Als er ausgetrunken hatte, stand Alain auf und ging in die Küche. Er setzte sich ohne ein Wort an den Holztisch und beobachtete Vincent dabei, wie er Gläser trocknete. Es war ein gewohnter Anblick für ihn, doch heute wünschte er sich, Vincent würde sein Geschirrhandtuch beiseitelegen, zu ihm kommen und ihn trösten, so wie er es früher oft getan hatte.

»Hat meine Mutter schon mit dir gesprochen?«, fragte er ihn, und Vincent antwortete: »Nein, worum geht es denn?«

»Es geht um eine seltsame Sache«, sagte er. »Es geht um ein Missverständnis, ein Gerücht, einen schlimmen Irrtum.«

Sei ein Violet!

Charlotte saß im Halbdunkel auf dem Sofa in ihrem Zimmer. Sie konnte durch das Fenster die Wolken sehen, aus denen das Abendrot schon gewichen war und die jetzt wie graue Schleier dunkler und immer dunkler wurden. Die Verabschiedung von Alain, sein ›Gute Nacht‹ und die feste Umarmung hatten sie schwer getroffen. Denn zum ersten Mal seit langer Zeit umarmte nicht einer den anderen fahrig oder aus bitterer Überheblichkeit, hielt nicht einer den anderen fest oder drückte ihn von sich weg, nein, diesmal waren sie zueinandergekommen. ›Ich habe dich auf diese Welt gebracht‹, dachte Charlotte.

Draußen im Treppenhaus hörte sie Vincents Schritte, aber sie gingen nicht an ihrem Zimmer vorbei, sie zögerten, stockten, verstummten direkt vor ihrer Tür. Sie rechnete damit, dass er bei ihr klopfen würde, aber er tat es nicht. Sie hörte, wie er sich entfernte, bei jedem Schritt knarrten die Dielen unter dem Teppich, wo es doch eine Spur gab, in der er gehen konnte, ohne dass sie ihn hörte. Charlotte stand auf und folgte ihm. Kurz darauf klopfte sie an seine Tür, die sich augenblicklich öffnete, als hätte er auf sie gewartet.

»Darf ich reinkommen?«

»Bitte.«

Charlotte ging drei Schritte in den gedrungenen Raum hinein und blieb in dessen Mitte stehen. Sie blickte sich kurz um, deutete auf das Bett und fragte: »Darf ich mich hier hinsetzen?«

»Natürlich. Einen Moment …« Vincent machte Anstalten, die Überdecke zu ordnen. »Nein, lass mal, das geht schon«, unterbrach sie ihn. Charlotte setzte sich und legte die gefalteten Hände, als würde sie beten wollen, auf ihrem Knie ab. »Du musst dich auch setzen«, sagte sie und Vincent, der einen Moment daran dachte, neben ihr Platz zu nehmen, dem aber gleich die Unmöglichkeit auffiel, zog sich den Schemel heran, den er immer zum An- und Ausziehen der Schuhe benutzte und saß nun, wie ein Schuljunge, vor ihr. Sie duzte ihn, nichts anderes hatte er erwartet. Aber hier, in seinem Zimmer, auf seinem Bett fühlte sich dieses ›Du‹ seltsam an.

»Ich vergesse immer, wie klein dein Zimmer ist«, sagte sie. »Gemütlich ist es, aber so klein. Warum hast du dir kein größeres genommen? Ich habe es dir mehrfach angeboten.«

Sie kannte den Grund nur zu gut, weil sie für sieben Tage ein Liebespaar gewesen waren und es niemand wissen durfte. Er musste sich im hintersten Winkel des Hauses verstecken; in einer Kammer, die niemandem Anlass geben konnte zu glauben, er sei mehr als nur ein Bediensteter. ›Aber er hätte sich wenigstens die letzten Jahre ein anständiges Zimmer nehmen können‹, dachte sie.

»Es war ein gutes Zimmer«, meinte Vincent ruhig. Da er nichts weiter dazu sagen konnte, schwiegen sie. Es war ein unangenehmes Schweigen, das ihnen missfiel und sie beide unruhig machte, bis Charlotte sagte: »Hat er schon mit dir gesprochen?«

»Ja.«

»Gut, ich habe ihm dazu geraten. Gut, gut.«

Wieder entstand eine kurze Pause, in der auch Vincent bewusst wurde, dass ihm eine Aussprache bevorstand.

»Und was sagst du dazu?«, fragte ihn Charlotte.

»Es ist traurig. Es tut mir weh, und …«, er zögerte, »ich bin wütend.«

»Ja, so ging es mir auch.«

Vincent, der ganz zusammengesackt war auf seinem kleinen Hocker, richtete sich jetzt auf und sagte: »Aber man kann doch froh sein, dass sich das überhaupt geklärt hat. Sicher, die ganzen Jahre sind uns verloren gegangen, aber immerhin kann es jetzt besser werden. Und das ist doch das Wichtigste. Aber, es tut mir wirklich sehr leid für ihn.«

Charlotte war natürlich aufgefallen, dass er von ›uns‹ sprach, als wären sie seine Eltern, als wäre sein Schmerz genauso wie der ihre gewesen; und sicher, sie wusste eigentlich nicht, wie sehr Alains Zurückweisung und seine gleichgültige Kälte Vincent nahe gegangen waren. Sie schwiegen wieder, doch diesmal störten sie sich nicht daran, denn sie schwiegen aus demselben Kummer heraus. Nach einer ganzen Weile sagte Charlotte: »Es ist doch seltsam, wie sich am Ende alles löst.«

»Ja, das ist es«, pflichtete er ihr nachdenklich bei und diesmal unterließ er die Ermahnung, dass es doch nicht das Ende sei.

»Es war ein gutes Haus, und ich kann nicht ertragen, es zu verlieren. Es ist, als ob daran mein Leben hängt, als wäre ich dieses Haus, verstehst du?«

»Ich werde es genauso vermissen«, sagte er.

»Aber ich kann ohne es nicht leben«, flüsterte sie.

Vincent konnte nicht anders. Er hob seine Hand und legte sie vorsichtig auf Charlottes Hände. Sie rührte sich nicht und schwieg. Sie hörte, wie er »Charlotte« sagte und schloss ihre Augen. »Charlotte, du bist stark und du kannst das. Ich bin mir sicher. Wir werden das schaffen.«

Hätte man Vincent eine Woche, einen Monat oder zehn Jahre zuvor gesagt, dass er einmal so wie jetzt dasitzen und Charlotte beim Vornamen nennen würde, seine Hand auf ihren Händen, er hätte es nicht geglaubt. Jetzt sprach er mit ihr wie mit einer Ehefrau, wie mit einer Frau, mit der man vertraut ist und die einem antwortet, als wäre dies ganz natürlich. Aber da war auch etwas anderes, das ihn irritierte, etwas zwischen ihren Worten, etwas in ihrer Haltung, ihrer Stimme. Er konnte es sich nicht erklären, war doch so viel Unerklärliches passiert, aber er fühlte, auch wenn er Charlotte so nah bei sich hatte, wie er mit seiner Hand etwas Vergangenes, Lebloses berührte, und der Gedanke erschreckte ihn und machte ihm Angst. Er musste an ihre letzte Katze denken. Einmal, als Charlotte und er auf der Veranda saßen und die Katze, die ihnen zugelaufen war und die sie durchgefüttert hatten, an ihnen vorbeilief, als wären sie Fremde, hatte Charlotte gesagt, dass man dieses Tier niemals auf den Schoß bekommen würde, und wenn, dann wäre das Kätzchen wahrscheinlich todkrank.

»Und was machen wir jetzt?«, fragte er vorsichtig.

Charlotte legte ihre Knie etwas zur Seite, so dass Vincent nicht anders konnte, als seine Hand zurückzuziehen und sie auf seinen Schoß zu legen, sodass jetzt beide aussahen, als würden sie zur Beichte sitzen, einer der Priester des anderen.

Sie antwortete geradeheraus: »Wir werden erst einmal abwarten, bis das junge Paar morgen weg ist und dann werden wir weitersehen.«

Jetzt schaute sie ihn ernst an und sagte entschlossen: »Weißt du, ich habe dir vor einer Ewigkeit das Versprechen abgenommen, mich nicht besitzen zu wollen, ich habe dir freigestellt, hier zu bleiben unter einer Bedingung, mich nicht besitzen zu wollen und deine Arbeit zu tun, wie es jeder andere auch tun würde, und du hast allem zugestimmt.«

»Ja, und habe ich je dagegen verstoßen?«, fragte er, wie um sich zu rechtfertigen.

»Nein, das hast du nicht, natürlich nicht, und ich danke dir dafür, aber weißt du, dass ich schon Angst bekomme bei dem Gedanken daran, was gewesen wäre, wenn du es getan hättest?«

Charlotte wollte nicht, dass er darauf antwortete, weil sie sich auch vor dieser Antwort fürchtete: »Nein, ich möchte dir keinen Vorwurf aus deiner Loyalität machen. Es ist gut, dass du nicht versucht hast, mich zu besitzen, denn es gab tatsächlich einige Situationen, in denen es leicht gewesen wäre, in denen ich gedacht habe, wenn er jetzt wollte, wie damals, dann könnte ich nichts tun, dann wäre ich machtlos. Du hast das nie ausgenutzt, und ich glaube, das war sehr klug von dir, ich glaube, wir waren beide sehr klug.«

Nun legte sie ihre Hand auf die seinen und tätschelte sie leicht. »Ja, wir waren sehr kluge Leute«, wiederholte sie noch einmal.

»Ich möchte noch eines sagen«, ihre Hand ruhte jetzt. »Ich möchte, dass du noch eines weißt; ich bereue keine Stunde, und ich danke dir dafür.«

Das waren die Worte, die sie ihm am letzten Abend ihres Lebens sagen wollte, die sie ihm aufgeschrieben hatte, falls sie nicht den Mut dazu finden würde. Jetzt hatte sie gesagt, was es zu sagen gab und sie fühlte, wie etwas in ihr in eine stille Ordnung geriet.

Vincent stand von seinem Schemel auf und setzte sich neben Charlotte. Sie wich ihm aus, rutschte etwas zur Seite, ohne sich wirklich zu bewegen. Er hatte diesen Entschluss binnen ihres letzten

Satzes gefasst und hätte er länger darüber nachgedacht, er hätte es für vollkommen unsinnig gehalten und wohl unterlassen. Aber nun saß er, selbst von sich überrascht, neben ihr.

»Du bist streng zu dir, und du hast mich dadurch gezwungen, auch streng zu mir zu sein. Und das war gut so. Charlotte, ich, ich habe es mir verboten, dich auf eine andere Art lieben zu wollen, als es möglich ist. Ich habe für mein Leben eine stumme, sprachlose, beinahe leblose Liebe gewählt, nur um bei dir sein zu können, damit du mich in deiner Nähe haben kannst, damit du mich so liebst, wie du eben jemanden in meiner Stellung lieben kannst. Aber ich möchte dir auch noch eines sagen, ich habe mich nicht erniedrigt. Das habe ich nicht. Nie.«

»Nein, das hast du nicht. Das ist wahr. Du warst immer stolz und anständig.« Charlotte lächelte. »Du hast dir nichts schenken lassen. Du hast mich in deiner Küche mitessen lassen, wie ein König, der einen Bauern an seine Tafel lässt. Nichts konnte dich aus der Ruhe bringen. Es kam mir manchmal vor, als verstünde ich dich nicht, als hätte ich dich noch nie verstanden, als würde ich dich nicht kennen, als würde ich nicht wissen, wer du bist, wer du wirklich bist. Manchmal konnte ich es beinahe nicht ertragen, wie du über meine kleinen Beschimpfungen hinweggegangen bist. Ich habe mich oft gefragt, wie so etwas geht, und zwar immer dann, wenn ich ein schlechtes Gewissen hatte, oh, ich hatte oft ein schlechtes Gewissen, glaub mir, und manchmal habe ich mich ja auch entschuldigt.«

»Ja, das hast du«, sagte Vincent. »Das hast du meistens.«

»Nein, nein, viel zu selten habe ich das. Überhaupt, ich …«

Charlotte fühlte in sich hinein, ob sie sagen konnte, was sie wollte und ihr standen Tränen in den Augen, so schön war es, ehrlich zu sein. »Ich habe dich schlecht behandelt, mein Lieber«, sagte sie. »Es ist ja ein Wunder, dass du überhaupt bei mir geblieben bist. Du hast dich nie beschwert, kein lautes Wort, manchmal dachte ich: ›Kann es denn möglich sein, dass dieser Mensch alles erträgt? Ist er denn überhaupt ein Mensch?‹ Aber Vincent, die letzten Tage haben mir die Augen geöffnet.« Charlotte wandte ihm ihr Gesicht zu.

Mit einem Mal begriffen beide, dass sie, ohne es je zugegeben zu haben, ohne dass sie es überhaupt bemerkt hätten, ein Paar waren, ein altes Ehepaar, das gemeinsam Fernsehen schaut, Schach spielt, das einmal im Monat ins Theater ging und einen Gartenwettbewerb über die größten Kartoffeln und die schönsten Rosen führte, das morgens die Zeitung am Küchentisch nebeneinander sitzend las und das die gemeinsamen Mahlzeiten in der Restaurantküche einnahm, anstatt getrennt: sie im Speisesaal und er auf seinem Zimmer. Unmerklich hatten sie sich über Jahre hinweg einander angenähert wie zwei Planeten, deren Ellipsen sich einmal berührt hatten und die nun im festen Verbund – sich in gleichem Maße abstoßend wie anziehend – eine gemeinsame Bahn beschritten, nur wenige Meter voneinander entfernt.

»Charlotte«, sagte Vincent, ihr fest in die Augen blickend. »Es fühlt sich gut an, dich so zu nennen. Ich nenne dich ab sofort Charlotte. Das ist nicht das Ende, es ist der Anfang.«

Er durfte das sagen, sie ließ es zu, denn er sprach schon nicht mehr zu ihr. Und die Hand, die jetzt seine noch einmal fest drückte, als wäre sie mit allem einverstanden, war schon nicht mehr ihre Hand. Charlotte stand auf, sagte noch irgendetwas zu ihm, war es ein ›Gute Nacht‹ oder doch das gewohnte ›Ja dann, bis Morgen‹? Es war nicht mehr von Bedeutung. Sie verließ sein Zimmer, drehte sich nicht noch einmal um, stieg die schmale Holztreppe nach unten und ging wie betäubt durch den Flur in ihre Wohnung zurück. Alles war Vergangenheit und sie war jetzt nur noch Entschluss; ihr ganzer Körper, ihre Seele strebte nur noch einem einzigen Ziel entgegen, der ersehnten und endlich greifbaren ewigen Ruhe. Das Einzige, was ihr noch zu tun blieb, war den Anfang des Briefes an Alain neu zu schreiben.

Lieber Alain, mein Sohn,

es war so gut, dass wir endlich sprechen konnten. Ich hatte nicht mehr damit gerechnet und schon gar nicht damit, dass ein unsägliches Missverständnis uns über Jahre hinweg entzweien konnte. Ich habe heute die Liebe eines Sohnes gespürt, und das ist das größte Geschenk, das du mir in meinen letzten Stunden machen konntest. Ich habe dich lieb, mein Junge und glaub mir, das war immer so, auch wenn es vielleicht nicht so ausgesehen haben mag. Ich hoffe, du kannst deine Mutter jetzt mit milderen Augen sehen und verzeihst ihr ihre Strenge und Leblosigkeit. Wie wir beide gerade erfahren haben, kennen wir jetzt einen der Gründe für unser Unglück und meine sicher auch ungerechte Haltung dir gegenüber. Ich bin froh, dass du den Mut gefunden hast, die Dinge anzusprechen, die dich schon so lange bedrücken. Du bist ein guter Mensch, sei nicht so stolz wie ich es oft war und du kannst sehr glücklich werden.

Was das Haus und das Land betrifft, habe ich folgende Pläne. Ich weiß, es klingt seltsam, wenn eine Tote Pläne schmiedet, aber ich bitte dich: Nimm meine Überlegungen ernst und handle dann, so wie du es für richtig hältst.

So lange ich lebe, wollte ich das Land hier weder verkaufen, noch es teilen. Diese verbliebenen 10 Hektar gehören zusammen, das habe nicht ich entschieden, sondern die Natur. Ich weiß, du interessierst dich nicht dafür, aber dieser Hügel hier ist 20 Meter hoch und fällt auf fünf Meter ab, er ist langgezogen, wir haben ihn früher Dinosau-

rier genannt. Genau genommen ist er eine Laune der Geologie und wahrscheinlich vor einigen hunderttausend, wenn nicht Millionen Jahren entstanden. Er ist also ewig und man kann deshalb auf ihn vertrauen. Auf diesem Hügel wächst nun seit über dreißig Jahren nichts außer etwas Unkraut; kein Strauch, kein Baum, nicht einen einzigen Trieb mussten wir in all den Jahren ausreißen. Dass wir hier irgendwann einen Wald stehen haben, war meine größte Sorge, aber es passierte nicht, nicht hier. Das ist der Boden für einen großen Wein. Da oben, ganz oben auf der Kuppe, da muss die Cabernet Sauvignon stehen, das sind bis hinüber zu Petron circa sechs Hektar, darunter in einem langen Streifen die Merlot, und ganz unten, immer noch hervorragend, als hätte es eine göttliche Fügung durch die kleinen Gräben natürlich entwässert, dort unten kommt die Petit Verdot hin.

Für diese zehn Hektar wird man dir sechs Millionen Francs Erbschaftssteuer abnehmen. Das klingt viel, ist aber im Vergleich zu einem bewirtschafteten Hang nicht der Rede wert. Die Zeit könnte nicht günstiger sein für dein Erbe. Du kannst den Berg, wie er jetzt ist, kahl und ohne einen Rebstock für zwanzig Millionen Francs verkaufen, wenn du ihn loswerden willst. Das ist zumindest das letzte Angebot, das ich für ihn erhalten habe. Wenn du ihn aber bepflanzt und ihn zu einem Weinberg machst, ist er nach ein paar Jahren, ich möchte dich nicht belügen, frühestens nach zehn, die die Stöcke brauchen, um Erträge zu liefern, zweihundert Millionen wert. Das ist das Bordelais, das ist der Bordeaux. Auch dann kannst du natürlich verkaufen, ich stelle es dir frei. Wenn du ihn allerdings behältst und einen guten Wein machst, ich weiß jetzt, dass du einen guten Wein machen kannst, dann wird der Name Violet auch in hundert Jahren noch auf einer Flasche mit dem besten Bordeaux der Welt stehen.

Du siehst hoffentlich, dass ich dir keinen bewirtschafteten Hang übergeben konnte, bei über vierzig Prozent Erbschaftssteuer wären das um die achtzig Millionen gewesen; ein Grund, warum kaum noch ein Weingut in Familienbesitz ist. Wenn du jetzt fragst, wie du die kleine Erbschaftssteuer begleichen sollst: Das ist einfach. Du verkaufst den einen Hektar, den ich seit fünfundzwanzig Jahren an Phillipe verpachte. Dieser bepflanzte Hektar bringt dir zwischen sieben bis acht Millionen ein. Du wirst ihn verkaufen müssen, anders wirst du den Rest nicht bewirtschaften können. Du brauchst jemanden, der dich berät, frag Phillipe, er hat mir versprochen, dass er dir hilft. Er weiß Bescheid, dass du nach meinem Tod seinen Hektar verkaufen wirst, es wird ihn also nicht überraschen, dass du zu ihm kommst.

Alain, ich habe das Land für dich aufbewahrt, für deine Kinder und Enkelkinder, denn du bist, wie auch ich, ein Glied in einer langen Kette und ich würde mich freuen, wenn du dich selbst auch als solches siehst. Die Namen tauchen auf aus der Geschichte und verschwinden in ihr, unseren gibt es noch, also sei ein Violet!

Abschied

Renés kleiner Reisewecker klingelte um sieben. Allein das und der Umstand, dass Ella über diese herzlose Störung mitten in der Nacht fluchte, René in die Seite stieß, damit er diese Höllenmaschine zur Vernunft bringt, machte den beiden jungen Liebenden bewusst, dass ihr Urlaub zu Ende war. Vincent hatte ihnen – wie verabredet – ein kleines Frühstück zubereitet, dass sie zu ihrer beider Enttäuschung nicht in seiner gemütlichen Küche, sondern im Speisesaal zu sich nehmen mussten. Die Sonne war zwar schon über den Bäumen des

Parks aufgegangen, aber das kalte Gefühl, das wohl jeder Abreisetag mit sich bringt, wurde den beiden deshalb nicht erträglicher. Sie tranken den Kaffee, aßen die Rühreier und schmierten sich zwei kleine Baguettes, die sie in Servietten einwickelten. Vincent hatte ihnen noch einige Früchte und etwas Gemüse für die Fahrt aufgezwungen.

René hatte seinen Koffer zuerst gepackt, was kein großes Kunststück war, da dieser noch beinahe vollständig gefüllt vor dem Bett stand. Vor allem aber, dass er jetzt unruhig von einem Sessel in den anderen wechselte und Ella beim Packen zusah, machte sie nervös und sie versuchte, ihn wegzuschicken. Er sagte nur, dass er doch kontrollieren müsse, ob sie wirklich mit ihm kommen würde. Sie blieb mit einer geblümten Bluse in der Hand neben dem Schrank stehen, legte sie gedankenversunken zusammen und sagte:»Es ist doch seltsam, dass wir die Letzten waren, dass nach uns niemand mehr hier wohnen wird.«

René, wie es seine Art war, widersprach ihr und sagte, dass sie das überhaupt nicht wissen könne, das Schloss würde ein anderer kaufen, es sanieren, so wie man es bei ihnen zu Hause jetzt mit allen Häusern machen würde, und dann würden sie in ein paar Jahren wiederkommen und genau hier in diesem Zimmer übernachten, falls sie sich das dann noch leisten könnten.

»Ich möchte für kein Geld auf der Welt hier noch einmal wohnen«, sagte Ella.»Ich möchte es genauso in Erinnerung behalten, wie es gestern noch war. Ach, siehst du, beinahe hätte ich es vergessen.« Sie legte die Bluse in ihren Koffer und griff nach ihrer großen Umhängetasche, die auf dem Bett lag. Sie kramte einen Fotoapparat heraus, zog ihn auf und machte ein Foto von René, wie er dort im Sessel saß und wartete. Dann ging sie drei Schritt zurück, einen halben Meter ins Bad hinein, und so konnte sie in dem schmalen

Sucher den ganzen hohen Raum mit seinen Deckenmalereien, dem Kamin, dem Himmelbett, den zwei Sesseln auf dem gekreuzten Parkett und dem Vertiko mit der kleinen weißen Frau aus Porzellan sehen. Klick.

Kurze Zeit später stellten sie ihr Gepäck in der Eingangshalle ab. Die Formalitäten hatte Ella einen Tag zuvor mit Madame geregelt, also blieb nur noch, sich von Vincent und vielleicht sogar von der Gräfin und ihrem Sohn zu verabschieden. Kaum wollten sich beide auf den Weg in die Küche machen, um Vincent zu suchen, da hörten sie schon seine Schritte. Er kam unter der Treppenempore hervor und auf das junge Paar zu. »Sie möchten sich sicher verabschieden?«, fragte er.

Ella und René nickten.

»Es tut mir leid, dass Sie dazu mit mir vorliebnehmen müssen. Madame und Monsieur sind noch nicht aufgestanden.«

»Das ist nicht so schlimm, sie können sie ja von uns grüßen, also …« Ella zögerte kurz. »Also auf Wiedersehen!« Sie hatte fest damit gerechnet, dass sie und Vincent sich umarmen würden.

Aber er hielt ihr nur förmlich die Hand entgegen und sagte: »Ja, auf Wiedersehen.« Sie fügte sich und gab ihm die ihre. »Es war sehr schön, Sie kennengelernt zu haben«, sagte sie und er erwiderte: »Das fand ich auch.«

Dann gab er noch René die Hand und mit der Bitte, er möge doch vorsichtig fahren, wünschte er ihnen eine gute Heimreise.

Die Verabschiedung von Vincent, der sie noch vor den Eingang des Schlosses begleitete, war so schnell und ohne jede Wehmut vorübergegangen, dass Ella, als sie schon im Auto saß, sich noch einmal umdrehte und dem Diener zuwinkte. Doch Vincent winkte nicht zurück. Alles, womit er seine letzten Gäste verabschiedete, war ein kaum wahrzunehmendes Lächeln und ein höfliches Nicken. Sie warf, während René den Wagen startete, noch einen kurzen Blick auf die Fenster im Obergeschoss, hinter denen die Zimmer von Madame de Violet lagen, und tatsächlich schien sich, der Motor heulte kurz auf, eine der Gardinen zu bewegen. Ella hob ihre Hand und, obwohl sie sie nicht sehen konnte, winkte sie der Gräfin zu. Ihren letzten Gruß, René fuhr aus dem Rondell heraus, richtete sie noch einmal an Vincent, der sich aber schon abgewendet hatte und im dunklen Eingang des Hauses verschwand.

Es ist selten, dass sich zwei Menschen zur gleichen Zeit dieselben Fragen stellen, und noch unwahrscheinlicher ist es, dass sie zu denselben Schlüssen gelangen. Ella und René schwiegen zu Beginn ihrer fünfzehnstündigen Rückfahrt. Sie hatte ihre Hand in seinen Schoß gelegt, und von Zeit zu Zeit schaute sie zu ihm hinüber, überflog das Profil seines ihr noch ein wenig fremden Gesichts und fragte sich, ob auch er an sie dachte, wenn sich ihre Blicke trafen. Auch wenn sie es voneinander nicht wussten, glichen sich ihre Gedanken so sehr, dass man nicht zwischen ihnen hätte unterscheiden können.

Beide versuchten, sich vorzustellen, wie ihr gemeinsames Leben verlaufen würde, ob es denkbar war, dass sie noch Jahre oder Jahrzehnte zusammenbleiben würden, ob es möglich sei, eine solche Liebe, die ihnen wie etwas Unvorstellbares und beinahe Erfundenes vorkam, ob eine Liebe, die so schnell hinaufsteigen und schon im nächsten Moment wieder unaufhaltsam stürzen konnte, eine Zukunft hatte oder vielleicht sogar ewig halten könne. Und was war das schon, die Ewigkeit? Bestand sie nicht aus den vergangenen zwei Wochen? War diese Reise nicht wie ein halbes Leben gewesen? Sie wussten, egal wie lange ihre Liebe anhalten würde, die Erinnerung an diese zwei Wochen würde nicht verblassen, ja, sie ahnten, dass sie allen zukünftigen Erlebnissen standhalten konnte und unauslöschlich war.

Schon jetzt, noch nicht einmal zu Hause angekommen, wünschten sie sich zurück, zurück in eine verklärte Vergangenheit, zurück zu sich selbst, zu den Liebenden, die sie noch vor Stunden gewesen waren und denen sie, dessen waren sie sich schmerzlich bewusst, nie wieder begegnen würden.

Kapitel

MARIO SCHNEIDER
Die Frau des schönen Mannes
Erzählungen

160 S., KlBr.,
130 × 200 mm
ISBN 978-3-95462-194-1
Erschienen: März 2014
2. Auflage: Januar 2016

Das literarische Debüt des preisgekrönten Dokumentarfilmers
Der tot geglaubte Vater zweier Geschwister taucht an einem Strand auf und lenkt deren Leben in eine neue Bahn. Ein Krokodil in einer Kiste öffnet die Erinnerung an die verflossene Geliebte. Das Geburtstagsgeschenk der Tochter könnte das Leben ihres Vaters verändern … In Mario Schneiders Debüt begegnen wir in siebzehn Geschichten den Menschen des 21. Jahrhunderts auf drei Kontinenten. Ein Buch voller Figuren, an denen man verzweifeln könnte, wenn man sie nicht schon längst ins Herz geschlossen hätte.

»Das ist klassisches Hemingwaysches ›Eisbergprinzip‹.«
Jan Wiele, FAZ

»Eine dunkle Erleuchtung.«
Irmtraud Gutschke, Neues Deutschland

»Kurzprosa ist ein schwieriges Geschäft – und Schneider beherrscht es. Seine Erzählungen sind Glückssucher-Storys.«
Christian Eger, Mitteldeutsche Zeitung

»Ein literarisches Debüt, aber was für eins. Da hat jemand gelebt, hat sich die Welt genau angeschaut, eigene Erfahrungen gemacht und berichtet nun von Großem auf kleinstem Raum.«
Jens-Fietje Dwars, Palmbaum

1. Auflage

© 2022 mdv Mitteldeutscher Verlag GmbH, Halle (Saale)

www.mitteldeutscherverlag.de

Originalausgabe

Alle Rechte vorbehalten

Gesamtherstellung: Mitteldeutscher Verlag, Halle (Saale)

Umschlaggestaltung: Sisters of Design

Lektorat: Dr. Kai U. Jürgens

ISBN 978-3-96311-614-8

Printed in the EU